Lis Vibeke Kristensen
Ein bretonischer Sommer

SERIE PIPER

Zu diesem Buch

Paris 1960: Als Au-pair-Mädchen kommt die junge Dänin Nanna in die Metropole, deren Atmosphäre sie fasziniert und zugleich erschreckt. Aus einer Zufallsbekanntschaft mit dem zärtlichen Bretonen Yann wird die große Liebe. Die beiden heiraten; Nanna wird schwanger. Doch ihr Glück ist nicht von Dauer. In den politischen Unruhen der sechziger Jahre fällt Nannas Mann einem Attentat zum Opfer. Trotz aller Schwierigkeiten entschließt sie sich, in Frankreich zu bleiben, und übernimmt in Yanns Geburtsort, einem abgeschiedenen Städtchen in der Bretagne, das elterliche Hotel. Nannas einzige Verbindung in die skandinavische Heimat sind die Briefe ihrer engsten Jugendfreundin Mette. Als alle Versuche scheitern, mit Yanns Mutter ein freundschaftliches Verhältnis aufzubauen, und Nannas Gefühle zu ersticken drohen, beginnt sie eine ebenso leidenschaftliche wie aussichtslose Affäre mit dem Fischer Pierre … Die einfühlsam erzählte Geschichte einer Frau, die nach manchen Umwegen schließlich ihren Lebensweg findet.

Lis Vibeke Kristensen, geboren 1943, hat viele Jahre in Kopenhagen als Regisseurin und Dramaturgin gearbeitet. Sie schrieb Bühnenstücke und Drehbücher fürs Fernsehen und lebt nach einer einjährigen Gastdozentur in Colorado heute wieder in Dänemark. »Ein bretonischer Sommer« ist ihr erster Roman.

Lis Vibeke Kristensen
Ein bretonischer Sommer

Roman

Aus dem Dänischen von
Christel Hildebrandt

Piper München Zürich

Die Autorin dankt der Familie Jolivet, Claudia Durand, Élaine Grondin, Roland Châtain, Marivonne Le Lann sowie dem Bikubefond, dem Autorkonto und Statens Litteraturråd.

Ungekürzte Taschenbuchausgabe
1. Auflage Juni 2002
2. Auflage September 2002

Titel der dänischen Originalausgabe:
»Den kloge jomfru«, Lindhardt og Ringhof,
Kopenhagen 1998

erschienen im Verlagsprogramm Kabel
Umschlag / Bildredaktion: Büro Hamburg
Isabel Bünermann, Julia Martinez, Charlotte Wippermann
Foto Umschlagvorderseite: Max Galli / LOOK
Foto Umschlagrückseite: Nordfoto / Michael Medgyesi
Satz: KCS GmbH, Buchholz / Hamburg
Druck und Bindung: Clausen & Bosse, Leck
Printed in Germany ISBN 3-492-23582-4

www.piper.de

I

Der Bräutigam

Wo seid ihr klugen Jungfrauen?
Wohl auf, der Bräutigam kommt,
Steht auf, die Lampen nehmt!

PHILIPP NICOLAI

Oktober 1960

Die Vorhalle des Museums ist dunkel. Nanna kneift ihre Augen vor der Informationstafel zusammen, einen Katalog kann sie sich nicht leisten. Die ersten Monate in der Stadt haben sie gelehrt, daß Sonderausgaben auf ein Minimum reduziert werden müssen. Ein Windbeutel mit einem witzigen Namen in der Konditorei am Sonntag, wenn sie sich mit einer Freundin aus dem Sprachkurs trifft, ein Café crème in einem Bistro – das ist gerade noch drin. Wenn sie spart, kann sie sich vielleicht die blauen Schuhe kaufen, die sie in einem Schaufenster gesehen hat. Es ist für sie eine Ehrensache, mit dem wenigen Taschengeld zurechtzukommen, das ihr der Au-pair-Job einbringt.

Heute will sie sich nur auf einzelne Kunstwerke konzentrieren. Auf Dinge, die zu ihrem Gymnasiumwissen gehören und die sie gern im Original sehen möchte. Ein paar Postkarten will sie auch kaufen. Ihre beste Freundin Mette teilt mit ihr das Interesse für Kunst und soll ihren wöchentlichen Gruß bekommen, ein Ritual, das Nannas Gefühl der Verlassenheit in der fremden Stadt etwas dämpft. Daß Mettes Teil der Korrespondenz eher sporadisch ist, damit hat sie sich abgefunden.

Bei dem Gedanken an Mette muß sie vor sich hin lächeln. Mette, deren ungezügelter Kopf unter dem schwarzen Haar immer neue Anschläge auf Recht und Gesetz ausheckt, mit der alle Stile brechenden Sicherheit der finanziellen Oberklasse über alle Konventionen erhaben, eine permanente Herausforderung für Nannas eigene Tugendhaftigkeit. Sie und Nanna waren seit der ersten Klasse unzertrennlich, mit der Anziehungskraft der Gegensätze aneinander gebunden.

Mette verbringt das Jahr nach dem Abitur, indem sie sowenig wie möglich in der Konfektionsfirma ihres Vaters macht. Nannas Entschluß, für ein Jahr nach Paris zu gehen, hat eher einer Flucht geähnelt, weg von der Herzkrankheit ihres Vaters und den Jammertiraden ihrer Stiefmutter, einer Pause vor dem Jurastudium.

Weg von dem vorgezeichneten Pfad, den Plänen ihres Vaters für sie.

Nanna hat ihre teuer erkaufte Freiheit in feste, nützliche Bahnen gelenkt. Sie absolviert ihren Französischkurs mit der Energie eines Bibers, legt an ihren freien Nachmittagen lange Wege zu den Sehenswürdigkeiten zurück. Auf dem Heimweg spendiert sie sich selbst ein Metrobillett, damit sie ausgeruht zurückkommt, sich ihre karierte Schürze umbinden kann und das Kind baden, Gemüse putzen und den Tisch decken, während Madame und Monsieur in dem eleganten Wohnzimmer sitzen und ihren Apéritif in kleinen, wohlerzogenen Schlückchen genießen.

Nanna verläßt die Informationstafel. Sie schaut sich nach jemandem um, den sie um Rat fragen kann, übt stumm eine Höflichkeitsfloskel. Da sieht sie die Statue. Die hohe Frauenfigur steht auf dem Treppenabsatz am anderen Ende der Halle, sie sammelt das gesamte Licht des Raumes in sich, das Licht strömt von ihrem Körper, von den Flügeln, erhebt sich von ihrem Rücken. Sie ist auf dem Weg nach oben, hinaus, hat sich an den Rand des Abgrunds gestellt, jetzt geht es ums Ganze, die hohe Brust ist siegessicher, die Flügel erheben sich brausend nach hinten.

Sie gehört in Nannas Schulbuchwelt, steht auf der Liste der Marmorfiguren, die Nanna sehen, vielleicht auch berühren will, wenn die Wärter sich lange genug abwenden.

Jetzt steht sie da, unerwartet, und Nanna muß aufschauen, geblendet. Es zuckt in ihrer Brust, und kurz darauf kann sie durch die Tränen, die ihre Augen füllen und ihr die Wangen hinunterlaufen, nichts mehr sehen. Sie wischt sie mit einem Finger weg, und plötzlich sieht sie ein Gesicht über dem gebrochenen Hals, dort, wo der Kopf des Sieges eigentlich sitzen sollte. Nannas eigenes Gesicht, strahlend in unbändigem Triumph.

Nanna beißt die Zähne zusammen. Die Einsamkeit macht sie hautlos, schon der Anblick eines Bettlers auf der Straße kann sie für einen ganzen Tag aus dem Gleichgewicht bringen, aber sie hat sich von Anfang an vorgenommen, in dieser Stadt nicht zu weinen. Sich zusammenzureißen, statt beim ersten freundlichen Wort den Gefühlen ihren Lauf zu lassen, wie sie es sonst tut. Wenn sie das übt, wird es schon gehen. Aber gerade jetzt kämpft sie vergeblich damit, die rinnenden Tränen aufzuhalten.

Sie weiß nicht, wie lange sie da schon steht, in ihrer Bewegung erstarrt, mit nassen Wangen, als ein stämmiger Mann in der Uniform des Museums sie am Arm berührt.

»Ist etwas nicht in Ordnung, Mademoiselle?« Seine kleinen Knopfaugen gucken freundlich hinter einer Nickelbrille, sein Schnurrbart ist braun und struppig. »Wollen Sie sich einen Moment hinsetzen?«

»Nein, nein.« Nanna versucht den Mann anzulächeln, der mit seinem Daumen auf eine Bank zeigt. »Ich will jetzt lieber gehen.« Bis jetzt hat sie jeden direkten Kontakt mit Männern vermieden, sogar an öffentlichen Orten. So verwundbar, wie sie sich im Augenblick fühlt, möchte sie sich lieber nicht einer Freundlichkeit aussetzen, die noch mehr Tränen hervorrufen könnte.

Der Museumswärter zuckt mit den Schultern. »Wie Sie möchten«, sagt er und geht mit knirschenden Sohlen davon.

Nanna eilt zur Wand, holt den kleinen Spiegel aus ihrer Schultertasche. Ihre Nase glänzt rot unter den blassen Resten ihrer Sommersprossen, in den langen Wimpern um die Augen hängen noch Tropfen, die Augen selbst glänzen grün durch einen Feuchtigkeitsschleier. Sie holt ihr Taschentuch aus dem Reißverschlußfach der Handtasche heraus, tupft sich damit vorsichtig ab, um das Ganze nicht noch zu verschlimmern. Dann stopft sie den Spiegel wieder in die Tasche und geht zu den großen Schwingtüren.

Der Hauptverkehr hat bereits eingesetzt, als sie auf die Straße tritt. Sie eilt in dem verlöschenden Nachmittagslicht zum Metroeingang, wird mit der ganzen Schar eiliger Menschen, die auf dem Weg von der Arbeit oder ihren Einkäufen nach Hause sind, auf dem Weg zu den Bars der Vororte, zum Abendessen im Familienkreis, in den Treppenschacht hinuntergezogen.

Sie klammert sich mit beiden Händen an ihre kleine Schultertasche, die späten Nachmittagsstunden sind das Paradies der Taschendiebe. Das Sausen der grünen Wagenreihen schlägt ihr aus den gekachelten Bogengängen entgegen. Hier und da öffnet sich ein weiterer Gang, die Menschenmassen verteilen sich, rutschen, stolpern und drängen auf die Bahnsteige, schieben sich durch die automatischen Türen hinein in die Waggons, überall sind Ellbogen, Regenschirme, knisternde Regenmäntel, der Oktober dieses Jahr ist naß.

Nanna kneift die Nasenflügel zusammen, um sich gegen die Ausdünstungen der sich schiebenden Masse um sie herum zu schützen. Verdauter Knoblauch und ungewaschene Achseln, Pisse und Schweißfüße vermischen sich mit dem speziellen Aroma der Metro aus Ruß und verbrannter Schokolade. Sie kämpft darum, die Geräusche nicht an sich herankommen zu lassen, will mit dem Bild der Marmorfrau auf dem Treppenabsatz allein bleiben.

Ein quietschendes, stampfendes, Übelkeit erzeugendes Geräusch der Bahnbremsen unterbricht ihre Gedanken. Der Menschenstrom erstarrt plötzlich hinter ihr, und sie wird gegen ihren Willen nach vorn geschoben, auf den grünen Zug zu, der unter dem Bremsvorgang wie in Krämpfen zuckt. Direkt an der Bahnsteigkante bleibt sie mit schwindelndem Kopf stehen.

Unten auf den Gleisen liegt der Körper einer jungen Frau, ein Torso mit einem aufgedunsenen Bauch, Reste eines Mantels hängen an dem einen Arm, ein gebrochener Flügel, schwarze Wollfetzen bedecken die zerrissenen Brüste. Aus dem Hals der Frau wird das Blut in langen Zügen herausgepumpt, es spritzt auf die Gleise, tropft auf den schwarzbraunen Steinuntergrund, sammelt sich unter dem kopflosen Körper zu einer Pfütze.

Ein gemeinsamer Schrei schlägt gegen die Kacheln der Wände. Die Menschen wenden sich ab, drehen sich voller Panik um sich selbst, stoßen die neben ihnen Stehenden in ihrer wilden Flucht zum Ausgang hin um, weg von diesem Bild, von dem Geräusch des Zugs, der mühsam am Bahnsteig zum Halten kommt.

Nanna steht wie gelähmt mitten in dem aufgebrachten Menschenstrom, die Geräusche um sie herum erreichen sie nur durch einen wogenden Filter, sie beachtet die schubsenden, drängelnden Körper gar nicht, sie ist blind für alles außer der Frau auf den Gleisen vor ihren Füßen.

Der kuppelförmige, weiße Bauch. Der Nabel, der vorsteht, eine Blumenknospe auf einem hellbraunen Stiel. Die schwarzen Fetzen auf der Brust, Reste eines Trauerflors. Der aus dem Hals herauspumpende Blutstrahl.

Das Geräusch von Hunderten von Füßen verhallt unter dem Kachelgewölbe, wird in die Tunnel hineingesogen. Der Chor aufgeregter Stimmen klingt aus und verwandelt sich zu einem entfernten Echo.

Nanna zwinkert ein paarmal, versucht den Anblick des Körpers auf den Schienen wegzuzwinkern, ihn in einen Traum zu verwandeln. Aber das, was vor nur wenigen Augenblicken eine lebendige Frau war, ist jetzt zu einem Bild auf Nannas Netzhaut erstarrt, das nicht mehr entfernt werden kann.

Irgendwo über ihrem Kopf fährt ein Zug an einen Bahnsteig heran, das Geräusch erreicht sie, ein Donnern in weiter Ferne.

Sie will sich von dem Anblick des zerfetzten Körpers abwenden, kann es aber nicht, das Bild hält sie fest, dort, wo sie steht. Sie spürt, wie ihre Knie nachgeben, sie schwankt an der Bahnsteigkante, ist kurz davor, vornüber zu fallen.

Ein harter Griff um ihren Oberarm. Eine Stimme an ihrem Ohr.

»Attention!«

Jemand zieht sie mit einem festen Ruck von dem Rand weg. Sie folgt stolpernd, ihre Knie schlagen gegeneinander. Die Tasche rutscht ihr von der Schulter, fällt auf den Bahnsteig, der Verschluß öffnet sich, und ihr kleiner runder Spiegel rollt heraus, dreht sich ein paarmal und bleibt dann flach liegen.

Ganz. Heil.

»Setz dich hier hin.«

Es ist die Stimme eines Mannes, sie ist hell, eifrig. Nanna spürt einen Arm um ihre Schultern, eine Hand stützt ihren Rücken. Widerstandslos gleitet sie auf die schmutzigen Fliesen des Bahnsteigs, die Hand greift um ihren Nacken und beugt ihren Kopf nach vorn.

»Damit du nicht ohnmächtig wirst.«

Eine Hand sammelt ihre Tasche auf, schiebt den Spiegel hinein, gibt sie ihr.

Nanna hebt den Kopf. Ein Gesicht über ihr, breit und blond. Besorgte graublaue Augen, eine Falte zwischen den hellen Augenbrauen.

»Ça va?«

Nanna will nicken, aber das Signalsystem ihres Körpers funktioniert nicht, auch die Zunge gehorcht nicht. Sie schaut in die freundlichen Augen, hält den Blick fest. Spürt, wie der Mann neben ihr kniet, ein Paar Arme um ihren Oberkörper. Sie lehnt sich gegen eine rauhe Jacke, registriert einen leichten Geruch nach feuchter Wolle.

Dann fängt sie an zu zittern. Sie weiß nicht mehr, wer sie ist und wohin sie wollte.

Die Zeit steht zwischen den Kachelwänden still.

Einige uniformierte Männer mit einer Bahre zwischen sich bleiben neben Nanna und ihrem Retter stehen.

»Der Bereich hier ist abgesperrt.«

Eine Hand erfaßt ihr Gesicht, beugt vorsichtig ihren Kopf nach hinten.

»Kannst du aufstehen?«

Unsicher geht sie am Arm des Mannes zum Ausgang. Die Tasche schaukelt an ihrem Ellbogen, der Verschluß ist offen.

»Könnten Sie meine Tasche zumachen«, flüstert sie. »Die Tasche.«

Ohne ihren Arm loszulassen, tut er, worum sie ihn gebeten hat. Hängt ihr die Tasche über die Schulter, sorgfältig. Sie spürt, daß er sie ansieht, aber sie muß sich darauf konzentrieren, einen Fuß vor den anderen zu setzen, die Treppenstufen vor sich zu meistern, ohne zu stolpern.

Die Straßenlaternen spiegeln sich in den Wasserpfützen, als sie endlich auf der Straße sind.

»Komm.«

Sie sind unter dem roten Schild eines *bar-tabac* stehengeblieben. Hinter der beschlagenen Scheibe leuchten freundlich die Lichter, durch den Regentropfenschleier kann Nanna die Umrisse von Menschen erkennen, die mit ihren Gläsern am Tresen sitzen oder stehen, an den kleinen Tischen, sie haben Zigaretten in den Mundwinkeln, sie sieht, wie ihre Lippen sich bewegen, die Hände gestikulieren, nichts ist passiert.

Zögernd folgt sie dem Mann. Sie hat keine Ahnung, wie spät es wohl ist, wahrscheinlich ist sie bereits über die Zeit. Sie weiß nicht, wo sie ist. Wie sie nach Hause kommen soll, weiß sie auch nicht.

Ein Taxi würde vermutlich ihr gesamtes Erspartes aufzehren, denkt sie und wird von einem Schuldgefühl wegen ihrer Kleinlichkeit erfaßt. Schließlich lebt sie noch, ihr Körper ist heil und warm, liegt nicht geköpft auf den Metrogleisen.

Der Mann hat von einem der runden Tische nahe am Fenster einen Stuhl herangezogen, fordert Nanna auf, sich zu setzen.

»Ich hole etwas zu trinken«, sagt er und verschwindet in der Menge.

Nanna sieht, wie er an der Bar steht. Er ist jünger, als sie zuerst gedacht hatte, nicht viel älter als sie selbst. Eine lange, blonde Gestalt, mit breitem Rücken in der dunkelblauen, wollenen Seemannsjacke, er sieht aus wie ein Seemann, mit dem sie einmal auf der Fähre nach Norwegen getanzt hat, sieht gar nicht französisch aus. Aber er hat mit ihr französisch gesprochen, ohne Akzent, soweit ihre ungeübten Ohren das beurteilen können.

Sie sieht, wie er am Tresen lehnt, mit dem Barkeeper redet, gestikuliert. Sie kann nicht hören, was er sagt, hat aber das Gefühl, daß er über sie spricht. Die gesamte Situation macht sie unsicher, aber ihre Beine sind so schwer und geleeartig,würden sie gar nicht tragen können, wenn sie fliehen wollte. Ihre Tasche hängt immer noch über ihrer Schulter, sie nimmt sie herunter und legt sie sich auf den Schoß, unter die Tischplatte.

Da spürt sie ihn neben sich, er stellt zwei Gläser auf den Tisch vor ihr, ein kleines mit einer braunen Flüssigkeit, ein großes, das anscheinend Wasser enthält.

»Trink das hier«, sagt er und zeigt auf das kleine Glas. »Das brauchst du.«

Der spiritusartige Geschmack billigen Cognacs erzeugt in ihrem ganzen Körper einen langgezogenen Schauder, plötzlich fühlt sie sich fieberheiß.

»Hier.«

Das Wasserglas, sie leert es in zwei Schlucken, dankbar, wischt sich den Mund mit dem Handrücken ab. Ihr ganzes Gesicht fühlt sich feucht an, eine Mischung aus Regen, Schweiß und salzigen Tränen ist ihr in die Mundwinkel gelaufen, sie öffnet ihre Tasche und sucht das Taschentuch, wischt sich Wangen und Stirn ab. Das Taschentuch bekommt dunkelgraue Flecken, verlegen versteckt sie es in der Hand, blinzelt zu dem Mann hinüber, der eine Zigarette aus einer blauen Pappschachtel angezündet hat und sie durch eine Rauchwolke anlächelt.

»Ça va?«

Der Barkeeper in seinem weißen Hemd steht plötzlich an ihrem Tisch. Er betrachtet Nanna neugierig.

»Kein Wunder, daß Sie blaß sind, Mademoiselle«, sagt er mit einem freundlichen Grinsen. »Ihr Freund hat mir erzählt, was passiert ist, schrecklich.«

Die kleinen braunen Kaffeetassen landen auf der Marmorplatte. Der Wirt schiebt die Schale mit den eingepackten Zuckerstückchen näher heran, läßt sein Tuch über die Tischplatte huschen.

Vielleicht wartet er ja auf eine Antwort.

Das Bild des verletzten Körpers auf den Zuggleisen lauert die ganze Zeit am Rande von Nannas Blickfeld, sie muß kämpfen, daß es nicht näher kommt, damit sie nicht wieder zu zittern anfängt. Sie wirft dem Mann auf der anderen Seite des Tischs einen flehentlichen Blick zu.

Eine Hand streift ihre.

»Am besten, wir reden jetzt nicht mehr drüber«, seine Stimme klingt entschlossen. Eine Handvoll Münzen klirren auf den Tisch. »Wieviel?«

»Geht auf Rechnung des Hauses.« Der Wirt breitet großzügig seine Arme aus.

»Schließlich muß man nicht jeden Tag so etwas mit ansehen.«

Er wirft Nanna einen letzten Blick zu, sucht ihre Gesichtszüge nach unaussprechlichen Ängsten ab, zieht sich dann hinter seinen Tresen zurück. Er erzählt den Männern etwas, die ihre Aufmerksamkeit zwischen *»L'Équipe«* und ihrem Glas auf der Bar teilen, nickt in Nannas Richtung. Augen richten sich auf sie, und sie spürt die Hitze in den Wangen, guckt in ihre Kaffeetasse, in der der Schaum einen spiralförmigen Wirbel bildet.

Der Kaffeeduft läßt ihren Magen zucken. Vielleicht kann der kräftige Geschmack ihre Sinne sammeln, die immer noch um sie herumflattern, unberechenbar wie Fledermäuse. Sie verbrennt sich die Zunge an der heißen Flüssigkeit, die Tasse klappert in ihrer zitternden Hand, als sie sie wieder abstellt.

»Geht's jetzt besser?«

Nanna schaut in die hellen Augen, nickt.

»Ich denke schon.«

»Du bist keine Französin. Da war irgendwas an dir, an deiner Kleidung. Und jetzt kann ich es hören.«

Das Gesicht über ihr erstrahlt, in den Augen ist etwas unverstellt Kindliches, gegen das sie sich nicht verteidigen muß.

»Dänin«, murmelt Nanna. »Ich bin Dänin.«

»Eine Wikingerin.« Die Augen des Mannes lächeln. »Wie ich.« Er lehnt sich auf seinem Holzstuhl zurück, sieht plötzlich stolz aus. »Ich komme aus der Bretagne«, fügt er hinzu, als würde das alles erklären.

Nanna weiß nicht, was sie zu dieser Information sagen soll. Die Bretagne sagt ihr nichts, nur ein Klumpen auf der Landkarte, im äußersten Westen, das ist alles.

»Finistère«, erklärt er weiter. »Das Ende der Welt. Warst du schon einmal da?«

Nanna schüttelt den Kopf.

»Ich bin das erste Mal in Frankreich.«

»Au pair?« Der Mann leert seine Kaffeetasse, greift mit der Hand nach dem Cognacglas. »Willst du den Rest?«

Als sie verneint, nimmt er das Glas, kippt den Inhalt in einem Schluck hinunter. Der Alkoholschauder läßt ihn den Kopf schütteln.

Die elektrische Uhr über dem Bartresen zeigt auf halb sieben, sie hätte schon vor einer halben Stunde zu Hause sein sollen. Der Gedanke an die Familie, die auf sie wartet, Madames hochgezogene Augenbrauen, Monsieurs gereiztes Brummen, das kleine, ernste Kindergesicht, das sich nur durch den Anblick von Nanna zu einem Lächeln auflöst, ihre Pflichten. All das, was sie nach Punkt und Komma erfüllen will, meldet sich mit nicht abweisbarer Kraft. Sie kann keinen Moment länger hier sitzen bleiben.

Sie schiebt den Stuhl nach hinten.

»Ich muß jetzt gehen«, sagt sie. »Vielen Dank.«

Sie zwängt sich zwischen den Tischen zum Ausgang hin, preßt die Tasche mit beiden Händen gegen den Bauch. Die Leute rücken ihren Stuhl zur Seite, ohne ihre Gespräche zu unterbrechen, lassen sie vorbei. Unsicher auf gummiweichen Beinen bahnt sie sich durch den Lärm der Stimmen und das elektrische Scheppern der Spielautomaten ihren Weg zur Tür, der Zigarettenrauch beißt ihr in der Nase.

Draußen auf der Straße ist der Regen stärker geworden, das Wasser platscht auf den Fußweg und fließt im Rinnstein, die Reifen der Autos durchpflügen die Wasserpfützen wie Schnellboote, ziehen Spritzfontänen hinter sich her.

Nanna sieht sich um. Der Metroeingang liegt nur wenige Meter entfernt, aber es ist nicht anzunehmen, daß bereits wieder eine Bahn in ihre Richtung fährt. Ein Taxi setzt ein Stück entfernt einen Mann und eine Frau ab, sie macht auf unsicheren Beinen ein paar Laufschritte, winkt mit den Armen, aber der Taxichauffeur hat bereits sein Schild eingeschaltet und fährt unter strömendem Regen vom Bürgersteig weg.

Eine Hand auf ihrer Schulter.

»Wo bist du denn geblieben?«

Nanna dreht sich um. Die hohe Gestalt zeichnet sich gegen das aquariumhafte Licht der Barfenster als Silhouette ab, das blonde Haar klebt ölig an der Stirn, auf der sich wieder die Sorgenfalte zeigt.

»Ich muß nach Hause.« Nanna sucht nach den Worten. »Ich werde erwartet, ich muß mich um ein kleines Mädchen kümmern.«

»Wo wohnst du denn?«

»In Marais.«

Nanna ist kurz vorm Weinen. Es wird sie mindestens eine halbe Stunde kosten, nach Hause zu gehen.

»Kannst du nicht anrufen?«

Bis jetzt hat sie sich noch nicht getraut, ein öffentliches Telefon zu benutzen, das komplizierte System mit den Jetons hat sie abgeschreckt. Außerdem fällt es ihr schwerer, die Sprache zu verstehen, wenn die Worte für sich stehen, ohne Mimik und Gestik. Und jetzt hat sie auch noch die Telefonnummer vergessen. Sie schüttelt den Kopf, seine Stirnfalte erzeugt bei ihr ein schlechtes Gewissen wegen ihrer eigenen Hilflosigkeit.

Eine Träne sucht sich ihren Weg aus ihrem Augenwinkel heraus, vermischt sich mit dem Regen auf ihren Wangen.

»Ich muß gehen«, sagt sie und schaut sich um, versucht sich zwischen den brausenden Autos und den funkelnden Lichtern zu orientieren.

»Ich bringe dich.« Er ergreift ihren Arm und dirigiert sie zur Straßenecke, plötzlich erkennt sie den Platz wieder, weiß, wohin sie gehen muß. »Wir können ja versuchen, unterwegs ein Taxi zu erwischen.«

Ihre Zunge spielt nicht mit, als sie protestieren will. Ohne

Widerstand läßt sie sich durch die Menschen führen, die unter ihren aufgespannten Schirmen dahineilen.

Der Regen läuft ihr in Bächen unter den Kragen ihres Mantels, das helle Leder ihrer norwegischen Slipper ist gefleckt von der Feuchtigkeit. Sie fühlt sich wie ein Bauerntrampel, einen halben Kopf größer als die zarten Frauen in dünnen Schuhen und hellen Strümpfen, die um die Wasserpfützen auf dem Fußweg herumtrippeln, elegant und wundersamerweise trocken in ihren prinzeßförmigen Mänteln.

Der Mann an ihrer Seite passt in der Größe zu ihr. Der Gedanke kommt ihr, ohne daß sie es will. Seine Ausstrahlung ist trotz seiner Größe unschuldig wie aus einem Bilderbuch, Hänschen im Blaubeerwald. Sie beschließt, daß sie vor ihm keine Angst haben muß. Außerdem ist sie sowieso viel zu erschöpft, um ihn jetzt abzuweisen.

Auf eine sonderbare Weise verleihen ihr die Erlebnisse des Tages ein Gefühl der Unverwundbarkeit. Sie hat das Schönste und das Schlimmste heute erlebt, mehr kann ihr nicht geschehen. Sie ist behütet wie ein Mensch, der Gott gesehen hat, denkt sie und weiß nicht, woher dieser Gedanke kommt.

Schweigend trotten sie durch den Regen. Nanna versucht die Luft tief in ihre Lunge hineinzuziehen, sie sehnt sich nach frischem Sauerstoff, aber die Luft ist gesättigt von dem Geruch nach verrotteten Blättern, nach den beißenden Auspuffgasen der Autos, dem warmen Dunst aus den Entlüftungskanälen der Metro.

Der Mann hat sich den Kragen hochgeschlagen, er beugt sich unter den schweren Tropfen nach vorn, wischt sich ab und zu mit dem Ärmel über die Stirn und lächelt Nanna zu. Sie bemerkt, wie er seine Schritte den ihren anpaßt. Eine Hand umfaßt ihren Ellbogen, wenn sie eine Straße überqueren, der lange Körper beschützt sie gegen die Spritzer der vorbeifahrenden Autos. Ihre Schulliebschaften, die kaum jünger als der Mann an ihrer Seite waren, sprangen immer um sie herum, tolpatschige Hundewelpen, sie hatte ihre schmale Hand in ihre feuchten Pfoten gelegt, mußte ihre eigenen und deren Schritte lenken, um ein Stolpern oder einen Zusammenstoß zu vermeiden. Diese blonde Gestalt an ihrer Seite bewegt sich mit ihr, sicher, wie ein guter Tänzer.

Der Strom der Autos ist endlos, die wenigen Taxis, die sie entdecken, haben Passagiere auf den Rücksitzen, schließlich geben sie es beide auf, sich umzuschauen und nach einem Taxi zu suchen, sie wandern einfach in dem strömenden Regen voran.

Endlich erkennt sie die Bar an ihrer Straßenecke, bleibt einen Moment unschlüssig stehen.

»Hier wohne ich«, sagt sie, streckt die Hand zum Abschied aus, zögert.

Die Einsamkeit öffnet sich vor ihr, ein sie herabziehender Abgrund. Das, was auf dem fernen Metrobahnsteig geschehen ist, das, was sie nur mit dem Mann geteilt hat, der vor ihr steht, wird sonst niemand verstehen können.

Ihre Blicke treffen sich.

»Ich heiße Yann.« Er behält ihre Hand für einen Augenblick in seiner. »Vielleicht sehen wir uns ja mal wieder.«

»Ja, ja«, am liebsten würde sie vor lauter Dankbarkeit laut schreien, »aber ich muß jetzt gehen.«

»In einer Woche, zur gleichen Zeit? Hier?«

»Um zwei Uhr.«

Sie entzieht ihm ihre Hand, läuft die letzten Schritte zum Tor, drückt auf den Knopf.

Als sie sich umdreht, um ihm noch einmal zuzuwinken, ist er bereits im Regen verschwunden.

»Also! Kommen Sie jetzt zum Empfang mit?« Monsieur hat einen Apfel geschält, die gelbe Schale liegt, in einem Stück und spiralförmig, auf seinem Teller. »Antworten Sie doch!« fährt er in ungeduldigem Ton fort, bevor seine Frau auch nur den Mund öffnen kann.

Nanna guckt heimlich auf ihre Uhr. Den ganzen Vormittag über hat ihr Körper leicht gezittert, wie vor einer Prüfung. Jetzt sitzt sie mit am Mittagstisch der Familie, der größte Teil ihrer Aufmerksamkeit ist auf Monsieur gerichtet, dessen umständliche Essensrituale ihren zähen Gang nehmen. Ihr ganzes Streben ist darauf ausgerichtet, daß er doch endlich aufessen und wieder in seinem Büro verschwinden soll, damit sie den Abwasch hinter sich bringen und kurz vor zwei Uhr auf ihrem Posten unten auf der Straße sein kann.

In der Zwischenzeit füttert sie Mariclô mit Backpflaumenkompott. Das kleine Mädchen ist eigentlich alt genug, um allein zu essen, aber verschüttetes Essen und umgekippte Gläser würden unweigerlich eine Verspätung bedeuten und die schlechte Laune am Tisch noch steigern, und Nanna hat gelernt, es nicht darauf ankommen zu lassen. Der förmliche Ton zwischen den Eheleuten überdeckt nur eine lauernde Wut, die jeden Augenblick in einen scharfen Disput umschlagen kann.

Der Löffel in Nannas Hand zittert. Ein brauner Tropfen fällt auf die weiße Tischdecke, sie verdeckt ihn mit der Serviette. Unruhig späht sie zu Madame, die mit einem beleidigten Ausdruck in dem sorgfältig geschminkten Gesicht eine reife Birne in kleine Häppchen schneidet.

Madame wollte schon nach ihrem freien Nachmittag schnappen. Normalerweise ist Nanna bereit, sich anzupassen, aber heute hat sie nein gesagt, mit roten Wangen, ohne eine weitere Erklärung zu geben.

Sie weiß nicht, ob sie die kritischen Bemerkungen von Monsieur ertragen wird.

»Wenn Sie daran interessiert sind, daß ich Marie-Clothilde mitschleppe, ja, gern. Ist es das, was ich antworten soll?«

Madame balanciert mit der Gabel ein Stück Birne in den Mund, kaut mit verkniffenen, blaßrosa Lippen.

Der Teller mit dem Käse steht vor Nanna, sie starrt auf den dreieckigen Brie, dessen cremegelber Inhalt eine dickflüssige Zunge auf dem blaugemusterten Porzellan bildet.

»Wir bezahlen für eine Putzfrau, wir bezahlen ein Kindermädchen, und meine Frau kann mich nicht zu einem Empfang begleiten. Entschuldigen Sie bitte, aber da stimmt doch etwas nicht.«

Der kleine, bürstenförmige Schnurrbart zittert vor Ungeduld, die Glatze glänzt ölig. Er ist zwanzig Jahre älter als seine Frau, und die späte Ankunft eines kleinen Kindes in seinem Leben hat in keiner Weise seine Gewohnheiten verändern können, hat ihn nur noch fordernder, noch ungeduldiger werden lassen.

Nanna fürchtet seine Sarkasmen, die zu der Sorte gehören, die sie von ihrem Vater kennt. Sie beugt den Kopf vor dem, was kommen muß.

»Habe ich das richtig verstanden?« Er hat sich Nanna zugewandt, »daß Mademoiselle nicht gewillt ist, ein paar Stunden ihrer Freizeit zu opfern, um uns einen Gefallen zu tun?«

Mariclô, deren seismographische Sensibilität hinsichtlich Stimmungsumschwüngen im Umkreis ihrer kleinen Person oft zu heftigen Ausschlägen führt, rutscht auf ihrem Stuhl hin und her.

»Sitz still.«

Das Geräusch der harten Landung einer Gabel auf dem Dessertteller. Madames schmale Finger mit den tadellos lackierten Nägeln umklammern den dünnen Arm ihrer Tochter.

Das Erbrechen kommt wie eine Explosion. Der kleine Mund des Kindes ist ganz viereckig vor erschrockenem Weinen, es streckt die Arme von sich, der bestickte Pullover ist von einer schleimigen braunen Flüssigkeit getränkt.

»Marie-Clothilde, *quand-même*!«

Ekel verwandelt Madames konventionell hübsches Gesicht zu einer zitternden Fratze.

Nanna weiß, das Spiel ist verloren. In so einer Situation Mariclô ihrer Mutter zu überlassen, das bringt sie nicht übers Herz.

»Ich nehme sie.«

»Den ganzen Nachmittag?«

Nanna wischt ihre Handflächen in ihrer Serviette ab, hebt das weinende Mädchen aus dem Stuhl.

»Den ganzen Nachmittag«, sagt sie kurz.

Es ist genau zwei Uhr, als Nanna die Karre aus dem schweren Tor schiebt.

Er hat die Hände in die Taschen seiner blauen Seemannsjacke gestopft, sieht nicht so breitschultrig aus, wie sie es in Erinnerung hat. Aber trotzdem erkennt sie ihn sofort wieder.

Sein Anblick läßt sie kurz innehalten. Das Bild der verunglückten Frau, das in der letzten Woche jede Nacht ihre Träume verdorben hat, taucht vor ihrem inneren Blick auf.

Vielleicht war es keine gute Idee, ihn wiederzutreffen, vielleicht wird all das dadurch wieder aufgerissen, was sie am liebsten vergessen würde. Aber jetzt ist es zu spät zu bereuen, er hat sie bereits gesehen und hebt die Hand zum Gruß.

Der Wind weht ihm das Haar aus der Stirn, als er die Straße überquert.

»*Bonjour.*«

Seine Hand ist warm und groß, die Handfläche fühlt sich unerwartet weich an.

»Ich mußte sie mitnehmen.« Nanna nickt zu Mariclô, die ihr kleines Gesichtchen dem fremden Mann zudreht und die Augen zukneift. »Vielleicht können wir zur Place des Vosges gehen, da spielt sie immer.«

»*Pourqoui pas?*« Er nickt dem Kind zu, hockt sich neben sie. »Ich heiße Yann«, sagt er.

Das kleine Mädchen nickt mit ernster Miene.

»Yann«, sagt sie, und der Schatten eines Lächelns huscht über ihre Augen.

»Darf ich raten, wie du heißt? Martine, Marie, Michèle, Monique, Denise, Danielle, Nicole, Claire, Colette, Jeannine, Aurore, Alberte, Adèle?«

Er leiert die Namen herunter, ein geschäftiger Auktionator, und Mariclôs Stirn runzelt sich vor Anstrengung, ihm zu folgen. Yann macht eine Pause, um nach Luft zu schnappen.

»Jetzt weiß ich es. Du heißt natürlich Anaïs«, sagt er und piekst sich mit dem Zeigefinger gegen die Schläfe.

»Neihein.« Das kleine Gesicht strahlt plötzlich vor Freude, wie Nanna es nur selten gesehen hat. »Mariclô heiße ich.«

»Und wie heißt diese junge Dame?« Yann nickt zu Nanna. »Könnte sie wohl Beatrice heißen?«

»Das ist doch Nanna.«

»Ach, natürlich. *Bonjour, Nanna.*« Er lächelt Nanna zu. »Wollen wir gehen?«

Die Anlage ist fast menschenleer. Eine alte Dame, deren birnenförmigem Gesicht Nanna meistens zunickt, schaut mißtrauisch von ihrer Bank auf, als der kleine Zug an ihr vorbeidefiliert. Ein Junge braust auf einem Fahrrad mit Stützrädern an ihnen vorbei, ruft Mariclô zu sich, als Nanna sie aus dem Wagen hebt. Der klassisch elegante Platz verfügt nicht über etwas so Profanes wie eine Sandkiste, und die Kleinkinder des Viertels behelfen sich so gut sie können mit Rollern und Rädern, kratzen mit ihren kleinen Schaufeln im Kies der Wege, stellen sich auf die Zehenspitzen und planschen mit einem Stock in den immerwährend plätschernden Fontänen.

»Soll ich fragen, ob du Bernards Rad ausleihen darfst?« Nanna winkt dem Kindermädchen des Jungen zu, einer rothaarigen Holländerin, die mit ihrem Strickzeug ein paar Meter entfernt sitzt.

Mariclô trippelt artig an Nannas Hand davon, setzt sich höflich abwartend neben das andere Kindermädchen.

»Du bist nicht allein?« Das Kindermädchen zwinkert Nanna zu. »Laß nur, ich werde schon auf sie aufpassen.«

Nannas Wangen werden heiß. Sie weiß nicht, wie sie erklären soll, daß das Treffen mit Yann kein Stelldichein ist, ohne sich in komplizierte Erklärungen zu verwickeln.

»Danke«, sagt sie nur kurz.

Die goldene Oktobersonne steht hoch zwischen den roten Häusern, Yann hat sich auf einer der Doppelbänke niedergelassen, er hat sich eine Zigarette angezündet, beschattet seine Augen mit der Hand, als sie zurückkommt.

Nanna setzt sich, in sicherem Abstand zu seinem kräftigen Körper, steckt die Hände in die Taschen ihrer Wildlederjacke, macht sich so schmal wie möglich.

Sie sitzen eine Weile schweigend da. Nannas Fuß zeichnet ein Muster in den Kies, einen Kreis, einen Strich, etwas, das aussieht wie ein Schmetterling.

»Was machst du in Paris?« fragt sie schließlich, um überhaupt etwas zu sagen. »So weit weg vom Ende der Welt.«

Sein Lachen ist hell und fröhlich, das Lachen eines Jungen.

»Du erinnerst dich daran? Auf dem Weg hierher habe ich befürchtet, daß du viel zu schockiert gewesen bist, um dich überhaupt noch an mich zu erinnern.«

Nanna schüttelt den Kopf.

»Ich erinnere mich gut an dich«, murmelt sie.

»Ich arbeite im Restaurant meines Onkels.« Yann nimmt einen letzten Zug aus seiner Zigarette, zertritt die Kippe mit seiner Ferse. »Wir haben zu Hause ein Hotel, es ist geplant, daß ich das einmal übernehmen soll.«

Sein Gesichtsausdruck läßt sie stutzen.

»Hast du keine Lust dazu?«

»Das ist gar nicht die Frage.«

Er holt seine Brieftasche aus der Innentasche hervor, öffnet sie.

Auf dem Foto steht er vor einem weißen Gebäude, seine Arme ruhen auf den Schultern zweier Frauen.

»Die Frauen in meinem Leben.«

Nanna betrachtet neugierig die Frauen auf dem Foto. Das Lächeln auf dem Gesicht der einen unter dem zurückgekämmten Haar ist eine aufgesetzte Maske, die Sorgenfalte zwischen den Augenbrauen, die der von Yann ähnelt, hat sich für immer eingegraben. Die kleine alte Frau auf seiner anderen Seite sieht mit ihrem sonderbaren Kopfschmuck aus weißen Spitzen aus, als wäre sie einem Gemälde entsprungen.

»Meine Mutter und *mémé,* meine Großmutter«, Yann zeigt auf letztere. »Sie braucht jeden Morgen zwanzig Minuten, um ihr *coiffe* aufzusetzen. Aber du brauchst gar nicht erst zu versuchen, sie zu überreden, es doch wegzulassen.«

»Sie sieht hübsch aus.«

»Sie ist der störrischste Mensch auf der Welt. Mein Großvater ist im Ersten Weltkrieg verschollen, und als sie seinen Namen auf das Denkmal für die Gefallenen schreiben wollten, hat Mémé gesagt: ›Wer behauptet, daß er gefallen ist? *Verschollen* für Frankreich, schreibt das hin!‹ Sie wartet heute noch auf ihn.«

»Und was ist mit deinem Vater?«

»Er ist gestorben, als ich klein war.«

Ein Schatten huscht über sein Gesicht, er schiebt ihn mit einem Lächeln weg. »Ich bin mit starrsinnigen Frauen aufgewachsen!«

»Nanna! Guck mal!«

Der Junge hat Mariclô sein Rad überlassen, jetzt braust sie jubelnd davon, den Kopf zwischen den Schultern, ihr kleines Gesicht ist rosarot vor Anstrengung.

Nanna klatscht in die Hände, ruft dem Kind zu:

»Bravo, Mariclô!«

»Du magst Kinder gern«, stellt Yann fest. »Ich auch.«

»Ich freue mich so, wenn sie sich mal etwas zutraut.« Nanna hat diesen Gedanken vorher nie bewußt gehabt, aber plötzlich weiß sie, daß es stimmt.

»Sie erinnert mich an mich selbst früher.«

»Wieso?«

»Keine Geschwister und schrecklich ängstlich.«

Sie begreift nicht, wieso sie diesem Mann, den sie doch kaum kennt, ihre geheimsten Gedanken anvertraut, merkt nur, daß es ihr ganz natürlich erscheint.

Ein Schrei zerreißt die Luft unter den gelben Fingern der Kastanien, Mariclô liegt kopfüber vor dem umgekippten Rad, der Junge steht ein paar Schritte entfernt und schaut betreten drein.

Yann ist mit drei Schritten bei ihr, schiebt das fremde Kindermädchen zur Seite.

»*Ça va, ma petite?*«

Er hebt vorsichtig das weinende Kind hoch und wiegt es in seinen Armen, bis es aufhört zu weinen.

Nanna sieht ihn an. Sie hört das plätschernde Geräusch von den Fontänen, das Brausen der Autos in weiter Ferne, den spröden Klang einer Kirchenglocke irgendwo in der Nähe und weiß, daß etwas Tiefes in ihr, ein Gefühl, das ihr ganzes Leben lang heimatlos war, endlich seinen Platz gefunden hat.

März 1961

»Hier kommt das Geburtstagsessen.«

Yanns Onkel stellt die Platte mit geübter Armbewegung auf das Metallstativ in der Tischmitte.

Nanna hat derartige Zusammenstellungen bisher nur auf Gemälden gesehen, aber das Stilleben, das jetzt zwischen ihr und Yann steht, soll nicht nur die Augen erfreuen. Yann schiebt sich bereits seine weiße Leinenserviette in den Halsausschnitt, neben ihren Tellern liegen Nußknacker, Nadeln, eingelassen in Weinkorken, lange, zweigliedrige Instrumente mit etwas, das aussieht wie ein Miniaturspaten an dem einen Ende, kurze, kräftige Gabeln, ein ganzes kleines Arsenal.

Auf dem glänzenden Tablett türmen sich Berge winziger lachsfarbener Langusten mit ihren langen Fühlern neben halben Zitronen, die dunkelroten Zangen einiger gewaltiger Krebse ruhen schwer auf einer Pyramide schwarzer Meeresschnecken. Muscheln mit anmutigen Schalen, lange Ovale, gestreift in hellbraun und altrosa, rot-orange Miesmuscheln in ihren dunklen Gehäusen, dunkelgraue Austernschalen mit ihrem seidenblassen Inhalt, an dem winzige schwarze Fransen hängen.

»Flache Austern«, erklärt der Onkel. »Flache Austern aus Cancale, *vous m'en direz des nouvelles!*«

Yann bedient sich mit einer Scheibe des kroß gebackenen Landbrots aus dem Korb, kratzt mit seinem Messer Butter von dem großen Klotz auf dem Glasteller.

»Das Beste daran ist, daß ich denen da heute nichts servieren muß.«

Er nickt nach hinten zu dem voll besetzten Lokal hin, in dem die Kellnerschar seines Onkels mit routinierten Bewegungen die Bestellungen auf ihren weißen Blöcken notiert, mit den Tabletts voller Schalentiere heraneilt, mit Fisch in dampfenden Soßen, tropfenden Weißweinflaschen, einem Extraglas hier, einem Korb mit Brot da.

An allen Tischen zwischen den Trennwänden aus Fayence mit Blumenmuster sitzen Familien. Mehrere Generationen sind um die weißen Tischdecken versammelt, die Kinder artig, still und mit großen Augen, neben Nanna zeigt eine Großmutter ihrem Enkel, wie man aus dem Menü auswählt, ein Chor verschiedenster Stimmen steigt zu der bemalten Decke hinauf. Die Stimmung ist aufgekratzt, erwartungsvoll, ein Sonntagsessen im Kreis der Familie, Leckereien, die die vom Lande Geflohenen an die Küste daheim erinnern, an das leuchtende, großzügige Meer.

Während der letzten Monate hat Nanna sich immer wohler in dieser Gesellschaft gefühlt. Sie sind aus ihrem natürlichen Element gerissen worden, die Bretonen wie auch sie, aber hier, in diesem schönen Lokal mit den Jugendstilornamenten und den blitzenden Gläsern auf den weißen Tischdecken, sind sie zusammen im Exil, in der einfachen Gemeinschaft einer Mahlzeit.

Einer der Kellner winkt den Onkel zu sich, worauf dieser mit langen Schritten hinter den geschwungenen Messingstangen des Spiegelbuffets verschwindet, bereit, sein wachsames Auge über dem ganzen großen Lokal kreisen zu lassen.

»Ein ganzer Tag frei. Mein bestes Geburtstagsgeschenk.« Yann schiebt sich ein Stück Brot in den Mund, lächelt kauend Nanna zu. »Abgesehen von ...«

»Abgesehen wovon?«

Nanna ist verwirrt. Daß heute Yanns Geburtstag ist, war für sie eine Überraschung, sie hatte sich lediglich zum Sonntagsessen ins Restaurant des Onkels einladen lassen, wie schon so oft. Yann hat normalerweise erst Zeit, sich zu ihr zu setzen, wenn der größte Trubel vorbei ist und nur noch wenige Tische mit einigen Nachzüglern besetzt sind, die etwas zu lange bei Kaffee und Calvados hängenbleiben. Trotz ihrer Freude und der leichten Verlegenheit, diesmal Yann am Tisch gegenüberzusitzen und von dem sonst immer so geschäftsmäßigen Onkel wie ein Ehrengast behandelt zu werden, ist sie etwas unzufrieden, weil sie keine Gelegenheit hatte, sich ein Geschenk auszudenken, etwas Besonderes, von ihr für ihn.

»Abgesehen von dir.«

Nanna senkt den Blick, verfolgt mit dem Zeigefingernagel ein Muster im Gewebe der Tischdecke. Yanns Bewunderung macht sie verlegen, sie kann kaum glauben, daß sie nichts machen muß oder sich nicht in einer ganz bestimmten Art und Weise verhalten muß, um gemocht zu werden. Einfach sie sein kann. Nanna sein darf.

»Würde deine Mutter nicht gern mit dir feiern?« fragt sie ablenkend.

»Sie findet kaum jemanden, der sich um alles kümmern kann.« Yann schiebt die Frage mit einer Handbewegung weg. »Wahrscheinlich hat sie geglaubt, ich komme nach Hause.«

»Aber sie wird doch hoffentlich nicht böse auf dich sein?« fragt sie und fügt zögernd hinzu: »Oder auf mich?«

Yann hat eine der flachen Austernschalen genommen, schabt eifrig mit einer kurzen Gabel den Haltemuskel des Tiers los. »Komm«, sagt er und lockt sie zu sich heran. »Mach den Mund auf.«

Die Auster schmeckt nach Nüssen und Salzwasser, sie kaut das feste, weiche Fleisch und schließt die Augen, es ist fast etwas Peinliches an diesem intensiven Genuß.

»Nun?«

»Das schmeckt wie saubere Bettlaken«, sagt sie und spürt, wie ihr die Röte in die Wangen steigt.

Yann lacht.

»Wie unter einer Brücke hindurchzutauchen«, sagt er.

»Wie schwimmen im Dunkeln«, erklärt Nanna keck und muß plötzlich lachen, erleichtert. Yann schafft es immer wieder, Seiten bei ihr zu finden, von deren Existenz sie selbst kaum wußte.

Ihr französischer Wortschatz wächst in seiner Gesellschaft, bekommt einen Einschlag hin zum Jargon und zur Jugendsprache, mit komischen Abkürzungen und absurden Vergleichen, aber auch mit einer Poesie, von der sie nicht weiß, woher sie eigentlich stammt, etwas Buntes, Flüchtiges, das ihr einen fast körperlichen Genuß bereitet.

»Ein Glas Muscadet, liebes Fräulein, zu Ihren Austern?« Yann hat die grüne Flasche aus dem Kühler gehoben. »Wir haben einen ausgezeichneten Jahrgang hier, auf Hefe gegoren, wissen Sie?«

Yann streicht sich einen imaginären Schnurrbart mit dem Daumen glatt, ahmt die Art seines Onkels formvollendet nach, und Nanna platzt vor Lachen heraus. Sie probiert den Wein wie ein verwöhnter Restaurantgast, läßt einen kleinen Schluck im Mund kreisen, spitzt die Lippen in französischer Manier.

»Ist in Ordnung«, sagt sie mit einem überlegenen Schulterzucken, und beide lachen, greifen gleichzeitig nach einer Auster und wollen sich vor Lachen ausschütten.

Yann fängt ihre Hand, seine Augen lächeln, als er ihre Finger mit einem verstohlenen Blick zum Onkel hin küßt.

»So, und jetzt essen wir«, erklärt er und läßt sie los. »Wir fressen, bis wir platzen, und dann kommt das Dessert.«

Nanna legt mit einem Seufzer ihren Löffel auf den Teller mit den Resten des Windbeutels und dem geschmolzenen Vanilleeis und wischt sich mit ihrer Serviette ein wenig Schokolade von der Oberlippe.

»Keinen Happen mehr«, stöhnt sie.

Der Gürtel ihres Kleids in Schottenkaro, dessen weißer Kragen sie wie ein Schulmädchen aussehen läßt, wird zu eng. Ihre Wangen glühen von dem Wein, aber sie ist eher satt als berauscht, schwindlig und selig von all dem köstlichen Essen und Trinken, dem Reden und Lachen, von Yanns verstohlenen Zärtlichkeiten auf ihrer Hand und Wange, den Leckerbissen, die er ihr auf den Teller geschoben hat und die sie unbedingt probieren mußte.

Bevor sie nach Frankreich kam, wußte sie nicht, daß Essen ein Genuß sein kann. Die Kochkünste ihrer Stiefmutter waren geprägt von den Rezepten der Frauenzeitschriften, geprägt von deren angestrengten Erfindungen, Merkwürdigkeiten und Dekorationen.

Jetzt kann sie zusehen, wie Yann an Gerichten schnuppert, probiert und kostet, Früchte vorsichtig drückt und ein Stück Brot prüfend kaut. Entweder ist das Essen gut, frisch und richtig zubereitet, oder man kann es gleich vergessen.

Jede kostbare freie Stunde im letzten halben Jahr haben sie gemeinsam verbracht. Emsig wie die Eichhörnchen haben sie die Gaben aus dem Vorrat ihres Wissens, ihres Geschmacks und ihrer Interessen, an Kunst und Essen ausgetauscht, haben die Welt angehalten und sich gegenseitig beigebracht, sie mit neuen Augen zu sehen.

Sich selbst einen neuen Blick geschenkt, die eigene Person zu sehen.

Yann hat eine Gitane aus der blauen Schachtel angezündet, lehnt sich auf seinem Stuhl zurück.

»Und jetzt?« fragt er, aber bevor Nanna antworten kann, sieht sie, wie der Onkel Yann zu sich winkt.

Sie folgt ihm mit den Augen, als er mit zähen Schritten den Raum durchquert. Seine gute Jacke ist zur Feier des Tages frisch gebügelt, das blonde Haar kringelt sich über dem blauen Stoff im Nacken. Eine Hand schließt sich irgendwo tief in ihrem Inneren, eine vorsichtige Hand, behütend, wie jemand, der einen verschreckten Vogel hält.

Ich bin verliebt, denkt sie und spürt das Flattern weicher Flügel in ihrer Brust.

Tausend feine Fäden umspinnen sie, haben sie umsponnen seit dem Tag auf den harten Fliesen des Metrobahnsteigs. Sie sind jetzt beide beschützt, in dem gleichen Kokon, beschützt von einem feinen Gewebe aus Gefühlen, aus Träumen. Keine Erklärungen, kein Wort bindet sie. Und dennoch fühlen beide das Schweigen zwischen sich wie eine zärtliche Vertraulichkeit, jeden Blick wie ein Versprechen. Wie das gekommen ist, weiß sie nicht, sie weiß nur, daß es so ist, wie es ist.

Yann kommt zurück. Sie sieht bereits von weitem, daß etwas seine überschäumende Freude getrübt hat.

»Ist etwas nicht in Ordnung?«

Yann zuckt mit den Schultern.

»Mutter«, sagt er. »Mein Onkel hat den Mund nicht halten können. Jetzt will sie wissen, was das für ein Mädchen ist, das mir wichtiger ist als sie.«

»O nein.«

Die klammen Hände eines Schuldgefühls ergreifen Nanna. Sie hat versucht sich diese Mutter vorzustellen, von der Yann normalerweise stets voller Respekt spricht, wie von einer Person, die die Hochachtung der Welt verdient, eine besondere, außergewöhnliche Person, aber ihre Phantasie hat sie sich nicht ausmalen können. Die französischen Frauen, die sie kennengelernt hat, Madame und ihre Freundinnen, sind alle aus dem gleichen festen, bunten Holz geschnitzt, laute gezähmte Vögel, immer bereit, ihre sorgsam geschminkten Lippen voller Verachtung zu schürzen, wenn ihnen etwas nicht paßt.

Sie hat mit Yann darüber gesprochen, daß sie seine Mutter kennenlernen sollte, aber bisher nur in unverbindlichen Sätzen, eine Tür sollte immer einen Spalt offenbleiben, eine Fluchtmöglichkeit für beide, falls trotz allem etwas schiefgehen sollte.

Und vielleicht ist genau das jetzt passiert.

Yann sieht verkniffen aus, vielleicht ist die Sache damit entschieden, vielleicht ist das ihr letztes Treffen, sie bereitet sich bereits auf den Abschied vor, spürt schon die dumpfe Verzweiflung.

Yann zerdrückt die Zigarettenkippe im Aschenbecher, schaut mit einer Art Wut auf seine Hand.

»Willst du wissen, was ich geantwortet habe?«

Seine Stimme klingt überraschend hart, und Nanna spürt seinen Blick, jetzt sieht er sie an, fordert eine Antwort.

Sie nickt, ist kurz vorm Weinen.

»Das ist meine Geliebte, habe ich gesagt.« Seine Stimme klingt rauh, er räuspert sich, die Worte wollen die Kehle nicht verlassen.

Seine Hand liegt auf ihrer, drückt sie, daß es schmerzt. Dann läßt er sie los, sagt in seinem üblichen Tonfall:

»Worauf hast du jetzt Lust? Wenn du Kunst sagst, habe ich einen Vorschlag.«

Nanna schaut ihn an, ist verwirrt über seinen schnellen Gemütswechsel.

»Wohin du willst«, sagt sie und erinnert sich plötzlich an ihren alten Konfirmationspfarrer, an diesen freundlichen Mann, der so von der Liebe reden konnte, daß zwanzig Vierzehnjährige aufhörten zu kichern. Sie denkt die Worte, die sie damals hörte und versteht jetzt, was sie bedeuten.

Wo du hingehst, da werde auch ich hingehen.

Der Museumsgarten führt leicht schräg hinunter zu einem großen Steinbassin. Die geschnittenen Linden tragen noch keine Blätter, aber die Luft ist warm, vibriert vom Vogelgesang. Über ihren Köpfen fliegt ein Singvogel mit einem Zweig im Schnabel, der doppelt so groß ist wie der Vogel selbst. Der kleine Körper kippt unter dem Gewicht zur Seite.

Die Skulpturen des Parks sind neu für Nanna. Die Bronzekörper, sonderbar lebendig, die Bronze ähnelt echter Haut, es scheinen richtige Muskeln unter der polierten Oberfläche zu liegen, sie strahlen ein Gefühl gebündelter Energie aus, eine Kraft, die gleichzeitig fremd und vertraut ist.

»Sie sind merkwürdig, nicht wahr?« Sie dreht sich Yann zu. Ein Männerkörper streckt sich vor ihnen gen Himmel, in einer Bewegung, die nie aufzuhören scheint. »Der Genius des ewig Ruhenden«, liest sie auf dem Sockel. »Vielleicht ist es ja wirklich so?«

»Daß man in einer Bewegung ruht? Fließt, schwebt, sich streckt, so weit man kann. Das ist wohl so.«

»Warst du schon einmal hier?«

Yann nickt.

»Auf einer Klassenreise, im Gymnasium. Wir hatten einen Lehrer, der ganz wild auf Rodin war, der hat uns hierher geschleppt. Eine Jungsklasse, das war eigentlich ziemlich beknackt. Wir haben nur gekichert und blöde Bemerkungen gemacht.« Yann schüttelt bei dem Gedanken den Kopf. »Damals hat mir das nicht viel gebracht, aber ich wußte, daß ich wiederkommen wollte. Komm, lass uns reingehen.«

Die sanfte Frühlingsluft schwebt wie ein graurosa Schleier in den hohen Räumen. Die Skulpturen stehen auf Kaminsimsen, vor Spiegeln, mitten im Raum auf Sockeln – Pflanzen, die aus den Steinblöcken herauswachsen. Fast atmen sie, das Blut pocht in ihnen, Nanna hat noch nie eine so intensive Nähe zu toten Dingen gespürt.

»Der ewige Frühling.« Sie zieht Yann zu einer kleinen Figurengruppe hin, ein Kuß in schwarzer Bronze, anmutig, schamhaft.

»Das ewige Idol.« Er zeigt mit dem Finger auf eine andere Gruppe.

Der Kuß unter der linken Brust der Frau, eine Sehnsucht, so stark, daß Nanna spürt, wie sich ihre eigenen Brustwarzen zusammenziehen, wie bei den Abschiedsküssen von Yann, wenn der Kuß vom ganzen Körper gegeben und empfangen wird.

Hand in Hand gehen sie durch die Säle, treten vorsichtig auf das abgenutzte Parkett in Flechtmuster, jetzt schweigend. Sie schauen und schauen, und die Formen um sie herum verschwimmen und verwandeln sich in ein Gefühl tauber Süße, das nicht in Worte zu kleiden ist.

Yann ist vor einer Skulptur stehengeblieben.

»Sieh mal«, flüstert er, und Nanna sieht, es ist ihr peinlich, sie will sich abwenden, aber Yann hält sie fest.

Die Marmorfrau streckt das eine Bein zum Himmel. Der Sendbote der Götter, ihr Geschlecht ist offen, ausgestellt, aber sonderbar unverletzlich, das Geschlecht erzählt ein Geheimnis. Vielleicht ist es das Geheimnis der Götter, vor ihren Augen pulsiert die Marmorfigur vor heißem Leben.

»Sie ist stolz«, flüstert Yann. »Stolz und schön.«

Ihre Augen treffen sich in dem fleckigen Spiegel hinter der Statue, und etwas in Yanns Blick läßt Nanna ihre Hand zurückziehen. Sie taumelt in den angrenzenden Raum, bleibt dort stehen und spürt, wie das Blut in ihrem Körper rauscht, traut sich nicht, sich umzuschauen.

Als sie endlich aufblickt, steht sie Auge in Auge mit dem Schmerz. Ein zurückgeworfener Kopf in glänzender Bronze, geschlossene Augen, ein Schrei, der nach innen geht, zurück, in die Frau, unerreichbar. Nanna dreht sich weg, will die Verzauberung von vorhin hüten, aber die Verzweiflung strahlt ihr entgegen von einem Frauenkörper, der sich herabgebeugt hat, einen Fuß umfaßt und ihn festhält, das Unglück in sich hält, das zu grausam ist, um es loszulassen.

Nannas Fluchtweg ist wieder blockiert, von einem männlichen

Oberkörper, einem Torso, unter der grünlich angelaufenen Bronze verbirgt sich ein Schmerzensschrei. Ein Mann, der leidet, getroffen von einer scharfen Waffe, er begreift nicht, wieso. Er ist jung, vielleicht noch ein Junge, er erinnert sie an Yann, sie will weg von hier und dreht sich erneut um, und da steht er vor ihr, nimmt sie in seinen Armen auf.

»Ich habe Angst gekriegt«, murmelt sie gegen seine Schulter, und er streichelt ihren Rücken und streicht ihr über den Nacken, trotz der neugierigen Blicke der anderen Museumsgäste.

»Wovor hast du Angst gekriegt?«

»Dich zu verlieren.« Die Worte kommen von ganz allein, jetzt hat sie es gesagt. »Ich liebe dich«, flüstert sie, so leise, daß sie es kaum selbst hören kann.

Die Straße ist menschenleer, als sie aus dem Museumstor treten, das Licht von einem verschwommenen Blaugrau. Yanns Arm ruht auf Nannas Schulter.

Ein vertrockneter Blumenstrauß raschelt unter ihren Füßen, sie schaut auf.

Michel de Bretagne. Sie liest die kleinen Metallbuchstaben an der Mauer, ein Datum, dreht sich mit fragendem Blick zu Yann um.

»Es waren so viele«, murmelt dieser, und seine Augen glänzen plötzlich. »Junge Männer, in meinem Alter, mein eigener Vater.«

Sie hat es nie gewagt, ihn nach seinem Vater zu fragen, er selbst hat das Thema vermieden. Die Geschichte von Yann war immer die Geschichte von Yann und seiner Mutter und seiner Großmutter und dem Hotel, von Yann und seinen Freunden, mit denen er Musik macht, vom Meer und dem Licht dort draußen im Westen.

»Dein Vater?«

»Ein andermal.«

Er zieht sie von der Mauer fort, weg von den braunen Blumen. Auf dem Boulevard stoßen sie auf Menschen, die wie sie selbst herumschlendern, junge Paare, die Hand in Hand gehen, ältere Männer, die sich auf ihre Stöcke stützen, ihnen mit freundlichen Augen unter schwarzen Baskenmützen zunicken.

Ein Hund mit einem Halsband in Schottenkaro räkelt sich auf seinem fetten Rücken, die Pfoten in die Luft gereckt, das Band um seinen Hals hat das gleiche Clanmuster wie Nannas Kleid unter der kurzen Wildlederjacke, und die Frau, die den Hund an der Leine hält, deutet auf das Kleid und das Halsband und faßt sich mit einer fröhlichen Geste an die Stirn, sie bleiben stehen und lachen mit ihr.

Langsam gehen sie an den Steinfassaden entlang, ziellos in dem sanften Licht. Die Luft ist immer noch mild, als der hellbraune Strom des Flusses hinter den Brustwehren der Kais vor ihnen auftaucht. Nannas neue blaue Schuhe drücken an den Füßen, aber sie will diese dahinfließende Stimmung nicht zerstören, keinen Grund für eine Frage nach Richtung oder Ziel geben. Sie sind auf dem Weg zu etwas, sie weiß nicht, was, sie weiß nicht, ob Yann es weiß, sie bewegen sich langsam, getragen von langen Dünungen, gehen immer weiter in dem schwindenden Licht des späten Nachmittags.

In Nannas Kopf und Körper pochen die Bilder des Nachmittags, die sensuellen Kurven der Skulpturen, die nackte Leidenschaft, das verzerrte Gesicht des Leidens. Durch die Jacke und das brave Kleid hindurch spürt sie Yanns warmen Körper, will ihm nah sein, noch näher, aber sie weiß nicht, wie. Sie weiß nicht, ob das möglich ist. Weiß nicht, ob sie sich wirklich trauen würde, wenn es möglich wäre.

Die Lampen über ihren Köpfen sind angegangen, als Yann in eine Gasse einbiegt, die sie nie zuvor gesehen hat. Die schmutzigweißen Fassaden der Häuser haben nur wenige Stockwerke, sie haben nichts Elegantes an sich, sehen aber gemütlich aus, freundlich, Menschen leben ihr gutes Leben hinter den kleinen Fenstern mit den angemalten Fensterläden und den Blumenkästen auf den Gesimsen.

»Mein Freund arbeitet hier«, sagt Yann, und Nanna sieht, daß die Tür hinter ihnen in ein kleines Hotel führt. Ein dunkelhaariger Mann steht hinter dem Tresen am Empfang, hebt die Hand zum Gruß.

Das Herz pocht Nanna im Hals. Vielleicht hat Yann ja ihre Gedanken erraten und schon alles geplant. Draußen auf der kleinen Toilette wäscht sie ihre zitternden Hände, sucht das Eau de Cologne in der Tasche und betupft sich vorsichtig die Schläfen und den Puls damit, sie versucht Zeit zu gewinnen, weiß nicht, was von ihr erwartet wird. In dem fleckigen Spiegel sieht sie, daß sich ihr Zopf gelöst hat, ein paar lange Locken fallen ihr auf die Schulter.

Sie hebt die Arme und löst den Zopf ganz auf, läßt das Haar über den Nacken rieseln, lächelt ihrem Spiegelbild zu. Ich bin hübsch, denkt sie, verliert aber trotzdem den Mut und bindet das Haar wieder im Nacken zusammen, dreht es zu einem vernünftigen Knoten.

Drei kleine Gläser auf dem Tresen, Yanns Freund trinkt mit ihnen, dreht sich dann weg, um an das klingelnde Telefon zu gehen.

Die Dinge um sie herum zeigen in dem schattenlosen Licht der Neonröhre über der Bar messerscharfe Konturen, die Farben strahlen wie in einem Film,wollen sich in ihr Gedächtnis einbrennen, der rote Aperitif in ihrem Glas, der bläuliche Rauch von Yanns Zigarette, die Gitanepackung.

Ein Schlüssel mit einem Holzschild daran liegt auf dem Tresen neben seiner Hand. Jemand hat mit einem glühenden Nagel eine Acht in das Holzstück gebrannt, der gelbe Aschenbecher mit der Pastisreklame zeigt Spuren von anderen brennenden Zigaretten.

Der Freund spricht laut ins Telefon, schlägt einen großen Almanach auf, blättert, schreibt etwas mit dem Kugelschreiber hinein.

Ihr Paß liegt in ihrer Tasche. Eine Blechdose mit Honigbonbons. Ein Taschentuch, etwas feucht. Eine Flasche mit Lavendelwasser. Ein Stoffportemonnaie mit Münzen.

Ein *carnet* Metrofahrscheine.

Sie könnte aus der Tür gehen, ohne sich umzudrehen. Den Eingang zur nächsten Metro suchen. Sich mit großer Geschwindigkeit unter der Erde bewegen, wieder ans Licht treten, bekannte Orte aufsuchen. Auf den Knopf am Tor in der Rue du Roi de Sicile drücken, das leise Geräusch hören, wenn die Concierge sie mit dem Summer einläßt. Könnte in ihrem Zimmer in Sicherheit sein, mit den konventionellen Stimmen hinter den Glastüren des Salons, Mariclôs heißer Stirn unter der Bettdecke im Kinderzimmer. Sie könnte zwischen ihre Laken kriechen und sich vom Schluchzen des Kindes wecken lassen, zu ihm gehen und es trösten, ihm die eigene schlaftrunkene Wärme geben.

Yann hat ausgetrunken, er stellt sein Glas auf den Tresen.

»Willst du?« fragt er, ohne sie anzusehen.

Ihre Augen im Spiegel hinter der Bar sehen dunkel aus, auf der Hut, ein Tier auf der Flucht, aber sie ist nicht auf der Flucht.

»Ja«, sagt sie. »Ich will.«

Die weißen Bettücher leuchten über der dunkelroten Decke in dem dunklen Zimmer, die Fensterläden halten den Lärm der Straße ab, nur ein fernes Rauschen der Autos auf einer größeren Straße in der Nähe dringt durch den Spalt herein. Irgendwo summt eine Frauenstimme ein Kind in den Schlaf.

Nannas Zähne klappern vor Kälte, ihr Körper glüht heiß, ihre Wangen brennen, die Haut kann jeden Moment dahinschmelzen. Ihr Mund ist trocken.

»Ich habe Angst.«

Ihre Stimme ist viel zu laut, ein kreischender Vogel.

»Ich auch.«

Dann hört sie sein Lachen und fühlt seine Arme um sich, und die Spannung löst sich so weit, daß sie mitlachen kann, sich mit ihm auf dem Bett herumrollt, bis sie umfallen, atemlos.

Yann stützt sich auf die Ellbogen, sie spürt seinen Blick.

»Nanna«, sagt er. »Das ist für mich nicht das erste Mal.«

Sie hat es geahnt, weiß nicht, ob sie es überhaupt wissen will.

»Aber für mich.«

»Das wäre mir auch egal.«

Sie schmiegt sich an ihn, schnuppert an seinem Hals, er riecht, wie ihr Mann riechen soll, nach gesunder Haut und frischer Luft, sogar hier in der Stadt riecht er nach Meer und Salz, nach Sonne und Wind.

»Ich will dich sehen«, murmelt er ihr ins Ohr, und er knipst die kleine Lampe auf dem wackligen Nachttisch neben dem Bett an. Seine Hände knöpfen ihr Kleid auf und ziehen es ihr über die Schultern, helfen ihr aus dem Unterrock und dem Büstenhalter. Sie streift sich den Slip und die Strümpfe mit abgewandtem Blick ab. Vielleicht findet er ja, daß sie zu mager ist, zu häßlich, ihr Busen zu klein und ihre Hüften zu schmal, vielleicht ist er eher richtige Frauenkörper gewohnt, füllige, runde.

Sie legt sich auf den Rücken, bedeckt die Augen mit einem Arm, wappnet sich, seiner Enttäuschung zu begegnen.

Dann spürt sie seine Hand, zärtlich auf ihrem Körper, sie

streicht ihr über den Bauch, über den Busen, teilt vorsichtig ihre Schenkel.

»Du bist schön.«

Er zieht ihr den Arm vom Gesicht, bringt sie dazu, die Augen zu öffnen.

»Schön«, wiederholt er. »Du mußt lernen, darauf stolz zu sein.«

Er knöpft sein Hemd auf, die Hose, befreit sich mit einer einzigen Bewegung von seinen Sachen. Sein Körper ist ein langes Viereck, die Glieder sind kräftig, stark.

Sein Penis streckt sich ihr aus einem Büschel gekräuselter kastanienbrauner Haare entgegen, sie möchte ihn gern ansehen, traut sich aber nicht, kneift die Augen zu.

»Guck nur«, sagt er und deutet darauf. »So schön bist du.«

Er nimmt ihre Hand, und sie spürt ihn. Die Erregung läßt ihre Haut erschaudern, er ist hart gegen ihre Weichheit, der Schmerz ist kurz und scharf.

Ihr Wimmern vermischt sich mit seinen heftigen Atemzügen.

»Meine Geliebte.«

Er zieht sich aus ihr zurück und liebkost sie, bis ihre Lust zurückkehrt, und nun zieht sie ihn an sich heran, will sich mit ihm bewegen, sich ihm öffnen und ihn nie wieder loslassen, und sie läßt sich selbst los und genießt den Rhythmus, genießt die vibrierende Süße, all das Weiche und Harte zwischen ihnen, genießt die Erschöpfung.

Das Wasser im weißen Porzellanbecken des Bidets leuchtet hellrot. Sie sträubt sich ein wenig unter Yanns Händen, er hat sich neben sie gekniet, wäscht sie vorsichtig, tupft sie mit dem dünnen weißen Handtuch trocken.

»So.«

Die Knochen finden ihren Platz nicht mehr in ihrem Körper, sie ist aus den Gelenken gerutscht und nur notdürftig wieder zusammengesetzt worden.

Er hüllt sie in eine Decke und schiebt sich neben sie, legt seinen Arm unter ihren Nacken, streichelt ihre Wange, ihr Haar, haucht auf ihre Augenlider.

»Wie saubere Laken.«

Yanns Stimme läßt sie im Halbschlaf lächeln.

»Wie unter einer Brücke hindurchzutauchen.«

Sie kuschelt sich an seine Brust, pustet gegen das geringelte Haar.

»Wie schwimmen im Dunkeln.«

Yanns leises Lachen ist das letzte, was sie hört, bevor der Schlaf sie einhüllt, ganz sanft, ein Boot, das langsam vom Ufer davongleitet.

April – Mai 1961

Das zerbeulte Auto von Yanns Mutter klappert fürchterlich auf der holprigen Landstraße. Das schöne Frühlingswetter aus Paris ist irgendwo unterwegs verschwunden, im Westen türmen sich Wolken übereinander. Die Luft draußen auf dem Bahnhof war beißend kalt, sie mußten zu dem Auto auf dem Parkplatz laufen, um den nächsten Regenschauer zu vermeiden.

Die Mutter fährt ihr altes Auto mit routinierten Bewegungen, sie hat eine Zigarette im Mund, kneift die Augen gegen den Rauch zusammen. Seit sie Nanna auf dem Bahnsteig die Hand gegeben hat, hat sie ununterbrochen geredet, und zwar nur mit Yann, der auf dem Beifahrersitz neben ihr sitzt. Ihre Stimme hat einen wohltönenden Klang, die Worte trippeln in klaren, ordentlichen Reihen von ihren Lippen.

Nannas schmaler Körper zittert leicht, sie ist müde von der Bahnfahrt, in Abwehrposition. Der Redeschwall der Mutter und Yanns Kommentare sind so schnell, so einvernehmlich, daß sie es aufgegeben hat, ihnen zu folgen. Statt dessen versucht sie sich auf die Landschaft zu konzentrieren, die vor den klappernden Autofenstern vorbeisaust, weißgekalkte Häuser mit eigenartigen Schornsteingiebeln, Bäume mit runden grünen Gewächsen daran, zerfranste Riesenbälle.

Yanns Mutter zieht an der Revolverschaltung, die einer primitiven Handwaffe ähnelt, und der Motor heult unheilschwanger auf. Es klingt, als könnten die losen Teile des Wagens jeden Moment aus ihren Verankerungen aus Schrauben und Muttern herausfliegen. Die Fahrt, verbunden mit dem überwältigenden Gefühl, an einer Prüfung teilzunehmen, deren Inhalt sie nicht kennt, bereitet Nanna Bauchschmerzen.

»Nicht wahr, Nanna?«

Yann dreht sich halb zu ihr um, sieht sie auffordernd an.

»Doch«, sagt sie auf gut Glück, »ich denke schon.«

Yann runzelt die Stirn.

»Hörst du nicht zu?« fragt er. Sie spürt, daß auch er angespannt ist, will, daß sie richtig antwortet, ihm zuliebe. »Mutter fragt, ob du bei einer Familie arbeitest.«

Die leichte Spur von Schärfe in seiner Stimme bringt Nanna dazu, sich aufzurichten.

»Entschuldigung«, sagt sie und rutscht auf die Vorderkante des ausgesessenen Rücksitzes, eifrig bemüht, ihr Bestes zu geben.

»Doch, ja, das tue ich.«

Der Blick der Augen, graublau wie Yanns, der ihr im Rückspiegel begegnet, ist weder freundlich noch feindlich. Ein diskret gemalter Strich markiert den Rand der Augenlider, die Brauen sind gebogen, sie sehen gezupft aus. Ein ebenso diskreter Strich verlängert sie um eine Spur, hin zu den hellen Haaren der Schläfen, die in einer strengen Frisur nach hinten gekämmt sind. Die Stirn zeigt Yanns Sorgenfalte, aber das Gesicht ist schmaler als seins, die Nase lang und fein.

Nanna beugt sich vor, bereit für neue Fragen. Aber die Mutter hat sie bereits aus dem Blick entlassen und nimmt das unterbrochene Gespräch mit ihrem Sohn wieder auf, Nanna existiert nicht mehr.

Nanna hat sich vor dem Besuch bei dieser Frau lange Zeit gefürchtet. Jetzt ist sie mittendrin.

Sie lehnt sich wieder auf dem unbequemen Sitz zurück, zupft an ihrem hellgrauen Flanellrock, der ihr über die Knie hochgerutscht ist. Ihre Kleidung ist unauffällig, die meerblaue Cardiganjacke und die kleinen Perlenohrringe, ein Geschenk ihres Vaters, sind so klassisch, daß sie überall dazupassen. So sehr sie auch die Tricks und raffinierten modischen Details der Pariser Mädchen studiert hat, kehrt sie doch immer wieder zu dem sicheren, klassischen Look zurück, den sie von zu Hause mitgebracht hat. Chic ist sie nicht.

Sie hat Yann mit Fragen über Kleidung und Gewohnheiten gelöchert, jedes seiner Worte auf der Goldwaage ihrer Ängste abgewogen. Alles an ihr wird begutachtet werden, darüber war sie sich nur zu klar, begutachtet, bewertet und kommentiert von allen, die sie in den kommenden Tagen kennenlernen wird. Der Gedanke verschlägt ihr den Atem.

Die Landschaft vor den Autofenstern verändert sich. Die Bäume werden immer spärlicher und kleiner, biegen sich leicht Richtung Osten. Die hellgrünen Felder werden abgelöst von ebenen Wiesen mit kurzem, trockenem Gras, blaßgrau wie Zementstaub in dem scharfen Licht. Der Wolkenberg vor ihnen ist aufgerissen, er läßt schräge Sonnenstrahlen hindurch, wie ein starker Projektor. Ein Vogelschwarm flattert davon, zerschnittene Silhouetten in dem starken Wind.

Durch die Windschutzscheibe entdeckt Nanna etwas, das zunächst aussieht wie eine Schneewehe im Frühling, Weiß unter Grau. Die Wehe wird zu einer kleinen Stadt, deren weiße Häuser unter den dunklen Schieferdächern strahlend frisch gekalkt sind.

Ein Aufblitzen von Quecksilber zwischen zwei Reihen niedriger Häuser, und Nanna kann ein Gefühl von Wasser und Licht erhaschen, das in einem blendenden Brennpunkt irgendwo hinten am Horizont zusammentrifft.

Yann hat seine Hand auf die seiner Mutter auf dem runden Knauf der Schaltung gelegt.

»Es kommt rein.«

Sein Ton ist sonderbar feierlich, seine Augen glänzen, als er Nanna sein Gesicht zuwendet.

»Willkommen am Meer«, sagt er.

Das Auto hat vor einem massiven, weißgekalkten Gebäude mit drei Stockwerken angehalten, dem einzigen höheren Haus hier, das Nanna in der Reihe der niedrigen, aneinandergebauten Häuser sehen kann.

Auf der Mauer über dem Eingangsbereich ist der Name mit schwarzen Buchstaben aufgemalt. Hôtel du Port, Hafenhotel. Und ganz richtig liegt der Hafen auch nur wenige Meter entfernt hinter einem mit Steinplatten belegten Fußweg und einer niedrigen Mauer.

»Hol mal tief Luft.«

Yann steht bereits hinter dem Auto mit Nannas kleinem, weißem Koffer und seiner eigenen Tasche in den Händen und dreht das Gesicht dem feuchten Wind entgegen.

Gehorsam atmet sie die salzige Luft tief ein, gerät für einen Moment außer Atem. Es ist etwas von Yanns Duft in der Luft, am liebsten würde sie jetzt einfach nur seine Hand nehmen und ihr Gesicht an seinem Hals verstecken, traut sich das aber unter den Blicken der Mutter nicht. Später, wenn sie allein sein werden, will sie ihm erzählen, daß er es ist, den sie in diesem Duft liebt. Daß sie das Meer durch ihn lieben will. Jetzt begnügt sie sich damit, eifrig zu nicken und höflich der Mutter zuzulächeln, die bereits mit der Hand auf der Türklinke wartend vor dem Haus steht.

»*Salut, les gars!*«

Die Taschen landen hart auf den Steinen. Ein paar junge Männer sind hinter einem weißgekalkten Geräteschuppen an einer Seite der Mole aufgetaucht. Yann läuft in vollem Galopp auf sie zu, umarmt sie, läßt sich unter Jubelgeschrei in den Rücken boxen, mit einemmal übermütig, ein kleiner Junge.

Nanna dreht sich ratlos um.

»Laß uns reingehen.« Die Mutter zuckt mit den Schultern. »Das kann eine Weile dauern.«

Nanna schaut die Gruppe an, die vor Wiedersehensfreude überschäumt.

»Wer sind sie?« fragt sie vorsichtig.

»Die Ritter.« Mutters Nase verzieht sich ein wenig, das könnte ein Lächeln sein.

»Die Ritter?«

Hinten am Schuppen tanzen Yann und die beiden anderen wie Hundewelpen umeinander. Der eine ist eine dunkelhaarige Ausgabe von Yann, groß und kantig, der andere ist nicht einmal so groß wie sie selbst, aber viel breiter, sein Haar ist unter einer blauen Mütze versteckt, eine Nickelbrille blinkt im Licht.

»Yanns Freunde.«

Die Mutter ergreift das Gepäck, ignoriert Nannas Versuch, den eigenen Koffer zu nehmen, schiebt die Tür mit dem Ellbogen auf.

Nanna folgt ihr zögernd. Das blaugrüne Wollkostüm sitzt perfekt auf dem jugendlichen Körper, sie ist kleiner als Nanna und ebenso zart. Die Beine in den schwarzen Pumps sind schlank, die Strümpfe golden. Die gutsitzende Hemdbluse ist in gelben Schattierungen gestreift, die Zusammenstellung ist frecher als alles, was Nanna sich jemals trauen würde, paßt aber perfekt zu dem blonden Haar der Mutter.

Im Schein der Leuchtstoffröhre des kleinen Empfangs hat das Gesicht der Mutter etwas Durchscheinendes, die Schatten unter den Augen sind blau, verwelkte Veilchen. Die Müdigkeit, die Nanna unter der unerschütterlichen Tatkraft der älteren Frau erahnt, macht sie weniger angsteinflößend, dafür aber um so unnahbarer.

Nanna fummelt mit tolpatschigen Fingern an dem Verschluß ihrer blauen Tasche. In der Tasche liegt eine kleine Schachtel mit teurer Schokolade, eigentlich viel zu exklusiv für ihr Portemonnaie. Aber sie wollte nicht mit leeren Händen kommen, hat Yann um Rat gefragt und ist danach von einem Spezialgeschäft in der Rue de Rivoli zum anderen gelaufen, um das Richtige zu finden. Aber jetzt ist sie sich nicht sicher, wann und wie sie die Schachtel überreichen soll, sie fühlt sich ohne Yann am falschen Ort und verlassen.

Die Mutter hat bereits einen Schlüssel mit einem Metallschild von einem Schlüsselbrett hinter einem kleinen Tresen geholt.

»Hier entlang«, sagt sie, ohne sich umzudrehen.

Der rote Teppich auf der Treppe ist von vielen Füßen abgetreten, die schwarze Farbe an den Metallstreben des Geländers ist abgeblättert, das Holz fühlt sich unter Nannas Hand fettig an, sie läßt den Handlauf los, möchte sich am liebsten die Hände waschen.

»Wie alt ist das Hotel?« fragt sie höflich.

»Yanns Urgroßvater hat es gebaut, seitdem ist es ein paarmal erweitert worden.«

Die Mutter hat eine weißgestrichene Tür geöffnet.

»Ihr Zimmer.« Sie nickt zum Ende des dunklen Korridors. »Bad und WC sind unten am Ende des Flurs.«

Mit einer professionellen, schwungvollen Bewegung hebt sie den weißen Koffer auf einen kleinen Hocker hinter der Tür, wirft noch einen Kontrollblick ins Zimmer, das hinter den halb geöffneten Fensterläden im Dunkeln liegt. Streift mit der Hand im Vorbeigehen eine Schranktür, die mit einem leisen Seufzer ins Schloß fällt.

»Das Essen gibt es in zwanzig Minuten.« In der Türöffnung stehend beschreibt sie den Weg, ohne Nanna anzusehen: »Durchs Restaurant, dann links.«

Einen Moment später ist sie den engen Flur entlang verschwunden. Nanna hört ihre schnellen Schritte auf der Treppe. Kurz danach dringt ihre Stimme durch den Boden unter Nannas Füßen hindurch, wird von einer Männerstimme irgendwo anders im Gebäude beantwortet. Der Duft ihres Parfüms, überraschend vanillesanft, schwebt noch im Zimmer.

Meine Schwiegermutter. Nanna begutachtet das Wort. *Belle-mère.* Auch wenn sie müde schien, sie ist schön.

Nanna ist mitten in dem geräumigen Zimmer stehengeblieben. Sie hat sich für diesen Besuch auch für die kleinste ihrer Entscheidungen von Yanns Urteil abhängig gemacht, und dieses Gefühl lähmt sie jetzt. Sie ist darauf angewiesen, auf ihn zu warten, eine Marionette, die auf ihren Spieler wartet.

Das Klappern von Metall gegen Metall, weit entfernt, etwas, das wie eine Bratpfanne klingt, die über einer Gasflamme gerüttelt wird, dringt an ihre Ohren, ein lautes Zischen wie von kochendem Öl, Klirren wie von vielen Flaschen, die in eine Kiste gepackt werden. Ihr Magen zieht sich bei dem Gedanken an Essen zusammen. Die Anspannung hat sie den Appetit verlieren lassen, auch wenn ihr Magen wie ein Vulkan unter dem Stoff des Rocks grummelt. Wie sie jemals Messer und Gabel halten, etwas unter dem Blick von Yanns Mutter essen können soll, das weiß sie nicht.

Es pocht in der Blasenregion, sie hat die übelriechende Toilette im Zug vermieden, hat sich seit vielen Stunden zurückgehalten, aber jetzt traut sie sich nicht auf den Flur hinaus, wirft dem Bidet in der Ecke einen sehnsüchtigen Blick zu.

Laufende Schritte auf der Treppe.

»Warum stehst du denn hier im Dunkeln?«

Fenster und Vorhänge werden mit einem Schwung aufgerissen. Eine wahre Lichtwoge erfüllt das Zimmer, überwältigend weiß.

Sie sieht seinen Rücken als Silhouette vor dem Fenster, verzeiht ihm, daß er ihr davongelaufen ist, daß er sie seiner reservierten Mutter überlassen hat, sie allein in einem unbekannten Zimmer hat stehenlassen, allein in dieser Welt, die die seine ist.

»Yann.«

Er dreht sich um, kommt zu ihr.

»Ich möchte, daß sie mich mag.«

Seine Hände auf ihren Schultern sind brüderlich, der Körper erscheint steif unter der Jacke.

»Das wird sie schon.«

Der aufmunternde Ton klingt nicht überzeugend. Nanna versucht seinen Blick einzufangen, aber er hat sich bereits zur Tür gedreht.

»Zeit zum Essen. Kommst du?«

»Warte.«

Sie erinnert sich an all die Male, als sie um die Aufmerksamkeit ihres Vaters gebettelt hat, so war es mit Yann bisher nie, und sie will nicht, daß es so wird. Trotzdem faßt sie ihn beim Ärmel, hält ihn fest.

»Wäre es dir lieber, wenn ich nicht mitgekommen wäre?«

Eine erstarrte Sekunde, ein Film, der gerissen ist. »Ja?«

»So ist meine Mutter nun einmal.« Sein Gesicht mit der Falte zwischen den Augenbrauen ist ihrem ganz nah, die Augen flehen, um was, weiß sie nicht. »Sie hat immer nur mich gehabt.«

Und dabei war sie sich ihrer Sache so sicher gewesen – jetzt weiß sie gar nichts mehr.

Ihre Hand hat den Stoff seiner Jacke gepackt, eine unbekannte Hartnäckigkeit hat sich ihrer bemächtigt. Vielleicht ist er ja schon auf dem Weg von ihr fort, unerreichbar, vielleicht schubst sie ihn mit ihrem Beharren weg, aber sie muß es fragen, jetzt.

»Gibt es einen Platz für mich?« Ihre Stimme trägt, sie ist stark, ohne jede Spur von Betteln oder Weinen. »Yann?«

»Einen Platz für dich?«

Er räuspert sich, wie immer, wenn er unsicher wird. Jetzt verschwindet er, kann sie noch denken. Dann fühlt sie seine Hand an ihrer Wange.

»Ohne dich will ich gar nichts.«

Bläulicher Tabakrauch wie tiefhängende Wolken, das Lokal ist dunkel, voller Stimmen und der Wärme vieler Körper, dem bitteren Geruch nach Zigaretten und abgestandenem Bier.

Yann hat sich entspannt, das erste Mal, seit sie angekommen sind, den ganzen Weg bis zur Schulstadt am späten Nachmittag hat er in dem klappernden Wagen gesungen, alte Lieder in einer unmöglichen Sprache, die Nanna neugierig macht.

Sie hat die erste Etappe überstanden, ist mit sich selbst ganz zufrieden. Die formvollendete Konversation, das höfliche Interesse fürs Hotel – ihre Erziehung, die ihr seit ihrer Kindheit ins Blut übergegangen ist, ist ihr wieder einmal zu Hilfe gekommen. Die Schokoladenschachtel ist überreicht worden, und während der langen Mahlzeit ist die Mutter etwas aufgetaut, hat zumindest ein paarmal gelächelt.

Von den voll besetzten Tischen strecken sich Yann Hände entgegen, Nanna gibt sich alle Mühe, Worte und Namen zu verstehen, aber die Rufe, die ihnen von allen Seiten entgegenschallen, ertrinken im Lärm der Flipperautomaten und der zischenden Bierzapfanlage. Die Bar ist das Stammcafé aus der Gymnasiastenzeit, und Yann ist ein Heimgekehrter, dessen Anwesenheit einen Glanz auf die alten Freunde wirft, die immer noch in der Provinz festsitzen, in der Fischerei, im Betrieb des Vaters, in den wenigen Ausbildungsstätten, die die Gegend zu bieten hat.

Ein magerer Mann in einem zerknitterten grauen Anzug sitzt allein an einem Tisch. Seine ganze Person ist abgenutzt wie ein alter Mantel, die freundlichen Augen gucken verschleiert durch die fettigen Gläser seiner Brille.

»Mein Musiklehrer«, Yann ist stehengeblieben, nickt dem Mann zu.

»Nanna.«

Der Mann murmelt seinen Namen, seine Hand ist schmal und kühl in ihrer.

»Meine Verlobte. *Ma fiancée*.«

Einen Moment lang glaubt Nanna, nicht richtig gehört zu haben.

Der Mann hat sich halb erhoben, er hebt das Glas mit dem giftig grünen Pastis in Nannas Richtung, schwankt ein wenig.

»Herzlichen Glückwunsch.«

Meine Verlobte. Die Worte sausen in Nannas Kopf herum. Vielleicht ist das ja nur etwas, mit dem er spielt, eine Formulierung, die ihm zufällig eingefallen ist. Am liebsten würde sie ihn zur Seite ziehen, ihn fragen, was er damit gemeint hat, aber Yann zieht sie weiter zu einem runden Tisch in der hintersten Ecke der Bar.

Ein elektrischer Ventilator über dem Tisch zerteilt mit einem leise summenden Geräusch den Zigarettenrauch von zwei Männern. Sie hat sie schon einmal gesehen, früher am Nachmittag, in dem scharfen Licht vor dem Geräteschuppen. Der größere von den beiden hat Bartstoppeln auf seiner massiven Kieferpartie, er ähnelt einem bei zu großer Hitze gebackenen Brot, die kräftigen Oberarme wölben sich unter der dünnen Jacke.

»Yves.«

Sein Handgriff ist unerwartet schlaff, er läßt ihre Hand fallen, vermeidet es, ihr in die Augen zu sehen.

Unsicher wendet sie sich ab, trifft auf einen neugierigen, hellblauen Blick aus einem Paar leicht auseinanderstehender Augen.

Der kurze Körper ist weich, formlos, die verblichenen Sommersprossen auf der hellen Haut des Mannes haben etwas Verwaschenes an sich. Die Mütze von vorhin ist verschwunden, und sein Haar, das rotbraun wie altes Mahagoni ist, ist das einzige, was verhindert, daß er ganz und gar häßlich aussieht.

»Das hier ist Benoît.« Yann hat sich auf einen der freien Stühle gesetzt, streckt den Arm aus. »Der *bombarde*-Virtuose, du kannst dich schon drauf freuen, ihn zu hören.«

Sie läßt die kleine feste Hand los, läßt sich von Yann auf einen Stuhl ziehen.

Yann ist es gewohnt, im Mittelpunkt zu stehen, sie hat es bereits geahnt, jetzt wird es offensichtlich. Er gibt eine drastische Schilderung seines Alltags im Restaurant des Onkels zum besten, unterbricht sie nur, um etwas zu trinken zu bestellen, und seine Freunde geben ihm den Raum, amüsieren sich über seine Pointen.

Die verschämte Neugier der anderen beiden liegt wie eine Spannung in der Luft, sie behandeln Nanna mit scheuem Respekt, ausgesucht höflich. Sie genießt es, einen Platz in dieser Freundschaft, deren tiefe Verwurzelung sie spürt, zugewiesen bekommen zu haben, sie fühlt die wohltuende Wärme des Arms auf ihrem Stuhlrücken, trinkt ihren Weißwein mit Grenadine in süßen, kühlenden kleinen Schlucken. Sie läßt sich in das verbale Menuett am Tisch hineinziehen, in die elegante Choreographie der französischen Sprache, in der jeder Schritt sicher und vorausschaubar erscheint.

Plötzlich stolpert jemand, zerstört das tanzende Muster.

Der Krieg.

Jemand, sie hat nicht mitbekommen, wer, hat das Wort ausgesprochen. Das Gespräch schwankt einen Moment und hört dann abrupt auf, wie eine unterbrochene Schallplatte.

»Die wollten mich wieder losschicken, aber ich bin noch mal davongekommen.« Schließlich unterbricht Yves das Schweigen. »Der Alte hat Probleme mit dem Herzen, und jemand muß sich ja ums Geschäft kümmern.«

Sein kräftiger Körper beugt sich über den Tisch, er zieht eine Zigarette aus Yanns Packung, zündet sie an, stößt den Rauch aus.

»Ich hätte es nicht machen können«, sagt er, und sein großes Gesicht verschließt sich, »nicht noch einmal.«

Nanna schielt zu Yann, sie sieht, wie er einen Schluck trinkt, dann noch einen.

»Ich kriege keinen Aufschub mehr«, sagt er, und sein Ton ist gezwungen leicht, fast fröhlich. »Man muß es wohl als ein Abenteuer ansehen.« Yves läßt den Bierschaum auf dem Grund seines Glases kreisen, immer wieder und wieder.

»Mach nur«, sagt er, und es ist ein Hauch von Verachtung in seinem Ton. »Mach nur.«

Der Krieg bestand für Nanna bisher nur aus Zeitungsüberschriften, Schlagwörtern, die an die Häuserwände gemalt waren, FNL, OAS, *Algérie Française*. Sie hat auf Flugblättern vom Putschversuch der Generäle gelesen, vom Alarmzustand im Land, hat aber den Hintergrund nicht verstanden, und niemand hat versucht, ihn ihr zu erklären. Politik interessiert sie nicht. Daß der Krieg ihr Yann wegnehmen kann, ihn zu einem Soldaten in einem fernen Land machen kann, ihn Risiken aussetzt, das kann sie nicht fassen. Die Fragen bleiben ihr im Hals stecken, sie will alles wissen und gleichzeitig möglichst gar nichts.

Yves ist aufgestanden, hat sich seinen Weg zwischen den braun gebeizten Tischen gebahnt, sein Rücken ist breit und schwer, abweisend wie eine Geldschranktür.

Benoît rutscht unruhig auf seinem Stuhl herum.

»Es muß ja nicht so schlimm kommen.«

Seine sanfte Stimme ist beruhigend, warme Milch, sie schaut ihn gierig an, will, daß er weiterredet, ihr die Unruhe nimmt, aber die wasserblauen Augen weichen ihr aus, suchen sich einen Punkt in der Nähe des Ausgangs.

»Das ist es nicht«, sagt er, und sie kann an seinem Ton hören, daß das Gespräch beendet ist.

Yann hat ihre Hand genommen, er hat jeden einzelnen Finger fest gedrückt, als wollte er die Haut von den Knochen reiben. Sie zieht sie vorsichtig zu sich und spürt gleichzeitig Yves' mächtigen Körper hinter ihrem Stuhl. Sieht seine Hand auf Yanns Schulter, daß er ihn drückt. Dann setzt er sich, kippt die Hälfte des Inhalts seines neuen, beschlagenen Bierglases in einem Schluck hinunter.

»Pélinore ist hier«, sagt er mit einem schiefen Grinsen, hebt den Daumen an den Mund und nickt nach hinten, in Richtung des abgewetzt aussehenden Mannes. »Er hat schon reichlich was gekippt.«

Die drückende Stimmung ist weg. Die Spannung in Nannas Zwerchfell löst sich, sie atmet erleichtert auf. Sie haben eine Auszeit, so lange sie hier um den runden Tisch in dieser überfüllten Kneipe sitzen, der Lärm der Jukebox und das Sausen des Ventilators über ihren Köpfen beschützt sie gegen alles Böse.

»Pélinore«, sagt sie. »Ist das nicht ein merkwürdiger Name?«

Drei Gesichter wenden sich ihr zu.

»Galaad«, Benoît zeigt mit dem Zeigefinger auf Yves.

»Lancelot«, grinst Yves, seine schwere Faust hämmert dem jammernden Benoît auf den Oberarm.

»Und wer bist du?«

Nanna wendet sich Yann zu, sieht, daß er rot wird.

»Natürlich Arthur.«

Die anderen beiden johlen im Chor, eifrige Kinder, die hinter einem Ball herlaufen.

»Werdet ihr deshalb die Ritter genannt?«

»*Bien sûr*!«

Drei Jungen, übermütig, schäumend vor Energie, sie kann sie vor sich sehen, zwölf Jahre alt, alle ihre Abenteuer haben sie von

Pélinore erfahren, wie sie den geliebten Musiklehrer getauft haben, der ihnen beigebracht hat, die alten Instrumente zu spielen, sie gelehrt hat, die Tradition zu respektieren. Sie sind mit den Legenden aufgewachsen, sind in ihre Rollen hineingewachsen, am runden Tisch in Yanns Zimmer und später an diesem Tisch hier, sie haben sich Ritterlichkeit und gute Sitten beigebracht, haben kolossale Schlachten gegen fiktive Feinde geschlagen, gegen bösen Zauber und eindringende Mächte.

»Gab es denn keine Mädchen dabei?« fragt sie, plötzlich neugierig geworden.

Zwei Paar Augen richten sich auf Yann. Eine Sekunde lang ist es still am Tisch.

»Von denen haben wir geträumt«, sagt er und legt seinen Arm um ihre Schultern.

Der Himmel ist immer noch hell, als sie die Straße hinunter zum Parkplatz schlendern. Yann und Yves reißen sich von der Gruppe los, laufen um die Wette, als wollten sie ihre Zusammengehörigkeit bekräftigen und den letzten Rest der schlechten Stimmung wegrennen. Ihre Rufe hallen zwischen den Häusern wider, werden übertönt von dem Lärm eines Mopeds, das an ihnen vorbei den Hang hinunterknattert.

Auf dem Rasen vor der massigen grauen Kirche führt eine junge Frau ein wuscheliges Hundebaby aus. Ihr Schwangerenbauch läßt den Mantel weit abstehen, das schwarze Haar bildet einen Flügel über ihrer Stirn. Ein Elsternpaar fliegt mit heiserem Schrei im Sturzflug auf den Hund. Nanna kann die sperrigen Zweige eines Nestes in einer der hohen Kastanien sehen.

Yann ist vor dem Mädchen stehengeblieben, abrupt, als wäre er gegen eine Mauer gelaufen. Zwei Kombattanten, die überlegen, ob sie Schläge oder Küsse tauschen sollen. Keiner von beiden reagiert, als der Hund sich losreißt und bellend über den Rasen zum Fluß läuft, in dessen trägen Wirbeln sich das schwindende Licht spiegelt.

Yves ist einen Schritt hinter Yann stehengeblieben, jetzt setzt er sich wieder in Bewegung. Das Mädchen ist aus ihrer Starre erwacht, sie dreht sich nach ihm um, ruft den Hund beim Namen. Yann aber ist stehengeblieben, wie festgefroren, ängstlich, einem Vakuum zu begegnen, wo er sich auch hinwenden mag.

»Wer ist das?«

Nanna fragt Benoît. Seine hellen Augen hinter der Brille vermeiden ihren Blick.

»Morgane«, sagt er verlegen. »Die Fee Morgane.«

»Ich kenne die Geschichten nicht.«

Die Unsicherheit läßt sie kurz angebunden sein, aber sie bereut es sofort. Benoît ist kein starker Gegner, und sie möchte ihn auch lieber als Verbündeten gewinnen.

»Die böse Kraft.«

Ein Schacht hat sich in den Fußwegplatten vor ihren Füßen geöffnet, eisige Luft schlägt ihr ins Gesicht.

»Ist es Yanns Kind?« hört sie sich selbst flüstern.

»Nein, nein.« Benoîts Stimme klingt atemlos. »Sie hat einen Geschäftsmann geheiratet.«

»Aber es war Yann, ihn wollte sie haben?«

»Er wollte sie nicht haben.«

Benoît hat die Hände in die Taschen seiner Lederjacke geschoben, zieht die Schultern bis zu den Ohren hoch, um sich gegen den Abendwind zu schützen, und ist offensichtlich eifrig bemüht, das Thema zu beenden.

Yves hat den Hund eingefangen, trägt das zappelnde, bellende Tier über das Gras, legt dessen Leine in die Hand des dunkelhaarigen Mädchens, sie streichelt das Tier, schimpft mit ihm, ihre Stimme ist schneidend, die Worte fallen wie Peitschenhiebe.

»Wen wollte er dann haben?«

Sie sollte es nicht tun, sie sollte Benoîts Loyalität nicht auf eine so harte Probe stellen, aber sie kann es einfach nicht lassen.

»Er hat von Yseut geträumt«, sagt er, und sein sommersprossiges Gesicht erstrahlt in einem Lächeln. »*La femme soleil.*«

»Komm.«

Am Fuße des Abhangs hat sich das Elsternpaar in den Baum zurückgezogen, ihre heiseren Schreie zerteilen die Luft über den Blumenständen, die sich gegen den gräulichen Himmel recken.

Das Mädchen und Benoît tauschen Wangenküsse aus. Nanna bleibt ein paar Schritte entfernt stehen, sie kann den Blick des Mädchens spüren, den diese ihr unter ihren dunklen Augenwimpern hervor zuwirft, er ist prüfend.

»Bonjour, Mademoiselle.«

Eine vorgestreckte Hand in einem weißen Handschuh, sie nimmt sie, murmelt ihren Namen.

»Enchantée.«

Yann hat sich in die Hocke gesetzt, reibt die zotteligen Ohren des wild mit dem Schwanz wedelnden Hundes mit beiden Händen.

»Dein Hund hat Flöhe, Martine«, sagt er und versucht, die gedrückte Stimmung wegzuscherzen.

Das dunkelhaarige Mädchen sieht ihn mit stummer Verachtung an.

»Du siehst aus, als solltest du bald die Taufmandeln bestellen.«

Benoît mischt sich ein, atemlos vor Eifer.

»Seit wann bist du denn ein Experte für Schwangerschaften geworden?« Das Mädchen schlägt scherzhaft mit der Hundeleine nach ihm, jetzt besänftigt. »Aber es stimmt, das Kind sollte schon vor einer Woche kommen, morgen fahren wir nach Quintin, zum Gürtel der heiligen Jungfrau. Kennen Sie den, Mademoiselle?« Sie wendet sich Nanna zu mit Augen, die boshaft unter dem dunklen Haarflügel funkeln. »Yann kann Ihnen davon erzählen, wenn es aktuell sein sollte.«

Nanna kann ihren Blick nicht von ihr wenden, von dem toten, metallischen Licht um sie herum, einem mondhaften Schimmer, der alle anzieht, unwiderstehlich. Yves hat sich seitlich abgewandt, wie um sich zu schützen, Benoît scharrt unruhig mit dem Fuß im Kies des Wegs.

Yann hat sich gefangen, aber seine Augen flackern, auf frischer Tat ertappt.

Nanna holt tief Luft, sucht nach einer Antwort. Da fühlt sie Yanns Arm auf ihrer Schulter.

»Mémé wartet auf uns.«

Er streckt dem Mädchen die Hand entgegen. Einen Augenblick lang zögert sie, dann ergreift sie die ihr hingestreckte Hand, streift die Fingerspitzen mit ihren Lippen.

»Bonne chance, mon petit.«

Die Stimme schlägt zu wie eine Peitsche.

Der Schrei der Elstern folgt ihr und dem tänzelnden Welpen, bis beide hinter der Kirchenmauer verschwunden sind.

Schmale, perlmuttfarbene Wolkenfahnen gleiten langsam über den weißgrauen Himmel, als sie nach Westen fahren. Die Sonne ist inzwischen untergegangen, und die Kieferngruppen stehen wie tintenfarbene Schatten in der bleichen Dämmerung, krumm gebeugt wie ein geschlagenes Heer.

Nanna richtet ihren Blick auf das helle Band des Wegs, bohrt ihr Kinn in ihr Halstuch. Weder Yann noch sie haben sich getraut, das dumpfe Schweigen zu brechen, in das sie das Treffen mit dem dunkelhaarigen Mädchen hat fallen lassen, während der ganzen Autofahrt nicht.

Noch ein Kilometer. Die Umrisse der ersten Häuser der Stadt tauchen bereits in der Ferne auf.

»*Merde!*«

Das wütende Bellen eines Hundes. Yann reißt den Wagen zur Seite, kann nur mit Mühe und Not einen Zusammenstoß verhindern. Der Wagen schlingert, hüpft ein paar Meter über den unebenen Seitenstreifen, bevor sie wieder den Asphalt unter den Rädern spüren.

»Kannst du meine Zigaretten finden?«

Im Licht der kleinen Flamme des Streichholzes sieht sein Gesicht verletzlich aus. Sie legt die Zigarettenpackung zurück auf die Konsole, unterdrückt ihren Impuls, ihm über die Wange zu streichen.

Yann holt tief Luft.

»Ich habe keine Lust, dir das zu erklären.«

»Ich brauche keine Erklärungen.«

Sie weiß bereits alles, was sie wissen muß, weicht zurück vor den Details, die ihre Unsicherheit nur steigern würden.

»Martine kriegt immer alles, was sie haben will. Mich auch. Einmal. Aber nicht öfter.«

»Ich habe gesagt, ich brauche keine Erklärungen.«

»Aber ich muß dir das sagen.« Er ist mit der Geschwindigkeit heruntergegangen, fährt mit beiden Händen auf dem Lenkrad, der Zigarettenrauch zwingt ihn, die Augen zusammenzukneifen. »Martine macht den Leuten angst.«

Er denkt eine Weile nach, dann sagt er:

»Hier draußen glauben wir an alles mögliche.«

»Was meinst du mit alles mögliche?«

»Wenn ich sagen würde, daß Martine die Fee Morgane ist, würdest du das nicht verstehen.«

»Muß ich das verstehen?«

»Ich weiß nicht.«

Der Wagen hält vor einem weißgestrichenen Gartenzaun. Gelbes Licht aus kleinen Fensterscheiben trifft auf das kurze Gras um das Haus, die Kieselsteine knirschen unter ihren Füßen.

»Mémé!«

Yann umarmt die alte Dame so stürmisch, daß die weiße Spitzentracht auf ihrem Kopf bedrohlich schwankt, die Wangenküsse schnalzen. Sie ist noch kleiner als auf dem Foto, und der grotesk dimensionierte Kopfschmuck aus gestärkter Spitze verleiht ihr ein sonderbar puppenhaftes Aussehen. Das feine Faltennetz ihrer Haut erinnert an die Schale einer Melone.

Nanna bleibt in der Küchentür stehen. Sie atmet die Atmosphäre in dem Raum ein, die Wärme von dem heißen Herd, die Kupfertöpfe, die matt auf dem Regal glänzen, die abgenutzten irdenen Schüsseln, das dunkle Holz des Tisches.

Eine dicke, weiße Katze springt vom Fensterbrett hinunter, bleibt vor ihr stehen. Ihre Augen sind rund, eins braun, eins blau, das Fell ist auf dem Rücken schon dünn geworden, wie von allzu vielen Händen. Nanna beugt sich hinunter, um sie zu streicheln, aber die Katze schreitet nur erhaben an ihr vorbei, auf lautlosen Pfoten, eine ältere Herzogin.

Eine vorgestreckte Hand, in den halb geschlossenen Augen unter dem weißen Haar funkelt es neugierig.

»Und wie heißt die junge Dame?«

»Das ist Nanna, Mémé.« Yann mischt sich ein, bevor sie antworten kann. »Ich möchte, daß du sie kennenlernst.«

»Das ist also die Nanna, die dich an deinem Geburtstag in Paris festgehalten hat?«

Ein kleiner kühler Seitenhieb, trotz des freundlichen Lächelns.

Martine bildet nur das kleinste der Hindernisse, die sie von Yann trennen. Diese Erkenntnis läßt ihre Wangen glühen. Wenn sie nicht bereit ist, den Kampf mit dieser Dornenhecke aus starken Frauen aufzunehmen, die ihn umgeben, dann kann sie lieber gleich umkehren und vergessen, daß sie ihn jemals kennengelernt hat.

Sie gibt der kleinen, breiten Hand einen festen Druck, schaut der alten Frau offen in die Augen.

»Ja«, sagt sie dann, »das bin ich.«

Das Geräusch knarrender Scharniere weckt Nanna aus einem tiefen Traum.

Yanns großer Körper steht in der Tür, ein vollbepacktes Tablett in den Händen. Der warme Duft von Kaffee und frischem Brot füllt das Zimmer aus, sie setzt sich im Bett auf, schnuppert begierig.

»*Bonne fête.*« Yann nickt zu einer kleinen Vase mit Veilchen auf dem Tablett. »Einen schönen ersten Mai.«

Sie schiebt ihr Haar etwas hoch, das sich nach dem Schlaf feucht anfühlt, reibt sich die Augen. Sie und Yann haben noch nie eine ganze Nacht zusammen verbracht. Ab und zu sind sie Arm in Arm eingeschlafen, wenn sie sich in dem kleinen Hotel geliebt haben, das ihre Zufluchtsstätte geworden ist, und sind dann mit zerzausten Haaren und Streifen auf den Wangen aufgewacht. Aber jetzt beugt sich ein frisch gekämmter Yann über ihr schlaftrunkenes Gesicht, gibt ihr einen leichten Kuß auf die warme Stirn, lacht über ihre Bemühungen, ebenfalls wach und gut gekämmt auszusehen.

Sie spürt ihre volle Blase, bleibt aber trotzdem artig sitzen, nimmt das klappernde Tablett entgegen, das Yann ihr auf die Knie gestellt hat.

»Ich habe mir dein Tablett geschnappt, als Mutter mir den Rücken zugedreht hatte. Denn eigentlich wollte sie es selbst hochbringen. Der Anständigkeit halber.«

Die Fensterläden fliegen auf. Das Licht hinter ihnen ist trotz der tiefen Wolkendecke milchig weiß. Yann bleibt am Fenster stehen und atmet tief die weiche Luft ein, bevor er wieder an die Bettkante zurückkommt.

»Das wird noch aufklaren. Nun iß dein Frühstück.«

Nanna verbrennt sich die Zunge am Kaffee und der heißen Milch, bekommt einen Kuß auf die krausgezogene Nase. Gehorsam mümmelt sie ihr Brot, das Yann mit gesalzener Butter und Pflaumenmarmelade bestreicht, beißt in ein krümelndes Croissant.

»Sobald du dich angezogen hast, hauen wir ab. Mutter findet sonst nur Arbeit für mich, wenn sie mich sieht.« Yann tupft mit einer Papierserviette Marmelade von ihren Mundwinkeln. Ein Brotknust knackt zwischen seinen Zähnen, er spült ihn mit einem Schluck Kaffee aus ihrer Tasse hinunter. »Wenn du ein schlechtes Gewissen kriegst, sage ich ihr, daß du gern beim Servieren helfen würdest.«

»Denkt sie denn nicht, daß ich schuld dran bin, wenn du ihr nicht hilfst?«

Yann läßt sich nach hinten aufs Bett fallen, sein Kopf landet auf Nannas Füßen. Das Porzellan klappert gefährlich.

»Paß auf.« Nanna hebt im letzten Moment das Tablett hoch.

Mit einem Satz ist Yann auf den Beinen, nimmt ihr das Tablett aus den Händen.

»Zieh dir ordentliche Schuhe an. In einer Viertelstunde treffen wir uns unten«, kommandiert er. »*Allez!*«

Er ist schon aus der Tür, bevor sie etwas erwidern kann.

Yanns Mutter steht über den kleinen Empfangstresen gebeugt, als Nanna die Treppe hinunterläuft. Nanna bekämpft ihren spontanen Wunsch, einfach umzudrehen, sich wieder die Treppe hochzuschleichen und hinter der Tür des Zimmers Schutz zu suchen.

»*Bonjour, Madame.*«

Das Gesicht, das sich ihr zuwendet, ist verzerrt, wie vom Weinen.

Ohne weiter nachzudenken, geht Nanna einen Schritt auf die andere Frau zu, streckt ihr die Hand entgegen.

»*Madame.*«

Ein schnelles Kopfschütteln. Die resignierte Haltung verwandelt sich innerhalb einer Sekunde in professionelle Höflichkeit.

»Ich hoffe, Sie haben gut geschlafen.«

Die Stimme klingt kühl und klar, widerspricht den Tränenspuren auf den blassen Wangen.

Nanna nickt. Die Risse in der Fassade ihrer Schwiegermutter machen sie genauso unsicher wie deren glasharte Ablehnung. Sie schwankt zwischen Bleiben und Gehen. Sorgfältig knöpft sie alle Knöpfe ihrer Wildlederjacke zu. Öffnet sie dann wieder.

»Ich glaube, Yann wartet auf Sie.« Die Schwiegermutter nickt zur Tür hin, tupft ihre Nase mit einem Taschentuch ab, das sie in der Hand versteckt hat.

»Wenn ich etwas tun kann …«, murmelt Nanna und weiß selbst nicht, was sie damit meinen könnte. Der Gedanke an ihre Person in der Rolle einer Kellnerin oder der an ein vertrauliches, tröstendes Gespräch mit dieser reservierten Frau hinter dem Tresen kommen ihr beide gleich absurd vor.

Die Glaswand ist wieder intakt, das harte Gesicht trocken.

»Was sollte das denn sein?«

Ein ironisches Lächeln. Nanna rafft sich auf, murmelt dem abweisenden Kopf, der sich bereits wieder über die Papiere auf dem Tresen gebeugt hat, einen Abschiedsgruß zu.

Yanns Silhouette zeichnet sich gegen den weißen Himmel ab, er steht von der niedrigen Mauer auf der anderen Seite des kleinen Platzes auf, kommt ihr entgegen.

»Du siehst betrübt aus.«

»Deine Mutter. Ich glaube, sie hat geweint.«

»Kümmere dich nicht darum.«

»Aber solltest du sie nicht lieber trösten? Wenn sie wegen irgend etwas traurig ist?«

»Meine Mutter kann man nicht trösten. Und außerdem würde sie wütend werden, wenn man es versuchen wollte. Nun komm, laß uns gehen.«

Die kleine Stadt liegt sonntagsstill im harten Frühlingslicht. Ein kräftiger Mann in einem weißen Kittel ist dabei, die Markise vor seinem Metzgerladen mit einem quietschenden Geräusch herabzulassen. Yann läßt Nannas Hand los, als der Mann ihn grüßt, die Ladentür steht offen, und Nanna sieht hinter dem Tresen eine Frau mit rundem Kopf stehen, sie reckt den Hals, als die beiden vorbeigehen, kommt anschließend an die Tür. Das Geräusch murmelnder Stimmen verfolgt sie bis um die nächste Ecke.

Sie weiß es bereits. In dieser Stadt wird jeder Schritt, den sie in Yanns Gesellschaft macht, sichtbar sein, als würde sie auf einer Bühne stehen. Sie bekommt unter den neugierigen Blicken eine Gänsehaut. Sie zieht ihren flachen Bauch noch weiter ein, wischt die Feuchtigkeit der Handflächen an ihrem Rock ab, bevor sie wieder Yanns Hand faßt.

Der Strand nördlich der Stadt ist menschenleer, der Sand ist fest unter ihren Füßen. Die Flut hat gewellte Silberstreifen auf dem dunkleren Grund hinterlassen, die Seidenfetzen der grünen Algen glitzern noch feucht in der Sonne. Ein Duft nach Salz und Tang in den ersten Stadien der Verwesung kitzelt Nannas Nase.

Yann legt ihr einen Arm um die Schulter.

»Die Leute glauben, ich wäre verrückt, weil ich das Meer liebe«, sagt er. »Unsere Familie besteht seit mehreren Generationen aus Wirtsleuten, alle anderen hier haben Fischer und Seeleute in der Familie, alle haben einmal jemanden auf dem Meer verloren.« Yann sammelt eine Handvoll kleiner goldener Schneckenhäuser und wirft sie in die Luft, wo der Wind sie mit sich nimmt. »Kurz nachdem wir mit der Realschule angefangen hatten, standen Benoît und seine Mutter eine ganze Nacht lang unten am Hafen und warteten auf das Boot seines Vaters. Ich konnte sie von meinem Fenster aus sehen. Mutter hat mich ins Bett geschickt, sie wollte nicht, daß ich hinunterging. Ich habe die ganze Nacht wach gelegen und dem Sturm gelauscht. Am nächsten Morgen standen sie immer noch da. Der ganze Kai war schwarz vor Menschen, keiner von ihnen sagte ein Wort. ALL-RIGHT hieß das Boot, das war ziemlich pathetisch.«

»Was ist passiert?«

»Benoîts Vater und sein Onkel waren über Bord gespült worden. Sie wurden nie gefunden. Benoîts Mutter hat ihm danach verboten, jemals einen Fuß auf ein Schiffsdeck zu setzen. Jetzt hat er einen Sklavenvertrag, der Staat finanziert ihm eine Lehrerausbildung, dafür muß er vier Jahre hier im Departement arbeiten. Was anderes kann er sich nicht leisten. Aber zumindest kann er in der Hochschule wohnen, so entkommt er seiner Mutter.«

»Ist seine Mutter denn so schrecklich?«

Yann zuckt mit den Schultern.

»Eigentlich nicht«, sagt er. »Aber man kann ja nicht sein ganzes Leben zusammen mit seiner Mutter leben.«

»Und was ist mit dir selbst?«

Die Worte sind ihr einfach aus dem Mund gerutscht, bevor sie noch nachdenken konnte. Yann tritt nach einer leeren Krebsschale, daß sie über den Sand fegt.

»Das ist nicht so einfach.«

Sein Blick sucht nach einem Punkt weit hinten am Horizont,

wo ein Leuchtturm seinen dicken Zeigefinger durch einen Riß in der Wolkendecke bohrt.

»Vielleicht sollte ich lieber nicht fragen, aber das steht doch die ganze Zeit zwischen uns.«

Sie bleiben nebeneinander stehen und schauen zum Leuchtturm, wo vereinzelte Möwen ihre Flügel auf dem aufsteigenden Luftstrom ausruhen. Irgendwo hinter ihnen, über der Wiese hinter den flachen Klippen, zwitschern die Frühlingsschwalben.

Yann schüttelt den Kopf.

»Laß uns weitergehen.«

Die Füße sinken in den gröberen Kies ein, und sie gehen lieber zu den flachen braunen Klippen, an denen Girlanden von kleinen Muscheln, kryptische Mitteilungen in blauen Schalen, unter ihren Sohlen zerbrechen.

Zwischen den Dünen führt sie ein schmaler Pfad zu einer Gruppe von Kiefern. Ein Gürtel von schütterem trockenem Gras umgibt einen Kreis aus groben Granitblöcken, ein von Menschenhand geschaffener Kontrast zum Sand der Dünen und dem Strandhafer.

Der Wind vom Meer erreicht sie hier nicht mehr, dennoch hat Nanna das Gefühl, als wäre die Temperatur um ein paar Grade gesunken. Die blaugrünen Nadeln der Bäume neutralisieren das weiße Licht, das Geräusch der leichten Brandung wird von der dumpfen Stille geschluckt, die über den großen Felsen und den windzerzausten Bäumen hängt.

Yann hat sich aufs Gras gesetzt, die Arme um seine angezogenen Beine geschlungen, die Stirn auf die Knie gelegt, ist plötzlich stumm.

Nanna kniet sich neben ihn auf das rauhe Gras, legt ihm eine Hand auf den Arm.

Die Worte purzeln aus ihm heraus.

»Hier war es, hier haben die Deutschen meinen Vater erschossen«, sagt er, und seine Stimme klingt atemlos. »Ich war vier Jahre alt, ich weiß nicht einmal, ob ich mich wirklich noch an ihn erinnern kann oder ob das nur die Bilder in Mémés Album sind.«

Die Graswurzeln und die kurzen Disteln drücken sich in die Haut auf Nannas Knien, aber trotzdem beugt sie sich vor, will ihre Arme um Yann schlingen.

»Laß es mich versuchen zu erzählen«, er hebt abwehrend eine Hand. »Das braucht dir nicht leid zu tun.« Er lehnt sich mit dem Rücken gegen einen der großen Steine, kaut auf der Unterlippe. »Meine Mutter hat nie öffentlich getrauert. Sie hat die Trauer in Wut verwandelt. Und das hat sich all die Jahre über nicht verändert.« Yann schluckt ein paarmal, dann fährt er fort.

»Sie hat geweint, wenn wir allein waren, in ihrem Zimmer, ich habe es durch die Wand gehört. Der einzige Trost, den ich ihr geben konnte, war der, perfekt zu sein. Der perfekte Sohn.« Eine Träne rinnt aus seinem Augenwinkel, er dreht sein Gesicht dem Wind zu, läßt es in der leichten Brise trocknen. »Mémé hat mich hierher mitgenommen, als ich sieben, acht Jahre alt war. Mutter ist nie hier gewesen. Sie hat diesem Platz wie allem anderen den Rücken zugewandt. Ich bin oft hierhergegangen, ohne daß sie es gewußt hat. Allein.«

Die Kälte vom Boden dringt in Nannas Unterleib, ihr gesamter Körper zittert leicht vor Anspannung.

»Kinder sollen klein und hilflos sein, bevor sie stark werden.« Yann wischt sich die Augen mit dem Ärmel seines Pullovers ab. »Ich mußte von Anfang an stark sein.«

»Man kann zu lange klein und hilflos sein. Ich würde lieber stark sein.«

Nanna sucht in ihrem Gedächtnis nach einem vergessenen Schmerz, der in ihr voller Erregung zuckt. Plötzlich ist das Bild da.

»Ich habe einmal mit meinem Vater und meiner Stiefmutter am Mittagstisch gesessen«, erzählt sie. »Ich war ungefähr sechs Jahre alt. Es gab Suppe, Blumenkohlsuppe. In meinem Teller war eine Kohlraupe. Ich habe meine Suppe gegessen. Ich habe alle kleinen Blumenkohlröschen gegessen, eine nach der anderen. Mein Vater und meine Stiefmutter haben sich unterhalten, ich traute mich nicht, sie zu stören, ich habe nur dagesessen und die Raupe angeguckt. Schließlich habe ich sie auf meinen Löffel genommen. Sie rührte sich nicht, lag nur ganz grün da, sie hatte kleine Warzen unter dem Bauch. Ich wußte nicht, was ich mit ihr anstellen sollte. Zum Schluß habe ich sie mir in den Mund gesteckt, ich habe sie geschluckt, ohne zu kauen. Danach habe ich Fleisch und Kartoffeln gegessen. Ich habe auch noch Erdbeeren mit Sahne gegessen. Und dann bin ich rausgegangen und habe mich übergeben.«

Plötzlich muß sie lachen, als sie Yanns erschrockenes Gesicht sieht, ein kurzes Lachen, überrascht über die eigene Erzählung.

»Meine Mutter ist nach meiner Geburt geisteskrank geworden, sie hat sich das Leben genommen. Mein Vater hat sie als die perfekte Frau verehrt, auch wenn er sich schnell wieder verheiratet hat. Es war meine Schuld, daß sie gestorben ist, das habe ich immer gewußt. Wenn ich wirklich hätte perfekt sein sollen, hätte ich am besten gar nicht erst existiert.«

»Eine Raupe.«

Yanns Gesicht verzieht sich zu einer ungläubigen Fratze.

Nanna nickt.

»Eine Raupe«, sagt sie. »Eine grüne Raupe mit kleinen Warzen unter dem Bauch.« Sie legt sich auf das rauhe Gras, auf den Sand, den das Blut der Hingerichteten einst rot färbte, streckt die Arme hoch über den Kopf. »Ich habe das noch nie jemandem erzählt. Nicht einmal meiner besten Freundin. Ich hatte wohl Angst, ausgelacht zu werden.«

»Immer, wenn man Angst hat, etwas zu tun, sagt Mémé: ›Laß die Sau zu Haus und nimm den kastrierten Eber mit.‹« Yann lächelt schief. »Am liebsten würde ich jetzt weinen, aber ich traue mich nicht.«

Er hat sich neben sie auf den Rücken gelegt, blinzelt in den Himmel, an dem die Wolkendecke aufreißt und einen funkelnden hellblauen Himmel freigibt.

»Ich verspreche dir, nie wieder eine Raupe zu essen, wenn du versprichst zu weinen, wenn du es willst.«

»Nanna.« Yann stützt sich auf die Ellbogen, lehnt sich an sie. Sein Gesicht schiebt sich vor den Himmel, die Augen sind voller Zärtlichkeit, glänzen von Tränen. »Da, sieh«, sagt er.

Als sie zurückkommen, ist Yanns Mutter, tadellos in Graublau gekleidet, dabei, kleine Pappschilder mit der Aufschrift »*Réservé*« auf den Tischen des Restaurants zu verteilen. Eine Frau in schwarzem Kleid mit weißer Schürze räumt das Geschirr von einem Ecktisch nach der Mahlzeit des Personals ab, am Buffet füllt ein dunkelhaariges junges Mädchen, dessen Pagenfrisur und rote Wangen an eine frisch bemalte Holzpuppe erinnern, eine Batterie glänzender Brotkörbe mit großen Scheiben braunkrustigen Brots.

Yann winkt dem Mädchen zu. Er küßt der schwarzgekleideten Kellnerin die Wange, schiebt Nanna vor.

»Lucienne ist hier, solange ich denken kann, du bist ein Teil des Inventars, nicht wahr, Lucienne? Sag Nanna guten Tag.«

Eine kleine feste Hand, Augen, die hinter dicken Brillengläsern blitzen. Ein paar Worte in dieser sonderbaren Sprache, die Nanna nicht versteht, lassen Yann laut auflachen.

Nanna schaut sich um, unsicher, ob sie selbst Grund für das Lachen ist.

»Sie fragt, ob du immer nein sagst.« Yann stibitzt eine Brotscheibe von einem Tablett, das vorbeigetragen wird, das Mädchen droht ihm lächelnd, »nein heißt auf bretonisch *nann*.«

Gierig beißt er ins Brot, sagt ein paar Worte mit vollem Mund, die eine Lachsalve bei der Frau auslösen. Mit beiden Händen umfaßt sie Nannas Oberarme, küßt laut in die Luft dicht an ihren Wangen.

»Was hast du gesagt?«

»Das verrate ich nicht.«

Nanna kann nicht anders, sie muß mitlachen. Zum erstenmal, seit sie das Hotel betreten hat, fühlt sie sich sicher. Sie schaut der fröhlichen Frau direkt in die Augen.

»Ganz im Gegenteil«, sagt sie.

Hinter der lachenden Frau taucht das magere Gesicht eines Mannes in der Glastür zum Empfang auf. Neben ihm bläht sich eine blonde Frau auf, deren Gesicht rot über der weißen Bluse glüht, eine etwas zu reife Frucht.

Ein leerer graumelierter Ärmel, wo der linke Arm des Mannes hätte sein sollen, ist nach innen geklappt und mit einer Sicherheitsnadel befestigt; das schmale Gesicht ein Axtblatt auf dem gebeugten Schaft des Körpers.

»*Bitte schön.* Ist es wohl möglich, etwas zu essen zu bekommen?«

Die deutschen Worte des Mannes schneiden die Zeit in Stücke, lose Enden flattern im Raum.

Die Kellnerin beugt sich herab, hebt eine heruntergefallene Serviette vom Boden auf, eilt am Buffet entlang davon, ohne auch nur zur Seite zu schauen, durch die Schwingtüren hinaus in die Küche.

Yanns Mutter hat sich ihrem Sohn zugewandt, der in einer Bewegung erstarrt ist, die Reste der Brotscheibe noch in der Hand. Die bleiche Haut auf ihrem Hals ist rot gefleckt, auf ihre Oberlippe sind Schweißperlen getreten, feuerrote Streifen leuchten auf ihren straffen Wangen.

»Sag ihm, daß sie gehen sollen.«

Ihre Stimme ist nur ein Flüstern.

Yanns viereckiger Körper ist zusammengesunken. Seine große Hand krampft sich um das Brot, er öffnet den Mund, aber kein Laut kommt hervor.

Bevor Nanna nachdenken kann, ist sie einen Schritt zur Tür gegangen. Sie schiebt ihren schmalen Körper beschützend zwischen das Axtgesicht und Yann und seine Mutter.

»Es ist alles besetzt«, sagt sie in ihrem besten Schuldeutsch.

»Besetzt. Reserviert.«

Ehrliche Enttäuschung läßt das scharfe Gesicht weicher erscheinen.

»Schade«, sagt er, »ich wollte meiner Frau zeigen, wie eine perfekte französische Mahlzeit schmeckt, ich habe hier vor vielen Jahren schon einmal ein köstliches Mittagessen gegessen.« Er verbeugt sich ritterlich vor Nanna. In der Tür dreht er sich um, sein Blick ist suchend, dann zeigt er auf einen der Tische, die dicht am Buffet stehen. Danach geht er, leicht hinkend, gefolgt von seiner blonden Frau.

Nanna hört, wie die Tür hinter ihnen ins Schloß fällt.

Das Geräusch von Glas, das zersplittert, läßt sie herumfahren. Auf dem Boden vor dem Buffet liegen grüne Scherben in einer Weinpfütze. Die Schwingtür zur Küche schlägt heftig hinter dem Rücken von Yanns Mutter hin und her, Nanna hört das Geräusch ihrer rufenden Stimme, eine andere Frauenstimme antwortet entfernt.

Nannas Beine zittern, die Zunge klebt ihr am Gaumen.

Yann steht wie versteinert immer noch in der gleichen Haltung, die Reste der Brotscheibe in der Hand, die Schultern hängend.

»Entschuldige«, murmelt er.

Er dreht leicht den Kopf, ein fast taubes Opfer einer Explosion.

Die klappernden Schwingtüren öffnen sich für Lucienne, die mit Handfeger und Wischeimer kommt. Ohne Nanna und Yann anzusehen, geht sie in die Knie und wischt auf. Das Geräusch von Glasscherben, die gegen das Metall des Eimers klirren, zerreißt die Stille.

Yanns Mutter kommt hinter Luciennes gebeugtem Rücken zum Vorschein, sie stellt mit abgemessenen Bewegungen eine neue Weinflasche auf das Buffet. Ihr Gesicht hat seine übliche Blässe wiedergewonnen.

»Für euch ist da hinten gedeckt«, sagt sie, ihre Stimme ist kühl und neutral.

Yann richtet sich mit einem Ruck auf.

»Du könntest dich zumindest bedanken.«

»*Merci, Mademoiselle.*«

Eine hochgezogene Augenbraue, eine ironische Miene, dann schließen sich die Schwingtüren wieder hinter ihrem Rücken.

Juni 1961

Strib (!), den 15.6.1961

Liebe Nanna!

Vielen Dank für Deinen langen Brief. Mutter hat ihn mir nachgeschickt, ich habe ihn vor ein paar Tagen bekommen. Alle haben auf den Umschlag gestarrt, sie haben wohl gedacht, er wäre von einem heimlichen Liebhaber. Mein Ruf an dieser Schule ist so, daß all die Zimperliesen hier die ganze Zeit nur das Schlimmste denken. (Und es kommt vor, daß sie recht haben.)

Du glaubst wohl, ich lüge! Aber das ist die nackte, leibhaftige Wahrheit. Ich bin an einer Hauswirtschaftsschule. Ächz, stöhn, einmal tief Luft holen, so, das ist überstanden, bitte schön, und jetzt nachspülen.

Außerdem habe ich mich verlobt. Mit meinem exotischen

Cousin Gustav, ich habe Dir von ihm erzählt, aber das hast Du bestimmt vergessen, er ist der, dessen Mutter (meine Tante) einen schwedischen Diplomaten heiratete. Die haben jahrelang an den merkwürdigsten Orten gewohnt, er hat sein Abitur in Schweden gemacht, aber jetzt studiert er Medizin in Kopenhagen, kommst Du noch mit? Nun ja, jedenfalls habe ich ihn am fünfundsiebzigsten Geburtstag meiner Oma getroffen, und da hat es, peng, geknallt. Er sieht aus wie ein blonder James Dean, und damit übertreibe ich nicht. Da hieß es einfach, schnell zu handeln!

Mutter meinte, wir würden uns ein bißchen zu lange in meinem Zimmer aufhalten, und in seinem Kollegium darf man nach zehn Uhr abends keinen Damenbesuch mehr haben, deshalb wurde das Ganze etwas kompliziert. Und da habe ich meiner Mutter gesagt: Aber wir sind doch verlobt, und damit mußten sich alle (inklusive Gustav!) abfinden. Mutter ist ganz wild geworden, meine Tante und der Diplomat wurden in Spankuk oder wo sie nun gerade wohnen unterrichtet, und jetzt sitzt Mutters unermüdliches Fräulein Petersen vermutlich da und stickt Monogramme auf Bettbezüge, und ich habe einen schlichten Goldring, den ich abnehmen soll, wenn ich Fisch saubermache, und das muß ich dauernd.

Verlob Dich nie. Dann riskierst Du, in eine Hauswirtschaftsschule geschickt zu werden. Wenn Du glaubst, Latein war langweilig, dann versuche das hier einmal.

Dein Yann klingt, als wäre er der Richtige für Dich. Könnt ihr nicht einfach abhauen und heiraten? Auch wenn Mémé (bedeutet das Oma?) mit ihrem Melonengesicht reizend zu sein scheint, muß das mit diesem Aufbau auf dem Kopf ja zum Schreien aussehen – was macht sie denn, wenn es regnet? Es ist komisch, sich vorzustellen, daß jemand, den man kennt, jemanden kennt, der jeden Tag in Tracht herumläuft, ich verbinde Frankreich eigentlich immer mit der neuen Welle.

Habt ihr – Du weißt schon? Mochtest Du das? Ich wurde richtiggehend süchtig, bevor ich des Landes verwiesen wurde. Hier teile ich mein Zimmer mit einer dicken Eisenwarenhändlerstochter aus Skive, da lasse ich lieber die Hände über der Decke. Gustav muß den Sommer mit seinen Eltern verbringen, sie haben ein Haus in den schwedischen Schären. Mutter hat mir für zwei Monate einen Job als Ferienkindermädchen in Oxford besorgt, dem Herrn sei's geklagt. Sie denkt wohl, ich würde mir einen Haufen Kinder anschaffen, na, ich werde sie eines Besseren belehren. Hast Du ein Pessar, oder ist das in Frankreich verboten? Das ist zwar klebrig, aber beruhigend, das kann ich Dir sagen.

Ich habe Vater überreden können, mir eine einjährige kaufmännische Ausbildung zu bezahlen, auch wenn er mit dem Kopf geschüttelt hat. Schließlich müssen wir ja überlegen, ob ich einmal seine Firma übernehmen will, habe ich ihm erklärt. Er sah aus, als hätte ihn der Blitz getroffen! Ich fange damit im Herbst an. Dann bist Du zurück, nehme ich an, oder? Das mit dem Militärdienst klang erschreckend. Muß er wirklich in den Krieg? Gibt es nicht die Hoffnung, daß der bald aufhört?

Viel Glück mit ihm, wie dem auch sei. Hast Du nicht ein Bild, daß ich die Giraffe mal sehen kann? Beiliegend mein Gustav, Du mußt doch zugeben, daß er Stil hat! Jetzt hat es gegongt, das heißt, ich muß runter und lernen, wie man einen Wischlappen auswringt. Zum Glück hat das hier bald ein Ende.

Love from
Dreck-Mett'

Nanna legt den Brief auf ihren kleinen Schreibtisch, lächelt bei dem Gedanken an ihre Freundin.

Die Tür öffnet sich vorsichtig. Mariclô steht im Türspalt. Das dünne Haar, das Nanna jeden Morgen sorgfältig in einer Schleife sammelt, jeden Tag in einer anderen Farbe, steht wie verwelkte Grashalme ab, die schmalen Wangen sind feucht.

»Was ist denn?« Nanna hockt sich hin, legt die Arme um den aufgeschossenen Körper. Das Kind drückt sich fest an sie, will unter ihre Haut kriechen und ganz von dieser Welt verschwinden, die wieder einmal ihre Augen hat überlaufen lassen.

Ihr Weinen ist lautlos, so wie die ganze Mariclô. Unbemerkt wie eine Maus kann sie stundenlang in Nannas Zimmer sitzen, wenn Nanna frei hat und Mariclô eigentlich in ihrem eigenen Zimmer mit dem rosa Teppichbelag und den Gardinen mit Teddys und Elefanten Mittagsschlaf halten soll.

Nanna erzählt ihr von den Briefen von daheim, von ihrem Vater und seinem neuen Haus, von dem Haus auf dem Land mit dem Pferdestall, in dem ihre Stiefmutter ein Pferd haben soll. Die Unruhe, die die Briefe der Stiefmutter sonst immer in Nanna hervorruft, verdampft, als sie den Inhalt in kindliche Formeln faßt.

Den Brief von Mette will sie für sich behalten. Aber jetzt bereitet ihr das Unglück des kleinen Mädchens ein schlechtes Gewissen.

»Hast du was geträumt?«

Das Kind nickt an ihrer Schulter, Nanna spürt die feuchte Wärme des kleinen Körpers an ihrem eigenen. Mariclôs Alpträume sind namenlos, und Nanna hat gelernt, nicht nachzufragen, sie wiegt sie nur in den Armen, bis die Tränen versiegen.

Das ferne Geräusch der Türklingel. Madames harte Absätze auf dem Flur bleiben vor ihrer Tür stehen.

»Kommen Sie.«

Nanna steht schnell auf, schuldbewußt, ohne zu wissen, warum. Mettes Brief landet auf dem Boden, das dünne Luftpostpapier flattert im Durchzug, und Madames Blick erfaßt sofort sowohl den Brief als auch Nanna selbst und das Kind, das seinen Kopf gegen Nannas Hals drückt.

»Es ist für Sie. Le Braz, glaube ich, hat er gesagt.« Der immer beleidigt aussehende Mund würgt den Namen hervor wie Reste eines ungenießbaren Happens.

Yann war noch nie zuvor an der Wohnungstür. Wenn er sowohl das Mißtrauen der Concierge als auch den Unwillen von Madame gegenüber unerwarteten Ereignissen auf sich genommen hat, muß etwas Entscheidendes passiert sein, etwas, das nicht warten kann, bis sie sich morgen wiedersehen. Nannas Gehirn explodiert in einer Serie von Schreckensvisionen, ihr Körper fühlt sich halb gelähmt an, wie nach einem Schlaganfall.

»Ich habe ihn in den kleinen Salon geführt.« Madame hebt die sich wehrende Mariclô vom Boden auf, streicht ihr Kleid mit schnellen Handbewegungen glatt. »Sie sollten mit ihm reden.«

Das piepsende Weinen des kleinen Mädchens folgt ihr auf den Flur. Irgendwo in der Wohnung klingelt ein Telefon, sie hört Madame den Flur entlangklappern, ihre wütende Stimme, die das Kind zum Stillsein ermahnt.

Yann steht mit dem Blick zur Tür auf dem dunkelroten Teppich, der wie eine Insel auf dem Parkettboden des Salons liegt, ein Schiffbrüchiger, zwischen den zerbrechlichen Möbeln des Zimmers an Land gespült.

»Was ist passiert?«

»*Ma feuille de route.* Mein Einberufungsbescheid.« Seine Hand legt sich um ihren Nacken, streichelt ihn mechanisch. »Ich fahre morgen ganz früh nach Hause.«

»Wann?« Sie klammert sich mit beiden Händen an seine Jacke, er ist bereits dabei, sich aus ihrer Reichweite zu entfernen, unbeschützt, ausgesetzt. »Wann kommst du zurück?«

»Ich will Mutter um Erlaubnis bitten, daß wir heiraten dürfen, bevor ich fort muß.«

Er hat sich aus ihrem Griff befreit, ergreift ihre Hände, er hat um meine Hand angehalten, denkt sie, aber sie fühlt keine Freude, statt dessen schickt die Panik Funken durch ihr Gehirn, sie starrt Yann an, hilflos, findet keine Worte.

Ihre Briefe an den Vater haben von Ausflügen mit Freundinnen erzählt, von Abenden im Café, aber sie hat nie Yanns Namen erwähnt, instinktiv hat sie ihn gegen Vaters kühle Beurteilung beschützt, dagegen, entblößt zu werden, gewogen und als zu leicht befunden zu werden.

Jetzt will, jetzt muß sie alles beichten.

»Willst du?«

Das leise Knarren der Tür hinter ihnen, Mariclôs Gesicht in der Türöffnung, die Tränen sind jetzt verschwunden, ihr klarer Blick ist auf Yann gerichtet, ohne ein Zeichen von Wiedererkennen zu zeigen.

»*Maman* will mit Nanna reden«, sagt sie.

»Ich muß jetzt gehen.«

Sie nimmt das Kind bei der Hand. Eine Welle hat sie erfaßt und zieht sie vom Land fort, sie greift nach einem Halt, will den Boden unter den Füßen nicht verlieren.

»Willst du nicht?«

Seine Augen sind unsicher unter der Sorgenfalte auf der Stirn.

»Doch, doch.«

Sie will um etwas Zeit bitten, aber es gibt keine Zeit. Sie nickt mit geschlossenen Augen, fühlt seine Wange, so heiß, seine Arme, die ihren Körper so fest halten, daß sie kaum noch Atem holen kann.

Mit der Hand des Kindes in ihrer bleibt sie stehen und sieht ihn die Treppen hinunter verschwinden, hört seine laufenden Schritte, die zwischen den marmorverkleideten Wänden des Treppenhauses widerhallen, den schweren Klang der Tür, die hinter seinem Rücken zufällt.

»Nanna.« Mariclô zupft leicht an ihrer Hand, zeigt mit einem kleinen Finger. »Yann«, sagt sie, und ihre Nase kräuselt sich vor Anstrengung.

Sie hebt das Kind hoch und schaut in dessen ernste Augen.

»Ja«, sagt sie, »das ist Yann.«

Das Kind hängt auf ihrer Hüfte wie ein Tier, hüpft bei jedem Schritt, den sie zurück in ihr Zimmer geht, auf und ab. Die Wärme des kleinen Körpers und dessen leichtes Gewicht dämpft ihre Unruhe, aber das Herz schlägt ihr immer noch vogelartig in der Brust.

Madames Stimme erreicht sie aus dem Eßzimmer.

»Ihr Vater hat angerufen.«

Jede Ader in ihrem Körper hat sich geöffnet, die Wärme schlägt ihr auf die Haut.

»Er wollte wissen, wann Sie planen, nach Hause zu fahren.« Die Augen in dem hübschen Gesicht leuchten mißtrauisch. »Das hat mich verwundert.«

Nanna sucht nach den Worten, die ihr eine Frist einräumen, Zeit um nachzudenken, sie klopft nervös den schmalen Rücken des Kindes.

»Ich wollte Ihnen schon sagen, daß ich gern mit in die Provence kommen kann.«

Das ist ein spontaner Einfall, aber Madame hat schon vorher mehrere Male laut vernehmlich geseufzt bei dem Gedanken an einen ganzen August ohne Kindermädchen.

»Ja, warum nicht?«

Ein Achselzucken unter der eleganten Seidenbluse, keine offensichtliche Begeisterung, aber es ist geglückt, sie ist in Sicherheit, jedenfalls für eine Weile.

»Ich werde meinem Vater schreiben«, sagt sie und läßt die Worte so leicht klingen, wie es nur geht.

Ihre Knie zittern immer noch, als sie die Zimmertür hinter sich schließt. Die Gedanken poltern wie fallende Kegel in ihrem Kopf herum.

Die Universität, die auf sie im September wartet, der Traum ihres Vaters, ihr eigener Wunsch, das wohlgeordnete Leben, die klar abgesteckten Bahnen. Eine Bühne, die bereitsteht und nur von ihr fordert, daß sie ihre Rolle einnimmt. Jetzt empfindet sie das Ganze als fiktiv, eine Fata Morgana. Sie weiß nicht, ob sie noch immer imstande sein würde, ihren Platz in dieser Schattenwelt einzunehmen, aber sie weiß, daß sie es nicht mehr will.

»Nanna.« Mariclô dreht Nanna ihr Mausgesicht zu, drückt ihre Knie fest gegen ihre Hüfte. »Bleibst du?«

»Ich bleibe«, sagt Nanna, und plötzlich gluckert Lachen aus ihrem Zwerchfell. Sie dreht das Kind immer wieder im Kreis herum in dem luftigen Zimmer, immer und immer wieder, bis beide vor schwindliger Freude keuchen.

Sechs Uhr dreißig. Der Wecker. Der schläfrige Gang ins Badezimmer, Bluse und Rock, leichte Sandalen. Die Schlange im Milchgeschäft, sie schirmt sich gegen die lauten Stimmen ab, verteidigt ihren Platz, nickt flüchtig der Frau vom Nachbartreppenhaus zu. Das Brot gegen den Körper gepreßt, warm wie tröstende Hände. Dann die Kaffeemühle, das blubbernde Geräusch, wenn der Perkolator anspringt, der intensive Duft der Kräuter, der die Küche ausfüllt.

Mariclôs Arme um ihren Hals, das schläfrige Gesicht über den Spitzen des Nachthemds, sie ißt mit Nanna in der Küche ihr Frühstück, taucht das Brot in die Schale mit warmem Kakao, außer Reichweite der Verhaltensregeln des Eßzimmers und der scharfen Stimmen.

Auf der Place des Vosges, wo Mariclô jeden Vormittag mit ihrer kleinen Schaufel kratzt, wartet Nanna darauf, daß Yanns vertraute Umrisse unter den Ulmen auftauchen, eine Hungernde, die auf Brot wartet. Ihre Bank ist von anderen jungen Paaren besetzt, die mit ihren Schuhspitzen Muster in den Kies zeichnen und verstohlene Händedrücke austauschen, flüchtige Küsse.

Der Sprachkurs ist jetzt abgeschlossen, die wenigen Bekannten, die sie dort kennengelernt hat, sind in alle Winde zerstreut, und sie bietet ihre Hilfe an, benutzt die Pflichten, um ihre Unruhe zu zügeln. In den Stunden, die bisher ihre Freizeit ausmachten, folgt sie der nach Chlor riechenden Spur der Putzfrau, wischt Böden und reibt Kacheln blank. Die Erschöpfung holt sie jeden Abend ein, und sie schläft, traumlos, bis das schrille Klingeln des Weckers sie wieder wachrüttelt.

Der Vormittag ist strahlend blau, als Nanna aus der Metro herauskommt. Die Angst vor dem langen, einsamen Sonntag hat ihren Magen zusammengeschnürt, seit sie Mariclô zum traditionellen Sonntagsspaziergang mit der Großmutter angezogen hat, zum Schluß hat sie Nanna auf die Straße getrieben, wie einen Schlafwandler in die belebten Viertel um den Gare Montparnasse, hin zum Restaurant des Onkels. Mehr als eine Woche ist seit dem letzten Lebenszeichen von Yann vergangen. Vielleicht ist er ja immer noch in der Bretagne. Die Unsicherheit darüber, was sie erwartet, raubt ihr den Atem.

Der Boulevard wimmelt vor Menschen in Sonntagskleidung, Familien mit Kleinkindern in Klappkarren, kleinen Jungs in knielangen Shorts, Mädchen in hellen Kleidern, groß genug, daß sie hineinwachsen können. Die alten Paare humpeln an ihren Stöcken davon, ihre winterbleiche Haut kann das Tageslicht nach der langen Zeit der Dunkelheit kaum ertragen, die abgewetzten Stellen auf den dunklen Hosen der Männer glänzen in der Sonne.

Nanna bahnt sich ihren Weg durch das Gewimmel. Vor dem Restaurant bleibt sie stehen, tut so, als würde sie die Speisekarten in den Glaskästen betrachten, späht jedoch durch die großen Scheiben hinein. Einige der Kellner, die sie kennt, sind dabei, alles für die Essensgäste vorzubereiten, sie polieren Gläser mit weißen Tüchern, gleiten wie dunkle Fische zwischen den Tischen hindurch, glänzendes Besteck blinkt in ihren Händen. Ihre Lippen bewegen sich, aber sie kann nicht hören, was sie sagen. Weder den Onkel noch Yann kann sie erblicken.

Der Kellner, den sie am besten kennt, steht plötzlich in der Tür, ein Hauch von Mitleid ist in seinen neugierigen Augen zu sehen.

»Er kommt erst in einer Stunde.«

Die verschmähte Liebhaberin, die im Stich gelassene Braut, eine lächerliche Figur in jeder Beziehung. Der Fluchtimpuls ist überwältigend, trotzdem bleibt sie stehen.

Der Kellner hat sich bereits umgedreht, um wieder hineinzugehen.

»*S'il vous plaît.*«

»*Oui?*«

»Wo finde ich ihn?«

Sie sieht ihm direkt in die Augen, unterdrückt das Zittern in ihrer Stimme.

»Woher weiß ich, daß er dich sehen will?«

Der Kellner läßt eine Hand durch sein glänzend schwarzes Haar streichen, sein Blick ist etwas unsicher.

»Das will er.«

Sie hält seinen Blick fest, bis er die Achseln zuckt.

»Aber sei etwas diskret, ja?«

Er beugt sich vor, zeigt mit dem Daumen.

»Im vierten Stock«, sagt er und verschwindet wieder pfeifend im Restaurant.

Der Geruch nach Fritieröl und heißem Seifenwasser bildet in dem schmalen Treppenschacht eine fettige Spirale. Sie schleicht sich mit angehaltenem Atem an einer mattierten Glastür vorbei. Die Tür steht einen Spalt offen, und sie kann die Umrisse von Menschen dahinter erkennen, deren fleckenfreie Baumwollpullover und knisternde weiße Schürzen sie wie Pfleger in einer altmodischen Anstalt aussehen lassen, geisterhafte Wesen, die sich in dem Dunst bewegen. Ein Messer blitzt, die dumpfen Schläge eines Fleischklopfers punktieren den Lärm lauter Stimmen, klappernder Küchengeräte.

Die Türen mit dem verschrammten Metallbeschlag sehen aus, als könnten sie jeden Moment auf ihren abgenutzten Scharnieren aufschwingen und unbeschreibliche Gefahren freilassen. Hinter einer meint sie plötzlich die wütende Stimme des Onkels zu hören, dazu eine Frau, die ihm antwortet, schluchzend, in Tränen aufgelöst.

Der Schreck läßt sie stolpern, sie schlägt sich an der obersten Stufe der Treppe das Knie auf, bringt sich atemlos hinter einer halboffenen Tür in Sicherheit.

Fünf braun gestrichene Türen. Ein angelaufenes metallenes Waschbecken am Ende des Flurs, eine einen Spalt offene Tür zu einem Stehklo, der Metallstift der Wasserspülung klemmt, ein gebogenes Ausrufungszeichen. Die Luft in dem engen Flur ist schwer von warmem Staub, Naphtalin und Urin.

Mit pochenden Schläfen steht sie im Dämmerlicht des Dachfensters. Sie horcht angespannt in die Stille, kann aber keine menschlichen Geräusche hören, nur das Rauschen in den Rohren, die entlang der Flurdecke verlaufen, das Fallen des Wassers in einem Abfluß ein Stück entfernt.

Ein dunkelbrauner Schmetterling fliegt irgendwo aus den Schatten herauf, flattert samten vor ihrem Gesicht dahin und läßt sich still auf einem Türpfosten nieder.

»Yann.«

Ihre flüsternde Stimme ist rauh, sie räuspert sich, versucht es noch einmal.

Irgendwo hinter einer Tür knackt eine Bodendiele. Dann steht er da, eine Silhouette vor dem Licht aus dem Zimmerfenster, sie sieht die kleinen Härchen auf seinen Schultern in dem kräftigen Gegenlicht, goldene Daunen auf einer Frucht, und sie will ihn berühren, kann es aber nicht.

Stumm läßt er sie an sich vorbeigehen, ins Zimmer, schließt sorgfältig die Tür hinter ihr. Dreht ihr den Rücken zu, um ein Handtuch von einem Metallständer neben dem Waschbecken in der Zimmerecke zu nehmen. Sie starrt ihn wortlos an, sieht die Rasierutensilien auf dem Bord, die weißen Schaumspritzer auf dem Spiegel.

Hinter der Tür bleibt sie stehen und sieht, wie er sich das Gesicht abtrocknet, ein weißes Hemd von einer Stuhllehne nimmt, ihrem Blick ausweicht. Sie folgt ihm mit den Augen, während er sich die schwarze Schleife vor dem Spiegel umbindet, die Schaumspritzer mit dem Handrücken wegwischt. Seine Bewegungen sind abgemessen, energisch, ein Mann, der sich auf die entscheidende Schlacht vorbereitet und keine Kräfte verschwenden will. Ein fremder Mann, der ihr den Rücken zuwendet, seinen Gürtel öffnet, um das Hemd hineinzustopfen, es gerade zieht, sich aufrichtet und das Hemd mit mechanischen Bewegungen zuknöpft, sich wappnet.

Die Worte sammeln sich zu Sätzen in ihrem Mund, aber die Zunge klebt ihr am Gaumen, und sie ist stumm, außerstande, die

Formel zu finden, die ihn wieder in Yann verwandelt, und sie kann es nicht in diesem Zimmer mit einem Fremden aushalten.

Die Tränen blenden sie, als sie stolpernd auf den Flur läuft, da hört sie seine Stimme hinter sich.

»Nanna.« Die Stimme klingt belegt, als hätte er seit vielen Tagen nicht mehr gesprochen. »Ich wäre gekommen.«

Er zieht sie wieder zu sich ins Zimmer, auf das ungemachte Bett.

»Ich wäre gekommen«, wiederholt er.

Auf seiner Oberlippe zeichnen sich Schweißtropfen ab, ein Blutstropfen an seiner Wange ist fast getrocknet, sie reibt ihn mit einem Finger weg.

»Sie hat nein gesagt.« Die Knöchel in ihren Händen schmerzen unter seinem Druck. »Ich bin alt genug, sie muß mir keine Erlaubnis geben, aber du verstehst nicht, was das bedeutet, meine Mutter und ich.«

Ein anderer hat die Entscheidung für sie getroffen, vielleicht ist das trotz allem das beste.

»Mein Vater«, sagt sie, will damit trösten, »der weiß nicht mal, daß es dich gibt.«

Sie spürt, wie er erstarrt, ihre Hände losläßt.

»Was willst du damit sagen?«

»Ich wollte es ihm sagen. Später.«

»Später? Wenn ich tot bin?«

Sie sieht an seinem verletzten Blick, daß sie ihn verraten hat, so wie er sie verraten hat, sie sind beide gefangen in dem Schatten ihrer Eltern, einem undurchdringlichen Netz.

»Soll ich gehen?« flüstert sie und hört, wie er nach Atem ringt.

»Wenn es das ist, was du willst.«

Seine Faust landet auf der Matratze, daß die Federn singen. Sie kommt auf die Beine, steht unentschlossen vor ihm.

Die Schweißflecken auf dem weißen Hemd, das Haar, das an der Stirn klebt, trotz der Scham in seinen Augen ist es ihr Mann, den sie jetzt sieht, und es besteht zwischen ihnen kein Abstand mehr, nur die verzweifelte Lust der überstandenen Anspannungen.

Die Honigsüße der Lindenbäume strömt durch das offene Fenster herein, vermischt sich mit dem Salz auf seiner Haut, der leichten Bitternis des Schweißes, und sie werden zu Zungen und

Lippen, zu Zähnen und nackter Haut, eine Wildheit, die sie wie Beutetiere schüttelt, bis sie atemlos liegenbleiben.

Yann hat sich halb aufgerichtet, wühlt in einer Hosentasche.

»Warte.«

Sie nimmt ihm das kleine Päckchen aus der Hand.

»Nein«, sagt sie.

September 1961

»Dein Vater ist kleiner geworden«, sagt die Stiefmutter.

Nanna hat ihr mit dem Abwasch nach dem Mittagessen geholfen, jetzt sitzen sie beide mit ihren Kaffeetassen vor dem Kamin im Wintergarten. Vater ruht sich in seinem Zimmer oben aus, müde von der Arbeit des Vormittags mit dem halbwüchsigen Jagdhund, der jetzt in seinem Korb an der Gartentür liegt und im Schlaf piepst.

Nanna zupft mit ihren Nägeln an einem losen Faden in der Armlehne des Sofas. Sie hat es auch gesehen, möchte es aber am liebsten nicht wahrhaben. Vater ist nach unten gewachsen, seit sie ihn das letzte Mal gesehen hat, er ist grau und eingefallen geworden. Seine Wangen hängen, Cockerspanielohren über dem faltigen Hals, das ist jetzt deutlich zu sehen, wo er nicht mehr täglich einen Schlips trägt, sondern sich weiche Hemden mit Halstüchern und Tweedjacken angeschafft hat, der perfekte Country-Gentleman.

Das runde Gesicht der Stiefmutter unter dem aschblonden Haar hat senkrechte Falten bekommen, sie ist fünfundvierzig, sitzt mit einem herzkranken Mann weit draußen auf dem Land. Das Haus ist groß und schwer instand zu halten, mit Kaminen und Öfen in allen Zimmern, Vater will lebendiges Feuer um sich haben, friert aber in den hohen Räumen, wickelt sich in Decken ein. Die große unpraktische Küche schreit geradezu nach einer Hilfe, aber Nanna ahnt, daß die Frau, die ein paarmal in der Woche kommt und »das Gröbste macht«, wie die Stiefmutter sagt, alles ist, was das Budget erlaubt. Vater will mit Stil leben, und sein Bekanntenkreis, der aus seinen alten Jagdkameraden aus dem niederen Landadel der Gegend besteht, fordert ein gewisses Niveau hinsichtlich der Gastfreundschaft.

Nanna fühlt sich wie eine Fremde in der ländlichen Umgebung. Das Haus ihrer Kindheit existiert nicht mehr, es wurde zusammen mit der Anwaltspraxis nach Vaters drittem Herzinfarkt veräußert. Hier in diesem Haus hat sie nie gelebt. Das letzte Gymnasiumsjahr hat sie in einem Internat verbracht, in dem sie kaum ihre Klassenkameraden kennenlernen konnte, in der kurzen Zeit bis zu den Examensprüfungen.

Jetzt sitzt sie hier in der finsteren Provinz, auf einem geblümten, etwas abgenutzten Kaminsofa, und schaut ihre Stiefmutter über den Rand der Kaffeetasse an.

Die Stiefmutter atmet mühsam, als sie sich vors Feuer kniet und mit dem Schürhaken die Glut schürt, ihr fehlt die Geschicklichkeit, sie versprüht nur Funken, ohne daß das Feuer richtig fängt. Sie hat in den letzten Monaten einiges zugenommen, wie Nanna sehen kann, ihr Hinterteil wölbt sich kürbisartig unter dem engen Rock, das kann nicht in Vaters Sinne sein, er haßt dicke Frauen. Nannas lange, schlanke Figur hat sie von der Mutter geerbt, die sie nie kennengelernt hat und die Vater in allen möglichen Zusammenhängen hervorhebt, ohne daran zu denken, daß er damit seine Frau verletzt.

»Ich kann es versuchen.«

Nanna nimmt der Stiefmutter den Schürhaken aus der Hand. Sie schubst vorsichtig die glühenden Holzstücke beiseite, schiebt ein wenig Rinde dazwischen und läßt so das Feuer wieder aufflackern. Sie kniet mit ausgebreiteten Armen vor dem Kamin, die Fahrradfahrt im Septemberregen vor dem Essen, um auf dem nächsten Hof frische Eier zu holen, sitzt ihr immer noch in den Knochen, eine feuchte Kälte.

Nanna spürt den Blick der Stiefmutter, als sie aufsteht. Auch wenn sie weiß, daß ihr bis jetzt unmöglich etwas anzusehen ist, fühlt sie sich ertappt. Nanna hat keinen Zweifel, daß die Stiefmutter ihr keine Hilfe sein wird bei dem, was ihr bevorsteht. Ihr Vater konnte schon immer seine beiden Frauen vorzüglich gegeneinander ausspielen.

Sie kriecht in die Sofaecke und streckt sich nach ihrer Tasse, schüttelt sich ein wenig. Außerhalb des warmen Halbkreises vor dem Kamin ist die Luft kühl, ihre Nasenspitze ist kalt wie eine Hundeschnauze.

»Dieser Yann, von dem du erzählt hast«, sagt die Stiefmutter und greift nach der Kaffeekanne. Nanna kann hören, wie sie sich anstrengt, ihre Stimme leicht klingen zu lassen. »... heißt er wirklich so?«

»Jean heißt er auf französisch«, erklärt sie neutral. »Yann ist *bretonisch*. Das ist eine ganz andere Sprache«, fährt sie fort, erleichtert, über ein Thema reden zu können, von dem die Stiefmutter garantiert nichts weiß. Sich einen Moment überlegen fühlen dürfen, akademische Rauchschwaden über den forschenden Frauenblick der Stiefmutter legen zu dürfen. Man kann viel von Nannas mürrischer Stiefmutter behaupten, die eine Vergangenheit als Arzthelferin bei ihrem ersten Mann hinter sich hat, aber an Intuition fehlt es ihr nicht.

»Wie groß ist das Hotel, das er besitzt?« Zunächst läßt die Stiefmutter ein Stück Würfelzucker in ihre blaugeblümte Kaffeetasse fallen, dann, nach einigen Sekunden des Zögerns, noch eins.

»Ziemlich groß«, antwortet Nanna ungenau. Ihr kommt der Gedanke, daß die Stiefmutter vielleicht die Aufgabe übertragen bekommen hat, herauszufinden, ob Yann eine akzeptable Partie ist. Sie versucht sich Vaters Blick auf dem massiven weißgekalkten Gebäude vorzustellen, auf der Bar mit den Spielautomaten, in der die Fischer am späten Nachmittag an dem glänzenden Tresen hängen, wenn das Hochwasser sie und ihre Boote sicher an Land gebracht hat.

»Ziemlich groß«, wiederholt sie und leert ihre Kaffeetasse mit einem Schaudern. Der Geschmack von Kaffee beginnt bei ihr Übelkeit zu erregen, aber sie traut sich nicht, ihn stehenzulassen und dadurch das Mißtrauen der Stiefmutter zu erwecken. Wenn es nicht sowieso schon geweckt wurde.

»Dein Vater denkt oft an dich.«

Die Stiefmutter rührt umständlich in ihrer Tasse, den Blick dabei auf die Flammen im Kamin fixiert. Es scheint, als suche sie nach einem Weg, die Informationen aus Nanna herauszukitzeln, ohne daß diese es bemerkt. Nanna bekommt das unangenehme

Gefühl, daß ihr Tun und Lassen ein viel häufigeres Gesprächsthema zwischen ihrem Vater und seiner Frau ist, als sie angenommen hat.

»Ich denke auch oft an ihn«, sagt sie, um weiteren diesbezüglichen Äußerungen zuvorzukommen. »Ist das nicht etwas zuviel für ihn mit dem Hund? Der ist doch so wild.«

»Aber das ist doch alles, was er hat.«

»Nun ja, er hat doch immer noch dich.«

»Auf mich ist er meistens nur wütend.« Die Stiefmutter seufzt. »Er ist so froh, daß du wieder zu Hause bist.«

Etwas in ihrem Ton läßt Nanna aufhorchen. Sie drückt das Kissen in ihrem Rücken zurecht.

»Mmmm«, sagt sie nur, um Zeit zu gewinnen.

»Bei unserem Kaufmann haben sie erzählt, daß sie in der Schule hier eine Vertretung brauchen«, fährt die Stiefmutter fort. »Du fängst mit dem Studium doch sowieso nicht vor dem Januar an, oder? Und es wäre so schön für deinen Vater, wenn er mehr mit dir reden könnte.«

Ein Gefühl der Panik steigt in Nanna auf. Sie sieht sich selbst, gefangen in ihrer Sofaecke, ein Tier in der Falle, gebunden an Händen und Füßen durch Rücksicht und Erziehung, brav und unproblematisch wie immer.

Wenn nicht das geschehen wäre, was sie nicht mehr lange wird verbergen können, hätte sie wohl kaum die Kraft, sich freizukämpfen, hätte es sicher nicht einmal gewünscht. Aber jetzt ist sie dazu gezwungen.

Sie denkt an den Brief, der unterwegs ist, irgendwo in Europa. An einen kleinen blauen Brief mit einer großen Neuigkeit.

Eine Kröte mußte ihr Leben lassen, bevor der Brief abgeschickt werden konnte. Eine Kröte – oder war es ein Frosch – bekam durch Nannas Urin angeschwollene Eierstöcke, eine Laborassistentin las in ihren Eingeweiden wie ein Augur, und Nanna schrieb mit klopfendem Herzen ihren Jubelbrief und schmuggelte ihn in die Tasche des Landbriefträgers, ohne daß die Stiefmutter es sah.

In ein paar Tagen wird Yann in der Sonne vor dem Gebäude der Truppenbetreuung in der Kaserne in Marseille stehen und den Umschlag mit ungeduldigen Fingern aufreißen.

»Nun ja, du bist hier jedenfalls jederzeit willkommen«, sagt die Stiefmutter, und das klingt, als erwarte sie eine Antwort.

»Mmm.« Nanna zögert. Man kann nie wissen, was aus ihren Worten in der Version der Stiefmutter wird. »Paris ist ja auch eine Möglichkeit«, sagt sie vorsichtig. »Wenn ich nicht arbeiten muß, könnte ich mich auf mein Studium konzentrieren. Ich könnte mir ein Zimmer nehmen, das muß gar nicht so teuer sein.«

Die Zeit ausdehnen. Konfrontationen vermeiden. Darum herumkommen, etwas zu erzählen, bevor Yann und sie alles geregelt haben.

»Dein Vater kann dir ja nie etwas abschlagen.« Plötzlich klingt die Stiefmutter verbittert. »Das Internat hat ein ganzes Jahr lang unseren Etat bis aufs äußerste strapaziert.«

»Aber ihr habt das Haus hier kaufen können.«

Die Kleinlichkeit der Stiefmutter hat sie schon immer peinlich berührt. Sogar in den Jahren, als die Anwaltspraxis des Vaters blühte und das Geld reichlich hereinfloß, konnte sie am Eßtisch sitzen und sich lang und breit darüber auslassen, wieviel der Wurstaufschnitt gekostet hatte.

Die Stiefmutter schnaubt leise.

»Ja, leider Gottes«, sagt sie, und Nanna sieht aus den Augenwinkeln, daß ihr rundes Gesicht, in dem die aufgerissenen braunen Augen unter den hellen Ponylocken eine große Ähnlichkeit mit einem verwöhnten Pudel heraufbeschwören, sich zu einer feindlichen Miene verzieht.

Ein Holzscheit ist durchgebrannt und fällt mit einem zischenden Laut auf den Kaminboden zusammen.

Nanna steht auf und stellt die Tassen zusammen.

»Ich werde selbst mit Vater darüber reden«, sagt sie.

Die altmodischen Kopfsteine auf dem Hofplatz zwischen dem Haus und dem kleinen Stallgebäude zeigen immer noch feuchte Flecken, auch wenn der Regen inzwischen aufgehört hat. Die großen Kastanien hängen voll mit den stacheligen Früchten, die noch fest an den Zweigen sitzen, und die fingrigen Blätter haben noch ihre dunkelgrüne Sommerfarbe.

Nanna steht am Dachbodenfenster und schaut zu ihrem Vater hinunter, der sich nach seiner Mittagsruhe wieder angezogen hat.

Jetzt steht er mitten auf dem Hofplatz und ruft dem ungestümen Hund zu, dem er mit großer Mühe und der Hilfe der Stiefmutter Halsband und Leine anlegen konnte.

Nanna ist vor dem scharfen Ton, der zwischen den Eheleuten herrscht, in das Zimmer geflüchtet, das als das ihre bezeichnet wird, das ihr jedoch ein starkes Gefühl der Peinlichkeit gibt mit all seinen Erinnerungen an die Teenagerjahre in ihrem alten Zimmer. Stapel von rosa Kissen auf ihrem Jungmädchenbett, der kleine weiße Schminktisch, die Christel-Zeichnungen auf den geblümten Tapetenwänden – das alles gehört zu einer anderen, sehr viel kindlicheren Person.

Unten auf den runden Steinen macht der Hund übermütige Sprünge um die in Gummistiefeln steckenden Beine ihres Vaters, wirft ihn vor lauter kläffendem Eifer fast um. Sein glänzendes Fell funkelt in der Nachmittagssonne kastanienbraun.

»Sitz!«

Vater zieht kurz an der Hundeleine. Das Tier läßt sich für einen Moment stoppen, wirft sich dann jedoch in einem Bogen nach hinten, landet vor den Füßen des Vaters auf dem Boden und wedelt frohgelaunt, wobei ihm die Zunge aus der Schnauze hängt.

»Sitz! Sitz!«

Der Hund stupst ihn mit der Schnauze, wirft sich gegen sein Bein, zieht und zerrt an der Leine. Vater müht sich ab, das Hinterteil des Hundes auf den Boden zu bekommen, aber der große Welpe leistet energischen Widerstand, windet sich unter seinen Händen, daß der Mann fast hinfällt.

Nannas Vater ist es gewohnt, Macht über die Dinge zu haben, sein herrisches Wesen hat den Rahmen ihres Daseins abgesteckt, solange sie denken kann. Jetzt wird sie verlegen, weil sie mit ansehen muß, wie er einem Tier gegenüber machtlos ist. Einem lebhaften Welpen, der nur dazu da zu sein scheint, um Vaters Gebrechlichkeit zu zeigen. Sie tritt einen Schritt vom Fenster zurück, hat Angst, Vater könnte entdecken, daß er beobachtet wird.

Da sieht sie plötzlich die Peitsche in Vaters Hand. Sie hat die Hundepeitsche am Haken in der Halle hängen sehen und sich an die vielen Male erinnert, bei denen sie sich als Kind die Finger in die Ohren steckte, wenn Vater seine Jagdhunde bestrafte. Nie hat sie die Notwendigkeit der Peitschenschläge in Frage gestellt, ebensowenig wie alles andere, was ihr bewunderter Vater tat. So dressiert man halt Hunde, hatte er erklärt, und damals hatte sie genickt und geschwiegen und ihre Ohren vor dem Schmerzgejaul der Hunde verschlossen. Jetzt spürt sie eine unbekannte Wut in sich aufsteigen. Sie will ihrem Vater zurufen, daß der Hund doch nur jung und fröhlich ist und keine Strafe verdient, doch sie bleibt stumm hinter der Scheibe stehen.

Vater hebt den Arm ein ums andere Mal, läßt die Peitsche herabsausen. Seine gebeugte Gestalt in der dicken Tweedjacke verliert vor ihren Augen die Proportionen, wird zu einem drohenden Schatten vor der gekalkten Wand des Stalls. Nanna hört das erschrockene Aufheulen des Hundes, der jetzt auf dem Boden entlangkriecht, verängstigt und gedemütigt, und sie wünschte, er würde sich losreißen und Vater beißen, der weiter zuschlägt, daß die Peitsche durch die Luft zischt.

»Poul!«

Die Stimme der Stiefmutter. Nanna sieht die dicke Gestalt über das Kopfsteinpflaster auf viel zu hohen Absätzen trippeln und Vaters Arm, der herabsinkt, ein mechanisches Spielzeug, dessen Feder langsam ausschwingt.

»Misch dich da nicht ein.«

Nanna kann hören, daß er kaum die Worte herausbekommt, er keucht vor Erschöpfung und Erregung. Der Hund ist auf die Beine gekommen, zieht an der Leine, daß er fast das Gleichgewicht verliert.

»Du kannst das doch nicht ertragen.«

Die Stiefmutter hat ihren Kopf schräg geneigt, streckt die Arme in einer flehenden Geste aus. Die Taktik aller Frauen, wenn es um Vater geht. Bitten und demütig hoffen, daß er sich herablassen wird, ihnen das zu geben, was sie wünschen.

Die Taktik aller Frauen, einschließlich ihrer selbst.

Nanna schließt die Augen, um diese peinliche Szene nicht mit ansehen zu müssen, um nicht daran denken zu müssen, daß sie in ein paar Stunden, ein paar Tagen, gezwungen sein wird, selbst den Vater anzuflehen, ihr die Erlaubnis zu geben, das zu tun, was sie tun muß. Als sie die Augen wieder öffnet, ist ihr Vater auf dem Weg ins Haus, wobei er sich schwer auf die Schulter der Stiefmutter stützt. Nanna kann hören, daß die Stiefmutter leise mit ihm spricht, aber die Worte zerreißt der Wind. Die Peitsche hängt schlaff in seiner Hand.

Auf dem Weg die breite Steintreppe hinauf bleibt er plötzlich stehen, guckt zu Nannas Fenster hinauf. Eine Sekunde lang treffen sich ihre Blicke.

Das werde ich büßen müssen. Der Gedanke kommt ihr, ohne daß sie es will, und sie schiebt ihn schnell wieder beiseite, peinlich berührt über die eigenen Gedanken. Sie hebt die Hand zu einem Gruß, aber der Vater dreht seinen Kopf weg, steigt mit schweren Schritten die Treppe hinauf, geht ins Haus. Der Hund folgt ihm auf dem Fuße, er hat die Schläge bereits vergessen und wedelt fröhlich mit dem Schwanz, bereit für ein neues Spiel.

»Ein kleines Glas Sherry?«

Vater füllt Nannas Glas mit der hellgelben Flüssigkeit aus der geschliffenen Karaffe, die er aus dem Barschrank geholt hat. Sich selbst schenkt er einen Fingerbreit Whisky ein.

»Aber sag ihr nichts.« Er winkt mit seinem Glas, zwinkert Nanna zu.

Nanna erwidert sein Lächeln.

Vielleicht hat ihr Vater beschlossen, lieber zu verdrängen, daß sie die Szene mit dem Hund mit angesehen hat. Wenn sie dadurch gewissen Repressalien entgeht, spielt sie gern die Rolle, die ihr Vater ihr zuweist: die Verbündete gegenüber der immerwährenden Bevormundung durch die Stiefmutter. Sie kann mit jedem Tag besser mit den Rollen umgehen. Ob das gut oder schlecht ist, weiß sie nicht, sie weiß nur, daß es notwendig ist.

Zögerlich nippt sie an dem knochentrockenen Sherry, unsicher, wie ihre veränderten Geschmacksnerven reagieren werden. Aber zum Glück schmeckt der Sherry, wie er schmecken soll.

»Einige Frauen können keine Krankheiten ertragen. Physische Schwäche macht sie gluckig«, fährt Vater in dem munteren Konversationston fort, den er in Gesellschaft gern anwendet, »vor allem solche, die keine Kinder haben.«

»Aber das ist doch nur Fürsorge.« Vorsichtig schlägt Nanna einen nachsichtigen Ton an. Eine gewisse Verteidigung der Stiefmutter gehört in ihr gewohntes Muster. Eine allzu offensichtliche

Verachtung kann nach hinten losgehen, das weiß sie aus Erfahrung.

»Du solltest sie nur hören.« Vater gluckst wie eine Henne, äfft die Stimme der Stiefmutter nach, ihren charakteristischen leicht fettigen, belegten Klang. »Poul, du darfst keine Butter essen, nein, auch nicht auf den Brötchen, sieh doch, hier, diese herrliche Diätmargarine, sieh doch, Poulchen, ich esse sie auch, hm, richtig lecker.«

Nanna kann nicht anders, sie muß lachen. Vaters Nachahmung der Stiefmutter trifft präzise und bösartig.

»Pst, da kommt sie.« Vater hat sich vor den Kamin gestellt, das Whiskyglas auf dem Rücken. Die klappernden Absätze der Stiefmutter nähern sich über das Parkett des Eßzimmers, kurz darauf steht sie in der Tür. Nanna unterdrückt ein Kichern, setzt eine neutrale Miene auf.

»Kann ich bei irgend etwas helfen?« fragt sie höflich, aber die Stiefmutter schüttelt den Kopf.

»Ich wollte nur ein bißchen Madeira für die Soße holen«, erklärt sie, »Doktor Schmidt hat das Rezept erlaubt«, fügt sie hinzu und winkt verkrampft schelmisch mit der grünen Flasche. »Macht ihr es euch nur gemütlich.«

Als die Stiefmutter wieder verschwunden ist, verzieht Vater das Gesicht.

»Kannst du dir vorstellen, daß es nur mit uns beiden manchmal reichlich anstrengend ist?« Er hebt sein Glas. »Es wird schön, wenn du wieder zu Hause bist.«

Nanna nimmt einen Schluck von ihrem Sherry, trifft Vaters Blick über den Glasrand.

»Ich wollte dich eigentlich etwas fragen«, sagt sie und merkt, wie sie unter Vaters Blick aus dem Konzept kommt.

»Und was?« Vaters graue Augen haben plötzlich den alten Stahlschimmer. Diesem Blick hat sie nie etwas verbergen können.

Jetzt gebe ich klein bei, dieser Gedanke durchzuckt Nanna, ich krieche wie ein Hund.

»Ich möchte so gern zurück nach Paris«, sagt sie und hört, wie ihre Stimme einen kindlichen Ton annimmt, sie erschaudert vor Ekel über die Rolle, in die sie widerstandslos hineinrutscht, aber jetzt ist das zumindest gesagt.

Vater stellt sein leeres Glas auf den Tisch.

»Ach ja?« sagt er. Nanna erkennt den kühlen Klang wieder aus der Zeit, als sie ihm zuhörte, wie er in einem Gerichtssaal Prozesse führte.

»Ich könnte mich dort auf mein Studium vorbereiten.«

Sie horcht selbst dieser Lüge nach, wundert sich, daß sie ihr so leichtfällt. Früher hätte sie gleich aufgegeben, hätte viel zuviel Angst gehabt, entlarvt zu werden, um auch nur einen Versuch zu starten.

»Welches Studium?«

»Ich dachte, ich könnte Vorlesungen in internationalem Recht besuchen.« Nanna hört, daß sie atemlos ist, und sie wünscht, sie könnte sich selbst stoppen, fährt aber unter Vaters unerbittlichem Blick fort. »Du hast doch selbst gesagt, daß das immer wichtiger wird.«

»Gibt es einen besonderen Grund dafür, daß das in Paris vor sich gehen soll?«

Der Schweiß erscheint auf Nannas Oberlippe. Ich sollte jetzt einfach aufstehen, denkt sie. Mich von diesem Sofa erheben, auf dem ich während meiner ganzen Kindheit jeden Nachmittag gesessen und Tee mit der Frau getrunken habe, die du geliebt hast und die mich nicht liebte, aufstehen und mich für die Gastfreundschaft bedanken, es war sehr nett, aber jetzt muß ich leider gehen. Mich für mein bisheriges Leben bedanken, aber jetzt muß ich leider weiter.

Statt dessen sagt sie:

»Ich möchte auch gern mein Französisch verbessern.«

»Und das hat nicht zufällig etwas mit einem gewissen jungen Mann zu tun? Bodil«, Vater nickt in Richtung Küche, »hat mir erzählt, daß es so aussieht, als wärest du ernsthaft verliebt.«

Vaters letztes Wort ist von ironischen Anführungszeichen eingekleidet.

»Nicht nur deshalb.«

Sie hat schon zuviel gesagt. Vaters Stirn legt sich in sarkastische Falten, sie kennt das nur zu gut.

»Ach, das ist nicht *nur* deshalb? Na, das ist ja beruhigend zu hören. Ich hätte auch einige Probleme damit, dich mir als Hotelmadame irgendwo weit draußen auf dem Kuhland vorzustellen.«

Niemand kann Nanna so treffend verletzen wie ihr Vater. Niemand konnte wie er mit einer genau abgewogenen Bemerkung diejenigen ihrer Freunde abschieben, die er aus irgendeinem Grund als unpassend ansah. Eine hochgezogene Augenbraue, ein Zungenschnalzen, und einer nach dem anderen wurde auf seinen Platz verwiesen, von der Liste der Menschen gestrichen, die der Mühe wert waren, sich mit ihnen zu beschäftigen.

Sie mag gar nicht daran denken, wie er auf Yann reagieren würde, dessen warme Hände und ernste Augen in jeder Sekunde des Tages bei ihr sind, in all ihren Träumen, den wachen wie denen im Schlaf. Sie zieht ihre Schultern bis zu den Ohren hoch und hofft, daß Vater seine Genugtuung haben wird, wenn sie den Kampf nicht aufnimmt.

»Bestimmt ist er auch noch katholisch?« Vater macht weiter, seine physische Schwäche macht es notwendiger denn je, daß seine verbalen Treffer exakt einschlagen. »Und plant im Namen des Herrn eine ganze Kinderschar?«

»Er geht nicht in die Kirche«, flüstert Nanna in ihre Bluse hinein und bereut sofort, daß sie überhaupt den Mund geöffnet hat.

»Folgt aber den Regeln des Papstes, ist es das, was du damit sagen willst?«

Eine Träne tropft von Nannas Nasenspitze, wird auf dem hellblauen Popeline ihrer Hemdbluse zu einem dunklen Fleck.

»Vielleicht sollte ich dankbar sein, daß das Unglück nicht schon geschehen ist«, sagt Vater.

Er sieht sonderbar gut gelaunt aus, das Müde, Eingefallene ist etwas Zielgerichtetem gewichen, etwas, das zu seiner alter Streitbarkeit gehört, immer gleich elegant, immer gleich gefürchtet von Freunden wie von Feinden.

Nanna ist dankbar, als die füllige Figur der Stiefmutter in der Tür zum Eßzimmer auftaucht.

»Ist etwas nicht in Ordnung?« Die braunen Augen der Stiefmutter leuchten neugierig beim Anblick von Nanna, die sich die Augen mit dem Handrücken trockenwischt. »Das Essen kann noch warten, wenn ihr gerade in einer Diskussion seid.«

»Sind wir in einer Diskussion, Nanna?« Vater ist bereits halb aufgestanden. Er nimmt sein Glas vom Tisch und wedelt damit vor den Augen der Stiefmutter. »Nur einen Fingerbreit«, sagt er. »Dafür verzichte ich gern auf die Madeirasoße.«

Nanna ist aufgestanden, sie steht hinter dem Sofa, ihre Beine zittern, als wäre sie hinter einem Bus hergelaufen und hätte ihn nicht mehr erreicht.

»In unserer Familie können wir auf die Soße verzichten, wenn wir es müssen.« Vater hat sein Glas abgestellt, schiebt seiner Tochter einen Arm unter den Ellbogen. »Stimmt's, Nanna?«

Das Tomatengelee zittert auf dem Silberteller in der Hand der Stiefmutter.

»Ich habe eine Vorspeise gemacht, das bist du doch gewohnt, oder? Ich erinnere mich noch, als wir in Paris waren, da haben wir immer eine Vorspeise gekriegt, nicht wahr, Poul?«

Die Stiefmutter klingt etwas kurzatmig. Genau wie Nanna ist sie ständig auf der Hut, um die wechselnden Launen des Vaters mitzubekommen, jetzt versucht sie intuitiv, die kleine Gesellschaft aus einer möglichen Mißstimmung herauszureden.

Nanna nimmt ihre Serviette aus dem Serviettenring und legt sie sich auf den Schoß, gießt sich Limonade ins Glas, erleichtert, daß sie nichts sagen muß.

»Es gibt Schollenfilet mit Mayonnaise«, fährt die Stiefmutter fort, »einmal die Woche kommt ein Fischwagen, ansonsten sind die frischen Sachen hier draußen etwas problematisch, der Schlachter hat nur Schwein auf hunderterlei Arten, um ein ordentliches Steak zu kriegen, mußt du in die Stadt fahren.«

Nanna schielt zu ihrem Vater hinüber, der sich von der Platte nimmt. Sein Gesicht sieht beunruhigend freundlich aus, über irgend etwas amüsiert er sich königlich.

»Eigentlich dürften wir gar keine Mayonnaise essen, jedenfalls ich nicht, und dein Vater auch nicht, aber so ein kleiner Klecks kann ja wohl nicht schaden.«

»Ein kleiner Klecks mehr oder weniger macht auch keinen Unterschied mehr«, sagt Vater und schiebt einen großen Löffel voll Mayonnaise mit einem demonstrativ schnalzenden Geräusch von der Platte auf den Teller seiner Frau.

»Siebzig Kilo Kampfgewicht, in der Klasse bist du jetzt wohl, nicht wahr, Bodil?«

Ein roter Fleck breitet sich vom Hals der Stiefmutter hinunter auf ihre Brust unter der weißen, bestickten Bluse aus. Nanna nimmt die Platte aus ihren Händen in Empfang, sieht, wie es um ihren Mund zuckt. Sie schiebt sich einen kleinen Löffel voll von der zitternden roten Masse auf den Teller, nimmt eine Scheibe Weißbrot aus dem Korb auf dem Tisch.

Eine Zeitlang ist das Geräusch von Vaters kauenden Kiefern das einzige, was die Stille in dem Eßzimmer stört.

Nanna probiert vorsichtig das Gelee. Es hat einen starken Beigeschmack nach Metall und Konservendose, die Konsistenz ist zäh wie geschmolzenes Gummi, und die Übelkeit überwältigt sie. Sie legt die Gabel auf den Teller und greift nach ihrem Glas, trinkt in gierigen Schlucken von der süßen Orangenlimonade, aber auch das wird zuviel, und sie muß aufstehen, murmelt eine Entschuldigung und läuft hinaus. Sie schafft es gerade noch bis zum Badezimmer, bevor sie sich übergeben muß, sie kämpft nicht mehr dagegen an, setzt sich auf den Badewannenrand und läßt die gallenfarbene Flüssigkeit in den Waschbeckenablauf rinnen.

Als das überstanden ist, ist sie in Schweiß gebadet, und ihr Herz hämmert im Brustkasten. Sie öffnet die Tür vorsichtig einen Spalt weit. Aus dem Eßzimmer hört sie die Stimme des Vaters, es ist gar nicht daran zu denken, zu der Szene drinnen zurückzukehren. Statt dessen schleicht sie so lautlos sie kann über den Teppichboden des Flurs, die Treppe hinauf in ihr Zimmer. Sie legt sich aufs Bett, diesmal sogar, ohne die Schuhe auszuziehen, versucht, ihre Gedanken zu ordnen.

Vielleicht ist ja schon alles zu spät, vielleicht haben sie es erraten. Voller Panik sucht sie nach einer Strategie, um die Situation in den Griff zu bekommen, aber sie findet keine, schlägt sich mit einer verzweifelten Faust gegen die Stirn, versucht einen rettenden Gedanken hervorzuzwingen. Aber nichts fällt ihr ein.

Schritte auf der Treppe, jemand nähert sich ihrer Tür.

»Darf ich reinkommen?«

Die Stiefmutter hat die Tür einen Spalt weit geöffnet. Nanna setzt sich auf, flicht ihren Zopf neu, der sich aus der Spange gelöst hat, will die Füße auf den Boden stellen.

»Bleib nur liegen.«

Die Stiefmutter läßt sich schwer auf die Bettkante fallen, ergreift Nannas Hand.

»Meine kleine Nanna.«

Der plötzliche Ausbruch von Zärtlichkeit kommt so unerwartet, daß Nanna spürt, wie ihr die Tränen in den Augen brennen. Sie dreht ihren Kopf weg, will der Stiefmutter nicht ihre Schwäche zeigen. Seit ihrer Kindheit hat jeder sich abzeichnende Konflikt damit geendet, daß die Stiefmutter Vaters Partei ergriffen hat, und Nanna wagt nicht darauf zu vertrauen, daß es jetzt anders sein könnte.

»Wenn du ein Problem hast, kannst du es uns doch erzählen.« Die Stiefmutter macht ihre Stimme sanft, sie streichelt Nannas Hand, unkonzentriert, als würde sie ein Schoßhündchen streicheln. »Dein Vater und ich wollen dir doch nur helfen.«

Ein Problem. Das Wort trifft Nanna wie ein Schlag. Ihr Kind mit Yann ist kein Problem, das ist ein Geschenk, das Gott oder wer auch immer ihr zu geben beschlossen hat, das Beste, das ihr in ihrem kurzen Leben bisher bereitet wurde.

»Ich habe kein Problem«, murmelt sie. Ihre Hand liegt schlaff auf der Bettdecke, sie gehört ihr nicht mehr, und die Stiefmutter streichelt sie weiterhin, mechanisch.

»Es ist sicher nicht so einfach, darüber zu reden«, murmelt sie. »Aber wenn es sich so verhält, wie ich glaube, dann gibt es auch eine Lösung. Dein Vater und ich, wir haben Verbindungen«, fügt sie hinzu und beendet den Satz mit einem leisen, bedeutungsvollen Schnaufen.

In dem Moment trifft Nanna einen Entschluß. In einem Haus, in dem derartige Gedanken gedacht werden, kann sie nicht bleiben. Sie zieht die Hand zu sich heran, richtet sich im Bett auf, sieht die Stiefmutter direkt an, sie ist Yseut, *la femme soleil*, stolz, diese zu sein.

»Ich habe kein Problem«, sagt sie kalt zu den Pudelaugen. »Und jetzt möchte ich gern meine Ruhe haben.«

Die selbstleuchtenden Zeiger auf Nannas Reisewecker zerteilen die Scheibe in zwei Hälften, als sie in dem dunklen Zimmer aus dem Bett klettert. Hinter dem Rollo läuft die Nässe die Scheiben hinunter. Eine Regenböe braust draußen vorbei, der Wind schüttelt die Blätter der Kastanie. Eine der stacheligen Hüllen hat sich losgerissen, ist beim Aufprall auf die Hofsteine aufgeplatzt, so daß die glatte, braune Haut des Samens frei daliegt.

So lautlos wie möglich sammelt sie ihre Sachen zusammen. Sie packt das Allernotwendigste in den kleinsten der weißen Koffer, öffnet vorsichtig die Tür zum Treppenhaus. Aus dem Schlafzimmer hört sie Vaters leises Schnarchen, sie schleicht sich die Treppen hinunter, in die Küche. Hier stopft sie sich ein Stück Brot in den Mund, gießt sich ein Glas Milch aus der Kanne im Kühlschrank ein. Sie braucht Kraftreserven, denn die Reise wird lang werden.

In der Kaminstube kommt ihr der Hund entgegen, schwanzwedelnd und leise bellend. Sie mahnt ihn zur Ruhe, streichelt sein warmes, glänzendes Fell. Dann schließt sie vorsichtig die Gartentür hinter sich und geht, ohne sich umzusehen, die Platten des Gartenpfads entlang.

Unten an der Landstraße stülpt sie sich die Kapuze ihres Mantels über, stellt den Koffer auf den Asphalt. Auf den Telefonleitungen über ihrem Kopf hat sich eine Schar von Staren versammelt, flattert mit zerzausten Flügeln im Morgenwind. Sie dreht ihr Gesicht den Regenböen zu, spürt die kühle Feuchtigkeit auf der Haut. Keine einzige Träne vermischt sich mit dem Regen, sie fühlt sich innerlich ganz ruhig, sicher in ihrer Entscheidung.

Ein paar Minuten später hört sie, daß der Bus kommt, er legt den Hügel hinauf einen anderen Gang ein. Nur wenige Augenblicke später sitzt sie hinter den beschlagenen Scheiben, zwischen schläfrigen Schulkindern und Männern in feuchten Mänteln.

Sie ist auf dem Weg.

Oktober 1961

Nanna wacht an ihrem Hochzeitsmorgen früh auf, bleibt liegen und lauscht der steigenden Flut.

Zunächst ist da der leicht rauschende Ton, wie Wind in einem Kornfeld, dann das Blubbern Tausender kleiner unterirdischer Töpfe, deren Inhalt überkocht und sich in eine schäumende Strömung verwandelt.

Yann hat die Nacht in seinem Jungenzimmer in der Wohnung der Mutter im obersten Stockwerk des Hotels verbracht. Beide hatten sich nicht getraut, auf etwas anderem zu bestehen. Die Schwiegermutter hat, vor das Unabwendbare gestellt, eine Strategie der notwendigen Schritte eingeschlagen und die Situation mit der Effektivität eines Generals organisiert. Obwohl sie unter der beherrschten Fassade fast durchsichtig vor Müdigkeit ist, läßt ihre Ausstrahlung keinerlei Diskussion zu.

Die Geräusche des nachtschwarzen Morgens dringen durch die Fensterläden. Die schweren Stiefel der Fischer auf dem Zement der Molen, die kurzen Rufe, wenn die Taue gegen die Decksplanken schlagen. Das Tuckern der Boote auf dem Weg aus dem Hafen bringt Nanna wieder zur Ruhe, das leise Klirren von Porzellan auf einem Tablett dringt in ihren Schlaf ein, das sachte Klopfen des Stubenmädchens und die Schritte, die auf dem Läufer im Flur wieder verschwinden.

Sie trinkt den warmen Kakao in kleinen Schlucken, ißt ein wenig vom Brot. Die Übelkeit, die sie jeden Morgen seit ihrer Ankunft auf die Knie vor dem Porzellanbecken des Bidets gezwungen hat, macht heute eine Pause.

Der Kachelboden unter der Dusche am Ende des Flurs ist trocken. Die Sommersaison ist beendet, die Fischgroßhändler und die wenigen Vertreter, die durch diesen Teil des Landes kommen, verschwinden am Wochenende. Sie läßt das Wasser fließen, bis der kleine Raum voller Dampf ist, bleibt unter dem heißen Strahl stehen, bis das nervöse Zittern ihres Körpers sich in eine schwere Ermattung verwandelt hat.

Die Trauung soll um halb zwölf im Büro des Bürgermeisters stattfinden. Sämtliche Papiere sind vorbereitet, Benoît und Yves als Trauzeugen geladen. Ein verhaltener Streit zwischen Yann und seiner Mutter während des Essens gestern hat zu einem Telefongespräch mit Yanns altem Musiklehrer geführt. Neben der Großmutter und den beiden Rittern wird er der einzige Gast sein.

Eine Hochzeit ist hier in der Gegend ein öffentliches Ereignis, das weiß sie von Yann, ein Ereignis, das tagelang dauern kann und Umzüge und Musikanten beinhaltet, wie Yann und die Ritter mit ihren alten Instrumenten, dazu Unmengen von Essen, Tanz die ganze Nacht hindurch. Etwas, über das man spricht, vorher und hinterher.

Ihre und Yanns Hochzeit wird wie Schmuggelware dazwischengeschoben.

Nanna hat die Fensterläden aufgestoßen, sie steht in ihrem dünnen Unterrock in der kühlen Luft des offenen Fensters und schaut aufs Meer hinaus. Der Hafengrund sieht fast trocken aus, ein paar flache Pfützen zwischen den Algenbüscheln spiegeln den emailleblauen Himmel wider. Einige kleinere Boote sind auf die Seite gekippt – schlafende Kettenhunde in lockeren Verankerungen auf dem dunklen Sand, bedeckt mit Schaumklecksen. Ein paar Möwen streiten sich um die Beute, sie kippen wie Jagdflugzeuge zur Seite und stürzen sich senkrecht auf ihre zappelnden, silbern glänzenden Opfer.

Die Kirchturmuhr auf der anderen Seite des Hafens schlägt elf. Versteckt hinter der dünnen Gardine sieht sie, wie Yann in das Auto seiner Mutter steigt und über die Hafenbrücke fährt. In seinem dunklen Anzug und dem weißen Hemd sieht er eher aus, als würde er an einem Begräbnis teilnehmen, trotzdem erzeugt sein Anblick einen Glücksschauer in ihr.

In einer Stunde wird die einfache Zeremonie beim Bürgermeister überstanden sein. Sie wird der Welt nach den einsamen Wochen mit der Schwiegermutter wieder begegnen können, nachdem sie so tapfer auf Yanns kurzen Hochzeitsurlaub gewartet hat. In einer Stunde dürfen es alle wissen, das, was sie und Yann schon lange wissen. Die Flucht ist vorbei. Ihr neues Leben kann beginnen.

Das kleine Städtchen summt vor Gerüchten. Mit ornithologischer Neugier wird sie von den Männern beobachtet, die ihre Tage auf dem Meer mit einem Glas in der zum Hotel gehörenden Bar beschließen. Frauenaugen verfolgen sie hinter jeder Fensterscheibe, wenn sie durch die Straßen geht. Sie bemüht sich, denjenigen höflich zuzulächeln, denen es nicht gelingt, schnell genug den Blick abzuwenden. Hier ist ihre neue Heimat. Was immer auch geschieht. Was es auch kosten möge.

Nanna schließt das Fenster, dreht sich zum Zimmer um. Ihr Kleid liegt auf dem Bett, sie läßt es über den Kopf gleiten, spürt, wie sie bei der Berührung mit dem kühlen Seidenfutter eine Gänsehaut bekommt. Ihre unsicheren Finger kämpfen mit der Knopfreihe auf dem Rücken, klein und glatt wie Apfelsinenkerne.

Yanns Mutter hat das Kleid bei ihrer Schneiderin nähen lassen, und Nanna wurde auf einen Körper reduziert, in einem etwas zu eng sitzenden Unterrock, stumm und unbeholfen vor dem Spiegel des Ankleidezimmers, unter dem prüfenden Blick der Schwiegermutter. Aber das Kleid steht ihr. Der aquamarinblaue Wollstoff gleicht der Farbe ihrer Augen, läßt ihre Haut weniger blaß erscheinen. Der Schnitt verdeckt fast vollkommen die wachsende Wölbung ihres Bauchs.

Schlimmstenfalls muß sie halt den Blumenstrauß davor halten. Der Blumenstrauß. Ihr fällt ein, daß sie nicht weiß, wie hier der Brauch ist, und sie hat niemanden, den sie fragen könnte. Vielleicht heiratet sie ja ohne Brautstrauß. Wie sie auch ohne Kirchenlieder und Schleier heiratet, ohne Rituale und Feier.

Ohne ihren Vater.

In der Traumwelt ihrer Kindheit war er im Grunde die Hauptperson, wenn sie an seinem Arm über den Kirchenboden schritt, in knisterndem Taft, in ölschwerem Duchesse, mit Schleier und Schleppe und Orgelbrausen, einer Gestalt entgegen, die immer ohne Gesicht war.

Jetzt ist es Yanns Gesicht, das sie am liebsten von allen sehen will. Ihr Vater weiß nicht einmal, daß sie im Begriff steht, sich zu verheiraten. Sie versucht ihr schlechtes Gewissen bei dem Gedanken an seine graue Kraftlosigkeit abzuschütteln, während sie die kleinen Perlen an ihren Ohrläppchen festschraubt, sich vor dem Spiegel dreht und wendet.

Ein Auto hält unter dem Fenster. Nanna nimmt die zum Kleid gehörende Jacke von der Stuhllehne und macht sich bereit zu gehen. Da erkennt sie zwischen dem Klappen der Autotüren eine vertraute Stimme, jemand ruft etwas in gebrochenem Französisch, explodiert vor Lachen.

Die Jacke landet auf dem Boden. In drei Sätzen ist sie am Fenster, reißt es wieder auf.

»Mette!«

Das dreieckige Gesicht mit den Lachgrübchen, die kaum zu bändigende Haarpracht. Die Augen verengt vor Lachen.

»Ach, da bist du.« Mette stopft dem kopfschüttelnden Taxifahrer ein paar Geldscheine in die Hand, hebt etwas hoch, das aussieht wie ein Seesack. »Ich brauche nur noch was aus dem Kofferraum. *Fragile!* Nun passen Sie doch auf, Mann!«

Mette schimpft mit dem Fahrer, der ihr zwei weiße Schachteln, eine kleine und eine große, in die ausgestreckten Arme legt. Sie dreht den Kopf wieder zu Nanna hoch.

»Und wie komme ich zu dir rauf?«

»Die Treppe rechts.«

Die Schachteln werden vorsichtig aufs Bett gelegt, der Seesack in eine Ecke geschmissen. Mettes Arme um ihren Hals.

»Das ist phantastisch.«

Dänische Worte in ihrem Mund, zum erstenmal seit Wochen, die Beine werden ihr vor Schock und überwältigender Freude weich.

»Vater hat das Geld für ein Flugticket ausgespuckt, als ich ihm gedroht habe, sonst zu trampen.« Mette geht einen Schritt zurück auf dem abgetretenen Teppichboden, mustert sie mit dem Blick eines Pferdehändlers.

»Das Kleid ist hübsch. Aber du solltest lieber den Strauß vor den Bauch halten.«

»Es ist nicht gesagt, daß ich einen Strauß haben werde.«

»Sicherheitshalber habe ich einen mitgebracht. Man weiß ja nie bei den Franzosen.«

Maiglöckchen füllen eine der weißen Schachteln. Nanna vergräbt ihre Nase in ihrem Duft.

»Du bist total verrückt.«

»Wenn Yann dir einen Strauß schenkt, kannst du diesen einfach in die Vase stopfen. Wo ist er eigentlich?«

»Er holt seine Großmutter ab.«

»Was glaubst du, ob sie heute auch ihre Haube aufhat?«

»Die hat sie immer auf.«

Seit sie vor dem Haus ihres Vaters in den Bus gestiegen ist, hat sie weder gelacht noch geweint, jetzt tut sie beides gleichzeitig.

»Entschuldige, daß ich heulen muß.«

»*Be my guest.*«

Mette hat den Seesack mitten ins Zimmer gezogen, müht sich fluchend mit den festen Knoten ab. Nanna sinkt auf die Bettkante, holt aus der Nachttischschublade ein Taschentuch heraus.

Schritte auf dem Korridor bleiben vor der Tür stehen. Ein kurzes Klopfen, und Yanns hohe Gestalt füllt den Türrahmen aus.

Einen Moment lang starrt er wie hypnotisiert auf Mettes dunkles Haar, das Lächeln auf seinem Gesicht verwandelt sich in eine Fratze aus Ungläubigkeit und Schrecken.

»Yann«, Nanna ist aufgestanden. »Mette ist zu unserer Hochzeit gekommen. Mette, von der ich dir erzählt habe.«

Sie geht zu ihm, nimmt ihn beim Arm, hört, wie er tief Luft holt, ein Mensch, der einer Katastrophe entgangen ist.

Schweißperlen glänzen auf seiner Stirn.

»Ich dachte, du wärst jemand anders.« Er zwingt sich zu einem Lächeln, reicht Mette die Hand. »Herzlich willkommen.«

»Was dachtest du, wer sie wäre?«

Yann schüttelt den Kopf. Seine Augen gucken immer noch mißtrauisch, sie haben eine Veränderung im Zimmer wahrgenommen, als stünde dort jemand an Nannas Stelle.

»Ich muß Bescheid sagen, daß für eine Person mehr gedeckt werden soll«, sagt er und versucht seiner Stimme einen geschäftsmäßigen Klang zu geben. »Hier sind deine Blumen.«

»Was war denn los?« Mette schaut zur Tür, die hinter Yann zuklappt. Die gute Laune ist verschwunden, sie läßt die Arme hängen. »Ist er sauer, weil ich gekommen bin?«

»Er ist bestimmt nur nervös.«

Sie hat keine Lust, Mette von Martine zu erzählen, nicht an ihrem Hochzeitstag.

Die Schachtel mit den Maiglöckchen ist vom Bett gerutscht, der weiße Strauß liegt auf dem dunklen Teppich, ein zerbrochener Schneeball. Nanna schaut auf die blaßlila Orchideen in ihrer Hand. Ihre wachsartige Kühle gibt ihr ein Gefühl der Konturlosigkeit, macht sie verletzlicher, als sie sowieso schon ist.

»Die passen gut zum Kleid.« Mette zeigt auf die Blumen. »Er ist nicht nur groß und gutaussehend, er hat auch noch Geschmack.«

»Ich nehme an, daß meine Schwiegermutter sie ausgesucht hat. Ich möchte lieber deine nehmen.«

»Bist du wahnsinnig? Vor Schwiegermüttern muß man sich in acht nehmen.«

Nanna seufzt.

»Wenn du dich noch umziehen willst, solltest du dich jetzt beeilen.«

»Wenn ich mich noch umziehen will?« Mette ist bereits aus Pullover und der grauen Steghose gesprungen, knotet das Band der größeren weißen Schachtel auf. »Du hast doch hoffentlich einen neuen Slip an? Und deine Ohrringe, die sind wohl uralt, oder?«

Nanna nickt. Die Lähmung von eben ist vorüber, sie läßt ihre eigene Unruhe von Mettes wiedergefundener Energie wegfegen.

»Da, im Seesack. Die kleine graue Schachtel.«

Mettes schwarze Haare tauchen im Ausschnitt eines dunkelgelben Kleides auf, ihre Füße zwängen sich in ein Paar widerspenstige Pumps, während sie Befehle erteilt.

Mettes Armband auf dem Samt der Schmuckschachtel, ein breiter Goldring mit zwei kleinen glänzenden Kugeln.

»*Something borrowed.*« Mette schiebt den goldenen Armreif an seinen Platz auf Nannas Arm. »Das Kleid können wir zur Not als *something blue* bezeichnen.«

Sie schubst Nanna in Richtung Tür.

»So, und nun toi, toi, toi. *Here comes the bride.*«

Die Schwiegermutter wartet bereits mit Mémé, als sie zurückkommen, hat sich hinter der knisternden weißen Tischdecke und den Gläserreihen verschanzt, ihr blaßblaues Kostüm sieht zu der weißen Bluse uniformhaft aus. Sogar in der Wärme des Restaurants hat sie etwas Frostiges an sich, die Haut auf den schmalen Wangen hat kleine Vertiefungen, als wäre sie von einer unbeholfenen Schneiderin an die Gesichtsknochen gesteckt worden. Als könnte sich die dünne Haut an den Schläfen unter dem stramm zurückgekämmten Haaransatz jeden Moment lösen und den Schädel entblößen.

Schweigend defilieren sie in den hohen Raum. Yves, dessen dunkelgrüne Jacke über den Oberarmen spannt, Benoîts weiche Gestalt, stolpernd vor gutem Willen. Der Musiklehrer, dessen dünnes Haar eine fettige Haube über der feuchten Stirn bildet, seine Augäpfel in dem steifen Gesicht sind gelblich, wie Papier, das in der Sonne verblichen ist. Mette eichhörnchenhaft emsig in ihrem leuchtenden Kleid, ihr Blick ist überall. Sie begrüßt Nannas Schwiegermutter mit perfekter Höflichkeit, knickst vor Mémé.

Nanna bildet die Nachhut mit Yanns Hand in ihrer.

Die Wange der Schwiegermutter streift ihre, ein leichter, marmorkalter Schock. Sie vermeiden den Blick der anderen, und Nanna läßt sich auf dem Stuhl nieder, den Yann ihr vorgezogen hat.

Die Schwiegermutter hat sich auf Yanns andere Seite gesetzt. An ihrer eigenen Rechten sitzt Mémé mit geröteten Wangen über dem geblümten Schal und der dunkellila Bluse, ein verkleidetes Kind trotz der weißen Haare. Irgendwo unter ihren halb geschlossenen Augenlidern ahnt Nanna den Ansatz eines Lächelns.

Nanna hat ihre Blumen neben ihren Teller gelegt, das Orchideengesteck sieht auf der weißen Decke aus wie ein Sargschmuck. Sie sucht Mettes Blick, aber Mette, die sich zwischen die beiden Ritter gesetzt hat, ist eifrig damit beschäftigt, ihre Serviette aus den steifen Falten zu schütteln und sie sich auf den Schoß zu legen. Eine Wolke des Schweigens hängt über dem Tisch.

Lucienne gleitet vollbepackt über den dunklen Boden zu ihnen heran, ein lautloses Schiff. Nanna sucht ihren Blick, aber ihre übliche Freundlichkeit ist gegen eine professionelle Maske vertauscht.

Das Geräusch von Muschelschalen gegen Porzellan zerstört die Stille, der Brotkorb wird unter gedämpftem Gemurmel am Tisch herumgereicht.

»Yann, bist du so gut?«

Die Schwiegermutter nickt zu dem glänzenden Weinkühler.

»*S'il te plaît.*«

Der gedämpfte Knall des Korkens, das leise Brausen des Champagners in den hohen Gläsern. Die Schwiegermutter hat ihre Gabel in ihre überbackenen Jacobsmuscheln gesteckt. Nanna schielt zu ihr hinüber, wie sie ißt, die Augen nur auf den Teller gerichtet, wie sie ihr Glas hebt, um zu trinken. Als würde sie an irgendeinem Mittagstisch sitzen, als hätte ihr Sohn irgendwelche entfernten Bekannten zu einem Essen eingeladen, das nun korrekt, aber gleichzeitig so schnell wie möglich überstanden werden muß.

Am Tisch beginnen die Gäste zu essen. Die kauenden Kiefer, das Besteck, das klappernd gegen die Muschelschalen stößt, klingen unnatürlich laut in dem stillen Raum. Tränen steigen in Nanna auf. So will ihre Schwiegermutter also ihre Hochzeit haben, eine Geschäftstransaktion, eine Formalität.

»Ich glaube, wir haben etwas vergessen.« Mémé schlägt leicht an ihr Glas. Alle Blicke wenden sich ihr zu. »Ein Hoch auf das Brautpaar. *Au couple!*«

Die Röte breitet sich auf den Wangen der Schwiegermutter aus, zwei schnelle Pinselstriche. Einen Moment zögert sie, dann hebt auch sie ihr Glas.

»*Au couple*«, murmelt sie, ohne jemanden anzusehen.

Die Spannung am Tisch lockert sich ein wenig, ein kollektiver Seufzer der Erleichterung ist zu vernehmen. Das Gespräch kommt zögernd erst leise in Gang, ein neu gestarteter Motor, aber langsam bekommt die kleine Gesellschaft eine gewisse Ähnlichkeit mit einem Festessen, ein Ruf hier, ein verstohlenes Lachen dort.

Nanna findet Yanns Hand unter dem Tisch, sie verflicht ihre Finger mit seinen. Seine sonst immer so warme Hand fühlt sich fischig kalt an, die Handflächen sind feucht, aber der Druck ihrer Hand wird erwidert, fest, ganz fest.

Übermorgen wird er schon auf dem Weg fort von ihr sein und sie wieder allein, allein mit der fehlenden Herzlichkeit der Schwiegermutter, allein mit dem überschäumenden Gefühl, das ihr sagt, daß ihr Kind lebt, daß es in ihrem Körper wohnt. Übermorgen wird die Wartezeit wieder beginnen. Jede Minute bis dahin ist kostbar.

»*Ça va?*« hört sie ihn murmeln, und sie drückt seine Hand gegen ihren Bauch, spürt, wie er die Finger spreizt, sehnsuchtsvoll, beschützend.

»*Oui*«, sagt sie. »*Ça va.*«

Der Seeteufel ist aufgegessen, die letzten Reste der kräftigen Soße genießerisch mit Brotbrocken aufgetunkt. Das Gespräch am Tisch hat ein neutrales Ventil gefunden, jetzt wird über das Essen gesprochen, über die Rohwaren, über Fische und Schalentiere. Das gut gewürzte Lammfleisch von den Salzwiesen der Region ist schon zum zweitenmal serviert worden, am Tisch glühen die Wangen nach dem reichhaltigen Mahl und von dem Wein, der in den Gläsern schwappt.

Mette radebrecht auf ihrem Schulfranzösisch, daß sogar Yves' verschlossenes Gesicht in einem Lächeln erstrahlt. Benoît konversiert mit Mémé mit Wangen, die so sehr glühen, daß die Sommersprossen kaum noch zu sehen sind. Yann hat sich seinem alten Lehrer zugewandt, er versucht, Nanna in ein Gespräch über die gastronomischen Traditionen der Gegend mit einzubeziehen. Eine gemeinsame Willensanstrengung eint die Tischrunde, eine Willensanstrengung, die die Illusion aufrechterhalten soll, daß diese Mahlzeit eine festliche Sache ist, auch wenn der Teller der Schwiegermutter fast unberührt abgeräumt und der Wein in ihrem Glas kaum weniger wird.

»*Le trou normand.*«

Die Dessertschalen mit dem Sorbet werden abgedeckt, Yann schenkt aus einer verstaubten Flasche in kleine Gläser ein. Nanna befeuchtet nur ihre Lippen mit der goldfarbenen Flüssigkeit, schließt die Augen, und plötzlich ist sie wieder im Garten ihrer Kindheit, unter dem Baum mit den kleinen festen Äpfeln, die sie mit Mette auflas, noch sonnenwarm in dem hohen Gras.

Ein kurzer Impuls von Sehnsucht nach dem verlorenen Zustand von Anspruchslosigkeit und Erwartung, Sicherheit und Unschuld, trifft sie, und sie beugt sich über den Tisch, verbirgt ihr Gesicht. Sie sieht nicht, daß der Musiklehrer aufgestanden ist und sich hinter seinen Stuhl gestellt hat, bevor seine Stimme sie aufblicken läßt.

Seine feuchten Augen leben ein Eigenleben in dem ausdruckslosen Gesicht, sie können sich nicht entscheiden, ob sie wirklich weinen wollen oder lieber doch nicht.

»Meine lieben Kinder.« Seine Stimme klingt rauh vor Rührung. »Einige von euch haben mir früher den Spitznamen Pélinore gegeben nach dem König, der der Vater eines der stolzesten Ritter war. Weil ich an diesem Tisch die Generation der Väter repräsentiere, erlaubt mir ein Lied für euch zu singen, für euch, die ihr heute einander Liebe und Treue versprochen habt, Loyalität und Zusammenhalt für den Rest eurer Tage.«

Er kommt nicht weiter.

»Du solltest lieber deinen Mund halten.« Nannas Schwiegermutter hat sich über den Tisch vorgebeugt. Ihre flache Hand landet auf der Tischplatte, ein Glas kippt um und verspritzt seinen goldfarbenen Inhalt auf der Tischdecke, das Porzellan klirrt wie auf einem Schiff, das auf Grund gelaufen ist. Ihr Gesicht ist leichenblaß, eine perlmuttweiße Kontur zeichnet sich um die zusammengekniffenen Lippen ab. »Du solltest an diesem Tisch lieber nicht von Treue und Loyalität reden.«

»Mutter.« Yanns Stimme, beherrscht. »Pélinore ist mein Freund, also laß ihn singen, wenn er möchte.«

Er legt seine Hand auf die seiner Mutter, tätschelt sie beruhigend. Pélinore hat die Hände in einer abwehrenden Geste ausgestreckt.

»Sie wird mir erst verzeihen, wenn ich tot bin«, murmelt er. Dann dreht er der Gesellschaft den Rücken zu, strebt mit lautlosen Schritten und gebeugtem Rücken dem Ausgang zu, ein Hund, der Prügel bekommen hat.

Ein Stuhl schrammt über den Boden. Mette ist aufgesprungen, legt ihre zusammengeknüllte Serviette auf die Decke.

»Entschuldigt mich.«

Das Geräusch von Mettes Pfennigabsätzen, die zwischen den leeren Tischen auf dem Boden klappern, hallen unter der hohen Decke wider.

Nannas Schläfen pochen, ihr Mund ist trocken. Ein Gefühl, das sie ihr ganzes Leben lang nie hat zulassen wollen, breitet sich in ihr aus, von den Fußsohlen bis zu den heißen Wangen, die vor Wut zittern. Bevor sie nachdenken kann, hat sie schon den Mund geöffnet.

»*Mère.* Schwiegermutter.« Sie zügelt ihre Nervosität, hat Yanns Hand unter dem Tisch wiedergefunden. »Was ist das, was kannst du ihm nicht verzeihen? Ich denke, du schuldest uns eine Erklärung.«

Sie fühlt Mémés Hand auf ihrem Arm.

»Nicht jetzt.« Mémé hat sich ihrer Schwiegertochter zugewandt.

»Marie-Jeanne, wenn man so alt ist wie ich, dann weiß man, daß die Zeit knapp ist.«

Die kleine, feste Hand, die kurzen Finger, die den Glasstiel umfassen. Nanna sieht sie nur durch Tränen. Sie sieht das Gesicht ihrer Schwiegermutter, auf dem die Wut von einem Schmerz abgelöst wird, der sie an eine Frauenfigur in einem Museum vor langer Zeit erinnert, sie sieht die Ritter an, die dunklen Flächen in Yves' Gesicht, voller Trauer, von der er selbst nichts wahrhaben will, Benoîts häßliche Güte.

»Ab heute ist Nanna auch mein Kind, laß sie auch deins werden. Laß uns sie willkommen heißen.«

Mémé hebt ihr Glas.

»*À l'amour*«, sagt sie und leert es. »Und jetzt zum Dessert.«

Yanns warmer Atem streift ihre Wange. Viele Stunden lang haben sie wach gelegen, dicht umschlungen in dem schmalen Bett, wortlos, als wollten sie nicht ein neidisches Schicksal herausfordern. Die drohende Trennung hat ihre Lust in Zärtlichkeit verwandelt, allein das Wissen, daß ihr Glück so zerbrechlich ist, macht ihre Zärtlichkeiten noch behutsamer. Jetzt ist Yann endlich eingeschlafen, mit dem Kopf an ihrer Schulter, in dem dunklen Zimmer hoch oben unter dem Mansardendach des Hotels, das war die Höhle seiner Kindheit, voll mit Erinnerungen und Gerüchen, an denen sie bis jetzt noch nicht teilnehmen konnte.

Dieses Zimmer soll ihr privater Raum werden, bis das Kind geboren und Yann zurückgekommen ist.

Das Kind, dessen geheimnisvolle Anwesenheit in ihrem Körper sie erahnen kann, jetzt wo sie ganz still liegt. Ein kleiner Wellenschlag, kaum wahrnehmbar, wie die Gezeiten, die sich verändern, läßt sie in der Dunkelheit lächeln.

Lebensstark fühlt sie sich in dieser Zeit, trotz der leichten Übelkeit und Schläfrigkeit, die sie überfällt, wenn sie am wenigsten damit rechnet. Stark genug, die Wartezeit zu ertragen, hartnäckig genug, sich einen Platz im Haus der Schwiegermutter zu erobern, sich nützlich zu machen, davon ist sie überzeugt. Sie kuschelt sich an Yanns warmen Körper, wird von seinem ruhigen Atem in den Schlaf gewiegt.

Etwas, das wie das weinerliche Piepsen eines Kindes klingt, weckt sie früh am nächsten Morgen. Der Platz neben ihr im Bett ist leer. Panik durchfährt sie, sie tastet nach dem Lichtschalter, aber bevor sie ihn findet, erkennt sie Yanns Rücken vor dem Fenster. Er hat die Fensterläden zur Seite geschoben, und der blaßgoldene Schein des Morgenhimmels dringt zusammen mit dem sonderbaren Laut klagender Instrumente herein.

Yann dreht sich zu ihr um.

»Sie haben es trotzdem gemacht.«

Sein Gesicht strahlt in dem schwachen Licht.

Minuten später sitzen sie zusammen mit den Rittern auf der Hafenmauer. Die Musik der altmodischen Blasinstrumente steigt und fällt, *la bombarde* führt, das Jammern des Dudelsacks folgt ihr auf dem Fuße, ein Geräusch von etwas, das weder Mensch noch Tier ist, wird zwischen den Hafengebäuden in die stille Luft geworfen. Die Flut ist gekommen, ihre Wellen schlagen gegen die Steine der Mole, das Echo eines fernen Stroms. Ein halb gesunkenes Boot zerrt in einiger Entfernung an seiner Vertäuung.

Eine Gestalt überquert die Hafenpromenade, leicht auf den hohen Absätzen schwankend. Mettes Kleid glüht in den roten Strahlen der Sonne, die sich über eine Wolkenbank am Horizont hinüberkämpft. Sie springt auf die Mauer neben Nanna, schleudert die Schuhe von den Füßen. Nanna ergreift ihre Hand.

»Wo bist du geblieben?«

Mette zuckt mit den Schultern.

»Irgend jemand mußte den Mann ja trösten.«

Die Musik ist verklungen. Yann ist aufgestanden, umarmt die beiden Ritter. Die niedrigstehende Sonne verziert die kleine Gruppe mit einem Glorienschein, Benoîts Haar leuchtet wie eine Fackel.

»Er war zusammen mit Yanns Vater in der Widerstandsgruppe.« Mettes Gesicht unter dem glänzenden Pony sieht außergewöhnlich ernst aus. »Er war der einzige, der überlebt hat.«

Etwas läßt ihre türkisfarbenen Augen dunkler erscheinen, eine Mischung aus Kummer und Trotz.

»Warst du mit ihm im Bett?«

»Ach, dazu brauchte es nicht viel.«

»Ich begreife nicht, wie du das machen kannst.«

»Die Freibeuter müssen zusammenhalten.« Mette streckt sich, gähnt, daß Nanna ihre makellosen Zähne sehen kann. Wieder einmal hat sie die Situation voll im Griff, ist entspannt, sicher. »Das mußt du auch nicht verstehen.«

Sie läßt sich von der Mauer hinuntergleiten, steht auf Strümpfen vor Nanna, von einem Loch auf dem Knie läuft eine Laufmasche bis zum Kleidersaum hoch. Dann schlingt sie ihre Arme um Nanna, drückt sie fest an sich.

»Werde glücklich«, sagt sie. »Das ist deine verdammte Pflicht und Schuldigkeit.«

Oktober – Dezember 1961

Guiffelec, den 10. Oktober 1961

Lieber Vater!

Gestern haben Yann und ich geheiratet. Ich habe mich selbst gefragt, ob ich mir gewünscht hätte, daß Du hier gewesen wärst, und ich bin zu dem Schluß gekommen, daß es wohl so am besten ist, wie es ist.

Yann ist der beste Mensch, den ich je kennengelernt habe. Dir würde er bestimmt nicht gefallen, er ist für Deinen Geschmack viel zu weich. Aber jetzt ist er mein Mann, und im Frühling kommt unser Kind. Das wird ein anderes Leben, als Du und ich es uns vorgestellt haben.

Es tut mir leid, daß ich abgereist bin, ohne mich zu verabschieden und ohne zu versuchen, etwas zu erklären. Aber ich wollte Dir nicht gegenübersitzen und mich von Deinen »klugen« Worten niedermachen lassen. Ich hatte Angst, daß ich mich überreden oder einschüchtern lassen würde, Yann fallenzulassen, schließlich bin ich es gewohnt, das zu tun, was ich Deiner Meinung nach wirklich will.

Ich habe immer geglaubt, Du und ich, wir würden uns lieben, so wie Vater und Tochter. Erst jetzt begreife ich, daß wir einander Steine statt Brot gegeben haben. Liebe ist etwas ganz anderes.

Ich mag Dich, Vater. Es fällt mir schwer, Dich schwach und krank zu sehen, und ich habe ein schlechtes Gewissen, daß ich Dir weh tue. Ich bitte Dich nicht um Dein Verständnis, denn ich glaube nicht, daß Du mich verstehen kannst, selbst wenn Du es willst. Ich möchte nur, daß Du akzeptierst, daß die Dinge sind, wie sie nun einmal sind.

Ich bleibe bei Yanns Mutter, solange Yann eingezogen ist, er wird in ein paar Tagen nach Algerien geschickt, ich sehe ihn erst wieder, wenn das Kind geboren ist.

Grüß Bodil von mir. Vielleicht möchtet ihr uns ja einmal besuchen. Ich hoffe es jedenfalls.

Herzliche Grüße
Nanna

Frederiksberg, den 20. Oktober 1961

Nanna,
ich muß Dir mitteilen, daß Dein Vater in der Nacht zum 9. Oktober gestorben ist. Er starb in meinen Armen, und ich werde immer dankbar sein, daß ich bis zuletzt bei ihm sein durfte. Deine Abreise und die Art, wie sie vonstatten ging, haben dazu beigetragen, seine letzten Wochen zu verpesten, und sicher sein Leben verkürzt. Aber das wird Dir vermutlich gleichgültig sein.

Alle Freunde Deines Vaters sind zur Beerdigung gekommen, er war ein sehr angesehener Mann, das will ich Dir sagen, seine Jagdkameraden haben eine Ehrenwacht an seinem Sarg gehalten. Natürlich haben sie auch nach Dir gefragt, das war äußerst peinlich.

Ich schicke Deinen Brief an ihn zurück, natürlich ungeöffnet. So werde ich nie erfahren, welche guten Entschuldigungen Du Dir ausgedacht hast. Zum Glück traf er erst nach seinem Tode ein, Du hast ihm auch so oft genug weh getan.

Das Nachlaßgericht hat die Adresse bekommen, die auf dem Brief steht, Du wirst also Nachricht bekommen, falls die Adresse weiterhin gilt, sonst werden sie wohl Nachforschungen anstellen, darum kann ich mich nicht kümmern.

Ich habe das Haus zum Verkauf ausgeschrieben und wohne bis auf weiteres bei meiner Schwester und meinem Schwager. Aber bitte melde Dich nur, wenn es unbedingt notwendig ist.

Bodil Kern-Nielsen

Guiffelec, den 25. Oktober 1961

Mein Geliebter,
mein Vater ist tot. Eine Tür ist zugefallen, eine Tür, die ich nie wieder werde öffnen können. Ich habe geweint, als ich den Brief von meiner Stiefmutter bekommen habe, aber ich weiß nicht, ob ich trauere. Heute morgen bin ich aufgewacht und habe gedacht: Etwas muß sterben, damit etwas anderes leben kann. Kannst Du das verstehen? Ich sehne mich ganz fürchterlich nach Dir, danach, in Deinen Armen zu liegen, mit Dir zu reden, zu schweigen und wieder zu reden, bis ich mehr davon verstehe, was da mit mir geschieht.

Jetzt gibt es nur noch Dich und mich. Dich und mich und den kleinen Samen in meinem Bauch, der gar nicht mehr so klein ist. Deine Mutter ist gestern mit mir zu Mme Roux gegangen, sie hat dort hübschen Stoff für ein Kleid gekauft, das meinen Bauch verdecken soll. Ihr geht es am besten, wenn sie etwas für mich machen darf, mein Aussehen und meine Gesundheit verwalten kann. Ich lasse ihr ihren Willen, das ist am besten so. Der Arzt sagt, daß alles gut aussieht, ich komme jetzt in den fünften Monat!

Martines Eltern haben anläßlich ihres Hochzeitstags letzten Sonntag hier gegessen. Martine und ihr Mann waren auch dabei, ihr kleiner Junge ist ein niedliches Kind, blond und blauäugig. Martine stillt ihn, ich habe ihr erlaubt, dafür in unser Zimmer zu gehen. Sie hat nach Dir gefragt und uns viel Glück gewünscht. Alles äußerst freundlich. Ich glaube nicht, daß wir von der Seite etwas zu befürchten haben.

Ich gehe fast jeden Tag hinüber zu Mémé, sitze bei ihr in der Küche und sehe zu, wie sie Fisch für die Katze kocht, Kaffee aufbrüht und plaudert. Sie hat mir versprochen, mir beizubringen, wie man *galettes* und anderes zubereitet, was Du gern ißt. Ich habe ihr von Vater erzählt, aber ich habe es nicht über mich gebracht, es Deiner Mutter zu erzählen, warum, weiß ich auch nicht. Mémé sagte: »Wenn ein Grab aufgeworfen wird, schaukelt die Wiege«, und hat mir die Wange gestreichelt.

Je t'embrasse bien fort
Nanna

Hussein-Dey, den 28. November 1961

Nanna, meine Geliebte,

Du darfst mir nicht böse sein. Einen Monat ohne Brief von Dir würde ich nicht überleben. Und jetzt bitte ich Dich, mir zu verzeihen, daß Du einen ganzen Monat warten mußtest, ehe Du von mir hörst. Aber ich habe einfach nicht über das schreiben können, was ich hier erlebe, das ist unmöglich.

Ich kann nicht erzählen, was hier passiert. Im Namen Frankreichs, im Namen des französischen Staates. Wobei ich mitmache. Was ich sehe. Mein Gott, die Franzosen haben unter deutscher Herrschaft leben müssen, mein Vater ist zusammen mit seinen Kameraden erschossen worden, vorher sind sie gefoltert worden, gequält, weil die Deutschen Informationen haben wollten, wie kann ich sagen, daß mir Frankreich egal ist.

Ich habe bereits zuviel geschrieben, vergib mir, Nanna, unser Kind darf nie erfahren, daß sein Vater an einem Krieg teilgenommen hat, der so unsagbar beschissen ist. Du sollst diesen Brief gar nicht lesen, schmeiß ihn lieber weg, aber ich muß einfach schreiben, wie es ist. Oder versuchen zu schreiben. Versuchen zu verstehen. Nanna, begreif doch, daß das, was hier geschieht, nicht mit meiner Zustimmung geschieht, daß ich Angst habe, die ganze Zeit habe ich Angst, ich bin so verschreckt, daß ich nichts tun kann, selbst wenn ich es wollte. Ich bin nur ein einfacher Soldat, ich muß mitmachen, andere geben die Befehle, und mir ist es nicht erlaubt, Fragen zu stellen.

Ich muß Decken ins Lager bringen, Decken für die Gefangenen, ich sehe sie ankommen, stolz, voller Trotz, sie glauben an ihre Sache, so wie Vater und seine Freunde an die ihre geglaubt haben. Ich bringe die Decken, und wenn ich wiederkomme, erkenne ich ihre mißhandelten Körper, ihre zerschlagenen Gesichter kaum wieder.

Nanna, es sind auch Frauen darunter. Gestern sah ich eine junge Frau, ein schmächtiges Mädchen, in Deinem Alter, in Deinem Alter, Nanna, meine blonde Königin, Yseut, der nichts Böses zustoßen möge, paß auf unser Kind auf, paß auf Dich selbst auf, ich liebe Dich, jede Nacht denke ich an Dich, jeden Tag, jede Minute, ich wußte nicht, daß Sehnsucht zu einem Schmerz werden kann. Es war Blut unter ihr, eine große Pfütze, ihre Bluse hing nur noch in Fetzen, auf ihrer Brust waren die Spuren von glühenden Zigaretten, ich habe sie mit einer Decke zugedeckt, ich habe ihr einen Becher Wasser gereicht, aber ich konnte nicht das, was sie mit ihr gemacht haben, ungeschehen machen.

Ich bete die ganze Zeit im stillen, bete um Vergebung, nicht zu Gott, ich weiß nicht, wer Gott ist, ich bete zu den Menschen um Vergebung, zu den Menschen hier, den Menschen überall. Dich bitte ich um Vergebung. Nanna vergib mir, daß ich hier bin, daß ich nicht bei Dir bin, jetzt, wo Du Deinen Vater verloren hast, vergib mir, daß ich all dem hier nicht einfach den Rücken kehre und abhaue, auch wenn es mich das Leben kosten könnte. Ich will Dein Mann sein, Nanna, Du solltest das gar nicht von mir wissen, vielleicht zerreiße ich den Brief doch noch und schicke ihn nicht ab.

Ich muß Dir schreiben. Du bist nicht Teil von dem hier, Du kommst aus einer anderen Welt, Dein Land trägt keine Verantwortung für das, was hier passiert.

Keiner der anderen fühlt wie ich, oder wenn sie es doch tun, dann sagen sie es nicht. Einer hat gesagt: Folter? Ja und? Hast Du schon mal einen von uns gesehen, der den *fellaghas* in die Hände gefallen ist? Hast Du schon mal einen von uns gesehen, mit seinen Eiern im Mund, mit diesem kabylischen Lächeln, die Kehle durchgeschnitten? Ich scheiße drauf, was wir mit ihnen machen, wenn sie so etwas mit uns machen.

Aber das darf nicht so sein, Nanna, ich kann nicht akzeptieren, daß es so ist, kann diese Art von Grausamkeiten nicht rechtfertigen, auf keiner Seite. Diejenigen, die sie auf unserer Seite ausüben, die sind nicht wie ich, das muß ich mir immer wieder sagen. Hier gibt es eine Handvoll Kerle, die die Drecksarbeit verrichten, sie brüsten sich noch damit, wollen die ganze Zeit mit ihren Waffen prahlen. Es geht das Gerücht um, daß einer von ihnen im Gefängnis gesessen hat, bevor er als Soldat hergeschickt wurde. Keiner traut sich, ihnen was zu sagen. Und das ist fast das schlimmste, so eine Angst zu haben. Kannst Du mir verzeihen, daß ich solche Angst habe? Oder wirst Du immer denken, daß Dein Mann ein Feigling ist, ein Mitschuldiger, wirst Du mich verachten?

Nanna, wenn Du kannst, dann liebe mich auch weiterhin. Versprich mir, daß Du diesen Brief vor Mutter versteckst, sie darf ihn nicht lesen, versprich es mir, versprich mir das. Ich denke daran, wie wir zusammensein werden, wenn das hier überstanden ist, aber vielleicht wird es ja nie überstanden sein. Ich liebe Dich, Nanna, dabei bleibe ich, das ist das einzige, was mich noch rettet.

Dein Yann

Sainte Éulalie, Algerien, am Tag nach Weihnachten 1961

Liebe Mutter, liebe Nanna,
gestern hat ein Priester hier die Messe gelesen, und zum erstenmal seit meiner Kindheit habe ich gebeichtet, ich habe das Abendmahl eingenommen, ich weiß nicht, warum. Die Nonnen hier drängen nie darauf, daß wir an der Messe teilnehmen. Sie huschen nur auf lautlosen Füßen in ihrer weißen Tracht vorbei. Wir werden wie kleine Kinder umsorgt. Die Wunde in meiner Schulter hat sich entzündet, und es tut weh, wenn der Verband gewechselt wird, aber eine von ihnen hält meine Hand und wischt mir den Schweiß von der Stirn, so daß ich mich schon fast danach sehne, daß sie wiederkommen, um den Verband zu wechseln, trotz der Schmerzen.

Ich habe gestern viel an Euch gedacht. Mir war, als säße ich mit beim Weihnachtsessen, hätte Austern und Truthahn gegessen, und den größten Teil vom *bûche*, wie immer.

Trefft Ihr manchmal Yves und Benoît? Grüßt sie von mir.

Das hier ist ein sonderbarer Ort. Niemand, der ihn nicht kennt, kann sich so etwas vorstellen. Ich liege mit fünf anderen in einem Zimmer. Drei davon sind *fellagha*s. Verwundet wie wir, sie haben Schußwunden, Granatsplitter in den Beinen, einem ist ein Teil des Gesichts weggeschossen worden, das verbliebene Auge starrt einen unter dem Verband hinweg an.

Wir haben auf sie geschossen, und sie haben auf uns geschossen. Jetzt liegen wir hier. In der ersten Nacht habe ich eine der Nonnen gebeten, mich woanders unterzubringen, ich hatte solche Angst vor den anderen. Sie hat mich nur verständnislos angeguckt und gesagt: »Das hier ist ein Hospital.«

Es gibt keine Waffen hier. Wer zu Besuch kommt, muß sein Gewehr draußen ablegen. Vielleicht bin ich an dem einzigen Ort in diesem Land, wo Frieden herrscht.

Ich habe mich oft mit dem Arzt unterhalten, der die Kugel aus meiner Schulter entfernt hat. Nachts gehe ich zu ihm ins Dienstzimmer, wir rauchen eine Zigarette, und wir reden miteinander. Er ist Chirurg, ein Wehrpflichtiger. Für ihn ist es eine Selbstverständlichkeit, alle zu behandeln, Freunde und Feinde, alle auf die gleiche Art. Er rettet denjenigen das Leben, die möglicherweise seinen besten Freund getötet haben, und es kommt ihm überhaupt nicht in den Sinn, das nicht zu tun.

Und jetzt muß ich Euch beiden etwas sagen, Euch, den beiden Frauen, die ich am meisten auf der Welt liebe, abgesehen von Mémé. Wie geht es ihr übrigens? Ich sehe sie direkt vor mir, ihr Apfelgesicht, ihr feines weißes Haar, ich sehne mich danach, in ihrer warmen Küche zu sitzen und ihre *galettes* zu essen, erzählt ihr das.

Ich muß Euch etwas sagen. Etwas, das das Leben von uns drei verändern wird, etwas, das immer wichtiger für mich wird. Ich habe beschlossen, daß ich Medizin studieren will. Das ist das einzige, was ich überhaupt will, und niemand wird mich daran hindern können. Mutter, Du mußt das verstehen. Ich wünschte, es wäre nicht so, aber es ist nun einmal so. Das Hotel ist Dein Leben, aber es wird nicht meins werden. Ich kann im Sommer dort arbeiten, aber ich muß mir Geld beschaffen, um auf die Universität gehen zu können, irgendwie. Wir werden ja trotzdem bei Dir sein. Vielleicht wird Nanna Dir helfen können, wenn das Kind größer ist, sie ist bestimmt ein besserer Hotelmensch als ich, kann Sprachen und alles.

Ich will nicht bestimmen, was Ihr tun sollt, auch wenn das so scheint. Wir müssen uns gegenseitig helfen, eine Lösung zu finden.

Vater hat für das gekämpft, an das er geglaubt hat. Er ist dafür gestorben, ohne Fragen zu stellen. Ich habe für nichts gekämpft, habe mich in einer beschissenen Art und Weise benutzen lassen, im Dienste einer beschissenen Sache.

Das, was ich mit verursacht habe, muß ich wiedergutmachen. Ich will mehr tun können, als eine Decke über einen blutenden Körper zu legen. Heilen und lindern zu lernen, das wird mein Weg sein, um Vergebung zu bitten.

Jetzt tut mir die Schulter weh, es ist schwer zu schreiben, aber ich will nicht von Euch lassen. Wenn ich Euch doch nur gegenübersitzen könnte und Euch erklären, warum es so ist, wie es ist. Ich hoffe, Ihr versteht, daß das, was passiert, notwendig ist, daß Ihr mir all die Probleme verzeiht, die es mit sich bringt. Ich bitte Euch darum. Macht Euch keine Sorgen um mich, ich bin hier in Sicherheit. Ich küsse Euch.

Yann

Januar – März 1962

Der Wind ist regenschwer, als Nanna die Küste entlangfährt, Richtung Norden. Inzwischen hat ihr Bauch kaum noch Platz hinter dem Steuer im Auto der Schwiegermutter, trotzdem zwingt sie ihre innere Unruhe jeden Tag hinaus aufs Land. Die Unruhe treibt sie in die nüchterne Kirche am Meer, sie taucht ihre kalten Finger in das Weihwasser, bekreuzigt sich, wie sie es bei den Gläubigen gesehen hat, knickst vor den Bildern der heiligen Jungfrau, unsicher, ob sie das überhaupt darf. Sie lehnt ihre Stirn an die aufgerichteten Steine, die unvermutet auf dem freien Feld auftauchen und deren Gewicht und Größe ehrfürchtige Schauer durch ihren Körper rieseln lassen.

Der Wind läßt die zerbrechlichen Seitenfenster klappern, als sie auf dem kleinen Weg wendet, der die flachen Strandwiesen auf dem Weg zum Steilufer im Westen durchschneidet. Eine Böe wirft eine Kaskade blendender Tropfen gegen die Windschutzscheibe, die Scheibenwischer schleppen sich quietschend über das Glas. Durch die Nässe kann sie ein Auto erkennen, das am Wegrand parkt. Ein schwarzer Hund sitzt zusammengekauert hinter der niedrigen Karosserie, die wie ein großer Käfer im Regen glänzt.

Nanna wird langsamer. Hinter dem Lenkrad erkennt sie die Umrisse eines Menschen. Es durchzuckt sie, als sie am Auto vorbeifährt und den dunklen Haarflügel über der Stirn wiedererkennt. Sie fährt ein paar Meter zurück, klappt das Seitenfenster hoch.

»Martine!«

Die schmalen Augen hinter dem Autofenster funkeln vor Widerwillen. Fast bereut sie schon, daß sie angehalten hat, als Martine ihr Fenster herunterkurbelt.

»Ich lasse den Hund hier draußen herumlaufen, sonst wird er verrückt, wenn er den ganzen Tag drinnen hockt.«

»Er sitzt hinter dem Auto.«

»Das muß er ja selbst wissen.«

Martine zuckt mit den Schultern.

Martines Mann hat eine der größten Fischkonservenfabriken der Stadt übernommen, und das zukünftige Heim der Familie, eine Villa der Luxusklasse, wächst auf einem der attraktivsten Grundstücke an der Küste, nördlich der Stadt. Nanna ist Martine ab und zu über den Weg gelaufen, wenn sie mit dem Kind im Kinderwagen auftauchte, um den Handwerkern mit ihrer scharfen Stimme und herrischen Handbewegungen in den Ohren zu liegen.

Irgendwo in Nannas Unterbewußtsein melden sich Yanns Worte und lassen sie auf der Hut sein. – Yanns und Benoîts kindische Angst. Aber im Augenblick strahlt Martine keine mystische Bosheit aus, eher eine Ungeduld, die in offene Wut umzukippen droht.

Ab und zu bekommt Nanna Martines etwas älteren Mann zu Gesicht, wenn er mit seinen Geschäftspartnern im Restaurant des Hotels ißt. Sein Nacken glänzt rot über dem Jackettkragen, ein Hinweis auf viel Temperament, und im stillen wundert sich Nanna darüber, daß Martine einen so offensichtlichen Gegensatz zu Yanns ruhiger Sanftmut gewählt hat.

»Kriegst du bei diesem Wetter keine Klaustrophobie? Bei der Schwiegermutter?«

Martine spuckt die Worte förmlich aus.

Trotzdem hütet Nanna sich davor, die andere ins Vertrauen zu ziehen, das könnte üble Folgen haben.

»Yann kriegt bald Heimaturlaub«, sagt sie diplomatisch, »wegen seiner Schulterwunde.«

Für eine Sekunde, so kurz, daß Nanna hinterher nicht mehr sagen kann, ob es tatsächlich passiert ist, verändert sich Martines Gesicht. Die glatte Haut schlägt Falten, eine Wasseroberfläche, die von einer plötzlichen Sturmböe getroffen wird, die Augen verwandeln sich zu Schlitzen in einer namenlosen Finsternis.

»Herzlichen Glückwunsch.« Martine dreht sich zur anderen Seite, reißt die Beifahrertür auf. Der große Hund tapst hinein, auf den Rücksitz, klatschnaß, zitternd unter ihrem Kommandoton. *»Allez!«*

Der Motor heult auf, als sie rückwärts den Weg entlangfährt. Im Rückspiegel sieht Nanna, wie Martine den großen Wagen in einer riskanten Kurve herumreißt und dann mit spritzenden Reifen im Regennebel verschwindet. Sie holt tief Luft und startet ihr eigenes Auto.

Die dunkle Silhouette des Kalvarienbergs erhebt sich am Ende des Steilufers in die salzige Luft, die Flechtenflecken auf ihm glänzen gelb, grün und grau in der Nässe. Der Regen hat nachgelassen und hüllt die niedrige Kirche in einen feinen Schleier, als Nanna das Auto am Straßenrand abstellt.

Ihre Knie zittern noch leicht von dem Treffen mit Martine, und sie stützt sich mit den Händen an der rauhen Oberfläche der Steine ab, sucht auf ihnen Halt. Sie öffnet sich den Bildern auf dem vom Salz zerfressenen Leidensmonument: Die Frauen am Fuße des Kreuzes, die leeren Gesichter der Menschen, die wissen, daß sie etwas verlieren.

Der laute Schrei eines Vogels reißt sie aus ihrem tranceähnlichen Zustand. Zu ihren Füßen blinkt eine fremde Farbe zwischen den vertrockneten Grashalmen, sie bückt sich und hebt den Gegenstand auf.

Der Knopf in ihrer Handfläche ist aquamarinblau, klein und glatt wie ein Apfelsinenkern. Ein Knopf von ihrem Hochzeitskleid. Der Gedanke an Martine explodiert in ihrem Kopf. Der Gedanke an die, die kriegt, was sie will, der dafür alle Mittel recht sind. Der Gedanke an eine Rache, gegen die sie sich nie wird schützen können.

Der Regen nimmt wieder zu, das Gras streift naß gegen ihre Strümpfe, als sie auf unsicheren Beinen um die massive Steinskulptur herumwankt. Sie bleibt vor einem Relief einer Frau stehen, die mit entblößten Brüsten auf einem geflochtenen Lager liegt, eine schlafende Frau, jung wie sie selbst, erschöpft, leer, erlöst, die heilige Jungfrau auf dem Wochenbett.

Nannas Vorstellungen von Gott sind nebulös. Das Abendgebet in der Kindheit für die Mutter, die sie nie kennengelernt hat, die vorgeschriebenen Kirchenbesuche zu Festtagen, das hat sie abgelegt, ohne es durch etwas anderes zu ersetzen. Jetzt kniet sie vor dem rauhen Granitsockel und betet, betet mit einer fast physischen Kraftanstrengung zu der schlafenden Steinfrau, betet für Yann, für ihre Wiedervereinigung, betet für das Kind, verwandelt ihre Angst und ihre Sehnsucht nach Frieden und Normalität in eine einfache Formel.

Sie fährt durch den feuchten Nebel unter Wolken von Vogelscharen heim, die auf dem Weg nach Norden sind, irgendwo in weiter Ferne donnert das Meer an die Küste, das ferne Geräusch der Flut, die ansteigt, verfolgt sie, das dumpfe Geräusch eines großen, knurrenden Tieres.

Die Schwiegermutter winkt ihr von der Bar aus zu, als sie das Auto vor dem Hotel abstellt, aber sie hastet an der Tür vorbei, läuft die Treppen hinauf, so schnell es ihr Bauch erlaubt, stolpert über die Türschwelle in ihr Zimmer.

Das Kleid hängt an seinem Platz im Kleiderschrank, sie reißt es vom Bügel, hält es unter die Deckenlampe. Sie hat es nicht mehr angesehen, seit Yann ihr in der Nacht nach der Hochzeit geholfen hat, die kleinen Knöpfe zu öffnen.

Alle Knöpfe sitzen an ihrem Platz, unangetastet.

Sie versenkt ihr Gesicht in dem Stoff, der leicht nach Wolle und Schweiß und ihrem eigenen Lavendelcologne riecht, schließt die Augen und erinnert sich an Yanns warme Wange an ihrem Nacken, an seine Hände, die den leichten Stoff über ihren Kopf schoben, die schwindelerregende Freude, an seinem Körper niedersinken zu dürfen.

Ein leises Klopfen an der Tür, die Stimme der Schwiegermutter.

Nanna hängt schnell das Kleid wieder in den Schrank, schält sich aus dem nassen Mantel.

»*Entre!*«

»Yann hat angerufen. Aus Marseille.« Eine Locke hat sich aus der strengen Frisur der Schwiegermutter gelöst, die blassen Wangen haben beide ihren roten Pinselstrich bekommen. »Er ist auf dem Weg nach Paris.«

Das Regenwasser, das von Nannas Haaren in ihre Augen läuft, vermischt sich mit Tränen.

»Danke«, sagt sie, und sie weiß selbst nicht, bei wem sie sich eigentlich bedankt, bei der Frau vor ihr oder bei einem Gott, den sie nicht kennt, oder gar bei der schlafenden Granitfrau an der Seite des Kalvarienbergs. »Danke.«

Seine Stimme am Telefon, atemlos, jede Sekunde ist kostbar, hinter ihm sind die Geräusche des Bahnhofs zu hören, stampfende Züge und Lautsprecherstimmen unter einem fernen, hohen Gewölbe.

»Ich werde heute nacht in unserem Bett schlafen, in der Rue Crémieux.«

Das Hotelzimmer, ihre erste Zuflucht. Sie sieht ihn vor sich, seinen großen Körper zwischen den gestärkten Laken, den dunkelroten Teppich, erinnert sich an die kurzen Stunden, so kurze Stunden, lang wie ein ganzes Leben.

»Morgen bin ich bei dir. Nein, ich bin jetzt schon da.«

»Komm.«

»Ich komme.«

Nanna wacht von dem Geräusch des heulenden Windes am nächsten Morgen auf, es ist trüb, sie beeilt sich, aus dem Bett zu kommen, die Erwartung sitzt in ihr, ein leichter Rausch. Sie hat schon seit langem abgelehnt, das Frühstück serviert zu bekommen, zieht es vor, sich anzuziehen und sich selbst Kaffee und Brot aus der Küche zu holen, bemüht darum, die Rolle des Gastes abzulegen.

Heute nimmt sie sich viel Zeit unter der heißen Dusche. Sie reibt die dünne Haut auf dem gewölbten Bauch mit dem Mandelöl ein, das sie auf Mémés Empfehlung in der Apotheke gekauft hat, betupft die Achselhöhlen mit nach Lavendel duftendem Talkumpuder. Sie bürstet ihr langes Haar, bis es wie ein glänzendes Band im Nacken liegt.

Irgendwo im Gebäude summt ein Staubsauger. Die Stimme der

Schwiegermutter, die dem Stubenmädchen etwas zuruft, dringt von einem Stockwerk tiefer zu ihr hinauf. Wie sie ab jetzt zusammenleben sollen, darüber hat sie nur vage Vorstellungen. Die Schwiegermutter hat entschieden jede Diskussion über die Zukunftspläne ihres Sohnes auf den Zeitpunkt nach Yanns Rückkehr verschoben, und Nanna hat nicht darauf bestanden, sie hat beschlossen, sich in dieser doppelten Wartezeit in sich selbst zu verschließen.

Jetzt steht sie in ihrem neuen himmelblauen Kleid am Fenster und schaut in den Regen, der in Wellen über die gestrandeten Schiffe im Hafen fegt, keiner der Fischer hat sich bei diesem Wetter hinausgetraut.

Auf der anderen Seite der Hafeneinfahrt steigen zwei Männer vor der kleinen *mairie*, vor der die Tricolore wie ein nasser Putzlappen im Regen hin und her klatscht, in ein dunkelblaues Auto. Das Auto wendet und fährt über die Brücke auf das Hotel zu, verschwindet in dem flatternden Regenvorhang.

Nur wenige Minuten später halten sie unter Nannas Fenster an. Sie erkennt einen der beiden Männer, die aussteigen. Der Bürgermeister, in dessen nüchternem, weißgekalktem Büro sie an einem Oktobertag versprochen hat, mit Yann zusammenzuleben. Er schützt seinen Kopf mit einem Mantelarm gegen den Regen, hastet zwischen den Pfützen auf dem Asphalt der Hafenpromenade hindurch, dicht gefolgt von seinem Begleiter.

Ein Gendarm in Uniform, die Regentropfen prallen von seiner steifen Mütze ab. Kurz darauf sind beide Männer durch die Tür im Innern des Hotels verschwunden.

Als sie die vielen Treppen hinuntergeht, weiß sie bereits, warum sie gekommen sind. Alles in ihr fließt, bildet eine klare Oberfläche, die nur auf den Stein wartet, der sie zerstören wird. Sie geht langsam, hält sich am Geländer fest, plant jeden Schritt auf den abgetretenen Läufern sorgfältig, sie will nicht fallen, zieht die letzten Momente in ihrem Leben als junge, liebende Frau in die Länge, solange es ihr möglich ist.

Schließlich steht sie doch da, am Fuß der Treppe. Durch die Tür zu dem kleinen Büro sieht sie das Profil ihrer Schwiegermutter, das sich gegen die regennasse Fensterscheibe abzeichnet. Sie sieht, wie die beiden Männer aufstehen, als sie hereinkommt, ihre ernsten Gesichter. Sie bleibt in der Tür stehen, als wollte sie sich eine Fluchtmöglichkeit sichern, aber es gibt keine mehr.

Eine Bombe hat ihn an einer Metrostation getroffen, er ist einer von acht zufällig dort anwesenden Menschen, Männern und Frauen, die am gestrigen Tag von ihren Landsleuten umgebracht wurden, von desperaten Nationalisten, deren Attentate Tod und Verzweiflung in einem immer zerrisseneren Land verbreiten. Von einem Augenblick zum anderen ist Yann mit den gefühlvollen Händen und guten Augen, der Yann, der bereit war, mit seinem eigenen Schicksal für die Schuld der ganzen Nation einzustehen, in eine Zeitungsschlagzeile verwandelt worden, ein unbekanntes Opfer, eine Waffe in einer politischen Debatte.

Ihr eigenes Jammern trifft sie aus weiter Entfernung, sie sieht, wie der Bürgermeister seinen Blick senkt, sich bereitmacht zu gehen. Stumm drückt sie die Hände der Männer, nimmt deren gemurmelte Beileidsbekundungen entgegen. Sieht ihre blauen Rücken auf dem Weg zum Ausgang, sie gehen leicht gebeugt, tragen selbst schwer an der Bürde.

Die Schwiegermutter hat sich zum Fenster umgedreht, stützt sich mit einer Hand an der Wand ab.

»*Mère.*«

Nanna sucht blind nach Worten, die eine Brücke zwischen ihr und der Schwiegermutter bilden können, aber der schmächtige Rücken ist unnahbar. Sie hat gewußt, daß es schwer sein würde, Yanns Leben mit der unbeugsamen Frau am Fenster zu teilen. Jetzt weiß sie, daß es ihnen unmöglich sein wird, seinen Tod zu teilen. Daß die Trauer beide noch einsamer als vorher machen wird, zum erstenmal in ihrem Leben ist sie vollkommen und rettungslos allein.

Die Wut kommt, als sie sich die unendlich vielen Stufen die Treppe hinaufquält. Wut auf eine Welt, die es sich leisten kann, ein Leben wie das von Yann zu vergeuden. Wut auf ihre eigenen naiven Träume von einem Leben, das sie und Yann hatten leben wollen, ihr unschuldiger Glaube daran, daß die Liebe sie gegen alles würde beschützen können.

Dann steht sie in dem Zimmer, das seins war, und in dem sie in einsamen Nächten geschlafen hat, in der Vorfreude darauf, daß er bald heimkehren würde, und sie leert alle Schränke und Regale und kippt alle Schubladen der Kommode aus auf der Suche, sie weiß selbst nicht, wonach, nach etwas, das ihn festhalten kann, über den Augenblick des Schmerzes hinaus. Sie berührt jedes Comicheft und jede Muschel, jeden Buntstift, drückt das glänzende Holz der Blasinstrumente und die zerlesenen Bücher mit den Geschichten von Rittern und Königinnen und Feen und Zauberern an sich, sie schlingt Hemden aus bunter Baumwolle um sich, Pullover, die ihr an der Wange kratzen, sie sucht seinen Duft, seinen Geschmack.

Sie schläft mitten auf dem Boden ein, in einem Haufen von Hinterlassenschaften, die Hand um einen Stein gekrampft, einen kleinen runden Granitklumpen, den das Meer glatt wie Haut geschliffen hat, erwacht später von ihrem eigenen klagenden Weinen.

Es dunkelt draußen bereits, als sie sich durch die Hintertür aus dem Hotel schleicht. Die eisigen Windböen sind schwer vom Regen, blenden sie, als sie durch die schmalen Gassen geht, die Flut ist gekommen und donnert mit ihrem langsamen Rhythmus gegen die Steine der Hafenmole. Die Stadt liegt an diesem Spätnachmittag öde und verlassen da, die Menschen haben sich hinter Mauern und Steinen verschanzt, kein Lichtstrahl dringt durch die geschlossenen Fensterläden nach außen. Sie kämpft sich durch riesige Wasserpfützen vorwärts, merkt kaum, wie das eiskalte Wasser durch das kräftige Leder ihrer Schuhe dringt, ihre Füße und Waden gefühllos werden läßt. Sie schleppt sich in verzweifeltem Zielbewußtsein weiter.

Das Monument erhebt sich marmorweiß auf dem kleinen Platz. Sie stolpert über die gestrichene Eisenkette, die die Abgrenzung bildet, fällt schwer auf die Steinstufen des Sockels. Über ihr breitet ein Steinengel seine schweren Flügel über die sterbenden Soldaten in seinem Schoß, beugt sein sanftes Gesicht, das keine Antwort birgt, über die Frage im Blick des Soldaten. Nanna läßt die tauben Hände über die Reihen kleiner Metallbuchstaben auf der Seite des Denkmals gleiten. Ardant, Jean-Louis, Ardant, Maurice, Borudon, Dinant, Jolivet, Queffélec, *morts pour la France.* Endlich findet sie, was sie sucht. Le Braz, Pierre, das Datum. In ihrer Manteltasche findet sie einen Bleistift, schreibt mit unsicheren Buchstaben:

Le Braz, Yann. *Assassiné pour la France.*

Hôtel Dieu, Pont L'Abbé.
Auszug aus dem Tagesbericht vom 22. Januar 1962
Le Braz, Nanna, geb. Kern-Nielsen, 420101.
Patientin in stark unterkühltem Zustand eingeliefert um 21.54 Uhr. Angeblich bewußtlos auf der Place de la République in Guiffelec aufgefunden.
Untersuchungsbefund:
Patientin ist eine zwanzigjährige Frau, schwanger im 7.–8. Monat. Keine Anzeichen äußerer Verletzungen. Fahle Haut, leicht zyanotisch
Nicht ansprechbar, nur schwache Reflexe. Babinski negativ.
Temp. 34,2 Grad
Puls unregelmäßig, Blutdruck 100/60
Abdomen: Gebärmutter entsprechend Schwangerschaft im 7.–8. Monat vergrößert. Keine Herztöne.
Tropf mit NaCl gelegt und Behandlung zur Steigerung der Körpertemperatur eingeleitet.
Untersuchungsbefund um 05.07 Uhr zeigt bessere Hautfärbung, Temp. auf 37,7 Grad gestiegen, Puls regelmäßig 60, Blutdruck 110/80. Patientin reagiert schwach auf Ansprache.
Nach Konferenz um 05.58 Uhr unter Vollnarkose sectio caesarea eingeleitet, bei der ein toter, ansonsten aber normaler Fötus männlichen Geschlechts entfernt wurde, der dem Schwangerschaftsmonat entspricht.
Die Schwiegermutter der Patientin, Marie-Jeanne Le Braz, gibt an, daß der Ehemann der Patientin gestern als getötet bei einem Bombenattentat in Paris gemeldet wurde. Es ist empfehlenswert, die Patientin bis auf weiteres zu sedieren.

Raschelnder Stoff an ihrem Kopfende, Stimmenfetzen, das Klirren von Metall gegen Metall, noch ein Stich in den Arm, und sie gleitet zurück, zurück in die gnädige Dunkelheit.

Eine endlose Reihe von Tagen, die eigentlich Nächten ähneln, gehen über in Nächte, lang wie Jahre, rauschen an ihr vorbei in einem Strom, den sie nicht aufhalten will. Manchmal meint sie einen Umriß auf einem Stuhl am Bett zu erkennen, jemanden, den sie vielleicht schon einmal gesehen hat, in einem anderen Leben. Sie dreht den Kopf weg, flieht in die beschützende Dunkelheit. Tropfen rinnen aus der Flasche über dem Bett in ihre Adern, ein langsamer Rhythmus, der den Körper, ihren leeren Körper, am Leben hält, auf Sparflamme.

Eine plötzliche Hitze auf ihrem Gesicht weckt sie. Weiße Sonne drängt durch die hohen Fenster hinein, eine heiße Welle, die auf ihre Augenlider drückt.

»Das Licht. Nehmt das Licht weg.«

Zum erstenmal seit vielen Tagen hört sie ihre eigene Stimme, flüsternd, heiser. Das Geräusch von Füßen auf dem Boden, etwas raschelt irgendwo im Zimmer.

Sie öffnet die Augen für ein weißgraues, schattenloses Licht, die flache Schneelandschaft der Laken über ihrem Körper. Das Gesicht der Schwiegermutter am Fußende des Bettes. Die Sorgenfalte, Yanns Falte. Der Anblick durchschneidet Nannas Brust, sie hebt abwehrend die Arme, will die Erscheinung wegwischen.

»Sag mir, wenn ich gehen soll.«

Etwas, um sich daran festzuklammern. Etwas, das nicht tot ist.

»Nein, bleib.«

Sie dreht sich auf die Seite, versteckt ihr Gesicht in den Kissen. Ein Stuhl knackt leise. Jemand räuspert sich, die Stimme der Schwiegermutter.

»Ich habe es geschafft, daß sie zusammen begraben wurden, in Pierres Grab. Es war nicht leicht, aber es ist mir gelungen. Yann und sein Sohn.«

Die Stimme bricht. Die Stille dröhnt einen Augenblick lang zwischen den hohen Wänden, dann wird der unsichere Monolog fortgesetzt.

»Die Überlebenden sind zur Beerdigung gekommen, die ganze Stadt war da, es war ein richtiges Ereignis.«

Ein leises Lachen, voller Verachtung.

»Ich bin zynisch, ich weiß. Du durftest mir nie wirklich nahe kommen, du und dein Kind, niemand durfte das, nur Yann. Ich könnte es nicht ertragen, noch mehr zu verlieren.«

Eine Pause, sie sucht nach den Worten, dann fährt sie fort:

»Du wirst von hier fort fahren, wenn du gesund bist, zu einem neuen Leben, an einen anderen Ort, ich bleibe hier, ich überlebe, auch wenn ich nicht weiß, wozu das gut sein soll. Aber jetzt werde ich dich in Ruhe lassen.«

Sie unterbricht sich selbst, schroff, ist aufgestanden. Nanna hört ihre Schritte durchs Zimmer, hört, wie sie stehenbleibt.

»Ich bin es nicht gewohnt, um etwas zu bitten, aber mir wäre es am liebsten, wenn du nicht abreisen würdest, frage mich nicht, warum.«

Die Tür schließt sich hinter ihr.

Das stille Krankenhauszimmer, das Vakuum in ihrem Körper. Nur das Geräusch von Nannas eigenem Herzen durchbricht die Stille.

Der letzte Tag, bevor sie in die erlösende Dunkelheit der Bewußtlosigkeit fiel, kommt ihr in unzusammenhängenden Fragmenten wieder in den Sinn, ein Traum, den sie einmal geträumt hat. Langsam öffnet sie sich für das vage Echo abgebrochener Gespräche, mit Yann, mit dem Kind, das in ihr heranwuchs, die nebulösen Bilder eines kantigen Gesichts, ein jungenhaftes Lächeln, die graublauen Augen unter der Sorgenfalte auf der Stirn.

Als der Abend kommt, schiebt sie die beruhigende Spritze zur Seite. Sie läßt den Schmerz zu.

Als Nanna das Auto vor Mémés Haus parkt, glitzert die Sonne in den dicken Regentropfen im Gras, die gekalkte Mauer strahlt blendend weiß in dem scharfen Licht. Von der Steintreppe aus beobachtet sie ein Paar Augen, eines blau, eines braun, das weiße Fell funkelt in der Sonne. Sie geht auf unsicheren Beinen den Kiesweg entlang, ihr Gesicht erscheint in der Fensterscheibe des Windfangs schmal wie ein Messer, milchig weiß nach Wochen hinter den Mauern des Krankenhauses.

Der weiße Nacken, der kleine, aufrechte Körper unter dem schwarzen Schal, die viereckigen Hände, die sich um Kesselgriff und Deckel schließen.

»*Mémé*.«

Die Trauer hat die zarten Runzeln des runden Gesichts in Falten verwandelt, die Augen sind feucht. Die Zärtlichkeit, die der Anblick der alten Frau auslöst, ist so überwältigend, daß Nanna sich am Türpfosten festhalten muß, um nicht den Boden unter den Füßen zu verlieren.

»*Ma fille.*«

Eine Hand streicht ihr über die Wange, ein Taschentuch taucht aus der Schürzentasche auf, frisch gebügelt, duftend, sie drückt den weichen Stoff gegen ihre feuchten Augen, putzt sich die Nase.

»Ich muß die ganze Zeit weinen.«

»Man soll auch weinen.«

Zwei schmale Augen sehen sie vom Boden neben dem Stuhl aus an, eines blau, das andere braun. Eine weiße Pfote stupst gegen ihre Hand, dann landet ein warmer Fellklumpen auf ihrem Schoß, legt sich hier zurecht.

Nanna unterdrückt ihre Tränen, wischt sie mit der Hand aus den Augen.

»Sonst beachtet sie mich nie.«

»Charlotte kann spüren, wenn man traurig ist.«

Langsam passen sich ihre Atemzüge dem Rhythmus der schnurrenden Katze an. Nanna streicht vorsichtig über das abgenutzte Fell, versinkt in dieser warmen Küche, in der alles geordnet und harmonisch ist, in eine wortlose Ruhe. Die dunkle Fläche der Tischplatte, das dampfende Kupferglühen der Töpfe, der gelbgrüne Tee in den weißen Tassen, duftend nach Lindenblüten, honigsüß. Die Küche der Kindheit, Yanns Kindheit. Die Kindheit, die sie selbst nie bekam, eine Sicherheit ohne Fragen und Forderungen.

»Vielleicht ist es noch zu früh, um zu fragen«, Mémé ist aufgestanden, gießt Tee nach, »aber hast du schon irgendwelche Pläne?«

Nanna hat versucht, über ihre jetzige Situation nachzudenken. Über die Bitte der Schwiegermutter, die nie wiederholt wurde, die aber trotzdem wie eine empfindliche Pflanze zwischen ihnen steht. An das Leben, das sie einst geplant hatte, vor Yann, Vaters Pläne für sie, die zu realisieren dank Vaters Erbe ihr immer noch möglich wäre. An das Land, das sie bereit war zu verlassen, ohne sich noch einmal umzusehen, wo sie jedoch, im Guten wie im Schlechten, ihre Wurzeln hat. Kein Weg hat sich gezeigt, keine Sehnsucht.

»Marie-Jeanne hat mich gebeten, zu bleiben.«

»Willst du das?«

»Ohne Yann will ich gar nichts.«

»Das weiß ich. Und ich weiß auch, daß das vorbeigeht.« Ein schwaches Blitzen ist in Mémés Augen unter den halb geschlossenen Lidern zu erkennen. »Es ist schwer, das zu glauben. Aber man kann sein eigener Prinz sein.«

Der Strand erstreckt seine weißen Kilometer unter einem hohen Himmel vor ihren Füßen, der Wind weht nur sanft. Nicht mehr lange, dann wird die Tide irgendwo in der Weite des Meeres umschlagen. Kleine, freundliche Wellen werden über den festen Sand rollen, werden Pflanzen und Tieren Leben geben, wieder einmal. Werden die Spuren aller menschlichen Aktivität ausmerzen, die Spuren ihrer eigenen Füße.

Es wäre so einfach. Sich umwenden, hinausgehen, auf die Flut zu, auf den Horizont zu, bis sie eins mit dem Wasser und dem Horizont würde, bis der nagende Schmerz in ihrer Brust sich aufgelöst hätte, ein für allemal.

Sie schließt die Augen, kostet die salzige Luft, die duftet wie die Haut eines gesunden Menschen, sich anfühlt wie warme Hände auf ihrer eigenen Haut. Sie bleibt aufrecht stehen, bis die erste Welle an ihrem Fuß leckt. Dann kehrt sie um und geht zurück zum Steilufer.

II

Die Schlafenden

On a volé mon pain
on a arraché la langue maternelle de mon palais d'enfant
et ravi tous les noms familiers
le nom merveilleux du chat celui du chien les mots
taupinière gouvernail et cérisier en fleurs
le nom palpitant de mes pères disparus …

PAUL QUÉINNEC

Juni 1966

Nanna reibt sich Farbe in die Wangen, schlägt fest mit den Fingerspitzen darauf. Ihre grünen Augen blicken ihr nervös aus dem Spiegel entgegen, feucht zwischen den Wimpernfransen.

Ihr frisch gewaschenes Haar bildet eine goldene Welle auf den Schultern. Sie hofft, daß Marie-Jeanne nicht durch das Fenster des Speisesaals Ausschau hält, sie nicht auf frischer Tat mit offenem Haar ertappt.

Nicht mehr lange, dann wird sie sich ins Auto des schweigsamen Benoît setzen und die dreißig Kilometer bis zu einem Musikfestival fahren, den Abend damit verbringen, den vielen *bagads*, den kleinen Gruppen zuzuhören, die auf ihren Dudelsäcken, Schalmeien und Trommeln die traditionelle Musik spielen. Danach will sie heimkehren, in ihr schmales Bett in ihrem einsamen Zimmer, wenn die Nacht noch jung ist.

Selbst mit der größten Bosheit ist das, was sie vorhat, nur schwer als Verrat an dem Toten auszulegen, aber auch vier Jahre nach Yanns Tod ist eine Abweichung von dem pedantisch zurechtgelegten Muster des Alltags immer noch eine Quelle mißtrauischer Unruhe bei Nanna und ihrer Schwiegermutter. Die vertrauten Handgriffe mit ihren begrenzten Variationen, der Rhythmus der Tage und der Jahreszeiten, sie geben eine relative Sicherheit. Die beiden Frauen leben Seite an Seite, ohne Vertraulichkeiten. Die Erinnerung an Yann ist das nicht ausgesprochene Netz unter der Routine, das sie miteinander verknüpft.

In der ersten Zeit nach Yanns Tod gingen die Leute Nanna auf der Straße aus dem Weg, begegneten ihrer Trauer mit gesenkten Köpfen, wie bei dem Anblick von Heiligenbildern während einer Prozession, voller Ehrfurcht ihrem Elend gegenüber. Niemand warf sich ihr an den Hals, weinte mit ihr, machte sie dadurch wieder zum Menschen. Inzwischen sind ihre Tränen versiegt.

Die schwarzen Kleider, die auf sie warteten, als sie mit leeren Händen das Krankenhaus verließ, wurden zu ihrem Panzer, anfangs lebensnotwendig, inzwischen zu ihrer zweiten Haut geworden. Unnahbar wie die Höhlenjungfrauen in den Sagen, die Mémé ihr erzählt, lebt sie ihr kümmerliches Privatleben in Yanns altem Zimmer, in dem sie jede Einzelheit an den Verlust erinnert und in dem jede unzeitgemäße Äußerung von Leben ein Schuldgefühl auslöst.

Tag für Tag verrichtet sie sorgfältig die Arbeiten im Hotel, die sie ihrer Schwiegermutter entreißen konnte.

Jedes Jahr hat sie ihre Position weiter ausgebaut, hat gespürt, wie ihr Selbstbewußtsein im Einklang mit dem Respekt der Umgebung gewachsen ist, ihr Arbeitseinsatz kann sich mit dem der anderen messen. Sie zeigt Durchreisenden die Zimmer, hilft den Gästen bei ihrer Ankunft, serviert den Nachmittagsaperitif in der Bar.

In der Hauptsaison kommen die Mahlzeiten der Sommergäste dazu. Unter Luciennes wachsamen Augen verwandeln sich die langen Sommertage in Berge schmutziger Teller und Stapel schmutzigen Geschirrs, und Nanna schleppt Gedecke und Gerichte, bis sie spät am Abend umfällt, mit klopfenden Schläfen und angeschwollenen Füßen den barmherzigen Schlaf der Erschöpfung schläft.

Benoît pflegt ein Glas in der Hotelbar zu trinken, wenn er am Wochenende von seinem Job an einer Dorfschule weiter im Norden des Departements heimkommt. Er sitzt ein paar Stunden da und unterhält sich mit Bekannten, wartet darauf, daß Nanna Zeit hat, an seinem Tisch zu verweilen, ein paar Worte zu wechseln. Im Laufe der Zeit haben die beiden eine scheue Vertraulichkeit miteinander aufgebaut. Auch wenn sie nie Yanns Namen erwähnen, so ist die gemeinsame Trauer über ihn der Kontrapunkt, der ihren kurzen Gesprächen über den Alltag und das Wetter eine beruhigende Fülle gibt.

In diesem Frühling hat Nanna zögernd ihre alten blauen und hellgrauen Farben hervorgeholt, überempfindlich dem gegenüber, was sie als mißbilligenden Blick der Schwiegermutter deutet. Vielleicht ist es eben diese Verwandlung, die Benoît den Mut gegeben hat, sie mit schüchternen Worten zu der heute abend stattfindenden Veranstaltung einzuladen.

In den letzten Wochen ist ein Schwalbenpaar immer wieder vor

Nannas Fenster hin und her geflogen, auf dem Weg zu dem ständig zu vernehmenden Zwitschern der hungrigen Jungen unter der Dachrinne. In ein paar Tagen wird alles wieder von neuem beginnen. Von Mittsommernacht an wird das Hotel drei Monate lang vom Keller bis zum Dachboden ausgebucht sein. Familien, ältere Ehepaare, größtenteils Leute aus der Hauptstadt, die jedes Jahr zurückkehren, in die gleichen Zimmer, an den gleichen Tisch im Restaurant, zu der Flasche mit dem Namensschild, ihrer Serviettentasche. Die meisten kennen Nannas Geschichte, sie weiß das und ist froh darüber, daß alle höflich darauf bedacht sind, sich nichts anmerken zu lassen.

Nanna geht ans Fenster. Seit dem Morgen, als sie dem Weg des Polizeiwagens durch die Nässe von diesem Aussichtspunkt gefolgt ist, wird sie jedesmal, wenn sie hier steht, von einem Gefühl überwältigt, daß irgendwo in weiter Ferne etwas Schicksalhaftes geschehen ist, etwas, das sie nicht kontrollieren kann. Etwas, das auf entscheidende Art und Weise ihr Leben verändern wird.

Das Gefühl beschleicht sie von neuem, als sie Benoîts altersschwachen Simca auf den Platz vor dem Hotel rollen sieht.

Das Licht des frühen Abends spielt mit dem dunkelgoldenen Schimmer in seinem Haar. Die Jahre haben die welpenhafte Weichheit entfernt, sein gedrungener Körper sieht mittlerweile zäher aus unter dem schwarzen Stoff der bestickten Weste, auf der steife Blumen in Gold und Orange strahlen. Sie sieht, wie er seine Augen mit einer Hand beschattet, diese dann zum Gruß hebt. Auf dem Rücksitz des Autos kann sie eine Gestalt erkennen, sieht, daß es Yves ist.

Ein weit entfernter Apriltag kehrt zurück, der lang vergangene Tag in dem Zimmer zwei Stockwerke tiefer, hinter den verschlossenen Fensterläden. Drei übermütige Jungs, Yann und seine Ritter, auf dem Zementplatz miteinander tollend wie Hundewelpen, während sie, die Marionette, mit schlaffen Fäden dastand und auf ihren Meister wartete.

Ihre Hand fährt zu der Haarfülle auf ihren Schultern. Sie ist kurz davor, die langen Locken wieder in ihre übliche Strenge zurückzuzwingen, sucht schon auf der Kommode nach einer Spange. Dann schüttelt sie dieses Bedürfnis ab und eilt aus dem Raum, die abgetretene Treppe hinunter.

Benoît steht neben der offenen Autotür. Er schlägt die Augen nieder, als er sie sieht, seine Hand ist warm, sein Händedruck fest wie immer.

»Paß auf dein Kleid auf.« Er lacht verlegen, hilft ihr mit ein wenig zuviel Eifer ins Auto. »Ich hatte keine Zeit mehr, den Wagen zu waschen, ich mußte Diktate korrigieren.«

Nanna bemerkt den Duft seiner Haut, das etwas zu herbe Rasierwasser. Leichte gelbliche Schweißränder sind unter den Achseln auf seinem weißen Hemd zu sehen, und seine Hände zittern leicht, als er den Schlüssel in der Zündung umdreht. In der Bar, bei ihren formellen Umgangsformen, stört sie seine Schüchternheit nicht, jetzt macht sie sie nervös.

Yves reicht ihr vom Rücksitz aus die Hand. Normalerweise sieht sie ihn nur, wie er die Obstkisten vor dem Laden seines Vaters schleppt, immer ohne ein Lächeln und trübsinnig, sie haben seit Yanns Tod kaum ein Wort gewechselt. Sie erinnert sich an die Kraftlosigkeit seines Händedrucks, wie sie beim ersten Treffen überrascht war, ihn schnell losließ, aber ein anderes Bild ist bereits zurückgekehrt, das von Yves und Yann, um die Wette einen Hügel hinunterlaufend, das kalte Licht um Martines schwangeren Körper.

Auf dem Platz neben Yves richtet eine junge Frau mit roten Locken um das breite Gesicht ein Paar runde, hellblaue Augen auf sie.

»Kennst du schon Florida?«

Benoît ist etwas außer Atem. Alles muß seine Ordnung haben.

»Ich habe dich schon in der Stadt gesehen«, mischt sich das Mädchen ein. »Ich habe immer dein Haar bewundert, die Farbe ist echt, nicht wahr? Stimmt doch, Yves, dir habe ich doch auch schon gesagt, wie schön ich ihr Haar finde?«

Nanna hört, wie Yves etwas Unverständliches knurrt. Sie ist gleichzeitig verlegen und erleichtert über Floridas unverkrampfte Art, lächelt dem Mädchen zu, das in ihrem Alter sein muß und rund wie eine Frucht ist.

»Meine beste Freundin und ich, wir haben immer davon geträumt, rote Haare zu haben.« Nanna wickelt eine blonde Locke um einen Finger. »So wie Rita Hayworth.«

Benoît wendet den Wagen in einer großen Kurve, kann nur mit

Mühe und Not verhindern, daß er die Bürgersteigkante streift. Nanna wird klar, wie wichtig es anscheinend für ihn ist, die Situation zu beherrschen, sich größer zu machen, als er ist. Die Unruhe kribbelt wieder in ihrem Bauch.

»Wie hieß der Film noch, in dem sie getanzt hat?« Floridas angemalter Mund ist eine Pflaume, vor Saft platzend. »Kannst du gut tanzen?«

Über die Schulter sieht Nanna, wie Yves den Kopf hebt, eine gerunzelte Stirn dem Mädchen zuwendet.

»Entschuldigung.«

Weiße Zähne beißen auf die pralle Unterlippe, die Scham läßt die hellblauen Augen noch runder erscheinen.

»Es ist lange her, daß ich getanzt habe.« Nanna gibt sich Mühe, freundlich zu klingen, will den spröden Faden der Vertraulichkeit nicht zerreißen lassen. »Aber ich war nie besonders gut darin.«

Der Alptraum der Tanzschule, die verschwitzten Hände, die schlaffen Arme, das scharrende Geräusch der Füße über den Parkettboden, die Storchenbeine der Tanzlehrerin und laute, kreischende Stimmen, die Schulbälle, bei denen die Jungs ihr gerade mal bis zur Schulter reichten und sich schämten, mit ihr zu tanzen. Die Sportstunde, in der das Tanzen endlich vom Zwang der Regeln befreit wurde.

Yann und sie haben nie miteinander getanzt. Nicht ein einziges Mal.

»Ich liebe es.« Floridas Gesicht strahlt. »Alle Frauen hier aus der Gegend haben das Tanzen im Blut. Ich kann dir die Tänze heute abend beibringen, wenn du willst.«

Niemand hat ihr bisher gesagt, daß auch getanzt werden soll. Sie wirft Benoît einen fragenden Blick zu, aber der guckt unverwandt auf die Fahrbahn, konzentriert sich darauf, das holpernde Auto durch die schmalen Gassen zu manövrieren.

Yves hat eine Zigarette aus seiner Brusttasche gefischt, sucht jetzt in Floridas Tasche nach Streichhölzern. Nanna setzt sich auf dem Beifahrersitz zurecht, dessen abgenutzte Federn sich in ihren schmalen Rücken bohren, nimmt den sengenden Geruch von dunklem Tabak wahr.

Sie fahren die Ausfallstraße Richtung Norden, an der in den letzten Jahren im Gleichtakt mit dem steilen Anstieg der Verdienste in der Fischerei Villen mit Hollywoodambitionen errichtet worden sind.

Auf der breiten Einfahrt eines der größten Häuser springt ein magerer Junge vor einem großen Hund auf und ab, der buschige Hundeschwanz wirbelt den Staub der Kieseinfahrt in einer grauen Wolke auf.

Der Wind erfaßt die blonden Haare des Jungen. Nanna sieht, wie er mit den schmalen Händen winkt, hört ihn mit eifriger Befehlsstimme den Hund rufen.

»Ist er nicht niedlich, Martines Sohn?« Floridas Stimme erreicht sie vom Rücksitz. »Er ist genauso blond wie du. Wir kriegen bestimmt nur rothaarige Kinder. Oder schwarzhaarige, wie Yves.«

Eine schnelle Bewegung auf dem Rücksitz, und Florida verstummt. Nanna traut sich nicht, sich umzudrehen, will nicht in die verwunderten Augen des Mädchens gucken.

Martines schwarzer Haarflügel. Ihr Mann, dessen Haar über dem Stiernacken ebenso schwarz ist, trotz der vielen grauen Einsprengsel. Das unerklärlich blonde Haar auf dem Kopf des Sohnes.

Einen Moment lang wird die Stille in dem Auto fast greifbar. Dann schaltet Benoît das Autoradio ein, erfüllt die Luft mit den Sprachfetzen schneller Stimmen, abgerissenen Musikfragmenten.

Die Jahre hindurch hat sie den Jungen im Kinderwagen gesehen, auf der Straße an Martines Hand. Im Restaurant hat sie den einzigen hohen Stuhl für ihn geholt, außerdem eine Schale und einen Löffel, hat gesehen, wie Martine ihm die Serviette um den Hals gebunden hat, ihn mit zerdrücktem Gemüse und weichen Desserts gefüttert hat. Dann hat der kleine Junge gelernt, mit der Gabel zu essen, eine Auster ausgespuckt. Sie hat seinen Platz saubergemacht, geduldig, professionell freundliche Phrasen mit Martine gewechselt.

Kleinkinder sind seltene Gäste im Restaurant. Aber Martine schiebt ihr Kind vor sich her, eine kleine blonde Provokation, vielleicht auf Nanna gezielt, die es immer wieder vermeidet, das Haar des Kindes anzustarren, seine graublauen Augen, die im krassen Kontrast zu den braunen der Mutter stehen.

Vielleicht redet sowieso die ganze Stadt über Martines blonden Sohn. Die Stille im Auto deutet darauf hin.

Aus dem Autoradio strömt Françoise Hardys deprimierende Stimme, ein Schlager aus Nannas erster Zeit mit Yann. Nanna sucht eine Zigarette in ihrer Tasche, ihre Hände zittern, als sie sie anzündet. Der säuerlich-bittere Rauch, das Gefühl des Zigarettenpapiers zwischen den Fingern pflegen normalerweise ihre Unruhe zu dämpfen, aber jetzt bekommt sie davon nur einen unangenehmen Geschmack im Mund.

Sie hätte die Einladung nicht annehmen sollen, hätte daheim in ihrer beschützenden Umgebung bleiben sollen, hier ist sie gänzlich hautlos. Wie sie diesen Abend überstehen soll, ohne alles für die Menschen um sie herum peinlich und anstrengend zu machen, das weiß sie nicht. Aber jetzt ist es zu spät für einen Rückzieher.

Sie nimmt einen hastigen Zug aus der Zigarette, pustet den Rauch aus.

»Ja, er ist wirklich süß«, sagt sie, und die Stimmung im Auto lockert sich sofort, ein unmerklicher Seufzer. »Martine hat es gut.«

»Ich arbeite in der Fabrik ihres Mannes, seit ich aus der Schule bin«, Floridas breites Gesicht strahlt vor Mitteilungseifer.

»Er glaubt, er wäre der liebe Gott persönlich, dieser Alan. In der letzten Woche haben wir bis zwei Uhr nachts gearbeitet, er hat sich geweigert, den Fisch in den Kühlraum zu bringen.«

»Man soll dreschen, wenn der Wind weht.«

Benoîts Lachen ist freundlich, er lächelt Nanna zu, sucht Bestätigung.

»Das ist leicht gesagt. Er sitzt ja nur in seinem Büro und streicht das Geld ein, während wir an den Tischen stehen und Krampfadern kriegen. Ich freue mich schon drauf, wenn ich da aufhören kann.«

»Habt ihr schon einen Termin für die Hochzeit?«

Benoîts Frage wird mit Begeisterung aufgenommen. Floridas Hochzeit, das ist ein Märchen. Normalerweise zwingt das Risiko, in Selbstmitleid und Neid zu verfallen, Nanna dazu, Hochzeiten lediglich als Möglichkeit zu sehen, auch außerhalb der kurzen Saison für Umsatz im Hotel zu sorgen. Jetzt ertappt sie sich dabei, wie sie eifrig Floridas Beschreibung der Rituale folgt. Die Verwandten, die von weit her zu den Feiern kommen sollen, die sich kurz vor Allerheiligen über drei Tage hinziehen werden. Die Tage des Überflusses, dann die *lune de miel*, die Flitterwochen, dafür spart sie alles, was die Überstunden in der Fabrik bringen. Und für die Brautjungfern. Das Kleid.

»Ihr spielt doch? Euer *bagad*?«

Das runde Mädchen legt eine Hand, die rot und etwas rauh ist, auf Benoîts Schulter.

»Wenn der Bräutigam für eine Vertretung sorgt.«

»Darum könnt ihr euch ja wohl selbst kümmern.«

Florida boxt Benoît in den Nacken.

»Was sagst du dazu, Yves?« Benoît dreht den Kopf. »Oder hast du gar nichts dazu zu sagen?«

Yves kurbelt umständlich das Seitenfenster hinunter, wirft seine Zigarettenkippe hinaus, schaut dem kleinen Funkenschweif hinterher.

»Ich spiele selbst«, sagt er knapp.

Nanna hört, wie Florida nach Luft schnappt. Dann bleibt es still auf der Rückbank. Benoîts sommersprossige Wangen sind ein wenig gerötet.

Nannas lange Einsamkeit hat ihre Empfindsamkeit gegenüber Stimmungen geschärft. Gleichzeitig aber ist ihr dadurch die Fähigkeit abhanden gekommen, diese richtig einzuschätzen und zu deuten. Der heimliche Konfliktstoff, mit dem der Wagen offensichtlich vollgestopft ist, verwirrt sie. Sie weiß nicht, in welche Muster die drei Menschen, die sie kennt, ohne sie im Grunde wirklich zu kennen, verwickelt sind, weiß nichts von einem möglichen Machtkampf.

Yves hat das Autofenster offengelassen, der intensive Duft nach Heu und Grünpflanzen strömt ins Wageninnere. Die Landschaft, durch die sie jetzt fahren, ist fruchtbarer als die, die sie von ihren Wanderungen nach Westen hin kennt. Sie haben sich ins Landesinnere begeben, in ein hügeliges Gelände, das sich zu dem breiten Fluß hinunter ausdehnt, zur Grenze zum Binnenland.

Benoît lenkt den Wagen sicher durch die schmalen Gassen eines Städtchens einen Abhang hinauf, wo der Autoverkehr plötzlich dichter wird.

Kleine Gruppen stehen am Straßenrand im Gras, junge Mütter mit Kleinkindern an der Hand, ein Kreis älterer Frauen in der traditionellen Tracht der Gegend. Hier und da sieht Nanna kleine Grüppchen von Männern mit Musikinstrumenten. Zwei von ihnen lösen sich von ihrer Gruppe, verneigen sich spielerisch voreinander, der durchdringende Ton ihrer Blasinstrumente läßt das Auto vibrieren.

Die Tränen kommen, ohne daß Nanna es verhindern kann. Sie dreht ihr Gesicht zum Autofenster, versucht möglichst lautlos zu schluchzen, aber sie bemerkt Benoîts Blick, der die Geschwindigkeit verringert, an die Seite fährt.

»Wir sind da«, sagt er. »Yves und ich treffen uns mit den anderen, unsere *bagad* soll den Anfang machen. Du und Florida, ihr könnt hier aussteigen.«

Er beugt sich über sie, um die Wagentür zu öffnen, vermeidet dabei sorgfältig jede Berührung mit ihrem Körper.

Auf dem Weg den grünen Pfad hinunter zum Festplatz überläßt sie Florida die Führung, holt ein Taschentuch aus ihrer Schultertasche und wischt sich die Augen trocken, fest entschlossen, diesen Abend durchzustehen.

Benoît zuliebe, denn er ist der erste, der es gewagt hat, sich dem Eingang zu ihrer Höhle zu nähern, der erste seit Jahren, der Tageslicht hat hineindringen lassen. Um ihrer selbst willen und um Yanns willen. Das Leben als ein Schattenwesen, ohne jede Freude, erscheint ihr im nachhinein eher als eine Verhöhnung Yanns denn als Beweis dafür, daß sie sein Andenken ehrt.

Der vordere Teil des Festplatzes liegt im Schatten einer Gruppe hoher Ulmen. Lange Tische mit primitiven Bänken drum herum, Bohlen auf Holzböcken stehen zwischen abschirmenden Zelten.

Männer und Frauen sind damit beschäftigt, Flaschen aufzustellen, handgeschriebene Preisschilder an die Pfosten zu hängen, die die stockfleckigen Zeltplanen halten. Noch ist das kurzgeschnittene Gras auf dem Platz menschenleer, abgesehen von ein paar jungen Männern, die Metallfässer mit Cidre auf kleinen Sackkarren transportieren und nur mit Mühe ihre Wägelchen auf der abschüssigen Ebene bremsen können.

»Florida!«

Eine magere junge Frau mit gehetztem Gesicht unter dem weißen Mittelscheitel ihres Haars ruft nach ihnen aus einem der Zelte, in dem eine Gruppe Frauen dabei ist, Galetteteig in großen Schüsseln anzurühren.

»Das ist Bernadette, Yves' Schwester.« Florida winkt der Frau zu. »Wir wollen heute bei ihr und ihrem Mann übernachten, sie wohnen hier ganz in der Nähe. Und was ist mit Benoît und dir?«

Die Andeutung in der Frage des Mädchens überrumpelt Nanna. Sie ist gar nicht auf die Idee gekommen, daß jemand ihre Beziehung zu Benoît anders deuten könnte als eine neutrale Freundschaft zwischen zwei Menschen, deren einzige Gemeinsamkeit in der Erinnerung an einen Toten besteht. Aber hier auf dem Land herrschen andere Regeln. Sie weiß das, und ihre Naivität ist ihr peinlich und macht sie wütend.

Mette hätte die Situation sofort erfaßt, hätte ihr selbst die nebulösesten Interpretationsmöglichkeiten erklärt, hätte ihr beigebracht, wie sie sich wehren könnte. Aber Mette ist weit weg, Mette ist reduziert auf seltene Briefe, die jährlichen Weihnachtspäckchen, ein nächtliches Telefongespräch, wenn Mette plötzlich die Lust packt, über ihr ereignisreiches Leben zu erzählen. Jetzt muß sie allein damit fertig werden.

»Benoît fährt mich nach Hause«, sagt sie kurz.

Floridas rundes Gesicht bekommt einen verletzten Ausdruck.

»Ich weiß selbst, daß ihr kein Paar seid«, sagt sie. »Ich bin ja nicht blöd, ich rede nur manchmal zuviel.«

Das schwarzweißgemusterte Kleid liegt eng an ihrem kräftigen Körper, kurze Ärmel strammen um die rundlichen Oberarme. Eine plötzliche Zuwendung zu dem unverstellten Mädchen erfüllt Nanna.

»Das finde ich überhaupt nicht«, sagt sie und bekommt als Antwort ein erleichtertes Lächeln.

»Ich fände es so schön, wenn Benoît eine Freundin finden würde.« Florida zuckt in einer resignierten Geste mit den Schultern. »Aber das scheint vollkommen aussichtslos zu sein.«

Eine Hecke aus Wildrosen und Holunder begrenzt die äußerste Ecke des Festplatzes, wo eine kleine Bühne aufgebaut ist. Hinter ihr kann Nanna die Spitzen einer Gruppe großer Steine erkennen, die für sie unerwartet in dieser Landschaft auftauchen, mystische Erinnerungen an die phallischen Rituale einer lang verflossenen Vergangenheit.

»Yves will nicht mit mir schlafen. Wir sollen warten, bis wir verheiratet sind, sagt er immer.« Florida spricht locker weiter. Ihre Augen suchen Nannas. »Aber ich glaube, das ist nicht der wahre Grund.«

Nanna schlägt die Augen nieder. Die fehlende Schamhaftigkeit des Mädchens lähmt sie, sie hat keine Lust, weiter in die intimen Details von Floridas und Yves' Beziehung eingeweiht zu werden, weiß aber nicht, wie sie diese vertraulichen Mitteilungen stoppen kann.

Ein kleines Mädchen löst sich aus einem ganzen Schwarm von Kindern, der sich vor dem Zelt mit den Galettebäckerinnen versammelt hat. Ihr zarter Körper und das zerzauste Haar über dem karierten Kleid, ihre vogelartigen Glieder erinnern Nanna an Mariclô.

Das Kind schaut sich um, winkt ihnen mit dünnen Fingern zu. Nanna verfolgt seine Bewegungen, als es über den grünen Abhang hinunterflattert, die Schleife hinten am Kleid ist aufgegangen, die Bänder wehen wie Wimpel in der leichten Brise, die zarte Person ist ein Schmetterling, der über dem Grün schwebt.

Sie würde am liebsten hinter dem Kind her den Abhang hinunterlaufen, die Freiheit im Körper spüren, die Erde fest unter den Füßen. Alle würden glauben, daß es ihr Kind wäre. Daß sie nur eine Mutter wäre, die mit ihrer Tochter spielt, glücklich, ohne Angst, zu stolpern oder hinzufallen. Aber ihr Körper ist schwer vor lauter Unsicherheit, ihre Füße lassen sich nicht vom Platz bewegen.

»Kommst du mit zu den *menhirs*?« Florida zeigt zu den Riesensteinen. »Ich will da was machen.«

Die Dornenzweige der Hecke springen ihnen ins Gesicht. Auf der anderen Seite erhebt sich sanft eine Rasenfläche vor dem dunklen, blaugrauen Schatten eines Waldes. Ein kleiner Bach plätschert in der Nähe, Libellen stehen über einem Büschel gelber Iris in der Luft. Die Abendluft ist immer noch warm, der kühle Luftzug vom Meer hat so weit im Land seine Kraft verloren.

Das Gras um die massiven Steine herum ist hoch und saftig. Ein surrender Schwarm metallisch glänzender Fliegen fliegt von dem schon halb verwesten Kadaver eines Vogels auf, seine zerzausten schwarzen Federn schillern ins Grünliche. Der leichte Verwesungsgeruch steigt Nanna in die Nase.

»Vorsicht«, sie faßt Florida beim Arm, aber diese macht nur einen Schritt über den Vogel hinweg, wedelt die Fliegen mit den Händen fort.

»Willst du aufpassen? Pfeif, wenn jemand kommt.«

Floridas rundes Gesicht ist ernst, mit gerunzelter Stirn. Nanna nickt, ohne etwas zu verstehen, stellt sich gehorsam so hin, daß sie den schmalen Pfad einsehen kann, der sich durch die Hecke hinter dem Festplatz schlängelt, die Ansammlung der hohen Steine, den grünen Abhang.

Florida reißt sich das Kleid vom Leib, schält ihren kräftigen Körper aus einer rosafarbenen, spitzenbesetzten Unterhose. Der Büstenhalter landet im Gras, er hat auf dem weichen, weißen Rücken eine feuerrote Spur hinterlassen.

Nanna spürt, wie ihr die Hitze in die Wangen steigt, aus den Augenwinkeln heraus sieht sie die volle Gestalt, die ihre Arme um den nächststehenden großen Stein geschlungen hat und ihren Unterleib in wellenförmigen Bewegungen an ihm reibt. Das füllige Hinterteil zieht sich zusammen und entspannt sich in immer schneller werdendem Tempo, die großen Brüste werden an beiden Seiten hervorgepreßt. Sie hört das Mädchen murmeln, einen immer wiederkehrenden Vers in einer Sprache, die sie nicht versteht. Eine Anrufung, eine Beschwörung.

Die ganze Szene ist lächerlich und schamlos, macht sie verlegen und peinlich berührt. Aber gleichzeitig ist in dieser plötzlich auftretenden Wildheit des unschuldigen Mädchens, in dieser primitiven Kraft des Ritus, den sie ausführt, etwas, das sich über die Hüllen des Kleids und der rosa Unterwäsche im hohen Gras erhebt, über die grotesken Bewegungen des Körpers hinausgeht und eine unerwartete Wärme in Nannas eigenen Unterleib strömen läßt.

Sie hat ihren Schoß nicht mehr gespürt, seit Yann starb. Jetzt öffnet sich etwas in ihr, eine vorsichtige Muschel, über die die erste kleine Welle der Flut hinwegspült, ohne sich wieder zurückzuziehen. Sie preßt den Mund zusammen, schließt die Augen zur Verteidigung.

Als sie sie wieder öffnet, steht Florida ihr gegenüber. Das breite Gesicht glänzt rot, die Mundpflaume ist feucht, ein kleiner Spucketropfen ist ihr übers Kinn gelaufen. Die runden Augen schwimmen.

»Du sagst doch niemandem was davon, nicht wahr?« Florida sucht ihre Kleidung zusammen, wankt auf unsicheren Beinen davon, die Innenseiten ihrer Oberschenkel kleben vor Feuchtigkeit zusammen. »Hilf mir doch mal mit dem Büstenhalter.«

Nanna hakt stumm die rosa Träger ein. Der weiße Rücken unter ihren Händen ist feucht, strahlt Hitze aus.

Florida zieht den Slip über ihre kräftigen Schenkel.

»Yves faßt mich kaum an. Eigentlich hätten wir heiraten sollen, als er aus Algerien zurückkam, aber das ist dann immer wieder verschoben worden.«

»Aber jetzt sollt ihr doch heiraten?«

Nanna ist verunsichert, die minutiösen Details der bevorstehenden Hochzeit klingen ihr noch im Ohr.

»Es ist noch lange hin bis November. Mir wäre es am liebsten, wenn er mich schwanger machen würde, dann wäre ich mir der Sache sicherer.« Florida legt ihren Kopf nach hinten, ihr Lachen perlt über den grünen Hang. »Die Steine helfen, heißt es. Heute abend will ich ihn verführen.«

Der Klang weit entfernter Instrumente dringt durch die Hecke, der klagende Jubel der Blasinstrumente reißt Löcher in die Stille des Abends, erinnert Nanna an einen Hochzeitsmorgen, ihren Hochzeitsmorgen, fern wie ein Traum und peinigend nah.

»Komm, laß uns zurückgehen.« Florida nimmt Nanna bei der Hand, drückt sie leicht. »Ich verlasse mich auf dich.«

Die Sonne steht blendend tief über dem Festplatz, als sie aus dem Dunkel der Hecke treten, die warme Luft schwirrt von weichen Motten, von flatternden Schmetterlingen.

Aus einer Lücke zwischen den Ulmen tritt eine kleine Prozession. An der Spitze gehen Benoît und drei große Jungs, sie bemühen sich, soviel wie möglich aus den kurzen *bombardes* herauszuholen, dann kommt Yves, vor Anstrengung über seinem Instrument schielend. In der Gruppe der Dudelsackpfeifer erkennt Nanna Pélinore. Ein schmächtiger Junge und ein älterer Mann bilden die Nachhut, das Wirbeln ihrer Trommeln wird zwischen den Baumkronen hin und her geworfen.

Nanna bleibt stehen, überwältigt von den Geräuschen. Die Musik vibriert in ihren Knochen, sie bekommt eine Gänsehaut, und diesmal gibt sie sich keine Mühe, die Tränen zurückzuhalten. Geblendet spürt sie den Menschenstrom mehr, als daß sie ihn sieht, wie er sich um die Zelte drängt, an die langen Tische, sieht Floridas schwarzweißen Rücken in der Menge verschwinden.

Auf der Grasfläche des Platzes sind kleine Grüppchen von Menschen dabei, sich niederzulassen. Ein junges Paar hilft einer alten Frau mit ihren Krücken, ihre runzligen Hände klatschen im Takt der Musik. Kleine Scharen von Kindern laufen in tänzelnden Bewegungen an Nanna vorbei, hinunter zur Hecke, lautlose Aquariumfische im blaßgelben Licht des Abends.

Nannas Tasche ist von ihrer Schulter ins Gras gerutscht, sie bemerkt es erst, als eine Hand sie aufhebt und wieder an ihren Platz hängt. Sie zuckt erschrocken zusammen. Die Hand legt sich beruhigend auf ihre Schulter.

»*Allez. N'ai pas peur.* Keine Angst.«

Eine unbekannte Stimme murmelt in ihr Ohr, sie dreht sich um und schaut in ein Paar braune Augen, das Gesicht eines Mannes, lächelnd unter dem dunklen Pony.

Die Musik hat an Kraft noch zugenommen, macht sie taub für die Stimme des Mannes, sie sieht, wie er seine Lippen bewegt, die Hände in einer abwehrenden Geste hochhebt. Einen Moment später hat der Umzug die Bühne erreicht, und die Musik verstummt, der letzte Trommelwirbel erstirbt in der warmen Luft, gefolgt von eifrigem Applaus.

Der Mann hat mit einer vertraulichen Selbstverständlichkeit seine Hand auf ihren Arm gelegt.

»Gehen Sie nicht, *Mademoiselle.*« Die Stimme klingt hell, frisch. »Warum weinen Sie?«

Ihr Hals zieht sich zusammen. Sie starrt den Mann an, findet nicht die richtigen Worte.

»Ich wollte Sie nicht erschrecken. Setzen Sie sich, hierher.« Er deutet auf eine braune Decke ein Stück weiter, auf der bereits ein älterer Mann sitzt. »Ich kann etwas zu trinken holen.«

Der kopflose Körper der Frau auf den Gleisen der Metro, die Reste des zerrissenen Mantels, ein schwarzer Flügel über der weißen Brust. Eine kleine blaue Tasche auf den kalten Fliesen. Eine blonde Gestalt in einer verräucherten Bar, eine blonde Gestalt mit einer Sorgenfalte auf der Stirn unter dem feuchten Haar, der Geruch von verwesenden Blättern, von halb zerstäubtem Benzin.

Der Arm eines Mannes, der ein kleines, weinendes Kind vom Kies der Place des Vosges hochhebt. Die Arme eines Mannes um ihren eigenen Körper.

Yanns Abdruck liegt immer noch auf ihrer Haut. Sie gestattet sich selbst nur formelles Händeschütteln, sogar Mémés vorsichtige Umarmungen hat sie mit der Zeit versucht zu vermeiden, das Risiko unkontrollierter Tränen ist zu groß. Die Schwiegermutter und sie führen ihre Schritte im Tanz des Alltags perfekt aus, ohne sich auch nur zu streifen.

Die Berührung des Mannes hat ihr Gänsehaut verursacht. Floridas rituelles Kopulieren hat sie erschreckend offen gemacht, und ihr ganzes Ich protestiert gegen eine Empfänglichkeit, die sie sich nicht gewünscht hat.

Die Wut darüber, daß sie mit dem Schatten ihrer eigenen Begierde konfrontiert wurde, daß sie von anderen benutzt wird, die Wut über ihre eigene mangelnde Selbstkontrolle läßt ihren Körper zittern.

Die Tränen trocknen eiskalt auf ihren brennenden Wangen, sie ballt die Fäuste.

»Nein, danke«, sagt sie und wendet sich ab von dem fragenden Blick des Mannes, schiebt sich hastig durch die wogende Menschenmenge, vermeidet dabei jede weitere unnötige Berührung.

Hinter ihr hat die Musik von neuem eingesetzt, und sie sucht Schutz vor der überwältigenden Geräuschkulisse, eilt in ein Zelt, in dem ein paar junge, hemdsärmlige Männer Becher mit Cidre über den primitiven Tresen reichen.

Die Zunge klebt ihr am Gaumen, gierig kippt sie das säuerliche Getränk in einem Zug hinunter, hält den Becher erneut hin und bekommt ihn wieder gefüllt, sucht dann in der Tasche nach Münzen.

»Nanna!« Florida ruft aus einem der anderen Zelte nach ihr. »Komm, iß was.«

Große Scheiben Schinken glänzen auf den Tellern, Reis mit würziger Soße, großzügig geschnittene Brotscheiben.

Sie nimmt ihren Teller aus Floridas kleiner Hand entgegen, folgt ihr zu einem der langen Tische, an dem freundliche Menschen ihnen Platz machen. Jemand gießt Wein in ihren leeren Becher, und sie probiert ihn und genießt den würzigen Duft, der von ihrem Teller aufsteigt, spürt den Hunger in sich, grimmig, tierisch.

Im Hotel kommen die Gäste immer zuerst. Das Personal ißt zu festen Zeiten, sie selbst und Marie-Jeanne nehmen es, wie es kommt. Sie haben gelernt, in hektischen Phasen ganz aufs Essen zu verzichten, und inzwischen haben sie es sich zur Gewohnheit gemacht, mal einen Happen hier, einen Brotknust da zu stibitzen, etwas im Vorbeigehen zu kauen. Das Ritual einer Mahlzeit, die entspannte Gemeinschaft bei Brot und Wein – fast hat sie vergessen, wie das ist. Wenn die Arbeit des Tages erledigt ist, ist sie meist zu müde zum Essen.

Auf der harten Bank an der Tischplatte aus dunklem Holz mit verschüttetem Reis und Brotkrümeln darauf, Wein- und Cidreflecken, genießt sie zum erstenmal seit Yanns Tod den Geschmack von Essen. Sie kaut mit gutem Appetit den saftigen Schinken, stopft sich den Mund voll mit dem krossen Brot, ißt und ißt, bis der Teller leer ist.

Benoît winkt ihr aus der Schlange zu, die sich vor den Zelten bis weit auf den Platz gebildet haben, sie winkt zurück, wischt sich den Mund mit dem Taschentuch ab. Das Essen, die Menschen am Tisch, die Gesprächsfetzen, das Lachen, der Wein, der leicht in ihrem Körper saust, alles zusammen gibt ihr das Gefühl, mit dabeizusein und gleichzeitig angenehm anonym bleiben zu dürfen. Benoît ist dabei nur ein weiterer Sicherheitsfaktor.

Die Blasmusik ist inzwischen von Liedern abgelöst worden, auf dem Gras vor der kleinen Bühne haben die Menschen eine Kette gebildet, sie tanzen rhythmisch zu einem Vorsänger, die Füße stampfen und der Chor ihrer Stimmen hebt sich im Takt mit den Strophen, ein schwingender Geräuschteppich.

»Komm, laß uns tanzen.« Florida ist aufgestanden, gibt Yves, der sich gerade mit seinem vollen Teller zwischen den Tischen hindurchschlängelt, dicht gefolgt von Benoît, ein Zeichen. »Ihr könnt unsere Plätze haben.«

Nanna läßt sich in den Kreis der Tanzenden ziehen, Floridas

Hand in ihrer, gleitet sie in den schweren Rhythmus hinein, geschubst von den Stimmen und den stampfenden Körpern um sie herum.

Der scharfe Tenor des Vorsängers, die Mischung aus dunklen und hellen Stimmen, die lange Kette vor ihr werfen fremde Worte und Laute zum Himmel empor. Jemand ergreift ihre freie Hand, einen Augenblick lang schwankt sie, ist kurz vorm Hinfallen, findet aber schnell Halt in dem festen Takt der Gruppe, die Kette wächst hinter ihr immer weiter. Sie befindet sich inmitten einer stampfenden, atmenden Menschenschlange, die Zeit verschwindet, und sie macht sich keine Sorgen mehr über Schritte oder Lieder, sie ist Teil des gemeinsamen Atmens, des gemeinsamen Rhythmus, eins mit der Musik und den warmen Körpern, mit der Erde, die unter ihren tanzenden Füßen vibriert.

Das Lied klingt langsam aus, aber die Füße stampfen weiter, keiner will aufhören. Die Gesichter um Nanna glänzen vor Schweiß, sie sieht geschlossene Augen und Augen, die in der Ekstase des Tanzes strahlen, die Haarpracht der Frauen über den gebogenen Hälsen, die bestickten Kleider, die in dem versinkenden Licht zu schweben scheinen.

Die Kegel der Scheinwerfer stechen Löcher in die Finsternis, bilden gelbe Inseln auf den groben Brettern der Bühne, wieder jammern die Dudelsäcke, der eindringliche Rhythmus der Trommeln zieht die tanzende Kette auseinander. Um sie herum fassen sich die Paare bei der Hand, stürzen sich in einen neuen, wogenden Tanz.

Durch die Menge hindurch sieht sie Florida und Yves. Er tanzt steif, den Kopf nach hinten geworfen, die Augen halb geschlossen, will nichts sehen. Hände greifen nach Nanna, aber sie befreit sich von ihnen, lächelt dankend, aber ablehnend in die fragenden Gesichter, bis sie plötzlich in das Gesicht eines Mannes sieht, seine lebhaften Augen unter dem Pony wiedererkennt.

»Tanz mit mir.«

Seine Hände liegen bereits auf ihren Hüften, sein Atem in ihrem Ohr, und sie reißt sich los, kämpft sich durch die Menschenmenge, die vor ihr in einer erschrockenen Welle Platz macht.

Atemlos erreicht sie die Zeltreihe, steht hier wieder zwischen fremden Gesichtern. Der Dampf vom Galettebacken zieht ihr in die Nase, sie hält die Luft an, versucht sich einen Weg zu bahnen, weg von dem Platz, weg von den Menschen.

Ein breitschultriger Mann mit einem Cidrefaß auf seinem Sackkarren kreuzt ihren Weg, bleibt in einer Geste übertriebener Ritterlichkeit stehen.

»Warte hier, *la belle blonde*, ich lade dich zu einem Glas ein.«

Lachfetzen, unbekannte Münder, die ihr zulächeln. Sie hat die Riten der Verführung vergessen, will sich nicht wieder an sie erinnern.

Dann steht sie plötzlich Pélinore gegenüber. Seine Augen sind durchsichtig wie Wasser in dem ältlichen Gesicht, aber sein Blick ist klar, ohne jedes Anzeichen eines Rausches.

»Nanna. *Bonsoir.*« Das Wiedererkennen läßt eine schmerzliche Maske über seine hängenden Züge huschen. »Benoît hat mir gesagt, daß Sie hier sind.«

Er beugt sich über ihre Hand, seine Lippen kratzen trocken über ihre Haut.

»Es ist schon so lange her. Ich wollte immer schreiben.« Er breitet seine Arme aus. »Verzeihen Sie mir.«

»Da gibt es nichts zu verzeihen.«

»Wollen wir uns nicht einen Augenblick hinsetzen?« Er zeigt auf ein paar Klappstühle, die an einem der Zeltpfosten lehnen. »Und uns unterhalten?«

Neben Pélinores zerfurchtem Gesicht ist der braunäugige Mann aufgetaucht, er gibt ihr ein Zeichen, aber sie wendet sich ab, setzt sich auf den Stuhl, den Pélinore ihr anbietet. Der Mann bleibt stehen, sie spürt seine Augen auf ihrem Körper. Dieses Gefühl läßt sie erschauern.

»So eine große Trauer.« Pélinore sitzt da, die Beine steif ausgestreckt, wie eine Holzpuppe. »Und ich habe nichts gemacht. Jedesmal, wenn ich den Stift genommen habe, wußte ich nicht, was ich schreiben sollte. Verzeihen Sie mir.«

Das Gesicht zeigt keine Regung, die Augen blicken weit in die Ferne, auf einen Horizont, den nur er selbst kennt.

»Da gibt es wirklich nichts zu verzeihen.«

»Ihre Hochzeit. Wie peinlich für mich, für Sie.« Plötzlich sieht er sie geradewegs an. »Das hat mich gerettet, ob Sie's glauben oder nicht.«

»Gerettet?«

»Ihre Freundin. Daß sie Barmherzigkeit zeigen konnte. Das ist so selten.«

Die kleinen, klebrigen Fliegen, die die Dämmerung hervorgelockt hat, werden von einer müden Hand weggescheucht.

»In der Nacht habe ich einen Entschluß gefaßt.«

Er holt tief Luft.

»Ich war gerade entlassen worden, also war es eigentlich sowieso schon zu spät. Aber ich habe mich entschlossen, aufzuhören zu trinken. Erzählen Sie ihr das, wenn sie es wissen will. Und auch, wenn sie es nicht wissen will.«

Sein Lächeln ist eine Maske, die Zähne leuchten gelb im Licht der Zelte.

»Barmherzigkeit«, wiederholt er. »Ich habe nie an Gott geglaubt. Die Erde unter meinen Füßen, an die glaube ich. Die Bretagne. Und die Musik. Die Sprache. In dieser Nacht habe ich sie zurückbekommen.«

Die verblichenen Augen suchen plötzlich ihren Blick. Nanna streckt eine Hand vor, berührt seinen Ärmel, er schüttelt den Kopf, macht sich frei.

»Die Bretagne ist ein hungriges Land. Sie haben uns die Worte gestohlen, die Worte, die wir als Kinder gelernt haben, die Sprache unserer Vorfahren. Sie haben uns die Zunge herausgerissen.«

Das ist kein armer Kerl, der da vor ihr sitzt, das ist ein Mensch, der etwas weiß, was sie selbst gar nicht wissen kann, nicht wissen will. Sie nickt, beunruhigt.

»In der Schule mußte ich den ganzen Tag einen Holzschuh an einem Band um den Hals tragen, wenn der Lehrer gehört hat, daß ich meine eigene Sprache benutzt habe. Können Sie sich das vorstellen? Wir sollten lernen, uns unserer Sprache zu schämen. Das habe ich aber nie lernen können.«

Seine Sätze sind nicht länger nur fragmentarisch, die Worte bilden einen fließenden Strom, der kein Ende zu haben scheint.

»Ich habe dreißig Jahre lang unterrichtet, in ihrer Sprache. Habe unseren Kindern ihre Geschichten erzählt, in ihrer Sprache. Auch mit Ihnen rede ich in einer Fremdsprache, verstehen Sie?«

Er schnappt nach Luft, spricht dann weiter.

»Nur die Musik, die Musik konnten sie uns nicht stehlen. Die Musik wurde meine Sprache.«

Die verblaßten Augen blitzen plötzlich auf, der magere Körper wiegt vor und zurück auf dem wackligen Stuhl.

»Und zum Schluß habe ich sie besiegt.«

»Wie?«

»Jetzt unterrichte ich Musik, ich gebe Privatstunden. Ein Teil meiner Schüler lernt außerdem *breton*. Die Eltern sind damit einverstanden. Das ist ein Anfang.«

Plötzlich sieht er erschöpft aus, sein Blick ist wieder fern.

»Ich bezahle meine Schuld.«

Fast unhörbar.

»Ich bezahle. Einige werden trotzdem meinen, daß es nie genug sein kann. Marie-Jeanne.«

Eine Handbewegung.

»Was ist damals passiert?« Nanna hat sich vorgebeugt, um besser zu hören, versucht seinen Blick einzufangen. »Ich möchte das so gern verstehen.«

»Verstehen? Warum wollen Sie das verstehen?«

Ein Schlag mit der Gerte. Die Augen sehen sie nicht mehr, aber die Stimme fährt fort, wieder zerhackt er die Sätze, sie muß sich anstrengen, um ihm folgen zu können.

»Ich versuche ja selbst zu verstehen. Daß ich ein Verräter bin. Vielleicht ist das nicht einmal das Schlimmste. Ich wußte damals ja nicht einmal, ob ich einer war. Weiß es immer noch nicht.«

»Wieso?«

»Wissen Sie, wie es ist, zu trinken, besoffen zu werden? Ich habe auch damals getrunken, war besoffen. Sie wollten mich aus der Gruppe rausschmeißen, sie haben mir nicht mehr getraut. Vielleicht hatten sie ja recht. Vielleicht hat Marie-Jeanne recht. Vielleicht habe ich gesungen, im Rausch. Ich weiß es nicht. ICH WEISS ES NICHT.«

Ein Aufschrei. Um sie herum verstummen die Gespräche, die Augen wenden sich ihnen zu, aber Pélinore spricht weiter.

»Ich wollte nicht für Frankreich sterben. Wenn ich für etwas sterben sollte, dann für das hier.«

Er beugt sich nach unten, kratzt mit seinen Nägeln, zeigt Nanna die Erde zwischen seinen Fingern.

»Und jetzt lebe ich dafür.«

Er schließt die Augen, wiegt sich im Takt des Liedes, das wieder auf dem Rasen vor der Bühne gesungen wird. Nanna sieht, wie er die Lippen bewegt, vor und zurück schaukelt.

»Das mit der Sprache«, sagt sie zögernd, »das verstehe ich gut.«

Der magere Kopf nickt, sie weiß nicht, ob das eine Antwort oder nur eine Reaktion auf die Stimmen dort unten ist, die sich in einem wogenden Refrain gesammelt haben.

»Ich habe keine Sprache mehr. Nicht mehr richtig. Niemand hier kennt die Worte meiner Kindheit. Apfelduft. Liebe. Raupe. Vater.«

Sie hat Dänisch gesprochen. Die Worte liegen ihr weich im Mund, die süßen Früchte ihrer Kindheit. Pélinores Augen sind immer noch geschlossen, vielleicht hört er zu, vielleicht auch nicht. Ihr ist das vollkommen gleich.

»Vergessene Zärtlichkeiten. Das ist es, was meine eigene Sprache ist. Ich habe Angst, meine eigenen Worte zu vergessen, so wie ich Angst habe, Yanns Hände auf meiner Haut zu vergessen.«

Sie spricht schnell, atemlos, zu tauben Ohren, aber die Sprache gehört ihr, und der Genuß überwältigt sie.

»Wenn ich zu mir rede, ich selbst bin, versteht niemand, was ich sage. Das ist, als wäre man wieder ein Kind. Man soll ein anderer sein. Sie haben recht. Man muß eine andere Sprache finden.«

Ohne nachzudenken, beugt sie sich vor, ergreift Pélinores Hände.

»Tanzen Sie mit mir«, sagt sie. »*Venez danser avec moi.*«

Überrumpelt läßt er sich vom Stuhl hochziehen.

Sie führt ihn halb stolpernd an der Zeltreihe vorbei, findet das Ende der Kette. Sie hält seine magere Hand fest in ihrer, wirft ihren Körper in den alles anziehenden Rhythmus des Tanzes.

Benoît wartet auf sie am Bühnenrand, als der Tanz zu Ende ist.

»Du amüsierst dich, Nanna.« Er lächelt ihr zu. »Ich habe gesehen, wie du getanzt hast.«

Sie wischt sich den Schweiß von der Stirn, erwidert sein Lächeln.

»Ja«, sagt sie. »Ich amüsiere mich.«

Die Sterne leuchten an dem juniblauen Himmel, als sie in der Sommernacht heimfahren. Die Luft im Auto ist warm, Benoît hat sein Hemd aufgeknöpft, rotbraune Locken schauen unter dem weißen Stoff hervor, ein leichter Schweißgeruch ist zu vernehmen, aber nicht unangenehm.

Er hat das Autoradio angestellt. Hämmernde Rockmusik fegt die Reste der Geräusche des Abends aus Nannas Kopf, ruft Anspannung in ihr hervor.

»Kannst du das nicht lieber ausmachen?«

Insekten werden in den Lichtkegeln gefangen und schwirren betäubt dem Tod an der Windschutzscheibe entgegen. Am Straßenrand tauchen funkelnde Augen auf, eine Katze auf der Jagd.

Leichte Nebel steigen aus den sumpfigen Wiesen weiter im Westen auf, es war ein warmer Tag. Kleine Dörfer gleiten an ihnen vorbei, die Häuser leuchten kalkweiß im Scheinwerferlicht, aber nirgends ist ein Licht zu sehen.

Die Leute haben die Läden vorgeklappt, sie schlafen tief hinter geschlossenen Fenstern.

Nanna hat die Beine angezogen, sie lehnt sich auf dem unbequemen Sitz zurück.

Bilder flimmern durch ihr Gehirn.

Floridas weißer Rücken. Die roten Striche vom Büstenhalter, wie Gertenhiebe. Der verwesende Vogel im Gras. Die feuchten Schenkel.

Ein Paar braune, funkelnde Augen unter einem dunklen Pony. Pélinores Maskengesicht.

Ihre eigene Stimme, ihr eigener tanzender Körper.

»Das Gebäude da links ist meine Schule.« Benoîts Stimme zerteilt die Stille. »Ich wohne da in dem Haus, in dem flachen.«

Er fährt jetzt langsamer. Wartet auf etwas.

»Wir könnten noch ein Glas trinken, wenn du willst.« Seine Stimme klingt zögernd.

»Mich besucht hier nie jemand. Aber ich habe Wein im Haus.«

Seine Augen betteln. Es ist unmöglich, nein zu sagen, die Müdigkeit ist keine Entschuldigung.

»Willst du mir die Schule zeigen?«

Über die Schwelle zu Benoîts Privatleben zu treten, erscheint ihr wie eine ungemeine Herausforderung, sie weiß selbst nicht so recht, warum.

Zusammen gehen sie über den kleinen Schulhof zu dem schweren, zweistöckigen Steinhaus, das hinter einer Gruppe zurückgeschnittener Linden verborgen liegt.

Die Tür zum Klassenzimmer qietscht laut in den nicht geölten Scharnieren, und der schale Geruch nach Putzmitteln und Tafellappen steigt in Nannas Nase. Das Zimmer ist groß und rechteckig, die dunklen Firnistischplatten auf den altmodischen Schülerpulten glänzen matt in der grellen Deckenbeleuchtung.

An der schwarzen Tafel hinter dem Lehrerkatheder hat jemand Musikinstrumente aufgezeichnet. Eine *bombarde*. Ein *biniou*. Bilder von Reitern zu Pferde, schönen Frauen in mittelalterlicher Tracht bedecken die abblätternden Wände. Arthur. Lancelot. Galaad.

Yseut.

»Ich tue, was ich kann.« Benoît macht eine ausholende Handbewegung. »Die Leute hier sind arm, Kleinbauern, Landarbeiter. Die Männer sind blind vom Saufen ein paarmal in der Woche, sie schlagen ihre Frauen. Die Jungs hier, die haben schon alles gesehen, wenn sie zehn, zwölf Jahre alt sind. Du solltest mal hören, wie sie auf *breton* fluchen: *Gast! Gast!* Wer weiß, vielleicht ist die Schulbehörde ja der Meinung, ich sollte ihnen lieber beibringen, statt dessen *putain*!, Hure, zu schreien.

Benoîts freundliches Gesicht öffnet sich in einem breiten Lächeln.

»Die sitzen da und schwitzen vor lauter Angst, wenn sie ihre Hausaufgaben nicht gemacht haben, sie denken dann, ich würde sie schlagen. Aber ich schlage sie nicht. Ich lese ihnen Sagen vor.«

Nanna lacht. Sie hat eine Zigarette in ihrer Tasche gefunden, sucht jetzt nach etwas, um sie anzuzünden.

»Ich habe zu Hause bei mir Streichhölzer.«

Weiche Flügel streifen tief über ihnen hinweg, als sie wieder im Dunkel des Schulhofs stehen, ein durchdringender Schrei läßt Nannas Haare auf den Armen zu Berge stehen, sie schnappt vor Schreck nach Luft.

»Das ist nur eine Eule, sie haben im Kirchturm Junge.«

Benoîts Handfläche ist heiß auf ihrer Schulter. Sie streckt ihren Körper, befreit sich, so unmerklich wie möglich, will ihn nicht verletzen. Sie läßt ihn den schmalen Pfad vorangehen. Hier draußen kann sie den leichten Wind vom Meer spüren, reibt sich die Oberarme.

»Du kannst einen Pullover von mir haben, wenn du willst.«

»Ich friere nicht.«

Benoît hat die Tür in der niedrigen, weißgekalkten Hausfront aufgeschlossen, der grelle Schein einer Leuchtstoffröhre erhellt den Raum.

Nanna läßt ihren Blick über die spartanische Einrichtung gleiten, den Fliesenboden ohne Teppich.

Ein viereckiger Tisch mitten im Raum mit Stapeln von Aufsatzheften, Bleistifte in zierlicher Reihe auf der karierten Tischdecke.

Auf der gehäkelten Decke, die eine schmale Couch bedeckt, lehnt eine Puppe in Volkstracht ihren Kopf gegen ein gesticktes Kissen, ihr *coiffe* türmt sich auf dem blonden Perlonhaar. Abgegriffene Taschenbücher stützen sich gegenseitig auf einem billigen Bücherregal.

Ein Küchentisch in einer Ecke. Das Abtropfgitter, auf dem ein Glas zum Trocknen steht, ein einzelner Teller. Die Zahnbürste auf dem Rand des Küchenwaschbeckens, der Waschlappen am Haken neben dem Wischlappen.

Einsamkeit sickert aus jeder Ecke des hohen Zimmers hervor.

»Hier.«

Benoît hat im Küchenschrank Streichhölzer gefunden, dazu zwei Gläser. Er zündet ihr die Zigarette an, gießt Rotwein ein, nickt zum Sofa hin.

»Du kannst die Beine hochlegen, wenn du willst.«

Er hat einen Holzstuhl unter dem Tisch hervorgezogen, setzt sich.

Es erscheint ihr unmöglich, sich auf das zu setzen, was offenbar Benoîts Nachtlager ist, ohne das Gefühl zu haben, sie würde eine entscheidende Grenze überschreiten. Unruhig verlagert sie ihr Gewicht von einem Bein aufs andere, trinkt ein wenig von dem herb schmeckenden Wein.

Benoît leert sein Glas.

»Ich bin gerne Lehrer«, sagt er mit einem schiefen Lächeln. »Das hätte ich nie gedacht.«

»Und ich arbeite gern im Hotel.« Nanna setzt sich zögernd auf die äußerste Couchkante. »Das hätte *ich* nie gedacht.«

Beide müssen lachen, ein gedämpftes Lachen, vertraulich.

Ein Freund. Einer, der zuhört und versucht zu verstehen, einer, mit dem sie über Yann reden könnte. Vielleicht ist das ja möglich. Vielleicht ist Benoît derjenige, den sie gesucht hat, ohne es zu wissen. Die plötzliche Offenheit zwischen ihnen erfüllt sie mit einer Zärtlichkeit für den einsamen Mann, der dasitzt und sein leeres Weinglas zwischen seinen sommersprossigen Fingern dreht, immer rundherum.

»Man muß immer an Ort und Stelle sein. Die ganze Zeit. Ohne daß das zu merken ist«, sagt sie. »Das gefällt mir gut.«

»Und Marie-Jeanne?«

Nanna zuckt mit den Schultern.

»Wir arbeiten zusammen. Das geht.«

»Hast du nie daran gedacht, nach Hause zu fahren?«

Benoîts Hand zittert leicht, als er sein Glas von neuem füllt.

Heute abend hat sie den Geschmack ihrer eigenen Sprache gekostet, weiß, daß sie mit jedem einzelnen Tag, den sie von ihr entfernt war, einen Teil ihrer selbst verloren hat. Trotzdem schüttelt sie den Kopf.

»Ich werde wohl hierbleiben.«

»In einem Jahr kann ich gehen, wohin ich will. Aber wenn ich mich dazu entscheide, hierzubleiben, kann ich das Haus des alten Lehrers übernehmen, wenn er pensioniert wird.« Benoît steht auf, geht die wenigen Schritte durch den Raum, schenkt Nanna Wein nach. »Ein richtiges Haus, mit viel Platz. Schlafzimmern. Bad.«

Er dreht sich um, bleibt einen Augenblick mit dem Rücken zu ihr stehen, als würde er etwas überlegen. Dann geht er zurück zum Tisch, stellt die Flasche ab, wischt mit dem Finger einen roten Tropfen von ihrem Hals.

Er setzt sich auf den wackligen Stuhl, den Blick auf seine Füße in den derben schwarzen Schuhen gerichtet.

»Und was ist mit deiner Mutter?«

»Ich will nicht mit meiner Mutter zusammenwohnen, wenn du das meinst.«

Die leichte Vertraulichkeit zwischen ihnen ist verschwunden.

Jetzt herrscht eine diffuse Spannung im Raum, etwas Lauerndes, Nannas Magen zieht sich zusammen. Sie ist wieder ein Kind und hört den Schlüssel des Vaters in der Eingangstür, weiß, daß etwas von ihr erwartet wird, aber nicht, was.

Sie nimmt einen tiefen Zug aus der Zigarette, der bittere Rauch brennt ihr in der Lunge. Sie läßt die Hand über das Kleid der Puppe gleiten, vermeidet es, Benoît anzusehen.

Die Leuchtstoffröhre surrt leise über ihren Köpfen.

Der dunkelrote Wein schwappt in Benoîts Glas. Er nimmt einen Schluck. Noch einen. Wischt sich den Mund mit dem Handrücken ab.

Sie weiß, was geschehen wird, kann nichts dagegen machen.

»Nanna.« Er steht mit einem Ruck vom Stuhl auf, steht über ihr. »Du darfst nicht böse sein.«

Es läßt sich nicht mehr aufhalten. Die Muskeln an Nannas Hals spannen sich an, sie zieht die Schultern hoch, wappnet sich gegen das, was sie treffen wird.

»Seit ich dich gesehen habe.« Benoîts Stimme ist brüchig, die eines Greises. »Zum allerersten Mal. Du warst Yseut, du warst Yanns Traum. Unerreichbar für mich. Das bist du immer noch. Ich weiß das. Aber ich muß es dir sagen.«

Sie kann hier nicht bleiben, kann es nicht zulassen, daß Benoît ihre schüchterne Freundschaft tötet, diese vorsichtige Vertrautheit, diesen kleinen Schild gegen ihre eigene Einsamkeit.

Sie schätzt seine Güte, seine Geradlinigkeit. Sein hartes Leben in diesem spartanischen Zimmer, in dem heruntergekommenen Klassenraum, erfüllt sie mit Respekt, mit Zärtlichkeit. Aber er ist nicht ihr Mann, kann es nie werden.

Von jetzt an wird alles nur verkehrt werden. Sie steht auf, ihr Blick sucht die Tür, einen Fluchtweg.

Benoîts flehende Augen versperren ihr den Weg.

»Ich hätte nichts sagen sollen.« Seine Arme hängen schlaff herunter, der kurze Körper hat seine zähe Kraft verloren, sieht weich aus in dem scharfen Licht, ohne Knochen. »Verzeih mir.«

Der Kehlkopf bewegt sich krampfhaft in seinem Hals. Er wendet sich der Tür zu, sucht die Autoschlüssel in seiner Tasche.

»Ich fahre dich nach Hause«, sagt er.

November 1966

Die letzten Hochzeitsgäste sind dabei, sich einen Platz in der bereits überfüllten Kirche zu suchen. Die Stimmen steigen und fallen erwartungsvoll unter den Gewölben in dem hohen Steinraum, in dem die Wärme der Wachskerzen, deren Flammen waagerecht im Windzug stehen, einen vergeblichen Kampf gegen die Novemberkälte ausficht.

Die Einladung zur Hochzeit galt Nanna wie auch Marie-Jeanne, deren Hände mit den gepflegten hellroten Nägeln eine Kuverthandtasche auf dem Stuhl neben sich umklammern. Aber Nanna hat das Gefühl, daß in erster Linie sie es ist, die heute Floridas Gast sein soll.

Sie hat mit dem Mädchen seit dem Sommerabend vor vielen Monaten nicht mehr gesprochen. Es kam vor, daß sie gegen Feierabend an der Konservenfabrik vorbeiging, auf ihrem Weg, Mémé zu besuchen, und das runde, unschuldige Gesicht im Strom der emsigen Frauen auf ihrem Weg nach Hause entdeckte, aber sie hatte sich nie getraut, ihr zuzuwinken.

Trotzdem fühlt sie sich heute als Floridas Zeugin dafür, daß ihre Ehe mit Yves an einem anderen, wichtigeren Ort gestiftet wurde als in dieser banalen Kirche aus dem 19. Jahrhundert mit Gipsmadonnen und dem Himmel zugewandten Heiligengesichtern.

Eine kunterbunte Schar von Verwandten und Freunden beider Familien drängt sich auf den Strohsitzen der Stühle. Kräftige Frauen in bestickten Tüchern mit *coiffes* auf dem geölten Haar, große Männer mit roten Gesichtern und groben Händen, die von körperlicher Arbeit unter offenem Himmel zeugen. Hier und da entfernte Verwandte, die diese ländliche Hochzeit mit ihren weich glänzenden Pelzcapes und handgenähten Anzügen beehren. Kleinkinder sitzen mit schaukelnden Beinen auf den hohen Stühlen, lassen sich geduldig die feuchten Münder mit den Taschentüchern der Mütter abwischen.

Der Duft eines fruchtigen Parfüms überdeckt einen Augenblick lang den faden Geruch nach altem Weihrauch. Eine Frau mit einem kleinen, schachtelförmigen Hut auf dem schwarzen Haar eilt an Nannas Stuhl vorbei. Haarige Finger spannen sich um ihren Oberarm, der kräftige Nacken eines Mannes leuchtet rot über dem weißen Hemd.

Das Paar bleibt einige Meter entfernt stehen, schaut sich nach freien Plätzen um. Martine und ihr Mann. Martine hebt die Hand zum Gruß, stößt ihren Mann an, der Nanna mit einem verbindlichen Lächeln zunickt, ohne ein Zeichen des Wiedererkennens.

Alan ist ein Stammkunde im Hotelrestaurant, aber Nanna vermeidet es, soweit es geht, bei seinen sich lang hinziehenden Geschäftsessen zu servieren. Sie fühlt eine instinktive Abneigung gegen die ihn prägende Kombination aus aggressiver Maskulinität und Verschlagenheit, die sein geschliffener Stil und seine tadellosen Manieren nur notdürftig verbergen.

Das Paar schiebt sich auf ein Paar Stühle ein paar Reihen weiter vorn. Hinter ihnen fällt die schwere Kirchentür knarrend zu. Langsam versiegt das Gemurmel im Raum und wird von der erwartungsvollen Stille eines Theatersaals abgelöst, Sekunden bevor der Vorhang sich hebt.

Yves' schwere Gestalt steht gebeugt oben am Altar. In seinem schwarzen Anzug und dem weißen Hemd, das steif vor Wäschestärke ist, mit dem schwarzen, naßgekämmten Haar über dem traurigen Gesicht, sieht er eher aus wie der Leiter eines Gedenkgottesdienstes und nicht wie ein Bräutigam. Seine Hände bewegen sich unruhig den Jackensaum entlang, ziehen und zupfen, ziehen und zupfen, der Blick gleitet nach unten auf die graugelben Sandsteinfliesen.

Hinter ihm taucht Benoîts rotbraunes Haar auf, die Goldfassung seiner Brille funkelt im Licht. Nanna schaut weg. Benoît trinkt immer noch seinen Samstagsaperitif in der Hotelbar, aber in den letzten Monaten geschieht das nach einem strengen Ritual. Eine halbe Stunde sitzt er, die Fingerspitzen auf dem Fuß des Bierglases ruhend, das Gesicht dem Fenster zugewandt. Dann leert er sein Glas und verschwindet wieder, ohne mit jemandem gesprochen zu haben, am allerwenigsten mit ihr.

Die bescheidene Orgel setzt mit einem Pfeifen ein, ahmt dann eine dröhnende Fanfare nach. Unter Stühlescharren kommt die Versammlung auf die Beine, empfängt so stehend Florida.

Der Pflaumenmund leuchtet hektisch rot in dem weißen Gesicht, die breite Stirn glänzt unter dem Schleier vor Schweiß. Die Taille unter dem Prinzeßkleid aus Spitzen ist schmaler, als Nanna sie in Erinnerung hat, das üppige Rosenbukett muß keine heimliche Frucht verbergen.

Die Orgelmusik, diese feierliche Feststimmung im Kirchenraum, die Menschen in Sonntagsstaat, die sich um Nanna erheben, sie sollte davon ergriffen sein. Aber zu ihrer eigenen Verwunderung stellt sie fest, daß die Tränen, die sonst viel zu schnell ihre Augen füllen, ausbleiben.

Die kindliche Frömmigkeit, die sie in einer fernen Vergangenheit überwältigen konnte, wenn Vater sie niederknien hieß, damit sie ihren kleinen Blumenstrauß am Grab der Mutter niederlegen konnte, ist jetzt durch ein Gefühl von Kampf ersetzt worden, gegen etwas, das sie weder greifen noch begreifen kann.

Florida hängt am Arm des verbissen ausschauenden grauhaarigen Mannes, der offensichtlich ihr Vater ist, ein willenloses Objekt. Yves wartet am Altar, den Blick zu Boden gerichtet, schwer und widerwillig nimmt er sie in Empfang.

Etwas an diesem Bild empört Nanna.

Marie-Jeannes Tasche ist ihr vom Schoß auf den Steinfußboden gerutscht, sie beugt sich hinunter, um sie aufzuheben. Im Licht, das durch die hochsitzenden Fenster hereinströmt, hat das Gesicht unter der strengen Frisur tiefe Falten. Die Augen unter den gezupften Brauen sind ausdruckslos. Marie-Jeannes Person im ganzen wirkt wie auf Null gestellt dem gegenüber, was um sie herum geschieht, ihre trockene Stimme murmelt mechanisch die Gebete mit.

Nanna runzelt bei dem Anblick der beiden Rücken vor dem Altar die Stirn, die Köpfe, die sich neigen, reuige Sünder unter den weißen Händen des Pfarrers.

Sie versucht die Stimme des Pfarrers auszublenden und statt dessen das Geräusch von Vögeln heraufzubeschwören, das Bild von Floridas weicher Nacktheit gegen den groben Stein, ein Bild einer Skulptur aus ihrer Kindheit. Mutter Wasser, ein einladender Frauenkörper in einem Gewimmel von Kindern, gleichzeitig lockend und provozierend.

Endlich ist die Zeremonie vorbei. Die Orgel ertönt von neuem, und die Versammlung erhebt sich, eine warme Welle, folgt den Frischvermählten mit neugierigen Augen. Yves' Miene ist entschlossen, er schaut geradeaus, vermeidet jeden Blickkontakt. Floridas Gesicht glüht, die runden Augen zeigen einen Ausdruck gezügelter Panik.

Nanna und ihre Schwiegermutter folgen dem Strom auf den Kirchplatz hinaus. Die Leute scharren sich um das Brautpaar, Küsse knallen. Ein sehniger, schwarzgekleideter Mann hinter einem Fotoapparat mit Stativ versucht eine Gruppe von Angehörigen um Yves und Florida zu scharen. Seine durchdringende Stimme hallt über die Menge der Hochzeitsgäste, die auf den feuchten Steinfliesen in kleinen Gruppen verweilen.

Benoît eilt vorbei, ohne zu grüßen. In seinem Kielwasser erkennt Nanna Pélinore, der im Vorbeihasten eine tolpatschige Verbeugung in ihre und in die Richtung der Schwiegermutter macht.

»Ich würde gern wissen, ob die spielen werden.«

Sie wendet sich Marie-Jeanne zu, will den Augenblick wegwischen.

»Früher haben sie zu allen Hochzeiten gespielt. Yves, Benoît, Yann.« Die Schwiegermutter kneift den Mund zusammen. »Heute gibt es niemanden mehr, der zu Hochzeiten spielt.«

Sie zuckt mit den Schultern in ihrem gutsitzenden Kostüm.

»Vielleicht ist es ja am besten so«, fügt sie hinzu.

Neben Nannas Ellbogen guckt ein kleines Mädchengesicht unter einem zerzausten Pony hervor, eine große rosa Schleife wippt bedrohlich auf ihrem Kopf. In der einen Hand hält sie einen mit Tüll dekorierten Korb.

Nanna lächelt dem Mädchen zu, erleichtert, das Gespräch mit der Schwiegermutter nicht weiterführen zu müssen.

»Dich habe ich doch schon mal gesehen. Wie heißt du?«

Das Kind reckt ihr stumm den Korb mit den kleinen Tüten mit Zuckermandeln entgegen.

»Prima machst du das, Annick!«

Yves' abgezehrte Schwester, deren Gesicht unter dem weißen Mittelscheitel angestrengt aussieht, ist hinter der Kleinen aufgetaucht. Neben ihr steht ein Mann, dessen funkelnde braune Augen die Röte der Erinnerung in Nannas Wangen fahren lassen.

Sie schielt zu Marie-Jeanne hinüber, die ihre Augen zusammenkneift, mißtrauisch.

»*Bonjour, Madame.*« Eine schelmische Verbeugung, er reicht ihr die Hand. »Wir haben uns ja im Sommer schon gesehen. Darf ich meine Tochter vorstellen, meine Frau.«

Nannas Magen hüpft vor Schuldgefühlen, sie ist auf frischer Tat ertappt worden, obwohl sie nicht so recht weiß, wobei. Neben ihr trippelt Marie-Jeanne ungeduldig von einem Fuß auf den anderen.

Nanna wünschte, sie könnte sich einfach umdrehen und gehen, ihr fällt aber keine Ausrede ein. Statt dessen sagt sie in das müde Gesicht neben dem Mann:

»Du bist Yves' Schwester, nicht wahr?«

Die Frau nickt.

»Florida hat mir von dir erzählt.«

Die Hand hat den Jackenärmel des Mannes ergriffen, markiert damit Zusammengehörigkeit.

»Kanntest du Yann?«

Sie hat Probleme, seinen Namen zu nennen, fühlt sich aber gezwungen, ihn zwischen sich selbst und den braunäugigen Mann zu schieben, bildet eine gemeinsame Front mit der Schwiegermutter gegen das, was ihre mühsam erkämpfte Sicherheit ins Wanken bringt. Als Witwe, als Mutter sind sie unverwundbar.

»Bernadette! Loïc! *Le photo!*«

Die Stimme des Fotografen schnarrt, rettet sie.

»Entschuldigt bitte.« Wieder eine ironische Verneigung, diesmal küßt er ihr die Hand. »Es war nett, Sie wiederzusehen.«

Er hat eine Hand auf den zarten Nacken des kleinen Mädchens gelegt, einen Arm um die Taille seiner Frau.

»*Allons-y!*«

Die Schwiegermutter hat sich zurückgezogen, steht mit dem Rücken zu ihr ein Stück entfernt in Gesellschaft von Martine da, deren schrilles Lachen durch das Gemurmel der Menge dringt.

Die Fotos sind im Kasten, und die Gruppe um das Brautpaar vermischt sich wieder mit den anderen Gästen. Nanna zögert. Sie kennt fast niemanden in diesem Gewimmel, weiß nicht, welche ihr nicht vertrauten Rituale noch auf sie warten. Das Risiko, sich plötzlich wieder Auge in Auge mit Yves' Schwager zu befinden, macht sie nervös, gleichzeitig weicht sie vor Martines gnadenlosem Blick und ihren bissigen Kommentaren zurück.

Dann dringt ein Ton zu ihr, sie bleibt stehen, die Füße auf den Steinfliesen des Kirchplatzes wie festgenagelt.

Die *bagad* mit Benoît und Pélinore an der Spitze bildet einen Kreis, die Musik durchschneidet die laue Luft, eine herabsausende Klinge.

Nanna schnappt nach Atem. Die Musik trifft sie physisch, ist wie eine sie herausfordernde Umarmung, sie kann sich nicht dagegen wehren. Um sie herum gruppieren sich die Leute hinter den Musikern zu einer wandernden Schlange, einer Prozession, wie sie sie auf alten Fotos gesehen hat, feierlich, streng.

Bevor sie weiß, wie ihr geschieht, ist sie selbst Teil einer Spirale tanzender Körper, ihre Füße stampfen im Takt auf die Steine, ihre Absätze klappern, und ihre eigenen Füße finden die richtigen Schritte, mühelos, ihr Rücken strafft sich. Hände heben ihre Hände hoch. Sie fühlt sich graziös, schwebend und kraftvoll zugleich.

Florida tanzt an Yves' Seite in dem innersten Kreis, das Schwere, Willenlose aus der Kirche ist verschwunden, ihre Haltung ist die einer Königin unter dem Schleier, der in den Windstößen flattert, ein großer, weißer Flügel.

Ein plötzlich einsetzender Regenschauer beendet den Tanz. Nanna wird mit der Menge zusammen zu den Autos getrieben, die mit steifen Tüllschleifen an den Kühlerhauben und Antennen auf dem kleinen Parkplatz warten.

Jemand faßt sie beim Arm. Florida preßt sich an sie, der Geruch nach Schweiß und Parfüm von dem üppigen Körper berührt sie peinlich.

»Nanna.« Der Ausdruck in dem runden Gesicht unter dem Schleier ist aufgeregt, die Augen flackern. »Danke. Danke, daß du gekommen bist.«

Bevor Nanna antworten kann, ist Florida in einer Wolke aus Weiß zu einem großen schwarzen Wagen hin verschwunden, auf dessen Rücksitz bereits Yves auf sie wartet. Tönende Autohupen erfüllen die Luft zwischen den niedrigen Häusern.

Selbst wenn Nanna am liebsten gekniffen hätte und mit Marie-Jeanne ins Hotel gegangen wäre, in dem sich die heutigen Essensgäste bald einfinden werden, dann ist diese Möglichkeit jetzt definitiv verspielt. Was Floridas Hochzeitstag auch mit sich bringen wird, sie muß dabeisein.

Das Hochzeitsessen ist schon lange verzehrt. Die Frauen haben sich unter schrillen Lachsalven zusammengetan, ihre Männer sitzen an den langen Tischen, der Rauch der gelben Zigaretten steigt in Spiralen zu den bunten Lichterketten unter der Decke auf. Junge Kellner in weißen Hemden und schwarzen Fliegen reichen Flaschen mit Wein und Cidre, stellen sie auf die schmutzigen Tischdecken, ein nie enden wollender Strom.

Der Tanz zu einem primitiven Lautsprecher, der abwechselnd hämmernde Popschlager in ohrenbetäubender Lautstärke von sich gibt oder die Lieder in lautem Knistern ertränkt, ist bereits seit mehreren Stunden im Gang. Nanna läßt sich bereitwillig auffordern, erleichtert darüber, daß kein altmodischer Paartanz sie zu allzu engen Umarmungen zwingt. Auf dem Tanzboden muß sie nicht reden, zu nichts anderem als der Musik und dem Rhythmus Stellung nehmen, kann es ihrem Körper überlassen, sich an die fast vergessenen Schrittfolgen zu erinnern, den Twist aus der Gymnasiumszeit, das asexuelle Hüftrollen, die Kopfwürfe.

Während der Mahlzeit konnte sie das Brautpaar beobachten. Mit wachsender Unruhe hat sie Floridas Bewegungen registriert, ihre künstlichen Lachsalven, ihre ängstlichen Augen, die Hand, die über Yves' schlaffer Faust auf dem Tisch flatterte. Yves, der stumm ein Glas nach dem anderen leert. Jetzt konzentriert sie sich auf den Tanz, löst diese Aufgabe.

Die verkratzte Platte ist zu Ende. Sie spürt plötzlich ihren Durst, findet eine Flasche mit Cidre auf einem Tisch.

Eine Hand reicht ihr ein Glas.

»Bitte schön.«

Auf Loïcs Stirn stehen Schweißperlen, sein Hemd ist über der Brust offen. Er nimmt ihr die Flasche aus der Hand und setzt sie an den Mund, leert sie in großen Schlucken.

Sie starrt seinen Adamsapfel an, der unter der braunen Haut des Halses auf und ab hüpft, er ist sonnengebräunt, hat eine dunklere Haut als die meisten anderen Männer, die sie hier trifft. Deren Haut ist eher hell oder rötlich.

Jemand stellt den Plattenspieler wieder an, eine synthetische Frauenstimme schmachtet. Loïc stellt die Flasche hin.

»Tanzen?«

Sein Arm liegt um ihrer Taille, bevor sie antworten kann. Er bewegt sich geschmeidig, führt sie durch das Gewimmel, ohne das Gedränge auszunutzen, um sich an sie zu pressen. Sie läßt sich mitziehen, atmet erleichtert auf.

Das durchdringende Geräusch eines Dudelsacks übertönt plötzlich das sentimentale Liebeslied vom Plattenspieler.

Yves bahnt sich mit seinem Instrument seinen Weg zwischen den tanzenden Körpern, er preßt seine Lippen um das Mundstück, daß sie weiß werden, pumpt den Sack unter seinem Arm. Die Klagelaute steigen zu den Dachbalken hinauf.

Er zieht sich in die hinterste Ecke des großen Raums zurück, mit geschlossenen Augen preßt er sein Instrument zu maximaler Leistung, spielt gar keine Melodie mehr. Die jammernden Töne ohne Sinn und Ziel zerreißen die Luft, er hat sich über das glänzende Holz des Instruments gebeugt, nimmt niemanden wahr.

Loïc hat sie losgelassen.

»*Il est fou.*«

Um Nanna herum hat der Tanz aufgehört, die Leute sind unruhig geworden. Sie dreht sich um und sieht Floridas verzerrtes Gesicht ein Stück weiter weg, das Gesicht eines Kindes, kurz bevor es anfängt zu weinen.

Pélinore steht plötzlich hinter Yves, sucht mit den Augen unter den stummen Zuschauern nach Hilfe.

Jemand bahnt sich den Weg durch die Menge, durchquert den leeren Raum, in dem Yves immer kleinere Kreise zieht. Benoît muß sich fast auf Zehenspitzen stellen, um Yves einen Arm um die Schulter legen zu können. Er drückt den Freund an sich, ruft ihm etwas ins Ohr.

»Yves. Es reicht.«

Die schrillen Töne des Dudelsacks versickern zu einem Jammern, die Stille dröhnt zwischen den Wänden. Vorsichtig führt Benoît den gebeugten Mann durch die Menschen. Die Leute weichen vor den beiden Männern mit abgewandten Gesichtern zurück, finden sich erneut zu stummen Paaren zusammen.

Vielleicht verschwindet das, was geschehen ist, wenn man nicht weiter darauf achtet.

Der Plattenspieler kommt wieder knisternd in Fahrt, der abgenutzte Tonkopf hackt in eine Rille. Kurz darauf hämmert die Musik rhythmisch die halb gelähmten Körper zurück in den Tanz.

Es ist schon nach Mitternacht, als Nanna sich bereitmacht, ins Bett zu gehen. Sie steht im Unterhemd am Fenster und schaut auf den menschenleeren Platz vor dem Hotel, auf die Brücke, deren Straßenlampen im Wind schaukeln. Ihr Körper summt von all den Händen, die ihn im Laufe des Tages gestreift haben, ihr Kopf surrt von dem Lärm des Tages.

Die Tide hat sich gedreht, kleine Wellen rollen über die Hafeneinfahrt, aber noch liegen die Kais öde da, die Trawler mit ihren leuchtendgrünen Nylonnetzen warten im Schatten des massiven Auktionshauses, schlafende Haustiere. Eine einsame Lampe wirft ihr blauweißes Licht über den Glaskasten mit den meteorologischen Daten, der Wind seufzt in der Takelage.

Ihr Blick wird von etwas Weißem gefangen, das sich über die Hafenbrücke bewegt, in einen Lichtkegel gleitet, wieder daraus verschwindet.

Ein Mensch. Ein Mensch in einem Kleid, an dem der Wind zerrt, eine weißgekleidete Frau, die stolpernd, halb laufend, auf dem Weg über die Brücke ist, von der Dunkelheit geschluckt wird, wieder auftaucht. Sie fällt fast vornüber auf unsicheren Beinen, kann aber ihr Gleichgewicht wiederfinden, setzt ihren schlingernden Weg aufs Hotel zu fort.

Nanna kneift die Augen zusammen, gibt sich Mühe, die Gesichtszüge zu erkennen, vertraute Merkmale. Dann sieht sie, wer die Frau ist.

Floridas Gesicht bildet ein weißes Feld im Licht der Hotellampe, ein dunkler Fleck ist auf dem bauschenden Stoff des Kleids zu sehen. Sie schwankt, fällt gegen die Tür. Noch bevor sie einen klaren Gedanken fassen kann, ist Nanna bereits aus dem Zimmer heraus, die Treppe verschwindet unter ihren hastigen Füßen. Sie muß sich am Geländer festklammern, müht sich mit dem doppelten Haustürschloß ab, bis sie es endlich öffnen kann.

»Florida.«

Die Frau schnappt nach Luft, versucht aufzustehen, kippt aber hilflos wieder nach vorn, auf die Knie, eine Betende.

Der dunkelrote Fleck breitet sich auf dem weißen Taft ihres Rocks aus, ihre engen Spitzenärmel haben rote Spritzer.

Nanna kniet neben der zusammengesunkenen Person.

»Bist du verletzt?«

Florida schüttelt den Kopf, sie versucht zu reden, doch die Worte sitzen ihr im Hals fest, sie packt Nannas Unterkleid, zieht sie zu sich heran, pustet ihr keuchend ins Ohr.

Es arbeitet in ihrer Kehle, der Kopf schüttelt sich in kurzen Krämpfen, sie zwingt die Worte hervor.

»Nanna. *Il faut venir.*«

Mit letzten Kräften kommt sie auf die Beine, zieht Nanna mit sich hoch.

»*Il faut venir.* Du mußt kommen.«

Nanna windet sich aus dem Griff der Frau. Die Novemberluft ist rauh, der feuchte Wind läßt ihre nackte Haut erschauern.

»Ich muß mir nur was anziehen.«

Florida schüttelt den Kopf, jetzt hat sie Nannas Haar gepackt, ihr Atem geht ruckweise, die Reste eines Krampfanfalls.

»Komm.«

»Warte. Ich hole den Wagen.«

Gemeinsam taumeln sie um das Haus herum. Nanna schrammt sich den Ellbogen an der gekalkten Wand, schließlich gelingt es ihr, die Garagentür aufzustemmen, sie findet die Autoschlüssel am Haken. Sie schiebt die Frau auf den Beifahrersitz, der Reißverschluß an ihrem Mieder ist halb offen, zeigt den Büstenhalterriemen, eine Furche in dem weichen Rücken.

»Wohin müssen wir?«

»Yves.« Florida zeigt nach hinten, zur schlafenden Stadt. »Nach Hause.«

Nanna lenkt den Wagen durch die leeren Straßen, die Bilder vom vergangenen Tag wirbeln an ihrem inneren Auge vorbei, die Panik in Floridas Augen, Yves' einsames Spiel, aggressiv, verzweifelt.

Neben ihr ist der Krampf aus Floridas Zunge gewichen, Nanna hört sie jetzt schwer atmen, sie trinkt die Luft in großen Zügen.

Das schwache Licht einer Straßenlampe erhellt die Hausfassade, die massiven Läden des Geschäfts sind herabgelassen, im ersten Stock stehen die Fenster offen, die Scheiben sind dunkel.

Nanna stellt den Wagen ab. Florida ist bereits auf den Fußweg gestolpert, als sie um den Wagen gelaufen ist, um ihr die Tür zu öffnen, beide zittern in dem eisigen Wind.

Die schmale Hoftür steht halb offen. Nanna tastet mit der Hand nach einem Lichtschalter, findet aber keinen, sie muß sich den Weg die abgenutzte Steintreppe hinauf mit Florida hinter sich ertasten.

Aus einem schmalen Spalt unter einer Tür sickert Licht. Sie fühlt Floridas Finger, die sich in die dünne Haut auf der Innenseite ihres Oberarms bohren und sie zurückhalten wollen, aber sie schüttelt sie ab, öffnet die knarrende Tür.

Yves befindet sich auf dem Boden, halb sitzend, halb liegend, gegen ein großes, dunkles Bett gelehnt, auf dessen weißem, besticktem Überzug sich ein Fächer dunklen Bluts ausgebreitet hat. Ein schmutziges Klappmesser liegt auf der strammgezogenen Decke. Sein nackter Körper ist schwer, weiß, lange schwarze Haare bedecken seinen Körper und die Oberarme, die Bartstoppeln wirken wie eine dunkle Zeichnung in dem schneeweißen Gesicht. Zwischen seinen Beinen sieht Nanna eine glänzende rote Masse, zwischen den Fleischfetzen und Hautresten auf dem Boden vor ihm liegt etwas, das in dem sickernden Blut aussieht wie ein kleines Ei.

Ihr Magen zieht sich zusammen, pumpt Magensäure hoch. Sie bekämpft die Übelkeit und wendet sich Florida zu, die in der Tür stehengeblieben ist und Yves mit hängenden Armen anstarrt, hypnotisiert.

»Was ist passiert?« Sie schüttelt die junge Frau, sucht Blickkontakt zu den aufgerissenen Augen. »Wer hat das gemacht?«

Florida schüttelt den Kopf, zeigt auf Yves, den das Geräusch von Nannas Stimme geweckt hat. Sein Kopf fällt nach hinten, seine Gesichtsmuskeln erzittern, aber die Augen bleiben geschlossen.

»Er selbst?«

Florida nickt. Ihr Körper zittert, der Atem kommt in schweren Schüben.

»Wir brauchen Hilfe.«

Nanna war noch nie in der Wohnung über dem Kaufmannsladen, sie weiß nicht, wo das Telefon steht, weiß nicht, wen sie anrufen soll, wenn sie es findet.

»Ich habe angerufen.« Florida stößt die Worte heraus. »Loïc kommt.«

Loïc ist unterwegs. Sein sehniger Körper in der eng anliegenden Hose, seine funkelnden braunen Augen unter den Stirnlocken. Er stellt eher eine Bedrohung als eine Sicherheit dar, aber im Augenblick gibt es keine Alternative.

Florida ist neben Yves auf die Knie gesunken, streicht mit den Fingerspitzen über seinen schlaffen Arm. Das Taftfutter ihres Rocks wischt durch die Pfütze auf dem Boden, aber sie bemerkt es nicht, streichelt mit ungeschickten Fingern Yves' Schulter, seine Brust.

»Wo sind deine Sachen?«

Der große Kleiderschrank am hinteren Ende des Zimmers riecht nach Mottenpulver. Nanna sucht zwischen den Bügeln, findet einen Wollrock, eine Bluse.

Hinter Florida kniend, zieht sie ihr das Kleid über die Schultern, schiebt die Arme in die saubere Bluse.

»Versuch mal aufzustehen.«

Das weiße Kleid rutscht über die Hüften der jungen Frau, eine knisternde Wolke, verbirgt den Blutfleck auf dem Boden. Nanna legt die Arme der Frau um ihren Hals, läßt sie in den Rock steigen, stützt ihren schwankenden Körper.

Einen Moment lang stehen sie aneinandergelehnt da, unsicher, ein Kartenhaus.

Eine Autotür schlägt unten auf der Straße, laufende Schritte nähern sich auf der Treppe.

Loïcs Stimme.

Florida läßt sie los, stolpert zur Tür, wirft sich dem Mann in die Arme.

»Loïc.« Ein Schluchzen. *»Il faut que tu m'aides.«*

»Immer mit der Ruhe.« Loïc befreit sich aus ihrer Umklammerung.

»Der Krankenwagen ist unterwegs. Ich fahre mit ihm zum Krankenhaus.«

Er wirft Yves einen Blick zu, schiebt das Brautkleid mit einer Schuhspitze zur Seite, zuckt mit den Schultern.

»Nein.« Floridas Gesicht verzerrt sich, ihre Stimme hat ihre Kraft wiedergefunden. »Ich fahre mit.«

»Bist du sicher, daß du das allein schaffst?«

Loïcs Stimme klingt skeptisch.

»Ich will.«

Floridas rundes Gesicht ist fest und entschlossen. Mit zitternden Fingern knöpft sie sich die Bluse zu, zieht sie über den Hüften glatt.

»Ich will«, wiederholt sie.

Der Krankenwagen ist um die Ecke verschwunden. Die Straße ist wieder leer, mit ihren blinden Hausfassaden unter den schwankenden Schatten der Straßenlampen.

Nanna steht in der Türöffnung, der Autoschlüssel hängt immer noch in ihrer Hand, sie zittert vor Kälte und überstandener Anspannung. Sie hat vergessen, wie sie gekleidet ist, da bemerkt sie Loïcs Augen auf ihrer nackten Haut.

»Du frierst. Laß uns reingehen.«

»Es ist wohl besser, ich fahre nach Hause.«

Sie geht einen Schritt auf den Wagen zu, der mit einem Vorderrad auf dem Bürgersteig ein paar Meter entfernt steht, aber die Beine knicken ihr weg, und sie macht ein paar ziellose Schritte, bevor sie Loïcs Hand unter ihrem Ellbogen spürt.

»Setz dich erst einen Augenblick hin, bevor du nach Hause fährst.«

Zögernd läßt sie sich die Treppe hinaufführen, in eine Stube, in der es beklemmend nach Polstermöbeln und reifem Obst riecht. Loïc dirigiert sie auf ein Sofa, schiebt ihr ein Kissen in den Rücken. Eine Straßenlampe wirft Lichtstreifen in den dunklen Raum.

Selbstsicher schaltet Loïc eine schiffsförmige Holzlampe an, die in der hintersten Zimmerecke auf einem kleinen Fernseher thront.

»Er ist geisteskrank, mein Schwager.« Seine Stimme stellt das nüchtern fest. »Seit er aus Algerien zurückgekommen ist, ist er *dingue.*«

Er tippt mit dem Finger an die Schläfe, verzieht sein Gesicht.

»Keiner will das wahrhaben. Florida plappert nur von der Hochzeit und von Kindern, als ob das etwas helfen würde. Hier.«

Er hat eine Flasche und Gläser in einem Wandschrank gefunden, schenkt ihnen beiden ein. Nanna nimmt einen Schluck von der brennend starken Flüssigkeit, versucht ihr Zittern zu beherrschen.

»Du hast ihn ja heute gesehen. Das ist doch nicht normal. Und dann das hier.«

Ein Achselzucken. Loïc hebt die Flasche.

»Noch einen?«

Nanna schüttelt den Kopf. Ihre Zähne klappern, sie kann ihren Körper nicht mehr kontrollieren, der Magen zieht sich in kleinen Krämpfen zusammen.

Loïc hat sein Glas geleert und setzt sich aufs Sofa dicht neben sie. Sie will zur Seite rutschen, sitzt aber fest in den stumpfen Velourskissen. Sie krümmt sich unter dem Arm, der sich um ihre Schulter legt, macht sich steif in seinem Griff.

»Jetzt bleiben wir hier ein bißchen sitzen.«

Seine Hand streicht über ihren Nacken, rutscht weiter über die Schulterblätter, massiert mit sicheren Bewegungen ihren schmerzenden Rücken.

»Versuch dich zu entspannen.«

Sein Geruch ist säuerlich vom Schlaf, der Hauch von halb verdautem Alkohol läßt sie das Gesicht abwenden.

»Frierst du immer noch?«

Sie nickt, schluchzend. Loïcs wollene Jacke kratzt auf ihrer Haut, aber die tröstende Wärme seines Körpers hängt noch in dem Stoff. Sie lehnt sich zurück und spürt, wie die Spannung von ihr abfällt.

»Ich wußte nicht, wer du bist, als ich dich im Sommer gesehen habe.«

Die Stimme hat ihre Tonart gewechselt, das Schnelle, Zielstrebige ist verschwunden, hat einer Intimität Platz gemacht, die ihre Verteidigungsbereitschaft aufs neue weckt. »Du warst so schön, das war alles.«

Seine Hand schiebt sich unter die Jacke, fährt fort mit den massierenden Bewegungen.

»Und das bist du immer noch.«

Die Bewegungen seiner Hände sind ruhig, nur so weit insistierend, wie es die Massage erfordert.

Sie versucht ihr Mißtrauen zu dämpfen, Loïc ist verheiratet, sie hat ihn mit Frau und Tochter gesehen, der gute Familienvater, sie redet sich ein, daß sie es wagen kann, einfach sitzen zu bleiben, passiv empfangend unter seiner Hand.

Die Wärme breitet sich in ihrem Körper aus, die schmerzenden Knoten ihrer Magenmuskeln lösen sich, und sie streckt die Beine aus, läßt den Atem mit einem kleinen Seufzer frei.

»Geht's dir jetzt besser?«

Sie nickt, schließt die Augen. Die Hand legt sich wieder um ihren Nacken, die Handfläche fühlt sich hart an, voller Hornhaut, die Finger zupfen an ihrer Nackenhaut. Eine andere Hand schiebt sich unter die Jacke, legt sich vorsichtig um ihre nackte Schulter.

»Komm.«

Sie will aufstehen, aber die Hitze seines Körpers und seine Hände halten sie fest, der einzige zugängliche Trost.

Sich in das grabkammerkalte Auto zu setzen, heimzufahren in das dunkle Hotel, in dem niemand wach ist, sich zwischen die winterklammen Laken zu legen mit den erschreckenden Resten des Tages im Körper, erschöpft und allein, diese Möglichkeit scheidet jetzt aus. Sie läßt sich unter seinem Gewicht nach hinten sinken, empfängt seinen fordernden Körper, seine bohrende Zunge, seine ferne Lust, ein Unwetter in weiter Ferne, sie ist eine andere.

»Kannst du allein fahren?«

Loïc hat ihre feuchten Spuren mit einem Handtuch von einem Haken am Tisch entfernt. Sie haben vermieden, einander anzusehen, und nach der stummen Zusammenkunft auf dem Sofa ist kein Wort gewechselt worden. Jetzt stehen sie auf dem Bürgersteig unten vor dem Haus.

Loïcs Jacke hängt immer noch um Nannas Schultern.

»Ich muß hoch und versuchen, das Schlimmste wegzukriegen. Sie soll nicht in das Chaos zurückkommen müssen.«

»Natürlich nicht.«

Nanna nimmt die Jacke ab, reicht sie ihm, ohne sich umzudrehen, geht die wenigen Schritte zum Auto.

Loïc folgt ihr.

»Das ist doch okay, oder?«

Er streckt die Hand aus, will sie berühren, aber sie sitzt bereits im Auto. Die Hand landet auf der Autotür, hindert sie daran, diese zuzuziehen.

»Wir können uns wiedersehen. Ich habe einen Anteil an einem Boot hier gekauft, nächsten Monat fange ich an zu fischen. Da ist Geld zu holen.« Er schnalzt mit der Zunge mit einer selbstsicheren Miene.

»Ich weiß, wo ich dich finde.«

Die Autotür klappt zu. Loïc hängt sich die Jacke über eine Schulter, stopft einen Hemdenzipfel in die Hose. Im Rückspiegel sieht Nanna, daß er stehenbleibt, bis sie um die Ecke gebogen ist.

Die letzten Gäste des Nachmittags entfernen sich langsam aus der Bar, auf dem Weg zur samstagabendlichen Mahlzeit im Schoß der Familie. Nanna räumt routiniert die Tische ab, wischt Flecken ab und leert die Aschenbecher mit geübten Bewegungen.

Die Hochzeit liegt bereits einige Wochen zurück. Die Unterhaltungsfetzen, die sie in der Bar aufgefangen hat, haben noch nichts über Yves' Schicksal verraten. Florida hat nichts von sich hören lassen, und ihre eigene Scheu hat Nanna von einem Kontaktversuch abgehalten.

Loïc hat sie nicht mehr gesehen. Ein Teil von ihr wartet darauf, daß seine braunen Augen plötzlich die ihren treffen, auf der Straße, in der Bar, ihre ständige nervöse Wachsamkeit gleicht der Vorbereitung auf eine mögliche, aber schwer zu definierende Katastrophe.

Die Szene auf dem Sofa in der stickigen Stube hat sie in eine abgeschiedene Ecke ihres Bewußtseins verbannt, in der sie ihr dunkles Leben in Gesellschaft mit einer gemischten Auswahl anderer peinlicher Episoden fristet.

Benoît rutscht unruhig hin und her, als Nanna erneut an seinem Ecktisch vorbeigeht, an dem seine rituelle halbe Stunde fast vorbei ist.

»Nanna.« Benoît hat die Hand vom Bierglasstiel genommen. »Kann ich mit dir sprechen?«

Seine Stimme klingt gepreßt, er meidet ihren Blick.

»Natürlich.«

Sie wischt mechanisch ein paar verschüttete Tropfen von der Tischplatte, gibt sich Mühe, neutral, freundlich zu klingen.

»Ich meine, nicht hier.«

Die Haut unter den Sommersprossen ist hellrot. Die Augen hinter dem Metallgestell der Brille funkeln feucht, er befeuchtet seine Unterlippe mit der Zungenspitze. Seine Nervosität hilft Nanna, ihre eigene Verwirrung zu bekämpfen.

»Wir können ins Büro gehen.«

Sie geht voran, durch die halbdunkle Lobby, bietet Benoît einen Stuhl an. Sie selbst bleibt vor dem Fenster stehen, lehnt sich gegen den Fensterrahmen.

Benoît hat die Brille abgenommen, putzt sie in einem karierten Taschentuch, ausgiebig.

»Es geht um Yves«, sagt er. »Oder besser gesagt: Es geht um Florida. Sie hat mich gebeten, mit dir zu reden.«

»Hat sie dir erzählt, was passiert ist?«

Die kurzsichtigen Augen werfen ihr einen schnellen Blick zu. Dann setzt er die Brille wieder fest auf den Nasenrücken, auf dem die dünne Haut vom Metall abgescheuert ist, legt die weichen Bügel auf die Ohren.

»Yves ist im Krankenhaus. Im psychiatrischen Krankenhaus. Ich habe ihn besucht, aber er wollte nicht mit mir reden. Er redet mit niemandem, sitzt einfach nur so da.« Benoît seufzt. »Als ich da war, sind ihm die Tränen einfach die Wange runtergelaufen, er hat sie nicht einmal abgewischt.«

»Was kann ich tun?«

Plötzlich sieht Benoît sie direkt an, so daß sie ihren Kopf abwenden muß. Es ist das erste Mal seit der unglückseligen Sommernacht in seinem Haus, daß sie allein ist mit ihm, sie weiß zuviel.

»Florida glaubt, daß er mit dir reden will. Da ist was mit Yann.«

Benoît zupft an einem Faden, der sich aus seinem Wollpullover gelöst hat, dreht ihn zwischen den Fingern.

»Wie geht es ihr jetzt?«

»Du weißt ja.« Benoît zuckt mit den Schultern. »Sie ist stark, sie wird es überleben. Aber sie versteht nichts von dem, was da passiert ist. Sie hat mich gebeten, sich für sie bei dir zu entschuldigen.«

»Da gibt es doch nichts zu entschuldigen. Sie hätte nicht mit ihm allein bleiben können.«

Die Erinnerung an die Schreckensnacht kommt wieder hoch. Floridas verängstigter Blick, der Drang, sie zu beschützen, alles zum Besten zu regeln, aber auch die Lähmung, die Verzweiflung.

»Ich kann dich hinfahren, wenn du willst.« Er macht eine kleine Pause. »Morgen?«

Jemand hat die Hand nach ihr ausgestreckt, jemand braucht sie, ganz gleich, was auch von ihr verlangt wird, sie muß ihr Bestes tun.

»Morgen.«

Die letzten Rosen im Garten des Krankenhauses leuchten in der tiefstehenden Sonne, als Nanna den Plattenweg zu dem eleganten Sandsteingebäude hinaufgeht, ein Märchenschloß hinter hohen Gittern.

Einige Patienten in verwaschener blauer Kleidung fegen unter den Kastanienbäumen Blätter zusammen, ein paar Nonnen in schwarzen Trachten eilen zu der holzgeschnitzten Tür, neben der ein altmodischer Glockenstrang messingblank im zarten Novemberlicht strahlt. Die Tür geht auf und schließt sich hinter ihren weißen Hauben wieder.

Die Autofahrt mit Benoît hat Nanna wegen des gekünstelten formalen Tons und der höflichen Fragen angestrengt. Sie bereut fast schon, daß sie sich zu dieser Mission bereit erklärt hat, deren Ziel ihr so unklar erscheint, daß es ihr angst macht.

Benoît wartet in einem Café in einer Seitenstraße auf sie. Seine und Floridas Erwartungen an sie prickeln ihr im Nacken, sie streckt sich, zieht an dem Messinggriff.

Ein Frauengesicht, eingerahmt in Weiß, zeigt sich in der kleinen Luke in der Tür.

»Besuch für Yves Cornou. Madame Le Braz.«

Die Luke klappt wieder zu. Der Türsummer dröhnt so laut, daß Nanna zusammenzuckt. Sie öffnet die schwere Tür und befindet sich auf einem Flur, dessen abgetretener Steinboden hier und da nasse Flecken aufweist. Ein Eimer, aus dem ein langstieliger Mop herausragt, versperrt ihr den Weg.

Das zarte Gesicht unter der Nonnenhaube ist freundlich und jung, die Augen sehen Nanna mitleidig an.

»Hier entlang bitte.«

Lautlos schiebt sie den Eimer zur Seite, huscht auf weichen Schuhen vor Nanna den Flur entlang, auf einen Nebengang zu.

Vor einer hohen, weißgestrichenen Doppeltür streckt sie die Hand aus, um Nanna die Blumen aus der Hand zu nehmen.

»Wir stellen alle Blumen immer in den Aufenthaltsraum.« Der Hauch eines Lächelns in den ernsten, hellgrauen Augen. »In den Zimmern kann so leicht etwas damit passieren. Aber wenn Sie sie Monsieur Cornou lieber selbst geben möchten, können Sie das natürlich tun.«

Nanna reicht ihr stumm den Strauß. Die Blumen waren ihr Strohhalm, sie hatte nicht gewußt, was sie sonst hätte mitbringen können, und sie mag nicht mit leeren Händen kommen.

Die Nonne öffnet mit einer vorsichtigen Bewegung die Tür, schaut durch den Türspalt hinein, bevor sie sie ganz aufschiebt.

Das Sonnenlicht, das durch die hohen Fenster hereinfließt, bildet einen blendenden Kontrast zu dem dunklen Flur, und zunächst sieht Nanna die massige, zusammengesunkene Gestalt auf dem Lehnstuhl nicht, der mit dem Rücken zur Tür vor dem Fenster steht.

»Monsieur Cornou.«

Die sanfte Stimme der Nonne bewirkt, daß sich die Gestalt halb aufrichtet, Nanna kann den vertrauten Nacken sehen, das schwarze, glatte Haar, bevor sie wieder auf dem Wachstuchbezug des Sessels in sich zusammensinkt.

»Sie haben Besuch.«

Die Nonne hat eine Hand auf den blaugekleideten Arm gelegt, nickt Nanna freundlich zu.

Das Gesicht, das sich ihr zuwendet, ist bleich unter den Rußflecken der Bartstoppeln, die Haut ist schlaff, das Gesicht eines Greises. Die starren Augen sehen an ihr vorbei, ohne ein Zeichen des Wiedererkennens.

»Ich bin's, Yves, Nanna.«

Ihre Stimme ist ein lautes Flüstern, was sie selbst verwundert.

Die Nonne tritt einen Schritt zurück.

»Ich verlasse Sie jetzt.« Sie zeigt auf die Klingelschnur über dem nahe stehenden Bett. »Wenn Sie etwas brauchen, können Sie klingeln, nicht wahr, Monsieur Cornou?«

Sie spricht den Namen mit pedantischer Sorgfalt aus, die Worte rollen über ihre wohlgeformten Lippen, kleine, hüpfende Perlen. Dann nickt sie zu dem harten Stuhl, der mit dem Rücken zur Fenstervertäfelung steht, und verschwindet mit dem leisen Rauschen schwerer Stoffe zwischen den strammgezogenen roten Wolldecken der Eisenbetten, erfrischende Farbkleckse in dem kühlen, hohen Raum.

Sie sind allein im Zimmer, allein mit der Stille und dem Geräusch einer Stimme, die irgendwo im Gebäude ein kleines, klagendes Lachen vernehmen läßt.

Nanna zögert, bleibt hinter dem Stuhl stehen.

»Setz dich.«

Yves' Stimme klingt befehlend, verzerrt im Verhältnis zu der Stimme, die ihr von ihren früheren Begegnungen her vertraut ist. Er hebt seine Hand, winkt sie auf den freien Platz, ungeduldig.

Sie setzt sich auf die äußerste, harte Kante des Holzstuhls, sucht nach den passenden Worten. Aber Yves kommt ihr zuvor:

»Sag Yann, daß er sich irrt.«

Das Gesicht verzieht sich zu einer Fratze des Ekels. Yves beugt sich über seine mit einer Decke umwickelten Beine nach vorn, er streckt eine breite Hand vor und ergreift die ihre.

»Du mußt zuhören.«

Wieder ein Befehl. Er zieht sie zu sich, und sie traut sich nicht, sich zu wehren, läßt ihre Hand in seinem Griff, versucht trotzdem die Balance auf der Stuhlkante zu behalten.

»Sie schlafen. Sie gehen mit ihrer Familie spazieren. Sie harken die Blätter zusammen. Sie waschen sich. Sie essen. Sie schlafen, nachts, sie schnarchen. Schlafen und schlafen. Das empfinden sie als Abenteuer.«

»Ich verstehe nicht.«

»Du verstehst nicht.«

Yves hält ihre Hand fest. Es tut ihr in den schmächtigen Knochen weh, aber sie beißt die Zähne zusammen.

»Achtzehn Jahre.« Die Stimme neben ihr gerät ins Haspeln.

»Achtzehn Jahre. Ihre Haut, ihr Haar, achtzehn Jahre, ihre Brüste.«

Ein trockenes Schluchzen verschluckt die letzten Worte.

»Das Blut ist achtzehn Jahre alt, alles ist Blut, unter ihr. Unter uns.«

Die Worte kommen immer schneller, überschlagen sich. »Sie haben mich nicht gezwungen. Ich habe mitgemacht. Ein Ritter.«

Yanns Briefe, die sie wie Kleinode hütet, sich aber nicht zu lesen traut. Die Schande, die sie nicht verarbeiten kann, die sie auf Abstand halten muß, verblaßt im Licht der Wirklichkeit, die Yves ihr jetzt entgegenschleudert.

»Sie mußten mich gar nicht zwingen. Ich hatte sie gesehen. Ihre Haut, ihr Haar. Ihre Augen, ihren blutigen Mund. Ihre Brüste.«

Er hält einen Augenblick inne, ringt nach Atem.

»Ich hatte Blut an meinen Händen.«

Er stöhnt, ringt mit einem schluchzenden Geräusch wieder nach Atem.

»Das konnte nicht abgewaschen werden.«

Er hat ihre Hand losgelassen, aber bevor es ihr gelingt, sie an sich zu ziehen, greift er wieder danach.

»Ich habe geweint, als sie mir gesagt haben, daß sie tot war. Sag das Yann. Daß man das nicht als Abenteuer ansehen kann.«

Nanna spürt das Weinen in ihrem eigenen Hals. Das ist schlimmer als alles, was sie sich vorgestellt hat, nichts schützt sie dagegen, in diese dunkle Spirale hineingesogen zu werden, immer weiter hinab. Sie will aufstehen, zwischen den blutroten Decken auf den Betten entlanglaufen, hinaus in die klare Luft des Novembertags, fliehen vor den Gespenstern des Grauens in diesem eiskalten Raum, aber ein lähmendes Pflichtgefühl bindet sie am Stuhl fest.

Florida zuliebe. Yann zuliebe.

»Yann«, hört sie sich selbst sagen. »Yann ist tot.«

»Yann ist tot.« Die Stimme wiederholt mechanisch ihre Worte. »Er hat das wie ein Abenteuer angesehen.«

Ein rauhes Lachen. Sie will nicht noch mehr hören.

Früher einmal hat sie Yann versprochen, nie wieder Raupen zu essen.

»Laß meine Hand los«, sagt sie leise, als versuchte sie, ein Kind mit Worten zur Vernunft zu bringen. »Ich möchte gehen.«

Sein Gesicht ist ganz nah an ihrem, sie sieht den aufgesprungenen, verkniffenen Mund, die Haut, die Kälte ausstrahlt.

»Ich werde dich schon gehen lassen.«

Seine Hand öffnet sich. Die rotunterlaufenen Augen suchen ihre, jetzt flehentlich. Sie könnte sich jetzt von ihm befreien, aber die Trauer in seinem Gesicht läßt sie zögern.

Er kann ruhig ihre Hand nehmen, Vergebung, was er nur will, niemand sollte das, was er trägt, allein tragen müssen.

Aus einer plötzlichen Eingebung heraus fragte sie: »Weiß Florida davon?« Seine Gesichtszüge lösen sich auf, aber sie spricht trotzdem weiter. »Vielleicht wäre es am besten, wenn sie davon erfährt.« Sie weiß nicht, ob sie das wirklich glaubt. Auch sie selbst ist nicht glücklich über die Geheimnisse, die die Leute ihr aufzwingen, Pélinore, Florida, Yves.

Yves schüttelt den Kopf.

»Nein.« Zum erstenmal während ihres Gesprächs klingt seine Stimme so, wie sie sie in Erinnerung hat. »Das wäre nicht am besten.«

Er steht auf und schaut ihr nach, als sie sich zur Tür wendet. Die Decke ist vor dem Sessel auf den Boden gerutscht. In seiner blauen Krankenhaustracht sieht er aus wie ein Gefangener.

Dezember 1966 – Juni 1968

Kopenhagen, den 16.12.1966

Nanette,

meine Tochter wird zu einer Modepuppe, dank Dir! Sie ist letzte Woche vier Monate alt geworden und wurde laut schreiend auf Mutters Schoß verewigt, gekleidet in Deine französischen Spitzen. (Du kriegst auch noch ein Foto, wenn Gustav jemals den Film entwickelt haben wird – er muß sich immer erst alles gründlich überlegen, bevor er etwas in Angriff nimmt, was sicher sehr klug ist auf der Inneren Abteilung, auf der er im Augenblick arbeitet, aber ab und zu Wutausbrüche an der Heimatfront provoziert). Nun ja, Du mußtest ja auch monatelang auf diesen Brief und die netten Details von der Ankunft des Schnuckelkindes auf dieser Welt warten.

Aber um eine lange Geschichte kurz zu machen: Ich bin keine Heldin. Ich habe geschrien und gejammert, auf allen Formen von Betäubung bestanden, der Hebamme mit Schlägen und gerichtlichen Folgen gedroht. Gustav hat versucht sich unsichtbar zu machen, ist die ganze Zeit rausgeschlichen, um zu rauchen und kam dann schlecht riechend wieder. Was mich dazu gebracht hat, mich zu übergeben, daß ich die ganze Gegend bespritzt habe. Nicht sehr appetitlich. Endlich hat es dann doch plop gesagt, trotz Mutters Protesten, und da war sie. Ganz reizend, was mich überrascht hat. Rund wie eine Putte, dunkles Seidenhaar. Gustav und die in mehr als einer Hinsicht weichgekochte Mutter stießen mit dünnem Tee an. Prompt übergab die Mutter sich wieder und forderte daraufhin Champagner! Und danach lief alles gut.

Bis das Kind getauft werden sollte und ich beschlossen hatte, daß sie Freude heißen sollte. Freude ist uns heut' geboren usw. Freude, daß ich sie hingekriegt hatte, Freude, weil sie so niedlich war und so süß an meiner Brust nuckelte und mich mit ihren mystischen Augen anguckte, wenn ich ihre ekligen Windeln wechselte. Pastor Pedersen, dieser alte Narr (den Gustav aus dem gleichen Grund den »Priesterteufel« taufte), sagte nein. In Dänemark kann man nicht Freude heißen, auch wenn man genau das ist, und das, obwohl englische Damen seit Jahrhunderten Faith, Hope und Joy heißen. Ich erspare Dir lieber, was darauf folgte, stelle nur fest, daß meine Tochter jetzt Cecilia heißt, nach der Oma väterlicherseits, Leijonhufvud. Cecilia, genannt Sille, mit Spitznamen Ceculja, auch genannt das brüllende Monster, denn zu so einem hat sie sich entwickelt, also ist der Name vielleicht doch ganz in Ordnung. Doktor Fog sagt, sie ist ein Kolikkind, und das würde schon vorbeigehen. Hoffen wir's. Gustav hat jede zweite Nacht Dienst, Du kannst also raten, wer im Schlafzimmer auf und ab rennt.

Nanna, ich eigne mich zu dem hier nicht besonders. Du

wärst viel, viel besser darin. Aber während ich Dir das schreibe und mir fast Streichhölzer in die Augen schieben muß, um sie offen zu halten, ist es mir richtig peinlich, daß ich so undankbar bin, habe ich doch einen lebenden Mann und eine lebende Tochter und meine ganze bucklige Familie um mich, die mir gute Ratschläge gibt und mir anbietet, mir ein Kindermädchen zu bezahlen.

Ich denke an Dich und Dein Hotel an dem rauhen Meer und an die Einsamkeit dort, an alle Entscheidungen, ich denke an das Arbeitsverhältnis mit Deiner mürrischen Schwiegermutter, und ich beneide Dich. Werde nicht sauer deshalb. Es gibt keine Gerechtigkeit hier auf Erden, und ich wünschte, ich könnte Dir Yann und Dein eigenes Kind zurückgeben. Nein, am liebsten möchte ich mir wünschen, ich könnte die Zeit zurückdrehen, und wir wären wieder siebzehn und hätten alle Möglichkeiten noch vor uns.

Beethoven hat heute Geburtstag, weißt Du, und wenn Du manchmal da draußen am Meer Musik hörst, dann tausche ihn mal gegen die neueste Platte von den Beatles und laß Dir davon das Hirn durchpusten. Das hilft mir zu überleben, wenn Sille sich ganz schlimm aufführt. Revolver. Die reine Poesie.

Schreib mir, wenn Du Zeit hast. Ich vermisse Dich. Ich würde Dich gern sehen. Vielleicht im Sommer? Bis dahin, »wirklich gesegnete Feiertage«, wie der Priesterteufel sagt. Fröhliche Weihnachten, amen, wie ich sage.

Viele Grüße von Mette

Ich soll Dich bestimmt von Gustav grüßen, der einen Wochenenddienst im Gästezimmer ausschläft.

Guiffelec, 4.1.1967

Liebe Mette,
vielen Dank für Deinen Brief, der hier lag, als ich von einem Krankenbesuch nach Hause kam. Yanns Freund Yves, einer von denen, der dunkle, die auf unserer Hochzeit Musik gemacht haben, ist in die Psychiatrie eingeliefert worden, und auch wenn ich ihn nicht besonders gut kenne, wollte ich ihn besuchen, Yann zuliebe. Ich weiß nicht, ob Du das verstehst,

ich verstehe es kaum selbst, aber so empfinde ich es nun einmal. Seine Frau braucht auch dringend jemanden, mit dem sie reden kann, die beiden haben gerade erst geheiratet (die ganze Geschichte ist ziemlich verzwickt). Deshalb gehe ich ein paarmal in der Woche rüber zu ihr und trinke einen Kaffee mit ihr. Sie kümmert sich zusammen mit Yves' Mutter um ihren (Lebensmittel-)Laden, die Mutter ist Witwe, es ist also so ähnlich wie bei mir.

Es ist schon merkwürdig, daß ich plötzlich so eine geworden bin, der die Leute ihr Herz ausschütten. Ich sitze nur da und höre zu, ich rede selbst nie besonders viel (Du kennst mich ja), deshalb verstehe ich gar nicht, was ihnen das eigentlich bringt.

Im Hotel sind im Augenblick fast gar keine Gäste, nur sonntags zur Essenszeit ist das Restaurant voll. Im Laufe der Woche sind vielleicht drei, vier Zimmer vermietet, es ist also still und ruhig. Lucienne kümmert sich um das Servieren und die Zimmer, meine Schwiegermutter zieht sich mit der Buchführung zurück, und ich kümmere mich nachmittags um die Bar, das gefällt mir am besten.

Wir haben einen neuen (jungen) Koch, der wirklich gut ist, der alte hat so viel getrunken, daß er schon zum Risiko wurde, deshalb mußten wir ihn schließlich rausschmeißen. Einmal hat er den ganzen Salztopf in die Fischsuppe gekippt, und wir können es uns nicht leisten, durch so etwas unsere Gäste zu verlieren. In der Zeit, bis wir den neuen einstellen konnten, mußten wir selbst kochen. Wir waren außerdem jeden Nachmittag auf der Fischauktion und haben eingekauft. Der alte Koch hat immer nur angerufen und die Waren bestellt, ich glaube, er hat uns auch übers Ohr gehauen. Ich habe jetzt gelernt, Austern zu öffnen, die ersten Tage hatte ich reichlich Schnitte an den Fingern, bis ich genug Übung hatte.

Danke für die Bücher, ich möchte gern soviel Dänisch wie möglich lesen, wo ich es doch nicht sprechen kann. In der Zeitung schreiben sie so gut wie nie etwas über Dänemark. Wir haben jetzt einen Fernsehapparat, er steht in der Bar und redet die ganze Zeit, aber das auch nur auf französisch. Ich habe schon angefangen, auf französisch zu träumen.

Jetzt war ich schnell in der Küche und habe mir eine Tasse

Kaffee geholt, und als ich zurückgekommen bin und noch einmal durchgelesen habe, was ich geschrieben habe, mußte ich feststellen, daß es sich nur um Kleinigkeiten handelt (das mit Yves ist natürlich keine Kleinigkeit, aber trotzdem). Aber mein Alltag ist nun einmal so.

Wenn ich nicht arbeite, muß ich mir die ganze Zeit etwas suchen, um mich zu beschäftigen, sonst kommen die Erinnerungen, und ich kann nicht schlafen. Und wenn ich nicht schlafe, kann ich nicht ordentlich arbeiten. Ich vermisse Yann jeden einzelnen Tag, aber ich muß ja auch mein eigenes Leben leben.

Ich habe etwas getan, was mir sehr peinlich ist. Ich war mit einem Mann zusammen. Das war jemand, der mir nicht wichtig ist, und ich habe es nur gemacht, weil ich erschöpft und einsam war. Das klingt wie eine schlechte Entschuldigung, aber ich glaube, Du kannst es verstehen. Er ist danach noch ein paarmal aufgetaucht, in der Bar, aber mehr ist nicht daraus geworden. Er ist verheiratet, aber selbst wenn er das nicht wäre, glaube ich nicht, daß ich mich ganz auf ihn einlassen würde. Er ist einer von den flirtenden Typen, und das hat mich schon immer unsicher gemacht. Ich fühle mich wie eine Kuh, wenn ich dastehe und nicht weiß, was ich sagen soll. Außerdem vergleiche ich immer gleich automatisch. Er ist Fischer, d. h. früher hat er in der Gärtnerei seines Vaters gearbeitet, aber jetzt ist so viel Geld mit Fischfang zu verdienen, daß alle, die es sich leisten können, sich einen Anteil an einem Boot kaufen und mit Bekannten rausfahren. Es werden Häuser gebaut und instand gesetzt, in den letzten Monaten sind mehrere neue Geschäfte in der Stadt eröffnet worden, und die Leute bestellen teurere Menüs.

Ich freue mich auf ein Foto von Cecilia. Welche Haarfarbe wird sie kriegen? Gustav sieht auf dem alten Foto blond aus, obwohl er nasse Haare hat. Ich habe letztens mein altes Fotoalbum hervorgeholt, da war ein Foto von Dir und mir, auf dem wir oben in dem Apfelbaum sitzen, mit den Abitursmützen auf dem Kopf, kannst Du Dich daran erinnern? Ich kann mir gut vorstellen, wie anstrengend es ist, wenn sie die ganze Zeit weint. Du brauchst kein schlechtes Gewissen zu haben. Das bringt mir auch nichts zurück. Manchmal ist mir, als wäre alles damals nur ein Traum gewesen, und das jetzt hier ist das einzige Leben für mich, das jemals existiert hat. Klingt das verrückt?

Meine Schwiegermutter ist vor ein paar Monaten fünfzig Jahre alt geworden, aber sie wollte das nicht feiern. Sie hat keine weitere Familie, nur Mémé und mich. Ich habe ihr so ein Seidenhalstuch gekauft, wie sie Deine Mutter immer hatte. Ich glaube, sie hat sich darüber gefreut, jedenfalls hat sie es schon ein paarmal umgebunden. Sie sagt ja nichts! Ich habe noch nie einen Menschen getroffen, der so schwer danke sagen kann. Aber sie ist verdammt tüchtig in allem, was das Hotel betrifft. Ich bewundere sie, daß sie das alles die vielen Jahre hindurch allein geschafft hat. Ich lerne viel von ihr.

Wir wollen später zusammen essen, es ist Sonntag abend, und wir haben das Restaurant geschlossen, das ist etwas, was wir erst seit kurzem tun. Dann machen wir uns etwas Leckeres aus dem, was in der Küche von den Gästeessen übriggeblieben ist. Mémé kommt rüber, und wir teilen uns eine Flasche Muscadet. Das war der Wein, den Yann am liebsten mochte. Wir sprechen nicht von ihm, wir reden über alltägliche Dinge, und das ist auch gut so.

Schreib, wenn Du Zeit dazu hast. Grüße Gustav von mir, auch wenn er mich nicht kennt, und gib der kleinen Freude (ich finde, das ist ein schöner Name) einen Kuß.

Viele liebe Grüße
Deine Nanna

Kopenhagen, den 4.2.1967

Nannchen (das sieht besser aus ohne Umlaut),
Du hast in Deinem letzten Brief nichts von Weihnachten geschrieben, danke dafür. Ich meine: Danke für den Brief, und danke, daß Du nichts über Weihnachten geschrieben hast. Ich war auf hunderterlei Arten zwangsverpflichtet, Weihnachten zu feiern, schwedisch, dänisch, Schinken und Gans, Grütze und Weihnachtsessen, Lutefisch (!) und ekliges süßes Brot, das mein vornehmer Schwiegervater in einer großen Suppenterrine rumrührte und schlürfend in sich reinschaufelte. Die ganze bucklige Verwandtschaft (Gustav sagt immer, die dickwänsti-

gen Verwandten, was total witzig klingt, wenn man sich dabei das hagere Diplomatenpaar vorstellt) bestand darauf, daß wir sie besuchen mußten, das Enkelkind wurde von hinten und vorne begutachtet und mit Eideidei und Tütütü bedacht. Sie kriegte einen ganzen BERG an Geschenken. Ein vier Monate alter Säugling. Absurd.

Also sind wir von Residenz zu Residenz gereist, den ganzen Wagen voll mit Windeln, Babysitz und Taschen voller Flaschen und allem, was die Dame sonst noch so braucht. Die Schwiegereltern waren in Stockholm. Die Stadt sah aus wie eine Weihnachtskarte, sie ist verdammt schön, wir müssen da mal hinfahren, nur Du und ich, und in die Geschäfte gehen. Ich bin von dem Plunder da reichlich inspiriert worden, der ist geradezu modernistisch, wenn Du verstehst, was ich damit meine.

Wir hatten sogar Silles BETT mit! Das hat das halbe Auto ausgefüllt, aber Schwiegermama hat darauf bestanden, »wir haben hier ja nur das Allernötigste«, ja, vielen Dank, eine Dachwohnung in Östermalm, falls Dir das was sagt, mit Jugendstilfahrstuhl und dem ganzen Scheiß.

Nanna, es ist doch klar, daß die Leute sich Dir anvertrauen. Zum Teil, weil sie sicher sein können, daß Du alle ihre peinlichen Geheimnisse nicht gleich an der nächsten Straßenecke herausposaunst, aber auch, weil Du EINE FREMDE bist. Es kann schon sein, daß Du Dich nicht mehr als solche fühlst, aber Du BIST nicht eine von ihnen, und das läßt Dich in ihren Augen sicher erscheinen. So einfach ist das.

Ich habe Dich nie nach Männern gefragt (ich bin ja so zartfühlend, weißt Du), aber ich habe schon ab und zu daran gedacht, wie Du wohl zurechtkommst. Gustav ist ein richtiges Talent im Bett, aber er hat zu oft Dienst, und wenn er endlich mal frei hat, kippt er einfach um und schnarcht mehrere Tage lang, und ich bin zwischendurch geradezu verzweifelt. Ich meine wirklich verzweifelt. Ich überlege schon, ob ich mich auf den Postboten stürzen soll. Vielleicht hat das auch damit zu tun, daß ich mich LANGWEILE.

Ich habe wieder angefangen zu zeichnen, elegante Damen. Ich habe Vater vorgeschlagen, ich könnte ihm doch eine JUNGE KOLLEKTION entwerfen. Die pupsfeinen Kundinnen seiner Firma könnten eine Herausforderung gut gebrauchen. Die Zeit ist dafür reif, davon bin ich felsenfest überzeugt. Als ich es das letzte Mal wieder angesprochen habe, wirkte er tatsächlich interessiert. Ich habe ja keinen blassen Schimmer von Design, aber ich weiß, worum es dabei geht. Und fürs Grobe kann man sich ja wohl Leute kaufen?

Jetzt gibt's hier jemanden, der im Kinderzimmer die Sirene angestellt hat, vielleicht sollte ich mal nachsehen, was da los ist. Zum nächsten Ersten kriege ich ein Mädchen. Für ein Jahr im Haushalt, sie will Krankenschwester werden, die Arme. Dann habe ich Zeit, dafür zu üben, Dänemarks Antwort auf Mary Quant zu werden, *just wait and see*.

Fährst Du nie nach Paris? So, jetzt klingt es, als wäre sie am Ersticken, ich muß mich sputen.

Deine Mette

P. S.: Meine Tochter war nicht nur naß, sie war vollkommen durchnäßt, bis zum Rücken hoch. Gustav ist nach Hause gekommen, als ich sie gerade neu gewickelt habe, jetzt sitzen Vater und das *frisch gewaschene, sauber duftende* kleine Kind zusammen auf dem Sofa. Draußen ist es kalt, Mariä Lichtmeß zeigt ihre Krallen, aber ich werde trotzdem schnell rauslaufen und den Brief einwerfen.

P. P. S.: Versprich mir, daß Du nicht zuviel von Deiner Schwiegermutter lernst. Sie ist eine saure Pflaume!

Guiffelec, 30. April 1968

Liebe Mette,
heute ist es genau sieben Jahre her, seit ich zum erstenmal in der Bretagne war.

Kannst Du Dich an das Gedicht erinnern, nach dem es sieben Jahre dauert, bis alle Zellen im Körper ausgetauscht sind? Manchmal habe ich das Gefühl, als wäre gar nichts ausgetauscht. Und ein andermal ist es, als wäre ich schon eine andere geworden.

Heute ist der erste Mai, da schenken sich die Leute gegenseitig Maiglöckchen. Ich habe einige der Maiglöckchen von »Deinem« Brautstrauß gepreßt. Kannst Du Dich an den Tag erinnern? So lange Du da bist, um Dich mit mir zusammen daran zu erinnern, weiß ich, daß es wirklich passiert ist.

Für den ganzen August und den größten Teil des Juli sind alle Zimmer bereits vorbestellt. Es gibt auch viele Hochzeiten und Festessen, so daß es finanziell gut läuft. Wir sind dabei, für die Saison zusätzliche Leute einzustellen, aber gute Kräfte sind rar, jetzt, wo die Leute mehr Geld haben.

Yves ist endlich wieder aus dem Krankenhaus nach Hause gekommen. Ich habe ihn im Laden gesehen, aber es sieht so aus, als ob seine Frau und seine Mutter sich weiterhin um das Praktische kümmern, Kisten schleppen und bedienen. Er sitzt nur auf einem Stuhl neben dem Tresen. Vielleicht ist es die Medizin, die ihn so träge macht.

Benoît, der Rothaarige, der Lehrer geworden ist, kommt jede Woche in die Bar. Seine Mutter ist gestorben, ziemlich plötzlich, und offenbar hat sie ein wenig Geld hinterlassen. Davon hat er sich einen Anteil an einem Trawler gekauft, der hier unten auf der Werft gebaut wurde. Zu den Sommerferien hört er auf, als Lehrer zu arbeiten.

Als das Boot zu Wasser gelassen wurde, gab es ein großes Fest. Die Ehefrau eines der anderen Fischer hat es getauft, es wird »Yseut« heißen, Isolde. Sonst haben die Boote oft witzige Namen auf *breton*, die Lucienne mir übersetzt hat. »Brotkorb« und »Die tapferen Männer von der Halbinsel« kann ich von meinem Fenster aus sehen, ist das nicht lustig?

Viele Männer von den Booten kommen in die Bar, wenn sie den Fisch am Auktionskai abgeladen haben. Sie wissen kaum, was sie mit dem vielen Geld machen sollen, das sie mit dem Fischfang verdienen. Viele von ihnen schlafen die ganze Woche so gut wie gar nicht, sie fahren raus oder tanzen und trinken in dem neuen Nachtclub, der gerade eröffnet wurde. Er liegt etwas außerhalb der Stadt in einem großen Betonschuppen. (Ich war noch nicht dort.) Im Morgengrauen fahren sie mit der Flut wieder raus, sie rechnen wohl damit, daß der Skipper die Klippen schon umschiffen wird.

Martines Mann verdient auch das dicke Geld. Sie haben gerade einen Anbau an die Fabrik eingeweiht, und sie haben Fließbänder installiert, so daß der Betrieb auf Hochtouren arbeiten kann. Ich habe Martine gestern auf der Straße getroffen, sie hatte ihre Tochter bei sich, die in Cecilias Alter sein muß. Martine war spöttisch wie lange nicht mehr, ich glaube nicht, daß sie besonders glücklich ist.

Das ist ja wirklich spannend, daß Dein Vater endlich klein beigegeben hat. Du warst doch ohnehin die Beste mit den Anziehpuppen. Meine Kleider sahen immer alle gleich aus, trägerlose Ballkleider mit Tutu. Wovon habe ich eigentlich geträumt? Jedenfalls nicht von dem, was ich bekommen habe. Lange Arbeitstage ohne viel Romantik. Aber ich will nicht klagen. Mir gefällt die Arbeit.

Was mich betrifft, wird es kaum etwas mit einem Dänemarkbesuch, wir haben schlicht und einfach zuviel zu tun, als daß ich wegbleiben könnte. Gibt es eine Chance, daß Du und Deine Familie im Sommer nach Frankreich kommen könnten? Ich hoffe es sehr.

Liebe Grüße
Deine Nanna

Kopenhagen, den 12.5.1968

Sweetheart,
es war einfach unmöglich, Gustav dazu zu bewegen, irgendwelche Sommerferien zu planen, weil er gerade mit einem Forschungsprojekt angefangen hat. Als ob es nicht mit Nachtdienst an jedem zweiten Tag schon genug gewesen wäre. Jetzt muß er auch noch Artikel schreiben. Ohne Doktorarbeit kriegt man keine Oberarztstellung, und ohne Oberarztstellung hat das Leben keinen Sinn.

Nun ja, als Dein Brief kam, habe ich mit der Faust auf den Tisch geschlagen und gesagt, wie dem auch sei, Sille und ich würden im Juli in die Bretagne fahren. Da hat er klein beigegeben. Vierzehn Tage, wann hast Du Platz? Zimmer mit gemachtem Bett, *grand lit*, bitte schön, das Versäumte muß nachgeholt werden, wenn Sille schläft. Wie ist das Wetter im Juli? Ich denke da an meinen neuen gehäkelten Bikini.

Meine erste Kollektion ist skizzenmäßig fertig. Wir haben einen Designer eingestellt, der zwar ganz offensichtlich homosexuell ist, aber was macht das, wenn er nur alles über Schnitte und Zwischenfutter und diese Dinge weiß, die mich nicht interessieren. Ist Dir aufgefallen, daß ich »wir« gesagt habe? Die Tochtergesellschaft heißt M-IN, ich habe ein flottes Firmenzeichen gezeichnet, ich schicke Dir eine Skizze davon. Die Klamotten kommen nächsten Frühling auf den Markt, ich habe jetzt mein eigenes Büro/Zeichenraum Direkt unter Vaters; Hanne, die sich um Sille kümmert, ist ein Engel aus Jütland, und abgesehen von meinem Sexualleben blüht alles auf.

Wenn diese Martine nur herumrennt, die feine Dame spielt und Kinder kriegt, dann kann man ihr nicht vorwerfen, wenn sie zynisch ist. Das sagt eine, die weiß, wovon sie spricht. Ruf an oder schreibe, schnell!

Bretagne, *here we come*!

Mette (Chefdesignerin)

P. S.: Ich habe gerade im Fernsehen gesehen, daß die Polizei die Studenten in Paris mit Knüppeln auf den Kopf schlägt, was soll das verflucht noch mal? Phantasie an die Macht stand da an einer Mauer, und ich will mal behaupten, daß derjenige, der das geschrieben hat, am längeren Hebel sitzt.

Guiffelec, 2. Juni 1968

Liebe Mette,
ich freue mich riesig, wenn ich mir vorstelle, daß Ihr endlich kommt!

Ich habe Dir nicht früher antworten können, der Monat Mai war im ganzen Land sehr unruhig mit Streiks und Demonstrationen, lange Zeit funktionierte die Post nicht. Das Transportsystem war blockiert, und die Fischer hatten Probleme, ihre Fische auf den Markt zu bringen. Eine Zeitlang waren die Flughäfen geschlossen, und die ausländischen Touristen landeten nur in Paris. Das kann für den Sommer einen Verlust für die Hotels bedeuten, die viele ausländische Gäste haben, uns hier draußen trifft das nicht so sehr. Hier wird mehr über das Bombenattentat vor einem Monat gesprochen, eine Gendarmeriekaserne ist von der Separatistenbewegung in die Luft gesprengt worden. (Es ist kein Mensch zu Schaden gekommen.) Ich kann ja verstehen, daß sie auf die Probleme der Bretagne aufmerksam machen wollen, aber ich kann niemals Gewalt akzeptieren.

Die letzten Zimmer waren schon reserviert, als Dein Brief ankam, aber ich habe eine Lösung gefunden, die sogar noch besser ist. Es gibt nämlich viele Leute in der Stadt, die während der Saison vermieten. Sie haben ein Haus von den Eltern geerbt, wollen aber lieber für sich ein neues bauen, und dann richten sie das alte für Touristen ein. Ihr kriegt zwei Zimmer mit Bad und Küche für den gleichen Preis wie für ein Doppelzimmer hier, natürlich eßt Ihr im Hotel, das Haus liegt gleich um die Ecke. Die Frau, die es vermietet, ist mit einem Fischer verheiratet, sie scheint richtig lieb zu sein (vielleicht kannst Du sie dazu überreden, auch mal Babysitter zu spielen?).

Es wäre schön, wenn Du kurz anrufst und mir Bescheid gibst. Du weißt, wo du mich erreichst.

Liebe Grüße
Nanna

Juli 1968

Die Erwartung weckt Nanna, bevor der Wecker klingelt. Das Licht hinter den Fensterläden ist strahlend weiß, Schwalben kreischen in der klaren Luft über ihrem Kopf, als sie ihr Laken zum Lüften über das Eisengitter des Fensters legt.

Heute nachmittag kommen sie. Jede Stunde, die sie mit Mette verbringen will, muß sie von ihrer Sommerhektik im Hotel abzweigen, aber sie werden sich jeden Tag sehen können. Vierzehn Tage lang will sie als Nanna erscheinen und nicht als die tatkräftige, kompetente *patronne*, Marie-Jeannes hübsche Schwiegertochter, Yanns blonde Witwe.

Unten in der Küche gießt sie sich eine Tasse Kaffee ein, schnappt sich einen Baguetteknust von dem großen Brotschneidebrett. Lucienne und die Morgenhilfe eilen hin und her mit Tabletts, sie erspäht kurz Marie-Jeannes Rücken durch die Schwingtür zum Speisesaal, in dem die Frühaufsteher unter den Gästen bereits bei Kaffee und Croissants sitzen.

»*Alors, Madame.*« Das glatthäutige Jungengesicht des Kochs ist halb verdeckt von dem Dampf aus dem großen Topf, in dem Fischteile und Kräuter in einer duftenden Bouillon blubbern, die die Grundsubstanz für die Soßen und Fischsuppen des Kochs bildet. »Wollen wir die Liste durchgehen?«

Le chef bewegt sich trotz seiner Jugend souverän in seiner Küche, niemand wagt, ihm zu widersprechen, aber Nanna und er haben einen scherzhaften, hintergründigen Ton gefunden, der ihnen beiden gefällt. Sie bewundert seinen Sinn für Qualität, sein überlegenes Handwerk, genießt es, sich belehren zu lassen, er blüht unter ihrer Bewunderung auf.

Die tastende Unsicherheit der ersten Jahre ist durch eine einsilbige Ruhe ersetzt worden, die ihr Respekt verschafft, sie braucht nur selten Befehle zu geben, Andeutungen und Winke genügen. Sie folgt damit, ohne es selbst zu wissen, der Tradition der Gegend.

Sie genießt die Morgenstunden, in denen es ihre Aufgabe ist, das Tagesmenü zu notieren, die gemütliche Zeit an dem kleinen Tisch mit der Wachsdecke, bevor der Tag ernsthaft anbricht, das Tempo in der Küche zu gefährlichen Geschwindigkeiten ansteigt, und die Flüche und einsilbigen Verwünschungen des Kochs den höflichen Konversationston ablösen.

Noch eine Zigarette, dann zieht sie sich mit der zweiten Tasse Kaffee ins Büro zurück, um die Speisekarten ins reine zu schreiben, eine für die festen Hotelgäste, zwei für den Aushang. Das À-la-carte-Menü der Saison steht fest, aber die Fischgerichte *»selon arrivage«*. Das Restaurant des Hotels ist bekannt für seinen frischen Fisch und seine tadellosen Schalentiere.

Ganz oben auf dem Poststapel auf dem Schreibtisch liegt ein kleiner schwarzumrandeter Briefumschlag mit ihrem und dem Namen der Schwiegermutter darauf.

Mit grenzenloser Trauer müssen wir Ihnen mitteilen, daß unser Sohn und Ehemann, Bruder und Schwager von uns gegangen ist.

Eine Messe wird gehalten werden, usw. usw. Bitte keine Blumen oder Kränze, keine Beileidsbesuche.

Yves. Nanna sieht sein graues, gequältes Gesicht vor sich, die teigartige Gestalt auf dem Stuhl in der Ladenecke, den Blick, der nicht mehr nach etwas oder jemandem suchte.

Das Wort, das ihr in den Sinn kommt: Frieden.

Floridas lange Wachnächte sind vorbei, die Nächte, in denen die Verzweiflung Yves dazu gezwungen hat, in den kleinen Zimmern in der Wohnung über dem Laden herumzuwandern, immer weiter und weiter in gequälten Kreisen, eingesperrt in unauslöschliche Bilder.

Am Ende hat er eine Entscheidung getroffen, hatte genügend Kraft, sie durchzuführen. Sie wünscht sich von Herzen, daß es schnell gegangen ist, daß niemand versucht hat, ihn daran zu hindern.

Luciennes Schritte, über den Teppich des Foyers schlurfend, die letzten Morgentabletts sind auf dem Weg zum Abwasch, wo ein paar Saisonkräfte, junge Mädchen, die langen Sommertage verbringen. Obwohl alle zugänglichen Informationen in dieser kleinen Stadt Luciennes Ohren wie durch einen osmotischen Prozeß erreichen, läßt sie sich nur selten dazu herab – und nur durch direkte Fragen –, einzelne, sorgfältig abgewogene Details weiterzugeben.

Nanna darf als einzige Ausnahme ab und zu an ihren Vertraulichkeiten teilhaben, ohne daß sie direkt darum bittet. Vielleicht kann Lucienne jetzt ihre Unruhe dämpfen.

»Lucienne.«

Die Schritte halten inne, das Geräusch klappernden Porzellans verstummt, das rotwangige Gesicht taucht im Türspalt auf.

»Das hier ist mit der Post gekommen.«

Nanna winkt mit dem kleinen Kuvert.

Lucienne ist in der Tür stehengeblieben, die schwere Gestalt sieht aus, als suche sie hinter den beladenen Tabletts Zuflucht.

Ihre Augen zwinkern nervös hinter den Brillengläsern.

»Ich habe davon gehört.«

Es scheint, als wollte sie mehr sagen, nähme es aber wieder zurück. Das Geschirr klappert bedrohlich, als sie sich rückwärts in die Lobby zurückzieht.

Nanna starrt auf die Tür, die sich hinter Lucienne schließt, sie hat immer noch den Brief mit dem Trauerrand in der Hand, plötzlich schämt sie sich.

Lucienne ist die Beschützerin der Ritter, ihr unerschütterlicher Lieferant von Leckereien und Auswegen, wenn sie in der Klemme stecken. Eine vertraute Erwachsene, immer zur Stelle, bereit, sich zwischen sie und Marie-Jeannes Bestrafung zu stellen. Jetzt ist ein weiterer ihrer Ritter tot, noch einer der wenigen Empfänger der diskreten Zärtlichkeit dieser anscheinend unerschütterlich fröhlichen Frau.

Lucienne umgibt keine Familie, ihre Eltern sind bereits seit vielen Jahren tot, sie hat nie geheiratet. Eine lebenslustige Frau, deren üppiger Körper die Mühen der Jahre in eine effektive und selten aussetzende Maschine verwandelt hat. Jetzt zeigt das einsetzende Alter die ersten Spuren, ein abnehmendes Tempo am Ende der langen Arbeitstage, eine verschwitzte Stirn, die sich in einem unbeobachteten Moment gegen die kühlen Küchenkacheln lehnt, diskret von Nanna wie auch von Marie-Jeanne ignoriert.

Lucienne ist Nanna in der Zeit nach Yanns Tod aus dem Weg gegangen, jetzt erinnert Nanna sich daran. Monatelang sind sie umeinander herumgeschlichen, eingeschlossen in ihre persönliche Zelle der Trauer, haben kaum ein Wort miteinander gewechselt. Erst sehr viel später konnten sie einander wieder ansehen, beschützt durch den Rhythmus ihrer Arbeit.

Damals hat sie sich Luciennes abweisende Art damit erklärt, daß es für Lucienne trotz allem Respekt, trotz aller Loyalität und Treue selbst in dieser extremen Situation eine Frage der Ehre war, diese kleine Distanz zu ihren Arbeitgebern zu wahren.

Jetzt weiß sie, daß auch die Einsamkeit ihren Stolz hat, daß der Selbstschutz der Einsamen einem Panzer ähneln kann.

Nanna holt Papier aus der Schreibtischschublade hervor, um den obligatorischen Beileidsbrief zu schreiben, stockt jedoch mit dem Stift in der Hand.

Der Krieg ist seit langem vorbei, die Niederlage eine Realität. Die Wunden der Gefolterten sind zu Narben geworden, eine angemessene Auswahl an Verrätern hat ihre Strafe erhalten. Bomben verbreiten nicht länger Angst und Schrecken in den Straßen. Für die meisten ist das Vergessen eine willkommene Möglichkeit.

Auf den Denkmälern in den Kleinstädten sind die Namen der Gefallenen verbunden mit den Toten aus einem anderen Krieg, an den sich niemand erinnern will, unter einer anonymen Überschrift steht da: *les colonies*.

Yves' Name wird nicht darunter sein. Leute, die aus Scham sterben, bekommen keine Gedenktafel.

Die schwarzen Buchstaben der Karte bestätigen die Tatsache, daß auch er nicht unter den Überlebenden war.

Der Lieferwagen des Schlachters hält vor dem Fenster, sie hört, wie er mit dem Koch palavert, die gutgelaunten Stimmen der beiden Männer, weiß, daß das, was wie ein Streit klingt, eine gemeinsame Liebeserklärung für die beste Qualität ist, für die ausgesuchten Rohwaren.

Der Koch hebt sein Kinn zum Gruß, als er die vollen Körbe an ihrem Fenster vorbeischleppt, die Lippen fest um einen Zigarettenstummel gepreßt. Der Lieferwagen setzt sich mit aufheulendem Motor in Bewegung, mit durchgedrückter Hupe passiert der Schlachter die Brücke über der Hafeneinfahrt. Die ganze Stadt summt vor Sommeraktivität, die Straßen sind voller Sommergäste, mit Schwimmtieren und Kindern auf dem Weg zum Strand.

Der Bogen vor ihr ist immer noch leer. Sie legt den Stift in die Schale, schaut aus dem Fenster auf die Reihe von Möwen auf der niedrigen Mauer, auf der früher einmal Yves mit seinem Dudelsack im Licht des Sonnenaufgangs gesessen hat, an einem Hochzeitsmorgen.

Keine Besuche. Die Familie hat sich verkrochen, hat sich um die Schande gescharrt, bildet eine Mauer um Floridas Trauer, die schuldbeladene Befreiung, Nanna weiß, wie sie sich fühlen muß.

Plötzlich ist ihr klar, was zu tun ist.

Die verbarrikadierte Ladenfassade sieht abweisend aus. Hinter der Fensterscheibe der Bäckerei gegenüber erscheint ein Gesicht, als sie aus dem Wagen steigt. Zwei alte Frauen drehen sich von ihrem Aussichtsposten an der nächsten Ecke neugierig nach ihr um, als sie die Türklingel drückt.

Loïc steht in der Tür. Der einzige Mann in der Familie, offenbar ist er es, der gerufen wird, wenn die Katastrophen eintreffen.

Die Verblüffung darüber, ihn hier zu sehen, läßt sie für einen Moment nur stumm dastehen, bis sie sich zusammennimmt.

»Ich möchte mit Florida sprechen.«

»Meine Schwägerin empfängt keinen Besuch.«

Er legt den Kopf zur Seite, setzt seine übliche ironisch-grinsende Miene auf, auch er hat sich von dem unerwarteten Zusammentreffen erholt. »Unter den herrschenden Umständen.«

Yves' Schwester taucht oben auf der Treppe auf, ein verfrorener Vogel in ihrem schwarzen Kleid.

»Was ist, Loïc?«

»Madame Le Braz möchte einen Besuch abstatten. Ich habe ihr zugesagt, der Witwe die Grüße zu überbringen.«

»Ich möchte nur kurz Florida sprechen, Bernadette.«

Auch wenn Loïcs Frau unmöglich wissen kann, was zwischen ihrem Mann und Nanna passiert ist, es sei denn, er hätte es ihr selbst erzählt, erweckt der Anblick ihres gehetzten Gesichts jedesmal in Nanna Schuldgefühle.

»Es tut mir so leid für euch.«

»Ich werde fragen, ob sie dich sehen will.«

Bernadette verschwindet den teppichbelegten Flur entlang.

»Wir wollen nicht, daß die ganze Stadt angerannt kommt.« Loïc zieht Nanna in den kleinen Eingang hinein. »Diese Familie hat schon genügend Skandale geboten.«

Er bleibt neben ihr am Treppenfuß stehen, sie kann spüren, wie er Atem holt, unangenehm nah.

»Du hast natürlich gehört, wie es abgelaufen ist.«

»Ich habe gar nichts gehört.«

»Er hat sich erhängt. Im Keller.« Loïc illustriert seine Worte mit einer deutlichen Geste. »Wie ein Mann.«

»Wie ein Mann?«

Er zuckt mit den Schultern.

»Ach, das sagt man so.« Das Weiße in seinen Augen leuchtet im Halbdunkel, sie erkennt ein Lächeln. »Frauen ertränken sich, zumindest hier in der Gegend.«

Stimmen kommen aus dem ersten Stock näher, kurz darauf kehrt Bernadette zurück, winkt sie herauf.

Loïc folgt ihr die Treppen hinauf, bleibt dicht hinter ihr. Sie spürt die Wärme seines Körpers, beschleunigt ihre Schritte. Eilt der schwarzen Gestalt durch den Flur hinterher, vorbei an geschlossenen, braun gestrichenen Türen.

Die Tür zum Wohnzimmer ist angelehnt. Bernadette schiebt sie auf.

Die halbdunkle Stube ist stickig heiß, jemand hat die dichten Samtgardinen vor die mit Läden geschlossenen Fenster gezogen, das ganze Zimmer wirkt eingeschnürt, eine ausgepolsterte Zelle.

Florida ist vom Sofa aufgestanden, die Kissen hinter ihr zeigen Abdrücke ihres liegenden Körpers.

»Nanna.«

Eine Hand flattert durch die Luft, landet als Faust vor den zerbissenen Lippen, unterdrückt ein Schluchzen.

»Ich weiß, du bist nicht allein, du hast Deine Familie. Aber ich wollte trotzdem kommen.«

Der Sofatisch steht zwischen ihr und Florida, sie schiebt sich um ihn herum.

»Ich bin allein.« Florida stößt die Worte hervor. »Die Polizei war hier, sie haben mich ausgefragt.«

»Das müssen sie wohl.«

Nanna legt beruhigend einen Arm um die zitternden Schultern, zieht Florida aufs Sofa hinunter.

»Seine Mutter war bei Bernadette und Loïc.« Die Hände flattern wieder. Ein hautfarbenes Pflaster hat sich von einem Finger gelöst, um den abgebissenen Nagel dieser Fingerspitze ist das Fleisch blutig. »Ich habe gehört, wie er aufgestanden ist, ich habe ihn nicht aufgehalten.«

Ein flehender Blick, die Stimme hickst.

»Ich habe es nicht mehr geschafft, nie habe ich genug Schlaf gekriegt, ich habe nur gedacht: Laß ihn doch tun, was er will.«

Floridas geballtes Elend bringt die stillstehende Luft in dem übermöblierten Zimmer zum Vibrieren. Der gemischte Geruch von Kolonialwaren aus dem Laden unten ist durchdringend, in ihm dominieren Schimmel und Verwesung.

Die Übelkeit läßt die Zunge in Nannas Mund anschwellen, sie streichelt Floridas Rücken mit ungeschickten Händen.

Die Absicht, die hinter ihrem Besuch stand, löst sich irgendwo in diesem stickigen Zimmer auf. Was immer auch notwendig sein mag, um Florida zurück auf ein Gleis möglichen Lebens zu schieben, ganz gleich, wie anspruchslos, es übersteigt ihre Möglichkeiten.

»Ich komme ein andermal wieder.«

»Geh noch nicht.«

Florida hat ihre Hand gepackt, hält sie fest.

Die Panik pocht in Nannas Brust, sie schnappt nach Luft. Floridas Wange liegt an ihrer, sie spürt, wie ihre Bluse naß wird von einer Mischung aus Tränen und Rotz, sie ist mit einer tierischen Verzweiflung eingesperrt, die sie nicht bewältigen kann.

Das Geräusch von Schritten auf dem Flur läßt Florida ihren Griff lockern, Bernadettes weißes Gesichtsoval taucht im Türspalt auf.

»Hier ist Kaffee, wenn ihr wollt.«

Die Stimme ist tonlos. Alle Verzweiflung der Familie ist offensichtlich in dem massigen Frauenkörper konzentriert, der erneut in den Sofakissen zusammengesunken ist.

»Ich will jetzt gehen.«

Nanna findet ihren Autoschlüssel auf dem Couchtisch, flieht vor Floridas aufgelöstem Blick, Bernadettes ausdruckslosem Gesicht.

Die Beine zittern ihr noch, als sie sich ins Auto setzt, sie muß mit dem Schlüssel eine Weile suchen, bevor er in die Zündung gleitet.

Ein vorsichtiges Klopfen am Seitenfenster. Loïcs Gesicht.

»Kann ich mit bis zum Hafen fahren?«

Sie nickt, ohne ihn anzusehen. Startet den Motor und manövriert den Wagen durch die Menschenmengen in den engen Gassen, es ist Markttag.

»Wir könnten uns einen Abend mal treffen.« Loïc hat sein Fenster runtergekurbelt, sein Ellbogen ruht auf dem Rand. »Es kommt vor, daß ich in der Stadt übernachte.«

Seine Fingerspitze an ihrer Wange verursacht eine Gänsehaut, unter dem dünnen Blusenstoff noppt sich die Haut.

»Schon möglich.«

Die massiven Umrisse des Auktionsgebäudes tauchen am Ende der Straße auf, sie fährt an die Seite, läßt den Motor laufen.

»*À bientôt.*«

Die Wagentür fällt hinter ihm ins Schloß. Sie verfolgt ihn mit den Augen, sieht, wie er über die Straße geht, selbstsicher zwischen den vielen Wagen. In seiner dunklen Kleidung sieht er kleiner aus als sonst, wieselartig in dem grellen Licht.

Ein grauer Kombi hält mit den Vorderrädern auf dem Fußweg

vor der Eingangstür des Hotels, als sie ihr Auto parkt, die Hecktüren stehen offen, ein gestreifter Kinderwagen, der einem halb aufgeklappten Regenschirm ähnelt, steht auf der Straße dahinter. Ein großer, blonder Mann taucht aus dem Kofferraum auf, ein zappelndes, schreiendes Kind im Arm.

»Sie ist nicht da.« Die Türen des Hotels werden aufgerissen, Mette stapft heraus, ihr Haar sträubt sich wie schwarze Stacheln. Ihr kurzes Kleid leuchtet grasgrün im Sonnenschein. »Ach, halt doch endlich die Klappe, Sille.«

Das Geschrei des Kinds hat die Möwen von ihrem Stammplatz auf der Mauer aufgeschreckt. Mette nimmt das kleine Mädchen, wiegt es heftig.

In ihrer Phantasie hat Nanna sich dieses Zusammentreffen immer wieder vorgestellt, die ungetrübte Freude über das Wiedersehen mit Mette, ihre nervöse Neugier vor der ersten Begegnung mit Gustav, mit Mettes kleiner Tochter.

Sie selbst in der Hoteltür, die gut vorbereitete Wirtin, alles in bester Ordnung.

Nichts ist so gekommen, wie sie es sich erhofft hatte. Die Enttäuschung erweckt in ihr den Wunsch, sich einfach zu verstecken, ein Kind, das um ein Geschenk betrogen wurde.

Sie reißt sich zusammen, überquert den Platz.

»Ich habe euch erst am Nachmittag erwartet.«

»Sille ist im Auto schlecht geworden, Gustav ist sauer, und ich kotze gleich vor Müdigkeit.« Mette redet, ohne einmal Luft zu holen, schüttelt dabei das schreiende Kind. »Nimm die Kleine, Gustav, das ist das mindeste, was du tun kannst.«

Sie reicht dem Mann das brüllende Bündel.

»Nimmt man die rechte Wange zuerst?« Das dreieckige Gesicht erstrahlt plötzlich vor Fröhlichkeit. »Eins, zwei, drei und einen auf den Mund, sicherheitshalber.«

Hinter Mettes Rücken sieht Nanna die Schwiegermutter aus der Tür kommen, einen beigefarbenen Pappbogen in der Hand, sie geht auf den Schaukasten zu.

Die Menüs. Ihr spontaner Besuch bei Florida hat sie die Pflichten des Vormittags vergessen lassen. Die neue Speisekarte hätte schon lange an ihrem Platz im Schaukasten hängen sollen, sie selbst hätte die letzte Stunde am Telefon sitzen müssen, Tischgestecke für die Hochzeit am Samstag bestellen. Den Großhändler wegen Kolonialwaren und Reinigungsmitteln anrufen. Wenn die Saison auf ihrem Höhepunkt ist, leeren sich die Vorräte in schwindelerregender Hast.

Die Schwiegermutter muß nach ihr gefragt haben, überlegt sie, sicher verärgert darüber, daß sie neben ihrer eigenen Morgenarbeit auch noch die von Nanna übernehmen mußte.

Als Nanna sich den Zusammenstoß zwischen diesen beiden Welten vorstellte, hatte sie sich selbst versprochen, daß sie und Mette die ihnen verbleibende Zeit genießen wollten, ohne daß die Schwiegermutter die Gelegenheit haben sollte, etwas an Nannas Arbeitseinsatz zu bemängeln, koste es, was es wolle an harter Arbeit und Schlafdefizit.

Der Besuch bei Florida hat ihre Ausgangsposition geschwächt. Es wird Kräfte kosten, das Gleichgewicht wiederherzustellen.

Marie-Jeanne erfaßt die kleine Gruppe mit einem zurückhaltenden Kopfnicken, öffnet den Schaukasten mit ihrem Schlüssel.

»Wir sind die ganze Nacht durchgefahren.« Endlich kann Nanna sich aus Mettes Umarmung befreien, schielt zur Schwiegermutter hinüber, die mit sorgfältigen Handgriffen die schönen handgeschriebenen Speisekarten gegen die neuen austauscht. »Wir hatten nur eine Sache im Kopf: Ans Wasser zu kommen, nicht wahr, Gustav?«

»Du hattest das.«

Gustav hat sich das Kind über die Schulter geschwungen, schaukelt es vorsichtig. Die Schreie sind in ein Jammern übergegangen, als er Nanna die Hand reicht.

Schmale Hand, lange Finger, ein fester Händedruck. Er sieht zart aus, ein feingliedriger Kontrast zu Mettes Robustheit. Wie es ihr gelingen soll, daß er sich willkommen fühlt und nicht nur als Anhängsel von Mette, weiß sie nicht. Sie zermartert sich den Kopf nach etwas anderem als Höflichkeitsfloskeln.

Marie-Jeanne ist fertig mit dem Schaukasten, geht auf die Tür zu.

»*Mère.*« Nanna stoppt sie, öffnet den kleinen Kreis.

»Meine dänischen Gäste sind gekommen.«

Marie-Jeanne zeigt die Andeutung eines Lächelns. Mette wird vage wiedererkannt, Gustav bekommt seinen Händedruck.

Das Kind dreht sein apfelrundes Gesicht zu den Fremden hoch. Es verzieht den Mund, die Augen verschwinden in den Backenfalten, der Schrei übertönt die Möwenschreie.

»Sie ist klitschnaß.« Mette klopft auf den runden Windelpo, schaut sich um. »Wo kann man sie wickeln?«

Die Erleichterung darüber, daß sie etwas Praktisches tun kann, setzt Nanna in Gang.

»Kommt mit.«

Zusammen mit Gustav und dem schreienden Kind bildet sie die Vorhut der kleinen Prozession. Mette hat all ihren Charme entfaltet und plaudert mit der Schwiegermutter in ihrem gebrochenen Französisch, kommentiert das Wetter, die frisch renovierte Fassade des Hotels, die lange Autofahrt und die Anstrengung, Hitze und Durst.

»Gustav, ich sterbe, wenn ich nicht gleich was zu trinken kriege. Machst du sie sauber?«

Mette läßt sich schwer auf einen Stuhl an den kleinen Tischchen in der Bar fallen, die Schwiegermutter klappert bereits mit den Flaschen hinterm Tresen.

Nanna öffnet vorsichtig die Tür zur Damentoilette im Empfang. Zum Glück haben sich die Mittagsgäste noch nicht eingefunden, deshalb sind die gekachelten Räume noch leer, der Boden glänzt feucht von der vormittäglichen Reinigung.

Gustav folgt ihr, das Kind auf seiner Schulter hat aufgehört zu weinen, guckt sich mit großen Augen um.

»Hier.«

Nanna breitet ein Handtuch auf der mosaikgeschmückten Ablage neben dem Waschbecken aus.

»Brauchst du sonst noch etwas?«

»Das ist alles in der Tasche.« Gustav ist bereits dabei, Waschlappen und Babypuder herauszuholen. »Mette sorgt für alles.«

Es ist nicht klar, ob das sarkastisch gemeint ist.

Sobald das kleine Mädchen von der urinnassen Windel befreit ist, strampelt es zufrieden mit den kurzen Beinen.

Sie könnte die Hand ausstrecken und den weichen Körper berühren, ihre Finger über das glänzende Haar gleiten lassen, die flaumigen Wangen streicheln. Eine überwältigende Zärtlichkeit aus verborgenen Quellen überfällt sie beinahe gewaltsam, sie will sich umdrehen und gehen, bleibt aber trotz allem stehen. Falls ein Gast auftaucht, wird ihre Anwesenheit den schlimmsten Schock dämpfen beim Anblick eines Mannes, der mit einem nackten Mädchen auf der Damentoilette des Hotels beschäftigt ist.

Die langen Hände waschen mit routinierter Sorgfalt die weiche Haut des Kindes, tupfen sie trocken und streuen Puder, befestigen Windel und Windelhose. Gustav summt dabei, eine nicht zu identifizierende Melodie, deren Rhythmus seine Tochter den kleinen Kopf von einer Seite zur anderen drehen läßt.

Etwas, das einem Lied ähnelt, blubbert aus dem rosa Mund, die Augen funkeln zwischen den gebogenen Wimpern.

Die Tür hinter ihnen geht auf. Zwei ältere Damen sind auf dem Weg zur Toilette und bleiben jäh beim Anblick von Gustav stehen, der gerade seine plappernde Tochter auf den Arm nimmt.

»Wir sind gleich fertig.«

Nanna lächelt entschuldigend die Damen an, die die Türöffnung mit mißbilligender Stummheit ausfüllen. Gustav fegt die Wickelutensilien in die Tasche und zieht sich hastig zurück, den anklagenden Blick der Frauen mit der Andeutung eines Nickens beantwortend.

Der Klang empörter Stimmen folgt ihnen bis in die halbdunkle Lobby. Nanna fängt Gustavs Blick auf, in dem sich Schuldbewußtsein und Ungläubigkeit vermischen. Sie kann nicht anders, sie muß lachen, und plötzlich lachen sie zusammen, laut und befreiend.

»Worüber lacht ihr?«

Mette streckt die Arme nach ihrer Tochter aus.

»Ich habe gerade den guten Ruf des Hotels zerstört.«

Gustav läßt das kleine Mädchen von seinem Arm rutschen, die geballten Fäuste des Kinds klammern sich an sein Haar, so daß er sich linkisch über Mette beugen muß.

»Habe ich dir nicht gesagt, du sollst die Finger von Nanna lassen.«

Die türkisblauen Augen strahlen. Nanna kommt der Gedanke, daß vielleicht auch Mette Angst vor diesem Wiedersehen hatte, daß sie erleichtert sein könnte, daß das Eis gebrochen ist und daß sie lachen können, wie jetzt, alle drei, über ihren albernen Spruch, zu dem schrillen Jubel des Kinds, über Gustav, der sich endlich aus dem Griff seiner Tochter befreien kann, nach hinten taumelt und fast einen Stuhl umkippt.

Die Hoteltür wird aufgerissen. Eine kleine Gruppe Touristen späht ins Halbdunkel.

»*S'il vous plaît.*«

Nannas Gesicht nimmt einen geschäftsmäßigen Ausdruck an, ihr Körper wendet sich zuvorkommend den neuen Kunden zu, bereit, sie zu bedienen.

Dann sieht sie ihre eigene Verwandlung gespiegelt in Mettes Blick unter gehobenen Augenbrauen. Sie steht auf einer Bühne, wird gesehen und ist exponiert, fühlt sich tolpatschig und verlegen auf ihrem Weg zu dem leuchtenden Rechteck in der Glastür.

Die Treppe knarrt bereits unter den Schritten der Hotelgäste. Die gut geölte Maschinerie der Mahlzeiten ist angeworfen worden, und Nanna weist Plätze zu, verteilt Speisekarten und Weinkarten, nur halb bei der Sache, ihre Aufmerksamkeit ist bei der kleinen Gruppe in der Bar. Das Lokal summt von den Gesprächen, den Essensgerüchen, das ist Alltag hier, ihr Alltag. Mettes Besuch ist ein halb verbotenes Vergnügen, etwas, das sie sich gönnt, ohne eigentlich sicher zu sein, ob sie das auch darf.

Ängstlich hält sie Ausschau nach der Schwiegermutter, als sie Lucienne ein Zeichen gibt, Bestellungen entgegenzunehmen, aber Marie-Jeanne ist verwickelt in ein Gespräch über die Wahl des Weins zu einem Geschäftsessen in der diskreten Ecke des Speisesaals, und sie sieht nicht, wie Nanna sich hinausschleicht.

»Ich kann euch den Weg zeigen, wenn ihr erst mal auspacken wollt.« Sie ist außerstande, ihren Atemrhythmus zu beherrschen, ihre Stimme klingt gehetzt. »Aber wenn ihr möchtet, könnt ihr auch erst essen.«

Mette ist aufgestanden. Das Kind zappelt glücklich glucksend in ihrem Arm.

»Rue Emile Zola, Nummer drei. Wir sind weder debil noch ausgehungert.« Die Hand landet an Nannas Wange, ein Zwischending zwischen Streicheln und einer Backpfeife. »Geh du lieber rein und mach Deine Arbeit.«

Nanna bleibt stehen, schaut ihnen noch nach, als die Tür hinter Gustavs Rücken zugefallen ist. Sie sind jetzt hier, das ist das wichtigste. Sie hat mit Gustav lachen können, ist nicht in Tränen ausgebrochen bei dem Anblick von Cecilias Kinderkörper, Mette hat sie zum Gott weiß wievielten Mal davor bewahrt, ein schlechtes Gewissen zu bekommen.

Die kommenden Wochen werden von ihr verlangen, daß sie sich bis zum äußersten verausgabt. Sie weiß, daß es den Preis wert ist.

Die Luft ist immer noch lau, als sie spät am gleichen Abend die Hoteltür hinter sich zuwirft. Sie hat eine Flasche Muscadet aus dem Weinvorrat geholt, ein Plastikbehälter mit gekochten Langusten schaukelt an ihrer Hand, als sie um die Ecke zur Bootswerft biegt.

Die Fensterläden des kleinen Hauses stehen offen, auf dem Eßtisch flackert eine Kerze im Luftzug. Vom oberen Stockwerk kann sie Mettes Stimme hören, ein altes Kinderlied in Mettes eigener, falscher Melodie.

Gustav steht am Küchenspülbecken, den Rücken zu ihr, dreht den Kopf, als er ihre Schritte hört.

»Ich wollte nur sehen, ob alles in Ordnung ist.«

Sie zögert auf der Türschwelle. Früher konnten sie und Mette ungezwungen bei der anderen ein und aus gehen. Gustavs Anwesenheit macht das unmöglich.

»Mette hatte schon geplant, gleich zu dir rüberzugehen.« Gustav hängt den Wischlappen über den Wasserhahn, schüttelt die Hände in der Luft, chirurgenhaft. Auf dem Küchentisch stehen ordentliche Stapel sauberen Geschirrs. »Alles klappt hier ausgezeichnet.«

Er zieht ihr einen der Stühle unter dem Eßtisch hervor, setzt sich auf den Stuhl gegenüber, massiert die Fingerspitzen der linken Hand mit der feuchten rechten Hand.

Das gelöste Lachen vom Vormittag ist verschwunden, seine stumme Anwesenheit berührt sie peinlich. Nanna hat die Flasche und den Langustenbehälter auf das karierte Wachstischtuch gestellt, zieht eine Schachtel Zigaretten aus der Tasche, bietet ihm eine an.

»Wir haben aufgehört, als Sille ein paar Monate alt war.«

Er steht auf und holt ihr einen Aschenbecher, sitzt danach wieder still am Tisch. Die kleine Kerzenflamme läßt seinen Schatten über die Wand tanzen, sein Gesicht bekommt in dem schwachen Licht tiefe Furchen.

Neben dem Geschirr liegen Muschelschalen in einem kleinen Haufen auf dem Tisch. Nanna nimmt sie hoch, reibt das kalkrauhe Oval zwischen ihren Fingern. Eine Fliege summt an ihrem Gesicht vorbei, kreist ruckartig über den Tisch.

Mettes Schritte lassen die gewundene Holztreppe leicht knarren.

»Sie schläft, Gott sei ewiglich gepriesen.« Nanna bekommt einen Kuß auf die Nase. »Wie ich sehe, hast du eine Belohnung mitgebracht.«

Mette hat schon den Korkenzieher in der Hand, holt Teller vom Küchentisch.

»Das Fischgeschäft unten am Hafen hat fertige Fischsuppe, wir haben den ganzen Tag am Strand gelegen, und meine Waden sind sonnenverbrannt. Alle sind äußerst zufrieden.«

Der Wein ist kühl und streng, die Langusten zerschmelzen salzig-süß auf der Zunge. Nanna atmet aus, zum erstenmal, seit sie den schwarzumrandeten Brief am gleichen Morgen geöffnet hatte. Sie hat seit dem Brotbissen am Morgen kaum etwas gegessen, kaut jetzt genießerisch auf dem hellroten Schalentierfleisch.

»Ich habe schon mit Claudia abgesprochen, daß sie auf Sille aufpaßt, wenn wir einen Abend für uns haben wollen.« Mette beißt in einen Hummerschwanz. »Sie hat einen Jungen im gleichen Alter, das wird ein großes Hallo werden.«

Für Mette ist Madame Durand bereits per Du und Vornamen, ein neues Mitglied eines ständig wachsenden Kreises, der seine Zufriedenheit darin findet, Mette das Dasein so angenehm wie möglich zu machen.

Der letzte Schluck Wein schwappt in den Gläsern, als Gustav aufsteht, ein Gähnen unterdrückt.

»Das war ein langer Tag.« Seine Hand mit den langen Fingern ruht auf Mettes nackter Schulter, er nickt in Nannas Richtung. »Ich gehe davon aus, daß wir uns morgen sehen.«

»*You bet.*« Mette pustet eine Kußhand in seine Richtung. »Ich komme bald hoch.«

Vielleicht sollte sie jetzt besser gehen, die Urlauber sich selbst überlassen, aber der Hunger nach Mettes Gesellschaft nach der langen Trennung läßt Nanna am Stuhl klebenbleiben.

»Ist es in Ordnung, wenn ich noch ein wenig bleibe?«

»Du mußt.«

Mette hat eine Flasche Rotwein aus dem Küchenschrank geholt, flucht schwitzend über dem Korkenzieher.

»Laß mich mal.«

Nanna öffnet die Flasche mit professioneller Routine, gießt ihnen ein.

»Du bist unglaublich.« Mette läßt den Wein im Mund kreisen, verdreht ihre zum Himmel gerichteten Augen. »Heute hast du ausgesehen wie eine Burgherrin, nur die Schlüssel fehlten noch.«

Beide kichern ausgelassen. Nanna schaut erschrocken zur Treppe, aber aus dem oberen Stockwerk ist kein Geräusch zu hören. Gustavs Erschöpfung hat sicher ihr Recht gefordert.

»Wir haben eine Bekannte von dir getroffen. Am Strand.«

Die Gänsehaut überfällt Nanna ohne Vorwarnung. Ihr allzeit wachsamer Körper läßt die kleinen Härchen auf ihrem Rücken zu Berge stehen. Ohne daß sie weiß, wieso, weiß sie, was kommt.

»Martine?«

»Sille und ihre Tochter haben sich mit Sand beworfen, und die Mütter mußten schlichten.«

»Wie findest du sie?«

»Sie fasziniert mich. Sie hatte ihr Lager aufgeschlagen, mit Liegestuhl und Sonnenschirmen. Man mußte sich einfach mit ihr auseinandersetzen.«

»Wieso?«

»Das würde ich auch gern wissen.«

Die herumirrende Fliege ist von einem Ausflug in die Lorbeerhecke im Vorgarten zurückgekehrt, sie summt in eckigen Kurven über dem Haufen von Hummerschalen auf dem Tisch.

»Sie hat den Strand beherrscht, wenn du verstehst, was ich damit meine.«

»Wußte sie, daß du mich kennst?«

»Das hat sie ganz schnell herausgefunden.«

Nanna bemerkt Mettes prüfenden Blick, lächelt ausweichend. Diese verschwitzte Unsicherheit, die der Gedanke an Martine in ihr hervorruft, gibt ihr das Gefühl, dumm dazustehen.

»Ich fühle mich ihr gegenüber nie wirklich sicher.«

»Dazu hast du gewiß auch keinen Grund.« Mette hat ihr Glas geleert, gießt beiden nach. »Du solltest sehen, wie sie ihren Sohn lenkt, wie mit einer Fernsteuerung, sie braucht kaum eine Augenbraue zu heben, schon pariert er: *Oui, maman, non, maman.*«

Nanna nimmt einen Schluck aus ihrem Glas, läßt ihn langsam in die Kehle rinnen. Der Wein hat einen herben Nachgeschmack, der sie sich schütteln läßt.

»Ihr Sohn.« Nannas Augen kleben an Mettes Gesicht, sie versucht die dort verborgenen Botschaften abzulesen. »Er ist schön, nicht wahr?«

»Ein hübscher kleiner Roboter.« Mette lehnt sich auf ihrem Stuhl zurück, kneift die Augen zusammen. »Wir werden die Gelegenheit haben, das Phänomen näher zu studieren. Sie hat uns für morgen zum Aperitif eingeladen, wir sollen ihren Mann kennenlernen.«

Martine befindet sich bereits zwischen Mette und ihr, Martine ist Gesprächsthema an ihrem ersten gemeinsamen Abend, beansprucht Mettes Zeit.

»Du bist doch nicht eifersüchtig, oder?«

»Na, ihr könnt ja nicht nur dasitzen und drauf warten, daß ich Zeit habe.«

Es kribbelt auf ihrer Hand, auf der die Fliege gelandet ist, sie zuckt vor Ekel zusammen, schüttelt sie ab. Plötzlich friert sie in der warmen Küche.

Mette ist aufgestanden, räumt die Teller vom Tisch ab, kippt die Langustenschalen in den Mülleimer. Trotz ihrer scheinbaren lockeren Haltung ist es offensichtlich, daß Nannas witternde Wachsamkeit die vertrauliche Stimmung hat verschwinden lassen. Mette gähnt hinter vorgehaltener Hand, lächelt Nanna zu.

»Das war wirklich ein langer Tag.«

»Geh nur hoch und leg dich schlafen.«

In der Tür umarmen die beiden sich. Mettes heiße Wange duftet wie frisch gebacken, nach Sonne und frischer Luft, der kleine, kräftige Körper ist heiß im Vergleich zur klammen Kühle ihrer eigenen Arme.

»Eßt ihr morgen im Hotel?«

»Selbstverständlich.«

Draußen auf der Straße bleibt Nanna im Mondlicht stehen, hört, wie die hohen Fenster geschlossen werden, der Schlüssel sich in der Tür dreht.

Wie sie das Wenige beschützen kann, das ihr noch geblieben ist, eine Freundschaft, eine zerbrechliche Sicherheit, weiß sie nicht, sie weiß nur, daß es notwendig ist.

Eine Katze schmiegt sich schattenhaft um die Ecke, als sie den Schlüssel in die Hoteltür steckt, läßt sie zusammenzucken.

»Psst.«

Der Durchlaß zwischen dem Hotel und dem verfallenen Nebenhaus ist voll mit löchrigen Netzen und kaputten Reusen, der Gestank von altem Urin und verrottetem Tang strömt ihr entgegen. Eine Gestalt löst sich aus der Dunkelheit.

»Ich habe gesehen, wie du weggegangen bist. Ich habe damit gerechnet, daß du bald wiederkommst.«

Die braunen Augen funkeln im Lichtstrahl der Straßenlampe.

Er muß fast zwei Stunden hier gestanden und auf sie gewartet haben. Obwohl er das aus eigenem Willen getan hat, hat sie das Gefühl, daß sie das auf irgendeine Art wiedergutmachen muß. Sie läßt den Schlüssel sinken, der Schweiß tropft ihr aus den Achselhöhlen.

»Wir könnten eine Runde fahren.«

Über seine Schulter hinweg sieht sie die Umrisse eines Autos vor der niedrigen Kaimauer.

»Ich muß morgen früh hoch.«

Das Gefühl, halb hypnotisiert zu sein, überwältigt sie.

»Komm.«

Sie hat eine Sekunde zu lange gezögert. Eine Hand um ihr Handgelenk zieht sie in den dunklen Durchlaß, seine warme Zunge spielt in ihrem Mund, sein Glied preßt sich gegen ihren Unterleib. Die zielsicheren Hände haben bereits ihr Kleid hochgehoben, schieben ihren Slip über die Schenkel hinunter, trennen ihre Beine.

Die gekalkte Mauer kratzt an ihrem Rücken und ihren Armen, als er in sie hineinstößt. Sie lauscht mit geschlossenen Augen seinem rasselnden Atem, dem befreienden Seufzer des Orgasmus. Ihre Beine zittern in leichten Krämpfen unter ihr.

Ein Auto hält ein paar Meter entfernt an dem Garagentor, Füße knirschen auf den Zementplatten des Fußwegs. Sie kann hören, wie die Hotelglocke in dem dunklen Gebäude erklingt, ein Gast muß seinen Schlüssel vergessen haben.

Über ihren Köpfen geht in einem Fenstervviereck im Hotelgiebel ein Licht an.

Das Blut, das in ihren Ohren rauscht, übertönt fast Marie-Jeannes reservierte Stimme, die klappernden Schlüssel und die Tür, die hinter den Entschuldigungen einer Männerstimme ins Schloß fällt.

»Das war knapp.« Loïc hat den Reißverschluß seiner Hose hochgezogen, schüttelt das Haar mit einem Grinsen aus der Stirn, das schnell verschwindet, als er Nannas Gesicht sieht.

»Was ist denn?«

»Nichts.«

Er beugt sich nach unten, hebt das klebrige Kondom mit den Fingerspitzen vom Boden auf.

»Mutter Berthoud würde es nicht gefallen, wenn sie das morgen früh findet.« Er nickt zu der zerkratzten Küchentür des Nachbarhauses, tätschelt Nanna leicht den Arm. »Das Meer löscht alle Spuren, so sagt man doch, oder?«

Sie steht regungslos da, starrt seinen Rücken an, als er über den Platz zur Kaimauer geht, bis ihre Augen nichts mehr sehen. Wenn sie diese Demütigung ertragen soll, die Scham darüber, daß keine Lust sie getrieben hat, daß sie sich nur hat benutzen lassen, muß sie ihn vergessen, ausradieren, während er noch an Ort und Stelle ist.

Die Autotür klappt, das Husten des Motors zerstört die Nachtruhe. Sie geht die wenigen Schritte zum Hoteleingang, hält die schwere Tür fest, damit sie sich so lautlos wie möglich schließt.

Die Gedanken schwirren ihr durch den Kopf, als sie sich die Treppe hinaufschleicht, vorsichtig darauf bedacht, nicht auf knarrende Stufen zu treten.

Nichts an Loïcs Verhalten oder Aussehen spricht sie an. Tagsüber gelingt es ihr, seine Existenz vollkommen zu vergessen, und trotzdem ist sie, was sie selbst nicht versteht, außerstande, ihn abzuweisen, wenn er plötzlich auftaucht.

Licht strömt unter einem Türspalt hervor, als sie an Marie-

Jeannes Wohnung vorbeigeht, sie beißt die Zähne zusammen, macht sich bereit für die Begegnung.

»Bist du es?« Das Gesicht der Schwiegermutter über dem weißen Bademantel ist hellgrau vor Müdigkeit, aber ihre Stimme klingt scharf wie immer. »Hast du einen Moment Zeit?«

»Kann das nicht bis morgen warten?« Nanna schlägt die Augen unter dem Blick der anderen Frau nieder, sie fühlt sich durchschaut, ein Röntgenbild. »Ich bin todmüde.«

Das Gesicht in der Tür verschließt sich vor der Abweisung.

»Natürlich.«

Nannas Zähne beginnen zu klappern, als sie die Tür zu ihrem Zimmer hinter sich zuzieht. Ohne Licht zu machen, zieht sie sich aus, tastet sich zum Waschbecken. Die Tränentropfen auf das kühle Porzellan, während sie sich einseift, die letzten Spuren von Loïc mit brennendheißem Wasser abschrubbt.

Die Tränen sind versiegt, als sie zwischen die Laken kriecht. Sie schiebt sich den kühlen Stoff zwischen ihre Schenkel, findet mit einem Finger den empfindsamen Punkt, tröstet ihren erschöpften Körper.

Fast alle Essensgäste haben das Restaurant bereits verlassen. Nanna stapelt schmutzige Teller auf ihren Arm, balanciert an dem Tisch vorbei, an dem Cecilia auf ihrem hohen Stuhl sitzt und sich mit Erdbeereis füttern läßt.

»Ich komme gleich und trinke einen Kaffee mit euch.«

Mette wedelt mit dem Löffel, so daß ein rosafarbener Klecks auf Cecilias Nasenspitze landet. Ein neuer Löffel voll Eis wird schnell zwischen die kleinen, viereckigen Zähne manövriert, stoppt das heraufkommende Weinen.

Die Sonne hat bereits einige Streifen in Gustavs Haar gebleicht, seine langen Hände bilden einen braunen Kontrast zu der weißen Tischdecke.

Die Mahlzeit ist zu Nannas Zufriedenheit verlaufen. Sie selbst hat an ihrem Tisch serviert, hat Mettes überschwengliche Begeisterung für die Künste des Kochs und ihre eigene Weinwahl eingeheimst, wie auch Gustavs anerkennendes Nicken.

Lucienne ist bereits dabei, die Tische fürs Frühstück zu decken, als sie mit dem Kaffee kommt, ihre Brille ist von der Hitze beschlagen, die rotfleckige Haut des breiten Gesichts glänzt vor Schweiß.

»Ich mache schon den Rest.«

Nanna schnappt sich im Vorbeigehen eine Zuckerdose von einem der Tische, bekommt einen dankbaren Blick.

Luciennes schleppende Schritte verschwinden durch die klappenden Schwingtüren zur Küche, zum Klirren des Porzellans, dem Schnurren der Geschirrspülmaschine. Marie-Jeanne hat sich vor den Fernseher in der Bar zurückgezogen, wie immer, wenn die Schlacht des Tages überstanden ist und die letzten Gäste hinausschlendern. Jetzt haben sie das Restaurant für sich.

»Hattet ihr einen schönen Tag?«

Der Kaffee dampft in den kleinen Tassen. Nanna sinkt auf dem Stuhl neben Gustav nieder. Ihre Füße in den hochhackigen Schuhen tun ihr nach dem langen Arbeitstag weh, aber sie zieht sie dennoch nicht aus, Gustavs Anwesenheit setzt der Intimität Grenzen.

»Sehr inhaltsreich.« Mette wischt den Kindermund mit einer Serviette ab.

»Du hättest mir gern sagen können, daß Martines Mann hier der Gulaschbaron ist, oder wie das heißt, wenn es um Sardinen geht.«

»Was meinst du damit?«

»Das Haus ist ja das reinste Hollywood.« Mette knüllt das schmutzige Lätzchen zusammen. »Schwarzer Marmor, vergoldete Wasserhähne. Alles mögliche eingelassen.«

Das mehrstöckige Haus an der Ausfahrtsstraße nach Norden gehört zu Nannas Weltbild, die kiesbedeckte Einfahrt, das Gittertor. Sie ist noch nie dorthin eingeladen worden. Seit der Geburt der Tochter taucht Martine nur noch selten im Restaurant auf. Die beiden haben nur wenige direkte Berührungspunkte.

Mette kichert, als sie das kleine Mädchen aus dem hohen Stuhl hebt und auf den Boden setzt.

»Das Schlafzimmer ist in wattierter Seide. Man glaubt, man träumt.«

Das Schlafzimmer. Mette registriert die Frage in Nannas Augen.

»Der Herr des Hauses hat eine *guided tour* veranstaltet, während die Hausherrin den Teewagen auf die Terrasse gerollt hat. Wie viele Sorten Whisky gab es, Gustav?«

Gustav ist halb aufgestanden, rettet gerade die Decke eines der Nachbartische vor Cecilias kleinen Händchen, schwingt sie sich auf den Schoß.

»Sieben, glaube ich.«

Der kleine Körper zappelt auf seinen Schenkeln, bis er aufgeben muß und statt dessen dem Kind durch den Raum folgt, um zerbrochenes Porzellan und zerknüllte Tischdecken zu verhindern.

Mette beugt sich zu Nanna.

»Er hatte seine Hände überall.«

»Wer?«

»Alan.«

Schwarze Haare auf breiten Fingern, Alans kräftige Hände, die Schalentiere und Geldscheine mit der gleichen brutalen Selbstverständlichkeit packen.

Gustav steht am Tisch mit der Tochter im Arm, bremst somit weitere Fragen.

»Wenn du willst, gehe ich mit ihr zu uns.« Er nickt zu der sonnengebräunten Wange, die an seiner Schulter ruht, die Augen des Kindes sind schmale Schlitze unter den Samtfransen der Wimpern.

»Sie ist kurz vorm Umfallen.«

»Wer ist das nicht?« Mette sammelt ihre Sachen zusammen, das Lächeln, das sie Nanna zuwirft, ist verschwörerisch. »Kommst du morgen mit zum Ball?«

Der vierzehnte Juli, der Tag der Bastille. Trotz der quietschgelben Plakate des Festkomitees auf dem Empfangstresen hat sie es fast vergessen. Normalerweise zieht sie sich zurück, wenn die letzten Gäste aufgebrochen sind, steht an ihrem Fenster und schaut von dort den trikolorefarbenen Kaskaden des Feuerwerks zu. Schläft ein mit Fetzen der Lautsprechermusik vom Festplatz in den Ohren, den fernen Schüssen vom Schießstand, den zarten Glocken des Karussells.

Mettes Gesellschaft könnte einen Sicherheitsfaktor bilden, der sie dazu verlockt, an den Festlichkeiten teilzunehmen. Andererseits möchte sie kein Anhängsel sein, sie ist seismographisch übersensibel gegenüber Gustavs Signalen. Aber bis jetzt hat nichts in seinem Verhalten darauf hingedeutet, daß sie *de trop* ist.

»Vielleicht«, sagt sie.

Gustav übernimmt die Führung, als sie sich ihren Weg durch die brodelnde Menschenmenge bahnen, auf das Schankzelt am Rand des Festplatzes zu. Cecilias feste kleine Schenkel in ihrem Overall umklammern seinen Hals, sie singt aus voller Kehle, erntet dafür von den Vorbeigehenden ein Lächeln.

Nanna hat sich ihnen angeschlossen, nickt Bekannten auf dem Weg zu, wechselt ein paar Worte mit Stammgästen.

Der Abend ist kühl geworden, mit leichtem Nieselregen, aber das traditionelle Feuerwerk hat sich wieder einmal übertroffen, die kleine Kommune bestätigt ihren Wohlstand mit großem Prunk.

Auf der Orchesterbühne sind die Männer mittleren Alters in ihren lachsfarbenen Hemden abgelöst worden, die den Abend über zur Freude der Tanzlustigen in der Elterngeneration eine Mischung aus Musettewalzer und sambaähnlichen Rhythmen präsentiert haben.

Eine Gruppe junger Kerle steigt auf die Bretter, musikalische Jagdflieger, die ihre blinkenden Instrumente wie die Steuerknüppel eines Cockpits behandeln und einen fast schon sichtbaren Lärmstreifen an dem bedeckten Nachthimmel hinterlassen. Ihr langes Haar weht in dem aufkommenden Wind.

Der hämmernde Rhythmus macht die freigesetzte Energie greifbar, das Gefühl von Menge und Bewegung auf der Tanzfläche ist überwältigend.

Mettes gelbes Kleid hebt sich von der Masse der tanzenden Körper ab, ihre Brüste hüpfen unter dem weichen Stoff. Nanna erspäht kurz ihr Gesicht, ausgelassen unter den Locken.

Gustav hat sich auf eine der langen Bänke am Ausschank gesetzt, wo eine Gruppe rotwangiger Fischer den Abend mit einer Mischung aus billigem Wein und Strömen von Cidre hinunterspült, unter Lachsalven Erdnüsse mit den Lippen aus der Luft auffängt.

»Kann ich dich überreden, uns was zu holen?«

Er hat bereits die Hand in der Gesäßtasche, will sein Portemonnaie herausholen. Nanna winkt ab. Ihre Ambitionen als Gastgeberin kollidieren die ganze Zeit mit Gustavs wohlerzogenen männlichen Manieren, sie wird unsicher in ihrer Rolle. Er hat sie zum Tanz aufgefordert, hat sie sicher im Walzer zwischen anderen gesetzten Paaren herumgeführt, sich mit einer Verbeugung bedankt. Sie hat das Gefühl, daß seine Tadellosigkeit für alle außer Mette undurchdringlich ist.

In dem Gewimmel vor dem Ausschank sieht sie Loïc im Gespräch mit einigen Männern, die sie nicht kennt. Offenbar hindert ihn die Familientrauer nicht daran zu feiern. Schon mehrmals an diesem Abend hat sie ihn gesehen, tanzend, in der Menge mit einem Glas in der Hand stehend, in lebhaftem Gespräch, aber bis jetzt hat sie es vermeiden können, direkt auf ihn zu stoßen. In Begleitung von Mette und Gustav hat ihr Blick ein sicheres Ziel. Jetzt entscheidet sie sich für die am weitesten entfernte Schlange.

Als sie die Getränke auf die fleckige Tischplatte stellt, hat Gustav Cecilia auf seinen Schoß umdisponiert. Ein Gestrüpp von Locken klebt an ihrer runden Stirn, die kleinen Fäustchen reiben die Augen.

»Es fehlt nicht mehr viel, dann fällt sie um.«

Das Kind dreht den Kopf von dem Glas weg, das ihm angeboten wird, der Mund verzieht sich unzufrieden.

Das Orchester hat mit einer neuen Nummer begonnen. Jemand hat den Verstärker aufgedreht, der Klang ist nicht ausgesteuert, der Lärm übertönt alles. Ein erschrockenes Weinen überzieht Cecilias Gesicht, sie verkriecht sich in Gustavs Schoß, kuschelt sich in seine Achselhöhle.

Die Sehnsucht, die Nanna schon seit langem nicht mehr an sich herankommen läßt, die Sehnsucht nach einer warmen Brust, um sich an sie zu lehnen, dem tröstenden Geruch eines geliebten Menschen, überfällt sie wie ein Schlag in den Nacken. Sie beugt sich über den Tisch, verbirgt ihr Gesicht. Ein paar Augenblicke später ist der Geräuschpegel wieder normal, sie hat ihre Atmung unter Kontrolle, leert ihr Glas.

Vom Podium kündigt der Vorsänger das letzte Lied des Abends an, ein enttäuschtes Gebrüll ist die Antwort, stampfende Füße, aber die Scheinwerfer werden bereits ausgeschaltet, ein ohrenbetäubendes Pfeifkonzert folgt.

Die Menschenmenge schiebt sich in zähen Wellen vom Platz. Eine dieser Wellen spült Mette an ihren Tisch.

»Ich habe Martine und Alan getroffen.« Mette ist außer Atem, ihre Nasenflügel vibrieren. »Sie wollen uns in den Nachtclub mitnehmen.«

Sie hat sich die Jacke um die Taille gebunden, ihre Rückenmuskeln sind angespannt unter der sonnengebräunten Haut, eine Katze auf Beutejagd.

»Sille muß ins Bett.« Gustav schiebt den kleinen Kopf hoch, der von seinem Oberarm heruntergerollt ist. »Du und Nanna, ihr könnt ja mitgehen.«

Martine ist hinter Mettes Rücken aufgetaucht, die kräftigen Bonbonfarben ihres Kleids leuchten im Licht aus dem Barzelt, ihr Mund ist rot, ein blutiger Riß.

»Kommt ihr?«

Der Augenblick schwankt auf einer Nadelspitze. Nanna spürt den unausgesprochenen Druck, sie soll Mettes Alibi sein, fühlt sich dazu nicht in der Lage.

»Ich muß morgen arbeiten.«

Sie weiß, damit bricht sie ihren mit Blut besiegelten Musketierschwur, wagt es nicht, Mettes Blick zu erwidern.

Gustav rettet sie davor, ihre Worte gleich wieder zu bereuen. »Geh du nur mit. Dir tut es gut, etwas zu tanzen.«

Er ist aufgestanden, hat mit Martine ein paar Phrasen in seinem korrekten Diplomatenfranzösisch gewechselt. Kurz darauf sind die beiden Frauen in dem Gewühl verschwunden.

Kleine Grüppchen festlich gekleideter Menschen gehen an ihnen vorbei, als sie zum Hafen hinunterschlendern, die schlafende Cecilia auf Gustavs Arm, die Stimmung in den Straßen ist fröhlich, entspannt trotz des kühlen Winds.

In dem scharfen Licht der Lampe über der Hoteltür sieht Gustav hohlwangig aus, als er sich ihr zuwendet.

»Hast du noch Lust auf ein Glas Wein, wenn ich sie ins Bett gelegt habe?«

Nanna hört ein Zögern in seiner Stimme, eine Angst, seine Einladung könnte mißverstanden werden, aber auch Zeichen einer Einsamkeit, die sie bisher nicht wahrgenommen hat, die ihr aber die Möglichkeit nehmen, abzulehnen.

»Ja, gern.«

Gustav hat eine geöffnete Flasche Rotwein im Küchenschrank gefunden und zwei Gläser eingeschenkt, seine gedämpften Schritte lassen die Bodenbretter oben knacken. Nanna hat Lust, sich eine Zigarette anzuzünden, tut es dann doch nicht, als er die Treppe hinunterkommt, nimmt statt dessen einen Zahnstocher im Licht des Kerzenhalters in der Küche.

Cecilias schläfriges Glucksen ist verstummt, nur das Sausen des Winds und das ferne Rauschen der Brandung gegen die Klippen der Hafeneinfahrt stören die Stille.

Mettes Abwesenheit erfüllt den Raum zwischen ihnen, aber keiner von ihnen hat die Kraft, das zu kommentieren. Nanna sucht nach einem neutralen Thema.

»Wo hast du eigentlich Französisch sprechen gelernt?«

Er lächelt. Sie hat richtig geraten.

»Bei den Nonnen im Kindergarten. Mein Vater war Chargé in Brüssel, er bestand darauf, mit mir nur Schwedisch zu sprechen. Mutter hat Dänisch gesprochen, das war manchmal schon ziemlich verwirrend.«

Es ist das erste Mal, das sie hört, wie Gustav über sich selbst spricht, sie hört mit angehaltenem Atem zu. Die lange Gestalt hängt über dem unbequemen Küchenstuhl, sehr viel weniger förmlich, als sie ihn bis jetzt gesehen hat.

»Wo kommst du eigentlich her? Mette hat es mir bestimmt erzählt, aber ich habe manchmal Probleme, alles auseinanderzuhalten, was Mette mir so erzählt.«

Sein entschuldigendes Lächeln enthält gleichzeitig Resignation und Zärtlichkeit. Nanna ertappt sich, wie sie ins Nachdenken kommt, aber Gustavs Offenheit verdient eine Antwort.

»Ich bin bei meinem Vater und meiner Stiefmutter aufgewachsen.«

»Und deine richtige Mutter, was ist mit ihr?«

Yann hat es gewußt. Mette hat es immer gewußt, alle anderen waren auf Vermutungen angewiesen, und jetzt zögert sie, die ganze Wahrheit zu erzählen.

»Sie ist gestorben, als ich klein war.«

Der Wind hat zugenommen, rüttelt mit einem unheildrohenden Geräusch an den Eisenblechen des Schuppendachs. Gustav dreht das Glas zwischen seinen langen Fingern, in der Stille nach der Windböe kann sie hören, daß er leise summt.

Hier ist Platz für das Schweigen, sie muß nicht mehr sagen. Aber etwas an Gustavs Wesen, seine diskrete Fürsorge, läßt sie dennoch fortfahren.

»Meine Mutter hat nach meiner Geburt eine Psychose bekommen.« Sie spürt, wie er den Kopf dreht, vermeidet es aber, ihn anzusehen. »Sie hat sich das Leben genommen.«

Gustavs Gesicht ist ein tanzender Punkt vor ihren Augen, etwas in einem umgedrehten Fernglas. Ihr Herz hat angefangen zu hämmern, sie schnappt nach Luft.

»Das muß eine schwere Bürde für ein Kind sein.«

Er hat verstanden. Die Spannung läßt nach, sie kann wieder klar sehen.

»Noch ein bißchen Wein?«

Sie folgt ihm mit ihrem Blick, als er eine neue Flasche aus dem Schrank holt, dankbar für die Unterbrechung.

»Was hältst du von einem Happen Käse?«

Er hat bereits ein großes Brett auf den Tisch gestellt, holt Brot und Käsestücke hervor.

Sie essen schweigend. Das Gefühl, daß sie sich nicht anstrengen muß, daß sie endlich einmal einfach nur sie sein darf, überwältigt sie. Sie erlaubt sich, den Käse und den schweren Wein zu genießen, kaut lange auf der salzigen Kruste des Brots. Kein Wort kommt ihr in den Sinn, sie sucht nicht mehr danach.

Die Flasche ist leer, als sie aufsteht, um zu gehen. Gustav bringt sie bis zur Pforte, reicht ihr zum Abschied die Hand.

Ein Wolkenberg hängt bedrohlich niedrig über dem Horizont, als sie um die Ecke der Bootswerft biegt, ein paar zerzauste Möwen segeln mit dem Wind, ihr Schrei hallt über dem menschenleeren Hafen wider. Die kräftigen Farben der Trawlerbäuche leuchten matt in der graurosa Morgendämmerung. Nur eine Handvoll Boote sind mit der Morgenflut ausgelaufen, in den Nachtlokalen der Umgebung geht das Fest weiter, ein einzelner Tag ohne Fang spielt bei dem Überfluß keine Rolle.

Eine Gestalt krümmt sich auf der Hoteltreppe zusammen, das graue Licht verleiht der gelben Farbe des Kleids einen seekranken, grünlichen Schimmer.

»Mette?«

Die Locken kleben an Mettes Stirn, ein wenig Wimperntusche ist über die eine Wange verschmiert.

Nanna streckt unwillkürlich die Hand aus, entfernt den Fleck mit einem Finger.

»Ich habe mich nur ein bißchen ausgeruht.« Mette zieht ihre Knie unter das Kleid, krümmt sich zusammen, den Rücken gegen den Türrahmen, eine Hinterhofkatze.

»Kannst du dich nicht zu mir setzen?«

»Wie bist du zurückgekommen?«

»Ich bin gegangen.« Der Blick ihrer türkisblauen Augen ist plötzlich ganz eindringlich. »Wo kommst du jetzt her?«

»Gustav hat mich zu einem Glas Wein eingeladen.«

»Gustav ist der geborene Gentleman.« Mette erschaudert unter ihrer Jacke. »Was man von Alan nicht sagen kann.«

Das Kichern hat einen fremden Unterton, den Nanna nicht deuten kann.

»Es ärgert mich nur, daß ich es nicht vorher durchschaut habe.«

»Durchschaut, was?«

Sie weiß nicht, ob sie wirklich die Antwort hören will.

»Ich weiß nicht, was passiert wäre, wenn Gustav mitgekommen wäre. Aber so hat er's mir jedenfalls auf der wattierten Seide besorgt. In allen natürlichen Öffnungen.«

»Ich dachte, ihr wolltet in den Nachtclub.«

»Der Nachtclub war nur ein Vorwand.« Mette zuckt mit den Schultern. »Ich glaube, ich habe meinen Meister gefunden.«

»Martine?«

Mette nickt.

»Irgendwie ging das Ganze um dich. Sie hat es zwar nicht gesagt, aber ich habe das gefühlt.«

Mettes Finger bohren sich in Nannas Arm, diese traut sich nicht, ihn zurückzuziehen.

»Das schlimmste ist, daß es mir gefallen hat. Ich könnte jetzt noch da liegen, wenn der Sohn nicht aufgetaucht wäre.«

»Der Sohn?«

»Ganz plötzlich stand er mit seiner sorgenvollen Stirnfalte in der Tür, ich weiß nicht, wie lange er schon zugeguckt hat.«

Ein kleiner blonder Junge mit einer Sorgenfalte.

»Da bin ich abgehauen.«

Sie will nichts weiter hören, es ist schon viel zuviel gesagt worden.

Ihre Wangen fühlen sich heiß in dem eisigen Wind an, sie starrt auf das vertraute Gesicht vor sich, versucht, durch das Sediment hindurchzusehen, das die Geschehnisse dieser Nacht abgelagert haben, ihre eigene Ausgabe von Mette wiederzufinden.

Mettes Gesicht ist durchdrungen von Müdigkeit, als sie sich Nanna zuwendet, ihr die Arme um den Hals schlingt.

»Wie gut, daß du jetzt nach Hause gekommen bist.«

Der schwere Körper zittert in Nannas Armen. Nanna streichelt das zerzauste Haar, klopft sanft den Rücken unter dem dünnen Jackenstoff.

»Ja«, sagt sie. »Das ist gut.«

Die Kirchturmuhr auf der anderen Seite des Hafens schlägt fünf trockene Schläge. In nicht einmal drei Stunden soll sie wieder ganz parat sein. Die Gäste warten nicht auf ihr Frühstück, sie wird einen schweren Tag haben.

Tief in ihrem Inneren ist sie dankbar dafür, daß der kommende Tag seine festen Strukturen hat. Daß es das normale Leben gibt und daß es weiterläuft.

Oktober 1972 – Februar 1973

»*Allez.*« Yanns Onkel stellt die dampfende Schüssel vor Nanna auf den Tisch. »Diese Muscheln kriegst du auch zu Hause nicht besser.«

Das Bild der anspruchsvollen Kollegin, der er imponieren will und mit der er sich mißt, hat die Erinnerung an Yanns unsichere Freundin im Bewußtsein des Onkels überdeckt. Sie ist kein gewöhnlicher Gast hier.

»Ein kleiner Muscadet, wie üblich?« Er schenkt ihr ein, legt den Kopf schräg, während sie probiert. »*Ça va?*«

»*Ça va très bien.*«

Ein paar eilige Reisende winken mit den Armen nach der Rechnung.

»Einen Moment.«

Der Onkel verschwindet mit einer entschuldigenden Geste, läßt sie mit dem Duft nach Wein und Meer allein, nach Zwiebeln und Petersilie, dem kühlen Feuersteingeschmack des Weins.

Sie ist vom Bahnhof direkt hierhergegangen, will die Grüße von Mémé und Marie-Jeanne überbringen und vor allem das Wiedersehen mit dem Onkel hinter sich bringen, mit den Fayenceblumen und dem Spiegelbuffet, dem dunklen Holz und den weißen Tischdecken, dem Rahmen früherer, ferner Zusammenkünfte.

Das Restaurant ist fast leer, die ruhigen Stunden des Nachmittags haben eingesetzt, die Kellner stehen in einer Gruppe am Buffet und unterhalten sich, erholen sich nach dem ersten Durchgang des Tages. Sie kennt die meisten noch, trotz seiner jähzornigen Art hat der Onkel kein Problem, seine Leute zu halten.

Einer von ihnen schlägt mit der Faust auf die glänzende Holzoberfläche des Buffets, leicht, um etwas zu unterstreichen, was er gesagt hat, was die anderen zum Lachen bringt, dann reißt er sich von der Gruppe los, durchquert den Raum, kommt auf ihren Tisch zu.

Die Erinnerung an Yann, wie er zwischen den leeren Tischen herangeschlendert kam und sich zu ihr setzte, ist überwältigend. Sie muß ihr Glas hinstellen, versucht, ihre Gemütsbewegung zu beherrschen.

»*Ça va?*«

Der Onkel ist wieder zurück, wirft einen mißtrauischen Blick auf die nicht angetasteten Muscheln. Nanna lächelt entschuldigend, verbrennt sich an einem der heißen Schalentiere.

»Sie sind ausgezeichnet.«

Sie konzentriert sich auf die orangefarbenen Muscheln. Läßt den Onkel reden, beschränkt sich darauf, mit kleinen Lauten zu antworten, freundlichem Nicken und einem Lächeln.

Früher hat sie Yanns Auffassung von dem Onkel als einem harten Mann, einer Sklaventreibernatur, immer in Frage gestellt. Jetzt, da sie selbst Arbeitgeberin ist, fällt es ihr leichter, seinen Ehrgeiz zu verstehen, der ihn dazu treibt, sein Personal am kurzen Zügel zu halten. Sie kann seinem Blick, der immer wieder den Raum abtastet und kontrolliert, ob alles perfekt ist, nunmehr mit neuem Verständnis folgen.

»Entschuldige.«

Sie hat die Frage des Onkels nicht gehört, er wiederholt sie.

Ihre Pläne. Sie weiß kaum, ob sie überhaupt welche hat. Die Fahrt nach Paris war Marie-Jeannes Idee, eine Belohnung für Nannas Einsatz während der Saison, die glänzend verlaufen ist, ein notwendiger Urlaub nach Monaten harter Schufterei.

Drei Tage im Hotel, ohne alle Pflichten. Faule Morgenstunden mit Frühstück im Bett, Museumsbesuche, Shopping, das klang so verlockend. Die Hauptstadt im Oktoberlicht, goldene Blätter auf dem Gras der Parks, sie hört, wie sie Marie-Jeannes Worte dem Onkel gegenüber wiederholt. Sie klingen hohl, wie aus einer Touristenbroschüre.

Mette hätte hier sein sollen, Mettes Anwesenheit hätte ihr als Schutz gegen allzu schmerzhafte Erinnerungen gedient, aber Mette holt sich die Inspiration für ihre neue Kollektion in London, Paris ist nicht mehr das Zentrum der Mode.

Der Onkel bringt sie hinaus zum Taxi, schenkt ihr einen Wangenkuß. Sie will ihren kleinen Koffer im Hotel abstellen, sie hat eine neutrale Übernachtungsstätte ausgesucht. Der Gedanke, eine einsame Nacht in dem kleinen Zimmer in der Rue Crémieux zu verbringen, verursacht bei ihr eine Gänsehaut, die ganze Fahrt ist ohnehin schon riskant genug.

Das brummende Rauschen der Stadt dringt durch das offene Fenster zu ihr hinein, die Luft ist mild. Sie unterdrückt ihren Impuls, sofort ins Bett zu kriechen, sich die Decke über den Kopf zu ziehen und darauf zu warten, daß sie endlich wieder zurückfahren kann und eine Form der Sicherheit wiederfindet.

Statt dessen packt sie hastig ihren Koffer aus. Die neutralen Seidenblusen und geraden Röcke sehen praktisch und uniformsmäßig aus, volle Kriegsmontur.

Sie sucht sich eine Bluse mit dunklen Blumen auf lindgrünem Grund aus, einen halblangen, flaschengrünen Rock, steckt das Haar in einem losen Knoten hoch. Ohne in den Spiegel in der Schranktür zu sehen, hängt sie sich die kleine Tasche über die Schulter.

Der sehr junge Mann am Empfang erhebt sich halb, um ihre Schlüssel entgegenzunehmen, sie kann seinen Blick auf ihrem Rücken spüren, auf ihren Beinen, den ganzen Weg bis zur Tür, sie ist wieder sichtbar geworden.

Der anonyme Lärm der Stadt nimmt sie auf, trägt sie, ein dahingleitender Strom. Sie hat es aufgegeben, einen Halt finden zu wollen, läßt die Spontaneität ihre Schritte lenken, ohne Ziel oder Richtung. Die Wärme der Sonne auf ihrer Haut, der bittere Geruch von Kastanienblättern, von den Auspuffgasen der Autos, die überquellenden Schaufenster der Geschäfte, ein Kaleidoskop von Sinneseindrücken wiegt sie in einen betäubenden Schlummer, in dem Gedanken nicht mehr notwendig sind.

Eine Tafel an einer Mauer bringt sie zurück in die Wirklichkeit, ein vertrockneter Blumenstrauß in einem Metallbügel. Nur wenige Schritte weiter gelangt sie zum Museumseingang.

In einer Ecke der Vorhalle schläft eine junge Frau, blond wie sie selbst, auf einem altmodischen, gepolsterten Sessel. Der Schlaf hat sie inmitten von Touristengruppen und Museumsangestellten überwältigt. Das schwache Licht aus einem hochsitzenden Fenster trifft ihr Profil und verwandelt sie in eine Skulptur. Sie ruht so friedlich, vertrauensvoll auf ihrem Sessel, ihr kann nichts Böses geschehen.

Die hohen Räume des Museums sind erfüllt von dem diffusen Licht des Nachmittags. Der Marmor der Skulpturen wirkt dadurch massiver, die Bronze schwerer. Nanna umschifft eine Museumsführerin, deren messerscharfe Stimme einer Gruppe deutscher Touristen die einzelnen Teile des Höllentors in verdauliche Happen zerlegt. Sie ist auf der Jagd nach dem Wiedererkennen, nach der Euphorie von damals, hat aber Schwierigkeiten, sich zu orientieren.

Andere Skulpturen als die, an die sie sich erinnert, fangen ihren Blick. Vor einer davon stutzt sie, bleibt vor ihr stehen, lange.

Eine gewaltige Woge grüner, halb durchsichtiger Steine erhebt sich senkrecht über drei tanzenden Mädchengestalten, ihren strahlenden Gesichtern, nichts ahnend. Im nächsten Moment werden sie zerstört sein, werden die schmächtigen Körper weggespült worden sein, wird die unbändige Freude ertrunken sein.

Sie wundert sich über den Namen auf dem Sockel. Camille

Claudel. Ein Mann? Eine Frau? Sie nimmt an, letzteres. Eine Frau mit dem Wissen einer Frau von der zerbrechlichen Notwendigkeit der Freude, von der Unvermeidlichkeit der Trauer.

Himmelhoch jauchzend, zu Tode betrübt. Ihr Gymnasiumswissen hat sie mit Zitaten für ein ganzes Leben versorgt, sie muß ironisch über sich selbst lächeln, während der Balanceakt der Skulptur zwischen Freude und Fluch einen Ton in ihr angeschlagen hat, dem sie bei dem weiteren Gang durch die Sammlungen folgt, den sie nicht mehr abschütteln kann.

Ihr ganzes kurzes Leben gemeinsam mit Yann hat sich im Schatten einer drohenden Katastrophe abgespielt, jeden Moment konnte die Welle über sie hereinbrechen. Sie ist dankbar dafür, daß sie nie ernsthaft geahnt hat, wie nahe das Ende tatsächlich war.

Sein Tod hat sie zurück in die Landschaft ihrer Kindheit geschickt, in der die Verhaltensregeln und Ermahnungen der Stiefmutter ihrer Entfaltung enge Grenzen gesetzt haben.

Ein Wickel auf die Brust, Watte in die Ohren, Fieberthermometer und Holunderbeersaft. Geh nicht zu weit raus, Nanna, vergiß deinen Schal nicht, Nanna. Ein Leben weit weg von möglichen Gefahren, in sicherem Abstand von Wellen und Tiefen.

Eingekapselt in eine Illusion der Unverwundbarkeit.

Japaner in dunklen Anzügen, mit kleinen Lederhüten, sammeln sich in den folgenden Sälen, sie zwängt sich zwischen den Menschentrauben hindurch, sucht den Ausgang. Die schlafende Frau ist verschwunden, auf ihrem Platz hat sich ein älterer Mann mit einem zornigen Gesichtsausdruck niedergelassen, umgeben von Taschen und Einkaufstüten. Nanna wirft ihm ein prüfendes Lächeln zu, erntet als Antwort ein Kopfschütteln.

Auf einem der Boulevards kauft sie eine Zeitung, setzt sich mit ihrem Kaffee auf die Terrasse einer kleinen *brasserie*. Die Luft ist immer noch mild, um sie herum sitzen Männer in Hemdsärmeln, Frauen in leichten Pullovern.

Die Vernunft hat in Dänemark gesiegt, verkündet das Titelblatt, eine überwältigende Mehrheit ihrer Landsleute hat für Europa gestimmt. Der Widerstand war unter den Jungen am größten, Leute ihres Alters haben sich stark engagiert, demonstriert, Propaganda getrieben, bis zum letzten Moment die Illusion gehegt, man könnte etwas gegen Großbauern und Industrie ausrichten, die Marktkräfte eindämmen, die bürokratische Maschinerie.

Nanna läßt ihren Blick über den Artikel gleiten. Seine Worte von einem Groß-Europa, von einer ökonomischen und kommerziellen Großmacht rufen ein schwaches Gefühl des Unmuts in ihr hervor, aber sie hat Schwierigkeiten, sich vorzustellen, sein Inhalt könnte etwas mit ihr zu tun haben.

In ihrer Ecke der Welt leben die Menschen ihr Leben, weit entfernt von den Metropolen, in denen die große Politik gemacht wird. Die politischen Diskussionen in der Bar daheim faßt sie inzwischen als einen Teil einer rituellen Umgangsform auf. Politische Beschlüsse sind etwas, von dem man betroffen wird, nicht etwas, an deren Entscheidung man mitwirkt. Selbst die großen Unruhen, die die Nation 1968 erschüttert haben, haben nur leichten Widerhall so weit im Westen erzeugt. Sie faltet die Zeitung zusammen, zündet sich eine Zigarette an.

Ein Mann ist um ihren Tisch geschlichen, jetzt bleibt er vor ihr stehen.

»*Je peux vous inviter, Mademoiselle?*«

Das Gesicht ist schmal und wohlgeformt, der kurze Bart sorgfältig getrimmt, die Augen lächeln gleichzeitig einladend und respektvoll.

Der Impuls, seine Einladung anzunehmen, sich seiner Obhut zu überlassen, überrumpelt sie. Das Lächeln erscheint, bevor sie es aufhalten kann.

Er setzt sich auf den Stuhl neben ihr, stellt eine flache, teuer aussehende Ledertasche neben seine Füße. Sie nimmt an, daß er aus einem der Ministerien hier in der Nähe kommt, ein Beamter.

»Ich würde mich gern mit Ihnen unterhalten.« Er ruft den Kellner, bestellt ein Bier für sich selbst. »Wozu darf ich Sie einladen?«

Die Einsamkeit hat sie gelehrt, die Unruhe ihres Körpers zu bezähmen. Sie hat sich unzugänglich gemacht für Blicke, für Berührungen, für jede Einladung zur Intimität, selbst für Loïc und seine Manöver hat sie mit der Zeit Mittel gefunden, niemand kann ihre Abwehr durchbrechen.

Aber hier, auf dem geflochtenen Sitz eines Pariser Caféstuhls, in dem honigfarbenen Herbstlicht, trifft sie die Sehnsucht mit voller Macht. Die Sehnsucht danach, den Körper mit etwas anderem als den alltäglichen Routinen herauszufordern, ihr Gehirn für etwas anderes zu benutzen als einfache Rechnungen, immer wiederkehrende Fragen und Antworten.

»Ein Glas Elsässer Wein, bitte.«

Eine Welle hinter ihr, sie ahnt ihren Schatten, aber der Tanz ist unabwendbar, der Augenblick, in dem sie noch hätte fliehen können, ist verstrichen. Ihre Handflächen sind feucht, der Puls pocht vogelartig in ihrem Hals.

Der würzige Geschmack des Weins liegt leicht auf der Zunge, sie genießt ihn, wie sie die Worte genießt, die Worte der Neugier, die Worte der Verführung. Sie genießt es, namenlos und ohne Geschichte zu sein, wie der Mann, der sich auf seinem Stuhl zurücklehnt und sie mit schönen Zähnen anlacht, sich über den Tisch vorbeugt und ihre Zigarette anzündet, seinen Blick auf ihrer Brust, ihrem Hals, ihrem Haar ruhen läßt.

Die Lampen sind schon seit langem auf der kleinen Terrasse angezündet, als sie endlich aufstehen, die indigoblaue Dämmerung hat sich herangeschlichen, ohne daß sie es bemerkt hat, zwischen den Platanen auf dem Boulevard stehen tiefe Schatten.

»Ich bringe Sie.«

Auf dem Weg zu ihrem Hotel streift seine Hand ihren Ellbogen, die flüchtige Berührung läßt sie erzittern, sie hat aufgehört zu denken, ihr Körper hat sich entschieden.

Sie sind verstummt. Der Verkehrslärm hat die Geräusche ihrer Schritte geschluckt, ihre Bewegungen sind präzise, Tänzer in einer stummen Choreographie.

Unter dem Hotelbaldachin nimmt er ihre Hand, hebt sie an seine Lippen.

»Es war mir ein Vergnügen, Mademoiselle.«

Sie sieht, wie er die Straße überquert, sich kurz umdreht, bevor er um die nächste Ecke biegt.

Die Enttäuschung kommt so jäh und mächtig, daß sie wie gelähmt stehenbleibt und dem Mann nachsieht, noch lange nachdem er verschwunden ist. Dann muß sie einfach lachen, steht mitten auf dem Bürgersteig und lacht, bis sie keine Luft mehr kriegt.

Die Welle hat sich zurückgezogen, während sie noch den Tanz der Freiheit genossen hat, sie ist in Sicherheit, wieder einmal.

Als sie sich ein paar Stunden später zu einem einsamen Essen in einem Restaurant in dem Viertel niederläßt, ist das Lachen verschwunden. Die Unruhe sitzt in ihrem Körper, sie hat keinen Appetit, läßt die Pastete fast unberührt zurückgehen, stochert in Hähnchen und Salat. Die mütterliche Kellnerin sieht sie besorgt an, als sie auf das Dessert verzichtet, bringt sie bis zur Tür.

»*Bonne soirée, Madame.*«

Die Freundlichkeit treibt sie fluchtartig auf die Straße. Mehrere Stunden lang läuft sie zwischen zugeklappten Schaufensterläden und kleinen, erleuchteten Cafés herum, bis ihr die Füße weh tun und sie umkehrt und sich von der anonymen Kühle des Hotelzimmers umschließen läßt, den traumlosen Schlaf der Erschöpfung schläft.

Der Himmel ist bewölkt, und das sanfte graue Licht umhüllt die Dächer und Schornsteine vor ihrem Fenster, als sie die Fensterläden öffnet und die Morgenluft einatmet. Der Duft von Salzwasser, der sonst ihre Nasenflügel trifft, ist ersetzt durch das stickige Aroma der Stadt, die Möwenschreie durch das paarungsfreudige Gurren der Tauben auf den Gesimsen der Nachbarhäuser.

Das Frühstückstablett auf ihrem Schoß verstärkt ihr Gefühl von mangelnden Pflichten, niemand erwartet sie, der Tag hat keinen Rahmen. Eine rastlose Unruhe treibt sie wieder hinaus in die Straßen, sie läßt sich von der Metro kreuz und quer durch die Stadt befördern, gerade wie es ihr einfällt.

Die parfümierte Wärme der Kaufhäuser schluckt sie, sie probiert hier ein Kleid an, da einen Mantel, steht wieder auf der Straße, wechselt von einer eleganten Boutique zur anderen im Maraisviertel, ihrem Revier in der Au-pair-Zeit, das sich in den letzten Jahren noch mehr zum Exklusiven hin verändert hat, als sie es im Gedächtnis behalten kann.

Sie unterdrückt die aufkommenden Erinnerungen, indem sie sich an ihren Einkäufen berauscht, macht sich blind gegenüber den Straßen, den kleinen Plätzen mit den Toreingängen, in denen sie und Yann auf dem Heimweg von späten Kinobesuchen Schutz suchten, der jüdischen Schlachterei, in deren kleinem Eßraum sie sich einmal einen ganzen Nachmittag lang küßten, sucht Vergessen in weichen Stoffen, in flatternden hellen Kombinationen, zurückhaltendem Luxus.

Die Verkäuferinnen messen diskret ihren Körper, schätzen ihr Gesicht ein, die Farbe ihres Haars, sie registriert die anerkennenden Blicke, die bewundernden Kommentare, sie ist unersättlich. Zum erstenmal in ihrem Leben hat sie genug Geld, kann aussuchen und wieder verwerfen, Schecks ausschreiben, mit großen Scheinen bezahlen.

Die Uhr an der tortenförmigen Kirche hat gerade vier geschlagen, als sie in der Rue Saint Antoine steht, beladen mit Tüten und Paketen. Sie hat Schokolade für die Schwiegermutter gekauft, eine große Schachtel, erinnert sich an ihre Angst vor dem ersten Treffen, ihren Kampf, ihr alles recht zu machen.

Eine klapperdürre Gestalt mit einem Geigenkasten geht an ihr vorbei, die großen Füße in einem Paar viel zu kindlicher Schnallenschuhe schleppt sie sich über den Bürgersteig, der Gürtel des dunkelblauen Mantels strammt sich um eine nicht existierende Taille. Das Haar des Mädchens ist zu einem struppigen Pferdeschwanz zusammengebunden, das Mausgesicht ist farblos, vertraut. Sie kann sich nicht zurückhalten.

»Mariclô.«

Ein irritierter Blick unter den gerunzelten Augenbrauen, sie hat etwas unterbrochen, eine Konzentration, ist in eine geschlossene Welt eingedrungen. Sie lächelt das abweisende Gesicht an, streckt ihre Hand aus, sieht, wie das Wiedererkennen in den grauen Augen aufsteigt.

»*C'est bien toi, Nanna?*«

Eine Sekunde, und sie ist von dünnen Armen umschlungen, so heftig, daß ihre Tüten auf dem Fußweg landen. Mariclô sammelt sie mit ungeschickten Bewegungen auf, ohne sie aus den Augen zu lassen, sie verschluckt sie geradezu mit ihrem Blick, hält sich dicht an ihrem Körper.

»Komm mit und sag *Maman* auch guten Tag.«

Nanna läßt sich widerstrebend mitziehen, sie wünschte, sie könnte das aufgeschossene Mädchen mit sich in die nächste Konditorei ziehen, ihre Geschichte über einer Tasse heißer Schokolade und süßem Kuchen erfahren, sieht aber ein, daß diese Möglichkeit nicht besteht.

»*Papa* ist gestorben.« Mariclôs Stimme klingt sachlich. »Das ist jetzt fast ein Jahr her.«

»Das tut mir leid.«

Nanna gibt sich Mühe, anteilnehmend zu klingen, doch ihre Erinnerungen an Monsieur bieten nur Raum für den allerkonventionellsten Ausdruck von Beileid.

»Warum denn?« Ein verächtliches Schnaufen neben ihr, »das alte Arschloch vermißt doch keiner!«

Die Grobheit überrumpelt Nanna, sie findet keine Antwort, geht nur stumm neben dem anscheinend vollkommen unberührten Kind her, dessen lange Schritte es ihr schwermachen, auf ihren hohen Hacken Schritt zu halten.

Der Geigenkasten schlägt gegen Mariclôs Schenkel, als sie die breite Steintreppe voraus hochläuft, ihr Faltenrock ist aus der Form geraten, dünne Stelzen stecken darunter in absatzlosen Schuhen.

»*Maman!* Komm und guck mal!«

Das Instrument wird auf den Boden vor den vergoldeten Flurspiegel gelegt. Die Tür zu dem kleinen Salon geht auf, eine schwarzgekleidete Frau erscheint.

»Nun beruhige dich doch, Mariclô.«

Die Trauerkleidung steht Madame, deren Körper immer noch jugendlich ist, das Gesicht ist markanter, als Nanna es in Erinnerung hat.

»Nanna ist da, *Maman*.«

Mariclô verschwindet den langen Flur entlang, überläßt die Mutter und Nanna den Floskeln der Höflichkeit. Aus dem Raum, der einmal Nannas Zimmer war, ist ein aufgeregtes Bellen zu hören, kurz darauf kommt das Mädchen zurück, dicht gefolgt von einem kurzbeinigen Hund mit struppigem Fell.

»Das hier ist Pollux.« Mariclô lockt das kläffende Tier mit einem Plüschaffen, den sie in der Hand hält. »Den habe ich gekriegt, als *Papa* gestorben ist.«

Madames Gesicht zeigt keine Gefühle, als sie sagt:

»Dieses Haus hat große Trauer erlebt.«

Dieses Haus. Vielleicht hat Mariclô ja recht, vielleicht hat dieser anspruchsvolle Mann keinen wirklichen Verlust hinterlassen, nur die Attitüden der Trauer.

»Mariclô hat es mir erzählt, Madame.« Sie berührt Madames Arm, entscheidet sich für eine erwachsene Geste, um zu unterstreichen, daß ihre Beziehung sich ein für allemal verändert hat. »Das tut mir leid.«

Die Berührung wird zusammen mit dem traurigen Thema mit einer unmerklichen Bewegung annulliert.

»Sie trinken doch eine Tasse Tee mit uns?« Das Lächeln auf dem gepflegten Gesicht ist wirklich freundlich. »Mariclô, hol eine Tasse für Nanna.«

Der kleine Salon hat nur noch wenig Ähnlichkeit mit dem Ort, an dem sie einmal die Neuigkeit über Yanns Einberufung entgegengenommen hat, seinen Antrag. Die steifen Möbel sind ausgetauscht worden gegen ein gemütliches Sofa, in einer Ecke hat ein glänzendes schwarzes Klavier seinen Platz gefunden. Vor dem Fenster steht ein Notenständer.

Auf dem niedrigen Couchtisch wird ein Stapel Noten zur Seite geschoben, um einem Tablett mit einer Teekanne und Tassen Platz zu machen, einer kleinen Schale mit Keksen.

Mariclô kommt aus der Küche zurück, dicht gefolgt von Pollux. Der Hund schnappt nach dem Saum des plumpen Rocks, springt auf den Schoß des Mädchens, als sie sich aufs Sofa setzt, läßt sich mit Keksen füttern.

Madame schüttelt den Kopf, nachsichtig.

»Es hat sich vieles verändert, nicht wahr?« Sie gießt Tee in die dünnen Tassen ein, bietet Zucker und Zitronenscheiben an. »Für Sie sicher auch, wie ich annehme?«

Einst war es Nannas Aufgabe, die empfindlichen Tassen abzuwaschen, sie sorgfältig abzutrocknen, bevor sie zurück in den Schrank gestellt wurden, jetzt ist sie es, die Leute dafür bezahlt, daß sie ihr schmutziges Geschirr abwaschen, ihr Bettzeug wechseln. Zu ihrer eigenen Verwunderung hat sie nicht das Bedürfnis, vor Madames Augen als Erfolgsmensch dazustehen, nicht den Drang, näher in die Details ihres Lebens zu gehen. Sie beschränkt sich auf ein paar Phrasen der Höflichkeit halber, wendet sich an Mariclô, die den Hund auf den kleinen persischen Teppich unter dem Tisch hat rutschen lassen und den Tee mit einem unangenehm lauten Geräusch in sich hineinschlürft.

»Spielst du Geige?«

»Mmh.« Die Teetasse klappert laut auf der Untertasse, ein Keks zerkrümelt zwischen Mariclôs kleinen Mäusezähnen. »Seit fünf Jahren.«

Madame mischt sich ein.

»In den ersten Jahren hat sie nicht soviel geübt, ihr Vater war nicht gerade ein Musikliebhaber. Aber jetzt gibt es nur noch die Geige.«

»Und Pollux.«

Noch ein Keks, die Hälfte landet zwischen den Kiefern des Hundes, kleine Speicheltropfen landen auf dem Teppich.

»Das hier ist jetzt unser Musikzimmer.« Madame betupft den fadenscheinigen Flor mit einer Papierserviette, ohne es selbst zu bemerken, nickt zum Klavier hin. »Das ist auch eine Veränderung.«

Ein Aufglimmen von Protest, dann ist das Gesicht wieder zuvorkommend, das Lächeln eingeübt, wenn die Situation es erfordert.

»*Papa* hat geglaubt, man könnte berühmt werden, ohne zu üben.« Mariclô schnaubt verächtlich, pikst sich mit dem Zeigefinger in die Schläfe. *»Il faut être cinglé n'est pas?«*

Madame zuckt mit den Schultern, schüttelt die Provokation ab.

»Mariclôs Lehrer meint, sie habe großes Talent.«

Daß der unbeholfene Körper, der auf den Sofakissen halb sitzt, halb liegt, diese dürren Ärmchen, die mit dem letzten Keks über der kleinen Hundeschnauze flattern, auf einem Instrument etwas anderes als Mißtöne hervorbringen könnten, erscheint Nanna äußerst unglaubwürdig.

»Das muß sehr aufmunternd sein.«

Sie ertappt sich, wie sie überheblich lächelt, aber es ist zu spät, ihre neutrale Formulierung hat ihre Skepsis verraten.

Mariclô wischt den Hundespeichel von ihrer Hand mit einer nachlässigen Bewegung in ihrem Rock ab.

»Du kannst mich ja spielen hören, wenn du es nicht glaubst.«

Während Mariclô aus dem Stapel auf dem Tisch Noten heraussucht und das Instrument aus dem Flur holt, konzentriert Nanna sich auf ihre Teetasse, versucht sich gegen das Kommende, was immer das auch sein möge, zu wappnen.

Mariclô hat die Noten auf den Ständer gelegt, stimmt ihre Geige mit präzisen Bewegungen, ihre Hände wedeln nicht mehr herum, der unzusammenhängende Körper ist zielgerichtet, beherrscht.

Das dunkle Holz der Geige ruht auf ihrem Schenkel, als sie sich Nanna zuwendet, eine Solistin auf der Bühne. Einstudiert, aber klar und sicher.

»Ich spiele eine Sonate von Johann Sebastian Bach.«

Der kindliche Mund spricht die deutschen Konsonanten mit pedantischer Exaktheit aus. Ein kurzes Nicken. Dann legt sie das Instrument an die Wange, schließt die Augen.

Die ersten Töne treffen Nanna irgendwo im Rücken, durchströmen sie mit einem lang anhaltenden Schauder. Dann ist die Musik in ihr, um sie herum, es ist unmöglich, ihr zu entkommen.

Das unfertige Pubertätsgesicht vor ihr hat sich verwandelt, ist von Grimassen frei, erschreckend intensiv.

Nanna starrt atemlos auf die dünnen Finger, die um den Bogen greifen, um den schlanken Hals der Geige, mit dem Selbstverständnis des Virtuosen, auf den mageren Torso, der sich zum Klang des Instruments anspannt, zitternd wie eine Feder.

Die Vorführung ist nicht nur technisch perfekt, sie ist von einer überirdischen Hingabe durchleuchtet, abgerundet von einem unbekannten sensitiven Universum.

Das Kind, das in dem schwindenden Tageslicht auf dem dunklen Parkettboden steht, ist kein überschätztes Eintagstalent, von dem lächerlichen Ehrgeiz der Mutter auf die Bühne gezerrt, sondern etwas sehr viel Alarmierenderes, eine in den Bann Geschlagene, eine Besessene.

Der letzte Ton ist verklungen. Mariclô bleibt mit der Geige unter dem Kinn stehen, dann blinzelt sie mit den Augen, wacht aus einem Traum auf.

Hinter ihr flattert ein Flügel gegen das Fenster.

»Eine Taube.« Eine schnelle Drehung, die Stimme ist entspannt, der Bogen wird benutzt, um zu zeigen. »Guck mal, Pollux, da sitzt eine Taube auf dem Gemäuer.«

Immer noch mit der Geige in der Hand hebt sie den Hund hoch, drückt dessen Schnauze gegen die Scheibe.

»Pi-pipi-geon!«

Ein Kichern, das sich mit dem schrillen Bellen des Hundes mischt, läßt Madame resigniert mit den Schultern zucken.

Danach ein Gespräch über Alltägliches wiederaufzunehmen ist nicht möglich. Das, was den Raum erfüllt hat mit seiner unerbittlichen Nähe, entzieht sich allen Worten.

Nanna steht auf, reicht Madame die Hand zum Abschied.

»Sie sind immer bei uns willkommen, wenn Sie in Paris sind.«

Das Sicherheitsnetz der Formen hat sie gerettet, sie können sich trennen, ohne sich anmerken zu lassen, daß sie ein beunruhigendes Wissen teilen.

Mariclô bringt Nanna die Treppe hinunter.

»*Maman* versteht nicht viel davon.« Ihre großen Schuhe hüpfen die Marmorstufen hinunter, der Pferdeschwanz tanzt. »Aber jedenfalls wirft sie mir keine Knüppel zwischen die Beine.«

»Mariclô.«

Sie hat keine Ahnung, was sie diesem sonderbaren Wesen auf der Treppe sagen soll. Wenn sie überhaupt etwas gesucht hat, als sie vorhin Mariclô gefolgt ist, dann war es das weinende kleine Mädchen in Yanns tröstenden Armen, das Kind, das einmal ihre eigene Zärtlichkeit geweckt hat. Statt dessen hat sie ein heiliges Monster gefunden, unmöglich zu lieben, unmöglich, sich ihm zu entziehen.

Vielleicht hat Mariclô die Musik als Zuflucht benutzt, als Schutz gegen unerträgliche Stimmen hinter geschlossenen Türen, gegen die sanfte Folter der großbürgerlichen Erziehung. Aber unterwegs muß sich ihr ein Weg offenbart haben, eine Bestimmung, die sie ein für allemal vom Rest der Welt abgegrenzt hat.

Die mageren Arme schlingen sich um ihren Hals, Mariclôs Lippen sind kühl gegen ihre eigenen heißen Wangen.

»Darf ich dir schreiben?« Der Ausdruck in den grauen Augen zeigt eher eine Forderung als eine Bitte. »Ich schreibe gern Briefe.«

Nannas Hände zittern, als sie eine Visitenkarte aus ihrer Tasche zieht, sie ist durcheinander, dem Weinen nahe.

Die Tür fällt hinter ihrem Rücken ins Schloß. Sie sammelt ihre Tüten und Pakete, will gehen, als sich eine leise Stimme noch einmal durch die geschlossene Tür drängt.

»Ich hab dich lieb.«

Der Novembertag schüttelt sich unter seinem klammen Umhang, die bleiartigen Lichter von Allerheiligen flackern auf dem Friedhof, ein Faltenwurf aus Feuchtigkeit.

Die Kieswege sind dunkel von der Nässe, hier und da haben Regenböen kleine Pfützen auf den Steinplatten der Grabstätten hinterlassen.

Nanna stellt den Topf mit den purpurfarbenen Astern auf den vor Nässe fleckigen Marmor auf Yanns Grab.

Überall auf dem Friedhof sind Frauen emsig beschäftigt, sammeln verwelkte Blumen ein, stellen frische hin, zünden die kleinen Öllämpchen an. Die gelben Flammen flackern in der feuchten Luft, kleine Lichter für die Seelen. Eine Verheißung auf ein Wiedersehen, wie die Irrlichter des Sommers, *les korrigans*, die den Überlebenden erzählen, daß im Jenseits jemand treulich wartet.

Die Streichhölzer sind feucht, erst nach mehreren Versuchen gelingt es ihr, den kleinen Docht anzuzünden.

Mémé sollte bei ihr sein, wie sie es jedes Jahr war, aber Mémé hat es schwer, nach einem Sturz auf der Treppe zu ihrem Schlafzimmer im ersten Stock ihre Kräfte wiederzufinden. Schmerzen und Atembeschwerden nach einem Rippenbruch fesseln sie an den Stuhl, der Körper schrumpft.

Ohne diese kleine energische Person an ihrer Seite bekommt Nannas Allerheiligenbesuch auf dem Friedhof den Charakter einer Prüfung, eines auferzwungenen Rituals, das sie mit angehaltenem Atem in aller Eile durchführt.

Zusammen mit Mémé traut sie sich, sich an Yann zu erinnern, an das freudig erwartete Kind, dessen winzige Knochen unter der Steinplatte des Grabs längst zu Staub zerfallen sein müssen. Allein wagt sie es nicht, aus Angst, von einem Gefühl überfallen zu werden, daß sie versagt hat, daß sie zu schwach war, diesen Teil von Yann zu retten, der nach seinem Tod hätte weiterleben können.

Sie zerknüllt das Wachspapier der Blume, stopft es in die Tasche ihres Regenmantels. Ihre Hände sind taub von der feuchten Kälte, sie haucht auf die kalten Knöchel, die Handschuhe hat sie im Auto vergessen.

Sie schlägt den kleinen Weg an der Friedhofsmauer ein, um niemanden grüßen zu müssen. Bleibt vor der Gedenktafel für die stehen, die das Meer genommen hat, sucht eine Art Trost in den Namen der jungen Männer, Männer, die noch jünger waren als Yann, als sie verschwanden.

Über Bord gespült, ertrunken und nie gefunden.

Kränze sperriger Palmzweige, künstliche Blumen in grellen Farben lehnen sich gegen die Mauer.

Die bescheidenen Feldblumen, an die sie sich aus den ersten Jahren erinnert, die einfachen Ausschmückungen, häßlich, aber liebevoll, sind verschwunden. Überall finden sich nur gekaufte Blumen, Chrysanthemen, Lilien, kunstvolle Gestecke prangen auf den Steinplatten der Gräber.

Der ganze Friedhof verändert sich, eine Landschaft aus rotem Granit und schwarzem Basalt ist im Gleichklang mit dem steigenden Wohlstand entstanden. Die altmodischen Grabstätten ähneln immer mehr archäologischen Ausgrabungen, den Resten eines Palastes, dem Rahmen eines Todes, der einen Protest gegen seine Voraussetzungen darstellt, das anstrengende Leben auf dem Meer.

»Nanna.« Eilige Schritte auf dem Kies hinter ihr, Floridas atemlose Stimme. »Wollen wir zusammen eine Tasse Kaffee trinken? Meine Schwiegermutter paßt auf den Laden auf.«

Floridas rundes Gesicht glüht unter dem bunten Kopftuch. Durch alle Tragödien hindurch hat sie sich ihre apfelwangige Frische erhalten, ihre Haut ist rein wie ein Blatt.

Sie schiebt ihren Arm unter Nannas.

»Ich habe dir was zu erzählen.«

Nanna hat ohne Proteste die Rolle der Klagemauer und des Beichtvaters für die andere übernommen, deren bemerkenswerte Fähigkeit, jede Situation ohne den geringsten Vorbehalt durchzustehen und sich jedesmal mit heiler Haut auf das andere Ufer zu retten, sie beneidenswert findet. Aber die Vertraulichkeit zwischen ihnen war nie beidseitig.

Der feine Nieselregen wird stärker, als sie über den kleinen Parkplatz zu Nannas Auto gehen.

»Es heißt, das wäre gut für den Teint.« Florida hebt ihr Gesicht den fallenden Tropfen entgegen. »Man muß sich nur die englischen Touristinnen angucken, die schminken sich nie.«

Die Nässe des Asphalts brodelt unter den Reifen, als sie ins

Zentrum fahren. Keine von beiden erwähnt den Grund ihres Besuchs auf dem Friedhof. Der schwerste Tag des Jahres ist bald vorbei, sie haben ihre Pflicht getan, haben die Spuren alter Trauer aufgesucht, können jetzt in den Alltag zurückkehren.

»Hast du gesehen?« Florida zeigt durchs Fenster hinaus. »Bald ist es ganz weg.«

Dröhnende Bulldozer sind dabei, die letzten Reste des großen grauen Fabrikgebäudes dem Erdboden gleichzumachen, kleine Rinnsale lehmgelben Wassers rieseln quer über die Straße, auf der ein paar Lastwagen darauf warten, mit den Mauerresten der Ruine beladen zu werden.

Nanna erinnert sich gut an die alte Fabrik, in der die Algengürtel des Meeresbodens in Dung verwandelt wurden, an die kleinen Gruppen von Frauen und Männern, die mit ihren langen Rechen den feuchten Sand entlanggingen, an die krummen Rücken, die Pferdewagen, die die tropfnassen Bündel durch das Fabriktor hineinschafften. Jetzt werden die letzten Spuren ausgelöscht.

Das Bild der Stadt verändert sich mit jedem Monat, der vergeht. Die *coiffes* der Frauen sind keine Alltagsbekleidung mehr, innerhalb weniger Jahre sind sie zu einem pittoresken Einschlag geworden, einem Objekt für die Kameras der Touristen.

Die Fischer investieren in immer größere, kräftigere Boote, die Konservenfabriken konkurrieren um die Arbeitskräfte, der Export wächst ständig. Die Luft vibriert vor Erregung, die alle Glieder der Kette beeinflußt, von den Bootsbauern bis zu den Großhändlern, vom einfachen Fischer bis zum kleinen Einzelhändler. Auch Nanna und ihre Schwiegermutter bekommen das zu spüren. Das Geld liegt auf der Straße. Es gilt nur zu expandieren, zu erneuern, mit zukünftigen Gewinnen auf einem Markt zu spekulieren, dessen Möglichkeiten unerschöpflich erscheinen.

»Es soll ein Supermarkt kommen.« Florida möchte immer gern über die Entwicklung der Stadt im Bilde sein, etwas, das sie noch aus ihrer Zeit in der Konservenfabrik, dieser immer gut informierten Nachrichtenbörse, bewahrt hat.

»Alan investiert darein, sie sind eine Gruppe.«

»Und was ist mit euch?« Nanna ist bestürzt. »Wie wollt ihr bei der Konkurrenz zurechtkommen?«

»Stell den Wagen hier ab.« Florida lächelt geheimnisvoll, ein kleines Mädchen, das darauf brennt, ein Geheimnis zu verraten. »Wir haben uns einen Kuchen verdient.«

Sie setzen sich mit ihren Kaffeetassen an einen der wackligen Tische in der neu eröffneten Konditorei. Die Luft ist schwer von Frauenstimmen, gesättigt von Gelächter.

»Das sind meine alten Kolleginnen.« Florida nickt zu einem der Ecktische, an dem ein paar Frauen in nachmittagsfeinen Kleidern sich mit den dünnen Tassen in ihren abgearbeiteten Händen abmühen. »Ihre Männer können es sich jetzt leisten, daß sie zu Hause bleiben.«

Florida sticht die Gabel in den aufgedunsenen Kuchen, dessen fette Schokoladencreme sich auf ihrem Teller ausbreitet.

»Du hast mir nicht auf meine Frage geantwortet.«

»Mach ich noch.« Florida beugt sich vor, damit niemand an den Nachbartischen mithören kann. »Das Geschäft soll umgebaut werden.«

»Und wie?«

Seit Yves' Tod haben die Schwiegermutter und Florida den kleinen Kolonialladen in einer Mischung aus verbissener Energie und langen Arbeitstagen weitergeführt. Der feste Kundenkreis ist bis jetzt loyal geblieben, aber trotz allem kann Nanna sich nur schwer vorstellen, woher das notwendige Kapital kommen soll, um den Kampf gegen einen neugegründeten Supermarkt aufzunehmen.

»Neue Gefriertruhe, neue Regale, Holz und Messing überall. Weine und Liköre, die besten Konserven, Spezialitäten.« Floridas Lachen perlt zufrieden. »Keine eingetrockneten Käse mehr unter der Glasglocke in der Ecke.«

»Aber Florida.« Nanna zögert bei dem Anblick des strahlenden Gesichts. »Das muß doch ein Vermögen kosten.«

»Mmh.« Florida nickt. Sie schiebt sich noch ein Stück Kuchen in den Mund, genießt Nannas Verwirrung. »Das errätst du nie.«

»Was soll ich erraten?«

»Du darfst es aber niemandem erzählen.« Florida ist ernst geworden. »Jedenfalls noch nicht.«

»Was soll ich nicht erzählen?«

»Benoît und ich werden heiraten.«

Eine Spur der Herausforderung schwingt in Floridas Stimme mit. Nanna beschließt, sie lieber zu überhören. Die Verblüffung läßt sie fast lachen, doch sie hält sich zurück, will nicht verletzen.

»Das ist ja phantastisch.«

»Benoît investiert in den Laden.« Ein kleines, triumphierendes Lächeln. »Ich werde mich dann allein darum kümmern, meine Schwiegermutter kriegt was anderes zu tun.«

Florida unterbricht sich selbst, sie hat schon zuviel gesagt. Dann ändert sie doch ihre Meinung.

»Du bist die erste, die es erfährt.« Das runde Gesicht strahlt vor Stolz. »Ich erwarte was Kleines.«

Das schutzlose Mädchen, das ein ums andere Mal Nannas Beschützerinstinkt erweckt hat, ist verwandelt. Nanna gegenüber sitzt eine Erwachsene, bereit, die Verantwortung für einen Betrieb zu übernehmen, für eine Ehe und Kinder, mit taufrischer Selbstverständlichkeit, die düsteren Ereignisse in ihrer Vergangenheit haben niemals existiert.

Kriegt man nicht den, den man liebt, muß man den lieben, den man kriegt. Das alte Sprichwort kommt Nanna in den Sinn, als sie Florida am Laden abgesetzt hat, mit seinem faden Geschmack von Resignation und Kompromiß.

Florida hat sich entschieden, das ist offensichtlich, ihre Wartezeit ist vorüber. Die Zukunft heißt praktische Lösungen, geordnete Verhältnisse, eine gut geplante Aufführung mit der Schwiegermutter, Benoît und den kommenden Kindern als Statisten.

Das hätte sie sein können. Sie, wenn sie sich für das normale Leben entschieden hätte. Sie hätte sich Benoîts Anbetung hingeben können, hätte ihm Kinder gebären können. Hätte sich arrangiert, wäre vielleicht sogar glücklich geworden, sie weiß es nicht. Die Erinnerung an die Sommernacht in der trostlosen Lehrerwohnung erfüllt sie heute noch mit Trauer und einem vagen Schamgefühl. Sie hat keinem Menschen davon erzählt, nicht einmal Mette.

Mette hat nicht das geliebt, was ihr zuteil geworden ist, sie hat nie darauf gewartet, etwas zu bekommen, sondern sich genommen, was sie haben wollte. Nanna selbst dagegen hatte immer Probleme, etwas zu fordern, ist unsicher, was sie sich eigentlich wünscht, wenn sie sich überhaupt etwas wünscht. Sie wartet lieber ab, verzichtet meistens.

Die gekalkten Mauern des Hotels leuchten grünlich in dem schwachen Nebel auf der anderen Hafenseite. Der Parkplatz vor dem Gebäude ist leer, die letzten Restaurantgäste sind schon lange verschwunden.

In ein paar Stunden wird sie hinter dem Bartresen stehen, in die kleinen Weingläser eingießen, Bier zapfen. Wieder einmal wird sie die Gäste anlächeln, ein paar Höflichkeitsfloskeln austauschen, ein anspruchsloser Kontakt. Bis dahin kann sie sich zurückziehen. Sich mit einem Buch verschanzen, wie so oft zuvor, sich mit der Gesellschaft fiktiver Gestalten trösten, mit der Illusion von Leben.

Marie-Jeanne ruft sie aus dem kleinen Büro, sie geht hinein.

Die Stirnfalten der Schwiegermutter sind tiefer als üblich.

»Mme Berthoud hat das Haus verkauft.« Sie zeigt mit einer anklagenden Geste auf das Telefon. »Ich bin angerufen worden.«

Seit ein paar Jahren sind Nanna und ihre Schwiegermutter an dem verfallenen Haus auf dem Nachbargrundstück des Hotels interessiert. Die jähzornige alte Witwe, die es bewohnt, hat sich hartnäckig geweigert, sich ihre Pläne für eine notwendige Ausweitung der Hotelkapazität auch nur anzuhören, hat jede Form einer Verhandlung über den Preis für das, was mehr oder weniger einer Ruine ähnelt, abgelehnt.

»An wen?«

Marie-Jeanne zuckt mit den Schultern.

»Das wußte man nicht. Ein Advokat aus Paris, das war das einzige, was ich herausgekriegt habe.«

Eine unausgesprochene Frage hängt zwischen ihnen in der Luft, Nanna wischt sie fort.

»Das wird sich ja wohl herausstellen.«

Das Nachbarhaus hat keinen Wert. Der neue Besitzer, wer immer es auch sein mag, muß andere Pläne damit haben, als sich ein Ferienhaus an der Küste zu verschaffen.

Die Leute in der Stadt kennen ihr Interesse für das Haus. Wenn der Käufer aus der Gegend stammt, ist der Handel keine banale Transaktion, sondern bekommt den Anstrich bösen Willens, eine offensichtliche Sabotage.

Die Wehmut, die der Friedhofsbesuch und das Gespräch mit Florida ausgelöst haben, ist verschwunden, als sie kurz darauf in dem zusammengefallenen Sessel in ihrem Zimmer vorm Fenster sitzt und vergebens versucht, sich auf das Buch in ihren Händen zu konzentrieren. Statt dessen lauert in ihrem Kopf die Unruhe, das Gefühl, von jemandem beobachtet zu werden, den sie nicht sehen kann.

Der dicke Bürgermeister schwitzt bereits unter seiner trikolorefarbenen Schärpe trotz der Februarkälte, als Nanna sich auf ihren Stuhl neben Pélinore zwängt. Sie ist seit dem fernen Tag, an dem sie selbst vor dem linkischen Mann stand, der mit seinen Papieren an dem kleinen Schreibpult fummelt, nicht mehr in diesem Raum gewesen.

Die gleichen traurigen Möbel, der gleiche banale Blumenstrauß in der gleichen genoppten Glasvase, die gelbgraue Farbe der Wände. Das großnasige Portrait des Präsidenten ist ersetzt worden durch eins, das ein runderes Gesicht zeigt, aber ansonsten ist die Zeit in diesem spartanisch eingerichteten Raum stehengeblieben.

Nur die Menschen haben sich verändert.

Die Rolle des Bräutigams verleiht Benoît Würde, sein Rücken ist straffer, die Schultern sind kräftiger unter dem dunklen Jackenstoff. Die Jahre auf dem Meer haben die letzte Weichheit aus seinen Gesichtszügen geschliffen, Wind und Sonne haben die Sommersprossen ausgeblichen. Die langen Koteletten und der Schnauzbart hängen nach unten wie bei einem treuen, freundlichen Hund.

Pélinores Gesicht erscheint ihr jedesmal, wenn sie ihn wiedersieht, mumienhafter. Das Haar hat sich zurückgezogen und eine wachsartige Glatze entblößt, aber seine Augen glühen.

Nanna weiß, daß seine Unterrichtsprojekte neuen Wind bekommen haben, die Anzahl der Kurse hat sich in nur wenigen Jahren vervielfacht. Seine früher so verachtete Sprache hat einen Platz im Lehrplan der Gymnasien gefunden. Mitten in Wohlstand und Wachstum suchen die Menschen nach einer Identität, einem Halt, benutzen die Sprache als Mittel dafür.

In der Reihe vor ihr sitzt Yves' Mutter neben Loïc. Die sehnige

Kaufmannsfrau hat sich zu Ehren des Brautpaars in glänzende Seide gekleidet, auf dem grauen Haar hat ein Miniaturhut mit einer kleinen Feder das weiße *coiffe* ersetzt, ihr erschöpftes Gesicht erstrahlt von innen durch einen zurückgehaltenen Triumph. Die Hochzeit heute wendet ein Blatt in ihrer Lebensgeschichte, ein neues Kapitel kann seinen Anfang nehmen.

Auf dem Weg herein hat Nanna die übrigen Gäste begrüßt. Neben Pélinore und ihr selbst, den beiden Trauzeugen, sind nur noch die engste Familie und die vier Männer, mit denen Benoît fischt, eingeladen. Die Vorgeschichte der Braut läßt keine größeren Festlichkeiten zu.

Die Besatzung der »Yseut« gehört zu den festen Gästen in der Bar. Sie hat sie oft gesehen, kennt ihre Namen, Bernard, Hervé, Romain, Pierre. Ihre Körper haben die gleiche kantige Form, sie gehen breitbeinig, provozierend stolz auf ihr Können, auf ihre Muskeln, die immer noch mit Leichtigkeit die schweren Wellen und die beißende Kälte auf »Yseuts« rollendem Deck bewältigen können.

Drei von ihnen haben ihre Frauen dabei, dunkelhaarige, stämmige Frauen in Nannas Alter, deren kurze Kleidchen über kräftigen Schenkeln in hellen Strümpfen wippen. Der Duft von süßem Parfüm und frisch gebügelten Hemden erfüllt die abgestandene Luft.

Der Bürgermeister hat den Papierstapel auf die Tischplatte vor sich gelegt, er läßt seinen Blick über die kleine Versammlung gleiten, die mit den unbequemen Stühlen scharrt. Der fünfte Mann der Besatzung, Pierre, eilt als letzter durch die Tür herein, grüßt peinlich berührt zu allen Seiten.

Pierres lockiges Haar ist länger als das seiner Kameraden, sein üppiger Mund leuchtet rot in dem blonden Bart, ein Minnesänger aus einem alten Folianten. Das romantische Aussehen macht ihn zum beliebten Opfer für die Neckereien seiner Kameraden.

Während er sich auf den letzten freien Stuhl neben Nanna zwängt, erinnert sie sich daran, wie oft sie seine verletzten Augen gesehen hat, wenn die Sprache zu grob wurde, ihn hat mitlachen sehen, so tun, als wenn nichts wäre.

Das Brautpaar hat seine Plätze eingenommen, das leise Murmeln verstummt zugunsten der Stimme des Bürgermeisters.

Das opulente Rosengebinde verdeckt kaum Floridas Bauch, das Kleid ist vorn schon zu kurz. Das Gewicht eines wachsenden Kindes, Nanna kann sich erinnern, wie es ihrem Körper eine selbstverständliche Autorität gab. Jetzt ist es die Arbeit, die ihren Körper formt und ihm Würde verleiht. Auch wenn sie noch dünner ist als bei ihrer eigenen Hochzeit, ist das Zerbrechliche ihres Körpers verschwunden. Außerdem hat sie gelernt, das Beste an ihrem schlanken Körper zu betonen, die langen Beine.

Der Bürgermeister stottert sich durch die formale Rede, die Rhetorik paßt nicht zu ihm. Sein wettergegerbtes Gesicht zeugt von den Jahren auf dem Meer, die steifen Finger von Kälte und Feuchtigkeit, vom Hantieren mit Eis und Fisch, ein Mann, der es gewohnt ist, seiner Besatzung einzelne Worte übers sturmumtoste Deck zuzurufen.

Trotz der Ungeschicktheit des Mannes ist die Stimmung unter den Gästen feierlich. Hier wird ein Vertrag geschlossen, vor den Augen der Gemeinschaft und der Anwesenden, hier werden Papiere unterschrieben, mit denen die beiden vor dem Pult sich einander verpflichten, sich der Gemeinschaft gegenüber verpflichten, hier werden bindende Versprechen abgegeben.

Ihre eigene Unterschrift verblaßt neben Yanns auf dem Grund einer Schublade. Die Seiten im Familienbuch, auf denen die Namen ihrer Kinder hätten stehen sollen, bleiben leer, Jahr für Jahr. Ihre Mitgliedschaft in diesem Kollektiv, das die Grundfeste der Gemeinschaft trägt und weiterführt, die Familie, die Fortsetzung des Geschlechts, war mit Yanns Tod beendet.

Sie besitzt etwas, sie arbeitet, sie schafft Arbeit für andere. Sie ist geduldet, vielleicht sogar akzeptiert, aber im Grunde ohne ihre Bestimmung zu erfüllen, in den Augen der Gemeinschaft und der Menschen.

In den Augen der gleichen Gemeinschaft haben sie und Loïc, dessen Nacken schräg vor ihr aufragt, gegen die Unantastbarkeit der Ehe gesündigt. Sie, Nanna, ist eine Ehebrecherin, das legitime Ziel für die Verachtung ihrer Mitmenschen.

Loïcs Haar ragt über den Samtkragen seiner Jacke, er war nicht beim Friseur, wie immer überzeugt von seiner eigenen Unwiderstehlichkeit. Eine Goldkette blinkt unter dem offenstehenden Hemd, die Hose strammt über seinen Pobacken.

Zur Feier des Tages hat seine Frau ihr glattes Haar zu einem gelackten Nest aus hobelspanähnlichen Locken verwandelt, die Oberarme in ihrem kurzärmligen Kleid haben vor Kälte eine Gänsehaut.

Die Tochter tritt ungeduldig mit den Fersen gegen die Stuhlbeine. Bernadette bringt sie dazu, ihren Kopf auf ihren Schoß zu legen, streichelt die Wange des Kindes, auf der ein Schatten von rotlila Flecken liegt, flüstert Loïc nervös etwas zu, erhält ein Fauchen zur Antwort.

»Das Kind sollte im Bett liegen.«

Er hat demonstrativ seinen Kopf abgewandt, Bernadette beugt ihren Kopf über das kleine Mädchen, murmelt mahnende Worte und bringt es dazu, vor sich hin zu dösen, während die Zeremonie ihren umständlichen Gang nimmt.

Endlich wischt der Bürgermeister sich den Schweiß von der Stirn, Wangenkuß und Umarmungen lösen ihn ab.

Nanna drückt Benoîts Hand, sieht, wie sein Blick ausweicht, er nimmt ihre Glückwünsche mit einem kurzen Nicken entgegen, das ihr das Gefühl vermittelt, fehl am Platz zu sein, eine unerwünschte Erinnerung an die Vergangenheit.

Dann spürt sie Floridas Bauch an ihrer Hüfte, die runden Arme um ihren Hals.

»Nanna. Wenn ich dich ansehe, ist es mir peinlich, wie glücklich ich bin.« Die runden Augen sind feucht vor Mitgefühl. »Ich wünschte, es wäre dir so ergangen.«

Nanna befreit sich aus der Umarmung. Die Scham darüber, Gegenstand des Mitleids von Leuten zu sein, macht ihren Mund trocken, vielleicht denken hier alle so. Sie murmelt einen Glückwunsch, zieht sich aus dem Kreis der Gratulanten zurück, hofft, daß die Nächststehenden Floridas Worte nicht gehört haben.

Das Gefühl, angegriffen worden zu sein, verfolgt sie noch, als sie sich mit den übrigen Hochzeitsgästen versammelt, um an dem Tisch Platz zu nehmen, den sie selbst am gleichen Nachmittag in dem intimen Raum hinter dem großen Speisesaal gedeckt hat.

Lucienne blinzelt ihr über das Tablett mit den Champagnergläsern zu. Die Mahlzeit wird perfekt sein, der Service tadellos, das weiß sie, trotzdem fällt es ihr schwer, Gast an ihrem eigenen Tisch zu sein.

Die Wirtinnenrolle mit der ihr innewohnenden Distanz ist ihr Panzer gegenüber der Außenwelt, nur in ihm kann sie sich sicher fühlen.

Florida hat darauf gedrängt, daß sie teilnimmt, obwohl die übrigen Hochzeitsgäste sie wie eine Fremde ansehen müssen. Sie kann nicht umhin, sie registriert die wachsamen Augen der anderen Frauen, die einschätzenden Blicke auf ihrem blaßlila Kostüm aus weicher Wolle, dem blonden Haar, das sie ausnahmsweise aus dem alltäglichen strammen Nackenknoten befreit hat. Loïc und Bernadette sind zu ihrer Erleichterung gleich nach der Trauung mit der Tochter verschwunden, die sich von einer Kinderkrankheit erholen muß.

Der Hochzeitstoast ist überstanden, die Gläser sind geleert. An ihrer linken Seite, wo Florida ihn voller guter Absichten plaziert hat, bedient sich der rotblonde Pierre mit Schalentieren von der überquellenden Tafel. Er knackt die Krebsschalen mit einem splitternden Knacken, schlürft die Austern und zirkelt kleine Schnecken aus ihren schwarzen Häusern, während er zu ihr hinüberschielt, stumm und verlegen.

Auf ihrer anderen Seite lehnt Pélinore sich auf seinem Stuhl mit halbgeschlossenen Augen zurück, sammelt Kräfte in einer anderen Wirklichkeit.

Sie ißt schweigend, entfernt sorgfältig die Schalen von ihren *langoustines*, trinkt den Weißwein, den Pierre ihr einschenkt, in kleinen Schlucken, will nicht das Risiko eingehen, nicht mehr die vollkommene Kontrolle zu besitzen.

Die überquellenden Platten mit den Meeresfrüchten sind geleert, um den Tisch sind die Wangen vom Wein gerötet, die dunklen Stimmen der Männer und die lärmenden Lachsalven dominieren, die Frauen nippen mit gespitzten Lippen an ihren Gläsern, behalten alles im Auge.

Pélinore ist aus seinem tranceähnlichen Zustand erwacht, schlägt an sein Glas, das Gespräch am Tisch verstummt.

»Ein Lied.«

Seine Gesangsstimme ist überraschend voll und klar, die eines jungen Mannes. Die Sprache ist *breton*, der Rhythmus der, den Nanna von den stampfenden Tänzen kennt, den Sprüngen der Gavotte.

Um den Tisch herum fallen Stimmen ein, alle kennen die Worte, die verzwickten rhythmischen Verschiebungen, das Ritual des Wechselgesangs. Wieder einmal steht sie außen vor. Sie starrt auf das rosa Tischtuch, bemüht, ihre Rührung zu beherrschen.

Pélinores braungefleckte Hand landet auf ihrer, er umfaßt ihre Finger, schwingt ihre Hand im Takt des Lieds. Langsam verschwindet der Klumpen in ihrem Hals.

Die Lieder lösen einander ab, alle sind eifrig bemüht, etwas beizutragen. Benoît ist der erste, sein Vortrag ist sicher, und obwohl sie die Worte nicht versteht, spürt sie, wie er die Pointen herausarbeitet, das Gelächter der Zuhörer auslöst. Die älteste der Fischerfrauen gibt schmachtend *Le Temps des Cerises* zum besten, über dem psychedelischen Muster ihres Kleides wippen blondierte Korkenzieherlocken zum Takt der Musik.

»Sing etwas für uns, Nanna.« Pélinores Stimme durchdringt das Gespräch, als die Lieder verklungen sind. »Gib uns deine Sprache.«

Sie hat noch nie allein vor Fremden gesungen. Dem Mädchenchor in der Realschule ist sie aus Solidarität mit Mette ferngeblieben, da diese niemals einen Ton richtig traf. Jetzt sind die Augen auf sie gerichtet, die Mischung aus Neugier und Wohlwollen ist überwältigend.

»Ich kann nicht singen.«

»Alle Menschen können singen.« Pélinores Wachsgesicht glüht vor Freundlichkeit, er hat einen Arm um ihre Schulter gelegt. »Nur ein kleines Lied.«

Floridas Stimme übertönt das allgemeine Gemurmel.

»Ein dänisches Liebeslied.«

Das Lied wäre ihre Eintrittskarte zu der Gemeinschaft, und sei es auch nur für kurze Zeit. Lehnt sie ab, wird sie damit ein weiteres Mal ihre Außenseiterstellung unterstreichen und die Vorurteile der kleinen Stadt hinsichtlich ihrer Unnahbarkeit bestärken. Sie sieht sich um im Kreis der Gesichter, sucht fieberhaft in ihrem Gedächtnis nach etwas Passendem, bis ihr plötzlich ein Text deutlich vor Augen steht, ein aufgeschlagenes Buch.

»Ein dänisches Lied. Von der Liebe.«

Die Stimme zittert leicht, als sie anfängt zu singen, sie stolpert über einige Worte.

En yndig og frydefuld sommertid.

Sie schließt die Augen, um sich zu konzentrieren, bringt die erste Strophe zu Ende, fängt mit der zweiten an.

Zum erstenmal hört sie den Text wirklich, seinen Duft und seine Sinnlichkeit, seine Zärtlichkeit und seine Sehnsucht. Ihr reiner Sopran trägt sie durch das Lied, ohne daß sie weiß, wie, die Sprache ist eine Liebkosung.

Dann bist du auf immer in meinem Sinn.

Sie ist bei der letzten Strophe angelangt, als die Erinnerung sie überwältigt. Ein Hochzeitsmahl vor langer Zeit, die Wärme des Körpers an ihrer Seite, damals. Die träumerische Wartezeit, bis alles jäh vorbei war.

Die Stimme bricht ab, die letzten Zeilen des Lieds verschwinden im Taschentuch.

»Entschuldigung.«

Sie wischt sich schweigend die Augen. Die Stimmung im Raum ist ernst, die Blicke, die ihr begegnen, sind eher voller Respekt denn voller Mitleid.

Lucienne hat in der Türöffnung gewartet, jetzt nähert sie sich zögernd. Nanna nickt ihr zu, gibt ihr das Zeichen, die Teller zu wechseln.

Langsam findet das Gespräch zurück in seine Bahnen, Gläser werden neu gefüllt.

»Du warst eine andere, als du gesungen hast.«

Der Klang von Pierres Stimme hat sie zusammenzucken lassen, es ist das erste Mal, daß er sich mit einem ganzen Satz an sie wendet.

»Als ich noch sehr jung war, bin ich auf große Fahrt gegangen. Als Schiffsjunge.«

Ein feines Netz von Schweiß hat sich unter dem rotblonden Haar über der Stirn ausgebreitet.

»Ich hatte solches Heimweh. Es hat damit geendet, daß ich krank wurde.«

Der Puls pocht in seinem Hals, die feuchten Lippen sind die eines Kindes im Bartwuchs eines erwachsenen Mannes.

»Es wurde schließlich erwartet, daß man stark war.« Ein Schulterzucken, aber die Schwere der Erinnerung ist nicht abzuschütteln, das Gewicht des früheren Unglücklichseins läßt den kräftigen Körper zusammensinken. »Es ist hart, allein in einem fremden Land zu sein.«

Das instinktive Verständnis für einen Teil dessen, was sie berührt, hat sie seit Yanns Tod bei keinem Mann wiedergefunden, auch nicht den Mut, die eigene Verletzlichkeit zu zeigen.

Die Angst vor dem Wissen, daß der feine Draht der Vertraulichkeit schnell zerreißen kann, macht sie stumm, aber ihr gemeinsames Schweigen ist nicht länger angestrengt, ihre Blicke können sich treffen, ohne hastig wieder abzuschweifen.

Die Lust, die Schmerzen dieses verletzten Mannes wegzuküssen, sitzt noch in ihr, als die Gesellschaft aufbricht, aber er steht bereits mit den anderen Fischern an der Tür, wo Pélinore, dessen blasses Gesicht eine Maske aus Müdigkeit zu sein scheint, dabei ist, sich von Benoît zu verabschieden. Die Frauen sind in einem kichernden Grüppchen zur Toilette geflattert.

Das nächste Mal, wenn sie ihn sehen wird, wird er in der Bar sitzen, umgeben von der übrigen Mannschaft, beschützt vom Jargon und dem maskulinen Gebaren, außerhalb ihrer Reichweite.

»Kommst du mit, tanzen?«

Florida steht plötzlich neben ihr, die runden Wangen glühen.

»Wir setzten Éliane unterwegs ab.«

Floridas Schwiegermutter thront immer noch am Tisch in ihrem guten Kleid. Der Hut ist ihr von den Strapazen des Tages über ein Auge gerutscht, aber der gesamte stämmige Körper strahlt Zufriedenheit aus, der heutige Tag wendet ein wichtiges Blatt, auch für sie wird es aufwärts gehen.

»Das wird für lange Zeit das letzte Mal sein, daß ich tanzen kann.« Florida klopft sich auf ihren runden Bauch. »Pierre, was ist mit dir, du tanzt doch auch auf meiner Hochzeit, oder?«

Er muß sich von der Gruppe losgerissen, sich ihr genähert haben, ohne daß sie es bemerkt hat, mit der Haut ihres Rückens fühlt sie seine Nähe, die Haare an ihren Armen richten sich auf.

Eine plötzliche, unerklärliche Freude läßt sie Florida umarmen.

»*Bien sûr*«, sagt sie und lächelt sie an, lächelt auch Pierre an. »Natürlich will ich tanzen.«

Oktober – November 1973

Die Sonne ist ein roter Fleck auf ihren Augenlidern, die Hitze glüht in ihrem Schoß, der Sand klebt an ihrer verschwitzten Haut. Sie drückt sich gegen den Körper, der sich über ihren gelegt hat, stößt mit den Hüften gegen seine, zwingt ihren eigenen Körper, sich zu öffnen. Sie ist nackt wie der Mann, dessen Gewicht sie auf dem Sand der Klippen festhält, das Haar weht ihr ums Gesicht, ihre Atemzüge kommen knurrend tief aus der Kehle.

Keine Hände durften sie seit Yann festhalten. Die wenigen Male mit Loïc waren von Eile und Schuldgefühl geprägt. Jetzt liegt sie hier und will nicht fliehen, will genau da sein, wo sie ist, in der gnädigen Wärme unter einem Himmel, der hyazinthenblau leuchtet, obwohl der Sommer schon lange vorbei ist.

Zum erstenmal seit Yanns Tod ist ihr Körper in einem Jetzt, einem Hier voll anwesend, mit einem Mann. Ein Mann mit rotblondem Haar und weichem Bart, dem Mund eines Jungen in dem Gesicht eines Erwachsenen.

Zweimal hat er sie dazu gebracht, die Treppen des schlafenden Hotels hinunterzuschleichen. Durch die nachtleeren Gassen zu dem kleinen Haus zu huschen, das er mit einem Kameraden teilt, der Thunfisch vor Brasilien fischt.

Zweimal ist sie nach ein paar Stunden zurückgekehrt, hat schlaflos dagelegen, bis das Geräusch der Flut und der Dieselmotoren ihr erzählt hat, daß das Boot mit Pierre an Bord sich wieder einmal aufs offene Meer begeben hat.

Heute haben sie sich ins Freie gewagt. Sie sind jeder aus einer anderen Richtung gekommen und haben Auto und Vespa auf dem weichen Teppich aus Tannennadeln zurückgelassen, der den kleinen Parkplatz zwischen den Bäumen bedeckt. Zwei zufällig abgestellte Fahrzeuge. Nichts, was die Neugier irgendwelcher Leute wecken könnte.

Sie läßt sich auf den Sand zurücksinken, schnappt nach Luft, langsam findet ihr Körper seinen normalen Puls wieder. Pierres Achselhöhle riecht sauber, sie preßt sich an seinen Körper, küßt einen Schweißtropfen weg.

»Das kitzelt.« Er ist aufgesprungen, steht über ihr und verdeckt die goldene Oktobersonne, rotbraunes Haar bedeckt Brust und Bauch, das Glied ist jetzt klein und weich, eine Schattenpflanze im Gestrüpp des Haarwuchses. »Wollen wir uns abspülen?«

Er reicht ihr beide Hände, zusammen laufen sie über den pulverfeinen Sand.

Der Strand ist leer, so weit das Auge reicht. Sie sind an die Küste geflohen, es besteht kein Risiko, hier jemanden zu treffen, nicht so spät im Jahr. Normalerweise wären die Fischerboote zu diesem Zeitpunkt auf dem Weg in den Hafen, aber heute ist Sonntag, der Horizont ist ungebrochen, ein leuchtender Streifen.

Das Wasser ist bereits kühl, die kleinen Wellen senden einen Schwall kleiner Tropfen über ihre heißen Wangen, sie schwimmt mit langen Zügen gegen den Wind, genießt die Bewegung, spürt ihren Körper.

Ein Paar Hände ergreift ihre Füße, hält sie fest. Sie läßt sich mitziehen, dreht sich auf den Rücken, die Haare breiten sich aus, seidenweich in dem wiegenden Wasser. Sie wird hochgehoben, zitternd vor Kälte und Freude, dreht sich immer wieder in dem platschenden Wasser um.

»Es ist so herrlich.«

Seine Hände umfassen ihren Nacken, seine warme Zunge ist in ihrem Mund, sie sinkt gegen ihn, spürt die Lust umzukehren, den Hunger nach seinem Körper.

»Pierre.« Sie murmelt es gegen die Haut seiner sommersprossigen Schulter, die unter den salzigen Tropfen glatt und kühl ist. »Was passiert mit uns?«

Sie muß ihm erklären, wie ihr Leben ist, wie es sein muß. Muß ihn dazu bringen, alle Restriktionen zu akzeptieren, zu versprechen, keine Forderungen zu stellen. Zu versprechen, daß er sie trotz allem nicht fallenläßt, die Höhlenjungfrau, die auf dem Weg hinaus ins Licht schwankt, verwirrt und geblendet nach der langen Dunkelheit.

Sie spürt, wie sein Griff um ihren Rücken plötzlich losläßt, wie er einen Schritt zurückgeht, und schaut aufs Land.

Ein großer schwarzer Hund ist auf dem Weg zum Wasser, sein zotteliges Fell weht im Wind, der Sand stiebt um seine Pfoten auf, brennender Rauch eines unterirdischen Feuers.

Der Schock darüber, ein anderes lebendes Wesen an dem verlassenen Strand zu sehen, lähmt Nannas Gehirn für einige Sekunden. Dann kombiniert sie mit der Anwesenheit des Tiers, das mit täppischen Bewegungen über den Sand trottet, den Namen einer Person, die auf den Klippen erscheint.

Martine.

»*Toto! Viens-ici*!«

Die nur zu vertraute, durchdringende Stimme. Der Hund hebt den Kopf und wedelt mit dem Schwanz, läuft ein paarmal um sich selbst, dann springt er im Zickzack den Strand hinauf. Schnuppert unterwegs an einer Alge, hebt das Bein an einem Stein.

Nanna starrt den Hund an. Ihre Beine und Füße sind unter Wasser gefühllos geworden, Tropfen trocknen eiskalt auf ihrer Haut. Pierre hat sich rückwärts in die Wellen fallen lassen, ist wieder auf dem Weg ins Meer, seine platschenden Füße wirbeln das Wasser hinter ihr auf, atemlos vor Kälte folgt sie ihm mit ihrem Blick.

Sieht, wie er eine flache Klippe erreicht, die das Hochwasser noch nicht ganz bedeckt, sich an ihr festhält.

Als sie sich wieder umdreht, sind Hund und Martine hinter dem Felsenrand verschwunden. Der Strand liegt wieder menschenleer da.

Zähneklappernd geht Nanna den Sand hinauf, holt ihre Kleider. Sie reibt die schlimmste Nässe mit einem Baumwolltuch ab, keiner von ihnen hat ein Handtuch mitgenommen. Die Haut an ihren Knien und Schenkeln ist genoppt und rotblau, ihre Brustwarzen recken sich fröstelnd.

Als sie sich die Bluse über den Kopf zieht, hört sie hinter sich Atmen, seine Füße im Sand. Sie zieht sich weiter an, ohne sich umzuschauen, bindet die Schnürsenkel an ihren Schuhen zu. Sie hört ihn prusten, sich das Haar trockenreiben, sie weiß nicht womit, er bewegt sich hastig, genau wie sie selbst, zwei Fremde in einem Umkleideraum.

Stoff auf Haut, ein Reißverschluß, der hochgezogen wird, Pierres Stimme.

»Nanna.«

Sie hat ihn bereits aufgegeben, will nur schnell weg von hier, aber seine Hand liegt auf ihrem Arm.

»Das ist nicht das Ende der Welt.«

Er hat nichts begriffen. Sie reißt sich los, eilt über das scharfe Gras die Klippen entlang zum Auto, das ein Stück entfernt zwischen den Nadelbäumen steht.

Erst als sie das Auto erreicht hat, sieht sie sie.

Martine hockt halb verborgen hinter einem Baum. Zwischen ihren weißen Schenkeln dampft eine gelbe Pfütze auf den trockenen Tannennadeln. Hinter ihr japst der Hund mit hängender Zunge, gibt Laut, als er Nanna sieht.

»Es tut mir leid, wenn ich etwas unterbrochen habe.« Martine macht ungeniert weiter. »Aber ich lasse den Hund hier immer laufen.«

Sie zieht den roten Spitzenslip über die Hüften, ohne sich zu beeilen, streicht ihr Kleid glatt. Ihre Bewegungen sind demonstrativ, eine vulgäre Despotin, überzeugt davon, daß der Ort hier ihr gehört, daß sie ihn je nach Laune besudeln oder weihen kann.

»Ich pinkel gern im Freien.« Letzteres ist an Pierre gerichtet, der an Nannas Seite getreten ist. »Das ist sonst eigentlich ein männliches Privileg, oder?«

Der Hund erhebt sich seufzend, seine Zunge hängt ihm immer noch feucht und hellrot aus dem Maul, ein wenig schaumiger Speichel tropft auf die Tannennadeln.

Martine saugt Nannas Angst auf, ihr Gesicht ist von einer metallischen Aura umgeben, wie bei ihrer ersten Begegnung.

»*Allez*!«

Ein Stoß mit der Schuhspitze, und der große Hund setzt sich plump in Bewegung, dicht gefolgt von Martine, nimmt Kurs auf den Kiesweg und das flache Auto, dessen Lack im Sonnenschein glänzt. Auf halbem Weg bleibt sie plötzlich stehen, dreht sich noch einmal um.

»Ich muß dir wohl gratulieren, Pierre.« Ein ironisches kleines Lachen. »Ich hätte nie gedacht, daß du diese Wette gewinnen würdest.«

Die Wagenräder wirbeln den trockenen Kies auf, verschwinden in einer Staubwolke.

»Was hat sie damit gemeint?«

Pierre steht nicht einmal einen Meter von ihr entfernt, dennoch kommt er ihr schwindelerregend weit entfernt vor, sie wiederholt ihre Frage, schreit sie in sein schuldbewußtes Gesicht.

»Sag schon. Was hat sie damit gemeint?«

»Das ist nur Blödsinn.«

Er ist vor ihrem Blick geschrumpft. Die Schultern hängen, seine Finger fummeln an der Gürtelschnalle.

»Hast du mit jemandem gewettet? Um mich?«

»Du kennst doch die Männer. Sie sind alle scharf auf dich.« Er zuckt mit den Schultern, eine Bagatelle, warum regt sie sich so auf? »Das weißt du doch.«

»Was hast du gemacht?«

»Sag ich doch. Sie sind alle scharf auf dich. *La blonde de Yann.* Die, die keiner kriegen kann.«

Die verstohlenen Blicke in der Bar, die wortlosen Kommentare. Die Gesichter der Männer um Pierre herum, der sich ihr vorsichtig näherte, oh, so vorsichtig.

Seine Art, ihren Namen auszusprechen, ihn richtig auszusprechen, nicht französisch. Seine diskrete Hilfsbereitschaft. Ein heruntergefallenes Tuch vom Boden aufzuheben, ihr sein leeres Glas zu reichen, nie zu drängen, abzuwarten, bis sie von allein kam, das Ganze war nur Teil eines Komplotts.

Sie ist ein leichtes Opfer gewesen. Die Stunden im Nachtclub nach der Hochzeit im Februar haben ihr Bild von Pierre als einem empfindsamen Mann bestärkt, einem respektvollen Bewunderer. Sie hat blind auf seine Diskretion vertraut. Jetzt ist sie den Augen der Menge preisgegeben, nackt, lächerlich.

Er streckt eine Hand aus, läßt sie auf ihrem Nacken ruhen, auf dem klammen Tangdutt ihres Haars.

»Ich erzähle es niemandem. Wenn du es nicht willst. Warum sollte ich?«

Das, was vor ein paar Minuten noch zwischen ihnen pulsierte, liegt jetzt nach Luft schnappend, halb tot zwischen ihnen, ein an Land gespülter Fisch.

Die Wut und die Demütigung schicken übelkeiterzeugende Wellen durch ihren Körper. Sie entfernt seine Hand, geht zu ihrem Auto.

Nur Sekunden später versperrt er ihr den Weg.

»Nanna. Das hat nichts mit uns zu tun.«

Er klingt jetzt aufrichtig – eine neue Taktik?

»Laß mich.«

»Ich bin verliebt in dich.«

Sie schiebt ihn weg, schließt die Autotür mit zitternden Händen auf.

»Nanna.«

Er hat ihre Bluse gepackt, hält sie zurück, es hat keinen Sinn, dagegen anzukämpfen.

Passiv läßt sie sich umarmen, nimmt seinen Kuß mit schlaffen Lippen entgegen. Ihre Augen sind offen, aber sie sieht nichts, alles ist zu spät.

Sie wacht gegen fünf Uhr an einem Morgen Ende November auf und kann nicht länger die Symptome verdrängen, die Müdigkeit, das sonderbare Geschmacksempfinden, die Übelkeit.

Marie-Jeanne hat die Arbeit an der Bar am Nachmittag seit dem Tag am Strand übernommen, Nanna hat einen Vorwand gefunden, um Pierre nicht mehr sehen zu müssen. Ab und zu sieht sie ihn kurz von ihrem Fenster aus, wenn die Besatzung kommt, um ein Glas zu trinken, und sie empfindet dabei nur Ekel und eine unüberwindliche Scham.

Alle Gedanken an ein lebendes Kind unterbindet sie mit flagellantischem Haß. Das, was in ihr heranwächst, darf keine mentale Form annehmen, die sie daran hindern könnte, das Notwendige durchzuführen.

Das Notwendige.

Der Gedanke, sich selbst für ihre lächerliche Unvorsichtigkeit zu bestrafen, daß sie sich an dem bewußten Tag hat hinreißen lassen, ihn nicht darum bat, zu verhüten, beherrscht sie. Sie verweigert das Essen, quält sich, indem sie die täglichen Pflichten in hochgedrehtem Tempo verrichtet, obwohl ihr Körper schmerzt, sie schleppt schwere Kisten und die Wäsche treppauf und treppab, in einer verzweifelten Hoffnung, daß das Fremde, das ihren Körper besetzt hat, noch rechtzeitig ausgetrieben werden kann.

Mit ihrem wachsenden Bauch vor den Augen der Leute in der kleinen Gemeinde zu promenieren, zu wissen, daß sie wissen, wer, warum, wann. Marie-Jeanne mit einem unehelichen Enkelkind zu konfrontieren, ihre Arbeit abzubrechen, das Leben, das sie mühsam zu ihrem eigenen gemacht hat, um eines Kindes willen, eines Kindes, das sie nicht gewünscht hat – alles andere ist da besser.

Das, was Floridas alte Kolleginnen aus der Fabrik wissen, was Florida wissen wollte, eine Adresse, einen Tip über einen Arzt in der Schweiz, ein unschuldiges Medikament mit der erwünschten kräftigen Wirkung, all das kennt sie nicht. Sie kann sich unmöglich danach erkundigen, ohne daß ihr Geheimnis auf die Klatschbörse der Kleinstadt gebracht wird, wo es sofort ihre beschützende Witwenidentität wegschwemmen und sie zur Zielscheibe besserwisserischen Achselzuckens oder einfacher Schadenfreude machen würde.

Gedanken blitzen in ihrem Kopf auf, ohne einen Zusammenhang zu entwickeln. Sie schleppt sich durch die Tage, sitzt untätig in ihrem Zimmer, wenn sie frei hat, während die Wochen vergehen, ihre Nächte erzittern von Alpträumen.

Die frühe Finsternis der Adventssonntage hat die weiße Häuserzeile auf der anderen Seite der Hafeneinfahrt in violette Schatten gehüllt. Gegen Westen ist der Himmel giftgrün, droht mit Frost.

Nanna steht in der leeren Lobby und überlegt, ob sie einen Spaziergang am Strand entlang machen soll, versuchen soll, ihre Unruhe wegzulaufen. Weit entfernt im Restaurant brummt ein Staubsauger. Die letzten Essensgäste sind gerade gegangen, und es ist noch viele Stunden hin bis zur traditionellen Abendmahlzeit mit der Schwiegermutter und Mémé.

Sie will gerade ihren Mantel aus dem kleinen Büro holen, als jemand die verschlossene Hotelklinke herunterdrückt.

Wahrscheinlich ein Gast auf der Durchreise, jemand, den sie auf das nächste offene Hotel in der Nachbarstadt verweisen kann. Schnell zieht sie sich den Mantel über, schließt die Tür auf.

Pierres Gesicht unter dem Bart ist rotfleckig in dem grellen Lampenlicht, sein Haar ist dunkel von der Feuchtigkeit. Sein rechter Arm ruht in einer Schlinge, der Zeigefinger ragt mit einem blauschwarzen Fingernagel über eine Metallschiene hinaus.

Bevor sie reagieren kann, steht er bereits im Empfang.

»Das Restaurant ist geschlossen.«

Es ist unmöglich, ihn hinauszuschieben, unmöglich zu fliehen.

»Warum gehst du mir aus dem Weg?«

Der Geruch von Zigarettenrauch hängt in seiner Kleidung, bringt ihren Magen dazu, sich zusammenzuziehen.

»Das Restaurant ist für heute geschlossen.«

»Nanna.« Seine Augen betteln, ein Hund, der eine verletzte Pfote zeigt, unsicher, ob Hilfe nahe ist. »Hör mich an.«

Die gebeugte Gestalt, die verletzte Hand, er ist nur noch bemitleidenswert, ein Besiegter.

»Was willst du?«

Er streckt seine gesunde Hand nach ihrer aus, sie zieht sie schnell zurück.

»Hör zu. Ich wollte es dir selbst erzählen. Wir hätten zusammen darüber lachen können.«

»Dazu ist es zu spät.«

Sie erspäht sich selbst in dem hohen Spiegel am Ende des Empfangs, meint für einen Moment, es sei die Schwiegermutter, die sie da sieht, straff und unnahbar.

»Martine ist doch nur auf Rache aus.«

»Schieb die Schuld nicht auf Martine.«

Die Rolle als Unversöhnliche ist neu und schockierend angenehm. Sie starrt ihn an, bis sein Blick flackert.

Der Staubsauger brummt unheilschwanger hinter der Wand.

»Sie verzeiht dir nie.«

»Das ist doch absurd. Ich habe Martine nie etwas getan.«

»Und was ist mit Yann?« Ein ungläubiges Kopfschütteln. »Er hat doch den Schwanz eingeklemmt und ist nach Paris abgehauen, *plouff*! Und ist mit dir zurückgekommen.«

»Ich verstehe nicht, was Martine mit deiner Wette zu tun hat.«

»Dann hör doch zu.« Er hat sich aufgerichtet, ist bereit, dem Widerstand mit offener Stirn zu begegnen. »Ich gebe ja zu, daß ich dumm war, mich zu leicht habe locken lassen. Aber Martine scheut auch keine Mittel.«

»Was meinst du?«

Das kann ein Manöver sein, ein Trick, sie dazu zu bringen, ihre Aufmerksamkeit auf etwas anderes zu richten als sein Versagen, aber hinter seinen Ausflüchten sieht sie den fliehenden Schatten von etwas, nach dem sie gesucht hat, ohne es selbst zu wissen, eine Wahrheit, zu trübe, um entdeckt zu werden, zu wichtig, um verschwiegen zu werden.

»Was meinst du?«

Er zögert.

»Ich war jünger als die anderen. Die Ritter.« Er beißt sich auf die Lippen, die weichen, kindlichen, die sie geküßt hat. »Ich habe zu ihnen aufgesehen, aber sie fanden immer, ich wäre nur ein alberner Junge.«

»Was willst du damit sagen?«

Im Spiegel sieht sie sich selbst, wie sie auf dem neuen Teppichboden steht, den sie mit der Arbeit ihrer Hände bezahlt hat, vor der Treppe hinauf zu den Zimmern, in denen feste Matratzen und moderne Gardinen von Hochkonjunktur und sinnvollen Investitionen künden, eine erwachsene Frau, schön und erfahren, aber immer noch verwundbar durch die moralischen Sanktionen der kleinen Gemeinde. Unerbittlich wird sie von alten Niederlagen eingeholt, von dem Geltungsdrang eines kleinen Jungen.

»Martine hat mich schon einmal benutzt. Das wollte ich damit sagen.«

»Dich benutzt?«

»Armande Berthoud ist meine Tante.« Er nickt zum Nachbarhaus. »Ich war derjenige, der sie überredet hat, ihr Haus Alan und seinen Kumpanen zu verkaufen.«

Die Knie werden Nanna gummiartig weich. In Pierres ausweichendem Blick, in der abwehrenden Geste mit der verletzten Hand entdeckt sie die Umrisse von etwas, das maskuline Konkurrenz bekommt, nicht mehr nur ein unschuldiger Streich ist.

Er hat sich von ihr zurückgezogen, steht mit der Hand auf dem Türgriff da, zur Flucht bereit. Die Atmosphäre um sie ist undurchdringlich, voller Andeutungen. Ungläubig starrt sie ihn an. Daß Martine für die Inszenierung dieser infamen Intrige verantwortlich sein soll, erscheint ihr wie eine lächerliche Konstruktion, aber die Schweißtropfen auf Pierres Stirn sind real genug, er hat Angst.

Das Geräusch des Staubsaugers ist lauter geworden, der Fuß stößt lärmend gegen die Vertäfelung auf der anderen Seite der Wand. Nanna schielt zur Glastür, hinter der sich Marie-Jeannes Silhouette abzeichnet.

»Ich muß jetzt gehen.« Er streicht sich mit der gesunden Hand über die Stirn, hinterläßt eine weiße Spur auf der rotfleckigen Haut. »Du sollst nur wissen, falls was passiert ist ...«

Er sucht nach Worten, dann kommen sie, der Ton ist komisch feierlich, er gestikuliert mit der verletzten Hand.

»… dann bin ich bereit, meine Verantwortung zu übernehmen.«

Ein Ritter, trotz allem. Sie muß ihre Rolle jetzt weiterspielen, ihre wachsende Panik unter einem Panzer abweisender Höflichkeit verdecken. Ein Geräusch bremst sie, bevor sie den Mund öffnen kann.

Die Glastür ist aufgeschoben worden, Marie-Jeanne steht in der Türöffnung, den Staubsaugerschlauch über dem Arm, bei Pierres Anblick kneift sie die Augen zusammen.

»*Allez.*« Er zuckt mit den Schultern, resigniert, es gibt nichts mehr zu sagen. »*Au revoir, Mesdames.*«

Die Tür fällt hinter ihm mit einem eiskalten Hauch zu. Die Stille dröhnt in der halbdunklen Lobby.

»Was wollte er?« Die Stimme der Schwiegermutter ist mißtrauisch. »Er weiß doch wohl, daß wir geschlossen haben.«

»Er dachte, er hätte was in der Bar vergessen. Einen Pullover.« Die Lüge kommt problemlos, überrascht sie selbst. Sie beherrscht das Vibrato ihrer Stimme, die Knie, die unter ihr zittern. »Ich habe ihm gesagt, daß wir nichts gefunden haben.«

Die Schwiegermutter nickt, ergreift den Staubsauger.

Nanna wickelt den Mantel um sich. Sie hat keine Lust mehr, hinauszugehen, aber die Übelkeit rotiert in ihrem Magen, Fieberwellen durchflattern ihren Körper.

»Willst du raus?« Die Schwiegermutter hat die grelle Leuchtstoffröhre an der Decke eingeschaltet, steckt den Stecker des Staubsaugers in die Steckdose. »Sie haben Frost angesagt.«

»Nur eine kurze Tour.«

Draußen hat die Temperatur den Gefrierpunkt erreicht. Der Zementbelag des Kais ist glatt wie Seife unter ihren Schuhsohlen, als sie sich vorsichtig auf den kleinen Leuchtturm am Ende der Hafeneinfahrt zubewegt. Ein Trawler mit angezündeten Lichtern ist auf dem Weg in den sonntagsstillen Hafen.

Die »Yseut« war auf Fischfang, vielleicht war sie ein paar Tage draußen, jetzt ist sie mit neuerlich reichem Fang zurückgekehrt. Ein Fang, der trotz der steigenden Brennstoffpreise wieder einmal die Versorgung der Männer an Bord und der Leute an Land sichern wird, Zinseszins von reichhaltigen Zinsen.

Neben ihr blinkt der niedrige Turm, der die Einfahrt markiert, rotes Licht. Gefahr.

Jemand dort draußen hat Schande und Verlust auf sie geworfen, hat die Liebe als Waffe benutzt. Jahrelang hat sie darum gekämpft, in sich selbst sicher zu sein, hat sich hinter den beschützenden Mauern der Arbeit verschanzt, geglaubt, sie wäre unverletzbar. Jetzt sieht sie, wie anfällig ihre Verteidigung ist.

Der Felssockel des Leuchtturms fühlt sich hart an in ihrem Rücken, sie zieht die Knie gegen die heraufziehende Kälte unter den Mantel. Der Schiffsmotor ist jetzt deutlich zu hören, Silhouetten bewegen sich geisterhaft in dem grellen Licht an Deck, machen die Vertäuungen bereit.

Benoît ist mit an Bord.

Benoît. Der Freund, den sie nicht behalten durfte, eine verlorene Zuflucht. Irgendwo weit im Norden: Mette. Mette, die ihr gestreßtes Leben zwischen Kollektionen, Messen und Geschäftsreisen lebt, mit Mann, Kind, Job und Liebhabern jongliert, Meilen entfernt von Nanna und ihrer Einsamkeit in der fernen Ecke des Kontinents, der tiefen Not der Verlassenheit.

Mette. Sie begreift nicht, warum sie nicht schon lange an sie gedacht hat. Mette ist als einzige in der Lage, ihre Scham zu durchschneiden, die Lähmung von ihr zu nehmen.

Auf dem Weg zurück ins Hotel stolpert sie auf unsicheren Beinen, fällt und schlägt sich ein Loch in den Strumpf, schürft sich ein Knie auf. Leise jammernd vor Schmerz und Selbstmitleid schließt sie die Tür auf, klettert so lautlos sie kann die Treppe zu ihrem Zimmer hinauf. Aus dem Halbdunkel der Bar, in der Marie-Jeanne ihre einsamen Nachmittage verbringt, dringen die Geräusche des Fernsehers, künstlich fröhliche Stimmen, Gelächter und schrille Fanfaren.

Schwindlig vor Gemütsbewegung wirft sie sich aufs Bett, immer noch in Mantel und Schuhen, das blutige Knie befleckt die Bettdecke. Mettes lebhaftes Gesicht verfolgt sie bis in den Schlaf der Erschöpfung, ein Strahl der Hoffnung.

Die Schwiegermutter ist auf dem Weg in die Küche, um den Kaffee zu holen, der das Sonntagsessen abrunden soll. Nanna hält sie auf.

»Ich möchte lieber einen *tisane.*«

»Wie du willst.«

Die Schwingtüren fallen hinter dem mit einem Twinset bekleideten Rücken zu. Nanna schiebt ihren Stuhl nach hinten, steht auf, um die Reste vom Tisch abzuräumen. Ohne Mémé anzusehen, deren Augen unter den halb geschlossenen Lidern ihr aufmerksam folgen, stapelt sie sich Geschirr und Bestecke auf den Arm, verdeckt den Teller mit dem stehengebliebenen Tortenstück mit ihrer Serviette.

»Ißt du auch genug?«

Nanna zuckt zusammen unter dem Laut der Stimme der alten Dame, auf frischer Tat ertappt.

»Ich habe ein bißchen Magenschmerzen.«

Ihre Wangen sind heiß, sie hofft nur, daß man die Röte nicht sehen kann.

»Du arbeitest zuviel. Marie-Jeanne, wie lange ist es her, daß Nanna mal frei hatte? Ich meine, mehr als einen Nachmittag?«

Die Schwiegermutter ist zurückgekommen, schenkt Kaffee ein. Nanna bekommt ihren Kräutertee, rührt in der Tasse, den Blick fest auf die Tischdecke geheftet.

»Sie will ja keinen Urlaub machen.«

»Woher weißt du das denn?« Mémé hebt abwehrend eine Hand. »Schon gut, ich werde mich nicht weiter einmischen.«

Ein vorsichtiger Schluck von dem heißen Getränk, Nanna läßt die Flüssigkeit ganz nach unten gleiten, bevor sie den Mund öffnet.

»Ich habe wirklich schon daran gedacht.«

Jetzt ist es heraus.

Zwei Paar Augen richten sich auf sie, sie späht vorsichtig zur Schwiegermutter, die ihren Kaffee mit einem wachsamen Ausdruck in ihrem strengen Gesicht trinkt.

»Ich habe überlegt, ob ich zu Weihnachten nach Dänemark fahre. Zu meiner Freundin.« Sie macht eine kleine Pause. »Vielleicht für ein paar Wochen.«

Die Stille um den Tisch ähnelt der, die einer Detonation folgt.

Das Geräusch einer Nebelsirene weiter entfernt an der Küste dringt durch die großen Fenster, ein jammernder Ruf. Nannas Tasse landet klirrend auf der Untertasse, sie kann nur schwer das Zittern ihrer Hände beherrschen.

Mémés Fürsorge hat ihr die Worte in den Mund gelegt. Die

Gedanken haben einen Platz gefunden, sie hat sich entschieden, während sie sprach. Ihr Kopf fühlt sich leer an nach den chaotischen Überlegungen der letzten Zeit.

Endlich bricht Mémé das Schweigen.

»Ausgezeichnet. Nicht wahr, Marie-Jeanne?«

»*Bien sûr.*« Die Schwiegermutter zuckt mit den Schultern. »Natürlich.«

Die Dezemberdunkelheit zeigt milchweiße Nebelstreifen, als sie Mémé heimfährt. Vorsichtig stützt sie die alte Frau auf der glatten Haustreppe, hilft ihr ins Schlafzimmer im ersten Stock, in dem es leicht nach Ofenfeuer und mildem Eau de Cologne duftet.

»Setz dich, solange ich mich ausziehe.«

Mémé deutet auf die altrosa Wolldecke auf dem Bett. Nanna zögert einen Moment, der Instinkt der alten Frau dafür, was sie bewegt, macht sie nervös. Sie hat ihr Geheimnis nicht länger als ein Monat bewahrt, um es jetzt zu verraten, wo sie vielleicht einen Ausweg gefunden hat.

»Einen Moment, bis du im Bett bist.«

Mémé hat ihre Haarnadeln gelöst, entfernt mit geübten Fingern die steifen Spitzen, den kleinen Velourkranz mit dem festen Band, schüttelt das geölte Haar über die Schultern aus. Der bestickte Schal wird sorgfältig über einer Stuhllehne glattgestrichen. Ihre dünne Haut ist gelblich gegen das weiße Unterzeug, ein halb verwelktes Blütenblatt.

Nanna hört sie stöhnen, als sie sich das Unterhemd über die steifen Schultern zieht.

»Warte, ich kann dir helfen.«

Sie ist halb aufgestanden, streckt ihre Arme dem kleinen, gealterten Körper entgegen.

»Ich schaffe das schon. Es ist schlimm genug, daß ich so aussehe.« Sie nickt ihrem Spiegelbild zu. »Meine Schultern waren exzellent, als ich jung war. Die Männer wollten hineinbeißen. Erwan auch. Vor allem Erwan.« Sie lacht kurz, dreht sich dann der schweren Eichenholzkommode zu. »Jetzt sehe ich aus wie ein plissierter Pygmäe.«

Eine Schublade wird herausgezogen, das weiße Spitzennachthemd neben Nanna auf dem Bett ausgebreitet.

»Ich hatte Männer, Nanna. Ich habe auf Erwan gewartet, aber in der Zeit hatte ich Männer.«

Die klaren grauen Augen suchen Nannas.

»Ich war jung, was denkst du, was hätte ich machen sollen? Jetzt darfst du mir helfen.«

Mémé rollt die Seidenunterhose herunter, wirft sie auf den Stuhl. Der zerbrechliche Körper ist haarlos, der früher so gerade Rücken bildet eine Kurve, ein kleines Fragezeichen. Die dünnen Glieder haben etwas Schamloses an sich, die trockene, runzlige Haut, die braunen Brustwarzen, so daß Nanna ihren Kopf zur Seite dreht, einen Punkt über dem Spiegel fixiert.

»Ich kann gut verstehen, daß du dich wegdrehst. Gib mir mal das Nachthemd.«

Nanna ist es peinlich.

»Du bist nicht häßlich, Mémé.«

Aber darum geht das Gespräch gar nicht, sie weiß es, muß aber verhindern, daß es um sie selbst geht.

Sie läßt vorsichtig den weichen Stoff über das weiße Haar gleiten, hilft Mémé dabei, die Nachtjacke über dem zerbrechlichen Rücken zurechtzuziehen.

»Kein Mann rührt freiwillig eine alte Frau an. So, und jetzt hilf mir ins Bett.«

Die Haut an den schlanken Beinen ist immer noch so straff wie Nannas eigene, aber die Füße haben dunkelblaue Verfärbungen und dicke, gelbe Nägel, abgenutzt von einem langen Leben.

»Es nützt niemandem, wenn man selbst alles verpaßt.«

Mémé schiebt sich die Kissen in den Rücken, läßt ihre kleinen, eckigen Hände auf den Stickereien des Überwurfs ruhen, ein Richter hinter der Richterbank.

»Niemandem, verstehst du? Alles zu verpassen ist die schlimmste Sünde.«

»Mémé.«

Nanna zögert. Es wäre für sie eine Erlösung, sich der klugen alten Frau anzuvertrauen, ihr die ganze katastrophale Geschichte von Pierre zu erzählen und dafür die Vergebung zu erhalten, die sie sich selbst verweigert. Aber ihre neue Entscheidung schließt diese Form der Beichte aus.

»Ich schließe die Haustür ab«, sagt sie. »Schlaf gut.«

Mémé hat bereits die Augen geschlossen, lehnt sich in die Kissen zurück.

»Die schlimmste Sünde«, wiederholt sie. »Gute Nacht.«

Gustav meldet sich nach dem ersten Klingeln, sie kann gedämpfte Musik im Hintergrund hören, ein hämmernder Rhythmus.

»Könnte ich mit Mette sprechen?«

Ein Knurren. Vielleicht hatte er ja Dienst, oder sie hat einen intimen Moment gestört. Sie beginnt schon zu bereuen, daß sie überhaupt angerufen hat.

Das Licht der Straßenlaternen, das im Wind draußen weht, zeichnet Wellenbewegungen auf dem Teppichboden des kleinen Büros. Sie hat die Lampe nicht angeknipst, will keine Aufmerksamkeit auf sich ziehen. Es kommt vor, daß Marie-Jeanne eine Runde durch alle Stockwerke macht, wenn sie nicht schlafen kann. Nanna liegt ab und zu im Dunkeln und lauscht ihren Schritten. Aber im Augenblick kann sie nur das Geräusch des Winds in der Takelage der Jachten hören, sonst ist alles still.

»Hallo.«

Mette klingt weit entfernt.

»Mette.«

Die Stimme am anderen Ende verändert ihren Charakter, kommt ganz nah.

»Nanna. Entschuldige, entschuldige. Bitte, bitte entschuldige. Ich hätte dir schon längst schreiben sollen.«

»Mette.«

Sie schnappt nach Luft, bekommt die Worte nicht heraus. Irgendwo im Hintergrund hört sie das herzzerreißende Weinen eines Kindes. Ein schluchzender Laut bahnt sich seinen Weg hinauf in ihrer eigenen Kehle.

»Ist was nicht in Ordnung? Warte mal kurz.«

Nanna hört, wie Mette ihre Hand auf die Muschel legt, kann murmelnde Befehle vernehmen.

»Ich mußte nur eben Gustav rausbefördern.« Eine Zigarette wird angezündet. Nanna fummelt in ihrer eigenen Tasche nach einer, findet aber keine. »Nun schieß los, was ist das Problem?«

»Alles.«

»Könntest du die Sache ein klein wenig genauer erklären?«

Nanna muß lachen, sie gluckst, bekommt ihre Stimme unter Kontrolle.

»Ich bin schwanger.«

»Hoppla. Und du willst es nicht haben?«

»Das ist unmöglich.«

»Danach habe ich nicht gefragt. Einen Moment mal.« Mette zieht laut hörbar an ihrer Zigarette. »Gustav!«

Ein Schrei. Nanna wartet mit angehaltenem Atem.

»Wenn du dich entschieden hast, dann lösen wir das Problem. Hier im Land herrschen zivilisierte Verhältnisse. Zumindest seit kurzem.«

Allein der Klang von Mettes Stimme lindert ihre Qual. Sie schluchzt, bekommt ihre Stimme in den Griff.

»Ich habe mich entschieden.«

Wieder die Hand über der Muschel, ein weiteres gemurmeltes Gespräch.

»Wie weit bist du?« Wieder die Zigarette. »Wann kannst du kommen?«

»Höchstens im zweiten Monat. Ich kann zu Weihnachten kommen. Entschuldige. Ich will euch nicht zur Last fallen.«

»Ach, halt die Klappe. Besorg dir einen Abmeldeschein, und komm her.«

»Einen Abmeldeschein?«

»Du ziehst zu uns, jedenfalls offiziell. Gustav kümmert sich dann um den Rest.«

»Meinst du das wirklich?«

»Du wirst mein schönstes Weihnachtsgeschenk.«

Dezember 1973 – Januar 1974

Die schlecht beleuchtete Festung des Gare du Nord erhebt sich klotzig am Ende der vielbefahrenen Straße. Ein Schwall von Taxis spuckt beladene Reisende in den bittersüßen Rußgeruch aus, der die eiskalte Luft des Bahnhofs durchzieht.

Aus einer der gemauerten Nischen unter dem hohen Dach fliegt eine Taube auf, schwebt über Nannas Kopf wie ein tieffliegender Bomber.

Die klappernden Wagen eines Gepäckkarrens versperren ihr den Weg, seufzend unter der Last an Koffern und Kisten, überall hasten reisegekleidete Menschen mit zielbewußtem Blick auf die Bahnsteige. Das Heulen eines Dieselmotors hüllt das trübselige Gebäude in einen Geräuschteppich.

In Nannas Tasche liegen ihr dänischer Paß und ihre Abmeldebescheinigung, die sie sich im Bürgermeisterbüro geholt hat, ohne der neugierigen Frau hinter der Anmeldung die geringste Erklärung zu bieten.

Falls der Stadtklatsch von ihrer mysteriösen Flucht der Schwiegermutter zu Ohren kommen sollte, wird diese sich das niemals anmerken lassen, davon ist Nanna überzeugt. Ihre gegenseitige Loyalität zeigt sich in einer bedingungslosen Diskretion, die offene Fragen, offene Kritik vermeidet. Ihr Pakt ist unausgesprochen, aber vielleicht funktioniert er gerade deshalb so gut.

Vor Nanna schleppen zwei junge Mädchen ihre schweren Koffer über den schmutzigen Zement des Bahnsteigs, die eine honigblond, die andere dunkel. Ihre schmutzigweißen Lammfellmäntel und arabischen Tücher lassen sie in dem flackernden Licht wie unförmige, schmelzende Schneemänner erscheinen.

»Hier ist es.«

Das dunkelhaarige Mädchen wischt sich vor der offenstehenden Waggontür mit einem Strickhandschuh über die Stirn. Ihre Stimme klingt freundlich und jütländisch, und Nanna muß die Rührung bekämpfen, die sie zu überwältigen droht.

Zum erstenmal seit ihrer Flucht aus dem Haus ihres Vaters, der erwartungsvollen Reise zu Yann und einer Zukunft mit ihm, soll sie mit dem Land konfrontiert werden, das sie einst verlassen hat, ohne sich umzusehen. Die Mädchen sind erst der Vorgeschmack.

Irgendwo in der Winternacht wartet Mette auf sie. Gemeinsam wollen sie die alten Spuren wieder aufsuchen, zwei Mädchen, eine blond, die andere dunkel, auf ihrer Reise ins Leben.

Die beiden Mädchen haben ihr Abteil belegt, als sie endlich ihr eigenes Gepäck in den Waggon bugsiert hat. Die Fellmäntel liegen auf den Wolldecken der mittleren Koje, der fettige Geruch nach feuchtem Schaf erfüllt die Luft. Die Riesenkoffer belegen den minimalen Fußbodenplatz.

»*Bonjour*«, die Blonde hat die Führung übernommen. »*Excusez-nous.*«

Sie blinzelt ihrer Freundin zu, kichert. »Wir werden gleich die Koffer hochschaffen, was heißt das?«

Nanna ist in der Abteiltür stehengeblieben.

»Ich würde vorschlagen, ihr nehmt einen nach dem anderen und benutzt die Leiter dafür«, sagt sie trocken. »Ich warte hier draußen so lange.«

Draußen auf dem Gang zündet sie sich eine Zigarette an. Hinter ihr rumpelt und scheppert es, Kichern und unterdrückte Befehle erreichen sie durch die geschlossene Tür. Ein paar verspätete Fahrgäste eilen den Bahnsteig entlang, ein Stück weiter den Gang hinunter schreit ein Kleinkind in seinem Sitz. Sie stößt den Zigarettenrauch aus, sieht ihr Spiegelbild verschwinden und auf der dunklen Scheibe wieder hervortreten, ein schmales, entschlossenes Gesicht unter streng zurückgekämmtem Haar.

Der Zug setzt sich mit einem heftigen Ruck in Bewegung, der sie aus dem Gleichgewicht bringt und nach dem Fensterrahmen greifen läßt. Dann gleitet die lange Wagenreihe aus dem Bahnhof, hinaus in die Dezemberdunkelheit auf ihrem Weg in den Norden.

Ein blonder Kopf taucht in der Abteiltür auf.

»Wir sind fast fertig. Wir haben uns gedacht, daß Sie sicher am liebsten das oberste Bett haben möchten. Wir können Ihnen mit dem Koffer helfen.«

Der höfliche Ton, der respektvolle Vorschlag bringen sie zum Lächeln.

In den Augen der Mädchen muß sie wie eine Dame wirken, ihr langer Mantel in petrolgrüner Wolle und die Handtasche mit der großen Metallschließe ordnen sie in eine andere Kategorie ein.

Eine andere Generation.

Das Bild von Mémés erschöpftem Körper taucht vor ihr auf, ihre eigene Fremdheit gegenüber seinem Verfall, gegenüber dem Wissen, daß etwas Ähnliches auch ihrem Leben zustoßen wird.

Und genauso werden diese Mädchen hier sich vollkommen

unverwundbar fühlen, außerstande, sich vorzustellen, daß sie ihr in ein paar Jahren ähneln könnten, daß sie plötzlich, unbemerkt, erwachsen sein könnten. Daß der Tag kommen könnte, an dem der Spiegel ihnen erzählt, daß ein Lachfältchen sich dauerhaft eingegraben hat, daß die hellroten Brustwarzen ab jetzt und für immer eine dunklere Nuance erhalten haben.

»Ja, danke«, sagt sie, lächelt den beiden welpenartigen Wesen zu. »Das ist nett von euch.«

Das Geräusch rangierender Wagenreihen weckt sie in der Nacht, sie schwitzt und hat Durst, die stickige Luft in dem engen Abteil erzeugt bei ihr Übelkeit. Unter ihr schnarcht eines der Mädchen leise, das blonde Haar verdeckt das unfertige Gesicht mit dem halboffenen, feuchten Mund, der Stupsnase.

Nanna tritt die Decke zur Seite, sie bringt es nicht übers Herz zu stören, bleibt in der schmalen Koje liegen, starrt zur Decke, an der das Licht des Bahnhofs draußen in schwindelerregenden Bögen vorbeihuscht.

Ihre Brüste sind schwer, reiben sich an der harten Decke. Früher ist sie einmal in entgegengesetzter Richtung gereist, mit ihrem und Yanns Kind in ihrem Körper, verletzlich, damals wie jetzt, aber damals war der Kurs abgesteckt, sie war auf dem Weg zu einem festen Ziel.

Jetzt ist alles ungewiß. Sie schaukelt mit den Bewegungen des Zugs durch die Nacht, ohne Willen, ohne Glauben.

Ein Kind hat keinen Platz in dem Leben, das sie sich ausgesucht hat. Aber sie könnte ein neues wählen, sich selbst einen neuen Start erlauben. Das Geld, das ihr Vater ihr hinterlassen hat, liegt immer noch unberührt auf der Bank.

Sie könnte dort weitermachen, wo sie einmal aufgehört hat, könnte wieder in ihre Sprache schlüpfen. Könnte sich das Kind erlauben, etwas Lebendes.

Könnte Martine vergessen, Pierre vergessen. Ihre französische Existenz hinter sich lassen, Marie-Jeanne vergessen wie auch Mémé, den Alltag vergessen, die kleinen und großen Siege, die Ambitionen, die Pläne. Könnte Wurzeln in einer Erde schlagen, die sie kennt.

Gegen Morgen fällt sie endlich in den Schlaf. Als sie aufwacht, sind die Mädchen und ihr Gepäck verschwunden, sitzen jetzt in einem anderen Zug, auf dem Weg zu ihrer jütländischen Weihnacht. Die flache norddeutsche Landschaft breitet sich vor ihr in dem weißgrauen Vormittagslicht aus. Bald ist sie zu Hause.

Noch bevor der Zug ganz zum Stehen kommt, hat sie sie schon entdeckt. Zwei schwarzhaarige Köpfe, einen kleinen und einen großen, zwei erwartungsvolle Gesichter draußen auf dem Bahnsteig, Mette und ihre Tochter. Ihre Wangen glänzen rot in der Dezemberkälte, sie hüpfen und stampfen, um sich warm zu halten. Mettes lila Kragen schlägt einen Kreis um sie, der bunte Schal des Kindes ist so lang, daß es die ganze Zeit Gefahr läuft, darüber zu stolpern.

»Guck, da ist sie. In dem grünen Mantel.«

Mette zeigt, dirigiert die Tochter in Nannas Richtung, heftig winkend.

Der Klumpen in Nannas Hals droht sie zu ersticken. Der Gedanke an Cecilia war in der Konzentration auf die Reise überhaupt und die minutiösen Vorbereitungen, die ihr vorausgegangen waren, verschwunden. Mettes Wirklichkeit beherbergt mehr als nur Mette allein. Ein lebendiges Kind, zum Beispiel, das sich jetzt von Mettes Hand losreißt und ihr entgegenläuft.

»Nanna!« Zwei Arme um ihren Hals, ein kleines Gesicht unter dem dicken Pony dicht an ihrem. »Ich habe schon zwei Zähne verloren.«

Das Gesicht öffnet sich zu einem Riesengrinsen. Cecilias Stimme liegt in einer heiseren Baßlage, was komisch wirkt im Kontrast zu dem grazilen Mädchenkörper.

»Mette und Gustav schenken mir für jeden Zahn was. Sie sagen, das macht die Zahnfee, aber daran glaube ich nicht.«

Der Koffer bleibt auf dem Bahnsteig stehen, Nanna läßt sich widerstandslos davonziehen, in Mettes ausgebreitete Arme, eine violettfarbene Riesenfledermaus.

»Küßt man rechts zuerst?«

»Das ist doch ganz egal.« Es gluckert in Nannas Kehle, Tränen und übermütiges Lachen zugleich. »Das ist ganz egal, du Quatschkopf.«

Mettes Wangen sind kühl gegen ihre überhitzten, aber feucht wie ihre eigenen.

»Warum heult ihr?«

Cecilia zupft mit einem besorgten Ausdruck in den hellblauen Augen an Mettes Cape.

»Weil wir uns so gern haben.«

Mette hat einen Arm um den Hals der Tochter gelegt, zieht sie in den schwankenden Kreis zwischen all den Weihnachtsreisenden hinein, die gerührt und nachsichtig über all die Energie auf dem überfüllten Bahnsteig lächeln.

»Jetzt wollen wir ein Weihnachtsessen zu uns nehmen.« Mette nimmt Nannas Koffer in Beschlag.

»Den schmeißen wir hier ins Auto, ich habe in einem kleinen, schrägen Lokal einen Tisch bestellt. Sille geht ins Kindertheater in der Lavendelstræde.«

»Ich will aber lieber mit euch kommen.« Tränen sind unter dem Pony im Anzug, das Kinn zittert. »Ich habe keine Lust, allein ins Kindertheater zu gehen.«

Mette dreht sich auf den Fersen um, so daß ihr Cape aufklappt, der Koffer schlägt auf die Fliesen der Halle.

»Es ist einfach zu nervig, daß du eine Abmachung nie einhalten kannst.« Ein warnender Zeigefinger wedelt vor der Tochter in der Luft. »Nanna und ich wollen unsere Ruhe haben, es sind mindestens fünfzig andere Kinder da im Theater, und außerdem holt Gustav dich ab. Basta.«

Mette wendet sich Nanna mit einem entschuldigenden Achselzucken zu. Der Koffer wird wieder aufgehoben und die Schritte erneut dem Ausgang zugerichtet, aber der Jubel der ersten Begegnung ist weggeweht. Cecilia schleppt ihre Füße ein paar Meter hinter ihnen nach, Nanna schaut ihr über die Schulter zu, erhält einen warnenden Blick von Mette.

»Kümmere dich bloß nicht um sie.«

Das schlechte Gewissen brennt in Nanna, während Mettes kleines hellblaues Auto sich durch den dichten Weihnachtsverkehr zwängt, hinein in die engen Straßen, in denen das Gewimmel von Fußgängern und die Reihen parkender Autos das Vorankommen auf ein Minimum reduzieren.

»Spring hier raus.« Mette drückt die hintere Wagentür auf. »Die Karte ist auf meinen Namen reserviert, hier hast du das Geld.«

Die Tränen laufen Cecilias Wangen hinunter, als sie widerstrebend auf den Fußweg hinausklettert, vor dem Tor mit dem bunten Plakat.

»Darf ich mir denn für den Rest Süßigkeiten kaufen?« schluchzt sie.

»Wenn du aufhörst zu heulen, ja. So, viel Spaß.«

Die Tür wird zugeworfen. Im Rückspiegel sieht Nanna eine kleine, in einen Pullover gekleidete Gestalt, die sich die Augen mit den Fäusten trockenreibt und dann durch das mit psychedelischen Farben angestrichene Tor schlüpft.

»Wenn man ihr nicht Einhalt gebietet, tyrannisiert sie die ganze Familie.«

Mette schlägt mit der Hand auf die Hupe, und ein paar junge Typen in langen, bestickten Wildlederpelzen, die über die Straße schlendern wollten, springen erschrocken zur Seite. Einer von ihnen stellt sich demonstrativ vor den Kühler des Autos, schüttelt seinen Kopf, daß das lange Haar sein Gesicht verdeckt.

»Autos sind hart, Kinder sind weich«, skandiert er.

»Na, du bist ja wohl kein Kind mehr. Paß bloß auf, *shithead.*«

Mette hat das Seitenfenster heruntergekurbelt, zischt es dem Kerl zu, dessen flaumiger Bart kaum das pickelige Kinn bedeckt.

»*Peace*, Schwester.« Der Typ streckt seine Hand durch das offene Fenster hinein, streicht Mette über das schwarze Haar. »Es sollte doch wohl Platz für uns alle geben, nicht wahr?«

Ein Geruch nach altem Weihrauch steigt Nanna in die Nase, eingeschlossener Kirchenmief. Erschrocken sieht sie, wie Mette die Hand des Jungen nimmt und einen Kuß darauf drückt, ein geniertes Grinsen zur Antwort erhält.

»Na, der Typ hat ja recht.« Das Auto hat sich wieder in den träg dahinfließenden Verkehrsstrom eingereiht. Mettes Gesicht ist nun entspannter, sie lächelt. »Mein Temperament geht nur manchmal mit mir durch.«

Nannas Stirn schlägt fast gegen die Windschutzscheibe, als Mette auf die Bremse tritt und ihr Auto auf den letzten freien Parkplatz an der Längsseite der Schloßkirche klemmt, direkt vor der Nase eines wütend hupenden Mannes in einem Volvo.

»Fettes Arschloch.« Mette winkt mit einer behandschuhten

rechten Hand, den Mittelfinger in einer zotigen Gebärde ausgestreckt. »Nun komm schon, Nanna.«

Nanna wirft dem mit einer Pelzkappe bekleideten Volvofahrer ein entschuldigendes Lächeln zu, als sie zur Brücke hinübergeht, bekommt nur eine drohende Faust zur Antwort. Ein Gefühl der Erschöpfung übermannt sie. Sie ist diese Enge nicht gewohnt, ist müde nach der langen Bahnfahrt. Beim Anblick des armseligen Tabletts des Schlafwagenschaffners mit dem klebrigen Schmelzkäse und den zähen Rundstücken hat sich ihr Magen in einer Mischung aus Hunger und Übelkeit zusammengezogen, sie hat seit fast vierundzwanzig Stunden nichts Richtiges mehr zu essen bekommen.

Der Auftritt mit Cecilia nagt in ihr. Sie kommt ungelegen, als Mettes Gast, eine Hilfesuchende. Der Grund dafür zu sein, daß Cecilia sich weggeschoben fühlt, die Zielscheibe für die Wut des Kindes zu sein, das Zentrum der Familienkonflikte, das wird sie nicht ertragen können, ihre Haut ist dazu zu dünn.

Mettes Ausbrüche machen sie nervös, sie sind heftiger als alle, an die sie sich aus ihrer gemeinsamen Vergangenheit erinnert, ihre Stimmungsschwankungen noch extremer.

Das Kellerrestaurant ist gestopft voll mit laut krakeelenden Gästen, eine Welle aus Tabakqualm und Schnapsgestank schlägt ihnen durch die niedrige Tür entgegen, die ein magerer Mann in einem engen schwarzen Ledermantel aufhält, um einen anderen Gast hinauszulassen.

Der Mann, der sich bücken muß, um nicht gegen den niedrigen Türrahmen zu stoßen, ist aschblond über der dunkelbraunen Wildlederfelljacke, sein Gesicht hat runde Bäckchen unter rötlichen Bartstoppeln, der Mund füllige Lippen.

»Na, so was.« Er schwankt verwirrt auf den Stufen bei Mettes Anblick, dann steuert er die letzte Stufe an und legt seine Arme um ihren lila Rücken. »Ist das nicht die inzwischen ach so Berühmte?«

Die helle Stimme hat einen munteren, ironischen Klang.

»Schaffen wir es noch, uns vor Weihnachten zu sehen?« Ein Kuß landet auf Mettes Nase, ein paar sorgfältig manikürte Hände umfassen ihren Hals. »In einer anständigen Form?«

Mettes energischer Rücken sinkt zusammen, ergibt sich dem,

was der Mann in dem Wildlederfell verbreitet, bevor sie sich wieder fassen kann, aus der Umarmung befreit.

»Mogens.« Sie hat Nannas Arm gepackt, zieht diese zu sich heran. »Sag Nanna artig guten Tag. Ich habe sie gerade vom Zug abgeholt. Ihr gehört ein Hotel in der Bretagne.«

»*Enchanté, Madame.*« Ein ironischer Handkuß, dann wendet sich der Mann erneut Mette zu, beachtet Nannas Gruß gar nicht. »Rufst du an?«

»*You bet.*«

Sein ledergekleideter Führer ist ein paar Schritte entfernt stehengeblieben, scharrt ungeduldig mit einem Fuß.

»Man wartet.«

Eine Kußhand, und die beiden Männer sind um die Ecke verschwunden.

»Du erfährst noch die ganze Geschichte.« Mettes sprudelnde Energie ist verdampft, sie wischt sich mit der Hand übers Gesicht, fegt ein unsichtbares Spinnengewebe fort. »Aber jetzt wollen wir erst mal was essen.«

Die Erinnerung überfällt Nanna, ohne daß sie sie aufhalten kann.

Mette und Nanna und Nannas Vater. Im letzten Jahr, in dem sie zusammen waren, vor Vaters Krankheit. In demselben Lokal mit der niedrigen Decke, wo rote Weihnachtstulpen in den gleichen Messingvasen auf den Tischen glühten, wo sie beim Geruch von Hering, Lachs und Leberpastete von dem überquellenden Buffet den Beginn der Weihnachtsferien feierten, ihre guten Zensuren.

Vaters weltmännische Manieren, sein Stolz, zwei Mädchen ausführen zu dürfen, die alle seine Erwartungen von ausgesuchten Manieren und betörender Jugend erfüllten, etwas, das er seinen Anwaltskollegen vorführen konnte, die sich an den Nachbartischen auf Weihnachten einstimmten. Sie erinnert sich noch an jede Geste, jeden anerkennenden Blick.

Jetzt sind sie an der Reihe mit Erwachsensein. Selbständige Frauen im Restaurant ohne Begleiter, mit Geld in den luxuriösen Brieftaschen, um das zu bezahlen, worauf sie gerade Lust haben.

Mette hat Bier vom Faß und einen Kräuterschnaps bestellt, sie scherzt bemüht mit der Kellnerin, deren rundlicher Hals rot gefleckt ist vor Hitze und Anstrengung.

»Prost.«

Nanna nimmt einen vorsichtigen Schluck vom Schnaps, versucht ihren Magen unter Kontrolle zu behalten.

»Sieh das als Medizin an.« Mette hat ihr Glas bereits geleert. Ihr Blick flackert, geht Nannas aus dem Weg. »Jetzt bist du in Dänemark.«

Während der ganzen langen Reise hat Nanna ihre gesamte Sehnsucht auf einen Punkt fixiert: in Mettes geborgener Nähe zu sein, sich nicht länger verstellen zu müssen. All ihr Elend zulassen zu dürfen, ohne Einschränkung, und Verständnis erhalten, Trost, die Vergebung der Sünden.

Jetzt sitzt sie auf der äußersten Stuhlkante Mette gegenüber, die erschreckende Risse in ihrer üblicherweise unerschütterlichen Vitalität aufweist.

»Es ist die Hölle.« Ein schräger Blick, unruhige Finger zupfen an den Locken. »Entschuldige, du bist es, die Probleme hat.«

»Was ist denn?«

»Ich glaube, ich kann nicht darüber sprechen, ohne zusammenzubrechen. Ach, Quatsch.« Mette breitet die Arme aus, kippt fast ihr Bierglas um. »Ich breche ja doch nie zusammen. Nicht einmal, wenn ich Lust dazu habe.«

Sie schleckt sich den Bierschaum vom Handrücken, leckt sich die Oberlippe ab.

»Du kriegst *a summary in English*, wie es immer unter Gustavs Artikeln steht, und dann reden wir über dich.«

»Lieber *in Danish*.«

Das gemeinsame Lachen löst ein wenig von der Anspannung in Nannas Bauch. Was es auch ist, was Mette da mit sich herumschleppt, sie können darüber reden, die alte Vertrautheit wiederfinden.

»Mogens ist der Mann meines Lebens.« Mettes Gabel zeichnet kleine Muster in der curryfarbenen Substanz auf ihrem Fischteller.

»Ich meine nicht nur jetzt im Augenblick. Ich meine, in meinem *Leben* überhaupt.«

»Und was ist mit Gustav?«

»Ach, Gustav ist nicht das Problem.«

»Was dann?«

»Dieser Kümmerling in dem Ledermantel.« Mette verzieht ihren Mund. »Das ist Mogens *boyfriend.*«

»Willst du damit sagen ...«

Nanna ist verwirrt. Homosexualität ist etwas, über das sie in Büchern gelesen hat, Künstler- und Schriftstellertypen wie Herman Bang, mit schwarzen Strichen um die Augen. Mogens sah maskulin aus, wie ein ganz normaler Mann.

»Die Hälfte der Zeit liebt er meine Brüste und preist meine Muschi.« Die Gabel landet auf der Tischdecke, wo sie einen fettigen gelben Fleck hinterläßt. »Aber ich habe eben keinen Schwanz. Das kann ich wenden und drehen, wie ich will.«

Die Geschlechtsbezeichnungen lassen Nanna nervös zu allen Seiten spähen, aber keiner der lauten Gäste an den Nachbartischen scheint Notiz von Mettes Ausbruch genommen zu haben.

»Woher kennst du ihn?«

Ein Ablenkungsmanöver. Das beschlagene Bierglas liegt kühl in ihrer Handfläche, sie nippt von der bittersüßen Flüssigkeit, versucht den Geschmack zu genießen.

»Er war mein *understudy* in den ersten Jahren in der Firma. Superprofi, kann alles, was ich nicht kann. Jetzt entwirft er Opernkostüme, ist auf dem besten Weg, scheißberühmt zu werden.« Wieder ein verächtlicher Mund. »Die Karriere läuft durch die Betten, der Ledermantel ist Opernregisseur.«

»Das ist nicht dein Ernst.«

»Ich bin einfach nur so scheißunglücklich.« Mette rammt die Gabel in ein Stück Leberpastete. »Das ist nicht zu lösen, das ist unerträglich. – Aber jetzt will ich von dir hören.«

»Nicht jetzt.«

Das laute Lokal, der Rauch und der Essensgeruch, der Schnaps, der die Adern unter ihrer Haut geöffnet hat, alles zusammen bereitet ihr Übelkeit und Schweißausbrüche. Sie schiebt den Stuhl zurück, bahnt sich den Weg durch die voll besetzten Tische.

Draußen auf der engen Toilette trinkt sie Wasser aus dem Hahn, läßt es über ihre Handgelenke laufen.

Während sie dort steht, kehrt die Nacht im Schlafwagen zurück. Der Glaube an Mettes souveräne Autorität, ihr Trostpunkt seit der Kindheit, hat sie bis hierher getragen. Die Rollenverteilung war von Anfang an klar: eine, die fragte, und eine, die mit der Antwort einsetzte. Eine, die Führung brauchte und eine, die immer bereit war zu führen.

Hinter Mettes Verletzbarkeit kann sie ein streng gesteuertes Chaos erahnen, in dem die Sicherheit durch Manöver ersetzt ist, der Überschuß durch Willensanstrengung. Sicherheit, geordnete Verhältnisse, etwas, um seinen Kopf anzulehnen, auch dann noch, als sie weit voneinander entfernt waren, all das, für das Mette in ihrem Leben stand, ist jetzt, ohne daß sie es gemerkt hat, außer Reichweite geschoben worden.

Die Reise war lang. Jetzt ist sie hier, in dem Land, das einmal das ihre war, mit dem Menschen, den sie in ihrem ganzen Leben am besten gekannt hat, und mit jedem Schritt, den sie macht, sieht sie, daß die Landschaft sich verändert hat, daß die raffinierte dunkelhaarige Frau, die mit einem leeren Blick in den türkisblauen Augen am Tisch auf sie wartet, nicht länger ihr fester Halt in diesem Leben ist.

Eine heisere Mädchenstimme tönt aus einem der Lautsprecher, verwebt sich mit der rhythmischen, rieselnden Begleitung, eine beharrliche Siebenjährige. Der Hyazinthenduft erfüllt die Luft in der geräumigen Küche, Kerzen brennen in den Messingleuchtern auf dem gescheuerten Holztisch.

Gustav ist aufgestanden.

»Willkommen.«

Seine Hand ist kühl, die Finger immer noch so lang, wie sie sie in Erinnerung hat. Eine Falte an einem der Mundwinkel ist markanter geworden, das einzige Zeichen, das Nanna entdecken kann, dafür, daß Jahre vergangen sind, seit sie ihn das letzte Mal gesehen hat. Das blonde Haar ist immer noch dick und fällt ihm in die Stirn, eine unbezähmbare Mähne, die Augen sind ernst.

»Mmm.« Mette küßt ihn mit spitzen Lippen, eine Hand auf Cecilias Nacken. »Na, war die Vorstellung schön?«

Cecilia schiebt den Kopf weg, ihre Mundwinkel hängen nach unten.

»Hast du einen Chinesenbart gekriegt?« Mette äfft den Gesichtsausdruck des Kindes nach, schnappt sich einen Lebkuchen aus der Schale auf dem Tisch, spielt den Clown, bis sie ein widerwilliges Lächeln hervorgezaubert hat. »Nanna will nur auspacken und baden, dann hauen wir wieder ab.«

Mette streift den Kopf der Tochter im Vorbeirauschen, Anzeichen von bevorstehenden Tränen sind in dem kleinen Gesicht zu sehen.

»Wir kommen nicht so spät nach Hause. In der Glotze gibt es einen Film, und Gustav macht uns bestimmt einen Punsch, wenn wir nach Hause kommen, nicht wahr, Gustav? Auch einen Kinderpunsch.«

»Versprecht ihr mir, mich zu wecken, wenn ich eingeschlafen bin?«

»Aber natürlich.«

Kleine blaue Kugeln lösen sich beim Auftreffen auf das heiße Badewasser auf und verbreiten einen appetitlichen Duft nach Mandeln in dem grün gekachelten Raum. Nanna läßt sich in die Wanne gleiten, das Wasser fühlt sich sanft wie Öl auf ihrer Haut an. Ein kleines Gummikissen ist mit zwei Saugern am Badewannenrand befestigt, sie lehnt müde ihren Kopf dagegen, schiebt alle Gedanken beiseite.

Ein leises Klopfen holt sie zurück in die Gegenwart.

»Die Handtücher für die Dame.« Mette schiebt ihren Kopf herein. Sie ist im Bademantel, trägt einen Stapel dicker, weißer Frotteehandtücher.

»Darf ich mich setzen, oder willst du lieber deine Ruhe haben?«

»Setz dich nur.«

Das Spiel der Kindheit in der Badewanne. Das nicht zu bremsende Kichern der Pubertät vor dem Spiegel in den Badezimmern der Eltern, Experimente mit Schminke und Accessoires. Immer waren sie zusammen, Mette und Nanna. Die Momente des Anvertrauens von Geheimnissen, eine von ihnen in der Badewanne, die andere auf dem Klodeckel, von Kommentaren und Analysen der Größe der Brüste, des sprießenden Haarwuchses, der Farbe der Augen und der Haut. Ich bin zu dünn, ich bin zu dick, bist du gar nicht.

»Du mußt sagen, wenn ich dich zu viel herumzerre.« Mette hat sich rittlings auf einen Hocker gesetzt, stützt die Ellbogen auf den Badewannenrand. »Du weißt ja, wie ich bin.«

»Ich werde schon Bescheid sagen.«

»Gustav hat dir in der gynäkologischen Abteilung einen Termin direkt nach Weihnachten besorgt.«

Mette plätschert mit einer Hand in dem warmen Wasser.

»Danke.«

Tausend Gedanken, tausend Fragen drehen sich in ihrem Kopf im Kreis, aber keine, die sie in Worte fassen kann.

»Die machen das dann gleich am folgenden Tag.«

»Wie lange muß ich im Krankenhaus bleiben?«

Die Zeit im Krankenhaus nach Yanns Tod, der Kaiserschnitt, der inzwischen ein perlmuttweißer Streifen auf ihrer Bauchhaut ist, ihr und Yanns toter Sohn. Das überrollt sie jetzt, erfüllt sie mit Angst. Wieder allein in einem weißen Bett, allein mit einer nicht zu bewältigenden Trauer.

Diesmal ist es etwas, für das sie sich entschieden hat. Ob das jedoch einen Unterschied macht, kann sie jetzt noch nicht sagen.

»Ich glaube, einen Tag. Sie haben gesagt, es ist nicht schlimmer, als wenn dir ein Zahn gezogen wird.« Mettes Finger malen ein Muster auf die Wasseroberfläche, heben sich tropfend. »Du mußt sagen, wenn es mich nichts angeht. Aber warum willst du es eigentlich nicht haben?«

»Ich wollte mit Yann ein Kind haben.«

»Bist du nicht verliebt in den Kindesvater, oder wie auch immer man ihn nennen soll?«

Sie weiß nicht, wie sie Mette ihre Scham erklären soll, ein Verliebtsein, das zur Verachtung geworden ist, Martines Einmischung.

»Nein«, sagt sie nur.

Mette ist aufgestanden, ihre Augen im Spiegel halten Nannas fest.

»Sag nur Bescheid, wenn du Männer kennenlernen willst, ich habe so einige auf Lager.«

»Ich denke, ich brauche erst mal eine Pause.«

»Du siehst verdammt gut aus, weißt du das? Es steht dir, älter zu werden. Und du bist keinen Restriktionen unterworfen, die Franzosen sind nicht so geisteskrank.«

»Was meinst du damit?«

»Warte bis heute abend, dann wirst du schon sehen.«

»Meine Basisgruppe.« Mette breitet die Arme aus, schließt damit die Frauen um den runden Tisch ein. »Und das hier ist Nanna, meine Schwesterseele.«

Die Gesichter, die sich ihr zuwenden, sind ungeschminkt. Ein fuchsroter Schädel mit einem Bürstenschnitt über einem raubtierschmalen Gesicht mit Lachfältchen. Ein Gewimmel kleiner brauner Locken, die auf einem bebrillten Frauenkopf absurd hottentottenartig aussehen, ein Paar schwarze Zöpfe, kindlicher Kontrast zu einer Stirn mit senkrechten Falten. Über kräftigen Schultern in einer militärisch wirkenden Jacke breitet sich eine unbändige blonde Mähne aus.

Die große, dunkle Frau, die sie in die Wohnung gelassen und durch einen engen, leicht nach Petroleum riechenden Flur geführt hat, trägt einen Bernsteinklumpen an einer Lederschnur um den Hals, auf einem sackartigen Kleid, das aussieht, als wäre es aus einer alten Samtgardine genäht worden.

»Mette hat uns von dir erzählt.«

Die Rothaarige ist aufgestanden, umarmt Nanna, sie duftet intensiv nach Patschuli. Nanna ist umgeben von Frauenkörpern, fremden Düften, leicht unterlegt von Schweißgeruch. Die Gesichter strahlen freundliche Neugier aus, die gemurmelten Grüße überschlagen sich vor Wohlwollen.

Die Kleidung, die sie tragen, sieht selbst genäht aus, die zerknitterten Tücher um die Hälse haben eingewebte Goldfäden, ein Wollpullover zeigt das Muster eines stilisierten Tiers, kleine Spiegel blinken in einer gestickten Weste. Nanna kommt die Assoziation von Patchworkdecken, dem Inneren von Nomadenzelten, einer Mischung aus Exotik und Flohmarkt. Ihr eigener gut geschnittener Rock und die Tunika aus weichem, hellblauem Wollstoff läßt sie wie eine Dame aussehen, die einzige Erwachsene in der Gesellschaft von Pubertätsmädchen, obwohl sie bei weitem nicht die älteste ist. Ihr diskretes Make-up gibt ihr das Gefühl, geschminkt zu sein.

Mitten in dem wohlwollenden Entgegenkommen der Frauen spürt sie eine Überheblichkeit, die Feststellung, daß alles an ihrem Aussehen verkehrt ist, und gleichzeitig den Beschluß, sich das nicht anmerken zu lassen.

»Da ich heute abend der Boß bin«, die Frau in dem Gardinenkleid hat das Wort ergriffen, ihre Stimme ist laut und durchdringend, es klingt, als wäre sie es gewohnt, bei Versammlungen das Wort zu führen, »schlage ich vor, daß wir Nanna einfach an unserem Gruppentreffen teilnehmen lassen, ohne ihr vorher unendlich viele Erklärungen zu geben. Hat jemand was dagegen?«

Alle um sie herum schütteln den Kopf. Für Nanna wird ein Stuhl zwischen Mette und die Frau mit dem Fuchsgesicht geschoben. Sie ist unsicher, weiß nicht, welche Rolle ihr zuteil wird bei dem, was da folgen soll.

»Wir fangen an mit einer ›Seit-dem-letzten-Mal‹-Runde. Pernille, was hältst du davon, wenn du anfängst?« Das Gardinenkleid gießt Tee in die Keramikbecher. »Ihr werdet später noch was zu essen kriegen.«

Die Frau mit der Brille hat ihre Armbanduhr abgenommen, reicht sie der Blonden. Sie zupft an ihren Locken.

»Es geht um eine Veränderung Bent betreffend.«

Vereinzeltes Kichern.

»Entschuldige, Nanna, aber wenn du die ganze Vorgeschichte mitkriegen sollst, reichen fünf Minuten nicht aus.«

»Das würde eher fünf Jahre dauern.«

Mette murmelt etwas in Nannas Ohr, bekommt deshalb einen scharfen Blick von der Gastgeberin des Abends.

Pernille nimmt einen Schluck aus ihrem Becher.

»Wir bumsen fast nie. Die Kinder rauben mir alle Kräfte, die Kinder und die Schule, das ist ein ununterbrochenes Holen und Bringen und Aufsatzkorrigieren und Vorbereiten für Projektarbeiten und weiß der Teufel, was sonst noch alles, und jetzt ist Bent auf die Idee gekommen, daß wir doch mal allein, jeder für sich, ausgehen sollten. Einerseits bin ich dafür zu müde, aber andererseits habe ich auch absolut keine Lust, ohne ihn in die Kneipe zu gehen, und ich werde verdammt eifersüchtig, wenn ich weiß, daß er auf der Rolle ist. Er schlägt das doch nur vor, um ein Alibi zu haben, wenn er eine aufreißen will, und ich kann zu Hause bei den Kindern hocken. Er weiß ganz genau, daß ich nirgends hinkomme außer zu unseren Treffen hier. Ich würde das ja gern diskutieren, aber ich weiß, daß das überhaupt keinen Sinn hat. Habe ich meine Zeit aufgebraucht?«

»Fast.« Die Blonde wirft einen Blick auf die Uhr. Nanna sieht, daß ihre Nägel abgekaut sind, die Fingerspitzen braun vom Nikotin, als sie sich eine Zigarette aus einer weißen Zigarettenpackung auf dem Tisch angelt, sie an einer der Kerzen anzündet.

»Heute abend hat er seine Mutter dazu überredet, auf die Kinder aufzupassen.« Pernille nimmt den Faden wieder auf. »Er hält es einfach nicht aus, Kleinkinder langweilen ihn, behauptet er. Als ich von unserem letzten Treffen nach Hause gekommen bin, hatte Bettine die Windel um den Hals, und Torsten hat auf dem Sofa geschlafen, ohne einen Faden am Leib. Vielleicht ist es deshalb wirklich am besten, wenn ich mich um sie kümmere.«

Verärgertes Seufzen steigt zur Lampe hinauf. Nanna sieht sich um. Schaut in die Gesichter, sympathisch zuhörend im Lampenlicht, auf die Teebecher, die roten Kerzen, die zerkratzte Tischfläche.

Dieser exotische Stamm, diese Rituale. Diese Sprache. Dieser Gestus, diese unschuldige Vulgarität, woher stammen sie? In dem Land, das sie einst verlassen hat, gab es diese Art von Frauen nicht. In dem Land, aus dem sie kommt, wird Wert auf Eleganz gelegt, auf Stil, auf Verführung. Die Frauen dort sind diskret, mächtig im Verborgenen. Um diesen Tisch sitzen die Repräsentanten einer Guerilla, von deren Existenz sie keine Ahnung hatte, einer Guerilla, deren Waffen offenbar aus Beichten bestehen, aus emphatischem Zuhören.

Jetzt hat Mette das Wort, ihre eilige Stimme klingt abgehetzt.

»Das Beste, was seit letztem Mal passiert ist, ist, daß Nanna heute gekommen ist. Nanna und ich waren diejenigen, die die Schwesternsolidarität erfunden haben, ihr wißt das. Am Fußende meines Betts. Abgesehen davon läuft alles besch... Nein, nicht alles. Der Job und Gustav und Sille – *no problem*. Das läuft.«

Ein tiefer Seufzer.

»Nanna und ich haben Mogens heute gesehen. Mogens und das Bleichgesicht. Ich habe ihn seit letztem Mal nicht mehr angerufen. Es hat doch keinen Zweck. Aber wenn ich ihn sehe, würde ich am liebsten sterben. O Scheiße, klingt das melodramatisch.«

Mettes offene Handflächen landen mit einem Klatschen auf der Tischfläche, daß die Teebecher hochhüpfen.

»Ich würde mich mitten auf dem Højbro Plads nackt ausziehen, wenn er mich drum bitten würde. Wüsten durchqueren.

Aber er bittet mich um gar nichts. Er ist einfach nur da, wie ein Stein im Schuh. Er sieht glücklich aus, wenn wir uns sehen, da gibt es nichts, aber er ist immer gerade auf dem Weg irgendwo hin. Ich habe ihm versprochen, ihn anzurufen, das heißt, daß ich jetzt Farbe bekennen muß. Mir bleiben drei Tage. Drei Tage. Gustav hat am Abend vor Weihnachten Dienst.«

Mettes Stimme kippt weg.

»Das ist jedesmal wie ein Rausch. Seine Hände. Ich weiß, das klingt wie ein Luxusproblem, aber es raubt mir einfach Sinn und Verstand. Eigentlich war es das, was ich sagen wollte. Da ist nichts Prinzipielles dran. Kein Frauenbefreiungskampf. Kein Klassenkampf. Nur Leidenschaft und Elend.«

Sie schnaubt schluchzend, greift nach der Uhr, die neben Brittas zusammengeknüllter Zigarettenschachtel auf dem Tisch liegt.

»So, jetzt bist du dran.«

Die Panik läßt Nanna nach Luft schnappen. Sie sieht sich im Kreis um, sieht die abwartenden Blicke, das auffordernde Wohlwollen in den Augen der Frauen. Sie ist gar nicht auf die Idee gekommen, daß sie eine andere Rolle spielen könnte als die sichere einer Zuhörerin, jetzt sieht sie, daß das gar nicht möglich ist: Die unverblümten Bekenntnisse der Gruppe basieren auf einer einzigen Voraussetzung: der Gegenseitigkeit, dem unausgesprochenen Versprechen absoluter Aufrichtigkeit. Alles andere würde nur als Spionage aufgefaßt werden, als unpassende Neugier.

»Erzähl von dem, was deiner Meinung nach jetzt in deinem Leben wichtig ist. Hier gibt es keine Zensur, denk dran.«

Die Stimme der Gastgeberin, krankenschwesterhaft fürsorglich.

Mette war immer ganz Ohr für sie, ihre langen Geschichten haben sie in der Vertraulichkeit zusammengeschweißt. Aber jetzt sitzt sie in einer Gruppe wildfremder Frauen, die sie ohne jede Scham an ihren innersten Geheimnissen teilhaben lassen, darauf warten, daß sie selbst das gleiche macht.

Ein tiefes Luftholen. Sie beherrscht ihr wild galoppierendes Herz, ringt die Hände unter dem Tisch.

»Ich weiß nicht, ob Mette davon erzählt hat.«

Sie stolpert gleich ins Schlimmste, kann nicht anders. Um den Tisch herum werden Köpfe geschüttelt, die Frau mit den schwarzen Zöpfen lehnt sich auf ihrem Stuhl zurück, schließt die Augen. Nanna heftet ihren Blick auf sie, sucht einen neutralen Punkt.

»Ich bin in Dänemark, um eine Abtreibung machen zu lassen. Das ist im Augenblick das wichtigste. Ich weiß nicht, wie ich das sagen soll.« Es kribbelt in ihrer Nase, aber sie will nicht weinen, das hat sie sich fest vorgenommen. Sie will den zuhörenden Frauen davon erzählen, was ihr zugestoßen ist, das, was stets wie ein schweres Gewicht auf ihrer Brust liegt.

Will sich einen Zeitraum des Verschnaufens von Skrupeln und Zweifeln verschaffen.

»Mein erstes Kind ist gestorben. Es war meine eigene Schuld. Mein Mann ist getötet worden, ich bin in die Kälte hinausgegangen und wollte selbst sterben, aber nur das Kind ist gestorben. Mein Mann und mein Kind. Das ist schon lange her.«

Jetzt ist es heraus. Die Frau mit den Zöpfen hat die Augen geöffnet, sie sind braun, fast schwarz, sieht Nanna geradewegs an. Diese spürt eine Hand auf ihrem Arm, die schmächtige Hand der jungen rothaarigen Frau streichelt ganz vorsichtig ihren Arm.

»Dieses Kind jetzt will ich nicht haben. Nicht dieses. Vielleicht werde ich es bereuen, aber ich kann nicht. Es ist unmöglich.«

Sie schweigt, schaut auf den Tisch, wartet. Vielleicht stürzen sie sich jetzt auf sie, werden nicht mehr auf die Uhr achten, auf keine vorgeschriebene Zeit, alle Regeln brechen. Werden sie zwingen, ihren Beschluß zu bereuen, ihr einen moralischen Vortrag halten. Wenn sie es tun, wird sie sie verstehen.

Es ist vollkommen still in dem warmen Raum, dessen Wände von einer Mischung aus Regalen, exotischen Musikinstrumenten und großen naiven Plakaten bedeckt sind. Nanna fixiert mit den Augen einen Punkt über dem Kopf der Zöpfefrau auf einem Linoleumdruck, der mit seinen roten und schwarzen Farben häßlich wirkt, marschierende Menschen mit Fahnen und breiten, plumpen Gesichtern.

In der Stille knarrt eine Tür irgendwo in der Wohnung.

»Mama!«

Ein zartes Stimmchen.

Der Stuhl der Gastgeberin kippt nach hinten, sie öffnet die Tür, ruft über die Schulter:

»Was ist?«

»Ich kann nicht schlafen.«

Die Kinderstimme ist ungeduldig, fordernd.

»Dann lies noch in deinem Buch.«

»Ich habe keine Lust zu lesen.«

»In zwanzig Minuten komme ich zu dir, okay?«

Ein Augenblick Pause.

»In zehn Minuten?«

»In zwanzig. Und jetzt spring wieder ins Bett.«

Die Tür wird geschlossen. Das leise Geräusch von nackten Füßen auf dem Holzfußboden verliert sich im Dunkel der Wohnung.

»Entschuldigt.« Ein bagatellisierendes Achselzucken. »Andreas spielt bei einer Weihnachtsfeier einer Parteiversammlung, deshalb geht es nicht anders.«

Sie wendet sich Nanna zu.

»Es mag gefühllos erscheinen, Nanna, aber normalerweise greifen wir die Themen immer erst hinterher wieder auf. Wenn es also für dich in Ordnung ist, denke ich, wir sollten unsere Runde fortsetzen.«

Eine Autorität, nichts, dem man sich widersetzen kann.

Sie sieht, wie die Münder sich bewegen, die Armbanduhr wandert von Hand zu Hand, aber sie hört nicht mehr, was gesagt wird.

Unter dem Tisch hat Mette ihre Hand ergriffen, bleibt Hand in Hand mit ihr sitzen, bis die Runde fertig ist und die Frauen sich in der Wohnung verteilen, etwas zu essen und Wein holen, Kinder ins Bett bringen und Aschenbecher ausleeren.

»Du mußt sagen, wenn du lieber gehen willst.«

»Nein, nein.«

Das Gefühl von etwas Bedrohlichem, etwas Unabgeschlossenem ist überwältigend. Das, was sie diesen fremden Frauen erzählt hat, kann nicht einfach schweigend übergangen werden. Das mindeste, was sie machen können, ist, Stellung zu beziehen, und wenn das in einer Form von Verdammung geschieht.

»Bitte.«

Eine Platte mit einer grünlichen Pastete und eine Salatschüssel landen auf dem Tisch vor Nanna, ein großer Korb mit grobem Brot, das selbstgebacken aussieht.

»Wir trinken Beaujolais«, lächelt die Gastgeberin. »Aber die Pastete ist in einem vegetarischen Laden gekauft, die ist bestimmt nicht sehr französisch.«

Nanna schüttelt den Kopf, traut sich nicht, den Mund zu öffnen, weiß nicht, wie ihre Stimme klingen mag.

Sie kostet von dem Wein in ihrem Glas, trinkt ein paarmal, erinnert sich dann aber an die Sitten von vor langer Zeit, stellt peinlich berührt ihr Glas wieder auf den Tisch.

»Prost, Frauen.« Die Wirtin hat ihr Glas erhoben. »Laßt uns Nanna so richtig willkommen heißen.«

Sie stoßen an, und sie ist gezwungen, ihnen in die Augen zu sehen. Doch sie sieht keine verärgerten Blicke, nur Mitgefühl.

»Das muß ja schrecklich für dich gewesen sein. Hattest du denn jemanden, der dir geholfen hat?«

Die Frau mit den Zöpfen beugt sich über den Tisch vor. Nanna sieht, daß ihr Gesicht voller Falten ist, auf dem Grund der schwarzen Augen ist Trauer zu finden.

Die tiefe Einsamkeit von damals erhebt sich über ihr, eine große dunkle Welle.

Marie-Jeannes Schweigen, kein einziger Vorwurf, aber auch kein Trost. Mémé, die das Kind niemals auch nur mit einem Wort erwähnt hat, keine Spur der Andeutung, daß irgend jemand ihr die Schuld gab. Im Schlaf und im wachen Zustand mußte sie das Drama wieder und wieder durchleben, allein, sie konnte dem nicht entkommen. Eine kleine, flackernde Flamme, die erstickt wurde, weil sie selbst nicht stark genug war, sie zu schützen.

Der nagende Gedanke, daß Yann und das Kind ihr als Strafe für ihre Auflehnung gegen ihren Vater genommen wurden, gegen seine Pläne hinsichtlich ihres Lebens.

Das muß ja schrecklich für dich gewesen sein. Nicht: Wie konntest du nur. Oder: Warum warst du nicht stärker.

Wenn diese Frauen ihr verzeihen können, vielleicht kann sie es dann auch.

»Wie hast du das überlebt?«

Wie hat sie das überlebt? Sie hat sich nie diese Frage gestellt. Von einem Tag zum nächsten hat sie überlebt, durch die Arbeit, die sie betäubt und erschöpft hat. Hinterher, als der zerreißende

Schmerz eingekapselt war, auch durch die Freude an den täglichen Pflichten. Durch die Herausforderung, einen Betrieb effizient zu leiten, für Qualität und Stil zu sorgen. Das Zusammenspiel mit Marie-Jeanne, zuerst als Meisterin und Lehrling, später als Partnerinnen, das Reibungslose bei ihren Beschlüssen, die harmonische Zusammenarbeit, ein Genuß in sich selbst.

Die Herausforderungen des Alltags, sie sind zu einem Leben geworden.

»Ich habe gearbeitet.«

So ist es halt gekommen, es gibt keinen Grund, sie deshalb zu bedauern. Die Arbeit trägt ihren eigenen Wert in sich. Sie und die Schwiegermutter haben klug gehandelt, haben die bestehende Situation genutzt, im rechten Augenblick zugeschlagen, wenn sich neue Möglichkeiten boten. Sie können stolz auf die Ergebnisse sein, die sie erreicht haben, zwei kompetente Frauen in einem expandierenden Unternehmen. In den Augen der Welt wie auch in ihren eigenen ist sie nicht länger nur die trauernde Witwe, sie ist Mitbesitzerin eines blühenden Betriebs.

Der Verlauf dieses Abends hat sie überrumpelt, die fremden Frauen um den runden Tisch haben sie dazu gebracht, ihre alte Trauer aus der Verbannung hervorzuholen. Den unermeßlichen Schmerz von damals, die Scham und die Schuld.

»Wo stehst du jetzt mit deinem Leben?« Die Gastgeberin hat das Wort ergriffen, die Diskussionsleiterin. »Du hast gesagt, es wäre unmöglich für dich, ein Kind zu kriegen.«

Das Gefühl der Sicherheit und Vergebung ist weggewischt, abgelöst von einer Stimmung, die sie wiedererkennt. Die Rechenschaftsberichte im Büro ihres Vaters, was hast du für Pläne, Nanna, lauernde Urteilssprüche und mögliche Sanktionen. Irgendwo in ihr tritt etwas einen Rückzug an, sie möchte am liebsten aufstehen und gehen, aber sie bleibt höflich sitzen, spürt, wie sie wieder in die Liebdienerei ihrer Kindheit zurückverfällt, ins Doppelspiel des Überlebens.

»Das ist ziemlich verwickelt.«

Sag was, um Zeit zu gewinnen.

»Was heißt verwickelt?«

»Um es kurz zu sagen, ich habe eine Dummheit mit einem Mann gemacht, den ich nicht haben will.«

»Warum sagst du, *du* hättest eine Dummheit gemacht? Ihr wart wohl zwei dabei?«

Sie ist es nicht gewohnt, in dieser Art zu räsonieren, bei ihrem Vater kannte sie die richtige Antwort, hier fehlen ihr die Bezugspunkte.

»Natürlich. Die Hauptsache ist, daß ich ihn nicht haben will.«

»Braucht man einen Mann, um ein Kind zu haben?«

Der Ton ist freundlich, trotzdem krümmt Nanna sich zusammen, das Opfer eines Verhörs, stumm und hilflos.

»Muß man Kinder haben, Lulu?« Die junge Frau mit dem Fuchsgesicht unterbricht die Pause, bevor sie peinlich wird. »Wenn Nanna beschlossen hat, daß sie das Kind nicht haben will, dann ist das doch wohl ihr gutes Recht.«

Lulu nickt, ein nachsichtiger Blick.

»Davon rede ich doch gar nicht, Sanne. Aber wir haben doch gerade für das Recht auf Abtreibung gekämpft, um den Frauen die Möglichkeit zu geben, sich zu entscheiden. Deshalb habe ich darauf reagiert, daß Nanna das Wort ›unmöglich‹ benutzt hat.«

»Kannst du denn nicht einfach akzeptieren, daß sie das so empfindet? Auch wenn es nicht in die Theorie paßt?«

»Ich versuche nur, es in einen Zusammenhang zu bringen.« Lulu ist aufgestanden, kämpft mit dem Korkenzieher und einer neuen Flasche Wein. »Außerdem finde ich es genauso unpassend anzudeuten, daß ich der Meinung sein könnte, Mutterschaft wäre irgendeine Art heiliger Pflicht. Aber ich fürchte, die Diskussion läuft uns hier aus dem Ruder. Mehr Wein?«

Sie gießt ihr eigenes Glas voll, leert es in zwei Zügen.

»Wir kämpfen für eine Gesellschaft, in der Kinder willkommen sind und in der weder Geld noch Moral Frauen daran hindern dürfen, nach eigenem Wunsch Kinder zu kriegen. Das ist es, um das es geht, Sanne.«

Die junge Frau mit dem Fuchsgesicht zuckt mit den Schultern.

»›Aber nun verhielt es sich so, daß‹, oder?«

»Entschuldige, Nanna.« Lulu hat ihre königinnenhafte Haltung wiedergefunden, aber ihr Gesicht glüht. »Es gibt keinen Grund, dich in den gruppeninternen Scheiß hineinzuziehen.«

Sie hat ihr Glas erneut gefüllt, trinkt einen Schluck, noch einen.

»Gibt es andere Themen, die wir diskutieren sollten? Wenn ja, denke ich, wir sollten eine Tagesordnung machen.«

Ihre Stimme klingt kühl, autoritär, sie ignoriert die trotzige Miene des Fuchsmädchens, der Bleistift in ihrer Hand schwebt abwartend über dem Block auf dem Tisch, der Protest ist abgewehrt.

Die Reisemüdigkeit, alle Gefühlsreaktionen holen Nanna plötzlich ein.

»Wenn Mette nichts dagegen hat, würde ich mich gern zurückziehen. Die Bahnfahrt war ziemlich anstrengend.«

Die Erziehung sitzt ihr in den Knochen, die Jahre in Frankreich haben sie diese formelle Distanz gelehrt. Unbeschwert kann sie sich verabschieden, für den Abend bedanken, ohne Worte bestätigen, daß alles in Ordnung ist, daß niemand etwas falsch gemacht hat.

Ihr Körper fühlt sich sonderbar leicht an, als Mette und sie nebeneinander über den Fußweg gehen, auf dessen dunklen Steinen das Streusalz kleine weiße Rinnsale gebildet hat.

»Na, was hältst du von der Überschwester?«

Mette hat ihren Arm unter Nannas geschoben, trampelt mit den Stiefeln.

»Meinst du Lulu? Es ist vielleicht gemein, so etwas zu sagen, aber sie hat mich an meinen Vater erinnert.«

Die Jahre verschwinden in ihrem herausplatzenden Lachen, sie sind wieder zwölf, tanzen auf einem Winterbürgersteig, die Schlittschuhe über die Schulter geworfen, frei von jeglicher Überwachung, frei von allen Geboten.

»Sie ist die schärfste Theoretikerin der Bewegung, das muß man ihr lassen.« Mette ist wieder ernsthaft. »Aber du darfst ihr bloß nicht in die Karten gucken, rein persönlich. Dann bricht alles zusammen.«

»Was meinst du damit?«

»Das reine Chaos. Ihr Mann ist ein Schuft, ein gitarrespielender Schuft. Die Kinder verkommen total, während die Alten auf Demonstrationen rennen. Es ist nämlich nicht marxistisch, sich ein Kindermädchen zu halten.«

Ihre Hacken klacken auf den Steinen der leeren Straßen, hier und da erhellt ein Weihnachtsstern ein Fenster, ansonsten liegt das ganze Viertel im Dunkeln.

»Manchmal könnte ich von diesem Jargon das Kotzen kriegen. Das Kapital hier und das Kapital da. Die reden davon. Ich habe es.«

Sie platzen wieder vor Lachen.

»Brittas Theatergruppe hat im letzten Jahr ein Stück über abgearbeitete Textilarbeiterinnen einstudiert. Ich möchte nicht wissen, wie sie reagieren würde, wenn sie wüßte, daß ich die gesamte Produktion für nächstes Jahr in Hongkong nähen lasse.«

Ein Auto ist langsam an ihnen vorbeigekrochen, der eine Scheinwerfer ist kaputt, hinter der Windschutzscheibe kann Nanna ein paar gutgelaunte rote Gesichter erkennen, Männer auf dem Heimweg von einer Weihnachtsfeier.

»Und wie fandest du es sonst? Ich meine, so insgesamt? Die ungeschminkte Wahrheit über die dänische Frauenbewegung?«

»Merkwürdig. Exotisch und sicherheitgebend gleichzeitig. Ich mußte an einen fremden, aber an und für sich wohlwollend gesonnenen Stamm denken.«

»War das in Ordnung, daß ich dich mit in die Runde reingeholt habe?« Mette verstärkt den Druck auf ihren Arm. »Das war doch nicht zu schlimm?«

Sie versucht erst gar nicht, Mette das Gefühl der Befreiung zu erklären, das sie empfindet. Ein Schatten, der ihre Perspektive eingeschränkt hat, ist weg, das Licht über ihrem Horizont ist zum erstenmal seit langer, langer Zeit strahlend klar.

»Nein«, sagt sie. »Das war genau richtig.«

Der Durchzug fegt eiskalt um Nannas Beine, als sie in dem zu kurz geratenen Krankenhausnachthemd über das Linoleum des Krankenhausflurs trottet, vorbei an den leeren Betten unter hellblauen Plastiküberzügen hinter den offenen Türen. Nur in einem Zimmer kann sie eine uralte schlafende Frau mit offenem, zahnlosem Mund entdecken, ein knochiges Vogeljunges im schwachen Licht der Nachtbeleuchtung.

Gustavs gute Beziehungen zu seinen Kollegen sind der einzige Grund, daß sie selbst sich hier befindet, ansonsten sind die meisten Patienten, außer den akuten Notfällen und den ganz Hilflosen, auf Weihnachtsurlaub nach Hause geschickt worden, das Personal auf ein Minimum reduziert.

Eine Weihnachtsdekoration mit kleinen Weihnachtswichteln und Glitter thront deplaziert zwischen Metallwagen und Putzgeräten auf dem nüchternen Korridor. Die unmoderne Holzverkleidung der Wände gibt dem altmodischen Krankenhaus den leicht angeschmutzten Anschein einer Hinterhofklinik, ein Geruch nach menschlichen Ausscheidungen, vermischt mit scharfen Desinfektionsmitteln hängt in der Luft.

Die Nachtschwester schaut von ihrem Posten hinter der Glasscheibe auf, als Nanna vorbeigeht.

»Brauchen Sie etwas?«

»Ich war nur auf der Toilette.«

Die Krankenschwester kommt an die Tür des Schwesternbüros, eine magere Frau mit wasserblauen, leicht auseinanderstehenden Augen in dem müden Gesicht.

»Wenn Sie sich zu mir setzen wollen? Es ist nicht immer leicht, in der Nacht vor einem Eingriff einzuschlafen.«

Sie hält ihr die Tür auf. Ein gestreiftes Strickzeug in Gelb und Braun liegt auf dem Schreibtisch, ein Babypullover, der in fertigem Zustand dem Hummelkostüm ähneln wird. Eine Thermoskanne aus blankem Metall, eine halbvolle Kaffeetasse.

Nanna zögert auf der Schwelle. Auch wenn sie dankbar ist, der aufgezwungenen Intimität zu entgehen, die eine Mitpatientin bedeutet hätte, ist die Einsamkeit in ihrem Zimmer erdrückend. Die Schlaftablette, die sie artig geschluckt hat, hat ihr nicht geholfen, den Tag hinter sich zu lassen, Mettes Buch liegt ungeöffnet auf dem Nachttisch.

Die dumpfe Schwere in ihrem Unterleib pocht und will Aufmerksamkeit. Die Besprechung am Vormittag auf dem leeren Operationsflur, der geschickte Arzt in dem grünlichen Operationskittel, das Geräusch von Metall und zurückschnellendem Gummi, ihre weißen Beine, schamlos gespreizt auf dem kühlen Metall der Bügel. Etwas, das tief in ihr drin spannte und drückte.

Eine Art Stift, der ihren Gebärmutterhals weiten soll. Platz machen soll für das Instrument, das sie von den Spuren ihrer Unvorsichtigkeit befreien soll, von Pierre in ihr.

Sie setzt sich auf den Stuhlrand, zieht den verwaschenen Frotteebademantel des Krankenhauses um die Gänsehaut ihrer Beine. Die Krankenschwester greift nach dem Strickzeug, hält dann aber inne. Ihr Hals über dem Kittelkragen ist quergestreift von Falten, eine dünne, waagerechte Narbe folgt dem Lauf des Kragens.

»Sie stehen als erste auf der OP-Liste. Nur wenn etwas Akutes dazwischenkommt, müssen Sie warten.«

Die Krankenschwester streicht mit dem Daumen über einen Papierstapel. Nanna sieht ihren eigenen Namen an oberster Stelle, ein Formular in einer bläulichen Plastiktasche.

Ihr Anliegen ist hier öffentlich, jede Form der Anonymität wäre eine Illusion. Dafür waren alle Mitglieder des Personals, auf die sie bisher gestoßen ist, erfrischend professionell. Sollten sie neugierig sein, verbergen sie das sehr geschickt.

»Zwischen Weihnachten und Neujahr ist es hier eigentlich immer ruhig. Die Notärzte haben es da schlimmer.«

Nanna hört der ruhigen Stimme zu, den Geschichten von Grippeepidemien, von verdorbenen Weihnachtsferien mit einem Mann, der praktischer Arzt ist, von fieberkranken Kindern. Sie läßt sich von der neutralen Freundlichkeit der Krankenschwester einhüllen, kommt auf dem unbequemen Stuhl zur Ruhe, spürt, wie die Schläfrigkeit sie überfällt.

»Ich bringe Sie ins Bett.«

Sichere Hände helfen ihr ins Bett, stopfen die Decke unter ihre kalten Füße. Ein tiefes Gefühl der Dankbarkeit erfüllt sie. So einfach kann Fürsorge sein, so leicht, sie anzunehmen.

Sie streckt eine Hand ins Dunkel, schnappt die der Krankenschwester, die weich ist und sich trocken und warm anfühlt, drückt sie gegen ihre Wange.

Ein Gesicht schwebt über ihrem, als sie wieder an die Oberfläche des Bewußtseins segelt, ein vertrautes Gesicht, sie kann es nur nicht einordnen.

Mit viel Mühe kann sie ein Paar runde braune Augen unter einem gelockten blonden Pony festhalten, einen kleinen Mund zwischen üppigen Wangen.

Pudelaugen.

»Bodil.«

»Ich habe deinen Namen auf der Liste gesehen.«

Die Übelkeit überfällt sie. Sie beugt sich über die Pappschale, die ihr gereicht wird, weißlicher Schleim wird von den Magenkrämpfen hochgepumpt.

Bodil hat eine Hand auf ihren Arm gelegt.

»Ich schau bei dir rein, wenn du wieder auf deinem Zimmer bist.« Sie zögert einen Moment. »Das ist dir doch recht?«

Die Zeit steht still, sie ist nicht länger Nanna, die Erwachsene mit voller Beschlußkraft über ihr Leben, sondern nur noch das Kind, das Bestätigung sucht.

Trost sucht, auch wenn er nicht zu finden ist.

»Natürlich.«

Bodil hat sich auf dem Wachstuchstuhl neben dem Bett plaziert. Auf dem rosa Pullover unter dem Kittel erkennt Nanna Vaters Perlenkette, das Geschenk zum vierzigsten Geburtstag. Das Gesicht darüber sieht merkwürdig unverbraucht aus, ein wenig hängende Erschöpfung unter dem Kinn ist das einzige, was verrät, daß die Stiefmutter älter geworden ist.

»Ich bin die einzige hier in der Schreibstube im Moment«, sie wedelt mit einer Diktierplatte, »ich muß gleich wieder los.«

Die rundliche Hand spielt nervös mit den Perlen.

»Ich war so überrascht, daß du wieder zu Hause bist. Wir haben ja gar keinen Kontakt zueinander. Ich weiß, das liegt an mir, aber ich würde mich so freuen, wenn wir einfach einen Strich unter alles ziehen könnten.«

»Natürlich.«

Ein winterweißer Sonnenstreifen hat sich durch die tiefhängenden Wolken draußen hindurchgekämpft, trifft auf Nannas weiße Bettdecke. Eine Schneelandschaft. Knisternde Kälte. In ihr war sie schon einmal.

»Geht es dir gut?« Was für eine Frage.

Bodils Lachen. So verkrampft, leicht stockend, Nanna erkennt es wieder von all den Situationen, in denen Vaters Sarkasmus die Stiefmutter unsicher gemacht hat.

»Ich habe oft an dich denken müssen.« Der Blick aus den braunen Augen ist aufrichtig, eindringlich. »Kannst du nicht einmal zum Essen zu mir kommen? Übermorgen? Ja, ich weiß ja nicht, was für Pläne du hast, ich weiß ja gar nichts.«

Wieder dieses Lachen, das die Nerven reizt. Nannas Handflächen beginnen zu schwitzen. Der Gedanke an einen Abend in der Gesellschaft der Schwiegermutter erfüllt sie mit Schrecken, aber ein Nein erscheint ihr nicht im Bereich des Möglichen.

»Ich komme gern.«

»Ein kleines Glas Sherry?«

Das ferne Echo von Vaters Stimme, die Erinnerung an ihre letzte gemeinsame Mahlzeit, die gemeinsamen Demütigungen.

»Der ist süßer als der, den Poul immer getrunken hat.« Bodil schenkt aus der Flasche im Sackleinen ein. »Ich mochte noch nie den trockenen.«

Poul. Nicht mehr »dein Vater«. Ihr Vater ist in einen Vornamen verwandelt worden, hat keinen Einfluß mehr auf die Wahl der Sherrymarke.

Bodil stellt die Flasche auf den niedrigen Couchtisch, auf dem eine blaue Weihnachtsdecke mit gestickten Sternen – Handarbeit von Kunsthandwerkern – das empfindliche Mahagoni schützt. Bodil hat sich immer für das Sichere entschieden.

»Prost, Nanna. Wie schön, dich zu sehen.« Sie hebt das geschliffene Glas. »Das meine ich wirklich.«

Nanna probiert vorsichtig von der klebrigen Flüssigkeit, nimmt sich eine Salzstange aus dem Silberbecher auf dem Tisch. Ihr fällt auf, daß ihre Stiefmutter nervöser ist als sie selbst. Seitdem sie am Tag zuvor das Krankenhaus verlassen hat, hat sie zu ihrer eigenen Überraschung eine Art Euphorie empfunden, das Gefühl, einer nicht zu bewältigenden Bedrohung entronnen zu sein, mit Leib und Leben, voll intakt, intakt wie ein Nußkern.

»Ich meine das auch, was ich gestern gesagt habe. Daß ich oft an dich gedacht habe. Daran, wie es dir wohl ergangen ist.« Bodil legt ihren Kopf schräg. »Unsere Familie ist nicht besonders groß. Ja, ich weiß ja nicht einmal, wie es dir eigentlich geht.«

Es funkelt neugierig in den Pudelaugen, aber noch bevor Nanna reagieren kann, hat Bodil ihre Hand in einer dementierenden Geste gehoben.

»Ich habe dich nicht eingeladen, um dich auszuquetschen.«

»Das habe ich auch nicht geglaubt.«

Nanna zündet sich eine Zigarette an. Sie will es vermeiden, der

Versuchung nachzugeben, ihre eigene Geschichte auszubreiten, sucht nach einem neutralen Thema.

»Wie lange wohnst du schon hier?«

»Mein Schwager verwaltet die Häuser, dadurch habe ich die Wohnung schon ein halbes Jahr nach Pouls Ableben gekriegt. Man muß halt die richtigen Beziehungen haben.« Dieses abgehackte Lachen. »Noch einen?«

Bodil hat ausgetrunken, schenkt sich selbst nach. Nanna schaut sich in dem mit Teppich ausgelegten Raum um. Alles ist hier feminin, von dem weichen Stoff der drapierten Gardinen bis zu den Blumenaquarellen in sanften Farben. Eine Sammlung von Mokkatassen aus papierdünnem Porzellan füllt die Regale einer schmächtigen Vitrine. Die dunklen Eichenmöbel und massiven Kaminsofas ihres Kindheitsheims sind verschwunden, es gibt kaum ein Möbelstück, das sie schon einmal gesehen hat.

»Das meiste habe ich verkauft.« Bodil ist ihrem Blick gefolgt. »Vielleicht wolltest du etwas haben?«

»Ich glaube nicht.«

Sie hat nie ein Möbelstück selbst besessen, war nie interessiert daran. Yanns altes Zimmer, sein abgenutzter Schreibtisch, der zusammengesunkene Sessel, das Bett, das sie einst miteinander teilten, eine Hochzeitsnacht lang. Die dänischen Bücher, die Schachtel mit Mettes Briefen. Das ist alles. Ihr wirkliches Leben spielt sich in den öffentlichen Räumen des Hotels ab. Aber auch wenn sie es wollte, sie könnte es Bodil nicht erklären.

»Die Räume sind nicht besonders groß.« Bodil seufzt leise. »Aber für eine Person ist genug Platz.«

»Hier ist es doch reizend.«

Sie hat das Wort nicht mehr benutzt, seit sie ein Kind war und Mette und sie den Farben Namen gegeben haben. Reizend, das war Rosa. Schön – Blau. Die rosa Seidenbluse der Stiefmutter mit dem Spitzenkragen ist reizend, die weiße Perlenkette kühl.

»Drei Zimmer. Es ist nett hier, ich spiele mit drei Damen aus dem Haus Bridge. Wenn ihre Männer nicht daheim sind.« Ein Hauch von Bitterkeit. »Es ist nicht immer lustig, allein zu sein.«

Das schnarrende Geräusch einer Eieruhr unterbricht sie.

»Ich tische gleich auf. Nimm dir noch ein Glas, wenn du willst.«

Bodil verschwindet im Dunkel der Zimmertür. Nanna hört sie

mit Töpfen in der Küche klappern. Ein leichter Hauch von Curry strömt durch die Tür.

Bodils Currygericht. Nanna kann sich ein Lächeln nicht verkneifen. Die gleichen Filetstreifen in der gleichen gelben Soße, die nicht nach Gewürzen schmeckte, sondern nur im Hals kratzte. Der gleiche klebrige Reis.

Ihr Blick wird von einem Foto auf dem kleinen weißgestrichenen Sekretär festgehalten, sie steht auf und geht darauf zu.

Ihr Vater steht da, den Arm um Bodils Schulter. Er ist fast einen Kopf größer als sie, das Gesicht mit den kräftigen Augenbrauen zeigt noch die Reste der jugendlichen Kraft. Bodil lächelt ihr Fotografenlächeln direkt in die Kamera, den Kopf leicht zur Seite geneigt auf den weißen Guipurekragen ihres Kostüms. Sie trägt die Perlenkette, also muß das Bild anläßlich ihres Geburtstags gemacht worden sein. Nanna kann sich nicht mehr daran erinnern.

Auf der anderen Seite ihres Vaters steht sie selbst, eine schlaksige Sechzehnjährige. Das blonde Haar ist in einer Schleife in einem viel zu kindlichen Pferdeschwanz festgehalten, das Flanellkleid hat einen unkleidsamen Stehkragen. Die Augen unter der straffen Frisur starren sie hilflos an.

Das Geräusch der Schritte der Stiefmutter auf dem Flur läßt sie das Bild schnell wieder hinstellen.

»Bitte schön.« Bodil ist in der Tür aufgetaucht. »Auch wenn es nur drei Zimmer gibt, so habe ich doch ein Eßzimmer.«

Bodil hat mit Mutters Service gedeckt. Die schweren Teller mit dem Goldrand sehen aus, als könnten sie jeden Moment den so zerbrechlich erscheinenden Eßtisch in die Knie zwingen.

»Zur Feier des Tages.«

Wein aus einer langhalsigen braunen Flasche gluckert in die grünen Gläser. Nanna kann sich nicht daran erinnern, jemals deutschen Wein probiert zu haben, ihr Vater hat aus patriotischen Gründen nie welchen gekauft, in ihrem jetzigen Leben würde er einer Blasphemie gleichkommen.

»Noch einmal zum Wohle, Nanna.«

Der Wein ist noch süßer als der Sherry. Es scheint, als würde Bodil die Jahre mit dem Vater mit einer gewissen Konsequenz kompensieren.

»Ob ich ein Glas Wasser haben könnte?« Ein entschuldigendes Lächeln, um nichts in der Welt möchte sie auch nur andeuten, daß der Wein ungenießbar ist. »Ich habe mir angewöhnt, Wasser zum Wein zu trinken.«

Der erste Hinweis darauf, daß sie an einem anderen Ort ein eigenes Leben führt. Weiter will sie nicht gehen.

»Aber selbstverständlich. Ich erinnere mich noch daran, wie es in Paris war. Du hast dir sicher noch andere Gewohnheiten zugelegt.«

Die indirekte Frage hängt noch in der Luft, als Bodil mit einer Glaskaraffe mit klirrenden Eiswürfeln zurückkommt.

»Das französische Essen ist köstlich, nicht wahr? Ein bißchen zuviel Öl, wenn ich mich recht erinnere. Aber daran gewöhnt man sich wohl auch.«

Die Raupe schaukelt vor Nannas Nase, sie wählt ein Ausweichmanöver.

»Das hier schmeckt aber auch sehr gut.«

»Ach, das ist doch nicht dein Ernst.« Bodil hat Gläser aus der winzigen Vitrine genommen, gießt für beide Wasser ein. »Ich weiß selbst, daß ich nicht kochen kann. Das ist eine der Sachen, die ich vermisse. Jeden Tag Essen zu kochen. Meistens bleibt es bei etwas Tiefgefrorenem aus dem Supermarkt, ich möchte nicht wissen, was Poul dazu gesagt hätte.«

Die Stiefmutter kichert plötzlich, ein übermütiges Kichern.

»Ja, ja, er hat so seine Ansprüche gestellt, der Poul. Das tun Männer. Die Kunst ist nur, sie zu erfüllen, ohne daß es zu merken ist. Das habe ich bei Poul nie gelernt.« Ein hastiger Blick zu Nanna, der Tochter. »Das geht besser bei meinem Chef.«

»Gefällt dir deine Arbeit?«

Suche die sicheren Gesprächsthemen, umschiffe die Klippen, eine Vertraulichkeit, zu der sie weder Mut noch Lust hat.

»Es war nicht so einfach wieder zurückzugehen, in meinem Alter.« Das Lächeln ist aus den Pudelaugen verschwunden. »Und ich habe auch nie gedacht, daß ich das einmal müßte.«

Ein vages Schuldgefühl kribbelt in Nannas Bauch, vielleicht ist es ihr eigenes nicht angerührtes Bankkonto, das Bodil daran hindert, ein Leben in Müßiggang zu leben.

»Wenn es heute passiert wäre, könnte ich nicht mal sicher sein, daß ich Arbeit finden würde. Die Zeiten sind härter geworden.«

Bodil hat ihr Weißweinglas geleert, füllt es nach, nachdem sie ein paar symbolische Tropfen in Nannas unberührtes gegossen hat.

»Aber jetzt bleibe ich da, bis sie mich raustragen. Man braucht ja auch etwas um die Ohren, nicht wahr, Nanna. Muß was zu tun haben. Ich habe wirklich einen tollen Chef, Gynäkologen sind sonst meistens hoffnungslos.« Wieder dieses mädchenhafte Kichern, ein neuer Schluck aus dem Glas. »Aber das wird man wahrscheinlich, wenn man die ganze Zeit den Frauen zwischen den Beinen herumfummelt.«

Ist Bodil von der gleichen Vulgarität angesteckt worden, die ihr in den letzten Tagen entgegengeschlagen ist? In Nannas Erinnerung war sie immer eher prüde. Die Sexualaufklärung unter Bodils Regie bestand im Ausleihen einer klinisch aussehenden kleinen Broschüre, voller warnender Worte und Schaubilder von Querschnitten der Geschlechtsteile.

»Poul war die ganzen Jahre lang mein Leben. Seine Kanzlei. Seine Freunde. Seine Jagd. Sein Haus. Es sollte immer gemütlich sein, wenn er nach Hause kam. Ruhe und Frieden und ein kleines Glas Sherry.«

Das grüne Glas ist leer. Auf Bodils Teller liegt das Essen unberührt, kleine Fleischstücke in gelber Soße.

»Ich habe gern Hemden gebügelt, erinnerst du dich daran? Oben im Bügelzimmer. Weiße, hellblaue, gestreifte. Sie rochen immer so frisch, und sie wurden perfekt. Nirgends eine Falte.«

Der Flaschenhals läßt das Kristall erklingen, ein spröder Ton, der im Zimmer ausschwingt.

»Ich habe es genossen, ihm saubere Wäsche hinzulegen, jeden Morgen. Unterhose, Strümpfe. Taschentuch. Erinnerst du dich noch an die gestickten Monogramme auf seinen weißen Taschentüchern? Wenn ich weinen muß, nehme ich so ein Taschentuch. Sonst gibt es jetzt ja immer Papiertaschentücher. Wenn man erkältet ist.«

Bodil schnieft leise.

»Ich weine auch nicht mehr soviel. Das Leben muß ja weitergehen. Und das tut es auch. In meinen drei Zimmern.« Sie unterbricht sich selbst. »Du trinkst ja gar nichts. Möchtest du lieber Rotwein haben? Ach, ich bin eine schlechte Gastgeberin. Ich habe auch Rotwein, ich habe sechs Flaschen als Weihnachtsgeschenk gekriegt. Von meinem Chef. Und ich selbst trinke ihn nicht, er ist mir zu sauer.«

Sie ist aufgestanden, schwankt leicht.

»Ich hole ihn.«

»Laß mich mal.« Nanna nimmt Bodil den Korkenzieher und die Flasche aus den Händen, zieht den Korken mit geübten Bewegungen heraus. »So.«

Sie zwingt sich, die parfümierte Flüssigkeit in ihrem Glas in ein paar großen Schlucken zu trinken. Spült mit Wasser nach, füllt dann das Glas mit dunkelrotem Wein.

»Poul hat immer Bordeaux getrunken. Er hat den Wein auch gekauft. Diese Emanzen reden davon, daß sie alle Männer abschaffen wollen, das kann ich gar nicht verstehen.« Bodil trinkt, nuschelt leicht. »Als Poul gestorben ist, habe ich mich gefühlt wie …, ich weiß gar nicht, wie ich es nennen soll. Herrenlos. Wie dieser Welpe, den er hatte, der hat die ganze Zeit nur gejault. Ich habe ihn einschläfern lassen.«

Jemand, dem man zuwedelt, jemand, dem man für Napf und Streicheln dankt, eine Hand, die man lecken kann. Sie hätte auch so eine werden können, wäre da nicht der nasse Oktobertag gewesen, ein Metrobahnsteig, ein Dachzimmer, das nach Linden duftete. Wenn sie nicht den Mut gehabt hätte, damals.

»Du warst sein Augenstern.« Die Pudelaugen geben sich Mühe, sie zu fixieren. Nanna kommt der Gedanke, daß Bodil schon getrunken haben muß, bevor sie gekommen ist, die Stiefmutter wirkt beschwipster, als die paar Glas Wein bei Tisch eigentlich erlauben. »Ich war eifersüchtig auf dich. Du warst ja auch nicht mein Kind, aber das solltest du nicht spüren. Das hast du auch nie gemerkt, oder?«

Sie bringt es nicht übers Herz.

»Nein.«

»Ich habe nie gewußt, was du eigentlich denkst. Das weiß ich bis heute nicht. Ich plappere einfach drauflos. Meine Schwester sagt das auch. Du plapperst immer nur.« Ein paar Tropfen Weißwein spritzen auf die Tischdecke, als Bodil ihr Glas von neuem füllt. »Weihnachten war ich da. Es war schrecklich. Aber immer noch besser, als allein zu sein. Meine Nichten waren da, mit Männern und Kindern. Ich hatte ihnen teure Geschenke mitgebracht, aber niemand hat das bemerkt. Trink doch was, Nanna.«

Der Geschmack der Gerbsäure überdeckt den letzten Rest von Parfümgeschmack in Nannas Mund. Sie hat es aufgegeben, den Redeschwall der Stiefmutter unterbrechen zu wollen. Vielleicht ist das ja der wahre Grund, warum sie hier ist, damit Bodil eine Zuhörerin für ihren Monolog hat.

Im Augenblick hat das keine Bedeutung. Irgendwo unter der plappernden, leicht belegten Stimme verbirgt sich eine Version der Wahrheit über ihre Kindheit, eine Zeugenaussage, die bis jetzt unzugänglich war.

»Du warst ein pflegeleichtes Kind. Nur ich selbst hatte nicht das Gefühl. Nicht bei mir. Du warst keine Puppe mit Schleifen im Haar, das sah bei dir nur merkwürdig aus. Aber du warst so begabt.« Bodil faucht das letzte Wort fast. »Meine begabte Tochter. Klüger als die Ehefrau. Es ist doch wohl kein Wunder, daß ich mich gerächt habe?«

Das Glas ist wieder leer, Bodil rülpst diskret.

»Du hast dich gerächt?«

»Ach, ich mache ja nur Spaß. Nimm das nicht so ernst.« Das Porzellan klirrt auf dem Tisch, als die Stiefmutter aufsteht. Nanna muß ihr Glas festhalten. »Der Kaffee wird in den angrenzenden Räumen serviert.«

Vielleicht sollte sie jetzt lieber gehen, Bodil ihrem bitteren Selbstmitleid überlassen, dem vorhersehbaren Alkohol- und moralischen Kater. Aber sie hat das Gefühl, daß sie jetzt bis ans Ende gehen muß und daß das kein Risiko in sich birgt, sie kann nicht noch mehr verwundet werden.

Bodil gießt Kaffee aus einer Thermoskanne mit Blumenmuster ein. Manövriert ein Sahneschnittchen auf ihren Teller. Ein Klecks Schlagsahne landet auf der Sternendecke.

»Ich glaube, ich habe ein bißchen zuviel getrunken.« Der Kopf liegt wieder schräg, das gleiche Mädchenlächeln wie vorher. »Du mußt entschuldigen.«

»Das kann ja vorkommen.«

Nanna hat ihr Rotweinglas mitgenommen, lehnt höflich das Angebot eines Likörs ab, zündet sich eine Zigarette an.

Bodil taucht ihre Zungenspitze in den Cointreau, spitzt die Lippen.

»Es kommt nicht oft vor, daß ich etwas zu trinken kriege. Es ist gefährlich, allein zu trinken. Genau wie zu baden. Das soll man auch nicht allein tun.« Sie nickt, der Ausdruck in ihrem Gesicht ist naseweis, ein Kind, das seine Lektion gelernt hat. »Gehst du oft schwimmen? Da ist doch Strand, wo du wohnst, oder?«

»Ab und zu.«

Als der Kaffee getrunken ist, will sie Bodil bitten, ihr ein Taxi zu rufen. In nicht einmal einer halben Stunde kann sie auf Mettes Sofa sitzen, wieder sie selbst sein.

»Du darfst ruhig deine Geheimnisse für dich behalten.« Ein bitteres Lachen. »Warum sagst du es nicht rund heraus? Daß ich meine spitze Nase aus deinen Angelegenheiten lassen soll.«

»Bodil.«

»Bodil, Bodil, Bodil.« Die Stimme schnarrt, kippt zwischen Lachen und Weinen hin und her. »Sag doch, daß ich meine Klappe halten soll, aber hör auf, mich wie eine Idiotin zu behandeln.«

»Bodil.« Nanna beugt sich über die Tischplatte vor, versucht die flackernden Augen einzufangen. »Was hast du damit gemeint, daß du dich gerächt hast?«

»Ich habe dich die Raupe essen lassen.« Ein Kichern, das zu einem Lachen wird, gleichzeitig herausfordernd und geniert. »Ich habe sie gesehen. Ich habe gesehen, wie du sie gegessen hast. Ich fand, das war deine eigene Schuld. Daß du das gemacht hast.«

Die Worte stehen zwischen ihnen in der Luft, über den brennenden Kerzen und den zusammengefallenen Kuchenresten auf dem Tisch.

»Das ist schlimm, nicht wahr? So zu denken? Du warst doch nur ein Kind. Kannst du das überhaupt begreifen?«

Die Augen betteln um Verständnis.

»Ich glaube schon.« Nanna leert ihr Glas, hebt die Tasche vom Boden neben ihren Füßen hoch. »Wie dem auch sei, es ist jetzt Vergangenheit.«

»Wie dem auch sei. Ach, hör doch auf, so großkotzig daherzureden.«

Das Gesicht über ihr ist nicht mehr rund und kindlich, die Lippen mit dem abgekauten Lippenstift haben sich über den regelmäßigen Zähnen zurückgezogen. Bodils Stolz, ihr Zahnpastalächeln, ist in eine verzerrte Fratze verwandelt.

Nanna ist aufgestanden.

»Ich gehe jetzt, Bodil.«

»Du sollst zuhören, was ich dir sage.«

»Was sagst du mir denn?«

Nanna steht abwartend in der Türöffnung. Eine geduldige Erwachsene gegenüber einem quengelnden Kind.

»Du brauchst gar nicht die Überhebliche zu spielen. Ich habe selbst deine Krankenakte abgeschrieben. Du bist doch nur eine billige Nutte. Hurst nach rechts und links und kümmerst dich einen Dreck um die Konsequenzen.«

Nanna will nicht mehr fliehen, fasziniert starrt sie das verwandelte Gesicht an.

»Witwe, ha. Keine Kinder – hast du das erste auch wegmachen lassen?«

Die Bosheit nimmt Nanna den Atem, am liebsten würde sie zuschlagen, eine Faust in die verzerrte Maske hineinschlagen, aber sie bleibt nur stehen, sieht, wie die Maske sich auflöst, wie die Tränen hervorbrechen.

»Ich habe es nicht so gemeint, ich habe es nicht so gemeint.« Die Stiefmutter hämmert mit geballten Fäusten gegen ihre Schläfen, schüttelt den Kopf, daß die Tränen herausspritzen. »Hilf mir doch, daß ich aufhören kann.«

»Ja, ja, ist schon gut.« Nanna ist die wenigen Schritte zu Bodils Stuhl gegangen, kniet vor ihr nieder. Sie greift nach hinten, findet eine Serviette auf dem Tisch. »Putz dir die Nase, hier.«

Es zuckt in dem kleinen, kräftigen Körper. Nanna steigt der Geruch eines karamelartigen Parfüms in die Nase, sie hält den Atem an.

»Danke.« Ein schluchzender Krampf, ein Atemhauch voll süßlichem Schnaps.

»Ich weiß nicht, was mit mir durchgegangen ist.«

Ein Satz taucht in Nannas Kopf auf. Ein Geschenk, das sie bekommen hat, ein Geschenk, das sie weitergeben kann, ohne dabei etwas zu verlieren.

»Das muß schrecklich für dich gewesen sein.«

»Was meinst du damit?«

Dieses Haustierdasein der Stiefmutter, ein Leben ohne selbständige Meinung, allein konzentriert darauf, die wirklichen und erfundenen Bedürfnisse des Mannes zu erfüllen, der ihr einen Platz in seiner Nähe gewährt, ganz gleich, ob Ehemann oder Chef. Ein Leben, in dem sogar ein Kind die eigene Sicherheit bedrohen kann.

»Es war bestimmt nicht einfach, mit Vater verheiratet zu sein.«

Eine Tür wird vorsichtig aufgeschoben, sie sieht an Bodils defensiver Miene, daß das Projekt zum Scheitern verurteilt sein wird.

»Poul war der beste Mann auf der ganzen Welt.«

Nanna streichelt die zarten Fältchen auf Bodils Hand.

»Das war er«, sagt sie.

Nanna steht im Mantel in dem kleinen Flur, als Bodil aus dem Badezimmer kommt. Es ist zu sehen, daß sie versucht hat, die Schäden zu beheben, die Konturen ihres Munds sind frisch nachgezogen, das Haar ist gekämmt.

»Der Taxistand ist nur fünfzig Meter die Straße hinunter.« Sie reicht Nanna ihre Handschuhe von der Spiegelkonsole, sammelt die letzten Reste ihrer Gastgeberinnenrolle zusammen. »Und du bist dir sicher, daß ich keinen Wagen rufen soll?«

»Das ist nicht nötig.« Nanna streckt ihr die Hand entgegen, hält eine konventionelle Phrase zurück, bevor sie zu Worten wird. »Mach es gut, Bodil.«

Zu ihrer Verwunderung meint sie es sogar, spürt keine Wut, fühlt nur Mitleid mit dem gealterten Kind vor sich.

»Warte noch«, Bodil verschwindet im Eßzimmer, kommt mit der Rotweinflasche zurück, notdürftig wieder verkorkt. »Kannst du die nicht mitnehmen? Es wäre doch zu schade, den Wein wegzukippen.«

Sie wühlt zwischen gehäkelten Pantoffeln in einem Korb neben der Wohnungstür, findet schließlich eine Plastiktüte.

»Können wir nicht als Freundinnen auseinandergehen?«

Die Pudelaugen betteln, die freie Hand sucht nach der Perlenkette.

»Wir waren doch nie Feinde.«

Der Fahrstuhl hält auf dem Stockwerk, Nanna beeilt sich, hineinzukommen. Nur wenige Momente später schlägt ihr die frische Kälte aus der offenen Haustür entgegen.

Gustavs blonde Mähne taucht in der Tür zum Wohnzimmer auf, als sie die Wohnungstür aufschließt.

»Mette ist vor ein paar Stunden zu Lulu gefahren.« Er fährt sich mit der Hand durchs Haar, daß es sich zu einem Hahnenkamm über der Stirn erhebt, ein Pfadfinder im Gegenwind. »Da war was mit der Basisgruppe, ich habe nicht richtig zugehört.«

Sein grauer Sweater ist in der Taille hochgerutscht, ein Hemdzipfel hängt heraus.

»Hast du Lust auf was, vielleicht ein Glas Wein?« Gustav unterdrückt ein Gähnen, streckt seinen langen Körper, stopft das Hemd in die Hose, als er ihren Blick sieht. »Ich brauche was, ich habe den ganzen Abend gearbeitet.«

»Ja, warum nicht?«

Seit ihrer Ankunft waren sie nicht allein. Ihre eigene Schamhaftigkeit hinsichtlich ihres Anliegens hat sie zu einer dankbaren Mitspielerin in Mettes unermüdlicher Inszenierung gemacht, einer Inszenierung, die keinen Raum für ruhige Momente mit Gustav gelassen hat.

Heute abend, nachdem alles überstanden ist, werden sie nicht mehr gezwungen sein, auf Zehenspitzen allzu peinliche Themen zu umkreisen.

»Meine Stiefmutter hat darauf bestanden, mir den hier mitzugeben, sie selbst trinkt nur Zuckerwasser.«

»Du weißt ja, wo die Gläser stehen. Ich räume nur schnell alles zur Seite.«

Gustav schiebt einen Stapel Papier in eine viereckige Ledermappe. Auf dem Weg hinaus in die Küche kann sie ihn summen hören.

Als sie mit den Gläsern zurückkehrt, hat er sich auf seinem Stammplatz in dem tiefen Ledersessel niedergelassen. Eine unsichtbare Frauenstimme tönt aus den Lautsprechern auf dem Regal an der Stirnseite des Raums, der verführerische Rhythmus einer elektrischen Gitarre läßt das Zimmer leicht vibrieren.

»Ich reinige mein Hirn mit Musik, wenn ich abends alles geschafft habe, stört es dich?«

Nanna schüttelt den Kopf. Sie hat sich an die Geräuschkulisse in der großen Wohnung gewöhnt, an Gruppen mit Namen, die sie nie zuvor gehört hat: Savage Rose, Burnin' Red Ivanhoe, Jefferson Airplane. Cecilias heiserer Gesang zu ihren Kinderschallplatten. Mettes Erwachen wird von einem raffinierten kleinen Radio gesteuert, die übrige Zeit benutzt sie die große Stereoanlage und die Zusatzlautsprecher in der Küche.

Nanna hat sich in das niedrige Sofa gekuschelt. Zu ihrer eigenen Verwunderung fällt es ihr leicht, sich in der Mischung aus geordneter Bürgerlichkeit und avanciertem Bohemegeschmack der Wohnung wohl zu fühlen. Mettes sichere Hand schwebt über der Einrichtung, bei der gerade Linien und gediegenes Material von einem herausfordernden Farbkontrast gebrochen wird, den derben Bildern eines Zirkusplakats, damit es nicht zu brav wird.

»War es nett bei deiner Stiefmutter?«

Er erinnert sich, wo sie hinwollte. Ein starkes Stück für einen Mann, der behauptet, er wisse nicht, wo seine Frau sich befindet.

»Nett ist wohl zuviel gesagt.«

»Was für eine Stiefmutter war sie eigentlich?« Gustav lächelt verschmitzt. »So eine wie die von Aschenputtel?«

»Eher wie die Stiefschwestern.«

Sie lachen, es ist ein gemeinsames Lachen.

»Dann klebt ihr nicht gerade aneinander?«

»Ich habe sie nicht mehr gesehen, seit mein Vater gestorben ist.«

»Familien sind ja nicht schlecht, wenn sie nur hinter Glas und Rahmen sitzen, meint Mette immer.«

»Ohne Mette hätte ich nicht das Gefühl, überhaupt eine Art von Familie zu haben.«

Gustav schwenkt mit dem Glas in ihre Richtung.

»Ihr seid ein ungleiches Paar«, sagt er. »Beauty and the Beast. So nennt sie euch.«

»Keiner kann behaupten, daß Mette häßlich ist.«

»Bei Mette geht es nicht um Schönheit. Es ist ihre Vitalität, die einen umhaut.«

Mettes Ästhetik umgibt die beiden, Mettes Geschmack hat diesen physischen Rahmen geschaffen, schöne Gegenstände, auf denen der Blick gern ruht, angenehme Möbel. Selbst als Gesprächsthema bereitet sie nur Vergnügen, sie sprechen wie verliebte Schulkinder von dem bewunderten Gegenstand.

Die Platte ist zu Ende, aber Gustav macht keinerlei Anstalten aufzustehen. Die Stille zwischen ihnen ist ohne Druck, es ist so einfach, in dem bequemen Sofa zu sitzen und sich dem Augenblick hinzugeben, ohne angestrengt nach einem Gesprächsthema suchen zu müssen.

Dieser Friede in Gustavs Gesellschaft, sie erinnert sich noch an ihn aus dem Sommer in der Bretagne, diese Stille ohne Forderungen, die sie teilten, nachdem sie sich aneinander gewöhnt hatten.

Das Telefon auf dem niedrigen Beistelltisch zerstört die Stille mit seinem strengen Klingelton. Gustav streckt einen Arm aus.

»Lulu? Nein, wir sind noch nicht ins Bett gegangen.«

Nanna hält den Atem an.

»Ich habe eigentlich gedacht, sie wäre bei dir. Aber du kennst mich ja.«

Ein kurzes Lachen. Nannas Nackenmuskeln spannen sich unter der Anstrengung, einen Unterton herauszuhören.

»Das werde ich.«

Gustav greift nach Papier und Bleistift, notiert, beendet das Gespräch.

Nanna gießt den Rest des Weins in die Gläser. Gustav hat sich wieder zurückgelehnt, einen Fuß auf der Tischkante, das Bild unerschütterlicher Ruhe.

»Wenn man das Bedürfnis hat, die volle Kontrolle über sein Dasein zu haben, dann darf man sich nicht mit Mette verheiraten.«

Der Ton ist fröhlich ironisch, aber Nanna registriert ein leichtes Vibrieren in den Muskeln um die blauen Augen herum.

Das Gefühl, Mitwisserin bei einem Betrug zu sein, brennt in ihr.

Der gutgläubige Gustav. Der ehrgeizige Wissenschaftler. Mettes sichere Ausgangsbasis, Cecilias ordentlicher Vater. Ihr kommt der Gedanke, daß seine Zerstreutheit eine Rolle sein kann, die einzige Möglichkeit, sein eigenes Leben zu leben, ohne sich unnötig in Mettes tumultarisches Dasein einmischen zu müssen.

Ohne gezwungen zu sein, Stellung zu ihrem Doppelleben beziehen zu müssen.

Wie dem auch sei, die Stimmung im Zimmer ist zerstört. Gustavs Glas ist immer noch mehr als halb voll, es würde auffallen, wenn sie jetzt schon aufstünde. Sie sucht auf gut Glück nach einem ungefährlichen Thema.

»Woran arbeitest du eigentlich?«

Ein schräger Blick – hat er sie durchschaut?

»Das ist ziemlich kompliziert, ist dicht dran an der Grundlagenforschung.« Das Lächeln ist unverändert freundlich. »Das soll mich weltberühmt machen. In einem engeren Kreis zumindest.«

»Kannst du ein bißchen mehr darüber sagen? Ich war nicht so schlecht in Naturwissenschaft.«

Ihr Konversationstalent hat sie gerettet, wieder einmal. Er fängt an zu erklären, zeichnet kleine Schaubilder auf die Rückseite eines Umschlags.

Sie gibt es auf, weiter zuzuhören. Fühlt eine Mischung aus Schuldbewußtsein und Erleichterung, als er schließlich seinen Stift hinlegt und auf die Uhr guckt.

Zwei Stunden später ist es ihr immer noch nicht gelungen einzuschlafen. Sie hat gerade die verschwitzte Decke zum weiß Gott wievielten Male umgedreht, als sie Mettes Schlüssel in der Wohnungstür hört.

Auf Strümpfen schleichen sich Füße über die Flurläufer, vorsichtige Nägel kratzen an ihrer Tür.

»Schläfst du schon?«

»Komm ruhig rein.«

Der Duft nach Mette, frisch gepflückte Äpfel. Ein Hauch von etwas Kräuterartigem, etwas, das sie nicht identifizieren kann.

»Wonach riechst du?«

»Kann man das riechen?« Ein flüsterndes Kichern. Mette landet auf dem Fußende, schiebt ihre Füße unter die Decke. »Mogens hat darauf bestanden, daß ich mich high rauchen soll, ich dachte, es wäre unterwegs verflogen.«

»Lulu hat angerufen.«

»Ach, Scheiße.« Wieder ein Kichern. »Und was hat der gute alte Gustav dazu gesagt?«

»Nichts. Aber ich kam mir ziemlich blöd vor.«

»Warum das denn?« Mettes großer Zeh pikst unter der Bettdecke in ihr Bein. »Du hast doch gar nichts gewußt.«

»Mette.«

»Bitte keine Moralpredigten, ja. Hatten du und Frau Bodil einen erbaulichen Abend?«

Mette klingt wie eine Fremde. Zum erstenmal in ihrem gemeinsamen Leben findet Nanna keine Öffnung in der Mauer, die sie um sich herum errichtet hat, keine Verletzlichkeit zeigt ihr den Weg.

Sie kann sich dafür entscheiden, sich manipulieren zu lassen, genau wie Gustav. Wie der Rest der Welt. Wenn sie in Mettes Nähe sein will, ist Mettes Interpretation des Daseins ohne jede Alternative, das weiß sie jetzt. Die eigene Machtlosigkeit bringt sie dazu, sich zu verschließen. Sie richtet sich im Bett auf, hört, wie ihre Stimme in der Dunkelheit kühl wird.

»Ich werde morgen nach Hause fahren«, sagt sie, und der Beschluß überrascht sie selbst. »Wenn ich meine Fahrkarte umändern kann.«

»Morgen? An Silvester?« Die scharfe Stimme klingt ungläubig. »Wo wir doch fünfundzwanzig Leute sein wollen, mit Fest und Feuerwerk und allem?«

Eine Fremde sitzt an ihrem Fußende. Die selbstverständliche Vertraulichkeit, die ungebrochene Loyalität ist nicht länger möglich, der Riß zwischen ihnen wird ständig größer. Es ist nur noch eine Frage von Sekunden, wann sie sich nichts mehr zu sagen haben werden.

Nannas Blick sucht in der Dunkelheit, sucht das vertraute Gesicht, sieht aber nur Schatten.

»Mir ist einfach danach«, sagt sie.

Der Morgen war außergewöhnlich still in der großen Wohnung. Nanna hat ihre Telefongespräche im Wohnzimmer abgewickelt, ohne daß Mette aufgetaucht ist. Ihr Platz im Nachtzug ist reserviert, Marie-Jeanne hat die Neuigkeit über ihre vorgezogene Rückkehr ohne erkennbare Überraschung aufgenommen.

Stimmen erreichen sie aus dem Flur, Gustav taucht in der Tür auf. Der Lodenmantel streift hinter ihm über den Boden, dahinter ist eine maulende Cecilia dabei, sich die Stiefel anzuziehen, eine schlackrige Puppe in gestreiftem Kleid liegt neben ihren Füßen.

Nanna spürt einen Stich schlechten Gewissens. Cecilias Haltung ihr gegenüber war seit dem allerersten spontanen Kontakt verhalten, und sie ist nicht in der Lage gewesen, sich die Mühe zu geben, mehr daraus zu machen. Das Festtagskleid mit dem Volant am Rock, ihr sorgsam ausgesuchtes französisches Kleid, ist trotz Mettes Begeisterungsschrei unter einem Stapel zerknülltem Geschenkpapier gelandet, wahrscheinlich eine Zwischenstation auf dem Weg zur Verkleidungskiste der Vorschule.

»Meinst du diese Filzer, Sille?« Gustav winkt mit einer Schachtel, bekommt nur ein Knurren zur Antwort. »Sille fährt zu Oma und Opa, ich bringe sie hin.«

Die viereckige Tasche wird vom Schreibtischstuhl gefischt, offenbar ist auch der Silvestertag ein Arbeitstag.

»Mette hat mir gesagt, daß du abreist?«

Sie gibt es auf, nach einer Erklärung zu suchen, nickt nur.

»Gute Reise«, er streckt die Hand aus, ohne sie anzusehen, zögert plötzlich. »Du bist immer willkommen.«

Ein geniertes Lächeln, sie spürt seine Arme um sich, die Wolle des Mantels an ihrer Wange, dann ist der Augenblick vorüber. Die Wohnungstür fällt hinter ihm und der Tochter ins Schloß, das Geräusch ihrer Schritte hallt auf dem Treppenaufgang wider.

Nanna bleibt in dem leeren Flur stehen, nachdem auch die Haustür zugefallen ist, horcht nach Lebenszeichen, kann aber nur das leise Tröpfeln in den Heizungsrohren der Wohnung vernehmen. Die Tür zum Schlafzimmer am Ende des Flurs bleibt geschlossen, Mette hat sich verschanzt.

Die neuen Bücher bedecken den Boden des Koffers, das wird für die Einsamkeit vieler Abende reichen. Sie packt sorgfältig die bestickte Veloursweste ein, die schweren Silberohrringe, Mettes Weihnachtsgeschenke für eine Nanna, die nur in Mettes Phantasie existiert, nicht geeignet für den Alltag, zu dem sie bereits zurückkehrt.

Mette, die sie doch immer gekannt hat, kennt sie nicht mehr. Die Dreck-Mett, die fröhliche Freibeuterin, verwandelt in eine zynische Manipulatorin. Ihr Lebenshunger ist umgeschlagen in eine skrupellose Gier, für die andere die Rechnung bezahlen müssen.

Der Koffer ist geschlossen, sie setzt sich in den knarrenden Korbstuhl ihres Zimmers, läßt sich von ihrer schlechten Laune überrollen. Vielleicht ist es ja einfach feige von ihr, so abzuhauen, vielleicht sollte sie lieber bleiben, einen Versuch machen, an Mette heranzukommen, hinter ihre Verteidigungsposten und die gewollte Gleichgültigkeit, trotz ihrer Unlust allein bei dem Gedanken an die fremden Körper und unbekannten, aufglühenden Gesichter der Silvesterfeier.

In der Schublade des Nachttischs findet sie einen kleinen Block, in ihrer Tasche einen Stift.

Liebe Mette.

Weiter kommt sie nicht, starrt nur auf das hellgelbe Papier, bis das Geräusch einer Tür, die sich öffnet, sie aus ihrer Erstarrung weckt. Kurz darauf läuft Wasser mit lautem Plätschern in die Badewanne, Mette ist aufgewacht.

Der Papierkorb ist voll. Sie knüllt den Zettel zu einer kleinen Kugel zusammen, legt sie in den Aschenbecher.

Das Taxi wartet auf dem Bürgersteig mit laufendem Motor, die Auspuffgase winden sich in die Luft, eine grauschwarze Schlange in der eisigen Kälte. Auf der anderen Straßenseite springen einige Jungen in unförmigen Daunenjacken um die umherfliegenden Reste eines Bündels mit Krachern herum, der Lärm vereinzelter Knaller wird von den Häuserwänden zurückgeworfen.

»Ich schreibe dir.«

Mettes Augen sind rot gerändert unter dem Pony, hat sie geweint? Nach außen wirkt sie vollkommen entspannt, Nanna hat sie in der Küche summen hören, die Vorbereitungen für das abendliche Fest sind in vollem Gange, die Weinflaschen bedecken den halben Küchenfußboden.

»Ich würde dich ja gern bringen, aber La Glace kann nie genau sagen, wann sie kommen.« Mette späht auf die Straße, weicht Nannas Blick aus. »Das wird alles etwas stressig, nicht wahr?«

Der Fahrer hat den Deckel des Kofferraums zugeworfen, wirft ihnen einen wartenden Blick zu.

Mettes heiße Wange an ihrer.

»Paß auf dich auf.«

Die Worte rutschen ihr so heraus. Vor ihrem inneren Auge sieht sie Mettes Fratzen, die mit absoluter Garantie von jeder Form mütterlicher Fürsorge hervorgerufen werden, jeder Andeutung dahin gehend, sie könnte vielleicht in irgendeiner Form nicht in der Lage sein, für sich selbst zu sorgen.

»Gleichfalls.«

Die Ironie ist mit den Händen zu greifen.

Die Taxitür klappt zu. Ohne sich umzudrehen, weiß sie, daß Mette bereits durch die Gartenpforte verschwunden ist, noch bevor der Wagen um die Ecke gebogen ist.

Der Abschied liegt ihr immer noch in den Knochen, als sie sich am Abend auf das schmale Bett des Schlafwagens legt. Sie ist allein im Waggon, abgesehen von einer Gruppe sportlich gekleideter Studenten, die ausgiebig dabei sind, in dem Abteil neben ihr Silvester zu feiern. Ihre Skier und Stöcke nehmen den größten Teil des schmalen Gangs ein, die Rucksäcke dienen als Türstopper.

Der Schaffner hat sich in sein Dienstabteil am anderen Zugende zurückgezogen, sie ist allein mit dem Gegröle, den explodierenden Lachsalven, dem Geräusch klirrender Flaschen.

Gegen Morgen schläft sie endlich ein, und als sie aufwacht, sind sie fast da. Auf dem Weg zur Toilette muß sie über eine übelriechende Pfütze aus halb eingetrocknetem Erbrochenen steigen. Ein zerzaustes Mädchen lächelt ihr schüchtern durch einen Türspalt zu.

Das Taxi windet sich geschickt durch den Feiertagsverkehr zwischen den beiden Bahnhöfen. Sie findet ihren Zug, setzt sich mit ihrem Buch in der Wärme des Abteils zurück. Ignoriert die unterhaltungssüchtige Dame auf dem Nebensitz, findet ihre Ruhe in dem hämmernden Rhythmus des Zugs.

Mit jedem Kilometer wächst in ihr das Gefühl, eine Rechnung beglichen zu haben.

Sie schuldet niemandem ein lebendiges Kind, sie schuldet niemandem, ein Schicksal zu vollenden, das sie selbst nicht gewollt hat. Ihre Heimat ist irgendwo anders, in einem Land, das sie jetzt hinter sich läßt. Ihren Sinn findet sie dort, wo ihre Arbeit ist, nur dort kann sie leben.

Marie-Jeanne empfängt sie an der Hoteltür.

»Mémé ist krank.«

Der Wind peitscht vom Meer herein, eine Böe läßt die Regentropfen aus der Regenrinne aufspritzen. Die Schwiegermutter zieht fröstelnd ihre dünne Twinsetjacke über der Brust zusammen, ergreift Nannas Koffer. Nanna folgt ihr in die Lobby hinein, in der ein Tannenbaum mit Metalldekoration seine Nadeln im grellen Schein der Leuchtstoffröhre verliert.

»Der Arzt sagt, sie gehöre eigentlich ins Krankenhaus. Ich habe versucht, sie zu überreden, wenigstens hierherzuziehen.«

Das unangenehme Gefühl, außen vor gelassen worden zu sein, erfüllt Nanna.

»Seit wann ist sie krank?«

»Seit Weihnachten.«

Auf halber Treppe beginnt Marie-Jeanne vor Anstrengung leicht zu keuchen. Nanna übernimmt den Koffer, schließt ihre Tür auf.

Die Schwiegermutter bleibt in der Türöffnung stehen.

»Es ist nur eine Grippe. Aber das Fieber will nicht runtergehen.«

»Warum hast du mir nichts gesagt, als ich angerufen habe?«

Ein Schulterzucken.

»Es gab keinen Grund, dich zu beunruhigen.«

Nanna legt den Koffer aufs Bett, versucht ihre Verletztheit darüber zu beherrschen, daß die Schwiegermutter sie nicht als nahestehend genug angesehen hat, um sie über eine ernsthafte Erkrankung umgehend ins Bild zu setzen.

»Wer kümmert sich um sie?«

»Lucienne und ich wechseln uns mit der Bettwache ab.« Die Sorgenfalte auf der Stirn der Schwiegermutter ist zu einer Furche geworden, während Nanna weg war. »Sie will nichts essen, nur ein paar Löffel mit Bouillon.«

»Ich gehe zu ihr, sobald ich mich umgezogen habe.«

Die graugelbe, windige Dämmerung hüllt die weißen Häuser in ihr Halblicht, als sie durch die leeren Gassen zu Mémés Haus hastet. Hinter den Schaufenstern der Läden reflektieren glitzernde Dekorationen das Licht der Straßenlaternen, aber am ersten Tag im Jahr hat kein Geschäft so spät noch geöffnet. In den Gärten kämpfen zerzauste Bäume darum, dem Wind zu widerstehen, Regen rinnt die Stämme und Zweige hinunter.

Die Außentür des kleinen Hauses ist unverschlossen. Lucienne kommt auf den Treppenabsatz, als Nanna hereingeht.

»Sie schläft jetzt.«

Nanna hat nie gehört, daß Lucienne Mémé anders als Madame genannt hat. Etwas muß passiert sein, etwas Ernstes, das etwas so Unerschütterliches wie Luciennes tiefsitzenden Respekt der alten Dame gegenüber verändert hat.

Nanna klammert sich bei ihrem Weg die Treppe hinauf an die knorrige Hand. Luciennes Gesicht sieht übernächtigt aus hinter den dicken Brillengläsern, ihre große Schürze hat feuchte Schattierungen.

»Wie geht es ihr?«

Ein Kopfschütteln.

»Sie ist eine alte Frau, was soll ich dazu sagen?« Lucienne schnalzt mit der Zunge, streckt die Hand nach Nannas nassem Mantel aus, breitet ihn über dem Treppengeländer aus. »Und stur ist sie noch dazu, weigert sich, zu tun, was der Arzt ihr sagt.«

Auf Zehenspitzen schleicht Nanna hinter Lucienne in das kleine Schlafzimmer.

Mémés weißes Haar ist zu zwei dünnen Zöpfen geflochten, das feine Netz von Falten läßt die Haut ihres Gesichts wie Seidenpapier aussehen.

Die Luft im Raum ist kühl, es riecht süßlich, wie nach verrottender Apfelschale. Eine rote Plastikschüssel steht auf dem Nachttisch mit einem Frotteehandschuh über dem Rand, ein Handtuch liegt zusammengeknüllt vor dem Bett auf dem Boden.

»Ich wasche ihr die Stirn, was kann man sonst machen?« Lucienne spricht mit leiser Stimme, wischt sich ununterbrochen die Hände in der feuchten Schürze ab. Ein leichter Schweißgeruch entströmt ihrer wollenen Bluse. »Ich bin doch keine Krankenschwester.«

Es zuckt in Mémés Gesicht, kleine Schweißtropfen zeigen sich auf der gelblichen Stirn. Die schweren Augenlider werden für eine kurze Sekunde aufgezwungen, dann fallen sie wieder zu.

»Madame.« Lucienne ist in zwei Sätzen am Bett, streicht das Kissen mit nervösen Bewegungen glatt. »Nanna ist gekommen.«

Die Augen sehen sie durch schmale Schlitze an, Nanna kann ein Zucken in der Wangenhaut erkennen, den Schatten eines Lächelns.

»Nanna.«

Ein Flüstern, kaum hörbar.

Nanna streichelt vorsichtig die kleinen festen Hände, streift die dünne, feuchte Haut der mageren Unterarme.

Ein langer Atemzug, der in einen halb unterdrückten Hustenanfall übergeht, leises Hüsteln, ein müder Welpe.

Lucienne hat sich abgewandt, ihre Schultern zittern schwach.

»Was ist denn?« Nanna legt ihre Hand auf den bebenden Rücken, die grobe Wolle fühlt sich feucht an. »Lucienne?«

»Sie stirbt.« Lucienne wischt sich die Augen mit dem Handrücken trocken, ihr Gesicht ist rot gefleckt. »Sie hat das beschlossen, ich kann es spüren.«

Die hilflose Wut in ihrer Stimme geht auf Nanna über. Gemeinsam stehen sie vor dem Bett und betrachten die Umrisse des kleinen Körpers unter den Wolldecken, die schwachen Bewegungen der Hände auf dem zerknüllten Laken, zwei ohnmächtige Zeugen eines unbeschreiblichen Übergriffs.

Vielleicht hat Lucienne ja recht, vielleicht ist der Tod für Mémé genau wie alles andere eine Willenssache, die ihrer Umgebung keine Wahl läßt.

»Du kannst jetzt nach Hause gehen, Lucienne.«

Der Entschluß ist getroffen. Was auch kommen mag, sie muß es ohne diese unsichere, verzweifelte Frau neben sich schaffen. Yann starb, ohne daß sie bei ihm war, sie hat nichts mit ihm gemeinsam durchgemacht, hat nie jemandem in seinem Leiden und Sterben beigestanden. Wenn sie irgendeine Schuld zu begleichen hat, dann diese.

Nanna hat viele Stunden lang auf dem harten Stuhl neben dem Bett gesessen. Ihre Augen sind für einen Moment zugefallen; als sie sie wieder öffnet, ist Mémé aufgewacht.

Die trockenen Lippen bewegen sich, ein Flüstern.

Nanna erhebt sich benommen, beugt sich über die Bettkante, um die Worte aufzuschnappen.

»*Le fer*, vergiß nicht das Bügeleisen.«

Die murmelnde Stimme wird zum Befehl, die Hände fegen über das Laken, Werkzeuge, durch die Abnutzung schön geworden, aber jetzt nicht mehr zu gebrauchen. Es zuckt in dem weißen Gesicht, der Blick sucht Nannas, aber die matten Augen haben Schwierigkeiten, den Blick zu halten, flackern in leichten Krämpfen.

Nanna gießt aus der Karaffe auf dem Nachttisch Wasser in die weiße Porzellantasse, hält sie gegen die verschorften Lippen, aber die Tropfen laufen nur zur Seite, ein feuchter Fleck breitet sich auf dem Kopfkissen aus. Sie spült den Frotteehandschuh in der Wasserschüssel aus, tupft den Schweiß von Mémés Schläfen.

»So, so.«

Ihre Stimme klingt viel zu laut in dem stillen Raum, übertönt für einen Moment Mémés Gemurmel, ein stockender Strom von Worten ohne Bedeutung.

»Die Wäschestärke. *L'amidon*. So, ja, sieh her.« Sie zieht mühsam die Luft ein, ein Lächeln huscht über ihr Gesicht. »Und die kleinen Kinder, die kleinen Kinder.«

Ein Tropfen hat sich im Augenwinkel der alten Frau gesammelt, rollt ihr über die Schläfe, mischt sich mit der Feuchtigkeit auf dem Kissen. Ein Schütteln durchfährt den schmächtigen Körper, es zuckt in den Mundwinkeln.

Nanna zieht ihren Stuhl näher ans Bett, starrt in das kämpfende Gesicht, die blicklosen Pupillen, groß im Halbdunkel, bis der Rhythmus des Atems wieder zu den kurzen, schnarchenden Atemzügen einer Schlafenden werden.

Nannas Körper ist gefühllos. Der harte Holzsitz drückt gegen ihre Schenkel, sie rutscht unruhig hin und her, ohne zur Ruhe kommen zu können, steht auf und geht ans Fenster.

Die Fensterläden sind verschlossen, sie kann nicht sehen, ob es Tag oder Nacht ist, hat aber das Gefühl, daß es immer noch dunkel ist, daß draußen noch die Nacht herrscht.

Die Fensterscheibe ist kühl und feucht gegen ihre heiße Stirn. Sie ist über die Müdigkeit hinweg, die nur einer langanhaltenden Schlaflosigkeit folgen kann, fühlt sich rastlos und kampfbereit. Der einzige Mensch, für den sie noch Zärtlichkeit empfunden hat, bereitet sich in diesem Zimmer darauf vor zu sterben, sie kann ihn nicht im Stich lassen.

Die Angst der Kindheit vor dem Tod, der seine harten Finger in Dunkelheit und Einsamkeit um ihre Kehle gelegt hat, diese Angst zu bekämpfen, hat sie sich gezwungen, so lange sie denken kann. Heute nacht fühlt sie zum erstenmal, daß sie sie überwunden hat.

Der Spiegel des Frisiertisches spiegelt das Licht der Nachttischlampe wider. Sie setzt sich auf den gepolsterten Hocker, beugt sich über die glänzende Platte vor. Die Konturen ihres Spiegelbilds sind in der schwachen Beleuchtung unklar, aber ihre Augen leuchten entschlossen, ihre Kräfte sind es, die sie tragen werden.

Etwas bewegt sich hinter ihr, sie erhascht die Bewegung im Spiegel. Mémé ist aufgewacht.

»Mémé.«

Die Wange mit den feinen Falten ist kochend heiß unter ihrer Hand.

Die schwache Stimme, flüsternd. Ein paar Worte auf *breton*, sie schnappt eines auf, versteht es.

»Das Lachen, Mémé?«

Die Augen sehen sie jetzt an, halten ihren Blick fest.

»Das Lachen.«

Die trockenen Lippen bewegen sich.

»Ein bißchen Wasser, Mémé?«

Sie stützt den schwachen Nacken. Ein paar Tropfen, dann sinkt der kleine Kopf müde wieder zurück.

Mémés Weisheit. Zu lachen, während man lebt. Zu leben, bis man stirbt.

Der Körper, eingetrocknet wie eine Puppe unter der dicken Decke, das eingefallene Gesicht, das einmal rund war wie eine Frucht, trägt immer noch Spuren alten Genusses, gestillten Hungers.

Die Frauen in ihrem Leben, was sonst haben sie sie gelehrt? Ihre tote Mutter, deren verblichener Schatten dem Kind Nanna erzählt hat, daß das Leben nicht zu meistern ist.

Bodil, die sie gelehrt hat, in den Fesseln anderer, nach den Regeln anderer zu leben. Mettes Manövrieren, Marie-Jeannes straffe Hohe Schule. Rollen, Überlebenstechniken.

»Leg deine Hand auf meine Brust.«

Sie weiß nicht, ob die Worte wirklich ausgesprochen wurden. Das Gesicht neben ihrem hat sich wieder verschlossen, die Augenlider zittern leicht im Lampenlicht.

Vorsichtig läßt sie sich neben dem Bett hinuntergleiten, kniet, die Stirn auf dem Laken. So bleibt sie liegen, die Hand auf der schmächtigen Brust, während die Stunden verstreichen und der Tidenhubpuls der Atemzüge immer schwächer wird, kleine Wellen, die immer kleiner werden und zum Schluß ganz verschwinden.

Dort, auf dem Boden, fällt sie in den Schlaf, erwacht wieder, ohne Angst.

Faltet Mémés kleine breite Hände über dem Rosenkranz, den sie in der Nachttischschublade findet, streichelt die dünne Haut mit den blaßbraunen Flecken. Läßt ihre Fingerspitzen über die Stirn gleiten, über die schweren Lider, von denen die Hitze des Fiebers verschwunden ist. Murmelt einen Dank, ein paar Abschiedsworte.

Als Marie-Jeannes Wagen vor dem Haus hält, steht sie am offenen Fenster. Läßt die Geräusche des Meeres in das kleine Zimmer eindringen, das leise Lachen der Möwen.

III

Der Tag und die Stunde

... Darum wachet, denn
ihr wisset weder Tag
noch Stunde.

MATT. 25,13.

November 1981

»Sie haben ihr den ganzen Unterleib ausgeräumt.« Florida hat die Augen aufgerissen, daß sie noch runder wirken. »Aber da war es schon zu spät.«

Ihr Körper ist spindelförmig unter der unkleidsamen schwarzen Tracht angeschwollen. Zwei Schwangerschaften schnell hintereinander kombiniert mit einer Vorliebe für die traditionelle bretonische Küche, Fleisch und fette Meiereiprodukte, haben Floridas jugendliche Fülle in massige Schwere verwandelt. Der Stoff der Tracht glänzt metallisch, ihr gebauschter Rücken gibt ihr eine beunruhigende Ähnlichkeit mit einem großen Maikäfer.

Florida ist gekommen, um das Essen nach der Beerdigung abzusprechen. Es ist deutlich, daß sie es genießt, diejenige zu sein, die wichtige Neuigkeiten und makabre Einzelheiten überbringt. Mit einem leisen Seufzer setzt sie sich auf dem Polstersessel zurecht, den Nanna von der Wand herangezogen hat.

»Zum Schluß mußten sie ihr einen künstlichen Darmausgang machen.« Florida schließt die Augen zur Hälfte, ihre Nase rümpft sich in diskretem Ekel.

»Das hat im ganzen Haus gestunken, bis sie eine Krankenpflege kriegten, die damit umgehen konnte.«

Sie fegt die Bilder von dem langsamen Dahinsiechen ihrer Schwägerin mit einer mürrischen Handbewegung weg. Nanna murmelt anteilnehmende Worte. Die Vorstellung von Bernadettes inneren Organen in langsamem, aber unabänderlichem Verfall weckt in ihr gemischte Gefühle. Bernadettes Leben kann nicht besonders glücklich gewesen sein. Nanna erinnert sich nur allzugut an den spindeldürren Körper und das weiße, gehetzte Gesicht. Der Gedanke daran, daß auch sie dazu beigetragen hat, diesem kurzen Leben einen Teil seines möglichen Reichtums zu rauben, durchfährt sie wie ein scharfer Stich, ein Schuldgefühl, eine unbestimmte Scham darüber, selbst davongekommen zu sein.

Florida hat ihre Stimme in eine vertrauliche Tonlage gesenkt, schielt zur Tür, die zur Lobby offensteht, wo das neue Stubenmädchen halbherzig mit dem Staubsauger hantiert.

»Loïc konnte sie natürlich nicht in Ruhe lassen. Die Krankenpflegerin, meine ich«, fügt sie hinzu, als sie Nannas entsetzten Gesichtsausdruck bemerkt. »Du weißt ja, wie er ist.«

Der Ausdruck in Floridas rundem Gesicht ist plötzlich vollkommen verwirrt.

»Ich meine, du weißt ja, wie Männer sind«, korrigiert sie sich.

Nanna beschließt, die verborgene Mitteilung lieber zu überhören. Sie hat schon lange die Hoffnung aufgegeben, ihr Leben könnte unsichtbar sein. Die kleine Stadt hat ihr Myzelium an Beziehungen, durch das die Informationen unbemerkt, aber sicher wandern, um wie Pilze an der Oberfläche aufzutauchen, wenn man es am allerwenigsten erwartet. Sie beschränkt ihre Hoffnung darauf, daß die Information über ihre glücklose Beziehung zu Loïc zumindest Bernadette nicht zu Ohren gekommen ist.

»Wie hat Annick es aufgenommen?«

Die Pubertät hat Bernadettes Tochter zu einer dunkelhaarigen Schönheit verwandelt, den Star der lokalen Damenfußballmannschaft. Seit dem Umzug der Familie in eine neugebaute Villa auf einem der Strandgrundstücke hinter dem Hotel sieht Nanna sie oft auf dem Weg zum Training vorbeiradeln, immer der Mittelpunkt einer Gruppe robust aussehender Freundinnen.

Florida zuckt mit den Schultern.

»Annick ist die Tochter ihres Vaters. Aber schlimm wird es erst, wenn er wieder heiratet.«

»Was?«

»Na, er ist wohl der Meinung, er würde ein bißchen junges Fleisch verdienen, nach allem, was passiert ist.« Florida legt eine behandschuhte Fingerspitze auf ihre üppigen Lippen. »Aber ich habe nichts gesagt.«

Nannas eigene Stiefmutter war mehr als zehn Jahre jünger als ihr Vater. Jetzt, wo sie selbst älter wird, wird sie auf sie aufmerksam, auf diese Männer mittleren Alters, die den beginnenden Abbau des Körpers und den zurückweichenden Haaransatz mit Hilfe einer jungen Begleiterin zu dementieren versuchen.

Vielleicht ist das ein Grund dafür, daß Loïc sie nicht mehr aufsucht – weil sie selbst nicht mehr blutjung ist. Daran hat sie bisher nie gedacht, jetzt erscheint ihr dieser Gedanke sehr einleuchtend.

Nanna leert ihre Kaffeetasse, holt den Terminkalender aus der Schreibtischschublade.

Das Staubsaugergeräusch im Empfang ist nicht mehr zu hören, durch die halboffene Bürotür schrillt die Stimme des Mädchens.

»Ich kann nur an einem Ort zur selben Zeit sein. *Merde, alors.*«

Nanna hört, wie Lucienne zum Schweigen mahnt, die Haustür, die zufällt, daß die Scheiben in den Glastüren zum Restaurant klirren. Sie lächelt Florida entschuldigend zu.

»Es dauert eine Weile, bis die Jungen auf Trab gebracht sind.«

»Die wollen einfach nicht arbeiten.« Florida kommentiert das Phänomen mit wissender Miene. »Auf der ›Yseut‹ können sie nicht mal einen Schiffsjungen anheuern.«

»Schaffen sie es denn ohne?«

»Wenn sie so wenig fangen wie im Augenblick, ja.« Florida seufzt, ihre runden Augen zeigen plötzlich sorgenvolle Schatten.

»Zum Glück sind die Preise gestiegen, deshalb kriegen wir es nicht zu spüren. Noch nicht, jedenfalls.«

Das Stubenmädchen steht auf der Außentreppe, als Nanna Florida hinausbringt, im Gespräch mit einem jungen Mann, dessen Körper straff und zielbewußt aussieht in seiner Hülle aus rotem und schwarzem Leder. Ein schweres Motorrad lehnt auf einem Ständer an der Bordsteinkante, ein schwarzer Helm mit glänzendem Visier grinst drohend unter seinem Arm.

Florida verdreht hinter dem Rücken des Mädchens die Augen.

»Und dann noch während der Arbeitszeit«, murmelt sie in Nannas Ohr, als sie die traditionellen Wangenküsse austauschen.

Nanna seufzt. Aufgrund ihres Abscheus vor offenen Konflikten vermeidet sie es möglichst, Rügen zu erteilen, und meistens kommt sie ohne diese zurecht. Aber jetzt wird sie öfter, als es ihr lieb ist, dazu gezwungen, Konflikte auszutragen, die sie bisher gern Marie-Jeanne überlassen hatte.

Der messerscharfe Blick der Schwiegermutter für Versäumnisse und Schlendrian, ihre Bissigkeit denen gegenüber, die ihre Erwartungen hinsichtlich ihrer Perfektion nicht erfüllen, sind in den letzten Monaten zu Nannas Verwunderung von einer nebulösen Trägheit abgelöst worden, einem beschützenden Schleier vor den allzu erschöpfenden Anforderungen der Realität.

Oft findet Nanna sie, lange nach Ende der Arbeit, reglos in der dunklen Bar sitzend, die Schatten des stummen Fernsehers über die verbitterten Falten ihres Gesichts flimmernd.

Keine von beiden hat bisher ein Wort über den neuen Zustand der Dinge fallenlassen wollen oder können. Nanna ist nur unbemerkt in immer neue Funktionen gerutscht, hat Initiativen übernommen, die früher das unangetastete Privileg der Schwiegermutter waren.

Nanna wartet, bis Florida in ihr Auto gestiegen ist, bevor sie sich wieder dem Mädchen zuwendet, das unangefochten ihr Gespräch fortsetzt.

Der lederbekleidete Motorradfahrer verneigt sich höflich in Nannas Richtung, streicht eine lange, kupferblonde Locke aus der Stirn.

Etwas Vertrautes in seiner Haltung läßt sie zögern.

Ein Paar ernsthafte graublaue Augen, eine Sorgenfalte zwischen den Augenbrauen, die von der Sonne geblichen sind.

Martines Sohn. Sie hat ihn nicht mehr gesehen, seit er sein Abitur im Restaurant gefeiert hat, das muß mindestens zwei Jahre her sein. Damals war er schlaksig, ein aufgeschossener Junge mit schlecht koordinierten Bewegungen, sie erinnert sich noch an Alans offensichtliche Wut über ein umgekipptes Glas, an Martines sarkastische Kommentare.

Jetzt setzt er sich den unförmigen Helm auf und tritt den Motorradständer mit Bewegungen weg, die zeigen sollen, daß er Herr der Dinge ist.

Laut der Fetzen des Dorfklatsches, die ihr zu Ohren gekommen sind, hat der Junge sich bis jetzt geweigert, den ihm zugedachten Platz in Alans sich immer weiter verzweigendem Betrieb zu übernehmen.

»Können wir kurz im Büro miteinander sprechen?«

Nanna bemerkt, daß das Mädchen über ihre chlorgebleichte Jeans statt einer Schürze ein Hotelhandtuch um die Taille geknüpft hat. Das nußbraune Haar ist in kleinen, künstlich aussehenden Locken gekräuselt, ein Plisseevorhang über dem mürrischen Gesicht.

Das Mädchen zuckt mit den Schultern.
»*Bien sûr.*«
Sie bleibt in der Bürotür mit einem Gesichtsausdruck stehen, der wichtige, nur schlecht aufschiebbare Aufgaben andeutet.
»Setz dich.«
Nanna hat sich auf den Rand des Schreibtisches gesetzt, zeigt auf den Stuhl, den Florida gerade verlassen hat.
»Macht die Arbeit dir Spaß?«
Offensichtlich kommt diese Frage für das Mädchen überraschend. Sie pikst mit einem langen, perlmuttschimmernden Nagel in die Polsterung der Sitzfläche, eine Locke aus dem Kräuselhaar ist in ihrem Mundwinkel gelandet.
»Warum?«
»Ich kann mir vorstellen, daß es nicht so einfach ist, sich an unsere Art, die Dinge zu erledigen, zu gewöhnen. An die Arbeitszeiten. An die Disziplin.«
Noch während sie redet, weiß Nanna, daß ihre Worte bei diesem widerspenstigen Wesen ihr gegenüber, das immer noch auf der braunen Haarsträhne kaut, vergebene Liebesmüh sind. Trotzdem fährt sie fort. »Ich möchte dich nur darum bitten, Freizeit und Arbeitszeit getrennt zu halten. Und außerdem daran zu denken, daß wir hier auf einen höflichen Umgangston Wert legen.«
Das Mädchen spuckt die Haarlocke aus.
»Ich wollte nur eine Verabredung treffen, das hat fünf Minuten gedauert. Darf ich an einem ganzen Vormittag nicht einmal fünf Minuten Pause machen?«
Das Gesicht ist empört, die Augen funkeln vor gerechtem Zorn.
»Aber natürlich.« Nanna hat das Gespräch schon längst bereut, sucht nach einem möglichen Rückzug, der nicht einer Kapitulation ähnelt. »Ich spreche eher prinzipiell.«
»Ich hätte da auch was zu sagen.« Ein überlegener Schwung mit der Haargardine, das Mädchen ist aufgestanden. »Könnten Sie vielleicht Lucienne bitten, damit aufzuhören, die Sklaventreiberin zu spielen? Das ist nämlich nicht auszuhalten.«
Ohne eine Antwort abzuwarten, schreitet sie durch die Tür hinaus. Das Handtuch um ihre Hüften ist hinuntergerutscht, sie stopft es mit hektischen Handbewegungen an seinen Platz im

Hosenbund. Kurz darauf brummt der Staubsauger wieder. Der kriegerische Lärm der metallenen Düse, die gegen die Wandverkleidung knallt, läßt Nanna die Tür schließen.

In wenigen Jahren wird sie allein diesen Ausbrüchen gegenüberstehen, diesen Konfrontationen, die die Muskeln in ihrem Nacken schmerzen lassen. Auch wenn es sich zeigen sollte, daß Marie-Jeannes augenblickliche Passivität nur eine Phase ist, so ist sie eben nicht mehr jung. Natürlich wird sie niemand dazu drängen, in Pension zu gehen, aber die Arbeit ist schwer, und der Zeitpunkt ist nicht mehr fern, an dem ihr Körper nach der jahrelangen Mühe Ruhe fordert.

Auch Lucienne ist inzwischen in die Jahre gekommen. Nanna fällt es leichter, sich das Hotel ohne Schwiegermutter vorzustellen als ohne Luciennes schroffen Humor und ihre absolute Hingabe, aber beide Möglichkeiten drohen ihr, sind unausweichbare Entwicklungen.

Sie schiebt die Gedanken beiseite und geht ins Restaurant, in dem ein älterer Kellner und sein neu eingestellter Kollege ihren Gruß mit einem freundlichen Nicken beantworten. Die Atmosphäre professioneller Geschäftigkeit dämpft ihr Unbehagen nach dem Zusammenstoß mit dem aggressiven Mädchen. Sie legt hier eine Serviette gerade, holt dort ein vergessenes Salztöpfchen, gibt sich Mühe, nicht im Weg zu sein, damit ihre Anwesenheit mehr als Aufmunterung denn als Kontrolle oder Kritik aufgefaßt wird.

Der runde Tisch in der Ecke ist für sechs Personen reserviert. Alans Name steht auf dem kleinen Pappschild. Seit Pierres Enthüllung über die Umstände beim Verkauf des Nachbarhauses hat sie jeden Kontakt mit Alan und Martine vermieden, und sie hat sorgfältig die Dienstpläne des Hauses so gelegt, daß sie auch heute davon befreit ist, am Service im großen Saal zur Essenszeit mitzuwirken.

Die Witwe Berthoud ist schon vor langer Zeit ins Altersheim gezogen, und das Nachbarhaus steht mit blinden Scheiben und verdrecktem Putz leer. Offenbar gibt es keine Pläne für seine Zukunft, es genügt den Besitzern, es dort stehenzulassen, einen massiven Bremsklotz.

Schon seit einer Weile kursieren Gerüchte, daß Alan und sein Konsortium ökonomische Interessen hinsichtlich einer geplanten

Ferienanlage einige Kilometer weiter die Küste hinauf haben. Das ganze Projekt ist umstritten. Die kleine Gemeinde beäugt skeptisch jede Form von Massentourismus, und eine Kerngruppe von Naturschutzaktivisten hat sie mit Argumenten gegen eine allzu heftige Ausbeutung der sensiblen Küste versorgt.

Der alte Bürgermeister genießt seinen Ruhestand in einem der niedrigen Häuser am westlichen Strand der Stadt. Sein Nachfolger ist ein geschliffener Typ, ein Sozialdemokrat der neuen Zeit, nicht mehr so verankert in der alten Gesellschaft mit ihrem tiefen Respekt vor Traditionen und Kulturwerten, eher offen gegenüber Wünschen und Forderungen von seiten der ökonomischen Elite der Stadt.

Nanna hegt keinen Zweifel, daß das entscheidende Spiel um Baugenehmigungen und Finanzierungen in sicherem Abstand von den Scheinwerfern der Öffentlichkeit vor sich geht.

Die Traditionen der Stadt sind nicht ihre Traditionen, ihr kulturelles Erbgut nicht ihres. Trotzdem fühlt sie sich als Teil des Widerstands gegen eine allzu krasse Kommerzialisierung, nicht nur um ihrer selbst und des Hotels willen, sondern aus einem grundlegenden Mißtrauen gegenüber Äußerlichkeit, mangelndem Stil und einer stetig wachsenden Liebe zu der kargen Landschaft im Westen.

Die Teller mit der frischen gelben Butter stehen bereits auf dem großen Buffet, an dem Lucienne dabei ist, die Schälchen mit Mayonnaise und Zwiebelvinaigrette für die Schalentiere vorzubereiten. Ihr Nacken strahlt Unbehagen aus.

Nanna und sie haben so eng und so lange zusammengearbeitet, daß sie problemlos die kleinsten Signale der anderen erfassen können.

»Was ist denn, Lucienne?«

Lucienne wendet sich mit einem Ruck um.

»Ach, dieses Mädchen.«

Die Mundwinkel in dem sonst immer freundlichen Gesicht zeigen senkrecht nach unten, die Augen blitzen hinter den dicken Brillengläsern.

»Vielleicht bist du zu streng, Lucienne.«

Nanna lächelt besänftigend, aber Lucienne dreht ihr nur den Rücken mit einem verärgerten Kopfschütteln zu, macht ihre Arbeit mit Bewegungen weiter, die durch die Wut abgehackter sind als üblich.

Im hintersten Zimmer des Restaurants stehen die Literflaschen mit dem Landwein bereits auf den langen Tischen. Täglich serviert das Hotel ein Mittagessen für die Arbeiter und Angestellten der Arbeitsplätze in der Nähe, die es nicht schaffen, in der Mittagspause nach Hause zu fahren. Nanna gefällt es, diese einfachen Mahlzeiten zu servieren. Sie genießt das feste Ritual, die einfache Routine, genießt den Appetit der Männer, zuzusehen, wie sie sich an gutem Essen satt essen, das Gefühl, Hausfrau zu sein in einem großen, gut organisierten Haushalt.

Das frische Brot liegt auf dem Schneidebrett des Buffets, sie senkt die Brotsäge in die krosse Rinde, atmet genüßlich den appetitlichen Duft ein, während sie die Brotkörbe füllt.

Ein unterdrückter Schrei aus dem Speisesaal läßt sie alles fallen, was sie in den Händen hat, und dorthin eilen.

Blut von einer klaffenden Wunde in Luciennes linker Hand färbt den weißen Blusenärmel purpurrot. Eine blutige Pfütze breitet sich auf dem Schneidebrett des Buffets aus, Blutflecken auf den Brotkrümeln auf dem Brett.

»Lucienne.« Nanna findet eine Serviette, drückt sie vorsichtig gegen die verletzte Hand. »Heb den Arm, Lucienne.«

Behutsam schiebt sie die ältere Frau auf den nächsten Stuhl. Das Blut sickert immer noch, der Serviettenstoff ist augenblicklich durchblutet.

Der Kellner hat eine Waschschüssel und ein Tuch geholt und ist bereits dabei, die Blutspuren zu entfernen. Wie für Nanna ist auch für ihn die unumstößliche Forderung, jederzeit die Fassade den Gästen gegenüber aufrechtzuerhalten, ganz gleich, welche Katastrophen auch eintreffen mögen, zu einem Teil seiner Persönlichkeit geworden.

Normalerweise würde Lucienne genauso reagieren, aber jetzt starrt sie nur mit leeren Augen auf den Blutstrom. Die Hand gehört nicht mehr zu ihr, sie ist gefangen in Trance.

Die junge Kellnerin klappert unschlüssig mit den Schalen auf dem Buffet.

Nanna schaut auf ihre Uhr. In zwanzig Minuten werden die Mittagsgäste eintreffen, jetzt muß schnell gehandelt werden.

»Wir müssen dich zum Arzt bringen.«

Sie wickelt eine weitere Serviette um Luciennes verletzte Hand, führt sie hinaus in den Empfang.

Das Stubenmädchen ist damit beschäftigt, mit trägen Bewegungen die fettigen Fingerabdrücke vom vorigen Tag von der Glastür zu entfernen.

»Hast du meine Schwiegermutter gesehen?«

Es ist schon lange Jahre her, seit Marie-Jeanne im Restaurant serviert hat. In letzter Zeit nimmt sie auch nicht mehr an den Mahlzeiten des Personals teil, eine Gewohnheit, die noch aus Yanns Kindheit stammt, als fünf Menschen für das ganze Hotel zuständig waren. Statt dessen zieht sie sich in ihre Wohnung im zweiten Stock zurück, mit ihrem Tablett mit kalten *hors d'œuvres*, ein wenig Käse und Obst, macht sich unnahbar.

»Sie ist vor kurzem weggegangen.« Das Mädchen starrt Lucienne an.

»Was ist mit ihr?«

»Ein Unfall.«

Luciennes Gesicht ist grünweiß, kleine Schweißtropfen hängen an dem dunklen Flaum der Oberlippe.

»Jemand muß sie zum Arzt fahren.«

»Das kann ich machen.« Das Mädchen scheint bei dem Gedanken an eine Unterbrechung der Langeweile aufzuwachen. »Ich habe gerade meinen Führerschein gemacht.«

Lucienne sieht das Mädchen mit trübem Blick an. Die blutige Hand hat sie stumm gemacht, zu einem Tier, das passiv auf seine Schlachtung wartet.

Widerstrebend holt Nanna die Autoschlüssel. Sie hat keine große Lust, Lucienne der Obhut des querköpfigen Mädchens zu überlassen, aber sie hat keine andere Wahl. Erst als sie sieht, wie das Auto in hohem Tempo über die Brücke verschwindet, geht sie zurück ins Restaurant.

Sie muß die junge Kellnerin in den hinteren Räumen ablösen, wo die ersten Arbeiter bereits mit den Stühlen scharren.

Sie holt die Kellnerschürze im Zwischengang, wechselt ein paar Worte mit dem Kellner. Gemeinsam bilden sie ein sicheres Team. Die Mittagshektik an sich macht sie nicht nervös, sie haben schon ganz andere Herausforderungen gemeistert.

Der größte Andrang ist vorbei, als Alans Gesellschaft in der Glastür erscheint.

Der runde Ecktisch gehört in Luciennes Revier. Der Kellner ist eifrig damit beschäftigt, einer Gesellschaft am anderen Ende des Raums das Dessert zu servieren, und Nanna muß ihren Unmut bezwingen und selbst die kleine Gesellschaft willkommen heißen.

Alan führt die Gruppe mit selbstverständlicher Autorität an. Sein großer Körper ist in kräftiges Tweed gekleidet, eine Parodie auf den englischen Landadel. Das Lächeln, das er Nanna schenkt, wirkt eher bedrohlich als freundlich. Mit diskreten Handbewegungen weist er den Gästen ihre Plätze am Tisch zu, alles scheint im voraus geplant, und er läßt die Puzzleteilchen an ihren Platz fallen, ohne einen Widerspruch zu dulden.

Die schmalschultrige Gestalt des Bürgermeisters in dem viel zu schicken Anzug wird zwischen Alan selbst und einen glatthäutigen älteren Mann in Nadelstreifen manövriert, dessen Goldbrille und perfekt sitzende Seidenfliege den exklusiven Notar verrät.

Zwei Männer, die Nanna als die größten Bauherren des Ortes wiedererkennt, gedrungene Körper, deren massive Köpfe wie festgeschraubt auf den kräftigen Schultern sitzen. Zwillingsbrüder, deren Leben seit ihrer Kindheit von gegenseitiger freundschaftlicher Konkurrenz bestimmt war, immer in feste Hosen und Jacken aus solidem Stoff gekleidet, gewohnt, ein wachsames Auge auf die Schichtarbeiter und Lieferanten zu haben.

Als letztes setzt sich Alans Sohn an den Tisch. Die eng anliegende Ledermontur ist ausgetauscht worden gegen eine Flanellhose und eine gesprenkelte Jacke, die Mähne kupferblonden Haares ist aus der Stirn gebürstet. Das jungenhafte Gesicht sieht gequält aus.

Die Geschäftigkeit nimmt Nanna gefangen, so daß sie nur Fragmente des Gesprächs am Tisch während der sich lang hinziehenden Mahlzeit aufschnappt. Daß man mit diesem Essen den Abschluß wichtiger Verhandlungen feiert, geht aus den Fetzen hervor, die sie bei ihren eiligen Wegen vom Restaurant zur Küche, vom Buffet zum großen Weinkühlschrank aufschnappt, in dem der Tagesvorrat an Weißwein steht.

Der Seeteufel in *armoricaine*-Soße ist gegessen, die Flaschen mit dem besten Sancerre des Hauses sind leer. Nanna verteilt die

Dessertkarten, wirft einen heimlichen Blick auf die bunten Prospekte in der Aktentasche, die der Notar diskret auf seinem Schoß geöffnet hat.

Zeichnungen mehrstöckiger Gebäude, weiße Stufenpyramiden, die die umgebenden Kiefernbäume zu Petersiliensträußen auf einer Anrichteplatte reduzieren. Ein großer, ovaler Swimmingpool, umgeben von niedrigen, spanisch aussehenden Gebäudeflügeln.

Sie hat die Bestellungen für das Dessert aufgenommen und ist schon auf dem Weg zur Küchendurchreiche, um den Zettel dort abzugeben, als Alan sie zurückruft.

»Madame Le Braz. Ein paar Flaschen *crémant* zum Dessert.« Er winkt mit einer großen Hand. »Trinken Sie ein Glas mit uns?«

Die Einladung kommt völlig unerwartet, und noch bevor sie darüber nachdenken kann, hat Nanna, der das Entgegenkommen den Kunden gegenüber so tief in den Knochen sitzt, daß sie reagiert wie ein ferngesteuerter Roboter, mit einem zuvorkommenden Lächeln angenommen.

Ihre Knie zittern leicht, als sie mit dem klirrenden Kühler zurückkommt.

»Lassen Sie mich öffnen.« Alan hebt eine tropfende Flasche hoch, schaut anerkennend auf das Etikett. »Einen Stuhl für Madame, Jean-Pierre.«

Ein Wink mit dem kräftigen Kopf läßt den Sohn aufspringen. Er schiebt mit unsicheren Händen Nanna einen Stuhl unter, sie lächelt vergeblich das verschlossene Jungengesicht an.

Von ihrem Platz zwischen Alan und dem Bürgermeister hat sie einen freien Blick auf die satten, wohlwollenden Gesichter der Männer. Sogar der überhebliche Notar ist unter dem Einfluß des Weins und der reichhaltigen Mahlzeit aufgetaut. Sie nimmt die Komplimente für die Qualität des Essens mit einer Kopfneigung entgegen, ihr Puls pocht in Alarmbereitschaft.

Ihr direkt gegenüber sitzt der Sohn. Die Haartolle ist ihm wieder in die Stirn gefallen, die Wangen glühen hektisch unter dem blonden Flaum. Er hebt seinen Blick nicht von der Tischdecke, seine Hand umklammert das Weinglas. Aus irgendeinem Grund, den sie nicht durchschaut, ist ihm die Situation genauso peinlich wie ihr.

»Madame.« Alan sieht sie über den Rand seines Glases an. »Wir feiern einen großen Tag für den Tourismus unserer Region.«

Er nickt allen am Tisch zu.

»Eine Ferienstadt, die sich mit den besten an der Côte d'Azur messen kann.« Der Notar wendet sich direkt Nanna zu, seine korrekte Stimme doziert. »Alle Untersuchungen besagen, daß der Tourismus sich in Richtung auf größere Einheiten verändern wird, der traditionelle Hotelbetrieb – wenn Sie entschuldigen, daß ich das so direkt sage – hat teilweise seine Rolle ausgespielt. Ein Projekt diesen Charakters hat die Zukunft auf seiner Seite.«

Die Zwillingsbrüder haben ihre Stühle vom Tisch weggeschoben. Gelbe Zigaretten glühen zwischen ihren Lippen, die zerbrechlichen Gläser verschwinden fast in ihren groben Fäusten.

»Ein lokales Projekt mit lokalem Geld, eine Investition in die Zukunft der Region.« Der Bürgermeister schaut an Nanna vorbei zu Alan, der sich auf seinem Stuhl zurückgelehnt hat und den Mund zu einem stummen Pfeifen spitzt.

»Die Kommune hat beschlossen, den Baugrund gratis zur Verfügung zu stellen.«

»Die Kommune?«

Nanna starrt den Mann ungläubig an. Die politische Uneinigkeit bezüglich dieses Projekts war monatelang Stoff für die Titelseiten der lokalen Zeitungen.

»*Monsieur le Maire* hat ein hervorragendes Stück Arbeit geleistet.« Alan beugt sich zu Nanna, der fettige Schafsgeruch seiner Tweedjacke drängt sich ihr auf. »Die Voraussetzung dafür ist natürlich, daß wir noch weitere Investoren aus der Region finden.«

»Menschen mit Kapital und Visionen.«

Der Bürgermeister klingt, als würde er einen Prospekt zitieren. Die Finger mit den kaputten Nägeln zupfen nervös an einer Wange, die von Narben geprägt ist, die verloschene Vulkanlandschaft der Aknehaut.

»Unter anderem haben wir dabei an Sie gedacht.«

Alan hat die Stimme zu einem vertraulichen Ton gedämpft. Die Hitze seines voluminösen Körpers läßt alles in ihr kribbeln.

Sämtliche Blicke am Tisch haben sich auf sie gerichtet, nur der

Sohn starrt hartnäckig auf die rosa Tischdecke, der Wein perlt unberührt in seinem Glas.

Alan hat mit ihrem Ruf der Verträglichkeit gerechnet, vielleicht auch mit ihrer Naivität. In Nannas Gehirn wird innerhalb weniger Sekunden ein Luftbild ihres Wegs direkt ins Zentrum der Falle entwickelt. Ein Köder war hier nicht nötig, Höflichkeit und ihre Gastgeberinnenrolle zwingen sie, auch dem schamlosesten Vorschlag zuzuhören, eine wie immer auch geartete Beleidigung entgegenzunehmen.

Das Gefühl, einem Verführungsversuch auf offener Bühne ausgesetzt zu sein, ist überwältigend.

Die Knie zittern nicht mehr, als sie aufsteht. Sie ist nicht in der Lage, die Folgen abzusehen, die es haben wird, wenn sie aus der Rolle fällt, die sie selbst und ihre Umgebung all die Jahre über aufrechterhalten haben, aber sie hat einen Entschluß gefaßt.

»Dieses Hotel ist jahrelang daran gehindert worden, in seine eigene Zukunft zu investieren.« Sie hat sich an den Bürgermeister gewandt, der seinen Blick abwendet und mit nervösen Fingern an seinem Schlipsknoten fummelt.

»Bevor dieses Problem gelöst ist, gibt es kaum eine Grundlage, andere Formen der Investition zu diskutieren.«

Die Spitzen von Alans Ohrläppchen leuchten rot, das weiße Lächeln ist zu einer Grimasse erstarrt.

»Und jetzt muß ich Sie bitten, mich zu entschuldigen.«

Ohne sich umzusehen, legt sie den Weg zur Küche zurück, gibt dem Kellner unterwegs ein Zeichen, den Kaffee zu servieren

Hinter der Schwingtür bleibt sie stehen, läßt das Geräusch von Alans einschmeichelnder Stimme, das peinliche Manöver des Bürgermeisters durch das Klappern der metallenen Geräte und das klirrende Porzellan übertönen.

Die Küchenatmosphäre voll straff gelenkter Energie hatte schon immer eine beruhigende Wirkung auf sie, und im Augenblick braucht sie den Kontakt mit der Realität, die Worte des Notars haben ihr kühles Fragezeichen gesetzt, haben bestätigt, daß ihr Haus noch Ressourcen hat, die jeder noch so negativen Entwicklungstendenz widerstehen können.

Le chef blinzelt ihr unter dem Rand seiner Kochmütze zu, schickt mit einer fahrigen Handbewegung einen der großen

Gußeisentöpfe über die gescheuerte Tischfläche zum Abwasch hin. Der mittägliche Feldzug ist wieder einmal gewonnen, das Aufräumen des Schlachtfelds in vollem Gang.

»*Madame* beehrt uns mit einem Besuch.«

Der cholerische Dessertkoch wischt sich die Stirn mit dem Zipfel eines Handtuchs ab, das in seinem Gürtel steckt, nickt prustend. Hinter ihm taucht einer der ältesten unter den Köchen aus der Personaltoilette auf dem kleinen Gang auf. Der Gürtel der nicht zugeknöpften Hose schlägt gegen seinen kräftigen Schenkel. Der Anblick von Nanna läßt ihn mitten in einer Bewegung erstarren, mit einem genierten Grinsen schiebt er hastig die Kleidungsstücke an Ort und Stelle.

Die drei Köche bilden den Kern ihres Erfolgs und dem ihrer Schwiegermutter, Kompromißlosigkeit prägt ihre Art der Berufsausübung, bei der die Kreativität Hand in Hand mit dem Respekt für klassische Regeln geht. Die Primadonnagebärden, die aus der Berufskombination von Streß und fachlichem Stolz der Köche resultieren, hat sie im Laufe der Jahre mit Nachsicht zu tragen gelernt.

Der Mann für alles, Yvan, dessen dunkelblaue Schürze, die immer nasse Flecke aufweist, im Kontrast zu der klinisch weißen Berufsbekleidung der Köche steht, schließt die Klappe der großen Geschirrspülmaschine mit einem verhaltenen Ruck.

Die Falten auf seinen Wangen glätten sich zu einem Lächeln über seine eigene plötzliche Rücksichtnahme. Nanna schluckt dankbar die Freundlichkeit der braunen Augen.

Es kommt selten vor, daß sie die Küche ohne bestimmte Aufgabe aufsucht, und die jugendliche Unsicherheit der hochgewachsenen Männer bei ihrem unerwarteten Auftauchen erfüllt sie mit Zärtlichkeit.

»Ich will nichts Bestimmtes.«

Das Lachen löst die linkische Situation auf. Das Gänsehaut erweckende Unbehagen, das die Konfrontation mit den Männern an dem runden Tisch bei ihr hinterlassen hat, löst sich im Lachen über nichts auf. Hier ist sie von Respekt umgeben, beschützt in ihrer Rolle, in Sicherheit.

Alle Gäste haben das Restaurant verlassen, als sie zurückkehrt. Sie nimmt die Routine des Aufräumens mit einer entschuldigenden Bemerkung dem Kellner gegenüber auf, bekommt nur ein Schulterzucken zur Antwort. Als sie die schmutzige Decke auf dem runden Ecktisch wechselt, kommen ihr die Worte des Notars wieder in den Sinn.

Wenn es Zeichen dafür gegeben hat, daß die Form des Hotelbetriebs, für den sie ihr halbes Leben lang geschuftet und gelebt hat, auf dem Weg ist, seinen traditionellen Platz im touristischen Leben der Gegend zu verlieren, dann waren sie nur sehr spärlich und schwach. Sicher, die Anzahl der Häuser, die in den hektischen Sommermonaten für gutes Geld an Touristen vermietet werden, ist in den letzten Jahren beträchtlich gestiegen. Fortgezogene Bretonen legen das Geld, das sie in der Hauptstadt zusammenkratzen, in Sommerhäusern an, eine Investition in den Traum eines Ruhestands in der Landschaft ihrer Kindheit.

Aber das Hotel ist weiterhin gut besucht. Es stimmt schon, die Zahl der festen Sommergäste ist ein wenig zurückgegangen und ihr Aufenthalt hat sich verkürzt, aber neue motorisierte Laufkundschaft ist dazugekommen, sogar der eine oder andere Ausländer hat den Weg in den Fischerort gefunden, in dem sich jeden Tag in den Nachmittagsstunden Scharen von Neugierigen am Anladekai vor dem großen Auktionsgebäude bei der Rückkehr der Boote versammeln.

Der heutige Versuch, sie und die Schwiegermutter als potentielle Konkurrenten hinsichtlich der kommenden Unternehmungen zu neutralisieren, war ein wenig zu offensichtlich, so daß er ihren Verdacht nicht ausräumen konnte, daß mehr auf dem Spiel steht. Sie ahnt, daß irgendwo in dem dunklen Hintergrund Martine ihre Finger im Spiel hat, deren bösartige Manöver schon seit so langer Zeit Teil ihres Daseins sind, daß sie es aufgegeben hat, voraussehen zu wollen, wo der nächste Angriff ansetzen könnte.

Lucienne ist auf dem Weg die Treppe hinauf, als Nanna die Glastür zur Lobby öffnet. Ein fester Verband verwandelt ihre linke Hand in eine plumpe Pfote. Das Gesicht hat seine normale Röte wiedergewonnen, aber die Augen sind unsicher hinter den Brillengläsern, etwas ist passiert. Sie bleibt mit einem Fuß auf der Stufe stehen.

»Der Arzt hat gesagt, ich kann nicht arbeiten.« Der Ton klingt vorwurfsvoll. »Mindestens zwei, drei Wochen lang.«

»Aber Lucienne.«

»Ich bin noch nie krank gewesen.« Sie preßt die Worte heraus. »Keinen einzigen Tag lang.«

Die Geschehnisse während des Mittagessens haben sie Lucienne fast vergessen lassen. Sie hat ein schlechtes Gewissen, weil jetzt ihr erster Gedanke ist, woher sie eine Vertretung bekommen soll.

»Das geht schon in Ordnung. Wohin wolltest du?«

Die Tränen kämpfen in Luciennes Kehle, dennoch gelingt es ihr, abweisend zu klingen.

»Nach oben.«

Bei ernsthaften Schwierigkeiten wendet sich Lucienne natürlich an Marie-Jeanne. Nanna weiß das, trotzdem ist sie verletzt. Sie weiß auch, daß diese scheinbar so robuste Frau hilflos gegenüber Situationen ist, die sie nicht unter Kontrolle hat. Daß die Aggression ein Chaos aus Unsicherheit und Verzweiflung verdeckt, daß die Wut ein Flehen nach Hilfe ist.

»Wir können zusammen hochgehen.«

Den ganzen Weg die steilen Treppen hinauf zu der Wohnung im Dachgeschoß atmet Lucienne schwer. Luciennes zäher Körper und die fraglose Loyalität waren einer der Grundsteine während des immerwährenden Fortschritts des Hotels. Nanna kann den einsetzenden Verfall, die Verästelungen der Krampfadern unter den Strümpfen, das Loch in der Zahnreihe, das Lucienne mit der Hand versteckt, wenn sie lacht, nicht mit ansehen, ohne einen Stich von schlechtem Gewissen zu fühlen. Gleichzeitig weiß sie aber, daß jeder wie auch immer geartete Vorschlag hinsichtlich veränderter Arbeitsbedingungen oder höheren Gehalts mit Mißtrauen und Abweisung sowohl von Lucienne als auch von der Schwiegermutter aufgenommen werden würde. Die beiden sind Kinder der gleichen halbfeudalen Kultur, die die ganze Branche durchdringt, eine scheinbar uneinnehmbare Bastion gegen alles, was mit Gewerkschaften und kollektiven Absprachen zu tun hat.

Marie-Jeannes Tür ist geschlossen. Das angelaufene Messingschild mit der Aufschrift *privé* gibt Kunde, daß sich seit langer Zeit niemand die Mühe gemacht hat, dem Stubenmädchen die Anweisung zu geben, es zu putzen. Der große dunkelgrüne Regenschirm der Schwiegermutter lehnt halb aufgeklappt an der Wand.

Keine Bewegung zerstört die Stille hinter der weißgestrichenen Tür, als Nanna anklopft. Einmal, zweimal.

»Véronique hat gesagt, sie sei ausgegangen.« Nanna klopft noch einmal an, diesmal fester. »Aber das ist doch schon mehrere Stunden her.«

Sie trifft auf Luciennes mahnenden Blick.

»Hat sie dir etwas gesagt, bevor sie gegangen ist? Wo sie hingegangen ist?«

Lucienne schüttelt den Kopf.

Die Tür gibt nach, als Nanna die Klinke herunterdrückt. Auf leisen Sohlen tritt sie über die Schwelle der spärlich möblierten Wohnung, unter deren schrägem Dach die Schwiegermutter den größten Teil ihrer Zeit verbracht hat, den die Arbeit ihr übriggelassen hat.

Das tiefstehende Nachmittagslicht fällt aus dem Firstfenster auf den kleinen Sekretär, das einzige hübsche Möbelstück in dem großen Raum, dessen Möblierung ansonsten aus einem Sofa mit gerader Rückenlehne und ein paar schweren Lehnsesseln mit abgenutztem gestreiftem Brokatbezug besteht. Auf dem niedrigen Couchtisch steht das Mittagstablett von heute immer noch unberührt neben einer leeren Kristallvase.

»*Mère*?«

Die Stille schluckt ihre Worte. Die Tür zu dem kleinen Schlafzimmer der Schwiegermutter knarrt leise, als sie sie aufschiebt.

Das breite Bett ist ordentlich unter der goldbraunen Satindecke gemacht, die bequemen Morgenpantoffeln der Schwiegermutter stehen neben einem Paar aschgrauer Pumps am Fußende. Auf der Glaskonsole des Frisiertisches herrscht pedantische Ordnung.

Im Badezimmer schwebt der leichte Vanilleduft des klassischen Parfüms, das Nanna seit ihrer ersten Begegnung mit Marie-Jeanne verbindet. Abgesehen davon und einem feuchten Fußabdruck auf der Frotteematte vor der blitzblanken Badewanne gibt es keine weiteren Spuren von der Bewohnerin der Räume.

Lucienne ist Nanna gefolgt, ihr seufzendes Schluchzen zerschneidet die schwere Stille.

»Den Wagen hat sie nicht genommen.« Nanna will etwas sagen, ganz gleich was, will ihre eigene Unruhe dämpfen, Luciennes zuvorkommen. »Vielleicht wollte sie jemanden besuchen.«

Luciennes knorrige rechte Hand zerknüllt ein Chiffontaschentuch, die Angst lauert hinter ihren Augen.

»Wer sollte das denn sein?«

Sie wissen es beide. Marie-Jeanne sucht kein Leben mehr außerhalb der Wände des Hotels, schon seit mehreren Monaten nicht mehr.

Gemeinsam gehen sie zurück in den vorderen Raum. Nanna schaut sich hilflos um. Luciennes Anwesenheit fordert von ihr irgendeine Form des Handelns, aber der Gedanke daran, was ihrer Schwiegermutter zugestoßen sein könnte, lähmt jegliche Initiative.

Ein Buch in einem weinroten Einband auf der Schreibklappe des Sekretärs erregt ihre Aufmerksamkeit, sie öffnet es mit einem vorsichtigen Finger.

Seite für Seite ist mit der charakteristischen Steilschrift der Schwiegermutter bedeckt, sie erkennt ihren eigenen Namen, Luciennes, schließt hastig das Buch.

Lucienne steht dicht hinter ihrer Schulter. Nanna legt eine Hand auf ihren Arm.

»Es gibt bestimmt keinen Grund zur Beunruhigung.«

Unausgesprochene Worte erfüllen die Luft in der stillen Wohnung. Draußen vor den kleinen Firstfenstern setzt die frühe Dunkelheit des Novembertags ein, schon bald werden die ersten Apéritiftrinker in der Bar ihr erstes Glas verlangen, müde Fischeinkäufer werden ihre Plätze an den neu gedeckten Tischen des Restaurants einnehmen.

An diesem Abend wie an allen anderen.

Nanna schließt die Tür zur Wohnung hinter sich. Stumm gehen sie die vielen Stufen hinunter.

Im Empfang bleibt sie stehen, wendet sich Lucienne zu.

»Ich übernehme heute abend deine Tische.« Sie streichelt den mantelbekleideten Arm. »Geh nach Hause und ruh dich aus. Morgen finden wir eine Vertretung.«

Ein naßkalter Windhauch klatscht ihr ins Gesicht, als sie Lucienne hinausbegleitet, das entfernte Geräusch einer Nebelsirene vibriert zwischen den Häusern. Auf der anderen Seite des Hafens wimmelt das emsige Heer dunkler Gestalten im blauweißen Lichtschein der Leuchtstoffröhren der Auktionshalle. Die ersten

Boote liegen schon an der Kaimauer, kleine Kräne schwingen einen Stapel Kisten nach dem anderen mit ihrem tropfenden Inhalt, Fische und Hummer, über die Schiffsseiten.

Luciennes Rücken verschwindet hinter der Häuserecke. Einen kurzen Moment lang möchte Nanna sie am liebsten zurückrufen, ihr Gesicht an Luciennes breiter Brust vergraben und die Unruhe loslassen, doch dann reißt sie sich zusammen und geht hinein, schaltet die Lampen im Empfang ein, das plappernde Fernsehen in der Bar.

Ihre Füße sind schmerzende Klumpen, als sie viele Stunden später die Treppen hinauftrottet. Das Restaurant war dafür, daß es sich um einen ganz normalen Alltag handelte, außergewöhnlich gut besucht, die Leute haben statt der festen Menüs von der Karte bestellt, viele verschiedene Gerichte, den Wein direkt aus dem Keller. Zusammen mit dem Kellner und der unerfahrenen neuen Kellnerin hat sie wie ein Tier geschuftet, die Überanstrengung jagt ihr blitzartige Schmerzen durch Rücken und Arme.

Marie-Jeanne hat sich nicht gezeigt, weder in der Bar in den späten Nachmittagsstunden noch im Restaurant. Nanna hat davon abgesehen, das übrige Personal über die Situation zu informieren, hat ihre eigene Unruhe bekämpft.

Jetzt steht sie wieder vor der stummen Tür, hinter der niemand ihr Klopfen beantwortet.

Sie öffnet die Tür einen Spalt weit. Luciennes Anwesenheit verlieh ihrem vorherigen Besuch einen offiziellen Charakter. Jetzt, wo sie allein ist, ist es schwerer, die Schwelle zu Marie-Jeannes Domäne zu überschreiten, ohne sich wie ein Spion zu fühlen.

Die warme Luft im Zimmer verströmt ein Gefühl der Enge, Staub, der auf den Heizkörpern verbrennt, vermodernde Pflanzenteile.

Die Schwiegermutter versorgt sich immer mit einem frischen Blumenstrauß, wenn der Blumenhändler mit seiner wöchentlichen Lieferung für die Restauranttische kommt, jetzt bedeckt eine Pfütze gelbgrünen Wassers den Boden der Kristallvase auf dem Couchtisch.

Im Papierkorb neben dem Sekretär findet sie nur einen zusammengeknüllten Bogen elfenbeinfarbenen Papiers und einen leer geschriebenen Kugelschreiber, keine Spur von Blumen.

Das weinrote Buch auf dem Sekretär leuchtet matt im Licht der Deckenlampe, zieht ihre Aufmerksamkeit auf sich.

Nanna läßt sich auf den zerbrechlichen Mahagonistuhl sinken, nimmt das Buch von der Schreiblade. Vielleicht birgt es ja irgendwo auf den eng beschriebenen Seiten den Schlüssel zu Marie-Jeannes Verschwinden. Sie läßt prüfend ihre Finger über das glatte Leder streifen, das sich kühl gegen die Hitze ihrer Hand anfühlt, die Luft in dem stickigen Zimmer liegt ihr auf der Brust.

Eine Bodenplanke knarrt im Schlafzimmer. Sie zuckt zusammen, lauscht intensiv ein paar Minuten lang, hört aber nur die dumpfe Stille der leeren Wohnung, das Geräusch ihres eigenen Bluts, das ihr in den Ohren saust.

Mit angehaltenem Atem legt sie das Buch zurück, darum bemüht, seinen genauen Platz auf der glänzenden Unterlage wiederzufinden.

Dann schleicht sie sich aus der Tür, über das Linoleum des Flurs in ihr eigenes Zimmer.

Die Erschöpfung wirft sie um, sie schält sich aus den Kleidern und kriecht unter die Decke, schläft traumlos.

Die Kirchenuhr auf der anderen Seite der Hafeneinfahrt läutet zur Frühmesse, als sie sich in den Wagen setzt. Vor der Bäckerei halten mehrere Autos am Bürgersteig, kittelbekleidete Frauen strömen aus dem gelben Licht des Ladens, das frische Morgenbrot unter dem Arm, hinaus in den kalten Morgen.

Ein schwarzer Pudel schießt aus einem Tor heraus, rennt bellend hinter dem Wagen her, als sie um die Ecke des Friedhofs biegt, mit Mühe und Not kann sie es vermeiden, ihn zu überfahren, geht schnell vom Gas runter.

Die Allerheiligensträuße sind auf den Granitplatten der Gräber schon lange verwelkt, aber hier und da flackert noch das kleine Licht einer Öllampe in dem schmutziggrauen Morgenlicht.

Schon von weitem sieht sie den Strauß auf Yanns Grab. Die frischen Farben leuchten neben ihren eigenen, die sich nach drei Wochen Novemberregen bereits halb aufgelöst haben.

Rosen in roten Nuancen, weißes Schleierkraut. Blumen für die Tische, abgestimmt nach den Farben der Tischdecken. Rosen von

Mai bis Dezember, im Winter Astern und Chrysanthemen, im Frühling blaßrosa Nelken. Marie-Jeanne hat die Blumen mitgenommen, sie muß ihren Weg gekannt haben. Aber außer dem Rosenstrauß verrät keine weitere Spur ihre Richtung oder ihr Ziel.

Die Zeiger der Kirchturmuhr zeigen bereits halb acht, als Nanna die Brücke über der Hafeneinfahrt passiert, unter der die Seidenstreifen der Grünalgen verschlungene Muster auf dem trockenen Meeresboden zeichnen.

Eine wilde Hoffnung, Marie-Jeannes müdes Gesicht zu sehen, wenn sie die Tür zu dem gemeinsamen Büro öffnet, läßt sie den Wagen auf dem Parkplatz abstellen, statt ihn in die Garage auf dem Hof zu fahren. Sie eilt über den nassen Asphalt, wird beinahe von einem der Handelsreisenden überfahren, der mit quietschenden Reifen rückwärts aus seinem Parkplatz herausfährt, auf dem Weg zu den Erfolgen des neuen Tages.

In dem kleinen Büro brennt kein Licht, die Stapel mit Rechnungen neben der Rechenmaschine liegen unverändert da. Marie-Jeanne verschanzt sich oft in den Morgenstunden hinter der Buchführung, wenn das Hotel vom Saubermachen und Frühstücksservieren summt und schon die Mahlzeiten in der großen Küche vorbereitet werden. Heute ist ihr Stuhl leer geblieben.

Das Reservierungsbuch liegt wie immer offen auf dem Schreibtisch. Fünfundzwanzig Menschen werden Bernadette an diesem Nachmittag das letzte Geleit geben, fünfundzwanzig Menschen, die ein Recht darauf haben, daß ihnen die kalte Küche am Nachmittag perfekt serviert wird, der Kaffee und die schweren, mit Butter gebackenen Kuchen.

Ohne Lucienne ist das Tagesprogramm nicht zu schaffen, sie kann nicht mehr von dem Personal fordern, als sie bereits tut, jetzt, wo sie gezwungen ist, alle Arbeiten von Marie-Jeanne mit zu übernehmen.

Eine von Luciennes wenigen Freundinnen, eine frisch geschiedene Frau, ist ab und zu eingesprungen, wenn die Heuschreckenschwärme munterer Pensionisten aus den Bussen gequollen sind und damit zum Restaurantumsatz in den Frühlingsmonaten beigetragen haben. Nanna hat schon die Hand auf dem Telefon, als ein Klopfen an der Tür sie unterbricht.

Ein verkniffenes Gesicht in der Türspalte, eine Gardine nußbraunen Haars.

»Was ist denn, Véronique?«

»Falls Lucienne länger krank ist.« Der ständige Widerstand in dem muskulösen Mädchenkörper ist von Unsicherheit abgelöst worden, die Hände zupfen an der Haargardine. »Ich kann auch servieren, wenn es gewünscht wird.«

Nanna läßt den Telefonhörer los.

»Hast du das schon mal gemacht?«

»Na, so schwer kann das doch nicht sein.« Der Ausdruck im Gesicht des Mädchens schwankt zwischen Selbstsicherheit und flehentlicher Bitte. »Auf jeden Fall ist es besser, als immer diesen geisteskranken Staubsauger rumzuschleppen.«

»Eine Kellnerin schleppt nicht nur Teller.«

Véronique mit ihrem unberechenbaren Temperament auf die Restaurantgäste loszulassen, erscheint ihr als ein ziemlich riskantes Unternehmen. Andererseits wird sich Luciennes Freundin unweigerlich förmlich nach der Schwiegermutter erkundigen, und Nanna hat keine Lust, ihre Sorgen mit Außenstehenden zu teilen, bevor sie sich eine Strategie ausgedacht hat, wie sie die Verschwundene aufspüren kann.

Véronique gräbt ihre Zehenspitze in eine Ecke des Teppichbodens.

»Darf ich es nicht einmal versuchen? Ich werde den Leuten schon keine Soße auf den Schoß kippen.«

Ein Funken von Humor in den trotzigen Augen, und Nanna trifft die Entscheidung.

»Du darfst heute nachmittag helfen. Aber nur unter einer Bedingung: Daß du dir die Haare hochbindest.«

Die Grimasse kann nicht verbergen, daß das Mädchen sich freut.

»Ich renne schnell nach Hause und hole den schwarzen Rock von meiner Mutter.«

Sie ist schon auf dem Weg hinaus. Nanna hält sie auf.

»Das kannst du später machen. Jetzt will ich dir erst mal einiges zeigen.«

Das Mädchen folgt ihr eifrig ins Restaurant. Das Gesicht hat sich in bereitwillige Falten gelegt, als Nanna mit Anrichteplatte und Servierbesteck sowie einer Scheibe trockenen Brots aus dem Küchenbereich zurückkommt.

»Damit kannst du üben.«

Das Mädchen ist einen Kopf kleiner als sie, und die Platte wippt unsicher auf dem kurzen Arm, sie muß sich auf die Zehen stellen und strecken, um über Nannas Rücken den Teller zu erreichen. Die Brotscheibe rutscht zwischen Gabel und Löffel runter, auf die Tischdecke, Nanna empfängt einen erschrockenen Blick.

»Entspann deine Schultern.«

Sie erinnert sich an ihre eigenen ersten Versuche, an das Servieren *à l'anglaise* bei einer schon lange vergessenen Beerdigung, die riesige Metallplatte, das Besteck, das sie nur mit der rechten Hand benutzen sollte. Erinnert sich daran, wie Lucienne ihr Anweisungen erteilte und mit ihr übte, wie es ihr schließlich gelungen ist, durch die ganze Veranstaltung zu kommen, ohne den geringsten Klecks Paté auf die schwarzen Kleider der Gäste fallen zu lassen. Der Stolz, als alles überstanden war.

»Versuch es noch einmal.«

Geduldig zeigt sie es dem Mädchen, bremst seine Wutausbrüche, sobald es einen Fehler macht, läßt es wieder und wieder von vorn anfangen.

Zwanzig Minuten später steht Véronique immer noch mit der hoch erhobenen Anrichteplatte und dem widerspenstigen Besteck in den Händen da, bereit für einen neuen Versuch. Die Zungenspitze zittert in ihrem Mundwinkel.

Nanna nimmt ihr die Platte aus der Hand.

»Das wird schon klappen.«

»Habe ich doch gesagt.« Ihre lautstarke Selbstsicherheit kann nicht ihren kindlichen Stolz verbergen. Sie fährt sich mit den Fingern durch das lange Haar. »Ich mache mir einen Pferdeschwanz, ja?«

Eine Tradition ist weitergegeben worden, eine bescheidene, aber bedeutungsvolle Kunst. Normalerweise hat Nanna niemanden, der nach ihren Fähigkeiten fragt, niemanden, dem sie ihre Geschichte oder ihr Wissen weitergeben kann. Sie unterdrückt einen Stich von Sehnsucht, lächelt dem Mädchen zu.

»Nur noch eins. Wenn du dich den Gästen gegenüber unverschämt benimmst, kommst du zurück zum Staubsauger. *Compris?*«

Die Turnschuhhacken klacken gummiartig aneinander, ein versöhntes Lächeln begleitet die parodistische Geste.

»*Compris.*«

Das Geräusch des Lachens der Männer in der Küche folgt Nanna bis in die Lobby. Vormittags rüsten sich die Köche für den Streß der Mittagsstunden, gönnen sich eine Zigarettenpause, ein scherzhaftes Gespräch mit einem Lieferanten, schnappen frische Luft auf der Hintertreppe mitten in aller Geschäftigkeit. Die Menüs des Tages liegen seit langem fest, aber ihre übliche Besprechung mit dem Chefkoch muß noch ein paar Minuten warten. Sie folgt einer Eingebung, eilt die lange Treppe hinauf.

Vor Marie-Jeannes Tür zögert sie. Dann klopft sie an und geht direkt hinein, ohne eine Antwort abzuwarten.

Das Buch liegt auf seinem Platz auf dem Sekretär, sie öffnet es mit zitternden Fingern. Findet die letzten beschriebenen Seiten, liest sie mit bebendem Herzen.

»Heute nacht bin ich davon aufgewacht, daß ich geweint habe, ein Weinen, das mich aus dem Bett getrieben hat. Es hätte mich auch aus meinem Zimmer getrieben, wenn ich nicht Angst gehabt hätte, daß Nanna hören könnte, wie ich nach unten gehe. Sie und Lucienne sehen mich an, wenn sie glauben, ich würde es nicht bemerken, es ist Mitleid in ihren Augen. Ich sehe das, aber dieses Leben hat mich nicht gelehrt, das anzunehmen, was andere Menschen zu geben haben.«

Ein paar Zeilen sind durchgestrichen, aber die Worte »zu spät« sind unter dem verschmierten Kugelschreiberstrich noch zu lesen. Es ist offensichtlich, daß Marie-Jeanne wollte, daß sie das liest, sie hat das Geschriebene für ihre Augen redigiert. Nanna holt tief Luft, liest dann weiter:

»Was ich versäumt haben mag, das ist jetzt egal. Wenn mein Leben einen Sinn hatte, dann lag er darin, einen Tag an den anderen zu reihen, eine Nacht an die andere. Die Arbeit hat geholfen, solange noch Kraft im Körper war.

Ich habe immer gewußt, daß ich nicht satt vom Leben sterben werde, sondern hungrig, müde von den Nächten. Ich ziehe es vor, den Tag und die Stunde zu kennen, dafür bitte ich um Vergebung, wenn es etwas zu vergeben gibt.«

Der letzte Satz ist fast unleserlich, die Schrift verschwindet in ungleichmäßigen Bögen.

Die Buchstaben zerfließen vor Nannas Augen. Sie schließt vorsichtig das Buch, setzt sich auf dem Stuhl kerzengerade hin, bis das Blut in ihren Beinen prickelt.

Jetzt kann sie nur noch warten. An ihrem Schlüsselbund findet sie den silbrig glänzenden Hauptschlüssel, schließt sorgfältig die Tür hinter sich. Dann geht sie die Treppe hinunter, zur Arbeit des Tages.

Abgeblätterte Farbflecken kleben an Nannas Schuhsohlen, als sie dem Bediensteten des Leichenhauses folgt. Das Geräusch ihrer Schritte hallt von den Wänden des grauen Flurs wider, in denen die Feuchtigkeit von Jahrzehnten die weißgelben Salpeterränder durch den Putz getrieben hat. Hinter ihr schnappt ein älterer Polizeibeamter asthmatisch nach Atem in der klammen Luft, deren Geruch, ein Gemisch aus feuchtem Zement und Chemikalien, ihr in der Nase beißt.

Der Beamte und sie haben eine schweigende halbe Stunde im Auto auf dem Weg zum Leichenhaus verbracht. Das Bild seines mitfühlenden Gesichts hat sich seit einem Morgen vor fast zwanzig Jahren auf ihrer Netzhaut eingeprägt. Seitdem ist sie ihm aus dem Weg gegangen, wenn sie sich zufällig auf den Straßen der kleinen Stadt begegnet sind, aus Angst, die Erinnerung an ihr eigenes Unglück in seinem Blick zu sehen. Jetzt ist das Gesicht im Rückspiegel des Autos das eines Mannes mittleren Alters, eines resignierten Mannes mit müden Augen und einem fadenscheinigen Gefühlsleben, eingeschränkt durch den täglichen Umgang mit Verbrechen und Tod.

Der Beamte hustet leicht, als sie vor einer Tür mit schweren Metallbeschlägen stehenbleiben, murmelt ihr in den Nacken:

»Das ist bald überstanden.«

Ein tiefes Atemholen, dann steht sie in dem höhlenartigen Raum, dessen Kälte den Atem des Angestellten der Leichenhalle zu einer weißgrauen Wolke werden läßt.

Selbst die weißen Kacheln an den Wänden wirken grau im

Schein der Leuchtstoffröhre an der Decke, überall sieht sie graues Metall, die abgeblätterte Farbe auf dem Zementfußboden ist bleigrau, die Nähe des Todes hat die Farbe aus allem hier im Raum gesogen.

Eine zugedeckte Bahre wartet auf sie vor der rostfreien Stahltür in der Rückwand. Der Angestellte zieht das Tuch mit einer sicheren Bewegung zur Seite, tritt abwartend einen Schritt zurück.

Das Gesicht auf dem Laken der Bahre ist durchsichtig von überstandener Müdigkeit, die tiefen Schatten unter den Augen sind blau, verwelkte Veilchen. Ein Gesicht, das Nanna jeden Tag gesehen hat, jede Woche und jeden Monat, das so sehr Teil ihres Weltbilds geworden ist, daß die Person dahinter unsichtbar wurde.

Jetzt sieht sie die Frau, die sie an einem längst vergangenen Frühlingstag empfangen hat, schon damals müde, schon damals fertig mit dem, was ihr eigentliches Leben war, emsig damit beschäftigt, ihre Verzweiflung mit Hilfe der Gewohnheit auf Abstand zu halten, ihren Widerwillen gegen das Leben durch Pflichten zu verdünnen.

Ein Gesicht ohne jede Leidenschaft, ohne jede Lust und Sehnsucht. Der Tod hat es kaum verändert, hat nur die Falten geglättet.

Nanna nickt dem Polizeibeamten zu, der an der Tür stehengeblieben ist und nervös mit seinen Autoschlüsseln klappert.

»Das ist meine Schwiegermutter. Marie-Jeanne Le Braz.«

Einen Augenblick lang zögert sie. Dann beugt sie sich vor und läßt ihre Lippen die Stirn der Schwiegermutter streifen, zum allerersten Mal. Die Eiseskälte der Haut bringt ihr die Inschrift des kleinen Beinhauses in einer der Kirchen der Region in den Sinn: die kalte Hölle. Marie-Jeannes private Hölle war auch nicht warm gewesen, sie hat den Winter der Seele gekannt, die heraufkriechende Kälte der Einsamkeit.

Der Mond ist hinter eine Wolke geglitten, die nachtschwarze Landschaft umhüllt den Wagen. Die Kegel der Scheinwerfer fangen nur die schiefergraue Fläche des Asphalts ein, die Wegweiser mit ihrer zweisprachigen Botschaft. Neben ihr ist der Beamte erneut in Schweigsamkeit versunken, in ihrem Kopf kreisen die Gedanken. Was immer sie hätte tun können, um Marie-Jeanne ihre Wanderung auf der Erde zu erleichtern, es ist jetzt zu spät. Eine plötzliche Eingebung bringt sie dazu, dem Beamten eine Hand auf den Arm zu legen, daß er zusammenzuckt.

»Können wir hier eben abbiegen?«

Der Polizist wirft ihr einen hastigen Blick zu, biegt aber gehorsam in den kleinen Weg ein, fährt durch den Korridor hoher Hecken, der zu der kleinen Wallfahrtskapelle führt.

»Es dauert nur einen Augenblick.«

Sie ist schon aus dem Wagen, die Füßen sinken in den matschigen Boden des Wegs ein, es kümmert sie nicht. Ohne Schwierigkeiten findet sie den schweren Schlüssel auf dem Vorsprung über der Seitentür, schließt auf.

Die Dunkelheit in dem kleinen Kirchenraum ist undurchdringlich, sie tastet sich mit der Hand an den rauhen Granitwänden entlang. Findet die Weihwasserschale und taucht ihre Fingerspitzen ein, macht das Kreuzzeichen. Dann sprengt sie das Weihwasser auf den Boden, einmal, zweimal.

Weihwasser auf den Boden, für die Seelen im Fegefeuer. Mémé hat ihr das beigebracht. Mémé, die ihren Kinderglauben bewahrt hat, Mémé, die alle Kirchenlieder auswendig kannte, die sie mitnahm in die kleine Kapelle zu ihrem erstes *pardon*, einem bretonischen Kirchenfest, in die Kapelle, in der Mémé ihr erstes Abendmahl entgegengenommen hat und in der sie so gern an den Sommernachmittagen saß, ihren Rosenkranz betete und die alten Kirchenlieder in der klingenden keltischen Sprache ihrer Kindheit sang, während Nanna draußen auf dem sonnenbeschienenen Gras wartete.

Mémé sollte jetzt hier sein, sie hätte Wasser für einen tröstenden *tisane* in ihrer duftenden Küche heiß gemacht, hätte ihr erlaubt, über Marie-Jeannes Leben zu weinen, über ihren Tod. Jetzt wartet niemand mehr auf sie, sie muß auf eigenen Beinen gehen, auf ihren eigenen Füßen stehen, sie kann es sich nicht leisten, die Zeit für Tränen zu vergeuden.

Die Glut der Zigarette des Polizeibeamten ist ein kleiner Lichtpunkt hinter der Windschutzscheibe. Sie setzt sich auf den Beifahrersitz.

»Darf ich auch eine nehmen?«

Das Nikotin macht sie schwindlig, es ist lange her, seit sie aufgehört hat zu rauchen.

Der Beamte läßt den Motor an, sie spürt seinen fragenden Blick.

»Sie können ruhig losfahren.«

Die Fensterscheiben des Hotels sind an dem späten Dezemberabend dunkel, der Wind läßt die Lampe über dem Eingang gefährlich schwanken, wirft wandernde Schatten über die weißgekalkte Fassade.

»Kommen Sie allein zurecht?«

Der Polizist ist vor ihr ausgestiegen, hält ihr die Tür auf, das müde Gesicht ist verlegen, als würde die Frage eine Unanständigkeit überdecken.

»Natürlich.«

Er bleibt stehen, bis sie ihren Schlüssel in die Tür gesteckt hat, seine tolpatschige Fürsorge macht sie gerührt, und sie dreht sich mit der Hand auf dem Türgriff nach ihm um.

»Danke«, sagt sie. »Vielen Dank für die Hilfe.«

Die Sonntagsstille hängt in den Räumen, als sie ihre übliche Runde durch die Zimmeretage macht. Es ist kühl in den hohen Räumen des Restaurants, wo sich der appetitliche Duft frisch gewaschener Tischdecken mit dem leichten Aroma schon vor langer Zeit eingenommener Mahlzeiten vermischt.

Die große Küche badet in silberblauem Mondlicht, das Metall der großen Dunstabzugshaube reflektiert die grüne Lampe der Notbeleuchtung. Nanna läßt eine Hand über die abgenutzte Oberfläche des Herds gleiten. Sie hat keine Lust, die grellen Deckenlampen einzuschalten, möchte allein mit ihren Gedanken in der Dunkelheit sein, hier, in den Räumen, die den Rahmen für ihr Dasein während ihres gesamten Erwachsenenlebens gebildet haben und die jetzt ihr Eigentum sind, ihr Haus, ihre Verantwortung.

Ein schwacher Lichtstreifen auf dem Boden erweckt ihre Aufmerksamkeit. Die Tür zum Weinkeller ist angelehnt, und die Treppenbeleuchtung wirft einen gelben Streifen über die schwarzweißen Fliesen des Küchenfußbodens.

Außer ihr selbst und der Schwiegermutter haben nur noch Lucienne und der Chefkoch einen Schlüssel zum Weinkeller. Seit Luciennes Verletzung hat Nanna sie nur die kurzen Momente gesehen, die es dauerte, die Formalitäten bezüglich der Unfallversicherung zu regeln.

Lucienne hat sich hinter einem abwehrenden Verhalten verschanzt und hält sich vom Hotel fern, jeden Versuch, sie zu trösten, weist sie energisch von sich, offensichtlich verbittert darüber, daß Véronique einen Teil der Funktionen übernommen hat, die sie sich im Laufe der Jahre als unerschütterliches Privileg erkämpft hat.

Nanna schiebt die Tür auf. Die Stille, die ihr entgegenschlägt, ist überwältigend, und sie will schon das Licht löschen und die Tür wieder schließen, als etwas ihre Aufmerksamkeit weckt, eine unmerkliche Bewegung irgendwo in der dunklen Tiefe des Kellers.

Der eiserne Griff des Schrecks läßt sie auf der obersten Treppenstufe erstarren.

»Ist da jemand?«

Ein Körper kommt taumelnd auf die Beine, Glas klirrt. Eine Flasche fällt aus hoher Höhe, zerschellt auf dem Steinfußboden.

Die Treppenlampe fängt eine rotblonde Haarlocke ein, ein Gesicht mit einer besorgen Falte zwischen den sonnenblonden Augenbrauen. Im Halbschatten des Kellerabgangs ist die Ähnlichkeit des Jungen mit Yann schmerzhaft deutlich.

Wortlos starren sie sich an. Dann wendet der große Junge sich mit einem Ruck ab, läßt sich hilflos gegen die gekalkte Wand des Kellerflurs sinken, die breiten Schultern zittern vor stummem Weinen.

»Was machst du hier?« Der Schreck läßt Nanna wütender klingen, als sie eigentlich ist. Sie geht die wenigen Schritte die Treppe hinunter, legt eine Hand auf den zitternden Rücken. »Wie bist du hier reingekommen?«

»Véronique.« Ein Schluchzen. »Ich habe auf sie gewartet, aber sie ist nicht gekommen.«

Die Worte ersticken im Schluchzen. Nanna läßt ihn weinen, streicht ihm mit der Hand über den Rücken, bis das Weinen langsam abebbt.

Der Junge fährt sich mit geballten Fäusten über die von Tränen geblendeten Augen.

»Zum Schluß habe ich ein Kellerfenster eingetreten. Ich habe überall nach ihr gesucht, sie hat gesagt, sie würde hier sein.«

»Bist du in Véronique verliebt?«

Dieses querköpfige Mädchen und der unsichere, fast eingeschüchterte Junge, das erscheint Nanna als eine unmögliche Kombination.

»Verliebt?« Wieder ein Schluchzen, diesmal voller Selbstverachtung. »Jedenfalls renne ich ihr hinterher.«

»Warum wolltet ihr euch hier treffen?«

»Bei ihr zu Hause ist es hoffnungslos, sie hat nicht mal ein eigenes Zimmer. Und bei mir zu Hause ...«

Das Weinen will wieder die Oberhand gewinnen. Nanna streichelt vorsichtig seinen Arm.

»Komm, laß uns hochgehen und uns hinsetzen.«

Gehorsam folgt er ihr die Treppe hinauf, wartet, während sie das Licht löscht und die Kellertür zuwirft. Sie bemerkt, daß sein Atem nach Wein riecht, ein scharfer Schweißdunst schwebt über dem langen Körper.

Das große Weinkühlfach reißt leer sein Maul auf nach der Schlacht des Sonntagsessens. Eine einzige Flasche liegt noch auf dem untersten Regal, einer der exklusiveren Jahrgänge, sie holt sie, ohne zu zögern, heraus, sucht in der Buffetschublade nach einem Korkenzieher.

»Ich habe da unten eine Flasche geklaut«, Jean-Pierre nickt entschuldigend in Richtung der geschlossenen Kellertür. »Ich glaube, ich habe fast alles ausgetrunken, bevor ich eingeschlafen bin.«

»Schaffst du noch ein Glas?« Sie öffnet die Flasche im Licht des offenen Weinkühlfachs. »Ich selbst brauche jedenfalls mindestens eins.«

Er wartet, bis sie sich an den kleinen Eßtisch der Köche gesetzt hat, bevor er sich auf den Küchenstuhl ihr gegenüber fallen läßt, sein Gesicht bildet eine nebulöse Fläche im schamhaften Halbdunkel des Raums.

»Sind Sie nicht böse?«

»Ich bin viel zu erschöpft, um böse zu sein.« Sie nimmt einen

Schluck von dem kühlen Wein, läßt den Geschmack auf der Zunge zur Entfaltung kommen. »Ich komme gerade aus der Leichenhalle, ich habe meine Schwiegermutter identifiziert.«

Sie kann hören, wie er nach Luft schnappt, beschließt aber, weiterzusprechen.

»Sie ist vor einer Woche verschwunden. Ist einfach aus der Tür gegangen und war fort.« Ein weiterer Schluck aus dem Glas, sie merkt, wie die Anspannung des Körpers nachläßt, atmet in einem tiefen Seufzer aus. »Heute morgen ist sie an Land gespült worden, bei *Notre Dame de la Joie*, ironischerweise.«

»Ja, aber – warum?«

Das Weinen ist aus seiner Stimme verschwunden, plötzlich klingt er vollkommen anwesend.

»Das ist eine lange Geschichte. Trink doch was, das ist ein guter Wein.« Sie leert ihr eigenes Glas, füllt es von neuem. »Ich glaube, sie hat einfach zuviel verloren. Und das schlimmste ist, daß ich sie verstehen kann.«

Jetzt, nachdem sich ihre Augen an das Halbdunkel der Küche gewöhnt haben, kann sie sein Gesicht deutlich erkennen. Yanns suchende Augen, seinen verletzlichen Mund.

»Vielleicht weißt du, daß ich meinen Mann verloren habe, als ich noch sehr jung war. Nicht viel älter als du.«

»Das wissen alle.« Er sucht nach Worten. »Ich kann mich noch an Sie erinnern aus der Zeit, als ich ganz klein war.«

»Sag du zu mir. Nanna heiße ich.«

»Jean-Pierre.« Ein verlegenes Lachen. »Sie haben mich sicher nie so richtig bemerkt.«

»Das glaubst du doch nicht wirklich?«

Er schüttelt den Kopf.

»Ich erinnere mich an jedes Mal, daß du im Restaurant warst. Jedes einzelne Mal.«

»Aber – wieso?«

Das kann sie nicht sagen. Sie spürt seine Unruhe, greift nach der Flasche.

»Du warst so ein hübsches Kind. Und ich hatte kein eigenes.«

»Wenn wir in der Schule zeichnen sollten, habe ich immer Sie gezeichnet. Dich. *La femme soleil.*«

Yseut. *La blonde de Yann.* Sie war von Mythen umgeben, verborgen unter einem Schleier aus Unwirklichkeit mitten in ihrem nüchternen, arbeitsamen Alltag.

Der Wein legt ein heilsames Netz über ihre schmerzenden Nervenspitzen. Es tut ihr gut, wichtige Dinge beim Namen zu nennen, den Tod ihrer Schwiegermutter in Worte zu fassen, ihren eigenen Verlust. Sie lächelt ihm im Halbdunkel zu, sieht, wie die Falte auf seiner Stirn tiefer wird.

»Ich weiß nicht, ob ich das sagen soll.«

Er sitzt auf dem vorderen Stuhlrand, angespannt, wohlerzogen abwartend, dennoch fühlt sie sich in seiner Gesellschaft unkompliziert sicher.

»Du kannst sagen, was du willst.«

Er fummelt an seinem Glas, dann kommt es schließlich doch.

»Warum haßt meine Mutter dich?«

»Tut sie das?«

»Hast du das noch nicht gemerkt?«

Sie müßte jetzt einen Entschluß fassen, einen Entschluß, dessen Konsequenzen sie weder für sich selbst noch für den Jungen auf der anderen Seite des Tisches absehen kann. Sie steht auf, um Zeit zu gewinnen, sucht auf dem Regal über dem Tisch nach der Zigarettenpackung des Kochs, die Situation erfordert ungewohnte Stimulantien.

Hinter dem Stuhl des Jungen stehend, den Kleinkindgeruch seines Haars in der Nase, faßt sie den Entschluß.

»Deine Mutter haßt mich, weil sie glaubt, ich hätte ihr deinen Vater weggenommen.«

Es ist verblüffend einfach, diese Worte laut auszusprechen. Das Tabu ist gebrochen, jetzt gibt es keinen Weg zurück.

»Meinen Vater?« Sie kann an seiner Stimme hören, daß er schon früher alles geahnt hat, er beugt sich über den Tisch, um die Flasche zu greifen, gießt sich ein. »Damit meinst du natürlich nicht Alan.«

»Nein«, sagt sie. »Ich meine nicht Alan.«

Wieder sitzt sie ihm gegenüber, sucht seinen Blick.

»Das erzähle ich dir nicht, um mich an ihr zu rächen.« Sie kann jetzt nicht mehr zurück. Was Martine sich auch einfallen lassen wird, um es ihr heimzuzahlen, sie kann sich darüber jetzt keine Sorgen machen. »Ich will niemandem schaden.«

»Ich weiß selbst, daß Alan nicht mein Vater ist.« Seine Hände ballen sich auf der Wachstischdecke, lange Finger, wie Yanns. »Als Kind habe ich an den Türen gelauscht. Sie hat ihn damit geärgert.«

Eine Wolke ist über die Mondscheibe gehuscht, ein paar Augenblicke lang liegt der Raum im Finstern. In der Dunkelheit hört Nanna die hektischen Atemzüge des Jungen. Sie entscheidet sich, seine Frage zu beantworten, bevor er sie gestellt hat.

»Dein Vater heißt Yann. Du siehst ihm ähnlich.«

»Stimmt es, daß du ihn ihr weggenommen hast?«

Hätte sie die Wahl gehabt, auf Yann zu verzichten, wenn sie gewußt hätte, daß er der Vater von Martines Kind ist? Sie hat darauf keine Antwort.

»Wenn ich es gemacht habe, dann habe ich es nicht gewußt.«

Das Silberlicht ist zurückgekommen, hebt das empfindsame Jungengesicht aus dem Schatten. Der Wind summt in den Telefondrähten draußen, weit entfernt ist das Brausen des Meers zu ahnen. Die Flut ist schon seit langem auf dem Weg in den Hafen, bald wird es Morgen.

Plötzlich überfällt sie die Müdigkeit. Das Wichtigste ist gesagt, jetzt möchte sie allein sein. Sie steht vom Tisch auf, entfernt die leere Flasche. Trinkt den letzten Schluck aus ihrem Glas.

»Das war ein langer Tag.«

Zögernd kommt er auf die Beine, steht ihr im Halbdunkel gegenüber, ein warmer, lebendiger Körper. Sie bezwingt ihre Lust, sich in seine Arme fallen zu lassen, die Jahre auszulöschen, den Tod und den Verlust, sich selbst in ihm wiederzufinden, in der Erinnerung an Yann. Statt dessen ergreift sie seine Hand, führt ihn vorsichtig durch die dunklen Räume.

In der Tür dreht er sich um.

»Darf ich mal wiederkommen und mit dir reden?«

Das, was heute nacht möglich war, wird niemals wiederholbar sein, ein Versprechen ist deshalb ohne jedes Risiko.

Seine Wange ist flaumig an ihren Lippen. Sie gibt seiner Hand einen kleinen, aufmunternden Druck, kriecht zurück in ihre sichere Erwachsenenrolle.

»Du bist jederzeit willkommen.«

Mai – November 1982

»*Rappelle-toi, Barbara.*« Nanna summt hinter dem Steuer, während sie gen Norden fährt. »*Il pleuvait sans cesse sur Brest.*«

Die Kassette in der Stereoanlage des Autos erinnert sie an die einsamen Nächte, in denen sie Yanns alte Platten mit Jacques Préverts Liedern auf dem kippeligen Plattenspieler abspielte, den Tonarm immer wieder auf den Text über die Frau im Regen setzte, klitschnaß und glücklich, auf dem Weg zu einem wartenden Schoß. Gierig den Worten lauschte, bis die Schallplatte so sehr knackte, daß sie kaum noch die Worte verstehen konnte.

Der Widerschein der Scheinwerfer in den Pfützen auf dem Asphalt, der Schatten des Kriegs auf den regennassen Straßen, die Worte von Feuer und Stahl, von Blut und Tod, sie kennt das alles auswendig. Immer noch sorgt das Lied dafür, daß ihr der Atem stockt.

Quelle connerie, la guerre.

Noch vor ein paar Jahren wäre sie gezwungen gewesen, an die Seite zu fahren, um sich die Augen zu wischen, jetzt liegt der Wagen sicher auf der Fahrbahn, die augenblickliche Schwäche hat sie nicht vom Kurs abgebracht.

Sie ist auf dem Weg nach Brest, das erste Mal. Von der hochliegenden Straße aus öffnet sich ein weiter Blick über das tintenschwarze Meer mit den schmalen Kreidestrichen der Wellenkämme, auf die kurz vor dem Zerreißen stehenden Wolken an dem schweren Himmel. Vielleicht wird es auch an diesem Abend ununterbrochen in Brest regnen.

Auf dem Beifahrersitz liegt ihre Tasche mit dem Konzertprogramm auf satiniertem Papier und einem kleinen hellblauen Papprechteck. Die Konzertkarte, vierte Reihe Mitte. Mariclô möchte sie offensichtlich in Sichtweite haben.

Mariclôs erste Frankreichtournee zieht ein gewisses Medieninteresse auf sich. Die Zeitungen haben sie bereits zum Erfolg erklärt. Ein kurzer Blick auf das schwarzgekleidete Mädchen in einer Fernsehsendung, in der sie auf dem vorderen Rand eines Studiosofas saß, angriffslustig wie ein gereizter Stier, hat Nanna überlegen lassen, ob sie ihr Angebot an Mariclô, nach Ende der Tournee ein paar Tage Urlaub im Hotel zu verbringen, nicht doch lieber zurückziehen sollte.

Das kleine schwarzweiße Foto, das Mariclôs letztem Brief beilag, hat sie dazu gebracht, ihre Meinung erneut zu ändern. Ein Bild aus dem lang zurückliegenden Sommer in der Provence, wo alles seinen Anfang nehmen sollte. Sie erkennt sich selbst in dem jungen blonden Mädchen mit dem erwartungsvollen Gesicht wieder. Der züchtige Badeanzug verdeckt fast, daß der Körper noch rührend unreif ist, Spritzer von einem Wellenkamm besprengen ihre langen Beine. Das Kind in dem spitzenbesetzten Sonnenanzug, das sich an ihre Hand klammert, ein Bein über dem heranrauschenden Wasser hoch in die Luft gehoben, wedelt voller Panik mit dem freien Arm und macht das Bild unscharf.

Mariclô ist einer der wenigen Drähte in ihre Vergangenheit, sie selbst ist eine Zeugin des früheren Lebens des Mädchens, sie können sich einander nicht entziehen.

Jetzt sitzt sie hier, getrieben von einem sonderbaren Pflichtbewußtsein, auf dem Weg zu einem unbekannten Konzertsaal in einer unbekannten Stadt mit einer brodelnden Unruhe im Körper.

In Nannas Schreibtischschublade stapeln sich die Briefe. Dicke Umschläge mit handgeschriebenen Seiten auf dem charakteristischen karierten Papier eines Schulheftes, eine tumultartige Mischung aus leidenschaftlichen Liebeserklärungen und ätzenden Ausfällen gegen *les cons*, Mariclôs schonungslose Klassifizierung ihrer hilflosen, dummen männlichen Lehrer und talentlosen Mitstudenten. Sachliche Berichte von dem anspruchsvollen Unterricht bei dem berühmten Geiger, unter dessen beschützenden Fittichen Mariclô in den letzten Jahren ihre Ausbildung zur Solistin hat abschließen können, die endlosen Übungsstunden des Alltags.

Nanna hat sich gegen die immer expliziteren erotischen Andeutungen der Briefe verschanzt, hat ihre eigenen Berichte über das Alltagsleben im Hotel, den Wechsel des Wetters, ihre letzte Buchlektüre in einem kühlen, leicht humoristischen Ton gehalten – ohne Erfolg.

Sie haben geplant, gleich nach dem Konzert gemeinsam nach Süden zu fahren, und sie bebt bereits bei dem Gedanken an das Zusammensein in den kommenden Tagen.

Ein Strauß langstieliger orangefarbener Blumen, dramatisch wie Mariclô selbst, liegt in seiner Zellophanverpackung auf dem Beifahrersitz neben ihr, sie hat ihn sorgfältig ausgesucht.

Die Blumen sind eine notwendige Formalität, ein Bestandteil ihrer Rollenverteilung, an der festzuhalten sie fest entschlossen ist, die ihr jedoch mit der Zeit immer unsicherer vorkommt, je näher die Begegnung mit Mariclô rückt.

Der Verkehr auf der Einfallstraße um sie herum wird dichter. Sie sucht vergebens nach Schildern in der wiederaufgebauten Betonwüste von Brest, und trotz ihres Versuchs, die Küstenlinie als Markierung zu benutzen, fährt sie zu weit.

Die ersten Regentropfen fallen schwer auf die Windschutzscheibe, als sie endlich den Wagen wenden und auf einen Parkplatz in der Nähe des Kulturhauses fahren kann. Eine knisternde Gewitterböe erfaßt sie, als sie mit dem Strauß im Arm über die Straße läuft, augenblicklich ist sie völlig durchnäßt.

Das fensterlose Foyer ist bereits menschenleer. Eilig läuft sie über den Nadelfilz der Halle und liefert die Blumen bei einer Aufsichtsperson ab, zwängt sich genau in dem Moment mit gemurmelten Entschuldigungen in die Reihe, als der Dirigent den Taktstock hebt.

Den Auftakt des Konzerts bildet ein Stück moderne Musik eines französischen Komponisten, und obwohl das Orchester unter der Führung eines lebhaften Japaners sauber spielt, macht es ihr Mühe, der Musik zu folgen. Ihre nasse Kleidung fühlt sich im Zug der kräftigen Ventilationsanlage im Saal wie ein kalter Umschlag an, der Rock klebt am Stuhlsitz.

Die Reihe, in der sie sitzt, wird beherrscht von aufgeschossenen Jünglingen mit zurückgebürstetem Haar, schwarze T-Shirts sitzen eng am Körper unter italienisch aussehenden Jacken, ein kleiner Silberring blitzt im Ohr des Jungen direkt neben ihr. Ein Blick über die Schulter verrät ihr, daß der überwiegende Teil der Zuhörer eine beunruhigende Ähnlichkeit mit dem Publikum hat, das sie in Fernsehausschnitten von Rockkonzerten gesehen hat.

Das Programmheft ist ihr unter dem enthusiastischen Beifall, der dem ersten Stück folgt, vom Schoß gerutscht. Als sie es endlich wieder unter ihrem Sitz hervorgefischt hat, ist der Dirigent bereits wieder auf seinem Platz, das Orchester wartet.

Ein Augenblick verstreicht. Noch einer, einen Taktschlag zu lang. Der unerwartete Bruch im Rhythmus läßt das Orchester mit den Zuhörern zu einem einzigen Organismus verschmelzen, gespannt vor Erwartung. Die Stille summt in dem hohen Raum.

Ein kollektives Atemholen saugt die Luft aus dem Saal. Dann ergießt sich der Applaus über eine schmächtige Figur in einem dunkelblauen Kleid, die zielbewußt die Bühne überquert und dem Dirigenten und Konzertmeister die Hand gibt, ohne das Publikum zu beachten. Der Mund in dem ernsten Gesicht ist eine schwarzrote Tulpe, das kurze Haar ein Kranz aschblonder Federn über dem langen Hals. Die nackten Schultern leuchten sahnebleich über dem tiefen Halsausschnitt.

Die Jahre haben das maushafte Wesen in einen sonderbaren Vogel verwandelt, die Ähnlichkeit mit einem Kranich ist verblüffend. Die Pfostenform der Beine hat sich verwandelt in schmale Eleganz, der Körper unter dem Samt des enganliegenden Kleids ist wohlproportioniert, eher schlank als mager.

Neben Nanna pfeifen die jungen Männer, trampeln mit den Füßen auf den Boden des Konzertsaals. Ihr wird klar, daß sie vollkommen unvorbereitet an einer Kulthandlung teilnimmt. Daß Mariclô anscheinend ein Bedürfnis ihrer eigenen Generation befriedigt, das Bedürfnis, das Außergewöhnliche zu verehren, das Extreme.

Mariclô steht mit gesenktem Kopf da, nimmt den Beifall entgegen, dann hebt sie ihren Kopf, zögert. Nanna spürt ihren Blick, einen elektrischen Strom, sie ist erkannt worden. Zum erstenmal ahnt sie den Schatten eines Lächelns auf dem Gesicht des Mädchens. Selbst wenn sie wollte, kann sie jetzt nicht mehr fliehen.

Sie hält die Luft an, als Mariclô ihr Instrument ans Kinn legt und dem Dirigenten ein Zeichen gibt. Sekunden später hat die Musik sie in ihren Bann geschlagen.

Sie wandert an einem dahinströmenden Fluß entlang in einem nächtlichen Wald, immer tiefer hinein in eine duftende Finsternis. Der Klang verdichtet sich, um sich kurz danach in schleierfeine Fäden aufzulösen, tanzende Elfen im Mondlicht.

Ein Wechsel, und sie gleitet eine Rodelbahn von Geräuschen hinunter, vollkommen berauscht von den Gefahren und dem Genuß der Fahrt, der ganze Saal seufzt in selbstvergessener Freude.

Die Geige in den Händen des schlanken Mädchens ist nur ein Vorwand, sie ist ein Kanal für etwas Unbekanntes, eine Botschaft aus einer anderen Sphäre.

Die weichen Töne eines Holzblasinstruments bilden die Brücke zur träumenden Innerlichkeit des zweiten Satzes, dann übernimmt die Geige erneut. Nanna vergißt die Kälte des klammen Stoffs an ihrer Haut, das Haar, das an ihrer Stirn klebt. Eine warme Hand geleitet sie hin zu verlockenden Pfaden.

Neben ihr hat der Junge mit dem Ohrring seine Stirn auf die gefalteten Hände gelegt, stützt sie gegen den Sitz der Vorderreihe, bis die Musik wieder ihre Temperatur verändert und er sich zurück auf seinen Sitz wirft. Das unfertige Gesicht ist durchleuchtet von Ekstase, strahlend dem Mädchen auf der Bühne zugewandt, das neue Bilder hervorlockt, das Summen von Insekten über einer sonnenbeschienenen Landschaft, Vogelschwingen. Die Musik hat sich in ein magisches Spiel verwandelt, nichts ist mehr unmöglich.

Ein Schrei aus tausend Kehlen erhebt sich zum Saalgewölbe nach dem glanzvollen Schlußsatz des Orchesters, den letzten, triumphierenden Tönen. Die gesammelte Energie der Menge preßt Nanna aus ihrem Sitz, sie befindet sich in einer johlenden, stampfenden Masse, die auf das graublonde Wesen auf der Bühne fixiert ist, das die Huldigung mit einem unmerklichen Lächeln um den schwarzroten Mund entgegennimmt, scheinbar unberührt von der Kraftanstrengung des Konzerts.

Der Lärm ist ohrenbetäubend. Eine Woge von Blumen trifft die Bühne zusammen mit einem Regen klirrender Münzen. Der Junge neben Nanna hat sein T-Shirt ausgezogen und wirft es in einem vergeblichen Bogen zum Bühnenrand, überall im Saal flammen Blitzlichter auf.

Das Mädchen auf der Bühne winkt mit einem Finger dem Publikum zu, zeigt einmal auf den einen, dann auf den anderen. Nanna bekommt eine Kußhand, was erneut eine hysterische Welle von Applaus hervorruft.

Ein blau gekleideter Platzanweiser duckt sich unter dem Regen von Gegenständen, drückt eilig seine Blumen dem Mädchen in die Hände und verschwindet im Eilschritt unter dem Gejohle des Publikums. Der Dirigent hat seine Hände in einer abwehrenden

Geste gehoben, aber er muß aufgeben und klatscht statt dessen mit, ein orientalisches Lächeln hat sein bebrilltes Gesicht überzogen.

Nanna erkennt ihren Strauß wieder, hoch erhoben in Mariclôs Händen, ein Sportstar mit seinem Pokal. Ein überraschendes Wolfsgrinsen hat sich auf ihrem Gesicht ausgebreitet, dann ist sie plötzlich verschwunden. Die Musiker sehen sich verdutzt um, verwirrte Kinder, die durch den Tumult aus einem schwer begreiflichen Traum geweckt wurden. Langsam finden sie ihre Fassung wieder, sammeln sich zu der traditionellen Ehrung eines außergewöhnlichen Solisten. Aber der Solist ist verschwunden und kommt nicht zurück.

Der Donner der stampfenden Füße sitzt noch in den Wänden, als Nanna dem Menschenstrom in das wenig einladende Foyer folgt. Sie bahnt sich ihren Weg durch das Gedränge und die schrillen Stimmen, der aromatische Rauch frisch entzündeter Zigaretten steigt ihr in die Nasenflügel.

Eine stämmige Frau mittleren Alters mit goldblondem Haar voller Haarspray versperrt ihr den Weg. Sie versucht an dem aufgeregten Gesicht vorbeizugleiten, das sie von Brusthöhe her anstarrt, aber die Frau hat sie beim Arm gefaßt, hält sie fest.

»Das ist abscheulich.« Die Ohrläppchen mit den tropfenförmigen Perlen zittern vor Empörung. »Ist das nicht abscheulich?«

»Ich weiß nicht, was Sie meinen.«

Das perfekt geschminkte Gesicht über dem üppigen Brustansatz in dem tiefen Kleidausschnitt ist vor Wut verzerrt.

»Was, Sie verstehen das nicht? Dann will ich Ihnen erzählen, was ich damit meine.«

»Bitte lassen Sie mich los.«

In diesem Moment ist sie noch weniger als sonst dazu bereit, sich mit der Aggression eines fremden Menschen auseinanderzusetzen.

»Einen Moment, Madame.«

Die Goldarmbänder am Handgelenk der Frau klirren heftig, als Nanna versucht, ihren Arm zurückzuziehen. Sie hat keine Lust, mitten in dem überfüllten Foyer in ein Handgemenge zu geraten, bleibt also stehen, abwartend.

»Ich bin passionierte Konzertbesucherin, Madame. Es ist möglich, daß dieses Wesen spielen kann.« Mit einer bagatellisierenden Geste ihrer freien Hand befördert sie Mariclôs Auftritt auf den Müllplatz der Musikgeschichte. »Aber ich weigere mich, diese Art des Benehmens zu akzeptieren. Die bringt das Publikum dazu, sich wie Tiere zu verhalten.«

Winzige Speicheltröpfchen aus dem kirschroten Mund treffen Nannas Kragenaufschlag.

»*Des bêtes.*«

Die Frau zieht die Luft ein, streckt ihren kurzen Hals, daß der Mund in gleicher Höhe mit Nannas Ohr ist.

»Außerdem ist ja wohl offensichtlich, daß es sich um einen Mann handelt. Keine Frau spielt so. Das ist eine Verkleidung, Schaumstoff, Watte, was weiß ich.«

Der Gedanke ist so grotesk, daß Nanna sich das Lachen nicht verkneifen kann.

»Da gibt es gar nichts zu lachen, glauben Sie mir.«

Vor Verärgerung hat die Frau ihren Griff um Nannas Arm gelockert, und als Nanna die Chance nutzen will, um sich davonzustehlen, schiebt sich ein junges Mädchen auf dem Weg zur Toilette zwischen sie.

Das Lachen sitzt Nanna immer noch im Hals, als sie die Straße erreicht hat, aber der Ausbruch der Frau hat den Zauber des Konzerts zerstört.

Die Sommer, in denen das Hotel von bigotten Matronen bevölkert wird, die ihre kleinen Hunde und leberkranken Ehemänner mit der gleichen messerscharfen Effektivität lenken, haben sie gelehrt, daß dieses freiheitsliebende Land voll ist von Bürgerinnen wie dieser, unerschütterlich in ihrem Glauben daran, daß ihre Interpretation des Daseins ein Dogma ist auf gleichem Niveau mit dem der unbefleckten Empfängnis.

Die unangenehme Intoleranz, die wie Sumpfgas aus verrotteten Teilen der französischen Volksseele aufsteigt, überrascht sie nicht mehr, und ihre Arbeit hat sie dazu gezwungen, sich diplomatisch gegenüber Vorurteilen und Aggressionen zu verhalten. Jetzt zwingt sie sich, das unangenehme Gefühl abzuschütteln, von einer Frau dieser Sorte als potentielle Verbündete angesehen zu werden.

Der Regen hat aufgehört, eine Gardine aus Tropfen fällt vom

massiven Betonbaldachin des Gebäudes, sie streckt die Hände aus, läßt das Wasser auf ihre Handgelenke fallen, bis der Puls seinen normalen Rhythmus wiedergefunden hat.

Was das Konzert auch nach der Pause noch zu bieten haben mag, es kann nur abfallen gegenüber dem zuvor Gehörten. Sie will das, was der Ausbruch der Frau nicht hat zerstören können, bewahren. Musikerlebnisse hinterlassen sie nicht mehr in Tränen aufgelöst, sie geben ihr eher das angenehme Gefühl von guter Laune, wie ein guter Wein, der ohne Furcht vor nicht vorhersehbaren Folgen genossen werden kann.

Hinter dem Kulturhaus überquert sie die Straße, geht durch einen Park, in dem der Flieder bereits mit braunen Rändern an den tropfenden Blütentrauben herunterhängt, die frühen Rosen duften nach dem Regen. Der helle Maiabend ist immer noch mild, der Schauer hat die Gewitterschwüle weggespült.

Die Straße, in der Barbara sich einst in die Arme ihres Geliebten warf, hat sich in eine banale Einkaufsstraße aus Glas und Beton verwandelt, in der die Schulterpolster in den Kleidungsstücken hinter den erleuchteten Schaufenstern Vorkriegsassoziationen erwecken. Ihre eigene Kleidung fühlt sich immer noch feucht an, sie muß in ihren dünnsohligen Schuhen zwischen den Regenpfützen auf dem Fußweg hin und her springen.

Niemand wartet auf sie in einer Toreinfahrt in der stillen Straße. Der Mensch, der auf sie wartet, hat aschblondes Haar und einen Mund, der einer schwarzroten Tulpe ähnelt.

Am Ende der Straße neigen sich die gewaltigen Betontürme einer Brücke, unten im Hafen liegen Kriegsschiffe Seite an Seite, graue Giganten im Abendlicht. Um eine Felsspitze ein Stück entfernt jagen Schwalben im Sturzflug um einen alten Festungsturm, ein theatralisches Relikt mitten in all dem Beton.

In den Teilen der kleinen Fischrestaurants, die auf den Fußweg hinausgehen, sind die Kellner dabei, die Regentropfen von den weißen Plastikmöbeln abzuwischen in der Hoffnung, daß das sanfte Abendlicht späte Essensgäste ins Haus locken wird.

Nanna guckt auf ihre Uhr. Sie war fast eine Stunde weg, nun ist sie gezwungen, zurück zu dem charmelosen Betongebäude zu gehen.

Dem ins Auge zu sehen, was sie dort erwarten mag.

Der bisherige Verlauf des Abends hat ihre Unruhe nicht gebremst, nur ihre bereits vorher gemischten Gefühle gegenüber dem sonderbaren Mädchen mit der Geige mit einer Prise Ehrfurcht bereichert.

Kleine Grüppchen diskutierender Konzertbesucher stehen noch auf dem Bürgersteig vor dem Kulturhaus, aber der Strom der Autos vom Parkplatz hat bereits abgenommen, das Konzert muß schon lange zu Ende sein. Sie geht schneller, verärgert darüber, zu spät zu kommen.

»Madame Le Braz?« Ein Angestellter kommt ihr in dem leeren Foyer entgegen. »Sie werden erwartet.«

Die statische Elektrizität des Gebäudes läßt ihre Haarspitzen in die Höhe steigen, als sie ihm durch die scheinbar endlosen Korridore folgt, in denen ein übelkeiterregender Geruch nach synthetischen Materialien und scharfen Reinigungsmitteln in der Luft hängt.

Die Orchestermitglieder eilen in Jogginganzügen und bequemen Schuhen an ihr vorbei, die Anzüge und langen Kleider in Plastikhüllen, keiner beachtet sie.

Hinter einer Glastür mümmeln ihre Kollegen bereits an Sandwiches, laute Stimmen schmettern über den gefüllten Gläsern. Tabakqualm und Lachsalven wogen ihr aus dem dicht besetzten Raum entgegen.

Schließlich hält ihr Führer vor einer orangefarbenen Tür an, an der eine Visitenkarte in einer Halterung der Welt verkündet, daß Marie-Clothilde Nogent hier residiert, wenn auch nur für einen einzigen Abend.

Mariclô steht in der Tür. Ihr ungeschminktes Gesicht ist frisch gewaschen, das Haar klebt ihr am Kopf, eine feuchte Haube. Das blaue Samtkleid liegt auf dem Boden hinter ihr und sieht aus, als hätte jemand darauf herumgetrampelt. In ihrem grüngrauen Popelinehemd, das wie ein Sack über ihrer schwarzen Jeans hängt, sieht das schmale Mädchen aus wie ein Kindersoldat in einem Partisanenheer.

»Nanna.«

Ein Paar stahlharte Arme umfassen sie, heiße Lippen suchen ihren Mund. Nanna schafft es, schnell das Gesicht abzuwenden, so daß der Kuß die Wange trifft, dreht sich halb um und sieht das neugierige Gesicht des Angestellten hinter der Tür der Solistengarderobe verschwinden.

Der leichte Körper in ihren Armen duftet appetitlich nach Zitrusfrüchten, das Gesicht ist feucht an ihrer Wange, Schweiß oder Tränen, das ist nicht auszumachen.

Nanna befreit sich aus dem Griff des Mädchens, behält aber Mariclôs Hand in ihrer, will sie nicht mit einer allzu brutalen Ablehnung verletzen.

»Zuerst einmal muß ich dir für das phantastische Konzert danken.«

»Hat es dir gefallen?«

»Ja, was denkst du denn?«

Mariclô hat ihre Hand losgelassen, springt über das Kleiderbündel auf dem Boden und läßt sich auf das weiße, lederbezogene Sofa sinken, das an der einen Längswand der Garderobe thront.

Auf dem niedrigen Couchtisch lugt ein Flaschenhals aus einem verchromten Kühler hervor.

»Darauf trinken wir.«

Der perlende Champagner bringt Nanna zum Niesen. Sie lacht entschuldigend, aber in Mariclôs Hand wedelt bereits ein Kleenex aus der Schachtel auf dem Tisch.

»Und da noch saubermachen. So.« Sie tupft vorsichtig auf Nannas Nasenspitze. »So hast du immer bei mir gemacht. Du hattest immer ein Taschentuch in der Tasche, wenn ich geniest habe. Oder geheult.«

»Kannst du dich wirklich daran erinnern?«

»Ich kann mich an alles erinnern.«

Durch die sanfte Berührung haben sich Nannas Nackenhaare aufgerichtet. Sie spürt die Wärme des Mädchenkörpers an ihrem Schenkel, zieht sich so unbemerkt wie möglich zurück.

Mariclô leert ihr Glas in einem Zug, winkt mit der Flasche in Nannas Richtung.

»Ich lasse es lieber etwas langsamer angehen, ich muß noch zurückfahren.«

»Aber erst wollen wir etwas essen.«

Die Hände des Mädchens zittern leicht, vielleicht eine Nachwirkung der Kraftanstrengung des Abends. Der Schaum aus der

Flasche läuft über Nannas Hand, sie wischt ihn mit einem weiteren Stück Papier aus der Schachtel auf dem Tisch ab.

»Wenn wir jetzt gleich fahren, können wir in nicht einmal eineinhalb Stunden zu Hause eine Nachtmahlzeit einnehmen.«

Mariclô schüttelt den Kopf, den Mund voll mit Champagner.

»Wenn ich gespielt habe, kann ich fressen wie ein Scheunendrescher. Ich muß nur eben mein Zeug zusammenpacken.«

Mit einer Gänsehaut sieht Nanna, wie Mariclô das zerknüllte Kleid in eine schwarze Tasche stopft, zusammen mit einem Paar Schuhen mit spitzen Absätzen.

»Willst du das nicht etwas ordentlicher zusammenlegen?« Es zerreißt ihr das Herz, mit ansehen zu müssen, wie das Mädchen das Kleid anfaßt, mit seinem handgenähten Seidenfutter, das dafür spricht, daß es sich um ein besonderes Handwerksstück von hohem Preis handelt. Und Mariclô packt es mit einem Mangel an Respekt, als würde es sich um einen Wischlappen handeln. »Ich kann das für dich tun.«

»Die Tournee ist vorbei.« Mariclô läßt eine abgegriffene Kulturtasche dem Kleid folgen. »Du kannst die Flasche nehmen.«

Auf dem Weg hinaus schnappt sie sich noch aus einem der mit Blumen vollgestopften Eimer auf dem Boden Nannas Strauß, klemmt ihn sich unter den Arm.

Die schwere Tasche zieht ihre schmächtige Schulter schräg nach unten, als sie mit dem Geigenkasten in der Hand durch das labyrinthartige Gebäude steuert.

Nanna folgt ihr. Obwohl sie sich wie eine Idiotin mit der halb leeren Champagnerflasche in der Hand fühlt, hat sie bereits eingesehen, daß es unmöglich ist, mit diesem androgynen Wesen zu diskutieren, dessen nackte Füße in einem Paar dicksohliger Sandalen über den knirschender Fußbodenbelag der Flure eilen.

»Nur einen Moment.«

Sie sind vor der Glastür zur Personalkantine stehengeblieben, Mariclô schiebt sie auf.

»*Merci, les copains.*« Die Kakophonie verstummt bei ihrem Ruf. Alle Gesichter drehen sich der unscheinbaren Gestalt in der Tür zu. »*Bonne nuit.*«

Die Verwirrung dauert an, bis man den kleinen Partisanen mit der samtgekleideten Heldin des Abends verknüpft hat, dann bricht der Applaus los, ein Chor begeisterter Stimmen.

Zwei Kußhände später stehen sie bereits wieder in dem übelriechenden Flur.

»Sie lieben dich alle.«

»Ach, die denken, ich bin ein nervendes Rotzgör.« Mariclô streckt die Hand nach der Flasche aus, ohne Nanna anzusehen, nimmt einen großen Schluck. »Andererseits wissen sie, daß sie nur durch mich heute abend so gespielt haben.«

Der Schaum läuft den Flaschenhals hinunter, als sie diese an Nanna zurückreicht.

»Du wirst mich jedenfalls nicht dazu bringen, auf der Straße zu trinken.«

Das Wolfsgrinsen des Mädchens entblößt eine Zahnreihe, klein und weiß, die Milchzähne einer Dreijährigen.

»Ich habe vergessen, daß du eine feine Dame bist.«

Die ältere Frau in der Pförtnerloge erhebt sich von ihrem Stuhl, als sie endlich den Ausgang erreichen. Aus dem Lautsprecher in der Decke der Loge ist das Echo von Stimmen zu hören, die Haustechniker sind dabei, den Saal für die nächste Veranstaltung vorzubereiten.

»*Mademoiselle.*« Die Frau schiebt ihren Oberkörper aus der kleinen Luke heraus, hinter einer riesigen blaßlila Brille sieht ihr verkniffenes, faltiges Gesicht feierlich aus. »Das war mit das Schönste, was ich je gehört habe.«

Mariclô ist auf ihrem Weg durch die Tür stehengeblieben, starrt wortlos in das bewundernde Gesicht, bis die Augen der Frau zu flackern beginnen. Dann reißt sie Nanna die Champagnerflasche aus der Hand, stellt sie hart auf den Tresen.

»Trinken Sie auf mein Wohl.«

Kurz darauf stehen sie draußen auf der Straße.

»Ist es so schwer, danke zu sagen?«

Der vorwurfsvolle Ton fällt ihr selbst auf. Mariclô wirbelt herum, ein Zeigefinger tanzt einen Moment lang vor Nannas Nase.

»Das da kannst du gleich lassen.« Ihre Augen blitzen eine Sekunde lang voller Wut, dann strahlen ihre Milchzähne in einem entwaffnenden Lächeln. »Davon habe ich bei *Maman* genug gekriegt.«

Die Betonhäuser der Stadt leuchten weiß in dem schwindenden Tageslicht. Sie wandern ins Zentrum, in die gleiche Richtung, aus der Nanna gerade gekommen ist, gehen vorbei an geöffneten Cafés, in denen Gruppen von Jugendlichen in der brutalen Deckenbeleuchtung um Spielautomaten und Tische hängen.

Laufende Schritte hinter ihnen veranlassen beide, sich umzudrehen. Nanna erkennt den jungen Mann wieder, der während des Konzerts neben ihr saß.

»*Je m'excuse.*« Er ist vom Laufen außer Atem, winkt mit einem Foto. »Ich habe Sie wiedererkannt, wollte nur ...«

Weiter kommt er nicht. Mariclô hat ihm das Foto aus der Hand geschnappt, und Nanna kann gerade noch ein weißes Gesichtsoval über einem dunkelblauen Samtkleid erkennen, einen Strauß exotischer Blumen im Triumph in die Luft gehoben, bevor das Mädchen den nassen Fußweg entlang davonläuft, das Bild in der freien Hand schwenkend.

Nanna bleibt allein mit dem Jungen zurück, den die Verblüffung an die Gehwegplatten genagelt hat.

»Das ist ein Polaroidbild, ich habe nur das eine.« Das selbstsichere Gesicht ist kleinlaut geworden. »Ich wollte sie doch nur um ein Autogramm bitten.«

Er tut Nanna leid.

»Kommen Sie, wir finden sie.«

Aber Mariclô ist nicht mehr zu sehen. Ein Stück weiter die Straße hinunter muß Nanna feststellen, daß das Mädchen spurlos verschwunden ist. Kalte Tropfen fallen auf ihre Stirn, und sie sucht unter dem breiten Baldachin eines größeren Hotels Schutz.

Der Junge folgt ihr.

»Sie kennen sie? Warum hat sie das gemacht?«

Nanna zuckt mit den Schultern. Sie hat selbst keine Erklärung für das Verhalten des sonderbaren Mädchens, ist noch dabei, zu lernen, wie sie in dem unsicheren Fahrwasser navigieren muß.

»Ich wollte doch nur ihr Autogramm.« Der schöne Mund wird spitz, zeigt, wie ungerecht er sich behandelt fühlt. »Das war das einzige Foto, das ich machen konnte.«

Über seine Schulter hinweg kann Nanna kurz einen aschblonden Kopf an der Rezeption des Hotels erkennen.

»Warten Sie hier.« Sie lächelt dem Jungen tröstend zu. Er hat inzwischen seinen Jackenkragen bis zu den Ohren hochgeschlagen und schüttelt sich. »Ich bin gleich zurück.«

Der Portier, ein rotschopfiger älterer Mann in der grauen Uniform des Hotels, will gerade auf die andere Seite seines Tresens gehen, bleibt beim Anblick von Nanna jedoch stehen.

»Madame?«

Mariclô dreht sich um. Auf dem Boden neben ihren Füßen steht die schwere Schultertasche, in den Händen des Portiers erkennt Nanna den Geigenkasten, die Zellophanverpackung der Blumen.

Sie öffnet den Mund, um eine scharfe Bemerkung hervorzustoßen, aber Mariclô kommt ihr zuvor.

»Ich komme schon.« Ihre Stimme ist engelsanft. »Ich hatte nur keine Lust, das alles mit mir rumzuschleppen.«

Die langen Finger flattern über Tasche und Geigenkasten. Nanna registriert den neugierigen Blick des Portiers und zügelt ihre Wut, es widerstrebt ihr, sich auf eine Szene mit ihm als Publikum einzulassen.

»Wo hast du es? Der junge Mann wollte dich um ein Autogramm bitten.«

Beleidigt fischt Mariclô das Foto aus einer Hemdentasche.

»Sei so lieb.« Der Portier hat bereits einen Kugelschreiber in der Hand. »Du kannst den Tresen als Unterlage nehmen.«

Der Junge ist bis zur Tür gekommen, wartet in ehrfürchtigem Abstand, während Mariclô widerwillig ihre Signatur aufs Bild drückt. Sie wehrt seine Dankesbezeugungen mit einer Handbewegung ab.

»Ihr hier mußt du danken, nicht mir.«

»*Tu exagères*, du übertreibst.«

Die Wut steigt in Nanna auf, ein heißer Strom. Dann beherrscht sie sich, lächelt entschuldigend dem Jungen zu, der seinen überlegenen Stil wiedergefunden hat und sich auf den Hacken umdreht, ohne sie eines Blickes zu würdigen.

»Wollen wir gehen?« Mariclôs Stimme ist sanft, offenbar weiß sie selbst, daß sie zu weit gegangen ist. »Ich sterbe vor Hunger.«

Auf dem Weg zur Tür hinaus schiebt sie ihren Arm unter Nannas. Die dunklen Scheiben reflektieren das Bild einer großen Frau mit einem verkniffenen Gesichtsausdruck unter dem blonden

Haar. Ein schlaksiges Pubertätskind mit einem verschlagenen Straßenjungengesicht hängt an ihrem Arm.

Eine nicht mehr ganz junge Mutter mit ihrem anstrengenden Kind.

Dieses Bild verfolgt Nanna bis in das kleine Fischrestaurant am Ende der Einkaufsstraße, in der Nähe des Kriegshafens und der Brücke.

Ihr und Yanns Kind wäre nur wenige Jahre jünger als dieses linkische Wesen auf der anderen Seite des Tischs. Noch ein blonder Junge mit einer sorgenvollen Stirnfalte, der vermutlich ebenfalls gerade dabei wäre, alle Brücken zur Kindheit zu kappen, sich seinen Weg in eine unwegsame Erwachsenenwelt zu bahnen.

Sie gibt sich Mühe, den Gedanken beiseite zu schieben, während Mariclô reichlich bestellt, Austern und Fischsuppe, Steinbutt als Hauptgericht, eine Portion Gemüse extra.

Nanna bestellt sich Krebse, sie hat sich die Weinkarte geschnappt. Die Preise sind um einiges höher als zu Hause, sie merkt sich einige einfachere Jahrgänge und trifft zum Schluß die Entscheidung, zufrieden damit, eine Art Kontrolle hinsichtlich des Verlaufs des Abends auszuüben, so bescheiden sie auch sein mag.

Mariclô taucht eine Scheibe Brot in den Butterteller.

»Du bist sauer auf mich.« Das Brotstück verschwindet zwischen den weißen Zähnen, sie spült es mit Wein hinunter. »Diese Butter hier schmeckt einfach wunderbar. Du solltest mal erleben, wie es ist, wenn die Leute dich die ganze Zeit nerven.«

Sie schiebt die Ellbogen in einer heftigen Bewegung vom Körper ab, bahnt sich ihren Weg durch eine imaginäre Menge.

»Die kommen einfach angelatscht. Oder stellen sich hin und glotzen.«

»Aber deshalb kannst du dich doch normal höflich verhalten.«

»Es ist schwer, sich Leuten gegenüber höflich zu verhalten, die einem auf den Füßen stehen.«

Der empörte Ausdruck in ihrem Gesicht ist so lustig, daß Nanna nicht anders kann, sie muß lachen. Mariclô hebt ihr Glas.

»Wieder gute Freunde?« Ihre Augen blitzen fröhlich. Plötzlich sieht sie wie ein ganz normales junges Mädchen aus, das sich das Hemd des großen Bruders geliehen hat, das aschblonde Haar ist inzwischen trocken, hebt sich federleicht vom Kopf ab. »*No hard feelings*?«

Nanna nickt. Sie ist immer noch auf der Hut, kann aber nur schwerlich der plötzlichen Charmeoffensive widerstehen.

»Du warst auch dem freundlichen Mann im Fernsehen gegenüber reichlich grob«, sagt sie und versucht es wie einen gemeinsamen Scherz klingen zu lassen.

Das Wolfsgrinsen ist jetzt verschwörerisch.

»Hast du gehört, wie mich der Idiot vorgestellt hat? ›Die Diana der Geige‹.« Ein verächtliches Schnauben. »Ich bin doch zum Teufel keine Märchenprinzessin.«

»Er meinte wahrscheinlich die Göttin Diana.« Nanna ist beeindruckt von der Logik des Vergleichs zwischen der jungfräulichen Jagdgöttin und dem schwer zugänglichen Wesen, das ihr am Tisch gegenüber sitzt und gewürzten Essig auf seine Schalentiere träufelt. »Artemis.«

»Mag sein.« Mariclô kratzt eine Auster mit energischen Bewegungen aus der Schale. »Zumindest hatte er keinen blassen Schimmer von Musik.«

Eine Weile essen sie schweigend. Nanna genießt es, daß der Service tadellos ist, trotz des vollen Lokals. Sie schielt auf ihre Uhr. Zu Hause hat die Küche schon seit langem geschlossen, und Lucienne ist damit beschäftigt, die Tassen für das Frühstück hinzustellen, hier sind die Leute noch dabei, etwas zu bestellen. Es wird spät werden, bevor sie in ihrem Bett liegt. Zum Glück hat sie sich den nächsten Morgen frei genommen.

Der Inhalt der grünen Flasche im Kühler wird weniger, aber sie überläßt es Mariclô, sich von dem Wein zu bedienen, sie selbst nippt nur daran.

Mariclô hat ihre Fischsuppe aufgegessen, balanciert den letzten *croûton* mit Knoblauchmayonnaise in den Mund.

»Du hast ja keine Ahnung, was man bei so einer Tournee alles erleben kann. Empfänge.« Sie spuckt das Wort verächtlich aus. »So was hatten sie für heute abend auch geplant. Ein kleines Souper, *Mademoiselle.* Und dann trommeln sie die besseren Bürger zusammen, alte Damen mit hellblauem Haar, die aussehen, als würden sie einen am liebsten mit ihrem Regenschirm piksen.«

Es ist unmöglich, nicht zu kapitulieren. Nanna lacht, daß sie husten muß, sie fühlt, wie ihre letzten Verteidigungsbastionen dahinschmelzen.

»*Maman* liebt das natürlich.« Mariclô fährt fort, ermuntert durch ihren Erfolg. »Du hättest sie bei meinem Debütkonzert sehen sollen, sie ist aufgetreten wie die Königin von England. Mit Prinzgemahl.«

Sie kichert aufgekratzt.

»*Maman* hat einen Freund. Einen, den sie in Lourdes kennengelernt hat, als sie und *Papa* dort waren und zu wie immer sie noch heißt gebetet haben, daß er gesund werden möge. Es war nur ihr Glück, daß das Ganze ein Schwindel war, jedenfalls sind sie beide gestorben, *Papa* und seine Ehefrau.«

»Mariclô, *quand-même.*«

»Du klingst genau wie sie. *Tu exagères*, Marie-Clothilde, *ça suffit.*« Sie äfft ihre Mutter so genau nach, daß Nanna einen neuen Lachanfall bekommt. »So was hast du nie gesagt, als ich noch klein war.«

Das Lachen bleibt ihr im Hals stecken. Das ist offenbar der Abend, an dem sie zu einer Angehörigen der Elterngeneration mit all ihren Restriktionen und Vorurteilen abgestempelt werden soll.

In ihrem täglichen Leben gibt es nichts, das ihr kinderloses Gefühl stört, frei zwischen den Generationen zu schweben. In eine Kategorie gedrängt zu werden, bereitet ihr deutliches Unbehagen.

»Ist er sympathisch? Der Freund deiner Mutter?«

Mariclô sieht sie voller Verachtung an.

»Der einzige ›sympathische‹ Mann, den ich kenne, ist mein Lehrer.« Sie hält das Männergeschlecht zwischen zwei Fingern hoch, verwirft es schonungslos. »Und der ist homosexuell.«

Diese Aussage scheint ein Probeballon zu sein. Nanna spürt die Augen des Mädchens auf sich ruhen, beherrscht ihre Gesichtszüge. Ihre Schamhaftigkeit ist trotz der vielen Jahre, die sie allein gelebt hat, nicht geringer geworden, sie zieht sich von allzu offenen Andeutungen hinsichtlich sexueller Dinge zurück.

»Na.«

Der Brotkorb auf dem Tisch ist leer, sie winkt dem Kellner, um die Situation aufzulockern, aber Mariclô läßt sich nicht beirren.

»Er nimmt mich manchmal mit in eine Bar. Du weißt schon.«

Mariclô hat ihr Besteck auf dem Teller abgelegt, fixiert sie mit ihrem Blick. »Wenn du wieder nach Paris kommst, werde ich dir Orte zeigen, von denen du nie gedacht hast, daß sie existieren könnten.«

Jeder noch so schwache Protest würde dazu beitragen, sie unumgänglich als bornierte Bürgermadame zu klassifizieren. Mariclô hat jetzt die Oberhand gewonnen. Nanna wartet bebend auf den nächsten Zug des Mädchens.

»Hast du schon mal mit einer Frau getanzt?«

»Nicht mehr seit der Tanzschule.«

Der hektische Bericht von den Demütigungen der Teenagerjahre, ihre Körperlänge, die die Jungs dazu brachte, lieber andere Partnerinnen auszuwählen, prallt an Mariclô ab, sie starrt Nanna an, ohne eine Miene zu verziehen.

Nanna stockt, ihre Augen flackern im Lokal herum, in dem der Kellner emsig damit beschäftigt ist, einen Tisch abzuräumen, von ihm ist keine Hilfe zu erwarten.

»Ich möchte gern mit dir tanzen.«

Eine Hand legt sich auf ihre. Sie starrt auf die langen Finger, auf den Daumenfingernagel, der oval und hellrot wie eine Perle ist, die kräftigen Muskeln, die von unendlichen Stunden mit der Geige zeugen, von hartem täglichem Gebrauch. Vorsichtig versucht sie sich aus dem Griff zu befreien, aber die Hand hält sie fest, sie ist gezwungen, der Forderung in den graugrünen Augen zu begegnen.

»Mariclô.« Die Stimme zittert, sie zwingt sich, weiterzusprechen. »Das, wovon du träumst, kann niemals Wirklichkeit werden.«

»Ich träume nicht. Ich liebe dich.« Das Mädchen hat ihre Hand losgelassen, sie zieht sie zu sich, verbirgt sie auf ihrem Schoß. »Wie oft soll ich das sagen? Ich liebe dich. Ich liebe dich. Ich liebe dich.«

»Hör auf.«

Mariclô gießt mit herausfordernder Miene den letzten Rest Wein in ihr Glas.

»Du kannst soviel protestieren, wie du willst, du kannst nichts daran ändern.«

»Das ist möglich.« Wenn die kommenden Tage nicht vollkommen unerträglich werden sollen, muß sie das Mädchen jetzt bremsen. »Aber es kann nie so werden, wie du es dir wünschst.«

»Bist du vielleicht in jemand anders verliebt?«

Die schrille Stimme des Mädchens bringt die Gesichter der anderen Gäste dazu, sich in ihre Richtung zu wenden. Nanna mahnt sie zum Schweigen, erntet dafür einen verletzten Blick.

»Das hat damit gar nichts zu tun.«

»Wenn ich mit anderen zusammen bin, denke ich nur an dich.« Mariclô hat ihre Stimme wieder erhoben. »Ich kann mich an deine Brüste erinnern. Wie es sich angefühlt hat, die Wange an deine Haut zu legen.«

»Sei still.«

Das Gesicht hat sich zu einer schmerzlichen Grimasse verzogen, eine Träne hat sich aus einem Augenwinkel gelöst, rollt zum Mundwinkel hinunter, die insistierende Stimme hat sich in ein flehendes Jammern verwandelt.

»Es tut weh, sich so sehr zu sehnen.«

Der Kellner kommt mit seinem Block heran. Sein Gesichtsausdruck ist unerschütterlich professionell, aber Nanna weiß aus eigener Erfahrung, daß er auch das geringste Detail in ihrem Verhalten registriert hat und versucht, einen eventuellen peinlichen Auftritt zu verhindern.

»Darf ich ein Dessert vorschlagen? Oder Kaffee?«

Nanna schüttelt den Kopf, dankbar für die Unterbrechung.

»Die Rechnung, bitte.«

Mariclô wischt sich die Augen mit dem Hemdsärmel ab. Die dünne Haut auf ihrer Nasenspitze ist rot, am Mund zittert ein kleiner Muskel unheilverheißend.

Nanna schiebt den Stuhl vom Tisch weg.

»Du entschuldigst mich für einen Moment.«

Draußen auf der Toilette frischt sie die Farbe auf ihren Lippen auf und fährt sich mit einem Kamm durchs Haar. Sie zieht ihrem gehetzten Gesicht im Spiegel eine Fratze.

Eine Konfrontation mit Mariclôs überspannter Verliebtheit hat sie am meisten befürchtet. Der Schmerz des Mädchens wirkt zwar echt, aber gleichzeitig ahnt Nanna, daß hinter dem schnellen Wechsel der Launen etwas Berechnendes lauert.

Das Risiko, daß sie sich manipulieren läßt, schwebt über ihr. Sie fühlt sich hilflos gegenüber dem Chaos sich widersprechender Gefühle, die der Verlauf des Abends ans Licht gebracht hat.

Als sie ins Restaurant zurückkommt, ist Mariclôs Stuhl leer. Der Kellner breitet schon eine saubere Tischdecke über dem Tisch aus.

»*Mademoiselle* hat bereits bezahlt.« Er nickt zur Tür, lächelt einschmeichelnd. »Ihr geht es anscheinend nicht so gut.«

Draußen auf dem Fußweg hält sie nach dem Mädchen Ausschau. Eine Straßenlaterne, die in der Abendbrise schaukelt, holt hell gekleidete Gestalten aus der weichen Dunkelheit hervor. Mariclô ist wie vom Erdboden verschwunden.

Etwas bewegt sich an der Hausecke, ein Geräusch.

»Mariclô.«

Das Mädchen hat resigniert die Stirn gegen den groben Putz der Mauer gelehnt, die ruckweisen Zuckungen ihres Körpers lassen den Mageninhalt auf den Asphalt platschen, ein übelriechender Fluß.

Die flimmernden Bilder des maushaften Kinds, das auf Streß immer mit Erbrechen reagierte, jedesmal im Auto krank wurde, Höhenangst hatte, fließen zu einem einzigen Eindruck zusammen. Nanna streckt die Hand aus.

»Mariclô.«

Das Hemd ist durchgeschwitzt, Nanna legt ihre Hand auf die feuchtkalte Stirn, stützt den schwankenden Kopf, während die Konvulsionen des Erbrechens langsam abklingen. Das Gesicht des Mädchens leuchtet weißgrün im Schein der Straßenlampe.

»Jetzt holen wir deine Sachen, und dann fahren wir zu mir nach Hause.«

Geordnete Verhältnisse, ein sauberes Bett. Jetzt, nachdem sie das Muster der Kindheit wiedererkannt hat, ist ihre Strategie klar. Das Mädchen ist überdreht, übermüdet. Sie hat zu viel und zu schnell gegessen, dazu noch getrunken, es muß möglich sein, ihr vernünftig zu begegnen, ein nüchternes Gespräch im Licht des Vormittags zu führen.

Das kleine Kind, das ihr Yanns Zärtlichkeit zeigte, an ihre eigene appellierte, muß irgendwo unter dem Panzer aus Unnahbarkeit und Aggression, aus Zynismus und provozierendem Durchblick zu finden sein.

Das Mädchen lehnt sich mit dem Rücken gegen die Hauswand. Ihre Augen verschwinden im Schatten, aber Nanna kann sehen, daß sich ihre Lippen schwach bewegen, sie beugt sich vor, um die Worte aufzuschnappen.

»Können wir heute nacht hierbleiben?«

»Wenn du ein bißchen Wasser trinkst, schaffst du sicher die Autofahrt.«

Sie faßt das Mädchen fest beim Arm, aber der Körper, der so rückgratlos aussah, spannt sich plötzlich gegen ihren Griff.

»Ich will nicht. Ich will hierbleiben.«

»Aber ich nicht.« Die Ungeduld läßt ihre Stimme scharf klingen. »Du mußt dich entscheiden.«

Mariclô schüttelt den Kopf, befreit sich aus ihrer Hand. Sekunden später ist sie bereits auf dem Weg den Bürgersteig entlang, auf die riesigen Betontürme der Brücke zu.

Nanna bleibt stehen. Sie braucht Ruhe und Zeit, um die Gedanken zu ordnen, die dieser Abend aufgewühlt hat, kann keine weiteren Gefühlsausbrüche mehr vertragen.

»Mariclô. Jetzt hör aber auf.«

Das Mädchen läuft schneller. Einen Moment später schwankt der schmale Fußweg der Brücke unter ihren Füßen.

Das schwindelerregende Brausen aus dem leeren Raum unter ihr schlägt Nanna entgegen, als sie auf die Brücke kommt. Nur wenige Meter vor ihr hat das Mädchen ihre Beine über das Gitter geschwungen, das den Fußweg von der Brückenkonstruktion selbst trennt, schwankt einen Augenblick lang mit einer Hand an einem Drahtseil, bevor sie Halt für ihre Füße findet.

Der Mond ist hinter einer Wolke hervorgekommen, die Metallstützen der Brücke glänzen knochenweiß. Irgendwo über ihren Köpfen singt der Wind, es fühlt sich an, als würde die Betonkonstruktion schaukeln, ein wandernder Riese, den eine zufällige Laune dazu bringen kann, seine Last abzuwerfen.

Der Schreck durchfährt Nanna. Der Mond ist erneut verschwunden, Mariclôs schmächtiger Körper wird eins mit den Schatten. Nanna schüttelt das Gefühl der Lähmung ab, Schritt für Schritt nähert sie sich. Endlich kann sie einen Zipfel des grauen Hemds erblicken, das aschblonde Haar, das im Wind flattert, ein zerzauster Vogel.

Das Metallgeländer ist eiskalt unter ihren Händen, sie klammert sich daran fest. Unter ihren Füßen erahnt sie den Abgrund.

Endlich ist sie angekommen.

»Bleib stehen.« Ihr heiseres Flüstern wird vom Wind weggeweht, sie hebt ihre Stimme, hält sie trotz des heftigen Herzklopfens in ihrer Brust ruhig.

»Kehr doch bitte um.«

Der abweisende Nacken vor ihr zeigt kein Zeichen, daß er sich ergeben will. Sie beugt sich vorsichtig vor, kann aber nur zusammengekniffene Lippen erkennen, ein Auge, das reglos in die Dunkelheit starrt.

Die Sekunden verrinnen, ohne daß etwas geschieht. Ihr normales Zeitgefühl ist außer Kraft gesetzt, sie klettert die glatten Wände einer zeitlosen Tiefe entlang, gefährlich bereit, klein beizugeben aus Angst, zusehen zu müssen, wie Mariclô den Halt verliert und dem dunklen Wasser unter ihnen entgegenwirbelt.

»*Ma petite.*« Ein verzweifelter Versuch. »Alles wird gut, wenn du nur erst wieder runterkommst. Das verspreche ich dir.«

Ein Muskel bewegt sich in dem harten Kiefer des Mädchens.

»Ich verspreche es.« Ihr Instinkt läßt sie weitersprechen. »Ich mag dich doch auch.«

Die Sätze leben jetzt ihr Eigenleben, sie lockt, wiederholt die Worte der Zärtlichkeit, der Liebe, bis der Kopf vor ihr sich endlich umdreht, sie Augenkontakt bekommt.

»Ich gebe dir die Hand. So.«

Der schmächtige Körper schwankt unkontrolliert, aber Nanna greift fester zu, zieht die flatternden Arme mit beiden Händen zu sich.

Der Körper trifft mit einem Plumps auf den Asphalt des Fußwegs, ein Stück Fleisch auf dem gekachelten Verkaufstresen des Schlachters.

Die Spannung ist der Lust gewichen, diese passive Gestalt an ihrer Seite zu schütteln und zu schlagen. Mit Mühe kann sie das Mädchen auf die Beine bringen, schiebt es in den Windschatten eines Brückenpfeilers.

Mariclô lehnt sich gegen den Beton. Ein dreieckiger Stoffetzen hängt aus einem Riß ihres Hemds, hier hat der Stoff an einer Unebenheit der Metallkonstruktion der Brücke festgesessen, sie hat ihn mit einem zerstreuten Gesichtsausdruck abgerissen, läßt ihn über das Geländer schweben, wo der Wind ihn erfaßt.

»Wollen wir gehen?«

Der überraschend alltägliche Ton fegt die gerade eben erst überstandene Szene weg, als hätte sie gar nicht stattgefunden.

Nanna starrt stumm auf das unbeeindruckte Gesicht, in dem die Farbe langsam wieder in die schmalen Wangen zurückkehrt, muß einsehen, wie vollkommen ihre Niederlage ist. Diese schamlose Erpressung hat sie hilflos gemacht, sie ist in eine Ecke ihrer eigenen widersprüchlichen Gefühle gedrängt worden, hat das Gefühl dafür verloren, wo ihre eigenen Grenzen verlaufen.

Ein pulverfeiner Staubregen fegt um die Häuserecken, als sie den Hoteleingang erreichen. Der rotschopfige Portier, der vor der Glastür in der Hocke sitzt, um für die Nacht zu schließen, kommt schnaufend auf die Beine.

Mariclô wirft ihm einen strahlenden Blick zu.

»Nummer 302.«

»*Bien sûr, Mademoiselle.*« Er überreicht ihr den Schlüssel mit einer übertriebenen Handbewegung, wirft Nanna einen Blick aus den halb geschlossenen Augenlidern zu. »Sie übernachten auch bei uns, Madame?«

Sie ist zu erschöpft, um zu protestieren. Stumm folgt sie Mariclô, die sich im Vorbeigehen einen Apfel aus der Schale auf dem Rezeptionstresen schnappt und ihre Zähne hineinschlägt, daß der Saft spritzt.

Das Geräusch der kauenden Kiefer des Mädchens erfüllt zusammen mit dem Summen des Aufzugsmechanismus des Lifts den Hohlraum. Die Worte sind aufgebraucht. Nanna lehnt sich gegen die kühle Spiegelwand und läßt sich widerstandslos nach oben befördern, wird ein paar Etagen höher in dem stillen Hotel auf einem mit Teppich ausgelegten Flur herausgelassen.

Mariclôs schwarze Tasche steht auf dem Boden hinter der Zimmertür, die Geige liegt auf dem Schreibtisch. Nannas Bukett erstrahlt in einer Vase.

Ein kleiner Lederkoffer hat die Hälfte seines Inhalts über den Boden zwischen Bett und Tür verbreitet.

Das Resultat war von Anfang an klar, sie stellte für Mariclôs skrupellose Berechnungen ein leichtes Opfer dar. Das sieht sie jetzt ein, aber der Auftritt auf der Brücke hat ihr alle Energie geraubt, sie hat keine Kraft mehr, um wütend zu werden.

Sie läßt sich auf den nächststehenden Stuhl sinken, schließt die Augen. Als sie sie wieder öffnet, trifft sie auf den bettelnden Blick des Mädchens.

»Ich wußte nicht, wie ich dich rumkriegen sollte, hierzubleiben.«

Die langen Finger halten ihre Unterarme in festem Griff. Die Berührung erzeugt bei ihr eine Gänsehaut. Sie macht sich mit Händen frei, die schwer sind vor Widerwillen.

»Wir reden morgen darüber.«

Über die Fensterscheiben läuft der Regen hinunter, sie geht durchs Zimmer, lehnt ihre Stirn gegen die kühlende Glasscheibe. Hinter sich kann sie hören, wie Mariclô sich aus ihrer knienden Stellung erhebt. Das Geräusch von Kleidern, die ausgezogen werden, das zweifache Fallgeräusch von Schuhen, die auf dem Boden landen.

Sie wartet, bis sie das Bett knarren hört, die Decke, die zurechtgetreten wird. Ohne sich umzudrehen, zieht sie sich aus, läßt sich Zeit, ihre Sachen über einen Bügel zu hängen, glättet die krause Bluse über einem Stuhlrücken, vermeidet Mariclôs Augen, die ihr vom Bett aus folgen.

Der Unterrock ist immer noch etwas feucht, klebt an den Oberschenkeln. Auf der Bettkante sitzend zieht sie ihn aus, kriecht dann unter die Decke.

Die Luft im Zimmer ist stickig. Nach nur wenigen Minuten ist ihr Teil des nackenkeilförmigen Kopfkissens vom Schweiß durchtränkt. Sie hat sich ihren Platz am äußersten Rand der viel zu weichen Matratze gesucht und sich daran festgeklammert, die Anspannung läßt ihre Glieder schmerzen.

Seit Yann hat sie mit niemandem mehr das Bett geteilt. Sie wünscht nichts anderes, als einzuschlafen neben dem heißen Körper, der sich hinter ihrem Rücken unruhig unter der Bettdecke hin und her wirft.

»Nanna.«

Finger flechten sich in ihr feuchtes Haar, eine Hand gleitet über ihre Schulter, vorsichtig, eine Bitte. Sie beißt die Zähne zusammen, macht sich unberührbar.

Steif und unbeweglich starrt sie in die Dunkelheit hinter der regennassen Scheibe, bis die Hand aufgibt und der rastlose Körper an ihrer Seite endlich zur Ruhe kommt.

Das Fensterviereck leuchtet stahlgrau, als der Schlaf endlich kommt. Sie wacht verwirrt vom Geräusch rauschenden Wassers aus dem Badezimmer auf, ihr Herz rast.

Der Platz neben ihr im Bett ist leer. Der Deckel des Lederkoffers ist geschlossen. Ein schwarzweißes Hemd mit einem geometrischen Muster liegt darauf, neben Mariclôs schwarzer Jeans.

Das Telefon steht auf dem Nachttisch auf der anderen Seite des Betts, sie beugt sich hinüber. Sie hätte jetzt gern eine Zigarette, einen Geschmack, der ihren Mund weniger trocken macht, den Geschmack nach verrottetem Fisch vertreibt.

Sie bekommt eine Verbindung und wählt ihre eigene Nummer.

Lucienne antwortet nach dem ersten Läuten. Nanna sieht sie vor sich, an dem Schreibtisch in dem kleinen Büro, bereits damit beschäftigt, das Mittagsmenü aufzuschreiben.

»Ich wollte nur Bescheid sagen, daß es keinen Grund gibt, sich zu beunruhigen.«

Hat sich jemand beunruhigt? Sie weiß es nicht.

»Es war gestern nur zu spät, um noch nach Hause zu fahren.«

Vielleicht hat sie nur das Bedürfnis zu hören, daß sie vermißt wird, möchte ihre Existenz in einer anderen Wirklichkeit als dieser hier bestärkt finden.

»Nimm dir nur ruhig Zeit.« Luciennes Stimme klingt beruhigend. Nanna kommt der Gedanke, daß sie es vielleicht sogar genießt, die Verantwortung zu übernehmen, das Gefühl, daß ihr etwas anvertraut wird. »Wir schaffen das schon.«

Plötzlich fühlt sie sich lächerlich. Natürlich ist Lucienne vollkommen in der Lage, welches Problem auch immer in ihrer Abwesenheit zu lösen. Wann sie wieder auftaucht, das ist ihre eigene Sache, sie ist der Chef des Betriebs. So muß es zumindest für Außenstehende erscheinen. Sie selbst fühlt sich ständig verpflichtet, über jeden kleinsten Schritt Rechenschaft abzulegen. Jede Abweichung von dieser Regel erfüllt sie mit Schuldgefühlen.

Marie-Jeannes Tod hat die Lage nicht verändert, eher im Gegenteil, er hat auch nichts an der Tatsache verändert, daß Nanna am meisten von allen arbeitet, alle Lücken im Plan mit ihrem eigenen unermüdlichen Einsatz stopft, Véronique abschirmt, deren Teilnahme am Service bei größeren Arrangements Lucienne nur widerstrebend akzeptiert hat.

Die Fahrt nach Brest und die geplante Freiheit der kommenden Tage sind die ersten Ferien, die sie sich seit den Tagen zugesteht, die Marie-Jeannes Beerdigung folgten. Sie hat sorgfältig darauf geachtet, daß ihre Abwesenheit so wenig wie möglich zu merken ist, übererfüllt offensichtlich die Erwartungen der anderen.

Mariclô kommt aus dem Badezimmer, Nanna legt den Hörer auf. Ein Handtuch bedeckt die schmalen Hüften, sie trocknet sich das Haar mit heftigen Bewegungen ab. Einen Moment lang zögert sie auf der Türschwelle, dann läßt sie das Handtuch auf die Schultern fallen, bedeckt die spitzen Brüste. Das Haar steht ihr wie nasse Stacheln vom Kopf ab, als sie sich vor dem Bett auf die Knie gleiten läßt, ihre Stirn gegen das Laken lehnt.

»Du mußt nicht böse sein.« Ihre Stimme klingt kläglich. »Ich habe mich so gefreut, und jetzt ist alles schiefgelaufen.«

Nanna schaut die kniende Gestalt an, den schmalen, muskulösen Rücken, die sehnigen Arme unter der zarten, daunenflaumigen Haut.

Ein arbeitender Mensch, der um ihre Vergebung bittet. Ein Mensch, dessen Talent Forderungen in einem Umfang an sie stellt, den Nanna bisher erst erahnen kann. Der Preis für ein außergewöhnliches Talent muß hoch sein. Ihr ist es peinlich, daß sie das nicht schon früher eingesehen hat.

»Ich bin nicht böse.« Sie beugt sich vor, streichelt den feuchten Kopf. »Ich muß nur wieder nach Hause.«

Mariclôs Füße in den Stiefeln liegen auf dem Armaturenbrett, als sie schließlich durch den herabströmenden Regen nach Süden fahren, sie hat sich hinter einer Verdrossenheit verschanzt, auf die die äußere Umgebung keinen Einfluß hat, starrt mit leeren Augen auf die immer wiederkehrende Bewegung der Scheibenwischer.

Mit einer gewissen Erleichterung beschließt Nanna, sie in Ruhe zu lassen und konzentriert sich statt dessen auf die Fahrt in dem hitzigen Vormittagsverkehr. Das Sausen der Reifen auf dem nassen Asphalt und das leise Brummen des Motors, das schwache Summen der Lüftung sind die einzigen Laute, die die intensive

Stille im Auto zerteilen. Der hypnotisierende Rhythmus der Scheibenwischer läßt Nannas erschöpftes Gehirn einschlafen.

Nach einer halben Stunde auf der nassen Straße kämpft sie mit dem Schlaf.

»Kann ich Musik machen?«

»Kommt drauf an.« Mariclô hat keinen Moment ihren Blick von der Windschutzscheibe genommen, jetzt läßt sie mit plötzlicher Energie die Kassettenbox auf ihrem Schoß aufschnappen, wühlt zwischen den Kassetten. »Die hier.«

Eine schmeichelnde, dunkle Frauenstimme erfüllt den Wagen. Mette hat ihr die Kassette geschickt, aber Nanna hat sie sich nie richtig angehört. Ihre Beziehung zu Mette ist auf symbolische Handlungen zusammengeschrumpft, auf pflichtschuldige Geburtstagsgeschenke in gefütterten braunen Umschlägen.

Nanna nimmt an, daß auch ihre künstlerischen Fotobücher über die Bretagne ausnahmslos auf Mettes Regal verstauben. Die Kassetten mit wenig verlockender, stampfender oder disharmonischer Musik stapeln sich neben dem Kassettenrecorder in der Bar. Es kommt vor, daß eine von ihnen ihren Weg in die Box im Auto findet, ein Fremdkörper zwischen Nannas Bändern mit Chansons und Sechziger-Jahre-Pop, selten mehr als ein einziges Mal gespielt.

Nannas Beziehung zur Musik ist immer noch rudimentär, sie hat es nie gelernt, die Klassiker zu lieben. Ihre hautlose Reaktion auf die traditionelle Musik der Region hat dazu geführt, daß sie sich nicht ohne Vorbehalt weiteren neuen Einwirkungen aussetzen mag.

Der Puls der Musik ist voll zurückgehaltener Energie, atmet das Großstadtgefühl, laufende Schritte auf dem Asphalt. Mariclô dreht die Lautstärke hoch, trommelt mit einer schmalen Hand auf den schwarzgekleideten Knien.

Der Regen hat nachgelassen, aber unter einem Viadukt hat sich das Wasser zu einer kaffeefarbenen Pfütze gesammelt. Ein voranfahrender Lastwagen läßt mit einem unheilvollen Geräusch eine Kaskade blendender Nässe gegen die Windschutzscheibe schwappen, einen Moment lang ist Nanna kurz davor, die Gewalt über das Steuer zu verlieren.

Beim nächsten Kreisverkehr biegt sie nach rechts ab, weg von der Überlandstraße, auf der betäubende Wolken von Auspuffgasen durch die Luftzufuhr im Armaturenbrett hereindringen.

Kleine Straßen schlängeln sich durch die Felder, verschwinden in tropfenden grünen Tunneln üppiger Vegetation. Am Ende eines dieser Tunnel taucht eine Heidelandschaft auf. Die flammend gelbe Farbe des Ginsters unterbricht die Monotonie, Gruppen niedrigen Buschwerks heben sich von der erdbraunen Ebene ab.

Sie fährt aufs Geratewohl in eine unbekannte Landschaft hinein, dem Westhimmel entgegen, an dem sich einzelne Risse in der Wolkendecke zeigen. Sie muß frische Luft einatmen, den Geruch des Meeres spüren, und es sieht nicht so aus, als würde es irgendeine Rolle für Mariclô spielen, wohin sie eigentlich transportiert wird.

Ein Schild erweckt ihre Aufmerksamkeit, Cap de la Chèvre. Sie biegt auf einen Parkplatz ein, will den Motor abstellen, aber da stoppt Mariclô ihre Hand, läßt die Musik noch einen Takt lauter erklingen.

Das Pochen der Musik gegen die Trommelfelle löst ein Gefühl leichter Übelkeit aus. Nanna hat Lust, ihre Tür aufzureißen und unter Protest zu fliehen, aber plötzlich verändert die Musik ihren Charakter, jeder Ton, jedes Wort ist eine Hand, die sich ausstreckt, in der Dunkelheit nach einem geliebten Menschen sucht.

I wanna be just where you are
I wanna take you so far
Away with me

Ein tanzender Körper, allein in einem Lichtkegel, die Stimme klingt nicht länger aufdringlich, sondern diskret in ihrer Sehnsucht.

Make me feel good
Make me feel fine

Ohne sich anzusehen, sitzen sie nebeneinander, isoliert trotz der physischen Nähe, bis die letzten Töne verklingen.

Nanna dreht den Zündschlüssel um, bevor der Kassettenrecorder zurückgespult ist.

»Kommst du mit raus?«

Der Lehm spritzt ihr gegen die Beine, als sie über den Parkplatz geht, aber sie ist so erschlagen von der Anspannung und dem fehlenden Schlaf, daß sie beschließt, das gar nicht zu beachten, sondern mit langen Schritten weiter über den schmatzenden Untergrund zu gehen, auf den festen Kiesweg zu.

Die niedrigen Bäume entlang des Wegs beugen sich nach Osten, die Westseite ist von dem salzigen Wind gezeichnet, der sich trotz des überstandenen Sturzregens sonderbar weich auf der Haut anfühlt.

Das Regenlicht über dem Meer ist stärker als das Sonnenlicht, ein Maler hat seinen Daumen in die weiße Farbe getaucht, hat damit über die Landschaft gestrichen, die anderen Farben schimmern nur durch.

Das Meer liegt vor ihren Füßen, gestreift in verschwimmendem Tintenschwarz und Türkis, eine Geistererscheinung. Von ihrem Aussichtspunkt auf den hohen Klippen aus ist die dröhnende Brandung nur ein lautloser weißer Streifen, die großen Findlinge reduziert zu weißgrauen Kieseln. Eine Kindheitserinnerung, verdrängt durch unendlich viele Jahre, drängt an die Oberfläche ihres Bewußtseins.

Mette und sie auf einem Ausflug von dem Ferienhaus von Mettes Eltern, eine Wanderung in Gummistiefeln über zugewachsene Pfade, mit Äpfeln und Keksen in einem kleinen Korb.

Der gelbe Sand der Dünen, die sich ihnen plötzlich auftaten. Der Anblick von Mettes tanzenden schwarzen Locken auf dem Weg den steilen Abhang hinunter, ihre hüpfenden rutschenden Füße.

Ihre eigenen zögernden Schritte, der kullernde Korb, der seinen Inhalt bei dem Aufprall auf die Steine unten ausleerte. Die Kreise einer schreienden Möwe über ihrem Kopf, die schwindelerregende, brausende Angst.

Das angstvolle Warten, während sie sich an den rutschenden, feuchten Sand klammerte, bis Mette Hilfe geholt hatte und sie nach Hause getragen wurde, zitternd von der Kälte der Todesangst.

Jetzt steht sie am Rand des Abgrunds, ohne von Panik erfaßt zu werden.

Mariclô ist hinter ihrem Rücken aufgetaucht.

»Das ist merkwürdig.« Nanna dreht sich zu ihr um. »Als Kind hatte ich Höhenangst, aber jetzt stört mich das überhaupt nicht.«

»Ich könnte mir immer noch in die Hose machen.« Mariclô grinst schief. »Aber ich zwinge mich hinzugucken.«

Sie geht einen Schritt näher an den grasbewachsenen Rand, streckt ihren Körper gegen den Wind. Ihr Gesicht ist leichenblaß in dem verschleierten Licht, die Augen sind zusammengekniffen. Der gestrige Auftritt auf der Brücke sitzt Nanna immer noch in den Knochen. Sie legt dem Mädchen eine Hand auf die Schulter, dreht sie vorsichtig von der abbröckelnden Kante weg.

»Komm.«

Zusammen gehen sie über den gelbbraunen Kies des Platzes. Die Sonne kämpft sich einen Weg durch die Wolkendecke, das Auto dampft leicht in dem grellen Licht.

»Bald ist Sommer.«

»Kann man schon baden? Ich habe nicht mehr gebadet, seit ich Kind war, ich war so schrecklich wasserscheu, erinnerst du dich?« Die Farbe ist in Mariclôs Wangen zurückgekehrt. »*Maman*s Freund hat eine Ferienwohnung in Sainte-Maxime, aber ich fahre nie dorthin. Nur Pensionisten mit Pudeln, weißt du.«

Nanna lächelt. Die Vertraulichkeit, die gestern kurz während des Essens entstand, scheint wiederzukehren.

»Das kann man bestimmt. Aber in der Saison habe ich meistens viel zuviel zu tun, deshalb habe ich es mir fast abgewöhnt.«

Die Stimmung im Auto ist spürbar lockerer geworden, als sie von der Halbinsel wegfahren und die südwärts gerichtete Überlandstraße wiederfinden.

»Darf ich drum bitten, keine Musik mehr hören zu müssen? Ich kann mich so schlecht konzentrieren, wenn ich fahren muß.«

»Aber natürlich.« Mariclô schüttelt die Kassetten an ihren Platz in der Box. »Übrigens solltest du deinen Musikgeschmack mal überholen lassen.«

»Ich bin eine musikalische Analphabetin.«

»Das ist nur eine Frage der Zeit.«

Draußen vor den Autoscheiben versieht der frisch gesäte Mais die kurvige Landschaft mit graphischen Streifen, ausgestochene grüne Herzblätter auf der schwarzen Erde.

»Hier ist es schön.«

Mariclôs Tonfall klingt verwundert.

»Was hast du denn gedacht?«

Es ist viele Jahre her, seit Nanna die Landschaft jemandem gezeigt hat, und die Lust, sie zu verteidigen, überrascht sie selbst.

»Ich habe nicht weiter darüber nachgedacht. Ich bin eine Pariserin. Wir haben kein Interesse an der Natur.«

Das Lachen spült die letzten Reste der gedrückten Morgenstimmung weg. Der Rest der Fahrt verläuft in Harmonie.

Die kräftige Sonne hat die niedrigen weißen Häuser der Stadt in eine blendende Gletscherlandschaft verwandelt, als sie den Abhang zum Hafen hinunterrollen.

Lucienne empfängt sie in der Lobby.

»Da ist Besuch. Im Büro.« Ihr Gesichtsausdruck ist geheimnisvoll. »*Le jeune homme.*«

Jean-Pierre hat sich seit ihrem nächtlichen Gespräch im Dezember ferngehalten. Nanna hat ein schlechtes Gewissen dem Jungen gegenüber, hat sich krampfhaft bemüht, ihre offenen Worte vor sich selbst zu entschuldigen. Mariclôs Anwesenheit macht sie befangen, Luciennes vielsagender Blick unsicher, welche Form der Konfrontation dort wohl auf sie wartet.

Mariclô hat die schwere Tasche auf den Boden der Rezeption gestellt, schaukelt ungeduldig mit dem Geigenkasten. Hinter ihrem Rücken taucht Jean-Pierres kupferblonder Kopf in der Bürotür auf.

»Einen Moment.«

Lucienne hat Nannas Unschlüssigkeit bemerkt. Sie greift nach Mariclôs Tasche, nickt zur Treppe hin.

»Jetzt werde ich Mademoiselle ihr Zimmer zeigen.«

Zu Nannas Überraschung folgt ihr das Mädchen gehorsam. Luciennes lebhafte Stimme verschwindet in den oberen Etagen.

Nanna geht an dem verlegenen Gesicht in der Bürotür vorbei, zieht die Tür hinter sich zu.

»Ich kann später wiederkommen, wenn es jetzt nicht paßt.«

Die hellblaue Farbe seines Hemds gibt den graublauen Augen eine verletzliche Nuance, die Augen eines Neugeborenen. Die Stirnfalte ist tiefer, als sie sie in Erinnerung hat.

»Setz dich nur.«

Der Schreibtisch trennt sie, dennoch spürt sie, wie sein Körper leicht zittert.

»Ich möchte mich bedanken.« Die Hand klammert sich um die Schreibtischkante, ein Ertrinkender, der sich an die Reling klammert. »Das, was Sie mir erzählt haben, hat mir meinen Entschluß leichter gemacht.«

»Deinen Entschluß?«

»Ich will nicht in Alans Betrieb einsteigen. Jetzt habe ich es endlich gesagt.«

Ein langer Seufzer, dann spricht er weiter.

»Ich konnte meiner Mutter gegenüber nie nein sagen.«

Beim Gedanken an Martine läuft es Nanna eiskalt den Rücken herunter. Wenn Martine ihre Rolle bei dem Entschluß des Jungen erahnt, kann das Konsequenzen haben, die sie sich lieber nicht vorstellen möchte.

»Aber jetzt hast du das?«

Er nickt.

»Ich brauche immer viel Zeit für alles. Zwei Jahre lang habe ich Jura studiert, weil sie gesagt hat, ich solle das machen.« Er spricht jetzt schnell, die Worte überschlagen sich. »Sie hat mich beschützt, aber gleichzeitig habe ich immer Angst vor ihr gehabt. Verstehen Sie das?«

»Ich denke schon.«

»Das erste, an das ich mich überhaupt erinnere, das ist Glut in der Dunkelheit. Etwas Heißes auf meinen Augenlidern, ein Geruch. Sie hebt mich hoch, springt mit mir durch die Flammen.« Er schnappt nach Luft, überwältigt von der Erinnerung. »Sie sagt, daß ich mich unmöglich daran erinnern kann. Daß das etwas sein muß, das mir jemand erzählt hat. Aber ich erinnere mich daran.«

Ein Loorbeerzweig im Mittsommernachtsfeuer, die Blätter, die auf die Augenlider des Säuglings gelegt werden, ein Schutz gegen böse Kräfte.

Der Sprung übers Feuer, nicht nur um die eigene Unverwundbarkeit zu besiegeln, sondern auch die eigene Macht über das Schwache, das man in seinen Armen hält. Nanna hat von dem Brauch gehört, ein Rest einer heidnischen Vergangenheit, seit langer Zeit ins Reich des Aberglaubens und der Sagen verwiesen.

Jetzt sitzt es quicklebendig vor ihr, ein Teil eines menschlichen Schicksals, entscheidend für sein Leben.

»Es ist schwer, seinen Eltern zu widersprechen.« Ihr eigener Ausbruch aus dem väterlichen Haus, die Trauer darüber, seine Erwartungen nicht erfüllt zu haben, aber auch die Stärke der eigenen Entscheidung stehen deutlich in ihrer Erinnerung.

»Aber es kann notwendig sein.«

Ein leiser Geigenton ertönt irgendwo aus dem Haus, sie sieht, wie der Junge seinen Kopf nach dem Ton dreht, beantwortet seine stumme Frage.

»Mariclô ist ein Rest aus meiner Vergangenheit.« Die einfache Vertrautheit erscheint selbstverständlich, es ist leicht, mit ihm zu sprechen. »Ich habe mich um sie gekümmert, als sie klein war. Jetzt ist sie berühmt.«

»Ich will nicht mehr von Ihrer Zeit in Anspruch nehmen.« Er hat die Tischkante losgelassen, beugt sich vor. »Von deiner Zeit.«

Ein entschuldigendes Lächeln, das sie mit einem aufmunternden Nicken beantwortet.

»Und was willst du jetzt tun?«

»Ich weiß es noch nicht. Keiner von Alans Freunden wird mir Arbeit geben. Die Fischer lachen mich nur aus. Alans Sohn kann doch kein Schiffsjunge sein.«

Eine Frage verbirgt sich hinter seinen Worten, sie zieht es vor, sie dort liegenzulassen. Auch wenn sie objektiv gesehen jemanden gebrauchen könnte, der sie im Büro und im Empfang während der Hauptsaison entlastet, genügt schon der Gedanke an Martines Reaktion, sie zurückzuhalten.

Sie sucht nach aufmunternden Worten für den besorgten Jungen, der seine langen Beine um die Stuhlbeine gewickelt hat und sie mit Augen ansieht, die auf eine Ablehnung warten, aber bevor sie ihren Mund öffnen kann, wird sie von dem Geräusch harter Knöchel an der Tür unterbrochen.

Mariclôs Kopf kommt in der Türöffnung zum Vorschein.

»Ich wollte nur sagen, daß ich rausgehe. Die Dame hat gesagt, ich würde die Gäste stören.«

Der diplomatische Eiertanz, den Nanna befürchtet hat, ist offenbar bereits voll entfaltet. Der Gedanke, Luciennes Vorstellung von Ruhe und Ordnung und Mariclôs nur wenig diskrete

Anwesenheit in ein harmonisches Verhältnis zu bringen, erschöpft sie bereits im Vorfeld.

»Wir finden schon einen Ort, wo du üben kannst.«

»Immer mit der Ruhe.« Das Grinsen des Mädchens ist überraschend versöhnlich. »Ich gehe raus und spiele den Möwen was vor.«

Jean-Pierre ist aufgestanden, neugierig starrt er auf den Geigenkasten.

»Komm zurück, wenn du Hunger hast.«

Mariclô wirft eine Kußhand in ihre Richtung, sie hat Jean-Pierre keines Blickes gewürdigt. Kurz darauf knallt die Hoteltür hinter ihr zu.

»Ich will jetzt auch gehen.«

Er ist bereits an der Tür, seine Eile läßt Nanna aufmerken.

»Entschuldige bitte, daß ich dich nicht vorgestellt habe.«

Ein hastiger Händedruck, dann ist er verschwunden. Durch das Fenster sieht sie sein Motorrad, das sich auf den Ständer lehnt, sieht ihn daran vorbeigehen, seine Schritte auf die Hafeneinfahrt zulenken.

Die Sonne verwandelt sein Haar in einen goldenen Pelz, erst jetzt sieht sie, daß er sich seit ihrem Treffen im Dezember gestreckt hat, der Entschluß, den er getroffen hat, hat eine Last von seinen Schultern genommen, hat es ihm ermöglicht, seinen Kopf zu heben.

Sie schaut ihm nach, bis er aus ihrem Blickfeld verschwunden ist. Dann setzt sie sich hin, um die Post zu öffnen.

Die Vorsaison ist außergewöhnlich ruhig verlaufen. Ein paar Absagen größerer Festlichkeiten haben sie verwundert, jetzt enthüllt der erste Umschlag eine weitere, ein Jubiläumsessen eines der führenden Fischaufkäufer. Nur ein paar Zeilen ohne Begründung, wir bedauern mitteilen zu müssen usw.

Sie legt den Brief zurück in den Postkorb und geht hinaus, um nach Lucienne zu suchen, aber die ersten Mittagsgäste stehen bereits in der Lobby, durch die Glastür kann sie Luciennes weiße Bluse erkennen, ihr zuvorkommendes Lächeln.

Ihre vagen Sorgen müssen bis später warten. Sie geht die Treppen hinauf, läßt sich von der Müdigkeit nach den Gemütsbewegungen der letzten vierundzwanzig Stunden einholen. Momentan warten keine Pflichten auf sie, sie kann sich mit gutem Gewissen heißes Wasser in die Badewanne einlaufen lassen, ihre Unruhe mit Lavendelduft und besänftigenden Ölen vertreiben, sich hinterher ins Bett legen, den Schlaf der Erschöpfung schlafen.

Sie hat kein Gefühl dafür, wieviel Zeit vergangen ist, als ein Klopfen an der Tür sie weckt.

Lucienne steht mit einem Tablett in der Hand da. Ihr breites Gesicht zeigt einen besorgten Ausdruck:

»Du mußt etwas essen.«

Der appetitliche Duft gebratenen Hähnchens steigt von dem mit einer Serviette bedeckten Teller auf. Das Gefühl des Genusses, vermischt mit schlechtem Gewissen, daß sie sich bedienen läßt, erfüllt Nanna, sie will gerade protestieren.

»Mademoiselle hat schon zu Mittag gegessen.« Der Ausdruck in Luciennes Gesicht ist schwer zu interpretieren. »Sie hat mich gefragt, wo das Wasser geblieben ist.«

»Wo das Wasser geblieben ist?«

Nanna hält inne, eine Gabel in einem Stückchen Hähnchenbrust.

»Das Tidenwasser, wenn es Ebbe ist.« Luciennes Wangen vibrieren vor Fröhlichkeit. »Wie kann man nur auf die Idee kommen, so etwas zu fragen? Und ich, ich bin zu dumm, um eine Antwort zu geben.«

»Das weiß ich auch nicht.«

Das Lachen hat ihre besten Momente vergoldet, sie und Lucienne bilden ein effektives Gespann von Arbeitspferden, aber das wichtigste Bindeglied ihres Bündnisses ist ihr gemeinsamer Sinn für das Groteske, für den wahnsinnigen Augenblick, die absurde Geste. Wenn sie Lucienne darum bitten will, Mariclô mit Nachsicht zu behandeln, dann ist der Augenblick jetzt wie geschaffen. Lucienne kommt ihr jedoch zuvor.

»Das Mädchen braucht einen Platz, wo sie üben kann. Wir können die Gäste nicht ihrem Katzenjammer aussetzen.« Lucienne wird ernst, wischt sich die Lachtränen von den Wangen. »Kann sie die Wohnung benutzen?«

Die Wohnung der Schwiegermutter steht seit ihrem Tod verschlossen da. Jedesmal, wenn Nanna sich endlich dazu entschließen wollte, über die Wohnungsschwelle zu treten, um die Spuren von Marie-Jeannes Leben zu entfernen, hat die Angst vor dem, was sie möglicherweise dort finden könnte, sie wieder zurückgehalten. Luciennes Angebot, diese Arbeit für sie zu übernehmen, hat sie so unbestimmt abgelehnt, daß es der älteren Frau unmöglich war, darauf zu bestehen.

»Vielleicht.«

Lucienne läßt sich auf dem Puff am Ende des Bettes nieder, offenbar bereit, die Sache weiter zu verfolgen.

»Ich kann Véronique bitten, dort Staub zu saugen, das ist in nicht mal einer Stunde geschafft.«

Das leckere Hähnchen wird trocken in Nannas Mund. Sie leert das Glas mit Mineralwasser, will Zeit gewinnen. Das Praktische an Luciennes Vorschlag ist einleuchtend, und ihr Widerstand braucht eine Erklärung, die sie selbst kaum hat und die sie unter keinen Umständen laut verkünden will. Außerdem widerstrebt es ihr, daß ein Fremder sich dessen annehmen soll, was von Marie-Jeannes irdischem Leben zurückgeblieben ist.

»Ich kümmere mich selbst darum.«

Wenn sie es rationell angeht, müßte es zu schaffen sein. Lucienne zuckt mit den Schultern, offenbar zufrieden damit, den Stillstand durchbrochen zu haben.

»Wie du willst.«

Sie ist bereits auf dem Weg hinaus, als Nanna sie zurückruft.

»Warum ziehen die Leute ihre Reservierungen fürs Restaurant bei uns zurück, Lucienne?«

Die Frage kommt so unerwartet, daß Lucienne ihren schuldbewußten Gesichtsausdruck nicht beherrschen kann.

»Warum fragst du?«

»Du weißt, warum ich frage.«

Der schwere Körper erscheint plötzlich kraftlos, widerspricht dem besänftigenden Lächeln im Gesicht.

»Das sind nur Zufälle.«

Lucienne reibt ihre Handflächen an der Schürze, schüttelt den Kopf.

»Was weißt du?«

»Nichts außer unbestimmten Gerüchten.« Die Augen hinter den dicken Brillengläsern suchen einen Punkt über Nannas Kopf, die Stimme kommt zögerlich. »Es heißt, der Konservenfabrikant hat in den betreffenden Kreisen ein Wort fallen lassen.«

Bis jetzt waren Martines Racheaktionen primär gegen ihre Person gerichtet gewesen, der Kauf des Nachbarhauses war da eine Ausnahme. Nun muß sie einsehen, daß sie sich durch ihren Ausbruch bei dem viele Monate zurückliegenden Essen eine Blöße gegeben hat, die sie anfällig macht für eine andere Form von Angriffen, Angriffen, die auf ihre ökonomische Existenz abzielen.

Die aufsteigende Kälte des Verdachts hat ihr den Appetit geraubt, sie legt Messer und Gabel auf den Teller, reicht Lucienne das Tablett.

»Wir müssen später noch mal darüber reden.«

Luciennes Schritte werden von den Flurläufern geschluckt. Nanna läßt sich aufs Bett zurücksinken, die Gedanken schwirren ihr im Kopf herum.

All die Jahre hindurch haben sie und ihre Schwiegermutter nie Stellung zur Konkurrenz beziehen müssen, ihre Position in der kleinen Gesellschaft war unangefochten. Eine Situation, in der der Kundenkreis schrumpft, in der die Jahreszeiten nicht mehr die Höhe des Verdienstes bestimmen, hat sie sich in ihrer wildesten Phantasie nicht vorstellen können, aber jetzt muß sie mit erschaudernder Klarheit einsehen, daß diese Möglichkeit besteht.

Sie ist es nicht gewohnt, einen offenen Kampf zu führen, die zurückweichenden Fronten und hinterhältigen Angriffe, das ist Martines Strategie, und jetzt, wo Alan anscheinend eine immer aktivere Rolle spielt, bietet sich ein derartiges Vorgehen auch nicht an. Das Gefühl der Ohnmacht ist lähmend.

Der Gedanke an Mette kommt ihr, sie schiebt ihn jedoch zur Seite; es ist lange her, daß Mette ein selbstverständlicher Zufluchtspunkt in Krisensituationen war, sie muß allein damit fertig werden.

Der kleine Wecker auf der Kommode neben dem Bett zeigt auf drei. Sie schwingt die Beine aus dem Bett, zieht sich schnell einen Baumwollrock und eine dünne Bluse an, wieder einmal darauf aus, die erschreckenden Gedanken durch praktische Arbeit in die Flucht zu schlagen.

Der Schlüssel zur Wohnung der Schwiegermutter liegt zwischen Radiergummi und Büroklammern in der kleinen Schale auf ihrem Schreibtisch. Im Besenschrank am Treppenabsatz findet sie Staubsauger und Wischtuch, verdrängt das beklemmende Gefühl in der Brust.

Der verbrannte Geruch überhitzter Heizkörper schlägt ihr entgegen, als sie die Wohnung aufschließt. Staubkörner tanzen in dem Sonnenstreifen, der schräg durch das hohe Fenster hereinfällt und werden von den pflaumenfarbenen Blumen des Teppichbodens geschluckt. Auf der dunklen Schreibfläche des Sekretärs liegt das Tagebuch unberührt da, eine feine Schicht weißgrauen Staubs bedeckt das weinrote Leder.

Eine Windbrise kühlt Nannas Gesicht, als sie das Fenster öffnet. Die Flut ist im Anmarsch und bringt salzigen Duft mit sich, sie lehnt sich über die Brüstung, zieht die frische Luft tief in ihre Lunge.

Unter dem Fenster ist Jean-Pierre dabei, sein Motorrad zu starten, er winkt jemandem zu, den sie nicht sehen kann, und verschwindet in einer Explosion aus Lärm und Auspuffgasen über die Brücke.

Jetzt, nachdem sie sich dazu entschlossen hat, ist sie emsig bemüht, die Wohnung von allen verbliebenen Spuren menschlichen Daseins zu befreien. Im Handumdrehen hat sie Decken und Laken vom Bett abgezogen, der Haufen landet auf dem Flurboden. Im Badezimmer wickelt sie Cremedosen und Shampooflaschen, Zahnbürsten und gesprungene Seifenstücke in eines der Handtücher, stopft das Ganze in den Tritteimer unter dem Waschbecken.

Marie-Jeannes beiden eleganten Lederkoffer sehen wie neu aus.

Sie legt sie auf die nackte Matratze, öffnet den Kleiderschrank.

Der Duft des Vanilleparfüms der Schwiegermutter läßt sie einen Moment lang zögern, dann nimmt sie sich zusammen, greift mit beiden Armen die geschmackvollen Kostüme, die schön verarbeiteten Kleider, Stapel der engen, immer frisch gebügelten Hemdblusen, stopft die sauber geputzten grauen und schwarzen Pumps in eine Plastiktüte.

Sie ist gerade dabei, den letzten Kofferdeckel auf die sich wölbende, rutschende Masse zu drücken, als sie draußen das Geräusch von Schritten hört, jemanden, der an ihre eigene Tür ein paar Meter weiter auf dem Flur klopft.

»Mariclô?«

Die Tür zur Wohnung wird weit aufgerissen. Das sonst so blasse Gesicht des Mädchens hat rosige Wangen bekommen. Das Haar, das der Wind ihr aus der Stirn gekämmt hat, hat die Farbe von Treibholz, sie sieht aus wie frisch geschrubbt.

Nannas Anblick läßt sie auf der Türschwelle stehenbleiben.

»Was machst du?«

»Aufräumen, damit du einen Platz zum Üben hast.«

»Ich habe schon geübt.« Sie sieht sich neugierig im Zimmer um. »Wem gehört die Wohnung?«

»Sie gehörte meiner Schwiegermutter. Hilfst du mir?«

Mit gemeinsamer Anstrengung gelingt es ihnen, den vollgestopften Koffer zu schließen und zu dem anderen auf den Flur zu befördern.

Mariclô setzt sich schnaufend auf den Stuhl vor dem Sekretär.

»Mußt du alle Schränke leeren, nur damit ich einen Platz zum Üben habe?«

»Das hätte ich schon vor langer Zeit machen sollen.« Sie kann ebensogut gleich die ganze Wahrheit sagen. »Aber ich konnte es nicht über mich bringen.«

»Weil sie tot ist?«

»Ich denke schon. Da sollte etwas zurückbleiben, eine Achtung. Ihr Tod war so traurig. Das hier ist ihr Tagebuch.«

Das weinrote Buch liegt in Mariclôs Hand, die langen Finger streichen über das weiche Leder.

»Hast du es gelesen?«

Nanna schüttelt den Kopf.

»Vielleicht sollte ich es verbrennen.«

»Aber sie wollte sicher, daß es jemand liest, sonst hätte sie es doch selbst verbrannt.«

»Glaubst du?«

»*Papa* hat alles verbrannt. Nicht ein einziger Brief ist übriggeblieben, nichts. Doch, die Erinnerung an sein mürrisches Gesicht. Und dann die Leibrente, die darf ich nicht vergessen.« Der Zynismus ist die Verteidigungsform des verletzten Kindes, das Lachen wirkt nur halbherzig. »Und außerdem hat er nicht mal Selbstmord gemacht.«

Nanna weiß nicht, ob ihr eigener Vater Briefe hinterlassen hat. Ihre eigenen, aus den Ferien, die sie im Sommerhaus von Mettes Eltern verbracht hat, die Karten von der mißglückten Konfirmationsreise, ihrer ersten Fahrt ohne Mettes beschützende Gesellschaft, auf der die Einsamkeit sie krank machte und sie mehrere Tage allein in einem Hotelzimmer in einem oktoberheißen Rom verbringen mußte, während der Rest der Gruppe fröhlicher Teenagermädchen alle Versuchungen der Stadt wahrnahm. Sie weiß es nicht, und jetzt ist es zu spät, um zu fragen.

Seit dem mißglückten Wiedersehen mit der Stiefmutter, die inzwischen im Ruhestand ist, besteht der Kontakt nur noch in sich kreuzenden Weihnachtskarten. In den letzten Jahren zeigten Bodils Fotos Portraits ihres neuen Lebenspartners, eines traurig dreinblickenden Cockerspaniels.

Monsieurs fehlendes Talent, seine Tochter wahrzunehmen, sie in die Arme zu nehmen und zu beschützen, sie als die seltene Blume zu hüten, die sie ist, hat Mariclô dazu gebracht, alle Männer zu verachten, fest entschlossen, gänzlich ohne sie auszukommen.

Trotz Nannas eigener Revolte gegen den Vater hat seine Abwesenheit bei ihr weder Haß noch Verachtung gegenüber dem männlichen Geschlecht entstehen lassen, dessen Repräsentanten bisher entweder vor ihr wegstarben oder sie aufgrund ihrer Schwäche enttäuschten. Nur eine Sehnsucht ist geblieben, die mit den Jahren jedoch immer diffuser geworden ist.

Mariclô ist aufgestanden, läuft zwischen den Möbeln der Wohnung umher, eine Katze, die ein neues Revier untersucht. Nanna hört, wie sie die Schränke im Badezimmer öffnet, die Toilette hinter der angelehnten Tür benutzt, Wasser läuft ins Waschbecken.

Eine Schublade des Sekretärs enthüllt weitere in Leder gebundene Bücher, in einer anderen liegen pedantisch gebundene vergilbte Briefe neben den Handtaschen der Schwiegermutter, die sorgfältig in Seidenpapier gewickelt sind. Ein Schmuckkästchen in braunem Wildleder enthält nur ein paar goldene Ohrclips und die einfache Perlenkette, die die Schwiegermutter immer zu festlichen Gelegenheiten zu tragen pflegte, keinen Modeschmuck, keine Abweichung von dem diskreten Geschmack, der Teil von Marie-Jeannes Panzer gegen die Umwelt war.

Mariclô kommt zurück, wischt sich die feuchten Hände an den Hosenbeinen ab. Die geriffelten Sohlen ihrer groben Sandalen hinterlassen kleine Streifen weißen Sands auf dem dunklen Teppich.

»Wie sieht deine eigene Wohnung aus?«

»Ich habe das alte Zimmer meines Mannes behalten.«

Sie hört selbst, wie absurd das klingt. Seit zwanzig Jahren hat das Zimmer den engen Rahmen um das bißchen Privatleben gebildet, das sie sich zugestanden hat, ob aus Verehrung oder aus dem Bedürfnis nach Sicherheit, sie weiß es nicht.

»Warum ziehst du nicht hier ein?«

Der Gedanke, sie könnte Marie-Jeannes Wohnung übernehmen, die zwar klein ist, aber dennoch geräumiger als das, was sie gewohnt ist, ist ihr nie gekommen. Jetzt wird ihr klar, wie einleuchtend das in den Augen anderer erscheinen muß.

»Du könntest sie in japanischem Stil einrichten. Das würde zu dir passen.«

Die geladene Stimmung von gestern ist verschwunden, aber auch wenn sie das Gefühl hat, nicht mehr auf der Hut sein zu müssen, bereitet die ganze Situation ihr ein Unbehagen, das stärker ist als nur der übliche Unwille, sich in Gespräche über ihre eigene Person verwickeln zu lassen.

»Wohin bist du zum Üben gegangen?«

»Warum redest du plötzlich über etwas anderes?«

Mariclô hat ihren Kopf schräg gelegt, ihre Augen lächeln ironisch.

»Ich bin es nicht gewohnt, über mich selbst zu reden.«

Ein neues Ablenkungsmanöver, sie versucht das Thema mit einem Lachen beiseite zu schieben, aber Mariclô schaut sich bereits mit Feldherrenblick im Zimmer um.

»Wir können es leer räumen, solange ich hier bin.«

»Vielleicht.«

»Vielleicht bedeutet nein. Warum willst du nicht?«

Nanna sieht nicht mehr das eifrige Gesicht, die hellen, eindringlichen Augen, die Tränen kommen aus unbekannten Quellen, eine andere weint, doch es sind ihre Wangen, die feucht werden, ihr Mund, der sich mit salzigem Geschmack füllt.

Sie schiebt Mariclô zur Seite, aber das Mädchen ist zu flink, kann sie noch beim Arm packen.

»Nanna.«

Das fremde Schluchzen preßt sich gegen ihre Trommelfelle, ein Notfall. Der Raum dreht sich um sie, und sie muß sich an der Stuhllehne festhalten, um nicht zu fallen.

Die Grenze, die Nannas reserviertes Wesen zwischen sich und andere Menschen zieht, beeindruckt Mariclô in keiner Weise. Flucht ist nicht mehr möglich, sie kann sich nur noch ergeben.

»Ich weiß nicht, was los ist.«

Die Worte kommen in schluchzenden Krämpfen. Ihr Gehirn ist gleichzeitig leer und voll mit fliehenden Gedanken, Fetzen alter Gespräche, halb vergessener Bilder.

»Leg dich eine Weile hin.«

Der Arm des Mädchens ist fürsorglich, als sie Nanna ins Schlafzimmer schiebt, ihr auf die nackte Matratze auf dem Bett hilft. Sie verschwindet wieder im Badezimmer, kommt zurück mit tropfenden Händen.

»Da ist kein Glas, also muß das reichen.«

Kühles leichtes Klopfen auf die Stirn, sanfte Finger kühlen ihre heißen Lider. Langsam kommt ihr Atem zur Ruhe, aber der Körper ist schwer und will nicht gehorchen.

Mariclô hat sich auf die Bettkante gesetzt, streichelt ihren Arm mit einer feuchten Hand.

»Habe ich etwas Falsches gesagt?«

Ein Bild sammelt sich in Nannas Kopf.

»In Yanns Zimmer kann ich mir immer noch einbilden, daß ich ein junges Mädchen bin.«

»Wieso das?«

Sie reibt sich die Augen mit den Handflächen, trifft auf Mariclôs forschenden Blick.

»Ich bilde mir wohl ein, daß ich so darum herumkomme, das Leben meiner Schwiegermutter nachzuleben. Daß noch jemand kommen und mich retten wird.«

Die Tränen laufen die Wangen hinunter auf die glänzenden Blumen des Matratzenbezugs. Das Weinen enthält mehr Befreiung als Schmerz, sie gibt sich keine Mühe mehr, es aufzuhalten.

Trotz aller Ausflüchte ist sie in das abschreckende Muster der

Schwiegermutter gerutscht. Ihre Scheu hat sich in eine selbstbeschützende Distanz verwandelt, die sie vollständig zu isolieren droht. Die Jahre haben sie in einen gut funktionierenden Bestandteil, ein nur selten aussetzendes Zahnrad in der gut geölten Maschinerie des Hotels verwandelt, als Funktion notwendig, als Person überflüssig. Es ist an der Zeit, daß sie das einsieht.

Niemand sucht mehr ihren Beistand. Florida kann sich jetzt selbst helfen, sicher in ihrer erfüllten Hausfrauenrolle. Martines Existenz setzt ihren Möglichkeiten Grenzen, ihrer Zärtlichkeit für Jean-Pierre Ausdruck geben zu können. Mariclô ist seit langer Zeit die erste, die es unaufgefordert und offenbar ohne aufgehalten werden zu können gewagt hat, die Schwelle zu ihrem Innenleben zu übertreten.

Mitten in dem erschreckenden Chaos fühlt Nanna eine Dankbarkeit dem Mädchen gegenüber, das auf das Fußende des Betts gekrochen ist und ihre Waden mit kräftigen Fingern massiert.

»Mein Lehrer massiert mich immer, wenn ich ausflippe.«

Nanna reibt sich die feuchten Augen, versucht zu lächeln.

»Flippst du oft aus?«

»Ach, nur ein paarmal pro Woche.«

Nanna zupft eine zerknüllte Serviette aus der Tasche ihres Rocks, putzt ihre verstopfte Nase.

»Und warum?«

»Wenn es total bescheuert klingt.« Das Mädchengesicht ist verkniffen, irgendwo in den Augen ist der Schatten einer dunklen Verzweiflung zu sehen. »Geht es jetzt besser?«

Das Lächeln auf Nannas Gesicht fühlt sich wie eine Grimasse an, es hat keinen Zweck, so zu tun als ob. Sie schüttelt den Kopf.

»Ich lebe ja schon ihr Leben.« Sie gestikuliert vage in Richtung der gestreiften Tapete an der Wand, des dunklen Holzes der Möbel. »Wenn ich jetzt auch noch in ihre Wohnung ziehe, dann kann ich mir gar nichts mehr vorlügen.«

»Wer zwingt dich denn, das Leben einer anderen zu leben?«

Das ist kein Zwang, nicht einmal eine Wahl, was sie dazu gebracht hat, der Arbeit zu dienen wie die Nonne ihrem Gott. Eine Mischung aus einer undefinierten Angst vor Veränderung und der Sicherheit in dem Gewohnten hat sie an ihrer asketischen Lebensführung festhalten lassen, hat sie dazu bewogen, sich auf die am besten meßbaren Ziele zu konzentrieren.

Mariclô hat ihr Leben gewählt. Sie ist keine Person, bei der man es wagen würde, sie wie ein Kind ohne jede Erfahrung beiseite zu schieben.

Ein plötzlicher Windstoß läßt das offene Fenster in seinen Angeln klappern, die Gardine raschelt in ihren Rollen, erweckt eine Kindheitserinnerung zum Leben.

Der Frühjahrsputz. Das Haus, das im Laufe einer Woche vom Keller bis zum Dachboden auf den Kopf gestellt wurde. Bodil mit einem gelben Kopftuch um die Haare, der blaugeblümte Kittel der Putzhilfe, der appetitliche Duft nach heißem Seifenwasser.

Das spinnengewebefreie Zimmer mit den frischgebügelten Sommergardinen, in dem sie in dem Glauben einschlief, daß auch die Menschen ganz neu anfangen könnten, daß man den alten Dreck wegschrubben könnte, aufräumen und ganz von vorn anfangen.

Und wie sie dann trotzdem in die vertrauten Muster zurückrutschte, ihren Nacken vor den Anforderungen des Vaters beugte, sich den Normen der Stiefmutter anpaßte, stumm und zustimmend.

Einmal hat sie es gewagt, ihren Lebensweg selbst zu wählen, sie kann es wieder tun. Mit der Verzweiflung einer Ertrinkenden greift sie nach dem vorbeischwimmenden Rettungsring, bevor die nächste Welle aus Angst und Unentschlossenheit ihn wegspült.

Die Möbel kann sie selbst herausschaffen, es gibt genügend Leute im Haus, die nichts lieber täten, als ihr zu helfen; was sie braucht, ist jemand, der sich nicht von ihren Vorbehalten abschrecken läßt, jemand mit Mariclôs Energie und Respektlosigkeit.

»Hilfst du mir?«

»*Bien sûr.*«

Die verblichenen Umrisse der Möbel und Bilder auf der Tapete sind die einzigen noch verbliebenen Spuren von Marie-Jeanne in der leeren Wohnung, als sie am gleichen Abend in dem menschenleeren Restaurant sitzen. Die schwersten Möbel haben Yvan und einer der Köche die Treppen hinuntergeschleppt, jetzt stehen die

Reste des Lebens der Schwiegermutter unter einer Plane ganz hinten in der großen Garage. Ihre Briefe und Tagebücher sind, eingewickelt in Plastik, in einem der großen Kleiderschränke auf dem Boden verstaut, in sicherem Abstand vor neugierigen Blicken.

Nanna hat Pastete und Schinken aus dem großen Kühlschrank geholt, eine Auswahl an Käse auf einem geflochtenen Brett angerichtet. Mariclô und sie haben den schlimmsten Hunger gestillt, sitzen nun zusammen und leeren eine Flasche einfachen roten Landwein. Die gemeinsame Arbeit hat eine neue Vertrautheit geschaffen, das Zusammensein ist jetzt unkompliziert, zwei schmerzende Körper, zwei Frauen, müde nach einem langen Tag.

Das Personal ist schon vor langer Zeit nach Hause gegangen, das Hotel ist still. Es ist Samstag abend, und die Handelsreisenden sind verschwunden, nur wenige der Zimmer sind von frühen Touristen belegt, ein englischer Maler, der nach einem Haus in der Gegend sucht, ein paar Pariser Rentner mit einem kleinen, reizbaren Hund.

Nanna und Mariclô haben während ihrer Arbeit nur wenige Worte gewechselt. Und auch jetzt haben sie nicht das Gefühl, daß ein Gespräch notwendig wäre.

Nanna streckt sich, gähnt hinter vorgehaltener Hand.

»Ich glaube, wir werden gut schlafen.«

Sie steht auf, balanciert das schmutzige Geschirr auf Arm und Hand.

Mariclô hat ihren Stuhl nach hinten geschoben, beobachtet sie.

»Wie kannst du das alles nur auf einmal tragen?«

»Wie kannst du Mendelssohn spielen?«

»Das kann man nicht vergleichen.«

»Warum nicht? Das ist eine Frage der Übung, nicht wahr? Kombiniert mit Talent.«

Es fällt nicht schwer, Scherze zu machen, selbstironisch zu sein. Der Tag war frei von allen Andeutungen hinsichtlich der Geschehnisse in der Nacht, die physischen Anstrengungen haben eventuelle Liebeserklärungen unmöglich gemacht. Was die kommenden Tage auch bringen mögen, die Rollenverteilung zwischen ihnen hat sich endgültig verändert, sie sind jetzt ebenbürtig.

Mariclô hat eine Apfelsine aus der Schale auf dem Tisch

genommen, schält sie, während sie geht, das Öl der Schale verbreitet einen angenehmen Duft in der Lobby. Eine plötzliche Eingebung läßt Nanna am Treppenfuß stehenbleiben.

»Was hältst du von ein bißchen frischer Luft?«

Der Maihimmel zittert von den vielen Sternen, die über ihren Köpfen den leuchtenden Schleier der Milchstraße ausbreiten. Nur ein einziges Fenster in der Hotelfassade ist erleuchtet. Aus dem sumpfigen Gebiet weiter unten am Hafen klingen die piepsenden vogelähnlichen Laute der Kröten zu ihnen herauf, sonst ist alles still. Sie bleiben einen Moment auf der Treppe stehen und atmen den süßlichen Duft von Feigenbäumen und Mairosen aus den windgeschützten Gärten in den schmalen Gassen hinter dem Hotel ein, den schärferen Geruch des Meeres nach Tang und Teer, das Aroma der Schiffswerft, gesättigt von Farbe und frischen Hobelspänen.

Ein paar Meter entfernt reflektieren auf der Straße die verchromten Teile eines großen, schwarzen Motorrads das schwache Licht der Straßenlaterne. An der niedrigen Mauer, die den Parkplatz des Hotels von der Hafeneinfahrt trennt, löst sich eine lange Gestalt aus den Schatten.

»*Bonsoir.*«

Jean-Pierre überquert den Platz, reicht ihnen die Hand zum Gruß. Mariclôs Hand drückt er mit einer entschlossenen Miene.

»Du warst das, die gespielt hat. Da unten, auf den Klippen.«

Nanna spürt die Wut des Mädchens, beschließt aber, nicht einzugreifen. Worauf Jean-Pierre sich auch einläßt, steht in seiner eigenen Verantwortung, und langsam beginnt sie Mariclôs Abscheu zu verstehen, ihre Person allen zufällig daherkommenden Neugierigen aussetzen zu müssen.

»Das war nicht für Publikum gedacht.«

Der Ausdruck in Mariclôs Gesicht ist bar jeden Entgegenkommens, Jean-Pierre bleibt dennoch stehen.

»Aber das war trotzdem schön.«

Diese totale Abwehr scheint ihn zu sehr anzuziehen. Nanna erkennt das Muster von seiner Belagerung der unwilligen Véronique wieder. Vielleicht ist es genau das, was Martines Sohn von den Frauen erwartet.

Sie bringt es nicht länger übers Herz, ihn im Stich zu lassen.

»Wir wollten gerade spazierengehen.« Sie ignoriert Mariclôs wütenden Blick. »Du kannst ja mitkommen, wenn du Lust hast.«

Jean-Pierre schwimmt brav in ihrem Kielwasser mit. Das Geräusch ihrer Schritte hallt von den Hauswänden wider, deren Kalk die Sonnenwärme des Tages aufgesogen hat und jetzt in der kühlen Abendluft die Wärme abgibt.

Vor der kleinen Bar an der Brücke hat der Besitzer bereits die Sommermöbel herausgestellt, ein paar dunkle Gestalten hängen schwer über einem der Tische.

Einer von ihnen hebt seinen Kopf, als sie vorbeigehen.

Das weiche Gesicht, der nachgiebige Mund zwischen den Bartlocken, Pierres Gesicht. Das Wiedererkennen läßt Nanna nach Luft schnappen. Nanna weiß von Florida, daß er jetzt als Fischer auf einem der großen Trawler arbeitet, die die meiste Zeit vor der Küste Senegals liegen. Bei seinen seltenen Besuchen in der Heimatstadt meidet er die Hotelbar, und es ist Jahre her, seit sie ihn das letzte Mal gesehen hat.

Nanna kann feststellen, daß die Haut auf seinen Wangen gröber geworden ist, als sie sie in Erinnerung hat, das Gesicht aufgedunsen und rotfleckig unter dem zerzausten Pony, aber bevor einer von ihnen sich zu einem Gruß durchringen kann, ist der Augenblick dazu verpaßt.

»Wer war das?«

Mariclô hat ihre Hände in die Taschen ihrer engen Hose gezwängt, tritt mit ungeduldigen Bewegungen einen Stein vor sich her.

»Niemand, den ich kenne.«

Die Lüge erscheint ihr notwendig. Die peinliche Geschichte mit Pierre will sie mit keinem Menschen teilen, am allerwenigsten mit Mariclô.

»Er ist Fischer.« Jean-Pierre mischt sich ins Gespräch ein. »Seine Mutter arbeitet in der Fabrik.«

»In der Fabrik?«

Mariclô würgt das Wort heraus, dennoch kann Nanna ihre Neugier heraushören.

»In der Konservenfabrik.« Jean-Pierre nutzt die Chance, neben sie zu treten. »Ich arbeite im Sommer meistens auch dort.«

»Legst du die Sardinen in die Dose?«

Ein ungläubiges Lachen.

»Ich löse den Vorarbeiter ab. Das sind nur die Frauen, die mit dem Fisch zu tun haben.«

»Und dann hältst du also die Hühnchen in Schach?«

Der Stein bekommt einen kräftigen Tritt, prallt von einem Laternenpfahl einige Meter entfernt ab.

Jean-Pierre lacht verlegen.

»Das kann man wohl so sagen.«

Der Wind hat sich gelegt, als sie die flache Dünenreihe zwischen dem Hafen und dem buschbewachsenen Moorgelände erreichen, das Sternenlicht spiegelt sich in den kleinen Einbuchtungen zwischen dem Schilf. Hinter den Dünen donnern die Flutwellen gegen die Felsbrocken der Küste, durchschneiden den stillen Abend und erfüllen die Luft mit dem Geschmack salziger Tropfen.

Mariclô hat ihren Arm unter Nannas geschoben.

»Ich könnte für den Rest meines Lebens hier auf den Klippen Geige spielen.«

»Du hast heute nasse Füße gekriegt.«

Jean-Pierre versucht es mit einem Lachen, aber Mariclô hat ihn bereits abgewürgt.

»Ich hasse es, wenn jemand mir nachspioniert.«

Es ist Yanns Sohn, der hier angegriffen wird, ein verletzlicher Junge, zu ungeschickt und zu unsicher, um der Aggression mit etwas anderem als Unterwürfigkeit zu begegnen, Nanna kann nicht teilnahmslos zusehen.

»Hör auf, die ganze Zeit Jean-Pierre eins auszuwischen.«

Mariclô zieht den Arm zurück, wirft ihr einen verletzten Blick zu. Sekunden später ist sie mit flatternden Armen auf die Klippen gesprungen, ein landender Vogel in den Wellenspritzern, wendet Nanna und Jean-Pierre ein strahlendes Gesicht zu.

»Ist das hier, wo man baden kann?«

Eine kräftige Welle zwingt sie, einen Schritt zur Seite zu springen.

Algen und Wasser haben die Felsen seifenglatt gemacht. Ohne sich festhalten zu können, rutscht sie über den Rand, landet in dem wirbelnden Wasser. Ihr verblüfftes Gesicht verschwindet unter der nächsten Welle, dann taucht sie wieder auf, prustend und rudernd, schluckt Wasser, als die Welle schäumend vom Felsrand zurückschlägt.

Nanna schrammt sich den Arm blutig an den messerscharfen Vorsprüngen der Klippe, als sie auf Knien auf die ihr entgegengestreckten Arme zukriecht, mit Händen, die sich den scharfen Steinen entgegenrecken, ins Leere greifen.

Jean-Pierre hat sich auf dem nassen Granit flach auf den Bauch geworfen, sein Oberkörper hängt gefährlich weit über den Felsrand. Die nächste Welle wirft ihm den kämpfenden Mädchenkörper entgegen, er kann ihr Handgelenk packen. Sekunden später liegt sie nach Luft schnappend auf der feuchten Steinfläche.

Ein Büschel Seegras hat sich um ihren Hals drapiert, ein glänzender, braungrüner Pelzkragen, die hellen Augen starren wild umher, dann werden sie klar.

»*Merde.*« Ein resignierter Schrei zum Sternenhimmel, dann lacht sie, ein entwaffnendes befreites Lachen. »Ich habe doch nicht jetzt gleich gemeint.«

Der Rocksaum klatscht naß gegen Nannas Beine, als sie sich auf den trockenen Sand des Strandgürtels rettet, sie zittert in einer Mischung aus Kälte und Wut. Die letzten vierundzwanzig Stunden haben sie an Ränder ihres Gefühlslebens geschleudert, die sie sonst nur selten streift, jetzt kann sie nicht mehr.

Ohne sich umzudrehen, stapft sie durch den Sand, über die Dünenreihe, geht durch die dunklen Gäßchen zurück zum Hotel, vermeidet den Kaibereich und die Bar an der Brücke, sie hat keine Kraft mehr für weitere Konfrontationen. Sie kann Jean-Pierre ein andermal um Verzeihung für ihre Flucht bitten, jetzt will sie nur fort von dem hysterischen Auftritt am Strand.

Ein Hund erwacht hinter einem der geschlossenen Tore, als sie vorbeigeht, sie zuckt bei dem Geräusch seines schweren Körpers zusammen, der sich gegen die Holzlatten wirft, sein dumpfes Bellen hetzt sie, bis sie um die Hotelecke biegt.

Das Herz hämmert immer noch vor Schreck, als sie aufschließt, sie bleibt in dem dunklen Empfang ein paar Minuten stehen, bis ihr Atem wieder normale Dimensionen angenommen hat.

Lucienne hat während Mariclôs Besuch ihre Nachmittage hinter dem Bartresen übernommen, die Gläser strahlen frisch poliert in ihren Halterungen unter den schnurgeraden Reihen der Schnapsflaschen.

Ein doppelter Calvados hat die Wärme bereits zurück in ihren Körper gebracht, als sie die Hoteltür hört. Draußen startet ein Motorrad und brummt in Richtung Brücke davon.

Im Halbdunkel erkennt sie Mariclôs weißes Gesichtsoval, das nasse Haar, das an der Stirn klebt.

»Entschuldige, entschuldige, entschuldige.«

Das Gesicht ist komisch schuldbewußt, die Arme in einer Geste der Ergebung hochgereckt, sie humpelt leicht.

»Was ist mit deinem Fuß passiert?«

Das Mädchen zieht sich auf einen Barhocker, reibt sich mit beiden Händen das Fußgelenk. Das nasse Hemd klebt ihr am Oberkörper, von der Hose tropft das Wasser.

»Ich habe ihn mir verdreht, als ich umgekippt bin.«

»Ach du meine Güte.«

Es ist unmöglich, beim Anblick von Mariclôs entwaffnendem Grinsen weiterhin wütend zu sein. Nanna holt ein Glas aus der Halterung über dem Spülbecken.

»Brauchst du einen?«

»Willst du mir nicht lieber Cognac mit dem Teelöffel einflößen?«

»Wohl eher warme Milch.«

»Brrr.« Mariclôs nackte Füße in den Sandalen sind blauweiß, ihr ganzer Körper zittert vor Kälte. »Vielleicht sollte ich mir was Trockenes anziehen.«

»Ich gehe auch nach oben.«

Die Cognacflasche gluckert in Nannas Arm, als sie das humpelnde Mädchen die Treppe hinauf stützt, ein Glas beult ihre Tasche aus.

Vor der Tür zu Mariclôs Zimmer zögert sie, reicht ihr dann die Flasche.

»Trink ein Glas, wenn du ins Bett gekommen bist.«

»Kommst du nicht mit rein?«

Nannas Wut ist verraucht. Ihre Müdigkeit hat sich in eine leichte Euphorie verwandelt, die sie an die Teenagerzeit erinnert, wenn sie bei Mette übernachtete und die Sonne aufging, ohne daß sie ein Ende in ihrem Gespräch hätten finden können. Als an

Schlaf gar nicht zu denken war und sie sich statt dessen in die Küche schlichen und danach kichernd ihre Brotscheiben und schwappenden Milchgläser die knarrende Treppe hinaufschmuggelten, vorbei am Schlafzimmer der Eltern. Das Gefühl der Leichtigkeit, der Unbeschwertheit, gleichzeitig wohlig und erschreckend. Der Gedanke, die ganze Nacht wach zu bleiben, erscheint ihr plötzlich sehr anziehend.

Der Inhalt von Mariclôs Tasche liegt über Bett und Boden verbreitet, das Zimmer sieht aus wie ein Ferienlager. Nanna schiebt resigniert einen Haufen krauser Hemden und schmutziger Unterwäsche von dem einzigen Stuhl im Zimmer, stellt die Cognacflasche auf den Toilettentisch neben den Geigenkasten.

Mariclô hat sich die nassen Sachen heruntergerissen. Die Haut ihres nassen Körpers ist immer noch feucht, ein Stück Seegras klebt an einer Brust, ein Messerstich in dem Heiligenbild.

»Ich bin nicht mit Absicht reingesprungen.«

Sie ist auf dem Weg ins Badezimmer. Nanna hört, wie sie sich frottiert, erschaudert leicht.

»Warum bist du überhaupt auf die Klippen hoch?«

»Was macht man gegen Hautabschürfungen?«

»Wasser und Seife.«

Das Mädchen taucht in der Badezimmertür auf, ihre Haut ist rot gefleckt von dem hartnäckigen Reiben, in ihren Handflächen hängen abgeschürfte Hautfetzen. Das Glas, das Nanna ihr reicht, wird in zwei Schlucken geleert, sie schüttelt sich.

»Ich habe dich etwas gefragt.«

»Ich war eifersüchtig.«

»Ach, hör doch auf.«

Die Kleiderberge vom Bett fallen zu Boden. Mariclô kriecht zwischen die Laken, zieht die Decke bis zum Kinn hoch.

»Schläfst du mit ihm?«

Nannas Blick ist flehentlich, verletzt unter dem fordernden Blick.

»Ich schlafe mit niemandem. Darum geht es nicht.« Das Risiko, daß wieder alles verdorben wird, schwebt über ihnen, sie gibt sich Mühe, die richtigen Worte zu finden, will vermeiden, einen Ausbruch zu provozieren. »Du hast mir heute eine Art Freiheit gegeben, du hast mir geholfen, mehr als du vielleicht glaubst.

Aber wenn du mich unter Druck setzt, nimmst du das alles wieder zurück.«

»Was verlangst du?«

»Ich ertrage es nicht, die ganze Zeit auf der Hut sein zu müssen.«

Der flüchtige Traum von der Ehrlichkeit dieses Tages, der gemeinsamen Anstrengung, der gemeinsamen Müdigkeit, der in ihr erwacht ist, der Traum von einer Schwester, der sie sich anvertrauen kann, mit der sie das Lachen teilen kann, eine, wie sie sich nie hatte vorstellen können, verfliegt in der durch Grenzabsteckung und Selbstschutz beherrschten Atmosphäre des Zimmers.

Mariclô starrt sie über den Rand ihres Glases kampfbereit an.

»Du willst bestimmen, was ich sagen und tun darf, nennst du das Freiheit?«

Was immer sie auch sagt, es wird falsch sein, sie kann ebensogut gleich kapitulieren.

»Darauf habe ich keine Antwort. Für dich ist es immer nur alles oder nichts, so ist das nicht für mich.«

Sie starren einander an, zwei Fremde in einer unbekannten Landschaft, jeder Schritt darin ist voller Risiken.

»Das verschwindet nicht, wenn ich mich zusammennehme. Das verschwindet nicht, wenn ich eine Tablette nehme oder zum Psychiater gehe. *Maman* hat weiß Gott alles gemacht, was sie konnte.« Mariclôs Gesicht ist eine Grimasse aus Trauer und Sorgen, ihre Stimme bebt. »Das verschwindet nur, wenn ich verschwinde. Ich arbeite daran.«

Nanna nimmt gedämpfte Geräusche aus dem Zimmer unter ihnen wahr, mürrische Diskanttöne des kleinen Hundes.

»Wir wecken die Leute auf.« Sie ist aufgestanden, will gehen. »Laß uns morgen weiterreden.«

Mit einer heftigen Armbewegung wickelt Mariclô sich in die Decke, der aschblonde Kopf verschwindet in den Falten der Laken.

»Gute Nacht.«

Nanna bleibt in der Tür stehen, wartet auf einen Riß im Widerstand, aber das Mädchen hat sich unzugänglich gemacht. Als Nanna schließlich die Treppe zu ihrem Zimmer hinauftrottet, ist ihr Kopf leer vor Müdigkeit.

Es ist schon nach neun, als Nanna am nächsten Morgen das Frühstückstablett zu Mariclô Zimmer hinaufbringt. Niemand antwortet auf ihr Klopfen, aber die Tür ist unverschlossen, sie öffnet sie vorsichtig.

Eine aschblonde Haarsträhne ist das einzige, was von dem Mädchen unter dem zerknüllten Bettlaken zu sehen ist. Die Luft im Zimmer ist schwer, ein Geruch nach altem Schnaps und feuchten Handtüchern, die Cognacflasche auf dem Nachttisch ist fast leer. Nannas Zehenspitzen stoßen gegen den Korken, der über den Boden rollt, unter dem Bett verschwindet.

»Mariclô.«

Ein milchbleiches Gesicht schaut unter der Decke hervor, die Augen sind angeschwollen, ein Boxer nach einer verlorenen Meisterschaft.

»Wie spät ist es?«

»Bald halb zehn.«

»*Merde.*«

Nanna räumt eine Ecke des Nachttisches frei, stellt das Tablett darauf.

»Es gibt keinen Grund zur Eile.«

Sie dreht sich um, will gehen, aber Mariclô hält sie zurück, ihre Stimme klingt rauh, jämmerlich bittend.

»Nanna.« Ein langes Schluchzen. »Ich kann heute abreisen, wenn du möchtest.«

»Jetzt trink erst mal deinen Kaffee.«

Auf dem Weg hinaus öffnet sie das Fenster. Die Luft, die hereinströmt, ist bereits warm, die Sonne glitzert in den Gezeitenpfützen auf dem braunen Sandboden des Hafenbeckens.

»Ich habe deinen ganzen Cognac ausgetrunken. Ist das schlimm?«

»Ich werde es auf die Rechnung schreiben.«

Sie bleibt einen Moment lang stehen und schaut den schmächtigen, sehnigen Körper an, der sich aus den verdrehten Laken herausschält und mit zitternden Händen das unhandliche Tablett hinüber aufs Bett befördert.

»In ein paar Stunden ist Hochwasser. Wir können am Strand spazierengehen, baden, wenn du Lust hast, die Sonne ist warm genug.«

Eine Kußhand und die Reste eines Lächelns folgen ihr auf dem Weg hinaus.

Zu ihrer Verwunderung ist sie dabei, sich an den jähen Wechsel zwischen Provokationen und Demut, Trotz und flehentlichen Gesten zu gewöhnen. Sie hat tief geschlafen und ist sonderbar ausgeruht aufgewacht.

Der Schlaf hat ihren Traum von einer vertrauten, ebenbürtigen Beziehung weggewischt. Im klaren Licht des Morgens sieht es eher so aus, als wäre Mariclô ein unumgänglicher Teil ihres Schicksals, ein Geschenk einer unbekannten, humorvollen Macht, dieses Pubertätskind, das sie selbst nie bekommen hat. Etwas, an dem sie ihre Alterslosigkeit messen kann, ein anstrengendes, aber notwendiges Findelkind.

Am Treppenabsatz stößt sie auf Lucienne, die mit dem Arm voller Flaschen in die Bar gehen will.

»Hast du einen Augenblick Zeit?«

Sie wartet, während Lucienne ihre klirrende Last auf dem Bartresen abstellt, gemeinsam gehen sie in das kleine Büro, in dem der Postkorb vor Briefen überquillt.

»Ich habe beschlossen, etwas gegen die Gerüchte zu tun, von denen du erzählt hast. Wir können doch nicht hier mit den Händen im Schoß sitzen, wenn der Umsatz immer weiter abnimmt.«

»Was kannst du denn machen?« Luciennes normale Energie ist durch offensichtliche Resignation abgelöst worden, ihre Schultern beugen sich bereits unter der unumgänglichen Niederlage. »Das sind doch alles nur Gerüchte, da ist nichts Konkretes zu fassen.«

Nanna nickt zum Briefstapel hin.

»Ich wette, daß wieder mindestens drei Absagen in dem Haufen sind. Ist das nicht konkret genug?«

»Und was hast du dir gedacht, was willst du tun?«

»Ich überlege immer noch. Hast du einen Vorschlag?«

Lucienne zuckt die Achseln. Über lange Zeitspannen hinweg kann Nanna ihre Rollenverteilung vollkommen vergessen; daß sie die Arbeitgeberin ist, daß die Verantwortung für das Hotel bei ihr und ganz allein bei ihr liegt, daß Lucienne trotz ihrer unerschütterlichen Loyalität eine Angestellte ohne Verpflichtungen ist, die über ihre tägliche Arbeit hinausreichen.

In Krisensituationen hat sie immer wieder einsehen müssen, daß Luciennes Widerstandskraft unter bestimmten Formen des Drucks dahingeschmolzen ist, daß ihre Belastbarkeit in erster Linie physischer Art ist und daß psychischer Streß sie dazu bringt, ihre eigene Verwundbarkeit mit Abweisung und leichter Aggression zu verdecken.

»Es muß doch möglich sein, etwas zu tun.« Eine Idee, sie hält den Gedanken fest. »Vielleicht sollte ich mal mit Benoît sprechen.«

Der liebe Benoît, den die Fischerei in den goldenen Jahren zu einem wohlhabenden Mann gemacht hat, ein Reeder unter anderen Reedern, Mitbesitzer eines der halbindustriellen Fischereifahrzeuge im Hafen. Zusammen mit Floridas blühendem Delikatessengeschäft reicht das, um die Familie zu einer von denen zu machen, mit denen man in der kleinen Stadt rechnet, vermögend, angesehen.

Lucienne zuckt wieder mit den Schultern, aber das breite Gesicht erhellt sich in einer Art Erleichterung.

»Schon möglich.«

Sie stapft auf schleppenden Füßen in den Empfang hinaus. Die Mühsal des jahrelangen Kellnerns und all das andere, was zu ihren Aufgaben gehört, hat ihre Gangart zu der stoßweisen Fortbewegung eines Lastkahns werden lassen, die Füße heben sich kaum vom Boden ab.

Floridas geschäftsmäßiger Tonfall verändert sich sofort, als sie hört, wer anruft.

»Nanna. Das ist aber lange her.«

Wie immer quillt sie über vor Begeisterung bei dem Gedanken, die Frau wiederzusehen, die sie vor so vielen Jahren zu ihrer Vertrauten ausersehen hatte, ohne jemals auf die Idee zu kommen, dieses Vertrauen auch in die andere Richtung auszudehnen. Wenn sie sich wundert, daß Nanna nach Benoît fragt, läßt sie sich das zumindest nicht anmerken. Benoît ist nach einer längeren Fahrt in die Gewässer vor der irischen Küste zurückgekommen und würde sich freuen, Nanna zu einem Aperitif in dem großen Haus einzuladen, das Florida und er auf einem der letzten freien Baugrundstücke nördlich der Stadt gebaut haben.

»Also um neunzehn Uhr.«

Nanna blättert gedankenverloren den Inhalt des Briefkorbs durch, ein Paar Umschläge sehen in der Tat unheilverheißend aus. Sie öffnet sie gar nicht erst, geht statt dessen lieber in die Küche. Der Dampf aus dem großen Topf mit Fischfond bildet eine fettige Spirale unter der glänzenden Abzugshaube, Berge frischer Rohwaren liegen bereit für die weitere Zubereitung, die Luft prickelt von den geschäftigen, genau geplanten Aktivitäten. Ein paar *mille-feuille*-Platten in der Größe eines kleineren Mühlenrads warten auf die Vanillecreme, die der Dessertkoch mit schnellen Bewegungen dicht und glänzend über dem Ofenfeuer schlägt. »Madame.« Der Chefkoch verbeugt sich übertrieben ehrerbietig, nimmt die halb aufgerauchte Zigarette aus dem Mundwinkel. »Womit kann ich zu Diensten stehen?«

»Mit einem Picknick.«

Sie gibt ihre Anweisungen, Hummer, Käse und Obst für zwei Personen, öffnet selbst den großen Weinkühlschrank, findet eine Flasche Muscadet.

»Wann?«

Der Ausdruck in seinen Augen ist offen neugierig, sie lächelt entwaffnend, verhindert weitere Fragen.

»Sofort.«

Nanna summt, während der Koch die Leckereien in den Korb packt. Die Verabredung mit Benoît hat ihr ein Joch von den Schultern genommen. Sie hat sich jemanden besorgt, der die Sorgen mit ihr teilen kann, jemanden, der ihr vielleicht einen Rat geben, vielleicht eine konkrete Hilfe sein kann.

Einer, der mit ihrer Vorgeschichte vertraut ist, der wahren Ursache für Martines Rachlust.

Mariclô steht in der Lobby, als sie mit dem Korb über dem Arm herauskommt, eines der Badehandtücher des Hotels über den Schultern des unvermeidlichen Herrenhemds, die verwaschene Jeans hat waagerechte Löcher über den Knien. Eine riesige Sonnenbrille verbirgt die mitgenommenen Augen, das Lächeln ist eine kleine, entschuldigende Grimasse.

»Ich hole mein Badezeug.«

Nannas Badeanzug liegt ganz unten auf dem Boden einer Schublade, er ist gestreift, in verblichenem Blau und Weiß, der eingearbeitete Büstenhalter aus gehärtetem Plastik zeugt davon, daß er zu einem Zeitpunkt gekauft wurde, der ihr jetzt in einem anderen Zeitalter zu liegen scheint. Sie rollt ihn in ihr Handtuch und läuft die Treppe hinunter, mit einer kleinen Freude im Körper, ein Kind, das zum erstenmal nach einem langen Krankenlager wieder hinaus darf und spielen.

Im Auto taut Mariclô langsam auf, singt Melodiefetzen mit durchdringender Stimme.

Sie kommen an einer alten Frau auf einem Fahrrad vorbei, ihr weißes *coiffe* ragt über das graue Haar empor.

»Hast du die gesehen?« Mariclô bricht vor Begeisterung in einen Schrei aus, hängt sich über die Rücklehne des Sitzes. »Das ist ja phantastisch!«

Nanna muß über ihre Begeisterung lachen.

»Manchmal habe ich mir gewünscht, ich wäre auch dazu erzogen worden, ein *coiffe* zu tragen, das macht so würdig. Yanns Großmutter hat eine ganze Sammlung hinterlassen. Sie hat die Frauen immer danach beurteilt, wie gut ihre *coiffes* saßen.«

Sein Wissen mit jemandem zu teilen, einem anderen Menschen von Mémé erzählen zu können, einem der wenigen Sicherheitsfaktoren in ihrem Leben nach Yanns Tod, erfüllt sie mit einer zerbrechlichen Freude.

»Mémé war meine Heldin, wenn ich jemals überhaupt eine besessen habe. Sie hat immer die Fröhlichkeit gefördert, obwohl ihr eigenes Leben voller Trauer war.«

»Meine Großmutter hat immer nur ihre eigene Scheinheiligkeit gefördert.«

Mariclôs Nachäffen dieser hochnäsigen alten Dame, deren scharfe Augen über Mariclôs disziplinierten Sonntagsspaziergängen wachten, ist umwerfend, wieder lachen sie wie zwei Zwölfjährige.

Der Tag liegt strahlend vor ihnen. Nanna fährt schneller, überholt ein paar stinkende Kühlwagen, biegt in einen Kiesweg ein, begrenzt von blühendem Flieder, dessen sanfter Blütenduft durch die offenen Autofenster hereinströmt.

Der Sand am Strand ist puderweich unter ihren nackten Füßen, ein Schwarm winziger emsiger Vögel pickt die Sandflöhe aus den feuchten Rändern des Meeresbodens, wird mit jeder Windböe weggefegt, um sofort wieder zu landen und unverdrossen die Futtersuche fortzusetzen.

Mariclô hat die überdimensionierte Brille aufgesetzt, sie dreht ihr Gesicht der Sonne zu. Ein entzückter Gesichtsausdruck entfernt die letzten Spuren der mürrischen Abweisung von ihren Zügen.

»Ist es das, was sie die Sonne der Gnade nennen?«

»Ich denke schon.«

Das Hemd und die zerfranste Hose werden unterwegs abgeworfen, die nackten Glieder leuchten weiß in dem blendenden Licht. Der Vogelschwarm schwirrt in die Luft, als sie sich nähern, landet leicht wie eine Schneeflocke ein paar Meter weiter.

»Komm schon!«

Der verblichene Badeanzug mit seiner prüden Plastikausstattung erscheint Nanna plötzlich lächerlich überflüssig. Sie läßt Bluse und Rock auf den Strand fallen, tritt den Slip weg, streckt ihren Körper der Sonne entgegen.

Die Begegnung mit dem kühlen Wasser raubt ihr den Atem. Eine Welle wirft sie fast um, sie hört Mariclôs Lachen nahe an ihrem Ohr.

»*Viens, la sirène!*«

Die Wellenspritzer schlagen ihr gegen die Haut, sie läßt sich nach hinten in die lang ausrollenden Wellen gleiten, kommt wieder auf die Füße und läßt sich von neuem fallen, immer und immer wieder.

Herumalbernd wie die Kinder laufen sie zurück an den Strand, mit einer Haut, die rot gefleckt ist vor Kälte, ihre Brustwarzen brennen vom Salz.

Mariclô hat sich auf dem großen Handtuch auf den Rücken fallen lassen, nimmt die Sonne mit offenen Armen und schamlos gespreizten Beinen auf.

»Wie konntest du die ganze Zeit darauf verzichten, zu baden? Das ist ja besser als ein Orgasmus.«

Nanna schüttelt sich unter ihrem Handtuch. Ihre Augen betrachten den vogelhaften eleganten Körper, studieren ihn durch die Fransen ihrer Augenwimpern. Das Geschlecht ist mit schwarzem, gelocktem Haar bedeckt, das sich in einem pinselhaften Strich bis zum kleinen Knopf des Nabels fortsetzt, die Brüste sind winzig, aber wohlgeformt, die ganze Gestalt kalligraphisch präzise, ein japanischer Holzschnitt.

Eine weibliche Geliebte, ein verschmuster Körper neben ihrem eigenen, sanfte Hände auf ihrer Haut, vielleicht wäre das ein Trost in ihrer Einsamkeit, weniger kompliziert als mit einem Mann. Aber nichts an dem Körper neben ihr erweckt ihre Lust, die für immer mit den Erinnerungen an Yanns kräftigen Körper verbunden sind, seinen breiten Brustkasten, die langen, behaarten Schenkel.

Mariclô dreht sich auf den Bauch, greift nach der Sonnenbrille, die aus der Hemdentasche lugt.

»Was hast du da im Korb?«

Das kalte Bad hat beide hungrig wie Tiere gemacht, sie teilen sich den Korbinhalt an *langoustines*, wechseln sich ab, aus der Flasche zu trinken, alles ist plötzlich so einfach und sensuell, voll des Genusses.

Die ersten Fischerboote sind bereits auf dem Weg in den Hafen, als sie mit Wangen, die von der Sonne brennen, Körpern, die von Licht und Luft gesättigt sind, die Hotelstufen hinaufklettern.

»Darf ich oben in der Wohnung üben?«

»Aber natürlich.«

Während Nanna das Salz von ihrem Körper unter der Dusche abspült, hört sie die ersten Töne aus dem Zimmer neben sich. Die Aktivitäten eines anderen Menschen, eines Nahestehenden, der ein Leben in ihrer Nähe lebt, dicht mit ihr verbunden, aber selbständig.

Der Mangel durchbohrt sie, ohne daß sie sich dagegen wehren kann, voller Schmerz zieht ihr Inneres sich zusammen. Sie dreht ihr brennendes Gesicht dem eiskalten Wasser der Dusche zu, läßt den harten Strahl alle Gefühle davonspülen.

Benoît empfängt sie in der Tür. Sie tauschen die formellen Wangenküsse aus, ohne den Körper des anderen zu berühren, hinter einer der offenen Türen in dem großen Flur sehen ein paar kleine Jungs Fernsehen. Die kreischende Stimme des Kinderprogramms folgt Nanna und Benoît in das große Wohnzimmer, dessen doppelte Glastüren halb zur steingefliesten Terrasse geöffnet sind.

»Ein Glas *Rivesaltes*?«

Das breite Sofa hat schützende Stoffdecken über dem glänzenden braungoldenen Brokat auf den Armlehnen. Nanna läßt sich von den voluminösen Kissen aufnehmen. Ein altes, halb schon ausgelöschtes Bild drängt sich ihr auf, ein nüchternes Zimmer in einer armseligen Lehrerwohnung irgendwo an der kargen Küste. Benoîts flehender Blick über dem Glas mit billigem, blutrotem Wein, ein Eulenschrei in der stillen, mondlosen Sommernacht. Das Bild, das sie rettungslos mit dem Mann verknüpft, in dessen Haus sie jetzt sitzt, und das ebenso rettungslos jeden von ihnen auf eine Seite des Abgrunds verbannt.

Benoît hat sich auf einem hochlehnigen Sessel mit Lederbezug niedergelassen, die in Pantoffeln steckenden Füße ruhen auf der aprikosenfarbenen Marmorplatte des Couchtisches. Der demonstrative Luxus des Hauses umhüllt fremd seine stattliche Erscheinung, ein schlecht sitzender Anzug.

Der Lärm des Fernsehers in dem anderen Raum reißt Löcher in die Stille, jemand wechselt das Programm mit Blitzeseile, immer hin und her zwischen zwei Kanälen. Die Jungsstimmen klingen plötzlich bedrohlich laut.

Benoît schüttelt den Kopf.

»Daß sie sich nie auf ein Programm einigen können.«

Die Geräusche von Schlägen, von etwas Schwerem, das zu Boden fällt. Die hellere der beiden Stimmen geht in Weinen über. Benoît steht mit einem Ruck auf, in zwei Sätzen ist er an der Tür.

»Romain. Komm hierher.«

Kein Geräusch ist zu hören, sogar der Fernseher bleibt stumm. Ein etwas zu gut genährter Junge mit Benoîts kastanienbraunem Haar über dem sommersprossigen Gesicht kommt in der Tür zum anderen Zimmer zum Vorschein, duckt sich schuldbewußt.

»Kannst du deinen kleinen Bruder nicht in Ruhe lassen!«

Benoît hat seine Stimme lauter werden lassen. Seine väterliche Autorität ist so überrumpelnd, daß Nanna einfach lachen muß. Benoît vertuscht einen verletzten Blick, dann zuckt er mit den Schultern.

»Éliane läßt sie viel zuviel Fernsehen gucken, aber was soll man machen? Florida ist den ganzen Tag im Geschäft.«

Das Weinen auf der anderen Seite des Flurs hat aufgehört. Kurz darauf läuft der Fernseher wieder, affektierte Erwachsenenstimmen, die die Art nachahmen, in der Kinder sprechen.

Nanna zupft mit dem Nagel an dem Goldsiegel, das das geschliffene Kristallglas in ihrer Hand schmückt. Ihr mysteriöses Anliegen steht zwischen ihnen, die Luft ist voller unausgesprochener Fragen.

»Ich brauche einen Ritter.«

Eine heftige Röte färbt Benoîts wettergegerbte Wangen um noch einen Ton dunkler. Sie hält seinem Blick stand, setzt ihn mit wenigen Worten ins Bild.

Benoîts Glas klirrt auf dem Marmor des Tisches. Er erhebt sich mühsam, holt die Flasche aus dem geschnitzten Buffet, gießt umständlich ein.

»Hast du Beweise dafür, daß Alan dahintersteckt?«

»Wer sollte es sonst sein?«

Benoît zuckt mit den Schultern.

»Und was hast du dir gedacht, was willst du tun?«

»Hast du einen Vorschlag?«

Der elektronische Melodiefetzen der Türglocke unterbricht sie, die laufenden Füße und grellen Rufe der Jungs, Floridas mütterliche Stimme. Kurz darauf taucht das vertraute runde Gesicht in der Tür auf.

Florida ist immer noch rund, aber ihr üppiger Körper hat seit dem letzten Mal, als Nanna sie gesehen hat, etwas von seiner Festigkeit wiedergewonnen und ist jetzt eher aufgeschwemmt als fett, sie ist eine attraktive Frau von dem reifen, mütterlichen Typ, sicher in ihrer Rolle als Geschäftsfrau, Ehefrau und Mutter.

»Nanna. Ich will nur schnell die Suppe aufsetzen, dann komme ich herein.«

Küsse wirbeln durch die Luft, dann ist sie wieder verschwunden. Aus der Küche ist das Klappern von Töpfen zu hören, Wasser, das rinnt.

Benoîts Fuß wippt nervös unter dem Tisch, seine Augen flackern.

»Alan ist ein mächtiger Mann hier in der Stadt.«

»Aber ich kann doch nicht mit den Händen im Schoß einfach dasitzen und warten, daß er meinen Betrieb kaputtmacht.«

»Wenn er dir wirklich an den Kragen will, hast du nicht viele

Chancen.« Benoît schlägt den Blick nieder, fummelt nervös an seinem Glas. »Er gehört hierher, du bist trotz allem immer noch eine Fremde.«

Eine Fremde. Trotz all ihrer Mühen, trotz ihres Beitrags zur Ökonomie der kleinen Gemeinde seit zwanzig Jahren gehört sie nicht dazu, sie lebt von der Gnade der anderen und kann, wann immer es paßt, ausgeschlossen werden.

Keine verwandtschaftlichen Bande schützen sie, keine alten Schulden warten auf ihre Einlösung. Wenn Alan sie hinausdrängt, wird sie in eine Fußnote in der Geschichte der Stadt verwandelt werden, man wird bedauernd mit den Schultern zucken und im tiefsten Inneren eine Art Genugtuung darüber empfinden, daß alles wieder in normale Bahnen übergegangen ist.

Sie kann nur mit Mühe ihre Empörung beherrschen, aber der Klang von Floridas Stimme im Flur läßt sie verstummen.

Florida treibt die Söhne ins Fernsehzimmer, kommt selbst in der Tür zum Vorschein.

»Bekomme ich auch ein kleines Glas?« Sie sucht sich seufzend einen gemütlichen Platz zwischen den Sofapolstern. »Es ist so selten, daß wir arbeitenden Frauen uns sehen. Ich nehme an, daß du auch alle Hände voll zu tun hast.«

Floridas munter plaudernder Ton verdeckt nur notdürftig ihre Neugier. Daß Nanna in ihrer Wohnstube sitzt, ist schon für sich ungewöhnlich. Daß das Gespräch, das sie unterbrochen hat, von ernstem Charakter war, entnimmt sie Benoîts besorgter Miene, dem harten Zug um Nannas Mund, aber die Jahre und der Umgang mit dem eher exklusiven Kundenkreis des Delikatessenladens haben Floridas Methoden, sich ihre Informationen zu verschaffen, etwas weniger direkt werden lassen.

»Im Augenblick ist es nicht gerade die viele Arbeit, die das Problem ist, eher das Gegenteil.« Nanna versucht einen lockeren Ton anzuschlagen. Eine plötzliche Eingebung läßt sie fortfahren. »Vielleicht kannst du mir einen Rat geben, Florida.«

Nannas Bericht läßt Floridas runde Wangen vor sensationslüsterner Verärgerung zittern.

»Martine will bestimmt das Hotel selbst übernehmen, wenn sie dich da rausgekriegt haben.« Floridas weicher Mund verzieht sich zu einer verachtenden Grimasse. »Sie langweilt sich.«

Das Bild von Martine an Nannas Stelle, wie sie deren Funktionen übernimmt, sich mit Nannas Leben schmückt, ist häßlich, aber einleuchtend.

»Du hast vermutlich recht. Aber wie kann ich mich wehren?«

Florida öffnet den Mund, hält sich aber zurück, bevor sie etwas sagt, sucht den Blick ihres Mannes. Eine stumme Absprache wird zwischen den Eheleuten getroffen, dann sagt Benoît:

»Alan hat mit den meisten hier in der Stadt geschäftliche Verbindungen.«

Ein Verdacht kommt Nanna.

»Mit dir auch?«

Der wippende Fuß hält inne. Ein Schulterzucken.

»In einem gewissen Umfang.«

Der Ton klingt bagatellisierend.

Nanna ist aufgestanden.

»Ich hätte nicht kommen sollen.«

Sie ist bereits auf dem Weg zur Tür. Floridas Stimme hält sie auf.

»Sei nicht böse, Nanna. Ich verspreche dir, mit einigen der Ehefrauen zu reden, das ist oft der bessere Weg.«

Benoît bringt sie hinaus in den Flur.

»Alan hat sich mit Geld beteiligt, als wir das neue Boot gekauft haben, wir sind abhängig von ihm.«

Sie ignoriert ihn, kann seine Verschämtheit nicht ertragen, die Verachtung zieht ihr alle Wärme aus dem Körper, ihre Zähne klappern vor Kälte. Sie hastet die breite Steintreppe hinunter, über den knirschenden Perlkies der Einfahrt.

Am Gartentor dreht sie sich um und sieht den letzten Ritter auf seiner Schwelle stehen, einen beschämten Vasall.

Ihr Mund ist trocken vor Wut, als sie den Wagen auf einer der kleinen Haltebuchten an der Einfallstraße parkt. Das Hochwasser donnert gegen die Klippen, sie dreht den Schlüssel in der Zündung herum und steigt aus dem Wagen, überquert den Strand, auf dem die heutigen Spuren der Vögel und Menschen nach und nach weggewaschen werden.

Ein kindliches Bauwerk, ein Sandschloß mit Zinnen und Türmen wird langsam in eine Ruine verwandelt, die Türme stürzen einer nach dem anderen ein, eine Welle nach der anderen entfernt die Spuren der Arbeit eifriger Hände, das ambitiöse Projekt eines ganzen Nachmittags wird in wenigen Minuten weggespült.

Morgen wird der Strand wieder jungfräulich wie zuvor daliegen, das Kind wird nach seinem Bauwerk suchen, vielleicht vor Enttäuschung weinen, aber von neuem anfangen: eine noch größere Burg, ein noch schöneres Bauwerk. Neue, noch sorgfältiger ausgesuchte Muschelschalen werden die Festungsmauern schmücken, Algengirlanden die Ränder des elegant geformten Burggrabens markieren, bis der unerbittliche Sog des Flutwassers ein weiteres Mal alles mit sich reißen wird.

Die Begegnung mit Benoît hat nur das bekräftigt, was sie bereits ahnte. Die Werte, die sie durch ihr ganzes Dasein mit sich trägt, der Glaube an die menschliche Anständigkeit, an die Ritterlichkeit, die zu lieben Yann sie gelehrt hat, ist im Laufe der letzten Jahre, in denen das Geld das Leben der Leute regiert hat, in den Hintergrund geschoben worden. Benoît hat ihr nur auf seine Art erzählt, daß die menschliche Erbärmlichkeit und die menschliche Würde nicht mehr nach dem gleichen Maßstab wie früher gemessen werden. Daß zwischenmenschliche Beziehungen nunmehr in Geld gewogen werden.

Martine ist nicht mehr die jungenhafte Pubertätsvorstellung der Fee Morgane, der bösen Kraft, die man mit einer Mischung aus weißer Magie und ritterlicher Solidarität bekämpfen kann. In der herrschenden Konjunktur ist Martine ein Fisch im Wasser, eine klardenkende Geschäftsfrau, deren Position als Gemahlin der mächtigsten Person der Region ihr ungeahnte Möglichkeiten zur Manipulation eröffnet, um Vorteile auf Kosten anderer zu erlangen, ohne ein Risiko für die eigene Person eingehen zu müssen.

Vielleicht ist Nanna sogar die einzige, die den Schlüssel zu Martine hat. Vielleicht ist sie es, und nur sie, die den Kampf auf einem Niveau aufnehmen kann, das Martine zu akzeptieren gezwungen sein wird. Aber ihr Widerwille, Mittel zu benutzen, die an Martines eigene erinnern, sitzt so tief, daß sie sich zusammenkrümmt.

Ihre einzige Waffe ist ein lang aufgeschossener Junge mit rotblondem Haar und einer Sorgenfalte über den graublauen Augen. Selbst Alan wird es unmöglich sein, zu erklären, warum er ein

Unternehmen verteufelt, in dem sein einziger Sohn ein geschätzter Mitarbeiter ist.

Die Arbeit ihres ganzen Lebens ist in Gefahr, weggespült, ihr ein für allemal aus den Händen genommen zu werden. Sie ist gezwungen, die Herausforderung anzunehmen, es gibt keine andere Wahl mehr. Als sie über die Brücke zum Hotel fährt, dessen Fenster in den letzten Strahlen der untergehenden Sonne glänzen, eine verborgene Glut, hat sie ihren Entschluß gefaßt.

Der erste Stapel Kassetten mit Mariclôs Musikauswahl ist bereits angekommen. Mariclôs überraschend zierliche Schrift schnörkelt sich wie grazile Ornamente über die schwarzen Linien eines halben Notenblattes, eine Mischung aus überströmenden Danksagungen und selbstdementierenden Liebeserklärungen.

Die letzten Tage ihres Besuchs sind in relativer Harmonie verlaufen, der leere Raum nach ihrer Abfahrt ist nur schwer zu ertragen. Nanna ertappt sich, wie sie nach den vollen Geigentönen aus dem Nachbarzimmer lauscht, wenn sie auf ihrem Weg von der nachmittäglichen Pause an der Tür vorbeigeht.

Der Duft von Hobelspänen und die falschen Pfeiftöne des Tischlers verraten, daß die Stirnwand von Marie-Jeannes Wohnzimmer dabei ist, sich in ein Regal mit Platz für ihre Bücher und die Musikanlage zu verwandeln, die eines der sichtbaren Ergebnisse von Mariclôs sanftem Druck ist.

Der Maler steht bereit, auf dem Treppengeländer warten frischgebügelte, duftige Gardinen. In nur wenigen Wochen wird sie einziehen können, in die Räume, die ab jetzt ihr Zuhause sein sollen, die ersten, die sie als ihre eigenen bezeichnen kann. Bevor das geschieht, will sie den Schachzug wagen, der ein für allemal ihre verborgenen Widersacher kampfunfähig machen wird. Alle wachen Stunden sind erfüllt von Überlegungen über mögliche Vorgehensweisen, sie macht Pläne, die sie wieder verwirft, fängt von vorne an, widersteht Luciennes unausgesprochenen Fragen.

Das Maiwetter ist immer noch wärmer als üblich. Die Zimmer zum Hafen hin sind mit einem halben Dutzend ausländischer Touristen belegt, auf der Jagd nach den niedrigeren Preisen der Vorsaison. Nanna sieht sie nach dem Frühstück in einer Wolke von Auspuffgasen verschwinden und in den späten Nachmittagsstunden zurückkommen, wenn die Fischereiflotte an ihren Platz an der Auktionsmole gleitet, sich unter die übliche Gruppe diskutierender Alter mischen, die zum Tagesende in die Bar drängt.

Abends im Restaurant serviert sie ihnen das zweitbilligste Menü, sieht, wie sie mit rotwangiger Begeisterung den einfachsten Wein in sich hineinkippen. Sie ist dankbar für ihre Anwesenheit, die dazu beiträgt, die Illusion der Normalität aufrechtzuhalten.

Einige Busladungen mit Rentnern bringen den Restaurantumsatz über die Gefahrengrenze hinaus, verlängern ihre Frist, wann sie das Personal in die drohenden Tatsachen einweihen, sie auf Einschränkungen, mögliche Entlassungen vorbereiten muß.

Die Zeitung ist schon seit längerer Zeit voll mit Berichten über die neue Feriensiedlung, die immer noch auf ihre Baugenehmigung wartet. Alans kräftige Kinnpartie schmückt mehrere Male in der Woche die Titelseiten, die schmalen Schultern des Bürgermeisters beugen sich über das immer stärker ausgebaute Maßstabsmodell.

Paris zeigt, laut der führenden Zeitung, nur geringes Verständnis dafür, daß auch noch dieser Teil der sensiblen Küstenführung benutzt werden soll, um dem bedauerlicherweise stagnierenden ökonomischen Wachstum der Region wieder auf die Beine zu helfen. Die Regierung in Paris und die immer lauter werdende Umweltschutzbewegung werden in Leitartikeln verteufelt, zu Gegnern des Fortschritts gemacht, zu Dunkelmännern der Reaktion.

In dem heutigen Interview lüftet Alan den Schleier hinsichtlich seiner bevorstehenden Reise nach Paris, wo er als Projektleiter dem verantwortlichen Minister seine Aufwartung machen will.

Nanna legt die Zeitung auf den Bartresen, grüßt gedankenverloren die beiden mageren englischen Schwestern, die hechelnd wie die Jagdhunde das Angebot der Bar in Augenschein nehmen. Ihr ganzer Körper zittert vor Erwartung, wie vor einem Rendezvous.

Jean-Pierre hat sich seit Mariclôs Sturz von den Klippen ins Wasser nicht mehr gezeigt. Sie weiß nicht einmal, ob er noch in der Stadt ist, hofft es aber inständig. Ihr Plan ist fertig. Heute abend muß sie es wagen, koste es, was es wolle.

Die Kaffeetassen für *le petit déjeuner* stehen auf den Fenstertischen, als sie das Licht im Speisesaal löscht. Sie macht eine letzte Runde, schließt hier ein Fenster, prüft dort eine verschlossene Tür, endet schließlich im Büro. Ihre Hände zittern, als sie die Nummer im Telefonbuch sucht.

»*Allô?*«

Die Mädchenstimme klingt leicht verschnupft, hat sie sie geweckt? Jean-Pierres kleine Schwester hat nicht die schnarrende Stimme der Mutter geerbt, und die Erleichterung darüber, daß sie nicht Martine oder Alan am Hörer hat, läßt Nanna über die eigenen Worte stolpern.

»Jean-Pierre, *s'il te plaît.*«

Das Telefon klappert auf einer harten Unterlage, in der Stille hört sie ihr eigenes Herz hämmern, dann ist er plötzlich am anderen Ende der Leitung.

»Ich muß mit dir reden.« Sie versucht ihre Stimme zu beherrschen, die in eine schrille Tonlage gerutscht ist. »Dich treffen«, fügt sie hinzu.

Eine Pause voller Verwunderung, im Hintergrund ist die Stimme der Schwester zu hören, er will schnell das Gespräch beenden.

»Wann?«

»Jetzt. Hier.«

Die Wartezeit ist unerträglich, sie streift in den dunklen Zimmeretagen herum, in der Bar. Holt eine noch ungeöffnete Flasche Muscadet aus dem Weinkühlschrank, stellt sie wieder zurück. Sie löst gerade den Riegel der Haupttür, als sie das Motorrad über die Brücke brummen hört, wenige Minuten später hält er vor dem Hotel, hebt die schwere Maschine auf ihren Ständer.

Seit sie ihn zum letztenmal gesehen hat, hat er sich die Haare schneiden lassen, die Ponylocken sind verschwunden, und die kurze Frisur läßt ihn noch jünger aussehen. Seine Augen sind voller Fragen. Sie geht vor ihm in die Bar, schaltet eine kleine Lampe am Tresen an.

»Ein Bier?«

Die Luft in der Bar ist streng vom Rauch der dunklen Zigaretten, eine leichte Übelkeit zwickt ihren Magen, als sie mit ihren Gläsern um den Tresen herumgeht. Sie hat sich viel Zeit am Zapfhahn genommen bei dem Versuch, ihr hämmerndes Herz zur Ruhe zu bringen, aber ohne rechten Erfolg.

Ein langer Finger zieht eine Spur durch die Feuchtigkeit auf dem Glas, er wischt sich ein wenig Schaum von der Oberlippe. Yanns Augen sehen sie aus einem jungenhaften Gesicht an.

»Ich kann verstehen, daß du dich wunderst.« Der Biergeschmack schickt einen Schauder durch ihren Körper. Sie stellt das Glas ab. »Aber ich habe dir einen Vorschlag zu machen.«

Sein ganzes Leben lang ist Jean-Pierre manipuliert worden, dressiert, dazu geformt, Bedürfnisse zu erfüllen, die nicht seine eigenen sind. Sie kämpft gegen ihren Unwillen, dieses Muster weiterzuführen.

»Ich kann dir eine Arbeit anbieten. Einen Platz zum Wohnen. Hier.«

Er zuckt zusammen, ein ängstlicher Hund.

»Warum?«

»Ich brauche dich.«

Nichts kann rechtfertigen, daß sie ihm die Informationen vorenthält, die ihn in die Lage versetzen würden, selbst entscheiden zu können, trotzdem ist ihr ganzer Wille jetzt nur auf seine Entscheidung ausgerichtet.

»Ja, aber, wieso?«

»Darauf kann und will ich dir nicht antworten. Du kannst mir jetzt eine Antwort geben, du kannst es dir aber auch noch überlegen. Aber ich bitte dich nur dieses eine Mal darum.«

Martines Anwesenheit im Raum ist fast physisch greifbar, die graublauen Augen des Jungen funkeln vor Angst.

Nanna steht auf, wendet schamhaft dem inneren Kampf, der in dem Körper neben ihr stattfindet, den Rücken zu. Sie hört, wie er trinkt, das Glas, das auf den Tisch gestellt wird.

»Ich muß es mir nicht überlegen.«

Als sie sein Gesicht sieht, möchte sie am liebsten vor Jubel aufschreien, sich um seinen Hals werfen, die Gesichtszüge küssen, die die Angst endlich freigegeben hat.

Der Weg nach vorn ist offen. Jetzt weiß sie, daß sie alles schaffen kann.

Die Luft in Nannas Schlafzimmer ist schwer von der unerbittlichen Julihitze. Eine Hitzewelle hat sich festgebissen und zwingt die Leute, schon früh am Vormittag den Schatten zu suchen, die glühendheißen Mittagsstunden schleppen sich in mittelmeerartiger Trägheit dahin.

Ihre gesamte freie Zeit in der vergangenen Woche hat sie dazu benutzt, Jean-Pierres Ankunft vorzubereiten, sie hat schweißtriefende Handwerker herumkommandiert, gedrängt und selbst geschleppt. Jetzt ist alles bereit für seinen Empfang.

Aus ihrem alten Zimmer hat sie alle persönlichen Besitztümer geräumt. Die Wände strahlen perlweiß, die wenigen, aber bequemen Möbel, die sie ausgesucht hat, warten in unbenutzter Jungfräulichkeit auf den neuen Bewohner des Zimmers.

Keine Spur von dem Leben, das zuerst Yann und danach sie selbst in diesem Zimmer verbracht hat, soll ihm begegnen, wenn er hier einzieht, keine Vergangenheit sich ihm aufdrängen, kein Erbe der Vorfahren. Die Angst vor dem allzu leicht durchschaubaren Muster hat sie diesen Beschluß fassen lassen, die Angst und ihre eigene Scham. Sie hofft, daß das Signal empfangen und verstanden wird.

Die Euphorie der ersten Tage, die Freude darüber, ihre eigenen Grenzen überschritten, einen wichtigen Sieg errungen zu haben, sind von einer angespannten Erwartung abgelöst worden. Die Angst davor, daß im letzten Augenblick noch etwas eintreffen könnte, etwas Konturloses, Bedrohliches, dem einen Namen zu geben sie sich scheut, lauert am Rande ihres Bewußtseins.

Über Martines Reaktion weiß sie nichts, sie hat nur feststellen können, daß sie sich nicht mehr vor dem Inhalt des Postkorbs fürchten muß, daß sich der Umsatz im Restaurant dem Üblichen in der Saison nähert.

Die sieben Schläge der Kirchenuhr ertrinken in dem Lärm der Säge von der Schiffswerft, die aufjaulend den Beginn eines weiteren Arbeitstages markiert. Letzte Nacht hat sie zum erstenmal in ihrem Schlafzimmer in der Wohnung übernachtet, die immer noch nach frischer Farbe riecht. Das helle Holz der Möbel läßt die beiden kleinen Zimmer größer wirken, die kühlen aquamarinen und aprikosenrosa Farben stehen in luftigem Kontrast zu Marie-Jeannes düsterer Farbskala. Dennoch hat sie eine fast schlaflose Nacht verbracht, hat sich zwischen den durchgeschwitzten Laken hin und her gedreht, bis der Wecker sie aus einem gehetzten Traum erlöst hat.

Als sie ihre verknitterte Decke ausschüttelt, um sie dann zum Lüften an das Eisengitter vor dem offenen Fenster zu hängen, sieht sie es: eine lange blonde Locke, die sich auf ihrem Kopfkissen kringelt, ihr eigenes Haar.

Weitere lose Haare bleiben zwischen ihren gespreizten Fingern hängen, als sie sich mit der Hand über die Kopfhaut fährt, um nach weiteren Spuren zu suchen, ein ganzes kleines Haarknäuel hängt in ihren Nägeln fest.

An der einen Schläfe sind die Haare bereits dünn, die zerzausten Büschel einer Greisin verdecken einen kahlen Fleck.

Das, was sie befürchtet hat, ist eingetreten, aber viel unerwarteter, viel bedrohlicher, als sie es sich vorgestellt hat. Die Angst drückt auf ihren Magen. Sie zwingt sich dazu, sich Wasser ins Gesicht zu spritzen, bindet ihr Haar zu einem losen Knoten, so vorsichtig sie nur kann.

Die Routine der morgendlichen Arbeit schiebt die Angst in den Hintergrund, erst am späten Vormittag überfällt die Panik sie von neuem, als sie ihr Gesicht in einem der Barspiegel einfängt. Die Hand sucht den kahlen Fleck, die Fingerspitzen gleiten über Haut, die nackt und weich ist, der flaumige Schädel eines Säuglings. Eine Schreckensvision von sich selbst mit kahlem Kopf zwingt sie dazu, im Büro Zuflucht zu suchen, sie beugt sich über den Schreibtisch, nicht in der Lage, irgend etwas zu tun.

Die Erinnerung an Kummerkastenantworten, an die altklugen Frauenratschläge der Stiefmutter dringen aus verborgenen Kammern ihres Gedächtnisses hervor. Wenn man Haare verliert, läßt man sich eine vernünftige Kurzhaarfrisur schneiden. Sie muß ihr langes Haar opfern, bevor sie es Locke für Locke jeden Morgen von ihrem Kopfkissen entfernen muß, sie zwingt sich, ihre atavistischen Ängste zu bekämpfen, und sucht nach einer rationalen Lösung.

Solange sie zurückdenken kann, hat sie noch nie einen Fuß in einen Friseursalon gesetzt, normalerweise schneidet sie sich selbst ein paar Zentimeter vom Haar ab, das unverändert dick und blond ist, ein paarmal im Jahr. Jetzt ruft sie bei einem der beiden Friseure der Stadt an, bekommt einen Termin wenige Stunden später.

Zur Mittagszeit summt das Restaurant vor Menschen. Sie flieht in ihre Wirtinnenrolle, übernimmt den Platz der verblüfften

Véronique im hinteren Raum. Wie in Trance serviert sie den festen Stammkunden ihre einfache Mahlzeit, füllt Brotkörbe, räumt leere Weinflaschen ab, die Hände machen von allein die gewohnten Griffe. Sie hört kaum die murmelnden Stimmen der Männer, ihr Lachen, sie hat aufgehört zu denken.

Der scharfe Geruch des Friseursalons nach Ammoniak und billigem Parfüm läßt sie fast in der Tür umkehren, aber die Besitzerin, deren Haar die gleiche Farbe wie der ringelblumenorange Nylonkittel über ihrem Arm hat, steht bereits mit einem verbindlichen Lächeln auf den glänzenden, ziegelroten Lippen zu ihrem Empfang bereit.

»Madame.«

Widerstandslos läßt sie sich den leicht raschelnden Kittel umbinden. Ein Handtuch wird ihr um die Schultern gelegt, bevor ihr Kopf sanft nach hinten auf das kühle Porzellan eines Waschbeckens gedrückt wird.

»Ist die Temperatur gut so?«

Das lauwarme Wasser läuft ihr in die Ohren und macht sie für einen Augenblick taub, sie hat aufgegeben zu protestieren, murmelt eine undeutliche Antwort. Das, was jetzt geschehen wird, hat ein Schicksal ihr auferlegt, das außerhalb ihrer Reichweite liegt, ihr bleibt nichts anderes übrig, als sich ihm zu unterwerfen.

Der Kamm fährt durch das nasse Haar. Sie traut sich nicht, den Blick von dem Bord vor dem Spiegel zu heben aus Angst, mit ansehen zu müssen, wie die nassen Locken eine nach der anderen aus ihrem Kopf gezupft werden.

»Sie möchten die Haare geschnitten haben?«

Durch die Wimpern hindurch sieht sie, daß die Hand der Friseuse voller ausgekämmter Haare ist. Die flinken Finger rollen eine Locke auf ihrem Schädel zusammen, befestigen sie mit einem Clip.

»Da tun Sie gut dran. Auch lange Haar sollten ab und zu mal geschnitten werden, das sage ich immer.«

Die Stimme kling professionell zuvorkommend, bereit, der Kundin in den meisten Fragen recht zu geben.

»Ich dachte ...« Nanna muß sich räuspern, gewinnt die Kontrolle über ihre bebende Stimme. »... kurz.«

»Ich kann Ihnen die neuesten Modelle zeigen.« Die Friseuse ist schon auf dem Weg zu einem Stapel glänzender Modehefte. »Eine flotte Kurzhaarfrisur jetzt in dieser Sommerhitze, das ist eine ausgezeichnete Idee.«

Die Zeitschrift liegt schwer in Nannas Händen, sie blättert unkonzentriert darin, zeigt mit einem vorsichtigen Finger auf eine Frisur, die das großäugige Gesicht des Modells mit den feinen Fransen silberblonden Haars einrahmt.

»Ausgezeichnet.« Die Friseuse klappert bereits mit der Schere neben ihrem Ohr, im nächsten Moment wird alles zu spät sein. »Ihrem Haar wird ein gründlicher Schnitt guttun.«

Die Tränen steigen Nanna in die Kehle, sie ist voller Scham, als würde sie eine peinliche Krankheit zugeben.

»Wodurch verliert man seine Haare?«

Die Schere klappert ein paarmal in der Luft.

»Durch eine zu feste Frisur, durch Streß.« Die Friseuse zuckt mit den Schultern. »Durch Hormonveränderungen, wenn man ein gewisses Alter erreicht. Sie wissen schon.«

Nanna hebt ihren Blick, trifft auf das verschwörerische Lächeln der Friseuse. Die rothaarige Frau ist in ihrem Alter, und beide befinden sich noch in sicherem Abstand zu der Zeit, in der die Hormone dafür sorgen werden, daß ihnen die Haare ausfallen.

»Streß?«

»Das sagen jedenfalls die Experten.« Wieder ein Schulterzucken. »Das kommt häufiger vor, als man denkt.«

Die Erleichterung läßt alles um sie herum kreiseln, der Schwindel reduziert für einen Augenblick ihr eigenes Gesicht zu einem Fleck auf dem getönten Spiegel, sie zwinkert mit den Augen, bis sie wieder klar sehen kann.

Endlich traut sie sich auch, sich selbst anzusehen. Sie starrt gierig auf die blonden Locken, die eine nach der anderen durch die emsige Schere fallen und zu einem beschützenden Helm um ihre Stirn verwandelt werden, sie ist in Sicherheit.

Das ist kein Fluch, der sie ereilt hat, keine schleichende Krankheit. Das sind die letzten harten Monate, der schwere Druck, den die Sorge ums Auskommen ihr auferlegt hat, die schlaflosen Nächte. Die Erklärung liegt offen und annehmbar vor ihr.

Während die Schere um ihren Kopf herumklappert, nimmt sie erstmals ihre Umgebung wahr, die vermummten Gestalten unter den Trockenhauben, das mürrische Mädchen, das den Boden unter ihrem Stuhl sauberfegt, die Dauerwellflüssigkeit aus der hellgrauen Hottentottenkrause einer älteren Frau ausspült.

Die Tasse Kaffee, die ihr angeboten wird, ist stark und gut, sie genießt es, sich in die bunte Frauenwelt des Salons sinken zu lassen, die Befreiung durchrieselt ihren Körper.

Die kurzen, weichen Locken auf ihrem Kopf verbergen den kahlen Fleck an der Schläfe, sie fühlt sich erhaben und leicht, als sie aufsteht, um zu bezahlen.

Erst da erkennt sie die Frau, die unter einer der brummenden Hauben mit dem Rücken zu ihr gesessen hat, das tote, metallische Leuchten in ihren Augen, die ihre im Spiegel treffen, den Haß, den zu fürchten sie gelernt hat.

Einen Moment lang zögert sie. Dann geht sie die wenigen Schritte zu ihr, streckt ihr die Hand hin.

»Guten Tag, Martine.«

Martines Hand ist eiskalt, schlaffer, als sie erwartet hat. Eine Geste zur Trockenhaube hin, eine konventionelle Entschuldigung dafür, daß sie kein Gespräch führen kann, Nanna nimmt sie mit einem Lächeln entgegen. Kurz darauf geht sie mit festem Schritt über den schmelzenden Asphalt, betrachtet ihr neues Aussehen in den Fensterscheiben der Geschäfte, ein junger Gladiator.

Seit der Stunde vor dem Morgengrauen hängt eine Nebelbank über dem Hafen. Vom Fenster des Büros aus kann Nanna das Dach des Auktionsgebäudes erkennen, das über den schmutziggelben Schleier hinausragt, ein gestrandetes Kriegsschiff. Wie immer am ersten Tag im November hat sie sich mit der Monatsabrechnung den ganzen Vormittag über im Büro verschanzt, in sicherem Abstand von Unterbrechungen und störenden Anfragen.

In wenigen Minuten wird sie sich hinausschleichen, das Auto nehmen und die kurze Strecke zum Friedhof fahren, sich der Schar der Frauen anschließen, die an Allerheiligen die Gräber instand setzen, sie wird ihren Strauß auf den verwitterten Marmor legen, die kleine Flamme entzünden und die Erinnerung an Yann durch ihren Körper gleiten lassen, für einen kurzen Moment.

Die ersten Mittagsgäste sind an ihrem Fenster vorbeigegangen. Als sie hinausgeht, um ihren Mantel aus der Garderobe hinter der Bar und den kleinen Strauß Rosen in roten Farbabstufungen, den sie zur Seite gelegt hat, zu holen, entdeckt sie Jean-Pierres Rücken durch die Glastür des Restaurants, er fegt mit einem kleinen Tischhandfeger die Krümel vom Tisch, streicht mit geübten Bewegungen eine Falte in der Tischdecke glatt.

Jean-Pierres diskrete Höflichkeit paßt gut zum Stil des Hotels. Fast ohne daß sie es gemerkt hat, hat er in den letzten Monaten seinen Platz im Haus gefunden, hat die langen Arbeitstage seiner ersten Touristensaison ohne ein Zeichen der Erschöpfung gemeistert.

Lucienne hat ihn vom ersten Tag an wie einen heimgekehrten Verwandten behandelt, das Verhältnis zwischen ihm und Véronique scheint reserviert zu sein, rein geschäftlich. Nanna selbst hat es genossen, ihm das Notwendige beizubringen. Er hat ihre Anweisungen mit offensichtlichem Enthusiasmus entgegengenommen, sie segeln in ruhigen Gewässern.

Wenn sie ihre letzte Abendrunde macht, kommt es vor, daß die Geräusche seiner Schritte oder der Musik aus seinem kleinen Kassettenrecorder sie vor seiner Tür anhalten lassen, dann durchfährt ihren Körper ein Freudenstoß über seine Nähe.

Ihr gegenseitiges Verhältnis ist seit dem Moment, als Jean-Pierre seine Reisetasche auf den Boden des Raumes gestellt hat, der jetzt sein Zimmer ist, von respektvoller Distanz geprägt. Keiner von beiden hat einen Versuch gemacht, den vertraulichen Ton ihrer ersten Begegnungen wieder aufleben zu lassen. Yann steht zwischen ihnen, ohne daß sie seinen Namen erwähnen.

Jean-Pierre steht in der Tür, als sie durch den Empfang nach draußen geht. Sein Blick hält sie auf, und sie spürt ein plötzliches Schuldbewußtsein, fühlt sich ertappt bei dem Versuch, eine peinliche Handlung zu verbergen.

»Ich habe etwas zu erledigen.«

Sie schuldet ihm über ihr Kommen und Gehen keine Erklärung. Es wäre ganz einfach, an ihm vorbeizugehen, die Blumen hinter dem Rücken zu verbergen. Aber jetzt sieht sie seinen Augen an, daß er erraten hat, wohin sie will.

»Darf ich mitkommen?«

Er stottert leicht, seine Augen betteln, sie bringt es nicht übers Herz, ihn zurückzuweisen.

Sie wartet auf ihn, während er seine Jacke holt, hat ihre Zusage bereits bereut. Im Auto sind sie still. Nanna konzentriert sich auf die Fahrmanöver durch den dichten Nebel, während in ihrem Kopf die Gedanken herumwirbeln.

Der Nebel hängt tief über dem Friedhof, ein tropfender Vorhang. Auf den polierten Steinflächen der Gräber knistern die kleinen Flammen der Öllampen in der dahintreibenden Feuchtigkeit, konturlose Gestalten nehmen plötzlich Form an, verschwinden wieder wie Geisterwesen.

Jean-Pierres Anwesenheit im Hotel ist der Aufmerksamkeit der kleinen Stadt kaum entgangen, aber sie hat keine Lust, das, was die meisten erahnen, noch dadurch zu bestätigen, daß sie an Yanns Grab mit ihm wie Mutter und Sohn auftritt, hofft, daß niemand sie sieht.

Die feuchte Marmorplatte des Grabs ist mit herabgefallenem Laub bedeckt, braune Blätter verrotten in einer Wasserpfütze, die sich in einer kleinen Vertiefung gesammelt hat. Nanna entfernt sie mit klammen Händen, plaziert ihren kleinen Strauß vor der schrägstehenden Gedenkplatte, deren angelaufene Buchstaben verkünden, daß Jean-Pierres Vater nicht viel älter wurde als der Sohn, der hinter ihrem Rücken unruhig von einem Fuß auf den anderen trippelt. All die Jahre hindurch hat sie ihre Erinnerung an Yann vor einer neugierigen Umwelt geschützt. Jean-Pierre macht da keine Ausnahme. Die einfache Tatsache, daß Yann sein Vater ist, hat sie ihm vermitteln können. Aber die Erinnerungen an ihr eigenes Leben mit Yann, die Erinnerung an seine duftende Haut, an die Lust, die Hoffnungen, die sie miteinander verbanden, mit seinem Sohn teilen zu sollen, erscheint ihr obszön.

Unter der Marmorplatte ruhen die Reste von Yanns Körper zusammen mit dem Sohn, der nie etwas anderes als die Erinnerung an eine Schwere im Körper seiner Mutter werden durfte.

Jean-Pierre und er wären fast gleichaltrig, sie wären in die gleiche *maternelle* gegangen, hätten die gleichen Spiele gespielt, vielleicht sogar miteinander. Sie hätte ihn sicher vor Martine beschützen müssen, vor allem Bösen, jetzt ist er in Sicherheit. Der Gedanke bereitet ihr Übelkeit.

Sie sucht in der Manteltasche, will die Prozedur hinter sich bringen, beeilt sich, von dem Geruch nach vermodernden Pflanzenteilen auf dem Friedhof wegzukommen, dem klagenden Hundejaulen der Nebelsirenen weiter im Westen.

Die Streichholzschachtel fällt ihr aus der Hand, beide bücken sich gleichzeitig danach. Jean-Pierres Hand streift ihre, eifrig bemüht, ihr zu Diensten zu sein, sie schiebt ihn mit einer heftigen Bewegung beiseite.

»Laß das.«

Die Schärfe ihrer Stimme überrascht sie selbst.

»Entschuldigung.«

Sie kann den Anblick seines Rückens nicht ertragen, wie er sich krümmt, sich zu schützen versucht vor jedem Angriff, ertappt sich dabei, daß sie von ihm fordern möchte, er solle doch dem Vater ähneln, den er nie gekannt hat, aufhören, Martines geknechteter Nachkomme zu sein und zu seiner Verantwortung zu stehen als der, der überlebt hat.

Der Gedanke ist sinnlos, sie weiß es. Sie wird nie die Kraft haben, den toten Mann in dem Grab zu ihren Füßen zu einem brauchbaren Vorbild wiederzuerwecken.

»Da ist nichts zu entschuldigen.«

Sie zwingt sich, das schutzlose Gesicht anzusehen, das weiche Haar, das die Feuchtigkeit an die Stirn klebt.

Sie sieht das einsame Kind, das gezwungen ist, um einen Platz im Dasein zu feilschen, immer zu den Bedingungen der anderen. Ein Kind, das lieber eine Raupe ißt, als die Regeln der Erziehung zu brechen.

»Laß uns gehen.«

Im Auto beugt er sich vor, starrt vor sich hin, in den undurchdringlichen Vorhang des Nebels, aus dem das Licht der entgegenkommenden Autos in bleichen Kegeln hervorsickert.

»Ich bin es, die sich entschuldigen sollte.«

Er zuckt bei dem Geräusch ihrer Stimme zusammen, dreht sich ihr zu.

»Warum?«

»Ich bin es gewohnt, alles allein zu machen. Verstehst du?«

Er nickt zögernd.

»Ich auch.«

Sie will weiterhin seine Arbeitgeberin bleiben, seine Lehrmeisterin in einem Fach, das ihn in die Lage versetzt, zu überleben, ihm vielleicht sogar die Selbstsicherheit verleiht, die daraus resultiert, wenn man nützliche Fähigkeiten beherrscht. Ein Dach über dem Kopf, die Arbeit des Alltags, ein erwachsener Gegenstand für seinen Respekt, vielleicht sogar seine Bewunderung, das ist es, was sie ihm geben kann, weder mehr noch weniger, das ist ihr jetzt klar. Vielleicht gelingt es ihr, sich selbst davon zu überzeugen, daß das ausreichend ist.

Januar – März 1989

Charlottenlund, den 5.1.1989

Liebe Nanna,
vielen Dank für Deine Weihnachtsgrüße. Das Buch mit den Portraits der alten Menschen hat mich an Deine Schwiegergroßmutter denken lassen, sie war eine Figur wie aus dem Märchen, wie lange ist es eigentlich her, daß sie gestorben ist?

Am ersten Januar habe ich beschlossen, einen meiner guten Vorsätze gleich anzugehen (vermutlich ein Altersphänomen, normalerweise praktiziere ich derartige Bußübungen nicht), also habe ich zehn vollkommen chaotische Schachteln mit alten Fotos vom Boden geholt und mich darüber hergemacht. Das hier von Dir hat mich unglaublich sentimental gestimmt, das ist einer der Gründe für diesen Brief. Zu dem anderen später.

Aus Weihnachtsgeschenken ist dieses Jahr nichts geworden, aus Weihnachtskarten auch nichts. Gustav hat beschlossen, daß ich mal ausruhen müßte (der Herbst war knochenhart, ich habe eine neue Designerin engagiert und hatte so meine Kämpfe mit ihr, die näheren Details sind nicht von Interesse). Jedenfalls hat Gustav rechtzeitig Weihnachtsurlaub genommen – die Mikroben sind bestimmt ausgezeichnet ohne ihn zurechtgekommen –, und wir haben drei Wochen auf den Malediven verbracht, die Füße im Wasser baumelnd. Jetzt, seit Cecilia in

New York ist – ich weiß nicht, ob ich Dir das erzählt habe? –, die Dame ist in der Kunstbranche, Mogens hat ihr im letzten Sommer einen Job in einer Galerie besorgt, sie fühlt sich dort wohl wie ein Fisch im Wasser, nennt sich Joy (also hat sie endlich den Namen gekriegt, den sie die ganze Zeit schon haben sollte) und teilt eine Wohnung in Upper West Side mit zwei Freundinnen, bei denen es hoch hergeht mit vielen Festen und so. Und falls sie das eine oder andere snifft, will ihre alte Mutter davon möglichst nichts wissen. Na, jedenfalls, seit sie dort gut untergebracht ist (ihr würde der Ausdruck sicher nicht gefallen), gibt es keinen Grund mehr, hier herumzusitzen und zu tun, als hätte das Jesuskind eine größere Bedeutung, und unsere Elterngeneration hat es sicher auch lustiger zusammen mit den anderen Bridgespielern in ihren luxuriösen Pensionistenwohnungen ohne Gustav und mich.

Im großen und ganzen schreibe ich gar keine persönlichen Briefe mehr, drei Zeilen auf einer Karte, ein Fax, wenn es schnell gehen soll. Das hier schreibe ich auf meinem Laptop, ich sitze mit ihm auf dem Schoß auf dem Sofa im Wintergarten (ach ja, Du hast unser Haus ja nie gesehen, das ist auch zu dumm). Aber weil ich keine Lust habe, das Haus mit diesem ganzen Computerkram vollzustopfen, lasse ich den Brief morgen im Zeichenbüro ausdrucken.

Witzigerweise machen die Klamotten den kleinsten Teil des Betriebs aus, irgendwo sitzen Leute und schieben Papiere hin und her, gründen Tochtergesellschaften und verwalten Finanzen oder weiß der Teufel was, ich hatte noch nie Lust, mich darum zu kümmern, aber offenbar macht sich das bezahlt.

Nachdem ich durchgelesen habe, was ich da geschrieben habe, fühle ich mich reichlich geisteskrank. Ich vermisse Dich, verdammt noch mal, und deshalb schreibe ich. Ich möchte Dich sehen. So, und jetzt komme ich zur Sache.

Ich komme in Verbindung mit den Prêt-à-Porter-Kollektionen im März nach Paris, wenn ich ein paar Tage länger bliebe, hättest Du dann die Möglichkeit, Dir freizunehmen und mich zu treffen? Ich bekomme die Wohnung eines Bühnenbildners, den ich kenne, auf dem Montparnasse geliehen, er macht irgendwas hier am Theater, es ist also Platz genug, daß wir uns besaufen können und über alte Tage quatschen und dann in seinem Bett in einen todesähnlichen Schlaf fallen.

Wie Du weißt, bitte ich niemals für irgendwas um Entschuldigung, aber jetzt möchte ich Dich einfach für alles um Entschuldigung bitten. Hier kommt es also: Entschuldigung.

Antworte schnell. Du kannst gern die Faxnummer oben auf der Seite benutzen.

Deine unmögliche
Dreck-Mett

(Fax)

Guiffelec, den 12.1.89

Liebe Mette,
vielen Dank für Deinen Brief, der gestern erst angekommen ist. Wir leben immer noch weit draußen auf dem Land, wie Du weißt. Ich habe alles so regeln können, daß ich mir ein paar Tage frei nehmen und Dich in Paris treffen kann. In der Wintersaison ist es hier immer ruhig, also ist das kein größeres Problem, Lucienne, vielleicht erinnerst Du Dich noch an sie, die kleine, kräftige Frau mit der Brille, ist zwar in Rente gegangen, aber sie kann nicht so ganz von der Arbeit lassen und kommt oft vormittags für ein paar Stunden vorbei.Und ansonsten kann Jean-Pierre, von dem ich nie weiß,ob ich Dir eigentlich von ihm erzählt habe, und der jetzt als meine rechte Hand bei den Alltagsgeschäften fungiert, alles regeln, während ich weg bin.

Es wird schon komisch sein, sich nach so vielen Jahren wiederzusehen, ich habe oft an Dich gedacht, auch wenn nicht so viele und nicht so schrecklich lange Briefe draus geworden sind. Das Leben hier hat so seine Purzelbäume geschlagen, wie es Deines sicher auch gemacht hat, aber die letzten Jahre waren in vielerlei Hinsicht eine gute Zeit. Darüber kannst Du mehr erfahren, wenn wir uns sehen.

Ich schlage vor, daß Du mich anrufst oder mir faxt, wenn Du die genauen Daten weißt.

Deine
Nanna

P. S.: Das gehört zu meiner Rolle, sich zu entschuldigen, also hör lieber auf damit.

Der leise Piepston des Faxgeräts verkündet, daß die Technik wieder einmal über die Entfernung gesiegt hat. Nanna wirft den Zettel mit der Bestätigung in den Papierkorb, nimmt einen Schluck aus ihrer Kaffeetasse. Ihr Büro hat sich in den letzten Jahren genau wie die Hotelrezeption in eine elektronische Kommandozentrale verwandelt, in der Computer, Faxgerät, aufwendige Telefonanlagen und summende, kartenlesende Kassen sich auf dem engen Platz gegenseitig bedrängen.

Jean-Pierre repräsentiert in diesem Zusammenhang die Welt, die erst dabei ist, sich langsam zu entfalten, eine Welt, in der keine Veränderung länger undenkbar oder auch nur unerwünscht ist, seine Anwesenheit erzählt ihr täglich, daß sie einer Generation angehört, die sich auf den meisten Gebieten immer noch an den Lebensformen und Werten der Vergangenheit orientiert.

Die Abende vor dem Computerschirm mit Jean-Pierre als geduldigem Lehrer, der ihr mit sanftem Humor die einfachsten Handgriffe beibringt und es ihr ermöglicht, über ihre eigene Tolpatschigkeit zu lachen, tragen bei zu der zarten Balance zwischen ihren Personen und Rollen. Keinerlei Konflikte bilden Kräuselwellen auf dem ereignisarmen Strom des Alltags.

Der Januarwind heult vor dem Fenster, an diesem Morgen hat kein Boot den Kai verlassen, die bunten Eisenkörper wiegen sich schaukelnd in ihren Vertäuungen auf der anderen Seite des Hafenbeckens.

Die Hafenwirtschaft ist immer noch gut, aber auch hier drohen Überfischen und schärfere Konkurrenz die vergangenen goldenen Jahrzehnte in das düstere Gegenteil umzukippen. Der äußerste linke Flügel und die wachsende Umweltschutzbewegung, der die *marées noires* – die katastrophalen Ölhavarien entlang der empfindlichen Küste – Wind in die Segel gegeben haben, stehen nicht länger allein da, wenn sie auf die unangenehme Tatsache hinweisen, daß nur die effektiven Fangmethoden und die immer größeren Fischereifahrzeuge das Einkommen auf dem gleichen hohen Niveau halten.

Die Hoteltür schlägt hinter den beiden Handelsreisenden zu, die die Nacht im Hotel verbracht haben und jetzt ihre Kragen um die sauber geschnittenen Nacken hochschlagen auf dem Weg zu ihren identischen grauschwarzen Autos.

Nanna folgt ihnen mit den Augen. Synchron werfen sie beide ihre halb aufgerauchte Zigarette in eine Wasserpfütze, ziehen die Autotüren gegen die Windböen auf und setzen sich hinters Steuer, verschwinden in einer Demonstration energischer Manövrierkünste und protzender Motorengeräusche.

Auf ihren kurzen Ausflügen auf die neue Autobahn kommt es vor, daß sie die Kollegen der beiden festgeklemmt in Autos sitzen sieht, die innerhalb von Sekunden zu einem rauchenden Metallhaufen reduziert wurden, sieht sie mit blutbefleckten Gesichtern am Rand von Massenkarambolagen entlanglaufen, Kinder, die sich im Morgennebel verlaufen haben und am Straßengraben zwischen den verdrehten Fragmenten, in dem beißenden Geruch nach verbranntem Gummi eine Erklärung für den brutalen Schluß des Spiels suchen. Sie selbst fährt so wenig wie möglich mit dem Wagen, sie haßt hohe Geschwindigkeiten, und die pubertären Kriegshandlungen auf den Landstraßen bereiten ihr keinerlei Freude.

Sie wendet den Blick von dem schläfriggrauen Viereck des Fensters ab und konzentriert sich auf das Foto auf der Schreibunterlage. Der kurze Blick, den sie darauf warf, als es aus dem Umschlag mit Mettes Firmenlogo fiel, hat einen Widerwillen in ihr geweckt und sie veranlaßt, es schnell in die Schreibtischschublade zu schieben, aus Furcht vor – sie weiß selbst nicht, wovor.

Mette will sich mit ihr treffen, sie bittet darum, besteht darauf. Will auch sie selbst Mette treffen? Sie ist nicht überzeugt davon. Die Zeit und die Entfernung haben sie gelehrt, die Mette, die sie einmal kannte, nicht zu vermissen. Sie ist jetzt aus eigener Kraft sicher, eine Frau, die Entscheidungen trifft, Ansprüche stellt und Grenzen setzt, niemand muß ihr länger die Antworten auf die wesentlichen Fragen ins Ohr flüstern. Das hat seine Zeit gedauert, aber jetzt ist es so, zumindest war es so, bis ein schwarzweißes Foto mit einem häßlichen Eselsohr in der obersten rechten Ecke des leicht überbelichteten Bildes sie wieder zurück in eine Zeit geworfen hat, von der sie dachte, daß sie sie schon längst vergessen hätte.

Die sonnenbeschienene Heckpartie des großen Motorboots von Mettes Vater, ein blondes Mädchen, in dem sie sich nur vage wiedererkennt, dabei, einen Fuß in einen Badeanzug zu schieben.

Halb verborgen hinter dem nackten Körper mit den rührend spitzen Brüsten droht ein Stapel Bücher vom Schott zu fallen, von einigen kann sie die Titel erkennen.

Lateinische Poesie, englische Romantiker, Faust, *Der Tragödie erster Teil.*

Leseferien mit Mette am Ende der zweiten Klasse auf dem Gymnasium. Die mit Vaters erstem Herzinfarkt endete und dem Aufbruch aus dem Haus ihrer Kindheit, der Abfahrt ins Internat, dem tränenreichen Abschied von Mette. Dem endgültigen Verlust des Glaubens an die Sicherheit, daß jemals etwas beständig sein könnte. Auf dem Bild streckt sie die Hand mit einer abwehrenden Geste der Kamera entgegen, der Mund hat sich zu einem vergeblichen, lachenden Protest geöffnet.

Die Jahre mit Jean-Pierre haben ihr nach und nach den Glauben geschenkt, daß sie selbst die Hauptperson in dem Spiel ist, das ihre Zukunft gestaltet, doch ihre Reaktion auf das Bild läßt sie bezweifeln, daß sie wirklich den Mut aufbrächte, den Augenblick zu bitten, zu verweilen, daß sie sich immer noch nicht sicher sein kann, daß der Vorhang vor der Tragödie erstem Teil endgültig gefallen ist.

Jean-Pierres Schritte über den Teppich in der Lobby unterbrechen ihre Gedanken, er ruft fröhlich nach Lucienne, die aus dem Speisesaal antwortet, wo Tischbeine über den Boden schrammen und Tischdecken mit einem kleinen, luftigen Knall aus ihren Falten geschüttelt werden. In ein paar Stunden werden funkelnde Gläser und glänzendes Geschirr bereitstehen, um die Gäste eines Geburtstagsessens eines Stadtratsmitglieds willkommen zu heißen.

Auf dem Weg in die Küche, um das Tagesmenü abzusprechen, sieht Nanna ihre Augen im hohen Spiegel des Empfangs, sieht, daß sie lachen.

»Long time no see.«

Die steile Treppe hoch zur Dachgeschoßwohnung des Bühnenbildners auf dem Boulevard Edgar Quinet hat Nanna den Atem genommen, jetzt drückt ihr Mettes Umarmung noch den letzten Rest Luft aus der Lunge. Die Wochenendtasche landet in dem winzigen Eingang zum Geräusch knallender Wangenküsse auf dem Boden.

Es dauert einige Sekunden, bis sich ihre Augen an die gedämpfte Beleuchtung gewöhnt haben, die einer unsichtbaren Quelle entstammt und den kleinen Raum in einen puderrosa Schleier hüllt. Mettes Gesicht unter der Haarwoge sieht auf den ersten Blick so aus wie das, welches sie fast so gut wie ihr eigenes kennt, aber etwas an den Augen ist verändert. Irgendwo auf dem Grund des türkisblauen Blicks lauert eine Trauer, eine Müdigkeit. Eine senkrechte Falte teilt die Stirn in zwei Teile.

»Komm herein. Ich habe Champagner, ich habe Lachs und den besten Ziegenkäse der Welt, Sorbet von Berthillon, *you name it.*« Mette drückt ihre Hand. Eine zitternde Anspannung hat ihre übliche Vitalität abgelöst, gibt Nanna das Gefühl von etwas, das jeden Moment platzen kann. »Die Frisur steht dir gut. Du siehst aus wie immer, nur schöner.«

»Danke, gleichfalls.«

Ein ironisches Schulterzucken.

»Höflichkeit kostet nichts, sagt man das nicht auf französisch?«

Der luftige Raum ist nur sparsam möbliert, an der einen Wand erstreckt sich ein Regal mit perfekt ausgeführten Bühnenmodellen vor einer Reihe niedriger Spiegel, über einem riesigen Bett breitet ein Fallschirm seinen isabellfarbenen Seidenhimmel aus. Orientalische Marionetten schneiden ihnen Grimassen von den zart jadegrünen Wänden. Alles in der Wohnung ist von ausgesuchter Ästhetik, nichts ist dem Zufall überlassen.

»Hier ist es schön.« Nanna sieht sich um, sucht Halt in neutralen Kommentaren, einem Gesprächsthema außerhalb ihrer Person. »Sehr ästhetisch.«

»Philippe würde sich freuen, wenn er dich hören könnte. Er ist so ästhetisch, das grenzt schon ans Faschistische. Er sucht seine Freunde danach aus, ob sie zur Tapete passen. Ich bin nur mit Mühe und Not durchs Nadelöhr geschlüpft, in erster Linie wegen Mogens.«

Mette ist mit Päckchen und Flaschen in der kleinen Barküche beschäftigt. Nanna kann ihr Gesicht nicht sehen, aber die Stimme hat einen spröden Unterton, den sie nicht kennt.

Das überfüllte Tablett landet auf der runden Glasplatte des Eßtischs, Champagnergläser mit spiralgedrehten Stielen, hoch wie die Lilien in der Vase auf dem Tisch, aus dem museumshaften Inneren eines Vitrinenschranks hervorgeholt. Mettes Knöchel werden weiß bei dem Kampf mit dem Champagnerkorken, bis Nanna ihr schließlich die Flasche aus der Hand nimmt.

»Da muß wohl erst ein Profi ran.«

Das strohgelbe Getränk schäumt in den Gläsern, sie sehen einander an.

»*À la nôtre.*«

»*À la nôtre*. Und auf den *absent husband*. Ich soll übrigens von Gustav grüßen, darauf legt er Wert. Ansonsten ist seine Zerstreutheit ebenso monumental wie seine wissenschaftliche Karriere.«

Mettes leichte Grimasse hat ihren humoristischen Hauch verloren, im Licht des absurd verschnörkelten Kronleuchters über dem Tisch wird offensichtlich, daß die Zeit die Lachgrübchen in ihren Wangen weggemeißelt und durch skeptische Falten ersetzt hat.

»Wollen wir gleichzeitig loslegen, oder eine nach der anderen? Ich möchte jedenfalls erst einmal wissen, wer dieser Jean-Pierre ist.«

Während der Bahnfahrt hat sich Nannas Besorgnis vor dem Wiedersehen langsam in frohe Erwartung verwandelt. Sie hat sich darauf gefreut, Mette von dem Leben mit Jean-Pierre zu erzählen, von ihrem zumindest scheinbaren Sieg über Martine. Jetzt ist die Freude in Mettes hektischem Auftritt verdampft. Es gelingt ihr nicht mehr, etwas in ihrem Leben seit ihrer Begegnung mit Yann zu entdecken, was von Bedeutung wäre, an der Börse der Neuigkeiten in harte Valuta verwandelt werden könnte, sie weiß nicht, ob ihre alte Vertrautheit überhaupt noch im Bereich des Möglichen liegt.

»Jean-Pierre ist meine rechte Hand.« Sie zögert, fährt dann doch fort. »Er hat mehr oder weniger Lucienne ersetzt.«

»Ist er auch dein Geliebter?« fragt Mette mit ihrer üblichen Indiskretion. Sie klopft mit einem ungeduldigen Knöchel auf die Tischplatte. »Ich bin so verdammt scheißneugierig.«

Nannas Freude, ihre eigene Sprache wiederzuhören, mischt sich mit ihrer Verwirrung über Worte, die sie nicht gewohnt ist zu benutzen, nicht gewohnt, in diesen Zusammenhängen zu hören. Sie schüttelt den Kopf.

»Ich bin immer noch nicht so gut mit Männern, oder Geliebten, wie du sie nennst.« Ihr wird bewußt, daß Mette nun ihrerseits eine Frage erwartet, sie nimmt sich zusammen, stellt sie: »Und was ist mit Mogens?«

»Jetzt iß erst mal was von dem ganzen Zeugs hier.« Mette schüttelt den Kopf, schiebt das lackierte Tablett mit den Lachsscheiben auf Nannas Tischseite. »Ich werde dir schon von Mogens erzählen, aber erst wollen wir was essen.«

Eine Träne blinkt in ihrem Augenwinkel, rollt über den feinen Flaum der Wange und trifft auf die glänzende Tischplatte, ein einsamer Regentropfen.

»Erzähl du erst mal.«

Vielleicht haben sie beide gleich viel Bedarf, sich selbst zu schützen. Der Gedanke ist beruhigend. Nanna spießt mit ihrer Gabel ein Stück Lachs auf.

»Was willst du hören?«

»Alles. Das Leben. Das ganze.«

»Was hältst du von *a summary*?«

Ihr alter Scherz. Eine Saite ist angeschlagen, sie kann an Mettes Lachen hören, daß sie sich trauen kann zu erzählen, trotz allem das Wichtigste sagen kann, fühlt sich mit einemmal glücklich.

Sie sind beim Käse angelangt, als Nanna ihren Bericht abgeschlossen hat. Mette hat schweigend zugehört, jetzt steht sie auf. Nanna hört sie in der Küche wühlen, wartet, wird plötzlich unsicher, bis Mette mit einer Flasche Rotwein und zwei kuppelförmigen Riesengläsern zurückkommt.

»Machst du den auf?«

Der Wein legt sich ölartig auf die Innenseite der großen Gläser. Allein trinkt Nanna nie Wein dieser Klasse, aber ihre plötzliche Unruhe läßt sie das Glas abstellen, ohne richtig von dem exklusiven Tropfen gekostet zu haben.

Etwas in Mettes Haltung spiegelt einen Zweifel in ihr selbst wider, einen Zweifel, den sie bisher in die hinterste Ecke ihrer Gedanken hat verbannen können, verborgen unter den scheinbar fehlenden Komplikationen des Alltags.

»Du sagst nichts?«

Mette läßt den dunklen Wein in der Kuppel des Glases kreisen, die Falte zwischen ihren Augenbrauen ist skeptisch.

»Du hast mir immer noch nicht erzählt, wer Jean-Pierre eigentlich ist.«

»Ich habe gedacht, du hättest es erraten.« Der Wandspiegel verrät die heftige Röte, die die Lüge auf Nannas Wangen zaubert. Es gibt keine Möglichkeit mehr zu entkommen, Mette hat sie wahrscheinlich schon seit langem durchschaut. In einer Art Selbstverteidigung fährt sie fort: »Du hast ihn schon mal gesehen. Als Kind. Du weißt, wie er aussieht.«

»Daß er Yanns Sohn ist? Na, das ist doch wohl für jeden sonnenklar.«

Der verwundbare Punkt in ihrer glücklichen Geschichte liegt bloß da, sie schüttelt den Kopf, will das Gespräch darüber beenden.

»Na ja, so ist es jedenfalls gelaufen.«

Sie hat den Kopf gesenkt, in Erwartung eines wie auch immer gearteten Urteils. Mettes unerschütterliche, rücksichtslose Hellsichtigkeit wird alles an den Tag bringen, sie des fast absurd idyllischen Arrangements berauben, das ihr Leben mit dem von Jean-Pierre verbindet, seiner Unschuld. Als sie den Kopf wieder hebt, begegnet sie Mettes neckischem Lächeln.

»Und, was soll ich jetzt deiner Meinung nach sagen? Ich habe jedenfalls Gott auf Knien gedankt, als Sille von zu Hause ausgezogen ist.«

Das Gespräch, das einst begann, als sie in der kleinen Bank im altmodischen Klassenzimmer der kleinen Privatschule saßen, zahnlos wie zwei kleine alte Weiber, ist nach langer Pause endlich wieder aufgenommen worden. Sie können zusammen lachen, fast wie früher, schütteln die Köpfe, die eine blond wie damals, die andere immer noch dunkel, aber mit dem diskreten Zuschuß an Mahagoni eines teuren Friseurs.

»Jetzt werde ich dir von Mogens erzählen.« Der Übergang zum Ernst ist abrupt. Mette nimmt einen Schluck aus ihrem Glas, die Augen konzentrieren sich auf einen Punkt hinter Nannas linker Schulter. »Mogens ist im Oktober gestorben. Ich warne dich gleich, ich kann die Fassade nicht lange aufrechterhalten. Du darfst mich gerne einen Egoisten schimpfen, aber ich war so verdammt allein. Gustav war nicht gerade der ideale Gesprächspartner. Und Sille würde mir was husten.«

Ein Schluchzen unterbricht sie. Sie putzt sich die Nase in der Leinenserviette, stopft sie in die Tasche.

»Meine alte Frauengruppe ist schon seit Jahren in wilder Auflösung begriffen. Lulu macht ihre fünfte Minnesota-Schlankheitskur, Britta hat einen Gebärmuttervorfall, weil sie andauernd die Kulissen für irgendein obskures Kindertheater schleppt. Sanne unterrichtet mongoloide Kinder. Elise rettet Leben irgendwo am Ende der Welt. Die haben alle mehr als genug mit ihrer eigenen Scheiße zu tun.«

Die Tränen bilden auf der Glasplatte des Tisches eine Pfütze.

»Seine Beerdigung war eine Zirkusvorstellung mit irgend so einem verfluchten Schwulenchor, der die ganze Zeit gesungen hat. Alle seine Liebhaber waren da, oder jedenfalls die, die noch übrig sind. Ich war jedenfalls die einzige Liebhaberin. Glaube ich zumindest.«

»Woran ist er gestorben?«

»Jetzt tust du aber dümmer, als du bist.« Die verweinten Augen starren Nanna ungläubig an. »Woran stirbt man denn heutzutage? Dieser Scheißchor singt jede Woche bei einer Beerdigung. Das ist Gottes Strafe für die Perversen.«

Mette kippt den dunklen Wein in sich hinein, sie rülpst, wischt sich den Mund mit dem Handrücken ab.

»Ich habe seinen Nachruf in einer dänischen Zeitung auf dem Heimflug von Stockholm gelesen. Von irgend so einem selbstpromovierten Opernkritiker, der was von Kostümen quatschte. Aber das ist nicht das schlimmste. Das schlimmste ist, daß ich es nicht ertragen konnte, seinen Verfall mit anzusehen, daß ich Angst hatte.« Die Hände verflechten sich mit dem langen Seidentuch um Mettes Hals, drehen und winden es, lösen es wieder auf. »Ich war bei dem Kürschner meiner Schwiegermutter in Östermalm und habe Pelze anprobiert, als er gestorben ist. Ich habe versucht, das damit zu entschuldigen, daß seine schwulen Freunde sich um ihn gekümmert haben, aber ich kann nur feststellen, daß ich nicht da war. Ich war nicht dort, wo ich hätte sein sollen. Wobei natürlich die Frage ist, ob ich jemals da war, wo ich hätte sein sollen.«

»Das muß schrecklich gewesen sein.«

»Das ist immer noch schrecklich. Das hört nicht auf. Ich bilde mir ein, daß ich Mogens geliebt habe, ich habe bis zur Besinnungslosigkeit behauptet, daß ich Sille liebe. Aber Kinder stellen Anforderungen, ich habe Sille gar nicht richtig geliebt, sie war nur das Kind, das man eben kriegt, wenn man verheiratet ist.«

Jeder Versuch, Mette davon zu überzeugen, daß allein schon ihre Anwesenheit in Nannas Leben eine Liebesgabe war, scheint bereits im Ansatz vergeblich zu sein. Deshalb zieht Nanna es vor zu schweigen, halb gelähmt von der Qual, die den Körper auf dem Stuhl ihr gegenüber durchschüttelt.

»Mein Verhältnis zu Mogens basierte einzig und allein darauf, daß keiner von uns beiden Forderungen gestellt hat. Und ich habe es nur geschafft, mit Gustav verheiratet zu sein, weil er nichts von mir gefordert hat.«

Nanna rettet die Rotweinflasche vor ihrem Absturz, als Mette mit einer heftigen Handbewegung ihre Beziehungen zu ihren Nächsten vom Tisch fegt.

»Ich habe auf alles in meinem Leben Preisschilder geklebt. Und das hier ist offenbar der Preis für Mogens.«

Das Weinen ist vorbei. Die Augen unter den aufgeschwollenen Lidern sind resigniert, ihre leuchtende Türkisfarbe ist von Trauer und Schmerz verblichen.

Mette hält die fast leere Weinflasche gegen das Licht.

»Da sind noch Unmengen von Champagner im Kühlschrank. Aber du mußt ihn öffnen.«

Unsicher segelt sie über den eierschalenfarbenen Flor des Teppichbodens, verschwindet im Badezimmer.

Nanna stellt das schmutzige Geschirr in die Geschirrspülmaschine, während sie die Geräusche von laufendem Wasser wahrnimmt, das Klirren von Glas, eine Schranktür, die geöffnet und wieder geschlossen wird.

Die alles betäubende Bewußtlosigkeit eines Vollrauschs scheint der einzige Fluchtweg aus Mettes Selbstverachtung und ihrem eigenen hilflosen Mitleid zu sein. Sie sucht eine der Champagnerflaschen in dem großzügigen Kühlschrank aus, ist dabei, sie zu öffnen, als Mette zurückkommt.

Mette hat ihren schwarzen Hosenanzug gegen einen Baumwollkimono in Waffelstoff ausgetauscht, der um ihre runden Hüften strammt, das Haar ist mit einem Band aus weißem Frottee aus der Stirn geschoben.

»Gustav ist mein Pusher. Valium, Schlaftabletten, *uppers, no questions asked.*« Sie nimmt das Champagnerglas, kippt den Inhalt hinunter. »Das Bett ist gemacht, aber ich kann verstehen, wenn du nicht mit mir in einem Bett schlafen willst.«

»Das schaffen wir schon.«

Die nackten Füße mit den blaßlila Nägeln, eine Wasserleiche. Das Glas wird von neuem gefüllt, die Hände zittern leicht.

»Komm.«

Auf dem Sofa wickelt Nanna die weiche Felldecke um Mettes Beine, streichelt das kleine Bündel.

»Daß du nie Kinder gekriegt hast.« Mette hat die Augen geschlossen, lehnt sich zurück in die Kissen. »Du hast die richtigen Tröstehände.«

»Die habe ich oft genug gebraucht, um mich selbst zu trösten.«

Mettes Augen sind schmale Schlitze, sie schlürft ein wenig Champagner, niest verhalten.

»Soll Jean-Pierre nun dein Sohn sein, oder ist es Yann, den du wiedergekriegt hast?«

»Keins von beidem.«

Die Frage ist zu einem Zeitpunkt gestellt worden, als sie nicht mehr damit gerechnet hat. Nanna hofft, daß der Alkohol und alles, was Mette sonst noch eingenommen hat, ihre Aufmerksamkeit dämpfen wird, vielleicht gelingt es ihr, eine tiefere Diskussion zu vermeiden. Ihre Handflächen sind verschwitzt, als sie die Decke fester um Mettes Beine stopft.

»Ist er dein Ritter?«

»Kann sein.«

Ein Ritter, der seine Rolle nicht selbst gewählt hat, blind wie ein Pferd am Mühlrad. Jeder Tag, jede gemeinsame Aktion in den Jahren, die vergangen sind, haben die Symbiose verstärkt, die auch Jean-Pierre sich vermutlich nicht eingestehen würde.

Seit Jean-Pierre eingezogen ist, hat er kein einziges Mal zu verstehen gegeben, daß er Bekanntschaften oder Interessen außerhalb des Hotels aufnehmen möchte, Mädchengeschichten sind ihr niemals zu Ohren gekommen. Er lebt, er funktioniert tadellos, anscheinend zufrieden mit dem Zustand der Dinge, in ihrem gemeinsamen Kokon.

Ein kleiner Roboter. Mettes Worte über das Kind Jean-Pierre

aus einer fernen Vergangenheit summen irgendwo im Raum. Mit jedem Jahr, das vergeht, schrumpfen seine Wahlmöglichkeiten zusammen. Alle ihre Versuche, sich damit zu trösten, daß sie eine bessere Alternative darstellt als Martine, versanden an einer einfachen Tatsache: Sie sind Mutter und Sohn, Herzdame und keuscher Verehrer, das Bild von Yann und Marie-Jeanne liegt erschreckend nahe.

»Also, wenn du mich fragst, ich finde, du solltest ihn verführen.«

Zum erstenmal, seit Nanna die Wohnung betreten hat, lächeln Mettes müde Augen.

»Aber ich höre lieber auf zu fragen.«

Nanna preßt ein leises Lachen hervor, nimmt der Abweisung damit den Stachel.

»Das paßt nicht so recht zu meiner Rolle.«

Mettes Augen sind zugefallen, kurz darauf schnarcht sie leise. Nanna nimmt ihr vorsichtig das Glas aus der Hand, holt aus dem Bett ein Kopfkissen und schiebt es unter die tränenstreifige Wange.

Die Laken in dem breiten Bett sind angenehm kühl auf Nannas Haut, dennoch wacht sie nach nur einer Stunde Schlaf schweißgebadet und mit pochendem Herz aus einem verwirrenden Traum auf. Erst als das grauweiße Märzlicht durch die Spalten zwischen den Jalousien sickert, schläft sie wieder ein.

Mettes nervöse Energie erfüllt die Wohnung, als Nanna am Vormittag aufwacht, mit schwerem Kopf vom Alkohol und den Gefühlsstürmen des vergangenen Abends. Ihre Zähne fühlen sich pelzig an.

»Ich habe Kaffee gekocht und Croissants geholt, willst du Orangensaft? Da ist heißes Wasser für ein richtiges Bad, wenn du möchtest, aber beeil dich, ich will raus und mir Klamotten angucken.« Mette reibt an einem Fleck auf ihrer naturweißen Seidenbluse. »Meine Güte, meine Hände zittern ja wie die eines alten Alkoholikers, wie kriegt man bloß Orangenmarmelade aus Seide raus?«

»Versuch es mal mit Mineralwasser.«

Nanna nimmt ihre Kulturtasche und verzieht sich in die Tropenhitze des Badezimmers. Eine dunkelgrüne Pflanze streckt ihre glänzenden Blätter der blaulasierten Decke entgegen, die beschlagene Oberfläche der Spiegelwand verschleiert gnädig ihr Bild. Während das Wasser in die Wanne läuft, sucht sie sich ein duftendes Öl vom Regal, bedeckt die Haut ihres müden Gesichts mit einer dicken Schicht Creme.

Mettes Stimme reißt sie aus einem weiteren chaotischen Traum, verwirrt schlägt sie die Augen auf, braucht einen Moment, erwartet zunächst, sich selbst in Mettes weiß gekacheltem Badezimmer in einer anderen Zeit wiederzufinden, erwacht schließlich mit der Erinnerung an die schmerzliche Weihnachtsodyssee in das schon lange verlorene Land der Kindheit.

»Deine Handtücher.« Mette planscht mit einer Hand in der Wanne. »Das Wasser wird ja schon kalt.«

»Ich komme schon.«

Es sieht so aus, als hätte Mette beschlossen, ihre Geister mit hektischer Aktivität zu vertreiben. Vielleicht kann das auch Nanna daran hindern, ihre eigene Situation zu überdenken, ihr helfen, die Skrupel über das Leben, das sie Jean-Pierre zumutet, beiseite zu schieben, zumindest für eine Weile.

Sie reibt sich mit dem großen Badelaken trocken, zieht sich schnell an. Bei Tisch lauscht sie gedankenverloren Mettes endloser Beschreibung der Modeschauen der vergangenen Woche, zwingt den rußbraunen Espresso zusammen mit der Hälfte eines viel zu fettigen Croissants hinunter.

Der Himmel ist fahlgelb von Regenwolken, als sie auf den überdimensionalen Turm des Bahnhofs zutrotten. Der Anblick der architektonischen Mißgeburten, die das alte volkstümliche Viertel am westlichen Tor der Stadt unter einer nicht abzuschüttelnden Last aus Stahl und Beton erdrücken, macht Nanna jedesmal verzagt.

Einer plötzlichen Eingebung folgend, bleibt sie stehen, packt Mettes Arm.

»Ich will dir was zeigen.«

Das Restaurant des Onkels, das seine Witwe nach dem Tod ihres Mannes weiterführt, hat sie nicht mehr gesehen, seit sie als die einzige noch lebende Repräsentantin des bretonischen Zweigs der Familie an der Beerdigung im letzten Jahr teilgenommen hat.

Ein Neonschild blinkt im Schaukasten, *Notre Formule Express*, zwei schnelle Gerichte und eine Tasse Kaffee, bevor der Schaffner zur Abfahrt pfeift. Die ganze Speisekarte ist geprägt von billigen Rohwaren, schneller Zubereitung, Preisen an der Obergrenze des Akzeptablen.

Eine Kellnerin mit einem streitlustigen Gesichtsausdruck in den dick geschminkten Augen empfängt sie an der Tür. Ein Stapel Speisekarten klemmt unter ihrem Arm, kurz davor, auf den Boden zu fallen, dessen dunkle Holzbohlen seit Nannas letztem Besuch mit einem großmustrigen Teppichboden in unterschiedlichen intensiven grünen Farbtönen bedeckt sind. Ein Teil der stilvollen Glaskuppeln der Deckenlampen sind durch Glocken aus Plastik voller Fliegendreck ausgetauscht worden, die weißen Stoffdecken sind mit Waffelstrukturpapier bedeckt wie in einem billigen Bistro.

»Wir möchten nichts essen. Ich gehöre zur Familie. Ich wollte meiner Freundin nur die schönen Räume zeigen.«

»*La patronne* ist nicht da.« Eine kaum erkennbare Falte zeigt sich über der Nasenwurzel der Kellnerin. »Aber ich gehe davon aus, daß das in Ordnung ist.«

Vereinzelte Gäste bevölkern den großen Raum, Koffer und Taschen stapeln sich zwischen den Tischreihen, in einer Ecke haben ein paar Jugendliche ihre Rucksäcke vor einem der schön geschliffenen Spiegel zu einem kleine Turm aufgestapelt.

»Wir gehen auch gleich wieder.«

Ein Kellner, dessen geschäftiges Treiben im Kontrast zu dem nur halbvollen Lokal steht, hastet mit einer Schüssel blaß wirkender Muscheln in der Hand an ihnen vorbei.

»Ich würde am liebsten heulen.«

Die Enttäuschung vermischt sich mit Scham, jemand hätte rechtzeitig eingreifen müssen, bevor der Schwamm der Zerstörung die Möglichkeit bekam, sich auszubreiten, vielleicht sogar sie selbst.

»Das ist das, was man Fortschritt nennt. Geld sieht nun mal so aus.«

Sie stehen wieder draußen auf der Straße. Mette hat die Führung übernommen, zieht sie mit sich zum Bahnhof, der Ähnlichkeit hat mit einem Mastodon. »In Stockholm saufen die Börsenbubis in der Opernbar mit geliehenem Geld Champagner. Das ist so vulgär, daß es schon fast wieder erfrischend ist.«

»Das ist doch wohl nicht dein Ernst?«

»Wieso nicht? Die wissen doch alle, daß nicht mehr viel fehlt, bis der ganze Scheiß zusammenbricht. In London kannst du vor lauter Obdachlosen keinen Fuß mehr vor den anderen setzen.«

»Ich kann es nur einfach nicht ertragen, daß man das kaputt macht, was schön ist.«

»Die Schönheit ist mit dem Punk gestorben, meine Liebe.«

Die Diskussion kommt Nanna plötzlich vollkommen sinnlos vor. Die Handvoll Pillen, die Mette unter ihren Augen zusammen mit dem Frühstück geschluckt hat, plaziert sie in Welten, die nicht zueinander passen. Mettes hektisches Tempo muß den Tag lenken, ihre Ansichten stehen wie so oft zuvor unwidersprochen im Raum, aber im Augenblick spielt das ohnehin keine Rolle.

Das summende Röhrensystem der Metro hat sie aufgesogen, spuckt sie bei den Kaufhäusern am rechten Ufer wieder aus, in denen die ersten Neuheiten der Saison die Ausverkaufsware verdrängt haben und das Samstaggewimmel bereits betäubend dicht geworden ist.

Nanna läßt sich folgsam kilometerlang auf rollenden Treppen transportieren, wartet schwitzend in der trockenen Luft vor den Umkleidekabinen, versucht sich für Farbkombinationen und Materialwahl zu interessieren, für Schnitte und Muster.

»Eine Tasse Kaffee.« Mette erteilt den Befehl. »*Interior decoration* nehmen wir uns auf dem Heimweg vor.«

Sie landen in einer marmorverkleideten Konditorei gegenüber dem goldgrauen Massiv des Louvre. Nannas Magen knurrt, ihre normale Essenszeit ist bereits seit langem überschritten, aber Mette wirkt, als wären Hunger und andere elementare Bedürfnisse Größen, die man durch konzentrierte Aktivität und einen endlosen Redeschwall annullieren kann.

»Ich habe keinen Hunger.« Mette schlürft den schwarzen Kaffee mit gierigen Schlucken in sich hinein. »Ich denke nur an mich selbst, du kennst mich ja.«

Nanna schüttelt den Kopf, rührt in ihrem *Café crème*.

»Wir können ja später essen gehen.«

Die Medikamente, mit denen Gustav seine Frau versorgt, haben offensichtlich genug Macht, den Kessel unter ihrer atemlosen Flucht vor Mogens' Schatten am Kochen zu halten. Wieviel Gustav über die Gründe für Mettes psychischen Zustand weiß, ist aus ihren Berichten nicht zu erfahren. Nanna nimmt an, daß er das meiste weiß. Das hochgeschraubte Aktionsniveau paßt in vielerlei Hinsicht zu ihr. Mette sieht nicht so aus, als würde sie unmittelbar in Gefahr sein, zusammenzubrechen, und Nanna selbst ist ganz zufrieden damit, daß sie ihre eigenen beunruhigenden Gedanken von sich schieben kann und ihr keine weiteren inquisitorischen Befragungen aufgezwungen werden.

Es ist fast schon sechs Uhr, als sie die Treppen zur Wohnung hinaufklettern, bepackt mit zahllosen Paketen.

Mette tritt die langen Stiefel von den Füßen, läßt sich aufs Sofa fallen.

»Ich sterbe, wenn ich nicht gleich was zu trinken kriege. Bist du so lieb?«

Das Telefon klingelt, als Nanna auf dem Weg in die Küche ist, sie schaut sich nach dem Geräusch um, aber Mette ist schon aufgesprungen und eilt ans hinterste Ende des langen Spiegelregals.

Nanna zögert vor dem vollgestopften Kühlschrank, entscheidet sich dann für eine Flasche Champagner. Sie arrangiert Oliven und Käsehäppchen auf einem vergoldeten Teller, während sie Mettes atemloser Stimme lauscht.

»Wir haben den ganzen Tag Regale geplündert, meine Mastercard ist schon ganz abgewetzt.« Das Lachen klingt künstlich. »Nanna läßt grüßen.«

Die Illusion einer ehelichen Idylle, eines sorglosen Einkaufsbummels mit der Freundin muß offenbar mit Hilfe von Nanna und Gustav als bereitwillig Mitwirkenden aufrechterhalten werden.

Gustav. Der rätselhafte Gustav, der diskrete Zeuge des Lebens seiner Frau, ein ewiger *supporting actor* in ihrer unermüdlichen Inszenierung des gemeinsamen Daseins.

Der Berg an Einkaufstüten ist mitten auf dem Boden gelandet, eine ist umgekippt. Nanna stolpert über ihren Inhalt an Schuhen und Sandalen, der sich auf dem Teppich ausgebreitet hat, als sie das Tablett auf den niedrigen Tisch vor dem Sofa abstellt.

Dann sieht sie das dunkelrote Blut auf der pfirsichrosa Seide des Sofas, den Fleck in Form eines Schmetterlings mit ausgebreiteten Flügeln. Sie wendet den Blick Mette zu, die anscheinend ungestört dabei ist, das Gespräch mit ihrem Ehemann abzuschließen, sieht Mettes Verwirrung, als diese den Ausdruck in Nannas Augen bemerkt.

»Ich will dich nicht erschrecken, aber ich glaube, du blutest.«

»O Scheiße.« Mette läßt eine Hand über die Rückseite ihres Rocks heruntergleiten, ihre Augen sind aufgerissen, eine Mischung aus Angst und Wut. Eine Spur kleiner roter Tropfen auf der hellen Wolle des Teppichs markiert ihren Weg durch den Raum. »Scheiße, Scheiße, Scheiße.«

Nanna sieht, wie sie eine gerade eingekaufte Bluse aus einer der Tüten auf dem Boden hervorkramt, sie sich gegen den Schritt preßt.

»Laß das nur so.«

Die Tür zum Badezimmer fällt hinter ihr zu. In der Küche findet Nanna Haushaltspapier und einen Lappen, füllt eine Abwaschschüssel mit Wasser, aber es gelingt ihr nur, den Fleck aufzulösen und damit noch deutlicher auf dem empfindlichen Sofabezug hervortreten zu lassen.

Auf dem Weg mit der Schüssel zurück in die Küche lauscht sie einen Moment an der Tür zum Badezimmer. Sie hört keine Geräusche, nur das leise Glucksen ablaufenden Wassers im Ausguß.

»Mette?«

Niemand beantwortet ihr Klopfen. Vorsichtig lugt sie durch den Türspalt.

Mettes schwerer Körper liegt in einem verkehrten Winkel auf den glänzenden Bodenfliesen, die Beine sind an den Körper gezogen, eine mißhandelte Puppe.

»Mette.«

Die Farbe ist aus Mettes Wangen verschwunden, die Augenlider zittern leicht. Nanna zwingt den willenlosen Oberkörper hoch, versucht ihn aufrecht zu halten, während sie ein Handtuch von einem Haken reißt und einen Zipfel an die Stirn drückt, auf der es aus einem kleinen rechteckigen Riß blutet.

Sie hört ihre eigenen schluchzenden Atemzüge. Nicht Mette, nicht jetzt, nicht hier.

»Du darfst das Blut nicht berühren.«

Ein Flüstern. Mettes Augen öffnen sich einen winzigen Spalt weit.

»Warum nicht?«

Nannas Hand wird weggeschoben. Mette kämpft darum aufzustehen, fällt hilflos hintenüber. Eine bläuliche Schwellung hat sich auf ihren Schläfen ausgebreitet, die Augen sind wieder geschlossen. In der Toilettenschüssel hinter ihr schwimmt Blut. Blut färbt Mettes helle Strümpfe purpurrot, rinnt tropfend vom Rocksaum zu Boden.

Trotz ihrer aufsteigenden Panik gelingt es Nanna, dem Notarzt Adresse und den richtigen Türcode zu nennen, danach setzt sie sich auf den kühlen Badezimmerboden mit Mettes Kopf im Schoß, abwartend, streichelt ihr die blassen Wangen.

Die fürsorgliche Kompetenz des Notarztes weckt in ihr den Wunsch, sich am liebsten an seine in einem Blouson steckende Schulter zu werfen, sie unterdrückt den Impuls und konzentriert sich darauf, statt dessen eine Tasche mit dem Notwendigsten zu packen, vernimmt dabei dankbar seine professionelle Stimme.

Mette ist im Unfallwagen bei Bewußtsein. Nanna hält ihre kalte Hand, läßt den Körper den Bewegungen des Verkehrs folgen. Nach einiger Diskussion kann sie ein Einzelzimmer erkämpfen, atemlos wartet sie auf einem unbequemen Stuhl in dem nüchternen Raum, während die Krankenhausmaschinerie die Herrschaft über Mettes Körper übernimmt.

Das Gespräch vom gestrigen Tag hat ihr die Hoffnung zurückgebracht, daß sie einander wiederfinden, in neuen Rollen von vorn anfangen könnten. Jetzt rinnt hier irgendwo in dem großen Gebäude das Blut aus der wichtigsten Zeugin ihrer Kindheit. Sie sucht in ihrem Gehirn nach einem Gebet, kann aber keines finden.

Die Zeit existiert nicht mehr, als ein dunkelhäutiger Krankenhelfer die Tür aufreißt, eine Bahre hereingeschoben wird.

Ein Kokon aus gelblichem Stoff verbirgt Mettes Körper, Sicherheitsnadeln blinken schwach in dem aquariumgrünen Licht der Nachtlampe. Eine Krankenschwester ist mit einer herabhängenden Plastiktüte beschäftigt, dunkle Flüssigkeit tropft in eine Ader in Mettes Handrücken.

Nanna steht auf, ihr ist schwindlig. Die Wartezeit hat sie gelähmt, so daß sie nicht mehr in der Lage ist, die raschelnde Geschäftigkeit im Zimmer mit Fragen zu unterbrechen, eine Antwort zu fordern. Sie starrt stumm auf den schlaffen Körper, den geübte Hände auf das wartende Bett hinüberschieben, auf das dunkle Haar, das sich über der Nackenrolle ausbreitet, ein geschwungener Flügel.

»Wir haben die Blutung zum Stillstand gebracht. Jetzt bekommt sie eine Transfusion.« Die Stimme der Krankenschwester ist laut und durchdringend, gewohnt, mit halb bewußtlosen Personen zu kommunizieren. »Das sieht dramatischer aus, als es ist, diese Art von Blutungen kommt gar nicht so selten vor bei Frauen *d'un certain âge.*«

Eines gewissen Alters. Dieser freundliche Euphemismus, der den Verlust von Anziehungskraft verdeckt, den jähen Kursabfall auf dem Markt der Gefühle. Mette ist jetzt eine Frau mittleren Alters, Nanna selbst spürt die Schwere ihres Körpers häufiger als früher, ihre schlaflosen Nächte haben ein neues Aroma von säuerlich riechendem Schweiß bekommen.

»Darf ich hier sitzen bleiben, bis sie aufwacht?«

»*Bien sûr.* Klingeln Sie nur, wenn etwas ist.«

Die regelmäßigen Tropfen in dem Plastikschlauch zählen die Sekunden, während die Nacht um sie herum sich auflöst, sie schwebt durch das Zimmer, halb euphorisch vor Schlaflosigkeit und Hunger, wagt es kaum, Mette aus den Augen zu lassen.

Eine Bewegung im Bett läßt sie zusammenzucken.

»Nanna.«

Die Hand, die ihre ergreift, ist klamm, sie hält sie fest zwischen ihren beiden, drückt sie sich gegen die Stirn.

»Hast du Angst gekriegt?«

Nanna nickt stumm. Mettes Worte, bevor sie das Bewußtsein verloren hat, klingen ihr plötzlich in den Ohren, eine Warnglocke.

»Ich habe nicht verstanden, warum du gesagt hast, ich sollte das Blut nicht anfassen.«

Ein Schatten auf dem müden Gesicht im Bett.

»Nur sicherheitshalber.« Die kalten Finger drücken Nannas Hand, legen sich an ihre Wange. »Bleib noch eine Weile hier sitzen. Du Trosthand.«

»Sie sagen, daß dir nichts Ernsthaftes fehlt. Wir kommen nur bald in die Jahre.«

»Das werde ich wohl nicht.« Die Stimme ist spröde, weit entfernt von Mettes üblicher Vitalität. »Ich habe mich nicht getraut, mich testen zu lassen.«

Der Satz schwingt unheildrohend in der Luft.

»Ich bin genau das, was ich bei den anderen verachte. Ein Versager. Ein Feigling.«

»Kleine Mette.«

Zum erstenmal ist sie die Erwachsene in der Beziehung zu Mette. Sie hätte nie gedacht, daß sie das erleben würde, auch nicht, daß sie so eine Zärtlichkeit für den Menschen empfinden würde, den sie immer als den stärksten in ihrem Leben angesehen hat, so einen intensiven Drang verspüren würde, diejenige zu sein, die alles zum Besten regelt.

»Jedenfalls habe ich Gustav nicht in Gefahr gebracht.«

Mette dreht sich unruhig unter der Decke, einen Moment lang fürchtet Nanna schon, daß die Kanüle vom Tropf herausrutschen wird.

»Bleib ruhig liegen.« Sie streichelt die unruhigen Hände, streicht über die feuchte Stirn. »Versuch ein bißchen zu schlafen.«

»Bleibst du bei mir?«

»Aber natürlich.«

Das milde Märzwetter ist in Eiseskälte umgeschlagen, als sie Hand in Hand im Taxi zum Flughafen sitzen, eingehüllt in den Geruch aus leichten Desinfektionsmitteln und würzigem Rasierwasser. Der Verkehr auf der Umgehungsstraße dröhnt an ihnen vorbei, ein unablässiger Dauerregen ist dabei, die Fahrbahn in ein undurchsichtiges Flußbett zu verwandeln. Zwischen den Blechschuppen der Vororte dämpfen die Schneewolken blühender Kirschbäume den allgemeinen Anschein von Häßlichkeit, den die Bebauung erzeugt.

Gustavs Stimme am Telefon, ein vollkommen wacher Gustav, ärztlich professionell. Wie zwei Geschäftsleute haben er und Nanna die näheren Umstände hinsichtlich Mettes Heimfahrt besprochen, jedes Detail reibungslos geregelt. Was auch mit Mette geschehen mag, auf jeden Fall wird sie von kundigen Händen umsorgt werden.

Nannas Erleichterung darüber, daß die akute Gefahr für Mette überstanden ist, hat sich mit dem dumpfen Wissen vermischt, daß sie beide die Spitze des Berges bereits überschritten haben und daß auch ihr eigener Körper sie von jetzt an immer wieder daran erinnern wird, daß der Weg vor ihr sich unweigerlich verengen wird.

Der Gedanke an ein Alter ohne Mette als ein wie weit auch immer entfernter Fluchtpunkt baut sich drohend vor ihr auf. Es ist nicht mehr möglich, darüber hinwegzusehen, daß die Jahre, die kommen werden, sie aller Wahrscheinlichkeit nach gebrechlich und von der Hilfe anderer abhängig machen werden, daß sie den Tod bereits in sich trägt.

Mette lehnt ihren Kopf an Nannas Schulter.

»Erinnerst du dich an das Lied über *the Slitheredee*?« Sie summt eine Strophe, einen Textfetzen. »*He will get all the others, but he won't get me.*«

Alle anderen. Mich nicht. Der Tod ist eine Koketterie, wenn man jung ist, ein Witz.

»So sind die Gefühle.«

Der regennasse Beton der Flughafengebäude erhebt sich vor ihnen. Keine hat ein Wort darüber verloren, was zwischen ihnen vibriert, trotzdem haben sie beide das Gefühl, daß nichts ungesagt geblieben ist.

Nanna bezahlt den Fahrer. Sie hilft ihm, Mettes Tasche auf einen Gepäcktrolli zu bugsieren, betäubt ihre wachsende Verzweiflung mit praktischen Handgriffen.

In dem Gedränge vor dem Check-in-Schalter bleibt Mette stehen, wühlt in ihrer Manteltasche.

»Hier.«

Eine kleine Schachtel, ein breiter Goldring mit zwei kleinen glänzenden Kugeln. Mettes Hände zittern leicht, als sie den goldenen Armreif über Nannas Handgelenk schiebt.

»*Something borrowed.*«

Sie sind am Transportband neben dem Schalter angekommen, an den knackenden Geräten. In wenigen Momenten wird sie zusehen, wie Mette durch die Sicherheitskontrolle verschwindet, um dann von den rollenden Fußsteigen weggetragen zu werden, immer weiter fort, bis sie in dem Körper eines schaukelnden Flugzeugs verschwinden wird, auf dem Weg zu dem, was sie zu Hause erwartet.

»Wir sagen nichts.« Mette hat sich ihr zugewandt. Zeigt mit dem Finger.

»Ich gehe dahin, du gehst dorthin.«

Eine hastige Umarmung.

»Ist es rechts zuerst?«

Drei Wangenküsse, dann ist sie im Gewühl verschwunden.

Véronique will gerade die Lampen im Restaurant ausschalten, als Nanna aufschließt. Auf drei Tischen steht das Frühstücksgeschirr schon bereit, die blaßlila Astern in den Vasen sehen müde aus.

Nanna fegt die Blütenblätter auf einem der Tische mit der Hand zusammen.

»Die Blumen verlieren ihre Blätter.«

Véronique zuckt mit den Schultern.

»Der Blumenhändler ist nicht aufgetaucht.«

»Lieber gar keine Blumen als verwelkte. Sei so lieb und nimm sie weg.«

Zeit und Routine haben Véronique in eine tüchtige Kellnerin verwandelt, aber niemand hat es ihr abgewöhnen können, bei einer Zurechtweisung die Augen zu verdrehen. Mit einem müden Seufzer stellt sie die Vasen hart auf ein Tablett, steuert auf die Küche zu.

»Wo ist Jean-Pierre?«

Ein Kopfwurf, dann klappern die Schwingtüren hinter Véroniques beleidigtem Rücken.

Der Schreibtisch in dem kleinen Büro sieht pedantisch aufgeräumt aus. Auf ihrer Schreibunterlage erinnert sie ein kleiner Zettel mit Jean-Pierres vertrauter schräger Schrift an die Invasion von hundertzwanzig hungrigen Pensionisten zur morgigen Mittagszeit.

Seit ihrem Gespräch mit Mette hat der Gedanke an Jean-Pierre sie verfolgt, die empfindlichen Punkte ihrer Beziehung liegen bloß, eine anatomische Tafel. Während ihrer Heimfahrt mit der Bahn hat sich ihre Unruhe in bezug auf Mette mit dem bohrenden Gefühl vermischt, daß sie den Augenblick nicht länger hinausschieben kann, in dem sie die Seifenblase der scheinbaren Konfliktlosigkeit ihres gemeinsamen Daseins zum Zerplatzen bringen, eine Antwort auf ihre schuldbewußten Fragen finden muß, ohne Rücksicht auf mögliche Konsequenzen.

Der Inhalt der Federschale, die Filzstifte und Radiergummis in grellen Neonfarben, sie markiert seinen Platz am Schreibtisch, der Stifthalter mit den Disneymotiven könnte von einem Schulkind stammen, das sein Revier abstecken will.

Sie knüllt den Zettel zusammen, wirft ihn mit einer wütenden Handbewegung in den Papierkorb. Zum erstenmal empfindet sie die vorsichtigen Spuren seiner sorgfältigen und korrekten Art, seine Pflichten zu erfüllen, nicht als ungeteilte Freude, sondern eher als Spuren einer kindlichen Pedanterie. Bei dem Gedanken ist ihr nicht wohl.

Vor seiner Tür lauscht sie den dumpfen Geräuschen des Fernsehers, ein Film mit viel Schießerei, Autos, die laut aufheulen und mit quietschenden Bremsen anhalten.

Die Versuchung, so zu tun, als wäre sie noch nicht zurückgekommen, sich hinter der eigenen Tür zu verschanzen und den Schlaf die Gedanken sortieren lassen, liegt auf der Lauer, aber sie zwingt sich, sie zu bekämpfen.

Niemand antwortet auf ihr Klopfen, sie öffnet die Tür einen Spalt weit. Im Licht des Fernsehschirms kann sie ihn erkennen, er liegt fast in dem großen Sessel mitten im Zimmer, kaum von der Tür aus zu sehen.

»Jean-Pierre.«

Innerhalb weniger hektischer Sekunden hat er den Fernsehapparat ausgestellt und die Deckenlampe eingeschaltet, seine Augen blinzeln in dem kräftigen Licht.

»Ich habe dich gar nicht gehört.«

Der Gürtel des Bademantels ist eng um die Taille geschnürt. Der Körper ist der eines erwachsenen Mannes, schmerzhaft dem von Yann ähnlich.

»Immer mit der Ruhe.«

Sie winkt abwehrend, aber er hat bereits einen Stuhl von der Wand herangezogen, bietet ihr seinen Platz im Sessel an.

Der feste Lederbezug ist noch warm von seinem Körper. Sie

gibt ihrer Erschöpfung nach, setzt sich in der Tiefe des Sessels zurecht.

»War die Reise ein Erfolg?«

»Nicht besonders. Meine Freundin ist krank geworden.«

»Wie schade.«

Die höflichen Formeln, der sichere Grund. Sie und Jean-Pierre teilen die Wohlerzogenheit, die sie in die Lage versetzt, fast alles im Leben zu bewältigen, ohne anzuecken, aber auch ohne einen wirklichen persönlichen Kontakt herstellen zu können, sie leben parallele Leben, in allen entscheidenden Punkten.

Ab und zu hat sie bemerkt, daß die Schachtel mit den Fotos und Briefen in ihrer Schublade geöffnet gewesen ist, wenn sie für einige Stunden fort war. Sie hat beschlossen, das als eine angemessene Kompensation für ihre eigene Schamhaftigkeit anzusehen und es nie erwähnt.

Die Spuren von Jean-Pierres Persönlichkeit in dem spartanisch eingerichteten Zimmer sind kaum wahrnehmbar: ein Stapel Taschenbücher, ein paar Comichefte mit bewaffneten, großbusigen Frauen auf den dunklen Umschlägen. Ein zerfranstes Plakat von einer Anti-Atomkraft-Demonstration ist mit Klebeband auf der weißen Tapete befestigt. Als Jugendlicher ging er bei einigen Gelegenheiten mit auf die Demonstrationen der Atomkraftgegner, das weiß sie und nimmt an, daß es als eine Art Provokation gedacht war, gegen Alan gerichtet.

In den Jahren, die sie gemeinsam unter einem Dach verbracht haben, hat er sich nie für etwas außerhalb des Hotels und seiner täglichen Arbeit engagiert. Selbst das Motorrad steht meistens unbenutzt in der Garage. Die Schatten von Yanns Aufwachsen bei der Mutter, dem unausgesprochenen Protest, der schuldbewußten Anpassung, hängen in der Luft, sind nicht zu ignorieren.

Yann ist so weit gekommen, einen Entschluß zu fassen, bevor er starb. Er hat sich einen Plan für sein Leben gemacht, hat die Umrisse seiner selbst sehen können, die Skizze von etwas, das über den Tag hinausragt, über die Notdurft des Lebens. Den Teil seines Lebens, den sie schließlich übernommen hat, hatte er bereits hinter sich gelassen, er hatte seine Mutter verlassen, um in die Spuren seines Vaters zu treten, hatte die große Welt statt der kleinen gewählt.

Der Teil, den er verworfen hat, ist der, den sie bewältigt hat. Ihr ist es gelungen, alles funktionieren zu lassen, als wäre nichts geschehen, sie hat an dem alten Szenario mit seinen vorgegebenen Rollen festgehalten, ist in Yanns alte Rolle geschlüpft. Jetzt sitzt sie hier mit seinem Sohn und versucht die Kraft aufzubringen, zu fragen, ob das Leben, das sie für ihn festgelegt hat, auch seiner eigenen Wahl entspricht.

»Können wir uns ein wenig unterhalten? Ich bin zu erschöpft, um einzuschlafen.«

Jean-Pierre erlaubt es ihr immer, ihn zu unterbrechen. Der Gedanke kommt ihr, ein Schub schlechten Gewissens.

»*Bien sûr.*«

Er zieht seinen Stuhl näher heran, wartet auf ihre Initiative, ihre Fragen, bereit, jede seiner Handlungen während ihrer Abwesenheit zu rechtfertigen.

Die Fragen überschlagen sich in ihrem Kopf. Kann es wahr sein, daß er sich nie nach der Haut eines anderen Menschen, den Händen eines anderen auf seinem Körper gesehnt hat? Haben die Jahre im Hotel seine Perspektive genauso eingeschränkt, wie sie auch ihre eingeschränkt haben, ihn schon jetzt zu einem Dasein verurteilt, in dem nichts außerhalb der Probleme des Alltags ernsthaft von Bedeutung ist?

Sie sucht nach Worten, findet aber nur Banalitäten oder Pathos.

»Geht es dir gut, Jean-Pierre?«

Die Frage kommt viel plumper heraus, als sie es erwartet hat, läßt Jean-Pierre zusammenzucken, schuldbewußt, den pflichteifrigen Schüler, den die Stimme des Lehrers aus einem heimlichen Tagtraum erweckt. Er rutscht unruhig auf dem Stuhl hin und her, eine Hand zupft an einem Ohrläppchen. Das weiße Licht der Deckenlampe läßt die Augen in dem weichen Gesicht im Schatten verschwinden, seine Stimme klingt neutral, abwehrend.

»*Bien sûr.*«

Wenn sie das Gespräch hier abbricht, können sie weiterleben wie zuvor.

»Ich finde, du siehst etwas müde aus.«

Die Lüge läßt ihr den Schweiß auf die Stirn treten, sie reibt ihre feuchten Handflächen an der Wolle des Rocks ab.

»Mir geht es gut.« Er senkt den Blick, sie gibt sich keine Mühe, ihn festzuhalten. »Hast du übrigens meinen Zettel auf dem Schreibtisch gesehen?«

Der Augenblick ist ihr aus den Händen geglitten, unwiederbringlich. Sie läßt sich mit übertriebenem Enthusiasmus in eine Diskussion über den Arbeitsplan des kommenden Tages ein, läßt die Vorschläge und Kommentare der Erfahreneren einfließen.

Ihre Knie zittern, als sie zwanzig Minuten später ihre eigene Wohnung aufschließt. Das peinliche Gefühl, unverdient eine große Gefahr überlebt zu haben, verfolgt sie bis in den Schlaf.

Juli 1990

(diktiert)
Frederiksberg, 14. Juli 1990

Nanna,
komm bloß nicht hier angerannt, ich will Dich hier nicht haben. Ich bin überzeugt davon, daß Du Deine Tröstehand auf meine Stirn legen und stark und tapfer sein würdest, aber das kann ich jetzt nicht gebrauchen. Es wird auch keine Trauerfeier geben, Gustav und ich sind uns einig darüber, was gemacht werden soll, und so wird es dann auch gemacht. Es ist vorbei mit allem Pomp und aller Pracht, keine Straußenfedern im Arschloch, wie Mogens gesagt hätte. Diesmal wird es auf die diskrete Art der braven Bürger vor sich gehen, meine Mutter zieht es immer noch vor zu glauben, ich hätte Krebs.

Ich schaffe es nicht mehr, hinter mir aufzuräumen, das müssen andere machen. Es ist blöd zu sterben, wenn man fünfzig ist. Andererseits haben die Frauen das früher wohl meistens getan, wenn sie für die nächste Familiengeneration gesorgt hatten.

Die nächste Familiengeneration sitzt draußen im Aufenthaltsraum mit ihrem Handy, sie meint, das dauert alles zu lange mit mir, da ähnelt sie ganz und gar ihrer Mutter. Sie hat schon angefragt, ob sie meine alten Frauenbewegungsplakate haben darf, die haben in ihrem neuen Busineß bestimmt einen gewissen Kitschwert.

Das hier ist ein sehr privater Ort, gedämpfte Stimmen und nonnenhaftes Personal, wenn man will, lassen sie einen auch mit Jesus in Ruhe. Mir ist das ganz egal. Ich glaube einfach nur, daß er nicht mein Typ ist.

Du darfst mich gern vergessen, Nanna. Ich war auf der Durchreise, und ich hatte es eilig, und Du warst meine Freundin. Das war eine ganze Menge. Das war genug.

Man wird ziemlich müde von dem Ganzen hier, ich meine, vom Sterben. Aber ich möchte Dich um eine Sache bitten: Wenn Gustav an Deine Tür klopft, laß ihn rein. Ihr ähnelt euch.

Connie vom Büro schreibt das hier ins reine und schickt es Dir.

Mette.

Epilog

… Voici le dernier flot. Une vague l'a précédé, une autre le suivra …

HENRI QUÉFFÉLEC

März 1992

Ich schreibe das auf französisch. Mariclô würde schief grinsen, wenn sie wüßte, daß meine spärlichen Tagebuchnotizen ansonsten in dem, was von meiner eigenen Sprache noch übrig ist, verfaßt sind.

Es ist nicht mein Tod, auf den ich mich vorbereite, nicht in physischem Sinne, und ich weiß nicht, ob das hier jemals von dem gelesen wird, für den ich es schreibe. Trotzdem schreibe ich es, als eine Art Erklärung, vielleicht in erster Linie für mich selbst.

Gustav ist gestern gekommen, ohne vorher anzurufen oder zu schreiben. Aber ich hatte ihn erwartet, so war es einfach. Ich konnte nur das tun, worum Mette mich gebeten hat: ihn einlassen.

Es war einfacher, sich zu ihm zu legen, als mit ihm zu reden. Der Liebesakt mit ihm war gedämpft und sanft, wir sind beide nicht mehr jung.

Mette ist unauslöschlich anwesend. In Gustav als eine lebenslange Verliebtheit, die alle Stürme überstanden hat. Eine Verliebtheit, die sonderbarerweise nie zu dem geworden ist, was ich als Liebe bezeichnen würde. In mir selbst als eine Dankbarkeit darüber, daß ich sie gekannt habe, das eher noch als eine Sehnsucht.

Wenn wir zusammen sind, wird sie wieder lebendig, ist nie tot gewesen. Sie ist willkommen, es ist herrlich, ihr Lachen wieder zu hören, sich mit einem anderen an sie zu erinnern. Aber ihre Nähe bedeutet auch, daß wir uns nicht wiedersehen werden. Ich glaube, dessen ist er sich auch bewußt.

Wenn Gustav morgen früh aufwachen und sich im Bett umdrehen wird, den Arm nach mir ausstreckt, wird der Platz neben ihm leer sein.

Jean-Pierre wird nach seiner Arbeitgeberin suchen, nach dem Objekt seiner ritterlichen Bewunderung, im Büro und in der Wohnung. Das einzige, was er finden wird, sind die Papiere des Notars und ein Brief, der ihm sagt, daß ich weggefahren bin und nicht zurückkehren werde, daß das Hotel jetzt ihm gehört, und daß er zum erstenmal in seinem Leben wirklich die Wahl hat. Er kann es verkaufen, er kann bleiben, ich gebe ihm die Möglichkeiten für ein Leben ohne Zwang und Bindung. Er kann beschließen, alles zu verschwenden. Ich hoffe, er entscheidet sich für die Verantwortung, die seinem Dasein vielleicht eine Art Bedeutung geben kann, aber ich kann und will ihn nicht beeinflussen, jetzt ist er an der Reihe. Sonderbarerweise ist dieser Gedanke mir wichtiger als jeder andere, wichtiger als der Gedanke daran, was wohl mit dem Hotel geschehen wird, das dreißig Jahre lang mein anspruchsvoller Geliebter war.

Gustav ist jetzt berühmt, ein angesehener Forscher, aber nach Mettes Tod hat er das Interesse an seiner Arbeit verloren. In seiner Jugend hat der Gedanke an die Patienten ihn dazu gebracht, Arzt zu werden, und als er an Mettes Sterbelager saß, ist ihm bewußt geworden, daß er seit fünfundzwanzig Jahren weder einen Sterbenden getröstet noch einem Kind zur Welt verholfen hat. Jetzt hat er beschlossen, ganz von vorn anzufangen, er macht ein Praktikum bei einem niedergelassenen Arzt, will dann später in einem Entwicklungsland arbeiten.

Er schlief noch, als ich gestern morgen aufgestanden bin, er muß ganz erschöpft gewesen sein. Nach meiner morgendlichen Arbeit habe ich den Wagen genommen und bin zum Hinrichtungsplatz gefahren, das habe ich in letzter Zeit häufiger gemacht, wenn ich nachdenken wollte, ohne gestört zu werden.

Im Hafen ist man dabei, die ersten Fischerboote abzuwracken. Als ich über die Brücke gefahren bin, sah ich, daß die »Yseut« im Trockendock auf der Seite lag, ihre blaue Farbe glänzte in der Sonne. Eine Art Kran oder Löffelbagger fraß sich in die Deckplanken, daß die Splitter nur so stoben.

Die Leute kriegen Geld dafür, daß sie nicht arbeiten, nur noch eine einzige Konservenfabrik ist in Betrieb, und die importiert Fische, um sie zu verarbeiten. Die Fischer werden dafür bezahlt, daß sie aufhören zu fischen, alte schöne Boote werden in Brennholz verwandelt, während Benoîts schwimmende Fabrik die Zukunft repräsentiert. Die Bustouristen, die früher den Fischern im Weg standen, wenn die Boote hereinkamen, starren jetzt statt dessen die zum Tode verurteilten Boote an, wie Neugierige bei einem Verkehrsunfall. Man könnte heulen.

Auf dem Weg nach Norden kam ich an Jean-Pierres Kindheitshaus vorbei, der lächerlich großen Villa mit den Hollywoodambitionen. Die Fensterläden sind verschlossen, und das Unkraut breitet sich auf der Auffahrt aus. Martine und Alan sitzen auf irgendeiner Insel *outre-mer*. Als die erste Konkurswelle der Ökonomie der Stadt die Beine weggeschlagen hat, haben sie die Fabrik geschlossen und sind verschwunden. Es wurde von Unregelmäßigkeiten in den Abrechnungen und Geldentnahmen aus dem Betrieb geredet, aber mit der Zeit verebbten die Gerüchte.

Viele der Geschäfte an der Hauptstraße haben aufgeben müssen. Florida hat alle ihre Mitarbeiter entlassen, die Leute kaufen im Supermarkt ein, kaufen dort nur das Billigste. Sogar der Markt hat sich auf ein paar Stände einmal in der Woche auf dem Kirchplatz reduziert, die Hausfrauen gehen mit niedergeschlagenem Blick und halbleeren Taschen aneinander vorbei. Frauen, die so stolz darauf waren, daß ihre Männer es sich leisten konnten, daß sie zu Hause blieben, suchen jetzt eine Stelle auf dem Arbeitsmarkt, aber niemand stellt Leute ein.

Auch wir haben den Rückgang zu spüren bekommen, aber nicht so stark. Die Leute heiraten weiterhin, und Hochzeiten müssen groß ausgerichtet werden, auch wenn die Leute es sich nicht leisten können, dann zahlen die Hochzeitsgäste eben selbst für ihr Essen. Ich sollte mich langsam daran gewöhnt haben, herumzugehen und abzukassieren, bevor die Leute vom Tisch aufstehen. Die *Erstkommunion* der Kinder wird auch gefeiert, ich glaube, dafür wird lange Zeit im voraus gespart, denn dann werden Meeresfrüchte gegessen und Wein getrunken, als hätten wir immer noch Hochkonjunktur.

In der Saison kommen viele neue ausländische Touristen, und die Pensionistenausflüge bringen das ganze Jahr über immer mehr Umsatz. Es ist kein ökonomischer Seelenverkäufer, den Jean-Pierre da übernimmt.

Als Mette starb, war ich mir sicher, daß jetzt niemand mehr enthüllen konnte, daß ich ein Dieb war, einer, der eines anderen Menschen Zeit und Lust und Möglichkeiten stahl, um der Einsamkeit zu entkommen, um nicht gezwungen zu sein, das in Frage zu stellen, worauf ich mein ganzes Erwachsenenleben verwandt hatte. Aber ich konnte dem, was sie in Paris gesagt hat, nicht entfliehen; darüber, zur rechten Zeit am richtigen Ort zu sein. Wenn ich jetzt mein Leben betrachte, sieht es immer mehr aus wie ein Film, der zu schnell abgespult wurde. Ich muß ihn anhalten, versuchen, ihn zurückzuspulen. Herausfinden, warum ich mich nach all den Jahren, in denen ich geholfen habe, einen Betrieb aufzubauen und ihn mit viel Erfolg zu leiten, immer noch so unnütz fühle.

Der Hinrichtungsplatz ist nicht mehr ein abgetretener Fleck Gras zwischen Krüppelkiefern wie damals, als ich vor langer, langer Zeit hier war. Als die Leute noch Geld hatten, hat die Kommune dafür gesorgt, daß ein Stein mit allen Namen errichtet wurde, dreißig insgesamt, die meisten so jung wie Yanns Vater – ich kenne sie auswendig. Einige stammen aus anderen Landesteilen. Die Widerständler sind offenbar dorthin gezogen, wo sie gebraucht wurden.

Ganz unten steht QUATRE ANONYMES. Ich habe nie weiter darüber nachgedacht, aber als ich jetzt in der Vormittagssonne dort saß, ist mir klar geworden, daß keiner dieser Männer für seine Ehre gekämpft hat. Sie kämpften für etwas, das ihnen wichtiger war als ihr Leben, bedeutungsvoller als ein angenehmes Dasein, ein sicheres Alter und ein guter Ruf. Sie hätten sich ruhig verhalten können, ihre Arbeit verrichten und ihre Kinder erziehen können, hätten tun können, als wenn nichts wäre. Statt dessen entschlossen sie sich zu kämpfen, und das, was sie persönlich davon hatten, war nichts als eine Kugel in der Brust an einem Sommermorgen und ein paar Messingbuchstaben auf einem Stein, nicht mal ein Name.

Das gab letztendlich den Anstoß für meinen Entschluß. Ob es etwas gibt, was so wichtig für mich sein kann, weiß ich nicht. Ich weiß nur, daß ich nicht anders kann, ich muß versuchen, das herauszufinden.

Auf dem Rückweg fuhr ich beim Notar vorbei und bekam einen Termin, und heute am frühen Morgen haben wir in seinem Büro gesessen und die Papiere ausgearbeitet, die Jean-Pierre die uneingeschränkte Vollmacht über alles geben, was ich hier im Lande besitze. Der Notar ist ein diskreter Mann, er verzog während unserer langen Sitzung keine Miene, stellte keine einzige neugierige Frage.

Die Freiheit, die ich Jean-Pierre gebe, gebe ich damit auch mir selbst. In einem Monat werde ich fünfzig, und ich weiß nicht, wo ich meinen Geburtstag feiern werde, ein schwindelerregender Gedanke.

Ich sitze am Sekretär und schreibe das hier. Der Sekretär ist das einzige Stück, das ich behalten habe, als Marie-Jeannes Möbel vor ein paar Jahren zur Auktion gebracht wurden. Ich habe ihn wieder in die Wohnung bringen lassen, und er steht seitdem an seinem alten Platz. Jetzt liegen meine Schreibhefte mit den hastigen Notizen in den Schubladen, die Fotos von Yann, von Mémé, Yanns Briefe. Ich habe beschlossen, alles dort zu lassen, wo es ist, auch Yanns Musikinstrumente. Es ist nur recht und billig, wenn sein Sohn sie bekommt.

Durch den Türspalt kann ich Gustavs Atmen aus dem Schlafzimmer hören. Später, wenn ich herausgefunden habe, was ich mit meinem Leben machen will, werde ich ihm schreiben. Jean-Pierre muß sich damit begnügen, mich als die in Erinnerung zu behalten, die ihm einen Vater und eine Möglichkeit gab, sich selbst zu finden.

Der Wind rüttelt an den Leitungen am Hotelgiebel, und ich kann hören, daß die Flut hereinkommt. Nicht mehr lange, dann werde ich zum zweitenmal in meinem Leben meinen Koffer nehmen und ihn eine Treppe hinuntertragen, leise, um niemanden zu wecken. Vielleicht sind die ersten Streifen des Morgenlichts schon am Horizont zu sehen, wenn ich den Wagen starte und über die Brücke fahre. Auf dem Weg aus der Stadt hinaus werde ich mich entscheiden, in welche Richtung ich fahren will.

PIPER

Karin Fossum

Stumme Schreie

Roman. Aus dem Norwegischen von Gabriele Haefs.
318 Seiten. Geb.

Ihre zarten, dunkelhäutigen Füße stecken in goldenen Sandalen, und ihr langes Haar liegt im Gras wie eine schwarze Schlange. Es gibt nur wenige Stellen auf dem seidigen Stoff ihres blaugrünen Kleides, die nicht von Blut getränkt sind – und trotz all seiner Erfahrung fällt es Kommissar Konrad Sejer schwer, beim Anblick der Leiche die Fassung zu bewahren.
Aber niemand hier scheint die Tote zu kennen. Was hatte sie in diesem abgelegenen Flecken Elvestad verloren, und warum ist sie so schrecklich mißhandelt worden? Eine Mauer des Schweigens umgibt Sejer, bis jemand den ersten Fehler macht: Einar Sund, der unbemerkt einen fremden Koffer in dem dunklen Wasser eines Waldsees verschwinden lassen will …
Karin Fossums scharfsichtiger, wortkarger Kommissar Konrad Sejer untersucht den aufwühlenden Fall der toten Inderin Poona Bai. Warum mußte die junge Frau aus Bombay sterben – keine zwölf Stunden, nachdem sie zum ersten Mal in ihrem Leben norwegischen Boden betreten hatte?